MICHAEL ROBOTHAM
Um Leben und Tod

Buch

Einen Tag bevor er seine zehnjährige Haftstrafe verbüßt hat, bricht Audie Palmer aus dem Three Rivers Prison aus. Nicht nur die Gefängniswärter und die Polizei bleiben ratlos zurück, auch Mitinsasse Moss Webster kann nicht verstehen, was Audie dazu getrieben hat. Er hatte nie etwas von einem geplanten Ausbruch erwähnt. Und es sah ihm auch nicht ähnlich, denn er war anders als andere Gefangene. Obwohl er ständig von Mitinsassen und Wärtern drangsaliert und geschlagen wurde, ertrug er es wie ein unumgängliches Schicksal, das er nicht abwenden konnte. Alle wollten wissen, was aus den sieben Millionen Dollar geworden ist, die bei dem Raubüberfall auf einen Geldtransporter verschwanden. Audie war in den Überfall verwickelt und der Einzige, der gefasst wurde. Sein Bruder Carl soll sich angeblich mit dem Geld abgesetzt haben. Aber war es wirklich so, wie alle denken? Warum gibt es in dem Fall noch immer so viele Ungereimtheiten? Wer war die Frau, die damals neben dem Geldtransporter im Auto verbrannte? Warum fehlen die Aufnahmen aus der Überwachungskamera im Transporter? Und wieso hat Special Agent Desiree Furness immer noch das Gefühl, dass Audie sich beim Verhör damals mehr als merkwürdig verhalten hat? Irgendwie hat sie ihm das Verbrechen nie ganz zugetraut. Und während Audie auf der Flucht von immer mehr Leuten verfolgt wird, kommt langsam die grausame Wahrheit ans Licht ...

Weitere Informationen zu Michael Robotham
sowie zu lieferbaren Titeln des Autors
finden Sie am Ende des Buches.

Michael Robotham

Um Leben und Tod

Thriller

Deutsch
von Kristian Lutze

GOLDMANN

Die Originalausgabe erschien 2014
unter dem Titel »Life or Death« bei Sphere,
einem Imprint der Little, Brown Book Group, London.

Dieses Buch ist auch als E-Book erhältlich.

Verlagsgruppe Random House FSC® N001967
Das FSC®-zertifizierte Papier *Pamo House* für dieses Buch
liefert Arctic Paper Mochenwangen GmbH.

1. Auflage
Deutsche Erstveröffentlichung August 2015
Copyright © der Originalausgabe by Bookwrite Pty 2014
Copyright © der deutschsprachigen Ausgabe 2015
by Wilhelm Goldmann Verlag, München,
in der Verlagsgruppe Random House GmbH
Redaktion: Alexander Groß
Umschlaggestaltung: UNO Werbeagentur, München
Umschlagmotiv: Mark Owen / Trevillion Images; FinePic®, München
NG · Herstellung: Str.
Satz: DTP Service Apel, Hannover
Druck und Bindung: GGP Media GmbH, Pößneck
Printed in Germany
ISBN: 978-3-442-48281-8
www.goldmann-verlag.de

Besuchen Sie den Goldmann Verlag im Netz

Für Isabella

Das Leben kann erhaben und überwältigend sein –
darin liegt seine ganze Tragik.
Ohne Schönheit, Liebe und Gefahr
wäre es beinahe leicht zu leben.

Albert Camus

Sein oder Nichtsein; das ist hier die Frage.

William Shakespeare

I

Audie Palmer hatte nie schwimmen gelernt. Als er ein kleiner Junge war, hatte sein Vater ihm beim Angeln auf dem Lake Conroe immer erklärt, dass es gefährlich sei, gut schwimmen zu können, weil es einen in trügerischer Sicherheit wiege. Die meisten Leute ertranken, weil sie sich in dem Glauben, sich selbst retten zu können, zum Ufer aufmachten, während die überlebten, die sich an irgendein Wrack klammerten, bis sie geborgen wurden.

»Und genau das machst du«, sagte sein Daddy, »du klebst wie eine Klette.«

»Was ist eine Klette?«, fragte Audie.

Sein Daddy überlegte. »Okay, also, du klammerst dich so fest, wie ein Einarmiger, der gekitzelt wird, sich an eine Klippe klammert.«

»Ich bin kitzelig.«

»Ich weiß.«

Und sein Daddy kitzelte ihn, bis das ganze Boot schwankte, alle Fische in der Nähe in dunkle Löcher geschwommen waren und Audie sich vor Lachen in die Hose machte.

Es wurde eine Art Dauerwitz zwischen ihnen beiden – nicht das Pinkeln, sondern die Beispiele fürs Festhalten.

»Du musst dich festhalten wie ein Tintenfisch an einem Pottwal«, sagte Audie. »Du musst dich festkrallen wie ein verängstigtes Kätzchen an einem Pullover«, erwiderte sein Daddy. »Wie ein Baby, das von Marilyn Monroe gestillt wird.«

Und so ging es weiter ...

Irgendwann nach Mitternacht auf einer Schotterstraße erinnert sich Audie voller Wärme an diese Angelausflüge. Er vermisst seinen Daddy immer noch sehr. Der Mond steht voll und schwer am Himmel und malt einen silbernen Pfad über den See. Audie kann das andere Ufer nicht sehen, doch er weiß, dass es eins geben muss. Dort liegt seine Zukunft, auf dieser Seite lauert der Tod.

Autoscheinwerfer biegen um eine Kurve und kommen immer schneller auf ihn zu. Audie wirft sich in einen Graben und wendet das Gesicht zu Boden, damit es das Licht nicht reflektiert. Der Lkw rattert vorbei und wirbelt eine Staubwolke auf, die sich über Audie senkt, bis er den Sand zwischen den Zähnen spüren kann. Er rappelt sich auf Hände und Knie, kriecht durch ein Brombeergestrüpp und zieht die Plastikkanister hinter sich her. Er erwartet, jeden Moment einen gebrüllten Befehl oder das verräterische Klicken eines Projektils zu hören, das in die Kammer geschoben wird.

Als er am Ufer des Sees herauskommt, beschmiert er sein Gesicht und seine Arme mit Schlamm. Die Kanister klappern hohl an seinen Knien. Er hat acht davon mit Kordelstücken und Streifen von zerrissenen Bettlaken zusammengebunden. Die Kanister stammen aus der Gefängniswäscherei, Behälter für Waschmittel und andere Chemikalien, die er ausgekippt hat.

Er zieht die Schuhe aus, knotet sie zusammen und hängt sie sich um den Hals. Er hat sich an dem Stacheldraht die Hände geschnitten, doch sie bluten nicht allzu heftig. Er zerreißt sein Hemd, wickelt die Streifen als Verband um die Hände und zieht die Knoten mit den Zähnen zu.

Weitere Fahrzeuge kommen auf der Straße oben vorbei. Scheinwerfer. Stimmen. Bald werden sie die Hunde bringen.

Audie watet ins tiefe Wasser, schlingt die Arme um die Kanister und presst sie an seine Brust. Er beginnt mit den Füßen zu treten, vorsichtig zunächst, um kein lautes Platschen zu erzeugen, bis er weiter vom Ufer entfernt ist.

Anhand der Sterne versucht er, sich zu orientieren, um geradeaus zu schwimmen. Das Choke Canyon Reservoir ist an dieser Stelle dreieinhalb Meilen breit. Ungefähr in der Mitte gibt es eine Insel – wenn er es bis dahin schafft.

Die Minuten und Stunden verstreichen, bis er den Lauf der Zeit nicht mehr spürt. Zweimal kentert sein behelfsmäßiges Floß, und er spürt, dass er zu ertrinken droht, doch jedes Mal umarmt er die Kanister fester und dreht sich wieder an die Oberfläche. Einige der Behälter lösen sich und treiben davon. Einer hat ein Leck. Die Verbände um seine Hände sind schon vor langer Zeit weggeschwemmt worden.

Seine Gedanken streifen von Erinnerung zu Erinnerung – Orte und Menschen, manche hat er gemocht, andere gefürchtet. Er denkt an seine Kindheit, Ball spielen mit seinem Bruder. An ein Mädchen namens Phoebe Carter, die ihm mit vierzehn erlaubt hatte, in der hintersten Reihe des Kinos seine Hand in ihr weißer als weißes Höschen zu schieben. Sie hatten *Jurassic Park* geguckt, und ein T-Rex hatte gerade einen blutsaugenden Anwalt gefressen, der versucht hatte, sich in einem Dixiklo zu verstecken.

Viel mehr von dem Film weiß Audie nicht mehr, doch Phoebe Carter lebt in seiner Erinnerung weiter. Ihr Vater war ein Boss in der Batterie-Recycling-Fabrik und kutschierte mit einem Mercedes durch West Dallas, während alle anderen Rostlauben fuhren, die nur noch vom Lack zusammengehalten wurden. Mr Carter gefiel es nicht, dass seine Tochter mit Leuten wie Audie Palmer herumhing, doch Phoebe ließ es sich nicht verbieten. Wo sie wohl jetzt ist? Verheiratet. Schwanger. Glücklich. Geschieden mit zwei

Jobs. Gefärbte Haare. Fett geworden. Ein Fan von Oprah Winfrey.

Noch ein Erinnerungssplitter – seine Mutter, die am Spülbecken in der Küche steht und beim Abwaschen »Skip to My Lou« singt. Sie erfand immer eigene Strophen über Fliegen in der Buttermilch und Kätzchen in der Wolle. Wenn sein Vater aus der Werkstatt kam, wusch er in derselben Seifenlauge den Dreck und die Schmiere von seinen Händen.

Der mittlerweile verstorbene George Palmer war ein Bär von einem Mann mit Pranken von der Größe von Baseballhandschuhen und Sommersprossen um die Nase wie ein Schwarm Mücken, der an seinem Gesicht kleben geblieben war. Attraktiv. Todgeweiht. Die Männer in Audies Familie waren alle jung gestorben – meistens bei Grubenunglücken oder Ölbohrunfällen. Einstürzen. Methangasexplosionen. Industrieunfällen. Sein Großvater väterlicherseits war von einem vier Meter langen Stück Bohrrohr erschlagen worden, das durch eine Explosion siebzig Meter durch die Luft geschleudert worden war. Sein Onkel Thomas war zusammen mit achtzehn anderen Männern verschüttet worden. Man hatte sich nicht die Mühe gemacht, ihre Leichen zu bergen.

Bis fünfundfünfzig hatte Audies Vater dem Trend getrotzt. Er hatte bei seinem Job auf den Bohrinseln genug Geld gespart, um eine Tankstelle mit zwei Säulen, einer Werkstatt und einer hydraulischen Hebebühne zu kaufen. Er arbeitete zwanzig Jahre lang sechs Tage die Woche und brachte drei Kinder durch die Schule oder hätte es getan, wenn Carl es ernsthaft versucht hätte.

George hatte die tiefste und sanfteste Stimme von allen Männern, die Audie gekannt hatte – wie Kies, der in einem Fass voller Honig gewendet wurde –, aber sein Vater hatte immer weniger zu sagen, während die Jahre vergingen, seine Koteletten weiß und seine Organe vom Krebs zerfressen wurden. Audie war nicht bei seiner Beerdigung. Er war auch nicht da, als sein Vater krank war. Manchmal hat er sich gefragt, ob ein gebrochenes Herz die Ursache gewesen war und nicht lebenslanges Zigarettenrauchen.

Audie sinkt wieder unter Wasser. Es ist warm und bitter und strömt von allen Seiten auf ihn ein, in seinen Mund, seinen Hals und seine Ohren. Er will nach Luft schnappen, doch die Erschöpfung zieht ihn weiter nach unten. Seine Arme und Beine schmerzen, er wird es nicht bis ans andere Ufer schaffen. Hier geht es zu Ende. Er öffnet die Augen und sieht einen weiblichen Engel in einem weißen Gewand, das um den Körper zu flattern scheint, als würde er nicht schwimmen, sondern fliegen. Die Gestalt streckt die Arme aus, um ihn zu umarmen, unter dem durchsichtigen Stoff ist sie nackt. Er kann ihr Parfüm riechen, die Hitze ihres Körpers an seinem spüren, ihre glatte Haut. Er sieht ihre halb offenen Augen, die zu einem Kuss geöffneten Lippen.

Dann verpasst sie ihm eine schallende Ohrfeige und sagt: »Schwimm weiter, Mistkerl.«

Er strampelt sich an die Oberfläche, schnappt nach Luft und klammert sich an die Plastikkanister, bevor sie davontreiben können. Seine Brust bebt, Wasser spritzt aus Mund und Nase. Er hustet, blinzelt, konzentriert sich. Auf der Wasseroberfläche kann er das Spiegelbild von Sternen und die Spitzen toter Bäume sehen, die sich vor dem Mond abzeichnen. Also strampelt er weiter und stellt sich vor, die gespenstische Gestalt im Wasser unter ihm würde ihm folgen wie ein versunkener Mond.

Und irgendwann, Stunden später, berühren seine Füße Felsen, er schleppt sich an Land, bricht auf einem schmalen Sandstrand zusammen und stößt die Kanister von sich. Die

Nachtluft ist von einem intensiven, wilden Duft erfüllt und verströmt noch die Hitze des Tages. Dunstschwaden hängen über dem Wasser wie Geister von ertrunkenen Fischern.

Er dreht sich auf den Rücken und betrachtet den Mond, der hinter Wolken verschwindet, die im endlosen Raum zu schweben scheinen, schließt die Augen und spürt das Gewicht des Engels, als er sich rittlings auf ihn hockt. Die weibliche Gestalt beugt sich vor, und er spürt ihren Atem an seiner Wange, ihre Lippen an seinem Ohr, als sie flüstert: »Vergiss dein Versprechen nicht.«

2

Die Sirenen heulen. Moss versucht, in seinen Traum zurückzukehren, doch schwere Stiefel poltern über die Metalltreppen, Fäuste packen die Eisengeländer, Staub zittert auf den Stufen. Es ist zu früh. Normalerweise ist der morgendliche Zählappell erst um acht. Und weshalb die Sirenen? Die Zellentür schwingt mit einem metallischen Scheppern auf.

Moss öffnet stöhnend die Augen. Er hat von seiner Frau Crystal geträumt, und seine Boxershorts beulen sich mit einer Morgenlatte. *Ich hab es immer noch drauf*, denkt er und weiß auch, was Crystal sagen würde: »Willst du damit was anfangen oder sie dir bloß den ganzen Tag angucken?«

Gefangene werden aus ihren Zellen beordert, kratzen sich am Bauchnabel, greifen sich in den Schritt, wischen sich den Schlaf aus den Augen. Einige treten bereitwillig heraus, andere müssen mit einem geschwungenen Knüppel ermuntert werden. Die Zellen umschließen auf drei Etagen einen rechteckigen Hof, über den Sicherheitsnetze gespannt sind, damit niemand von den Laufgängen geworfen wird oder versucht, sich umzubringen. An der Decke verläuft ein

Gewirr von Rohren, die gurgeln und klopfen, als würde in ihnen ein finsteres Wesen hausen.

Moss rappelt sich auf und trottet aus der Zelle. Er steht mit dem Gesicht zur Wand auf dem Gang, grunzt und furzt. Er ist ein großer Mann, in der Mitte ein bisschen schwabbelig, aber mit festen Schultern dank der Liegestütze und Klimmzüge, die er ein Dutzend Mal am Tag macht. Er hat milchschokoladenfarbene Haut und Augen, die für sein Gesicht zu groß wirken und ihn jünger aussehen lassen als achtundvierzig.

Moss blickt nach links. Junebug lehnt mit dem Kopf an der Wand und versucht, im Stehen weiterzuschlafen. Seine Tattoos winden und schlängeln sich um seine Unterarme und auf seiner Brust. Er war früher Meth-abhängig, hat ein schmales Gesicht und einen Schnurrbart mit gezwirbelten Spitzen, die sich halb über seine Wangen strecken.

»Was ist los?«

Junebug öffnet die Augen. »Klingt wie ein Fluchtversuch.«

Moss blickt in die andere Richtung. Auf dem Gang sieht er Dutzende von Gefangenen vor ihren Zellen stehen. Mittlerweile sind alle draußen. Nicht alle. Moss beugt sich nach rechts und versucht, in die Nachbarzelle zu spähen. Die Wärter kommen.

»Hey, Audie, steh auf, Mann«, murmelt er.

Stille.

Auf der oberen Ebene werden Stimmen laut. Es gibt ein Gedränge, bis die Ninja Turtles die Treppe hochstürmen und Schläge verteilen. Moss tritt einen Schritt näher an Audies Zelle. »Wach auf, Mann.«

Nichts.

Er wendet sich an Junebug. Sie sehen sich an, zucken die Achseln.

Moss macht zwei Schritte nach rechts, obwohl er weiß,

dass die Wärter ihn beobachten könnten, dreht den Kopf und blickt in die dunkle Zelle. Er kann das in die Wand gedübelte Regal erkennen. Das Waschbecken, die Toilette. Aber weder einen warmen noch einen kalten Körper.

Ein Stockwerk höher ruft ein Wärter: »Alle vollzählig angetreten.«

Von unten ertönt eine zweite Stimme. »Alle vollzählig angetreten.«

Die Helme und Knüppel kommen. Die Insassen drücken ihre Körper an die Wand.

»Hier oben!«, ruft ein Wärter.

Stiefel folgen.

Zwei der Uniformierten durchsuchen Audies Zelle, als könnte er sich irgendwo versteckt haben – unter einem Kissen oder hinter dem Deostift. Moss wendet den Kopf und sieht den stellvertretenden Gefängnisdirektor Grayson keuchend und schwitzend die oberste Stufe erklimmen. Er ist fett wie ein Schwein, seine Wampe hängt über seinen glänzenden Ledergürtel, und Speckrollen versuchen seinen Kragen zu glätten.

Grayson erreicht Audies Zelle. Er blickt hinein, atmet durch und macht ein schmatzendes Geräusch. Er hakt seinen Schlagstock vom Gürtel, schlägt damit in seine offene Hand und wendet sich Moss zu.

»Wo ist Palmer?«

»Ich weiß nicht, Sir.«

Der Stock trifft Moss in den Kniekehlen, sodass er zu Boden sinkt wie ein gefällter Baum. Grayson steht über ihm.

»Wann hast du ihn zuletzt gesehen?«

Moss zögert, versucht sich zu erinnern. Das Ende des Stocks wird direkt unterhalb der Rippen in seine rechte Seite gestoßen. Die Welt vor seinen Augen schwillt kurz an und wieder ab.

»Beim Essen«, stöhnt er.
»Wo ist er jetzt?«
»Ich weiß nicht.«
Ein Schimmer scheint von Graysons Gesicht aufzusteigen. »Alles verriegeln. Ich will, dass er gefunden wird.«
»Was ist mit dem Frühstück?«, fragt einer der Beamten.
»Das kann warten.«
Moss wird in seine Zelle geschleift. Die Türen werden geschlossen. Die nächsten zwei Stunden liegt er auf seiner Pritsche und lauscht dem Beben und Ächzen des Gebäudes. Jetzt sind sie in der Werkstatt. Vorher waren sie in der Wäscherei.

Er hört, wie Junebug in der Nachbarzelle an die Wand klopft.
»Hey, Moss!«
»Was?«
»Glaubst du, er ist rausgekommen?«
Moss antwortet nicht.
»Warum sollte er in seiner letzten Nacht so was Bescheuertes machen?«
Moss schweigt weiter.
»Ich hab immer gesagt, der Kerl ist verrückt.«
Die Wärter kommen zurück. Junebug legt sich wieder auf seine Pritsche. Moss lauscht und spürt, wie sein Schließmuskel arbeitet. Vor seiner Zelle bleiben die Stiefel stehen.
»Aufstehen! An die Rückwand! Beine gespreizt!«
Drei Mann betreten die Zelle. Moss' Hände werden mit Handschellen gefesselt und mit einer Kette um seine Taille gesichert, eine zweite Kette wird um seine Füße gelegt, sodass er nur schlurfen kann. Ihm bleibt keine Zeit, seine offene Hose zuzuknöpfen, sodass er sie mit einer Hand festhalten muss. Die Gefangenen in ihren Zellen johlen und brüllen ihm alles Mögliche zu. Moss geht durch die Sonnen-

strahlen und sieht mehrere Polizeiwagen vor dem Haupttor stehen. In ihren glänzenden Karossen spiegelt sich glitzernd das Licht.

Im Verwaltungstrakt befiehlt man ihm, in einem Zimmer Platz zu nehmen. Die Wärter links und rechts von ihm sagen nichts. Er wendet den Kopf und betrachtet ihr Profil, hohe Schirmmütze, Sonnenbrille, braunes Hemd mit dunkelbraunen Schulterstücken. Aus einem Besprechungszimmer dringen Stimmen. Hin und wieder erhebt sich eine über die anderen. Schuld wird zugewiesen.

Essen kommt. Moss spürt, wie sich sein Magen zusammenzieht und ihm das Wasser im Mund zusammenläuft. Eine weitere Stunde verstreicht. Leute gehen. Schließlich ist Moss an der Reihe. Mit kleinen Trippelschritten und gesenktem Blick schlurft er in das Zimmer. Direktor Sparkes trägt einen dunklen Anzug, der vom Sitzen schon zerknittert aussieht. Er ist ein großer Mann mit silberner Mähne und einer langen schmalen Nase, und er geht, als würde er ein Buch auf dem Kopf balancieren. Er macht den Beamten ein Zeichen zurückzutreten, und sie beziehen Posten links und rechts der Tür.

An einer Wand steht ein Tisch voll mit einem halb gegessenen Büfett, frittierte Krebse, Spareribs, Brathähnchen, Kartoffelbrei und Salat. Die Maiskolben haben schwarze Grillabdrücke und sind mit glänzender Butter überzogen. Der Direktor nimmt ein Rippchen, lutscht das Fleisch vom Knochen und wischt sich die Hände mit einem Erfrischungstuch ab.

»Wie heißen Sie, mein Sohn?«

»Moss Jeremiah Webster.«

»Was für ein Name ist das denn? Moss?«

»Na ja, auf der Geburtsurkunde wusste meine Mama wohl nicht, wie man Moses schreibt, Sir.«

Einer der Wärter lacht. Der Direktor kneift sich in die Nasenwurzel.

»Haben Sie Hunger, Mr Webster? Nehmen Sie sich einen Teller.«

Moss blickt mit knurrendem Magen auf das Festmahl.

»Werden Sie mich hinrichten, Sir?«

»Wie kommen Sie denn darauf?«

»So ein Essen könnte gut eine Henkersmahlzeit sein.«

Der Direktor lacht. »Niemand wird Sie hinrichten ... nicht an einem Freitag.«

Das findet Moss nicht komisch. Er hat sich nicht gerührt.

»Nehmen Sie sich einen Teller. Packen Sie ihn ordentlich voll.«

Es ist womöglich vergiftet. Der Direktor isst es auch. Vielleicht weiß er, welche Stücke er nehmen muss. Verdammt! Das ist mir egal!

Moss schlurft ans Büfett und belädt einen Plastikteller mit Spareribs, Krebsscheren und Kartoffelbrei und packt noch einen Maiskolben obendrauf. Er isst über den Teller gebeugt mit beiden Händen, Flüssigkeit verschmiert seine Wangen und tropft von seinem Kinn. Auch Direktor Sparkes nimmt noch ein Rippchen und setzt sich ihm mit vage angewiderter Miene gegenüber.

»Erpressung, Betrug, Drogenhandel – man hat sie mit Marihuana im Wert von zwei Millionen Dollar erwischt.«

»Es war bloß Gras.«

»Dann haben Sie im Gefängnis einen Mann erschlagen. Hatte er es verdient?«

»Das hab ich damals gedacht.«

»Und heute?«

»Würde ich vieles anders machen.«

»Wie lange sind Sie schon drin?«

»Fünfzehn Jahre.«

Moss hat zu schnell gegessen. Ein Stück Fleisch sitzt ihm quer im Hals. Als er sich auf die Brust schlägt, klappern seine Handschellen. Der Direktor bietet ihm etwas zu trinken an. Aus Angst, man könnte sie ihm wieder abnehmen, trinkt Moss die ganze Dose leer, wischt sich den Mund ab, rülpst und isst weiter.

Direktor Sparkes hat den Knochen abgelutscht. Er beugt sich vor und pflanzt ihn in Moss' Kartoffelbrei, wo er aufrecht stehen bleibt, wie ein Flaggenmast.

»Fangen wir ganz vorne an. Sie sind mit Audie Palmer befreundet, ist das zutreffend?«

»Ich kenne ihn.«

»Wann haben Sie ihn zuletzt gesehen?«

»Gestern Abend beim Essen.«

»Sie haben neben ihm gesessen.«

»Ja, Sir.«

»Worüber hat er geredet?«

»Das Übliche.«

Der Direktor wartet, sein Blick bleibt ausdruckslos. Moss spürt, wie die Butter von dem gegrillten Mais sich wie ein Film über seine Zunge legt.

»Kakerlaken.«

»Was?«

»Wir haben darüber geredet, wie man Kakerlaken loswird. Audie hat mir erklärt, ich soll AmerFresh-Zahnpasta in die Mauerritzen schmieren. Kakerlaken mögen keine Zahnpasta. Fragen Sie mich nicht, warum, aber so ist es.«

»Kakerlaken.«

Moss spricht mit dem Mund voller Kartoffelbrei. »Ich hab mal eine Geschichte von einer Frau gehört, der eine Kakerlake ins Ohr gekrabbelt ist, während sie geschlafen hat. Die hatte Babys, die sich bis ins Gehirn der Frau gegraben haben. Eines Tages hat man sie tot aufgefunden, und aus ihrer Nase krochen Kakerlaken. Wir führen einen Krieg gegen sie. Es gibt Idioten, die einem sagen, man soll Rasierschaum nehmen, doch mit dem Dreck kommt man nicht durch die Nacht. AmerFresh ist am besten.«

Direktor Sparkes starrt ihn an. »In meinem Gefängnis gibt es kein Schädlingsproblem.«

»Ich weiß nicht, ob die Kakerlaken das schon mitgekriegt haben, Sir.«

»Wir lassen zwei Mal im Jahr alles ausräuchern.«

Moss kennt die Schädlingsbekämpfungsmaßnahmen. Die Wärter erscheinen und befehlen den Gefangenen, sich auf ihre Pritschen zu legen, während in ihren Zellen eine toxisch riechende Chemikalie versprüht wird, von der allen übel wird, die jedoch keinen Effekt auf die Kakerlaken hat.

»Was ist nach dem Essen passiert?«, fragt Sparkes.

»Ich bin zurück in meine Zelle gegangen.«

»Haben Sie Palmer gesehen?«

»Er hat gelesen.«

»Gelesen?«

»Ein Buch«, sagt Moss für den Fall, dass weitere Erklärungen erforderlich sind.

»Was für ein Buch?«

»Ein dickes ohne Bilder.«

Sparkes kann an der Situation nichts komisch finden. »Wussten Sie, dass Palmer heute entlassen werden sollte?«

»Ja, Sir.«

»Warum bricht jemand in der Nacht vor seiner Entlassung aus dem Gefängnis aus?«

Moss wischt sich das Fett von den Lippen. »Ich hab keinen Schimmer.«

»Irgendeine Ahnung müssen Sie doch haben. Der Mann hat zehn Jahre gesessen. Einen Tag länger, und er wäre ein freier Mann, doch stattdessen bricht er aus. Damit ist er ein entflohener Häftling. Man wird ihn vor Gericht stellen und verurteilen. Und beim nächsten Mal könnte er leicht lebenslänglich kassieren. Also, warum macht er das?«

Moss weiß nicht, was er sagen soll.

»Haben Sie mich gehört, mein Sohn?«

»Ja, Sir.«

»Erzählen Sie mir nicht, dass Sie Audie Palmer nicht nahestanden. Das brauchen Sie gar nicht erst zu versuchen. Das hier ist nicht mein erstes Rodeo, also behandeln Sie mich nicht, als wäre ich noch grün hinter den Ohren.«

»Viele Typen kannten ihn.«

»Sie haben – wie lange? – sieben Jahre die Zelle neben Palmer bewohnt. Er muss Ihnen doch irgendwas gesagt haben.«

Moss stößt die Magensäure auf. Er hat zu schnell gegessen.

Der Direktor redet immer noch. »Meine Aufgabe ist es, Gefangene inhaftiert zu halten, bis die Bundesregierung ihre Entlassung genehmigt. Mr Palmers Entlassung war für heute vorgesehen, doch er hat beschlossen, früher zu gehen. Wieso?«

Moss hebt und senkt seine Schultern.

»Wagen Sie eine Hypothese.«

»Ich weiß nicht, was das Wort bedeutet, Sir.«

»Sagen Sie mir, was Sie davon halten.«

»Sie wollen wissen, was ich davon halte? Ich würde sagen, um so was zu machen, muss Audie Palmer dümmer sein als Scheiße auf einem Keks.« Moss verstummt und betrachtet die ungegessenen Reste auf seinem Teller.

Direktor Sparkes zieht ein Foto aus der Jackentasche und legt es auf den Tisch. Es ist ein Bild von Audie Palmer mit seinem Hundeblick und dem fransigen Pony, gesund wie ein Glas Milch.

»Was wissen Sie über den Überfall auf den gepanzerten Geldtransporter in Dreyfus County?«

»Nur, was ich gelesen habe.«

»Audie Palmer muss ihn doch erwähnt haben.«

»Nein, Sir.«

»Und Sie haben nicht gefragt?«

»Klar, hab ich gefragt. Jeder hat gefragt. Jeder Wärter. Jeder Wichser. Jeder Besucher. Verwandte. Freunde. Jeder Mistkerl in diesem Laden wollte wissen, was mit dem Geld passiert ist.«

Moss musste nicht lügen. Es gab niemanden, der die Geschichte von dem Raubüberfall nicht kannte – nicht nur wegen des fehlenden Geldes, sondern auch, weil an dem Tag vier Menschen gestorben waren. Ein Täter konnte entkommen. Einer wurde gefasst.

»Und was hat Audie gesagt?«

»Kein verdammtes Wort.«

Direktor Sparkes bläst die Backen auf wie einen Ballon und atmet langsam wieder aus. »Haben Sie dem Jungen deshalb zur Flucht verholfen? Hat er Ihnen was von dem Geld versprochen?«

»Ich hab niemandem zur Flucht geholfen.«

»Willst du mich verarschen, mein Sohn?«

»Nein, Sir.«

»Ich soll also glauben, dass Ihr bester Freund aus dem Gefängnis geflohen ist, ohne Ihnen ein Wort zu sagen?«

Moss nickt, seine Blicke suchen den leeren Raum über dem Kopf des Direktors.

»Hatte Audie Palmer eine Freundin?«

»Er hat manchmal im Schlaf über ein Mädchen geredet, aber ich glaube, sie war schon lange weg.«

»Verwandte?«

»Er hat eine Mutter und eine Schwester.«

»Wir haben *alle* eine Mutter.«

»Sie schreibt ihm jede Woche.«

»Sonst noch jemand?«

Moss zuckt mit den Schultern. Er gibt nichts preis, was der Direktor nicht auch in Audies Akte nachlesen könnte. Beide Männer wissen, dass bei dieser Befragung nicht viel herauskommen wird.

Sparkes erhebt sich und beginnt, auf und ab zu gehen, seine Schuhe quietschen auf dem Linoleum. Moss muss den Kopf von links nach rechts drehen, um ihn im Blick zu behalten.

»Ich möchte, dass Sie mir gut zuhören, Mr Webster. Nach Ihrer Ankunft hier hatten Sie Probleme mit der Disziplin, aber das waren nur Marotten, die Sie inzwischen ausgebügelt haben. Sie haben sich Privilegien erworben, hart erarbeitet. Deswegen weiß ich, dass Sie ein schlechtes Gewissen haben, und deshalb werden Sie mir erzählen, wo er verdammt noch mal hin ist.«

Moss starrt ihn mit leerem Blick an.

Der Direktor bleibt stehen und stemmt beide Hände auf den Tisch. »Erklären Sie mir mal was, Mr Webster. Dieser Code des Schweigens, der an einem Ort wie diesem unter Leuten wie Ihnen herrscht, was glauben Sie damit zu erreichen? Sie leben wie die Tiere, Sie denken wie die Tiere, Sie benehmen sich wie die Tiere. Gerissen. Gewalttätig. Sie bilden Banden. Welchen Sinn hat dieser Code?«

»Es ist das Zweite, was uns verbindet«, sagt Moss und ermahnt sich noch im selben Moment, den Mund zu halten.

»Und was ist das Erste?«

»Leute wie Sie zu hassen.«

Der Direktor kippt den Tisch um, sodass Teller und Speisen klappernd zu Boden fallen. Sauce und Kartoffelbrei fließen an der Wand herunter. Die Wärter haben auf ihr

Zeichen gewartet. Moss wird hochgerissen und durch die Tür gestoßen. Er muss hastig trippeln, um nicht zu stolpern. Halb tragen sie ihn zwei Treppenabsätze hinunter und durch ein halbes Dutzend Türen, die von der anderen Seite aufgeschlossen werden. Er kehrt nicht in seine Zelle zurück. Sie bringen ihn in die Spezialverwahrung. Einzelhaft. Das Loch.

Ein weiterer Schlüssel wird ins Schloss geschoben. Die Tür quietscht kaum. Zwei neue Wärter übernehmen ihn. Man befiehlt Moss, sich auszuziehen. Schuhe, Hose, Hemd.

»Warum bist du hier drinnen, Arschloch?«

Moss antwortet nicht.

»Er hat bei einem Ausbruch geholfen«, sagt der andere Wärter.

»Das habe ich nicht getan, Sir.«

Der erste Wärter zeigt auf Moss' Ehering. »Abnehmen.«

Moss sieht ihn blinzelnd an. »Die Bestimmungen sagen, dass ich ihn anbehalten darf.«

»Abziehen, oder ich brech dir die Finger.«

»Das ist alles, was ich habe.« Moss ballt die Faust.

Der Wärter schlägt ihn zwei Mal mit dem Schlagstock. Hilfe wird gerufen. Sie drücken Moss zu Boden und prügeln weiter auf ihn ein; die Schläge klingen eigenartig gedämpft, und auf seinem feuchten, langsam anschwellenden Gesicht liegt ein Ausdruck von Verwunderung. Er sackt zusammen, stöhnt und spuckt Blut, als ein Stiefel sein Gesicht auf den Boden drückt, wo er Schichten von Politur und Schweiß riechen kann. Ihm dreht sich der Magen um, doch die Rippchen mit Kartoffelbrei bleiben drinnen.

Nachdem es vorbei ist, werfen sie ihn in einen kleinen Käfig aus geflochtenem Stahlnetz. Reglos auf dem Betonboden liegend, macht Moss ein gurgelndes Geräusch, wischt sich Blut von der Nase und reibt es zwischen seinen Fingerkuppen, wo es sich anfühlt wie Öl. Er fragt sich, welche Lektion er lernen soll.

Er denkt an Audie Palmer und die vermissten sieben Millionen. Er hofft, dass Audie sich das Geld geholt hat. Er hofft, dass er für den Rest seines Lebens Piña Coladas in Cancún oder Cocktails in Monte Carlo schlürft. Zeig's den Schweinen! Die beste Rache ist gut zu leben.

3

Kurz vor der Dämmerung wirken die Sterne heller, und Audie kann einzelne Sternbilder ausmachen. Einige kennt er mit Namen: Orion, Kassiopeia und Ursa Major. Andere sind so weit entfernt, dass sie das Licht von vor Millionen Jahren bringen, als ob die Vergangenheit durch Raum und Zeit greifen würde, um die Gegenwart zu beleuchten.

Es gibt Menschen, die glauben, dass ihr Los in den Sternen geschrieben steht, und wenn das stimmt, muss Audie unter einem schlechten Stern geboren sein. Er selbst glaubt nicht an Schicksal, Bestimmung oder Karma. Genauso wenig wie er daran glaubt, dass es für alles einen Grund gibt oder dass das Glück eines Menschen sich im Laufe eines Lebens verbraucht, wenn es hier und da auf einen niederfällt wie aus einer vorüberziehenden Regenwolke. Tief im Herzen hat er stets gewusst, dass der Tod ihn jeden Moment finden konnte und dass es im Leben immer nur darum ging, den nächsten Schritt richtig zu setzen.

Er knotet den Wäschebeutel auf und nimmt die Kleidung zum Wechseln heraus: Jeans und ein langärmeliges Hemd, die er einem der Wärter gestohlen hat, der einen Sportbeutel in seinem nicht abgeschlossenen Wagen hatte liegen lassen. Er streift die Socken über und schnürt die nassen Schuhe.

Nachdem er seine Gefängniskluft vergraben hat, wartet er, bis am östlichen Horizont ein orangefarbener Streifen auftaucht, und marschiert los. Ein Bach plätschert über ein Kiesbett und mündet in das Reservoir. Am Boden hält sich Morgendunst, und im flachen Wasser stehen zwei Reiher wie Zierfiguren in einem Vorgarten. Die Schlammbänke sind von kleinen Löchern übersät, die die nistenden Schwalben hinterlassen haben, die, fast ohne die Wasseroberfläche zu berühren, hin und her huschen. Audie geht an dem Bach entlang bis zu einem staubigen Feldweg und einer einspurigen Brücke. Dann folgt er dem Weg, lauscht auf Fahrzeuge und hält nach Staubwolken Ausschau.

Über einer Reihe verkümmerter Bäume geht rot schimmernd die Sonne auf. Vier Stunden später ist Wasser nur noch eine ferne Erinnerung, und die glühende Kugel brennt wie ein Schweißbrenner in seinem Nacken. Staub bedeckt jede Falte und Furche in seiner Haut, und er ist allein auf der Straße.

Nach Mittag erklimmt er eine Anhöhe, um sich zu orientieren. Es sieht aus, als würde er eine tote Welt durchqueren, die irgendeine uralte Zivilisation hinterlassen hat. Die Bäume drängen sich an dem alten Wasserlauf wie eine Herde Tiere, und die Hitze schimmert über der Ebene, die von Motorradspuren und wilden Fußwegen durchzogen ist. Seine Khakihose hängt tief im Schritt, große Schweißflecken zeichnen seine Achselhöhlen. Zwei Mal muss er sich vor vorbeifahrenden Lastern verstecken, über Schiefer und lose Steine in Böschungen rutschen oder sich hinter Gestrüpp oder einem Felsen verbergen. Schließlich macht er auf einem flachen Felsstück eine Pause und erinnert sich daran, wie sein Daddy ihn durch den Garten gejagt hat, nachdem er ihn dabei erwischt hatte, wie er das Geld für den Milchmann von den Stufen vor den Häusern der Nachbarn gestohlen hatte.

»Wer hat dich dazu angestiftet?«, wollte er wissen und verdrehte Audie das Ohr.

»Niemand.«

»Sag mir die Wahrheit, sonst bestraf ich dich noch härter.«

Audie schwieg. Er nahm seine Strafe hin wie ein Mann, rieb über die Schwielen auf seinen Schenkeln und sah die Enttäuschung in den Augen seines Daddys. Sein älterer Bruder Carl beobachtete sie aus dem Haus.

»Das hast du gut gemacht«, sagte er hinterher, »aber du hättest das Geld verstecken sollen.«

Audie klettert die Böschung empor und geht weiter die Straße hinunter. Am Nachmittag kreuzt er eine vierspurige asphaltierte Straße und folgt ihr in einigem Abstand. Jedes Mal, wenn Autos vorbeikommen, versteckt er sich. Nach einer weiteren Meile stößt er auf eine Schotterstraße, die einen Bogen nach Norden beschreibt. Am Ende der von Schlaglöchern übersäten Straße kann er Pumpen und Tanks für die Bohrspülung erkennen. Vor dem Himmel zeichnen sich Umrisse eines Turms ab, auf dessen Spitze eine Flamme brennt, die die Luft schimmern lässt. Nachts muss er meilenweit zu sehen sein, über einer Ministadt aus Lichtern thronend wie über einer neuen Kolonie auf einem entfernten Planeten.

Weil Audie den Bohrturm betrachtet, bemerkt er den alten Mann nicht, der ihn beobachtet. Untersetzt und braun, in einem Overall und mit einem breitkrempigen Hut auf dem Kopf. Er steht neben einem weiß gestrichenen Schlagbaum, der an einem Ende mit einem Gewicht beschwert ist. Daneben gibt es einen Unterstand mit drei Wänden und einem Dach. Unter einem einsamen Baum parkt ein Dodge-Pick-up.

Der alte Mann hat ein pockennarbiges Gesicht, eine flache Stirn und weit auseinanderstehende Augen. In seiner Armbeuge liegt eine Schrotflinte.

Audie versucht zu lächeln. Die verkrustete Staubschicht auf seinem Gesicht bröckelt.

»Howdy!«

Der alte Mann nickt unsicher.

»Hab mich gefragt, ob Sie vielleicht ein bisschen Wasser für mich übrig haben«, sagt Audie. »Ich bin völlig ausgedörrt.«

Der Mann legt die Schrotflinte auf seine Schulter, nimmt den Deckel von einem Wasserfass neben dem Unterstand und zeigt auf eine Metallkelle, die an einem Nagel hängt. Audie tunkt sie in das Wasser und inhaliert den ersten Schluck förmlich, sodass das Wasser durch die Nase wieder herausläuft. Er hustet und trinkt einen weiteren Schluck. Das Wasser ist kühler, als er gedacht hätte.

Der alte Mann zieht eine zerknitterte Zigarettenpackung aus der Tasche seines Overalls, zündet sich eine an und atmet den Rauch tief ein, als wollte er jeden Rest frischer Luft in seiner Lunge ersetzen.

»Was machen Sie hier draußen?«

»Hab mich mit meiner Freundin gestritten. Die dumme Kuh ist weggefahren und hat mich hier sitzen lassen. Ich dachte, sie würde vielleicht zurückkommen – aber nichts da.«

»Vielleicht sollten Sie sie nicht beschimpfen, wenn Sie wollen, dass sie zurückkommt.«

»Vielleicht«, sagt Audie und gießt sich eine Kelle Wasser über den Kopf.

»Wo hat sie Sie denn sitzen lassen?«

»Wir haben gezeltet.«

»Am Ufer des Reservoirs.«

»Ja.«

»Das ist fünfzehn Meilen entfernt.«
»Und ich bin jede Einzelne davon gelaufen.«
Ein Öllaster rattert über die Schotterstraße. Der alte Mann stützt sich auf das beschwerte Ende des Balkens, und der Schlagbaum hebt sich. Er winkt dem Fahrer zu, und der Lkw fährt weiter. Eine Staubwolke senkt sich herab.
»Was machen Sie hier?«, fragt Audie.
»Ich bewache die Anlage.«
»Was denn genau?«
»Es ist eine Ölbohrung. Jede Menge teures Gerät.«
Audie streckt die Hand aus und stellt sich mit seinem zweiten Vornamen vor. Spencer, weil die Polizei den vielleicht nicht veröffentlicht hat. Mehr will der alte Mann nicht wissen. Sie geben sich die Hand.
»Ich bin Ernesto Rodriguez. Die Leute nennen mich Ernie, das klingt nicht so nach Bohnenfresser.« Er lacht. Ein weiterer Lkw naht.
»Meinen Sie, einer der Fahrer würde mich vielleicht mitnehmen?«, fragt Audie.
»Wohin wollen Sie denn?«
»Irgendwohin, wo ich den Bus oder den Zug nehmen kann.«
»Was ist mit dem Mädchen?«
»Ich glaube nicht, dass sie zurückkommt.«
»Wo wohnen Sie?«
»Ich bin in Dallas aufgewachsen, war aber zuletzt eine Weile im Westen.«
»Was haben Sie da gemacht?«
»Alles Mögliche.«
»Sie wollen also irgendwohin und machen alles Mögliche.«
»Ja, so ungefähr.«
Ernie blickt über die von Schluchten und Felsen vernarb-

te Ebene. Neben dem Schlagbaum beginnt ein Zaun, der bis zum Rand der Erde zu reichen scheint.

»Bis Freer kann ich Sie mitnehmen«, sagt er, »aber ich mache erst in gut einer Stunde Feierabend.«

»Sehr nett.«

Audie setzt sich in den Schatten, zieht die Schuhe aus und tastet vorsichtig über die Blasen an seinen Füßen und die Schnittwunden an seinen Händen. Weitere Tanklaster passieren das Tor, verlassen das Gelände vollgeladen, kehren leer zurück.

Ernie redet gern. »Bis zur Rente war ich Koch«, erzählt er. »Jetzt verdiene ich das Doppelte, wegen des Booms.«

»Welcher Boom?«

»Öl und Gas, eine große Neuigkeit. Schon mal was vom Eagle Ford Shale gehört?«

Audie schüttelt den Kopf.

»Es ist eine Formation aus Sedimentgestein, das direkt unter dem Süden und Osten von Texas verläuft und voller Meeresfossilien von irgendeinem Ozean aus grauer Vorzeit ist. Sie müssen es bloß ausgraben.«

Bei Ernie hört sich das ganz leicht an.

Kurz vor Anbruch der Dämmerung kommt ein Pick-up-Truck aus der anderen Richtung, der Nachtwächter. Ernie übergibt ihm den Schlüssel zu dem Vorhängeschloss für den Schlagbaum. Audie wartet in dem Dodge. Er fragt sich, worüber die beiden Männer reden, und bemüht sich, nicht panisch zu werden. Schließlich setzt Ernie sich ans Steuer. Die Fenster sind offen. Er senkt den Kopf, um sich eine Zigarette anzuzünden, während er das Lenkrad mit den Ellbogen festhält. Gegen den Luftzug anbrüllend, erzählt er Audie, dass er mit seiner Tochter und seinem Enkel zusammenwohnt. Sie haben ein Haus am Stadtrand von Pleasanton, was er wie »Pledenten« ausspricht.

Im Westen hat ein Dschungel aus Wolken die Sonne verschluckt, bevor sie endgültig hinter dem Horizont verschwindet. Es ist, als würde man zusehen, wie sich eine Flamme durch feuchtes Zeitungspapier brennt. Audie legt den Arm auf den Fensterrahmen und hält Ausschau nach Streifenwagen oder Straßensperren. Mittlerweile sollte er einigermaßen sicher sein, doch er weiß nicht, wie lange sie nach ihm suchen werden.

»Wo hatten Sie denn vor, die Nacht zu verbringen?«, fragt Ernie.

»Hab ich noch nicht entschieden.«

»In Pleasanton gibt es mehrere Motels, aber ich hab noch in keinem übernachtet. War nie nötig. Haben Sie Bargeld?«

Audie nickt.

»Sie sollten Ihr Mädchen anrufen – sagen, dass es Ihnen leidtut.«

»Die ist längst weg.«

Ernie trommelt mit den Fingern aufs Lenkrad. »Ich kann Ihnen nur eine Pritsche in der Scheune anbieten, aber das ist billiger als ein Hotel, und meine Tochter ist eine wirklich gute Köchin.«

Audie gibt ein paar ablehnende Laute von sich, obwohl er schon weiß, dass er es nicht riskieren kann, in einem Hotel zu übernachten, weil man ihn dort nach einem Ausweis fragen wird. Und mittlerweile wird die Polizei sein Foto verbreitet haben.

»Dann ist das also abgemacht«, verkündet Ernie und will das Radio anschalten. »Möchten Sie Musik hören?«

»Nein«, sagt Audie zu hastig. »Lassen Sie uns einfach reden.«

»Auch gut.«

Ein paar Meilen südlich von Pleasanton hält der Truck vor einem schmucklosen Haus neben einem Schuppen und einer Reihe verkümmerter Pappeln. Der Motor wird unbeholfen abgewürgt, und ein Hund kommt durch den staubigen Garten und schnuppert an Audies Schuhen.

Ernie steigt aus, stapft die Stufen zur Haustür hinauf und verkündet laut, dass er wieder zu Hause ist.

»Wir haben Besuch zum Abendessen, Rosie.«

Am Ende eines Flurs schimmert ein Licht aus der Küche, wo eine Frau am Herd steht. Sie hat breite Hüften, ein rundes hübsches Gesicht und milchig braune Haut; ihre länglichen schmalen Augen sehen eher indianisch als mexikanisch aus. Sie trägt ein Kleid mit einem verblichenen Muster, ihre Füße sind nackt.

Sie sieht Audie und dann wieder ihren Vater an. »Wieso erzählst du mir das?«

»Er wird was essen wollen, und du bist fürs Kochen zuständig.«

Sie wendet sich wieder dem Herd zu, wo Fleisch in einer Bratpfanne zischt. »Ja, ich bin fürs Kochen zuständig.«

Der alte Mann grinst Audie an. »Am besten waschen Sie sich. Ich such ein paar saubere Klamotten raus. Ihre Sachen kann Rosie später waschen.« Er wendet sich an seine Tochter. »Wo bewahrst du Davids alte Sachen auf?«

»In der Kiste unter meinem Bett.«

»Meinst du, wir finden was für den Burschen?«

»Mach, was du willst.«

Audie bekommt die Dusche gezeigt und einen Satz sauberer Kleidung ausgehändigt. Er steht unter dem warmen Strahl, bis seine Haut rosa wird, und genießt jede Minute. Tagträumt. Im Gefängnis war das Duschen limitiert. Reguliert. Und gefährlich. Und hinterher hat er sich nie sauberer gefühlt.

Bekleidet mit den Sachen eines Fremden streicht er sich mit den Fingern durchs Haar und geht zurück durch den

Flur, als er einen Fernseher hört. Ein Reporter spricht über einen entflohenen Häftling. Vorsichtig späht Audie durch die offene Tür und sieht den Bildschirm.

Audie Spencer Palmer hatte seine zehnjährige Haftstrafe wegen des Überfalls auf einen gepanzerten Geldtransporter in Dreyfus County, bei dem vier Menschen starben, fast abgesessen. Die Behörden vermuten, dass er die beiden Außenzäune mit Hilfe von aus der Gefängniswäscherei gestohlenen Bettlaken überwunden hat, nachdem er die Alarmanlage mit einem Kaugummipapier kurzgeschlossen hatte ...

Auf einem Teppich vor dem Fernseher sitzt ein Junge und spielt mit einem Karton voller Spielzeugsoldaten. Er blickt zu Audie und dem Fernseher hoch. Auf dem Bildschirm zeigt inzwischen eine junge Frau auf eine Wetterkarte.

Audie geht in die Hocke. »Howdy.«

Der Junge nickt.

»Wie heißt du?«

»Billy.«

»Was spielst du, Billy?«

»Soldaten.«

»Und wer gewinnt?«

»Ich.«

Audie lacht, was Billy nicht versteht. Rosie ruft aus der Küche. Das Abendessen ist fertig.

»Hast du Hunger, Billy?«

Er nickt.

»Dann beeilen wir uns besser, sonst ist vielleicht nichts mehr übrig.«

Rosie mustert den Tisch mit einem letzten prüfenden Blick und streift Audies Schulter, als sie ihm Teller und Besteck aufdeckt. Sie setzt sich und bedeutet Billy, das Tischgebet zu sprechen. Der Junge murmelt die Worte und sagt zum Schluss laut und deutlich Amen. Teller werden herumgereicht, Essen wird aufgespießt und verzehrt. Ernie stellt Fragen, bis Rosie ihm sagt, er solle »still sein und den Mann essen lassen«.

Hin und wieder sieht sie Audie verstohlen an. Sie hat sich vor dem Essen umgezogen und trägt jetzt ein neueres, engeres Kleid.

Nach dem Essen ziehen sich die Männer auf die Veranda zurück, während Rosie den Tisch abräumt, das Geschirr spült und abtrocknet, die Bänke abwischt und Sandwiches für den nächsten Tag schmiert. Audie hört, wie Billy das Alphabet übt.

Ernie raucht eine Zigarette und legt die Füße auf das Geländer der Veranda.

»Was haben Sie jetzt vor?«

»Ich habe Verwandte in Houston.«

»Wollen Sie sie anrufen?«

»Ich bin vor etwa zehn Jahren in den Westen gegangen. Der Kontakt ist abgerissen.«

»Ist heutzutage schwer, den Kontakt zu jemandem abreißen zu lassen – da müssen Sie sich richtig angestrengt haben.«

»Hab ich wohl.«

Rosie hat in der Tür gestanden und zugehört. Ernie gähnt, streckt seine Arme und Beine und erklärt, dass er sich in die Falle legen wolle. Er zeigt Audie die Schlafbaracke in der Scheune und wünscht ihm eine gute Nacht. Audie bleibt noch einen Moment draußen stehen und betrachtet die Sterne. Er will sich gerade abwenden, als er Rosie bemerkt, die neben einem Regenwassertank im Schatten steht.

»Wer sind Sie wirklich?«, fragt sie vorwurfsvoll.

»Ein Fremder, der Ihre Freundlichkeit zu schätzen weiß.«

»Wenn Sie uns ausrauben wollen, wir haben kein Geld.«

»Ich brauch bloß einen Platz zum Schlafen.«

»Sie haben Daddy einen Haufen Lügen erzählt, von wegen, Ihre Freundin wäre abgehauen. Sie sind jetzt drei Stunden hier und haben noch nicht gefragt, ob Sie mal telefonieren können. Warum sind Sie wirklich hier?«

»Ich versuche, ein Versprechen zu halten, das ich jemandem gegeben habe.«

Rosie schnaubt verächtlich. Sie steht reglos halb im Schatten.

»Wem gehören diese Kleider?«, fragt Audie.

»Meinem Mann.«

»Wo ist er?«

»Er hat eine gefunden, die ihm besser gefiel.«

»Das tut mir leid.«

»Wieso? Das ist doch nicht Ihre Schuld.« Sie blickt an Audie vorbei in die Dunkelheit. »Er hat gesagt, ich wäre fett geworden. Er wollte mich nicht mehr anfassen.«

»Ich finde Sie sehr schön.«

Sie nimmt Audies Hand und legt sie auf ihre Brust. Er kann spüren, wie ihr Herz schlägt. Dann hebt sie den Kopf und drängt ihre Lippen an seine. Der Kuss ist hart und hungrig, beinahe verzweifelt. Er kann ihre Verletzung schmecken.

Audie löst sich von ihr, hält sie eine Armlänge auf Abstand und blickt ihr in die Augen. Dann küsst er sie auf die Stirn.

»Gute Nacht, Rosie.«

4

Das Gefängnis versuchte jeden Tag, Audie Palmer zu töten. Wach oder im Schlaf. Beim Essen. Beim Duschen. Bei der Runde auf dem Gefängnishof. Zu jeder Jahreszeit, sengend heiß im Sommer, eiskalt im Winter, kaum etwas dazwischen, versuchte das Gefängnis, Audie Palmer zu töten, doch irgendwie überlebte er.

Es schien so, als würde Audie in einem Paralleluniversum leben; was man ihm auch antat, egal wie schlimm, sein Verhalten blieb unverändert. Moss hatte Filme gesehen, in denen Menschen aus dem Himmel oder der Hölle zurückkehrten, weil irgendetwas in ihrem Leben unerledigt geblieben war. Er fragte sich, ob Audie wegen einer Panne in der teuflischen Buchhaltung oder einer Verwechslung zurückgeschickt worden war. In dem Fall konnte ein Mann das Leben hinter Gittern vielleicht sogar wertschätzen, weil er schon viel Schlimmeres gesehen hatte.

Als Moss Audie zum ersten Mal sah, lief der junge Mann mit den anderen Neuankömmlingen die Rampe hinauf. Die Rampe war so lang wie ein Football-Feld, mit Zellen auf beiden Seiten, ein höhlenartiger Ort mit gewachsten Fußböden und summenden Neonleuchten an der Decke. Die Alteingesessenen in den Zellen musterten johlend und pfeifend das Frischfleisch. Dann gingen alle Türen gleichzeitig auf, und die Männer drängten heraus, was nur einmal am Tag geschah und sich anfühlte wie die Rushhour in der U-Bahn. Gefangene beglichen Rechnungen, gaben Bestellungen auf, nahmen Schmuggelware entgegen oder suchten nach Opfern. Es war ein guter Zeitpunkt, blutige Wunden zuzufügen und damit davonzukommen.

Es dauerte nicht lange, bis irgendjemand Audie entdeckte. Normalerweise wäre er schon eine Neuigkeit gewesen, weil er jung war und gut aussah, doch die Leute waren mehr an dem Geld interessiert. Es gab sieben Millionen Gründe, sich mit Audie anzufreunden oder ihn grün und blau zu prügeln.

Binnen weniger Stunden nach seiner Ankunft hatte sein

Name im Flurfunk die Runde gemacht. Er hätte sich vor Angst in die Hose scheißen oder darum betteln sollen, ins Loch gesperrt zu werden, doch stattdessen drehte er seelenruhig seine Runden auf dem Hof, wo schon Tausende Männer vor ihm Millionen Schritte gemacht hatten. Audie war kein Gangster, kein Mafioso und kein Killer. Er tat auch gar nicht erst so, und das sollte immer sein Problem bleiben. Er hatte keinen Stammbaum. Keinen Schutz. Um in einer Strafanstalt zu überleben, muss ein Mann Allianzen schmieden, sich einer Bande anschließen oder einen Beschützer finden. Er kann es sich nicht leisten, hübsch, weich oder reich zu sein.

Das alles beobachtete Moss aus der Distanz, neugierig, aber ohne eigene Aktien in dem Spiel. Die meisten Neuen versuchten gleich am Anfang, ein Zeichen zu setzen, ihr Revier zu markieren, die Raubtiere abzuschrecken. Freundlichkeit, Mitgefühl, Güte wurden als Schwäche betrachtet. Man warf sein Essen eher in den Müll, als es sich von irgendjemandem nehmen zu lassen. Man bot nie seinen Platz in der Schlange an.

Der Dice Man versuchte es als Erster. Er schlug Audie vor, ihm selbstgebrannten Knastschnaps zu besorgen. Audie lehnte höflich ab. Der Dice Man probierte einen neuen Ansatz. Er kippte Audies Essenstablett um, als jener an seinem Tisch vorbeikam. Audie blickte auf die Pfütze aus Kartoffelbrei mit Sauce und Hühnchen. Dann hob er den Blick zu dem Dice Man. Einige der Häftlinge lachten. Der Dice Man schien fünfzehn Zentimeter größer zu werden. Audie sagte kein Wort. Er ging in die Hocke, wischte das verschüttete Essen zusammen und häufte es wieder auf sein Tablett.

Die Leute rutschten auf den Bänken zusammen, um ein wenig Platz zu machen. Alle schienen auf etwas zu warten, wie Reisende in einem stehen gebliebenen Zug. Ohne irgendjemanden zu beachten, hockte Audie immer noch am Boden und wischte sein Essen auf. Es war, als bewohnte er einen Ort, den er selbst geschaffen hatte, jenseits dessen, was andere Menschen dachten, einen Raum, den ein Geringerer höchstens in seinen Träumen betreten konnte.

Der Dice Man blickte auf seine Schuhe, auf die ein Klecks Sauce getropft war.

»Leck das ab«, sagte er.

Audie seufzte müde. »Ich weiß, was du tust.«

»Was denn?«

»Du willst mich provozieren, entweder gegen dich zu kämpfen oder mich gleich zu ergeben, aber ich will nicht mit dir kämpfen. Ich kenne nicht mal deinen Namen. Du hast etwas angefangen und denkst jetzt, du kannst nicht mehr zurück, doch das kannst du. Niemand wird deswegen schlechter von dir denken. Niemand lacht.« Audie stand auf. Er hatte noch immer das Tablett in der Hand. »Findet irgendjemand von euch, dass dieser Mann komisch ist?«, rief er.

Er stellte diese Frage so aufrichtig, dass Moss sah, wie einige ernsthaft darüber nachdachten. Der Dice Man blickte sich um, als wäre er in der Zeile verrutscht. Dann holte er zum Schlag aus, weil das seine übliche Rückzugsstrategie war. Aber Audie schmetterte blitzschnell sein Tablett gegen den Kopf des Dice Man, worauf dieser sich natürlich erst recht provoziert fühlte. Brüllend wollte er sich auf Audie stürzen, doch der war schneller. Er rammte die Kante des Tabletts mit solcher Wucht gegen den Hals des Dice Man, dass der auf die Knie sank und sich nach Luft ringend auf dem Boden zusammenrollte. Die Wärter kamen und brachten ihn auf die Krankenstation des Gefängnisses.

Moss dachte, dass Audie offensichtlich eine Todessehnsucht hatte, doch dem war nicht so. Das Gefängnis ist voller Menschen, die glauben, die Welt jenseits ihrer Vorstellung würde nicht existieren. Sie können sich ein Leben außerhalb dieser Mauern nicht vorstellen, also erschaffen sie sich ihre eigene Welt. Drinnen ist ein Mann nichts. Er ist ein Sandkorn unter dem Schuh eines anderen, ein Floh an einem Hund, ein Pickel am Arsch eines Fettwanstes. Der größte Fehler, den ein Mann im Gefängnis machen kann, ist zu glauben, er sei irgendwer.

Jeden Morgen begann es aufs Neue. Am ersten Tag musste Audie bestimmt ein Dutzend Männer abgewehrt haben, und am zweiten waren es zwölf weitere. Bis zum Einschluss war er so übel verprügelt worden, dass er nicht kauen konnte und seine Augen beide aussahen wie violette Pflaumen.

Am vierten Tag hatte der Dice Man von der Krankenstation wissen lassen, dass er Audie Palmer tot sehen wollte. Seine Bande traf die Vorkehrungen. An jenem Abend trug Moss sein Essenstablett zu dem Tisch, an dem Audie alleine saß.

»Darf ich mich setzen?«

»Dies ist ein freies Land«, murmelte Audie.

»Das ist es nicht«, erwiderte Moss. »Nicht, wenn man schon so lange im Gefängnis ist wie ich.«

Die beiden Männer aßen schweigend, bevor Moss sagte, was zu sagen er gekommen war: »Die werden dich morgen früh umbringen. Vielleicht solltest du Grayson bitten, dich ins Loch zu stecken.«

Audie hob den Blick und sah über Moss' Kopf hinweg, als würde er etwas lesen, das in der Luft geschrieben stand, und sagte dann: »Das kann ich nicht machen.«

Moss dachte, Audie wäre entweder naiv oder dämlich mutig, oder vielleicht wollte er auch sterben. Es ging nicht um das vermisste Geld. Niemand kann im Gefängnis sieben Millionen Dollar ausgeben – nicht mit der übelsten

Drogensucht oder dem ausgeprägtesten Schutzbedürfnis. Und es ging auch nicht um Kleinigkeiten wie Schokoriegel oder ein extra Stück Seife. Wenn man im Gefängnis einen Fehler machte, war man tot. Wenn man jemanden falsch ansah, war man tot. Wenn man sich beim Essen an den falschen Tisch setzte, war man tot. Wenn man auf der falschen Seite des Ganges oder Hofes ging oder beim Essen zu laut schmatzte, war man tot. Kleinkram. Blödheit. Pech. Aber immer tödlich.

Es gab Regeln, nach denen man lebte, doch das durfte man nicht mit Kameradschaft verwechseln. Eingekerkert lebten die Menschen zwar eng aufeinander, doch das brachte sie nicht *zusammen*, es einte sie nicht.

Am nächsten Morgen um halb acht gingen die Türen auf, und die Rampe füllte sich. Die Truppen des Dice Man warteten. Man hatte einen Neuankömmling mit dem Job betraut, er hatte eine Fiberglasscherbe im Ärmel versteckt. Die anderen waren als Wachposten verteilt und sollten ihm hinterher helfen, die Waffe loszuwerden. Der Frischling würde gründlich ausgeweidet werden.

Moss wollte nichts damit zu tun haben, doch irgendetwas an Audie faszinierte ihn. Jeder andere hätte sich ergeben, einen Kotau gemacht oder darum gebettelt, in Einzelhaft verlegt zu werden. Jeder andere hätte ein Laken um die Gitterstäbe geschlungen. Audie war entweder der dümmste oder der tapferste Hundesohn in der Geschichte. *Was sah er in der Welt, was alle anderen nicht sahen?*

Die Gefangenen waren aus ihren Zellen geströmt und taten beschäftigt, aber die meisten warteten bloß. Audie kam nicht. Vielleicht hatte er seinen eigenen Ausweg genommen, dachte Moss, doch dann dröhnten aus Audies Zelle plötzlich der Riff und die wummernde Basslinie von »Eye of the Tiger«.

Im nächsten Moment tänzelte Audie in Boxershorts, langen Socken und mit Schuhcreme geschwärzten Turnschuhen aus seiner Zelle. Über die Hände hatte er sich mit Klopapierrollen ausgestopfte Socken gestreift und verteilte mit diesen behelfsmäßigen Boxhandschuhen Schattenhiebe. Mit seinem grün und blau angeschwollenen Gesicht sah er aus wie Rocky Balboa, der aus seiner Ecke kam, um in der fünfzehnten Runde gegen Apollo Creed zu kämpfen.

Der Junge mit der Scherbe wusste nicht, ob er lachen oder weinen sollte. Audie tanzte, duckte sich, wich imaginären Schlägen aus und boxte mit seinen albernen Handschuhen in die Luft, bis etwas Seltsames geschah. Die Männer fingen an zu lachen. Die Männer fingen an zu klatschen. Die Männer fingen an zu singen. Als der Song zu Ende war, trugen sie Audie auf ihren Schultern, als hätte er gerade den Weltmeistertitel im Schwergewicht gewonnen.

Das ist der Tag, an den Moss sich erinnert, wenn er an Audie Palmer denkt – wie er aus seiner Zelle getänzelt kam, Phantomhiebe verteilte und Gespenstern auswich. Es war nicht der Anfang von irgendwas und auch nicht das Ende, doch Audie hatte einen Weg gefunden zu überleben.

Natürlich wollten die Leute nach wie vor wissen, was mit dem Geld war, sogar die Wärter, die in denselben schmutzigen Armensiedlungen aufgewachsen waren wie die Männer, die sie bewachten, was sie empfänglich für Schmiergelder und Schmuggeleien machte. Einige der weiblichen Strafvollzugsbeamten schlugen Audie vor, im Gegenzug für sexuelle Gefälligkeiten Geld auf ihr Konto zu überweisen. Es waren Frauen, die ihr eigenes Körpergewicht in Hamburgern verspeisen konnten, mit den Jahren hinter Gittern jedoch immer begehrenswerter erschienen.

Audie lehnte ihre Angebote ab. Nicht ein einziges Mal in zehn Jahren erwähnte er den Raubüberfall oder das Geld.

Er machte niemandem etwas vor oder irgendwelche Versprechungen. Er vermittelte vielmehr ein Gefühl von Ruhe und Gelassenheit wie ein Mann, der alle überflüssigen Gefühle aus seinem Leben verbannt hatte, alle Sehnsucht und jede Geduld für das Unwesentliche. Er war wie Yoda, Buddha und der Gladiator in einem.

5

Ein Sonnenstrahl fällt auf Audies Auge, und er versucht, ihn wegzuschnippen wie ein Insekt. Das Licht kehrt zurück, und er hört ein Kichern. Billy hat einen kleinen Spiegel in der Hand, mit dem er die Sonne durch das offene Scheunentor lenkt.

»Ich kann dich sehen«, sagt Audie.

Billy duckt sich und kichert noch einmal. Er trägt zerschlissene Shorts und ein T-Shirt, das ihm zu groß ist.

»Wie spät ist es?«, fragt Audie.

»Nach dem Frühstück.«

»Musst du nicht in der Schule sein?«

»Heute ist Samstag.«

Stimmt, denkt Audie und rappelt sich auf die Hände und Knie. Irgendwann in der Nacht ist er von der Pritsche gerollt und hat es sich auf dem Boden bequem gemacht, der sich vertrauter anfühlte als die Matratze.

»Bist du aus dem Bett gefallen?«

»Sieht so aus.«

»Ich bin früher auch immer aus dem Bett gefallen, aber jetzt nicht mehr. Ma sagt, dass ich dem entwachsen bin.«

Audie tritt auf den sonnigen Hof und wäscht sich an einer Wasserpumpe das Gesicht. Bei seiner Ankunft gestern Abend war es dunkel. Jetzt sieht er eine Gruppe ungestrichener Häuser, verrostete Autos und Ersatzteile, einen Wassertrog, eine Windmühle und einen Holzstapel an einer bröckelnden Steinmauer. Ein kleiner schwarzer Junge fährt auf einem Fahrrad, das zu groß für ihn ist; er sitzt auf der Stange, um an die Pedale zu kommen, und kurvt zwischen einer Schar flatternder Hühner hin und her.

»Das ist mein Freund Clayton«, sagt Billy. »Er ist schwarz.«

»Das sehe ich.«

»Ich habe nicht viele schwarze Freunde, aber Clayton ist in Ordnung. Er ist klein, aber er kann schneller rennen als ein Fahrrad, außer wenn man bergab fährt.«

Audie zieht den Gürtel der Hose fester, damit sie nicht rutscht. Auf der Veranda eines Nachbarhauses bemerkt er einen dünnen Mann in einem karierten Hemd und einer schwarzen Lederweste, der ihn beobachtet. Audie winkt. Der Mann winkt nicht zurück.

Rosie taucht auf. »Das Frühstück ist auf dem Herd.«

»Wo ist Ernie?«

»Bei der Arbeit.«

»Er fängt früh an.«

»Und hört spät auf.«

Audie setzt sich an den Tisch und isst. Tortillas. Eier. Speck. Dazu Kaffee. Auf einem Regal über dem Ofen stehen Gläser mit Mehl, getrockneten Bohnen und Reis. Durch das Fenster kann er Rosie beobachten, die im Garten Wäsche aufhängt. Hier kann er nicht bleiben. Diese Leute waren freundlich zu ihm, doch er will nicht, dass sie seinetwegen Ärger bekommen. Seine einzige Hoffnung, am Leben zu bleiben, besteht darin, dem Plan zu folgen und sich so lange wie möglich zu verstecken.

Als Rosie wieder hereinkommt, fragt er sie nach einer Mitfahrgelegenheit in die Stadt.

»Ich kann Sie heute Mittag hinbringen«, sagt sie und spült seinen leeren Teller ab. Sie streicht sich eine Haarsträhne aus den Augen. »Wohin wollen Sie?«

»Nach Houston.«

»Ich kann Sie an der Greyhound Station in San Antonio absetzen.«

»Ist das nicht ein großer Umweg für Sie?«

Sie antwortet nicht. Audie zieht Geld aus der Tasche. »Ich möchte Ihnen etwas für die Unterkunft bezahlen.«

»Behalten Sie Ihr Geld.«

»Es ist sauber.«

»Wenn Sie das sagen.«

Bis nach San Antonio sind es achtunddreißig Meilen in nördlicher Richtung auf der Interstate 37. Rosie hat einen japanischen Kleinwagen mit kaputtem Auspuff und ohne Klimaanlage. Sie fahren mit offenem Fenster und laut aufgedrehtem Radio.

Zur vollen Stunde liest ein Nachrichtensprecher die Schlagzeilen vor und erwähnt auch einen Gefängnisausbruch. Audie fängt an zu reden, bemüht, ganz natürlich zu klingen. Rosie unterbricht ihn und macht das Radio noch lauter.

»Sind Sie das?«

»Ich habe nicht vor, irgendjemandem wehzutun.«

»Gut zu wissen.«

»Sie können mich auch gleich hier absetzen, wenn Sie Angst haben.«

Sie antwortet nicht, fährt aber weiter.

»Was haben Sie getan?«, fragt sie.

»Die sagen, ich hätte einen gepanzerten Geldtransporter überfallen.«

»Und, haben Sie?«

»Das scheint jetzt auch keine Rolle mehr zu spielen.«

Sie sieht ihn verstohlen von der Seite an. »Entweder Sie haben es getan oder nicht.«

»Manchmal wird einem für etwas die Schuld gegeben, was man nicht getan hat, und dann wieder kommt man mit etwas davon, das man gemacht hat. Vielleicht gleicht sich das am Ende aus.«

Rosie wechselt die Spur und hält Ausschau nach der Ausfahrt. »Ich bin keine große moralische Autorität, weil ich nicht mehr zur Kirche gehe, aber wenn Sie etwas Verkehrtes getan haben, sollten Sie nicht davor weglaufen.«

»Ich laufe nicht weg«, sagt Audie. »Ich laufe direkt darauf zu.«

Und sie glaubt ihm.

Als sie vor dem Busbahnhof hält, blickt Rosie an Audie vorbei auf die Reihe von wartenden Bussen zu fernen Städten.

»Wenn Sie erwischt werden, erwähnen Sie nicht, was wir für Sie getan haben«, sagt sie.

»Ich werde nicht erwischt.«

6

Special Agent Desiree Furness geht durch das Großraumbüro zum Zimmer ihres Chefs. Wenn jemand von seinem Computerbildschirm aufblickte, würde er nur ihren Kopf oberhalb der Schreibtischkante sehen und möglicherweise denken, dass ein Kind gekommen war, um einen Elternteil zu besuchen oder für einen wohltätigen Zweck Kekse zu verkaufen.

Desiree hat sich den größten Teil ihres Lebens angestrengt, größer zu werden, wenn schon nicht körperlich, dann zumindest emotional, gesellschaftlich und beruflich. Ihre Mutter und ihr Vater waren beide klein, und bei ihrem einzigen Kind war ihre Genetik voll zum Tragen gekommen. Laut Führerschein maß Desiree einen Meter fünfundfünfzig, doch in Wahrheit musste sie hochhackige Schuhe tragen, um derart luftige Höhen zu erreichen. Diese High Heels trug sie denn auch in ihrer College-Zeit und hätte sich damit beinahe verkrüppelt, weil sie ernst genommen werden und mit Basketballspielern ausgehen wollte. Das war eine weitere grausame Laune des Schicksals: Sie fühlte sich zu großen Männern hingezogen, oder vielleicht hegte sie einen angeborenen Wunsch, hoch aufgeschossene Nachkommen zu haben, damit ihre Kinder ein besseres genetisches Blatt bekamen. Auch jetzt im Alter von dreißig Jahren wurde sie in Bars und Restaurants noch nach ihrem Ausweis gefragt. Die meisten Frauen hätten das schmeichelhaft gefunden, doch für Desiree war es eine andauernde Erniedrigung.

Als sie heranwuchs, sagten ihre Eltern Sachen wie »Gute Dinge kommen in kleinen Päckchen« oder »Die Menschen wissen die kleinen Dinge im Leben zu schätzen«. Aber derlei wie gut auch immer gemeinte Sinnsprüche waren für eine Jugendliche, die ihre Kleider immer noch in der Kinderabteilung kaufen musste, nur schwer zu ertragen. Auf dem College, wo sie Kriminologie studiert hatte, war es schmerzhaft peinlich gewesen, an der FBI-Akademie regelrecht demütigend. Aber Desiree hatte ihrer eigenen Statur getrotzt und sie Lügen gestraft; in Quantico hatte sie als Jahrgangsbeste abgeschlossen und sich als durchtrainierter, intelligenter und entschlossener erwiesen als die anderen Rekruten. Ihr Fluch war ihr Ansporn gewesen, ihre Größe hatte sie nach Höherem streben lassen.

Sie klopft an Eric Warners Tür und wartet darauf, hereingerufen zu werden.

Warner ist bärtig, frühzeitig ergraut und war schon Leiter des Houstoner Büros, als Desiree vor sechs Jahren einen Posten in ihrer Heimatstadt bekam. Von all den mächtigen Männern, die sie getroffen hat, ist er derjenige, der über echte Autorität und Charisma verfügt, dazu über einen von Natur aus düsteren Gesichtsausdruck, der sein Lächeln immer ironisch traurig oder einfach nur traurig wirken lässt. Er hat sich nie über Desirees Größe lustig gemacht oder sie wegen ihres Geschlechts irgendwie anders behandelt. Die Leute hören ihm zu, nicht weil er brüllt, sondern weil sein Flüstern um Gehör bittet.

»Der Gefangenenausbruch in Three Rivers – es war Audie Palmer«, sagt Desiree.

»Wer?«

»Der Überfall auf den gepanzerten Geldtransporter in Dreyfus County 2004.«

»Der Typ, dem man die Nadel hätte geben sollen?«

»Genau der.«

»Wann sollte er entlassen werden?«

»Heute.«

Die beiden FBI-Agenten sehen sich an und denken beide das Gleiche. Was für ein Schwachkopf flieht am Tag vor seiner Entlassung aus dem Gefängnis?

»Ich habe den Fall im Blick, seit Palmer aus juristischen Gründen nach Three Rivers verlegt wurde«, sagt Desiree.

»Was für juristische Gründe?«

»Offenbar war der neue Generalstaatsanwalt unglücklich über die Dauer von Palmers Haftstrafe und wollte einen neuen Prozess.«

»Nach zehn Jahren!«

»Es sind schon seltsamere Dinge passiert.«

Warner kaut auf einem Stift und hält ihn wie eine Zigarette. »Irgendeine Spur von dem Geld?«

»Nein.«

»Fahren Sie hin. Hören Sie sich an, was der Direktor zu sagen hat.«

Eine Stunde später fährt Desiree auf dem Southwest Freeway an Wharton vorbei. Das Farmland ist flach und grün, der Himmel weit und blau. Sie hört ihre Spanisch-Lernkassette und wiederholte die Sätze.

¿Dónde puedo comprar agua?
¿Dónde está el baño?

Ihre Gedanken schweifen zu Audie Palmer. Sie hat seine Akte von Frank Senogles geerbt, einem weiteren Agenten im Außendienst, der in der Nahrungskette aufgerückt ist und Desiree seine Reste hingeworfen hat.

»Der Fall ist kälter als das Arschloch eines Brunnengräbers«, erklärte er, als er ihr die Akte übergab und statt in ihr Gesicht auf ihre Brüste blickte.

Kalte Fälle wurden üblicherweise unter den aktiven Agenten aufgeteilt, und in regelmäßigen Abständen überprüfte Desiree, ob es neue Hinweise gab, doch in den elf Jahren seit dem Raubüberfall war nichts von dem gestohlenen Geld wieder aufgetaucht. Sieben Millionen Dollar, unmarkiert und unauffindbar, einfach verschwunden. Niemand kannte die Seriennummern, weil das Bargeld aus dem Umlauf gezogen worden war und vernichtet werden sollte. Es war alt, schmutzig und zerrissen, aber immer noch ein legales Zahlungsmittel.

Audie Palmer hatte den Überfall trotz eines Kopfschusses überlebt, während ein viertes Mitglied der Bande – man nahm an, dass es sich um Palmers älteren Bruder Carl handelte – mit dem Geld entkommen war. Im Laufe der letzten zehn Jahre hatte es immer wieder falschen Alarm und unbestätigte Meldungen von Zeugen gegeben, die Carl gesehen haben wollten. Angeblich hatte die Polizei ihn 2007 in Tierra Colorado in Mexiko verhaftet, jedoch wieder laufen lassen, ehe das FBI einen Haftbefehl für seine Auslieferung erwirken konnte. Ein Jahr später behauptete ein amerikanischer Tourist auf den Philippinen, Carl betreibe eine Bar in Santa Maria, nördlich von Manila. Außerdem war er noch in Argentinien und Panama gesichtet worden – meistens waren es anonyme Hinweise, die im Sande verliefen.

Desiree war einmal in der Bundeshaftanstalt Three Rivers gewesen, um Audie Palmer zu vernehmen. Das war vor zwei Jahren, und damals hatte er nicht den Eindruck gemacht, als hätte er einen Hirnschaden. Er hatte einen IQ von 136 und hatte am College bis zum Abbruch seines Studiums Ingenieurwissenschaften belegt. Der Kopfschuss könnte seine Persönlichkeit natürlich verändert haben, doch Audie wirkte höflich, intelligent, beinahe reumütig. Er nannte sie Ma'am, verkniff sich jede Bemerkung über ihre Größe und wurde nicht wütend, als sie ihm vorwarf, dass er log.

»Ich kann mich an kaum etwas von dem Tag erinnern«, erklärte Audie ihr. »Jemand hat mir in den Kopf geschossen.«

»*Woran* erinnern Sie sich denn?«

»Dass mir jemand in den Kopf geschossen hat.«

Sie versuchte es noch einmal. »Wo haben Sie die Bande getroffen?«

»In Houston.«

»Wie?«

»Über einen entfernten Cousin.«

»Hat dieser Cousin auch einen Namen?«

»Es ist ein *sehr* entfernter Cousin.«

»Wer hat Sie für den Job angeheuert?«

»Verne Caine.«

»Wie hat er Kontakt mit Ihnen aufgenommen?«
»Per Telefon.«
»Und was war Ihr Job?«
»Ich war der Fahrer.«
»Was ist mit Ihrem Bruder?«
»Er war nicht dabei.«
»Und wer war das vierte Mitglied der Bande?«

Audie zuckte mit den Schultern. Das tat er auch, als sie das Geld erwähnte, und breitete noch die Arme aus, als wäre er bereit, sich an Ort und Stelle durchsuchen zu lassen.

Es gab weitere Fragen – eine ganze Stunde lang.

»Nur damit ich das richtig verstehe«, sagte Desiree und gab sich keine Mühe, ihre Frustration zu verbergen. »Sie haben die anderen Mitglieder der Bande eine Stunde vor dem Überfall kennen gelernt und ihre Namen erst hinterher erfahren, und alle trugen Masken?«

Audie nickte.

»Was sollte mit dem Geld passieren?«
»Wir wollten uns später treffen und es aufteilen.«
»Wo?«
»Das haben sie mir nicht gesagt.«

Sie seufzte und versuchte einen neuen Ansatz. »Sie machen hier drinnen eine harte Zeit durch, Audie. Ich weiß, dass jeder etwas von Ihnen haben will – die Knackis, die Wärter. Wäre es nicht leichter, wenn Sie das Geld einfach zurückgeben?«

»Das kann ich nicht.«

»Ärgert es Sie gar nicht, dass es draußen von irgendwelchen Leuten ausgegeben wird, während Sie hier drinnen verrotten?«

»Das Geld hat mir nie gehört.«
»Sie müssen sich betrogen fühlen, Audie.«
»Warum?«

»Hegen Sie keinen Groll, dass die anderen davongekommen sind?«

»Groll ist, als würde man Gift schlucken und hoffen, der andere stirbt.«

»Das ist bestimmt sehr tiefsinnig, aber für mich hört es sich an wie ein Haufen Mist«, erklärte sie ihm.

Audie lächelte trocken. »Waren Sie schon mal verliebt, Special Agent?«

»Ich bin nicht hier, um über meine …«

»Tut mir leid. Ich wollte Sie nicht in Verlegenheit bringen.«

Bei der Erinnerung an diesen Moment empfindet sie wieder das Gleiche wie damals. Sie wird rot. Sie kann sich nicht erinnern, je einem Menschen, geschweige denn einem Gefangenen begegnet zu sein, der seiner selbst so sicher und gleichzeitig so schicksalsergeben wirkte. Es kümmerte ihn nicht, dass die Stufen für ihn steiler und alle Türen verschlossen waren. Selbst als sie ihm vorwarf zu lügen, wurde er nicht ärgerlich, sondern entschuldigte sich.

»Hören Sie auf, ständig zu sagen, dass es Ihnen leidtut.«

»Ja, Ma'am, tut mir leid.«

Als sie bei der Bundeshaftanstalt Three Rivers eintrifft, parkt Desiree auf dem Besucherparkplatz und starrt durch die Windschutzscheibe. Ihr Blick wandert über den Grasstreifen zu den zwei von Stacheldraht gekrönten Zäunen. Dahinter kann sie die Wärter in den Türmen und im Hauptgebäude ausmachen. Sie zieht den Reißverschluss ihrer Stiefel zu und wappnet sich für den Empfangszirkus – Formulare ausfüllen, Waffe und Handschellen aushändigen, ihre Handtasche durchsuchen lassen.

Eine Handvoll Frauen wartet auf den Beginn der Besuchszeit – Mädchen, die sich mit den falschen Typen eingelassen haben oder den falschen Verbrechern, denen, die erwischt wurden. Loser. Stümper. Schwindler. Typen von gestern. Es ist nicht leicht, einen guten Verbrecher oder überhaupt einen guten Mann zu finden, denkt Desiree, die entschieden hat, dass die besten meistens schwul, verheiratet oder fiktional sind (die Männer, nicht die Verbrecher). Schließlich wird sie ins Büro des Direktors geführt. Sie setzt sich nicht, sondern beobachtet, wie es ihn zusehends nervös macht, zu ihr aufblicken zu müssen.

»Wie ist Audie Palmer entkommen?«

»Er hat mithilfe von aus der Gefängniswäscherei gestohlenen Bettlaken und einem provisorischen Haken, den er sich aus der Trommel einer Waschmaschine gebastelt hatte, die Außenzäune überwunden. Ein Beamter hat ihn außerhalb der Arbeitszeit in die Wäscherei gelassen, weil Palmer dort angeblich etwas vergessen hatte. Der Beamte hat nicht gemerkt, dass Palmer nicht zurückkehrte. Wir vermuten, dass er sich bis zum Schichtwechsel in den Wachtürmen um dreiundzwanzig Uhr in der Wäscherei versteckt hat.«

»Was ist mit den Alarmanlagen?«

»Eine ist früh in der Nacht losgegangen, doch es schien ein Kurzschluss zu sein. Wir haben das System neu hochgefahren, was etwa zwei Minuten dauert. Dieses Zeitfenster muss er genutzt haben, um die Zäune zu überwinden. Die Hunde haben seine Spuren bis zum Choke Canyon Reservoir verfolgt, doch wir nehmen an, dass das eine falsche Fährte ist, die er gelegt hat. Bisher ist noch nie jemand über den See entkommen. Wahrscheinlich hat jemand auf der anderen Seite des Zauns auf Palmer gewartet.«

»Hat er Bargeld?«

Der Direktor rutscht unbehaglich auf seinem Stuhl hin und her. »Wir haben mittlerweile festgestellt, dass Palmer regelmäßig die vierzehntägige Höchstsumme von hundertsechzig Dollar von seinem Gefängniskonto abgehoben, im Gefängnisladen jedoch praktisch nichts ausgegeben hat. Wir schätzen, dass er bis zu zwölfhundert Dollar haben könnte.«

Seit dem Ausbruch sind sechzehn Stunden vergangen. Seither ist Palmer nicht mehr gesehen worden.

»Sind Ihnen gestern unbekannte Fahrzeuge auf dem Parkplatz aufgefallen?«

»Die Polizei überprüft gerade die Aufnahmen der Überwachungskameras.«

»Ich brauche eine Liste von allen Personen, die Palmer im vergangenen Jahr besucht haben, sowie Details der Korrespondenz, die er per Brief oder per E-Mail geführt hat. Hatte er Zugang zu einem Computer?«

»Er hat in der Gefängnisbibliothek gearbeitet.«

»Gibt es dort eine Internetverbindung?«

»Sie wird überwacht.«

»Von wem?«

»Wir haben einen Bibliothekar.«

»Ich möchte mit ihm sprechen. Außerdem möchte ich mit Palmers Sozialarbeiter und der Gefängnispsychologin reden sowie mit allen Angestellten, die eng mit ihm zu tun hatten. Was ist mit anderen Häftlingen – stand er jemandem besonders nahe?«

»Sie sind bereits befragt worden.«

»Aber nicht von mir.«

Der Direktor nimmt den Telefonhörer und ruft seinen Stellvertreter an. Desiree kann das Gespräch nicht verstehen, doch den Tonfall bekommt sie mit. Sie ist in etwa so willkommen wie ein Stinktier auf einer Gartenparty.

Direktor Sparkes führt Desiree zur Gefängnisbibliothek, bevor er sich wegen zu erledigender Anrufe entschuldigt.

Er hat einen üblen Geschmack im Mund, den er am liebsten mit einem Schluck Bourbon wegspülen würde. Er trinkt schon an besseren Tagen als heute zu viel und muss dann die Jalousien herunterlassen und unter Vortäuschung von Migräne Besprechungen absagen.

Er zieht eine Flasche aus der Schublade eines Aktenschranks und gießt sich einen Schluck in seinen Kaffeebecher. Er ist seit zwei Jahren Direktor von Three Rivers, wohin er von einer kleineren Anstalt mit niedriger Sicherheitsstufe befördert worden war, weil er dort bei einem Minimum gemeldeter Zwischenfälle unter dem Budget geblieben war. Das hat einen falschen Eindruck von seinen Fähigkeiten vermittelt. Wenn man Männer wie diese kontrollieren könnte, würde man sie nicht einsperren.

Direktor Sparkes hat sich nie mit der Debatte gequält, ob in erster Linie die Natur oder die Erziehung für kriminelles Verhalten und die Rückfallquote verantwortlich ist, doch er hält das Problem für ein Versagen der Gesellschaft und nicht des Strafvollzugssystems. Das passte in Texas nicht in den Zeitgeist, einem Staat, der Straftäter wie Vieh behandelte und die dummen Tiere bekam, die er verdiente.

Audie Palmers Gefängnisakte liegt offen auf dem Tisch. Keine Vorgeschichte von Drogen oder Alkoholmissbrauch. Keine Strafen. Kein Entzug von Privilegien. In seinem ersten Jahr wurde er nach Auseinandersetzungen mit anderen Gefangenen ein Dutzend Mal auf die Krankenstation verlegt. Stichwunden (zwei Mal). Aufgeschlitzt. Verprügelt. Gewürgt. Vergiftet. Danach beruhigten sich die Dinge, obwohl es in regelmäßigen Abständen immer wieder mal einen Mordversuch gab. Vor einem Monat hatte ein Häftling Feuerzeugbenzin in Audies Zelle gesprüht und versucht, ihn anzuzünden.

Trotz der Attacken hatte Palmer nie nach Isolation von

den übrigen Insassen gestrebt. Er hatte nicht um Sonderbehandlung gebeten, um Gefälligkeiten gebuhlt oder versucht, die Regeln zu seinen Gunsten zu verbiegen. Wie in den meisten Gefängnisakten gab es wenig Hintergrund. Vielleicht war Audie in einem Dreckloch aufgewachsen. Vielleicht war sein Vater Alkoholiker, seine Mutter eine Crack-Hure, oder er hatte das Pech gehabt, arm geboren zu werden. Es gibt keine Erklärungen, Enthüllungen oder rote Markierungen, doch irgendetwas an diesem Fall juckt den Direktor an einer Stelle, an der er sich höflicherweise nicht kratzen kann. Vielleicht liegt es auch an den beiden unbekannten Wagen, die er gestern Morgen auf dem Besucherparkplatz gesehen hat. Der eine war ein dunkelblauer Cadillac, der andere ein Pick-up-Truck mit Bullenfänger und Extrascheinwerfern. Der Mann in dem Cadillac hatte sich nicht zum Besuchereingang bemüht, sondern war nur hin und wieder ausgestiegen, um sich zu strecken. Er war groß und dünn, trug eine Khakihose und schwere Stiefel, jedoch keinen Hut, und sein Gesicht wirkte seltsam blutleer.

Der zweite Fahrer war ebenfalls früh gekommen, hatte sich jedoch erst drei Stunden später am Empfang gemeldet. Auch er war groß und schlank, mit dichtem dunklen Haar, abstehenden Ohren und einer Sheriffuniform mit spitzen Bügelfalten.

»Ich bin Sheriff Ryan Valdez aus Dreyfus County«, sagte er und bot dem Direktor seine kühle, trockene Hand an.

»Da sind Sie weit weg von zu Hause.«

»Ja, Sir, ich schätze schon. Sie hatten einen geschäftigen Vormittag.«

»Und es ist noch früh. Was kann ich für Sie tun?«

»Ich bin hier, um meine Hilfe bei der Suche nach Audie Palmer anzubieten.«

»Vielen Dank für das Angebot, Sheriff Valdez, aber das FBI und die örtliche Polizei haben alles im Griff.«

»Die Bundespolizei hat keinen verdammten Schimmer!«

»Verzeihung?«

»Sie haben es mit einem kaltblütigen Killer zu tun, der nie in einer Haftanstalt der mittleren Sicherheitsstufe hätte untergebracht werden dürfen. Er hätte auf den elektrischen Stuhl gehört.«

»Ich verurteile sie nicht, Sheriff, ich halte sie nur unter Verschluss.«

»Und wie kommen Sie damit zurecht?«

Das Blut wich aus den Wangen des Direktors, glühend rote Schlacke trieb durch sein Gesichtsfeld. Zehn Sekunden. Zwanzig. Dreißig. Er spürte, wie das Blut in seinen Schläfen pochte. Schließlich fand er seine Stimme wieder. »Ein Gefangener ist aus meiner Obhut entkommen. Dafür übernehme ich die Verantwortung. Es ist eine Übung in Demut. Sollten Sie irgendwann auch mal probieren.«

Valdez breitete entschuldigend seine Handflächen aus. »Tut mir leid, dass wir einen schlechten Start erwischt haben. Audie Palmer ist von besonderem Interesse für das Büro des Sheriffs in Dreyfus County. Wir haben ihn verhaftet und vor Gericht gebracht.«

»Das ist lobenswert, doch er ist nicht mehr Ihr Problem.«

»Ich vermute, er könnte nach Dreyfus County zurückkehren und sich mit seinen kriminellen Komplizen von damals zusammentun.«

»Auf Grundlage welcher Hinweise?«

»Ich bin nicht befugt, diese Informationen mit Ihnen zu teilen, doch ich kann Ihnen versichern, dass Audie Palmer extrem gefährlich und gut vernetzt ist. Er schuldet dem Staat sieben Millionen Dollar.«

»Es war Geld der Bundesregierung.«

»Ich finde, das sind Haarspaltereien, Sir.«

Direktor Sparkes musterte den jungen Mann sorgfältig und registrierte dessen stechende Augen und seine spitzen Gesichtszüge.

»Warum sind Sie wirklich hier, Sheriff?«

»Verzeihung?«

»Wir haben Audie Palmers Abwesenheit erst heute Morgen um sieben Uhr entdeckt, und da haben Sie schon seit ungefähr einer Stunde dort draußen geparkt. Also nehme ich an, dass Sie entweder von seiner Flucht wussten oder aus einem anderen Grund gekommen sind.«

Valdez stand auf und schob die Daumen unter den Gürtel. »Haben Sie ein Problem mit mir, Direktor?«

»Sie würden einen besseren Eindruck machen, wenn Sie nicht so verdammt von sich selbst eingenommen wären.«

»Bei diesem Raubüberfall sind vier Menschen ums Leben gekommen. Palmer ist für ihren Tod verantwortlich, ob er selbst geschossen hat oder nicht.«

»Das ist Ihre Meinung.«

»Nein, das ist eine Tatsache. Ich war an dem Tag dort. Ich bin über Leichenteile gestiegen, durch Blutlachen gestapft. Ich habe gesehen, wie eine Frau bei lebendigem Leib in ihrem Auto verbrannt ist. Ich kann sie immer noch schreien hören …«

Jeder Schein von Kollegialität war verschwunden. Der Sheriff lächelte, ohne die Zähne zu zeigen. »Ich bin hergekommen, um Ihnen meine Dienste anzubieten, weil ich Palmer kenne, doch Sie sind offensichtlich nicht interessiert.« Er setzte seinen Hut auf, rückte die Krempe zurecht und stieß leise fluchend die Tür auf.

Der Direktor beobachtete aus seinem Büro, wie Valdez aus dem Vordertor herauskam und über den Parkplatz zu seinem Pick-up ging. Warum fuhr ein Bezirkssheriff zweihundert Meilen, um einem Gefängnisdirektor zu erklären, wie er seine Arbeit zu machen hatte?

7

Moss hat eine schlaflose Nacht im Loch verbracht und seine Wunden geleckt – mehr das Ego als den Körper. Er macht den Wärtern keinen Vorwurf, weil sie ihn geschlagen haben. Er hat ihnen einen Grund geliefert, indem er die Beherrschung verlor. Er hat »sie ermächtigt«, wie seine Psychologin sagen würde. Aggressionsbewältigung war schon immer ein Problem für Moss. Wenn man ihn unter Druck setzte oder er begann, die Kontrolle zu verlieren, fühlte es sich an, als ob ein kleiner Vogel in seinem Kopf eingesperrt war, der brummend und flatternd ins Freie drängte. Moss wollte diesen Vogel zerschmettern. Er wollte, dass das Geräusch aufhörte.

Die Momente, in denen er komplett die Beherrschung verlor, waren beinahe euphorisch. Aller Hass, alle Angst, alle Wut und aller Stolz, seine Triumphe und Niederlagen kamen zusammen, und sein Leben schien mit einem Mal einen Sinn zu haben. Er war befreit aus der Welt der Dunkelheit und Ignoranz. Er fühlte sich lebendig. Berauscht. Unantastbar. Aber mittlerweile begreift er, wie zerstörerisch diese Kraft sein kann. Er hat hart daran gearbeitet, seine Wut zu beherrschen, seiner Vergangenheit zu entkommen und ein anderer Mensch zu werden.

Er reibt sich den Finger, wo sein silberner Ehering sein sollte, und seine Gedanken wandern zu Crystal. Sie sind seit zwanzig Jahren verheiratet – fünfzehn davon war er im Knast ... aber manche Verbindungen sind von den Sternen vorherbestimmt ... oder auch nicht. Crystal war siebzehn, als er sie beim Rodeo in San Antonio kennen lernte. Sie hing am Arm eines Jungen mit Hasenzähnen und einem Gesicht wie eine Peperoni-Pizza, hielt jedoch offenbar Ausschau nach jemand Interessanterem, wenn vielleicht auch nicht *so* interessant, wie Moss es dann wurde.

Ihre Mutter hatte sie immer vor Jungen wie ihm gewarnt, doch das machte Crystal nur noch neugieriger. Sie war noch Jungfrau, wie Moss feststellte. Ein oder zwei Mal hatte sie sich gewünscht, dass ein Junge sie aufs Bett werfen und ihr beibringen würde, worum es ging, doch dann hörte sie die Stimme ihrer Mutter, die sagte, dass Lust eine tödliche Sünde war und eine Teenager-Schwangerschaft ein Leben ruinieren konnte.

Moss war zu dem Rodeo gekommen, um die Sicherheitsmaßnahmen auszukundschaften und die Tageseinnahmen zu schätzen, vergaß den potenziellen Job jedoch gleich wieder, als er sah, wie viele Staatspolizisten im Einsatz waren. Er kaufte sich einen Corn Dog, erlegte am Schießstand ein Dutzend Blechenten und gewann einen Rosaroten Panther. Später sah er Crystal, die die Rodeo-Parade verfolgte. Sie war nicht annähernd so hübsch wie manche Mädchen, die er gekannt hatte, doch irgendetwas an ihr brachte sein Blut in Wallung.

Ihr Freund war verschwunden, um ihr eine Limonade zu kaufen. Crystal ließ sich mit Moss davontreiben, lachte über seine Schmeicheleien und lauschte der Musik. Er wollte angeben. Am Schießstand und der Wurfbude gewann er einen Daffy Duck aus Plüsch, zwei Gasballons und eine Stockpuppe für sie. Gemeinsam schauten sie sich das Rodeo an. Moss wusste, welchen Effekt es auf Crystal haben würde, Cowboys auf Bullen und Pferden zu sehen. Er glaubte, dass Rodeos für mehr Schwangerschaften verantwortlich waren als jede andere Art von Unterhaltungsveranstaltung, mit Ausnahme von Männer-Strip-Shows vielleicht. Crystal war ganz aufgekratzt, und Moss wusste, dass er sie hatte. Sie würde alles für ihn machen. Er würde sie mit zu sich nach Hause nehmen, oder sie würden es im Auto tun oder vielleicht sogar einen Quickie hinter dem Spukhaus hinlegen.

Aber er irrte sich. Crystal küsste ihn auf die Wange, ignorierte seine besten Sprüche und gab ihm ihre Telefonnummer.

»Du wirst mich morgen um sieben Uhr anrufen. Keine Minute früher, keine Minute später.«

Dann ging sie, die Hüften schwingend wie ein Metronom, und Moss wusste, dass er wie an einem Nasenring in der Manege herumgeführt worden war, doch im selben Atemzug merkte er, dass es ihm egal war. Sie war schlau, sexy und temperamentvoll. Was mehr konnte sich ein Mann wünschen?

Ein Wärter hämmert an die Tür. Moss stellt sich mit dem Gesicht zur Wand auf. Man legt ihm erneut Fesseln an, bringt ihn zu den Duschen und dann zum Empfang – nicht in den Besucherbereich, sondern zu einem kleinen Vernehmungszimmer, das normalerweise von Anwälten benutzt wird, die ihre Mandanten besuchen.

Vor dem Raum wartet Miss Heller, die Gefängnispsychologin. Bei den Insassen heißt sie Miss Pritikin, weil sie die einzige Frau im Gefängnis ist, die weniger als hundert Kilo wiegt. Moss nimmt Platz und wartet, dass sie etwas sagt.

»Soll ich anfangen?«, fragt er.

»Sie sind nicht hier, um mich zu sehen«, erwidert sie.

»Nicht?«

»Das FBI will mit uns reden.«

»Worüber?«

»Audie Palmer.«

Miss Heller hat Moss immer an die Logopädin erinnert, bei der er nach dem Wechsel auf die Highschool Sprechunterricht hatte, weil er das »r« nicht rollen und das »th« nicht richtig aussprechen konnte. Die Therapeutin war Mitte zwanzig und steckte ihren Finger in seinen Mund, um ihm die Stellen zu zeigen, auf die er bei bestimmten Wörtern die Zunge legen musste. Einmal hatte Moss eine Erektion, doch die Therapeutin wurde nicht wütend. Sie lächelte schüchtern und wischte sich ihre Finger mit einem feuchten Papiertuch ab.

Eine Tür geht auf, ein Sozialarbeiter kommt heraus und nickt Miss Heller zu, die als Nächste an der Reihe ist. Moss wartet, die Beine gespreizt, die Augen geschlossen, den Kopf an die Wand gelegt. Häftlinge sind Experten im Zeit-Totschlagen, weil sie in Hundejahren altern. Sie können immer wieder dieselben Zeitschriften und Bücher lesen. Sie können Monate und Jahre verschwinden lassen.

Er denkt an Audie, fragt sich, wo er ist und ob er leere Champagnerflaschen vom Deck einer Jacht wirft oder mit einem Hollywood-Starlet schläft. Unwahrscheinlich, doch bei der Vorstellung muss Moss lächeln.

Nachdem Audie seinen »Titelkampf« überlebt hatte, setzte er sich beim Essen regelmäßig zu ihm an den Tisch. Sie sprachen selten miteinander, bevor sie zu Ende gegessen hatten, und dann handelte es sich meistens um Smalltalk oder kleine Beobachtungen. Audie war nach wie vor ein Ziel, denn er war jung und sauber, und das Geld ließ den Leuten keine Ruhe. Es war nur eine Frage der Zeit, bis irgendjemand ihn erwischen würde.

Ein Insasse namens Roy Finster, der sich wegen seines Barts Wolverine nannte, stellte Audie vor dem Duschblock und begann, auf ihn einzuschlagen. Moss sprang auf Roys

Rücken, ritt ihn zu Boden wie einen mit dem Lasso eingefangenen Stier und drückte ein Knie in seinen Nacken.

»Ich brauch das Geld«, sagte Roy und wischte sich die Augen. »Meine Lizzie verliert das Haus, wenn ich nicht irgendwas mache.«

»Und was hat das mit Audie zu tun?«, fragte Moss.

Roy zog einen Brief aus seiner Hemdtasche. Moss gab ihn Audie. Lizzie hatte geschrieben, dass sie das Haus in San Antonio verlieren und zusammen mit den Kindern zu ihren Eltern nach Freeport ziehen würde.

»Wenn sie nach Freeport ziehen, sehe ich sie nicht mehr«, erklärte Roy schniefend. »Sie sagt, dass sie mich nicht mehr liebt.«

»Liebst du sie noch?«, fragt Audie.

»Was?«

»Liebst du Lizzie noch?«

»Ja.«

»Sagst du ihr das manchmal?«

Daran nahm Roy Anstoß. »Soll das heißen, ich wär ein Softie?«

»Wenn du es ihr sagst, würde sie sich vielleicht mehr anstrengen zu bleiben.«

»Und wie mache ich das?«

»Schreib ihr einen Brief.«

»Mit Worten bin ich nicht so gut.«

»Ich helf dir, wenn du willst.«

Also schrieb Audie für Roy einen Brief an Lizzie, und es musste ein ganz besonderer Brief gewesen sein, denn Lizzie zog nicht mit den Kindern nach Freeport, sondern kämpfte darum, das Haus zu behalten, und gemeinsam besuchten sie Roy weiterhin jede Woche.

Eine Tür geht auf, ein Wärter tritt gegen die Lehne von Moss' Stuhl und sagt ihm, er solle aufwachen. Moss erhebt sich und schlurft mit hängenden Schultern in das Vernehmungszimmer, um kleiner zu wirken. Demütiger. In dem Raum erwartet ihn ein Mädchen im Teenageralter. Nein, kein Mädchen, sondern eine Frau mit kurz geschnittenem Haar und Ohrsteckern. Sie präsentiert eine Dienstmarke.

»Ich bin Special Agent Desiree Furness. Soll ich Sie Moss oder Jeremiah nennen?«

Moss antwortet nicht. Er kommt nicht über ihre Größe hinweg.

»Ist irgendwas?«, fragt sie.

»Hat jemand Sie in den Trockner gesteckt, denn ich schwöre, Sie sind schwer geschrumpft.«

»Nein, das ist meine normale Größe.«

»Aber Sie sind so klitzeklein.«

»Wissen Sie, was das Problem daran ist, klein zu sein?«

Moss schüttelt den Kopf.

»Man muss den ganzen Tag auf Arschlöcher gucken.«

Er blinzelt sie grinsend an und setzt sich. »Der ist gut.«

»Ich habe noch jede Menge auf Lager.«

»Ja?«

»Willy Wonka hat angerufen und gesagt, er möchte, dass du nach Hause kommst. Ding, dong, hast du nicht mitgekriegt, dass die Hexe tot ist? Waren Sie nicht in *Herr der Ringe*? Wenn Sie eine Chinesin wären, würden Sie Win Zig heißen ...« Moss biegt sich auf dem Stuhl vor Lachen, dass seine Fesseln klappern. »Ich bin so klein, dass ich nicht mal im Kinderbecken stehen kann. Bei einem Etagenbett brauche ich auch unten eine Leiter. Ich schlage beim Niesen mit dem Kopf auf den Boden. Ich komme nur mit Anlauf auf die Toilette. Und nein, ich bin nicht verwandt mit Tom Cruise.« Sie hält inne. »Sind wir jetzt fertig?«

Moss wischt sich die Augen. »Ich wollte Sie nicht beleidigen, Ma'am.«

Ungerührt von seiner Entschuldigung wendet sich Desiree wieder der Akte zu. »Was ist mit Ihrem Gesicht passiert?«, fragt sie.

»Ein Autounfall.«

»Sie sind ein Scherzbold.«

»An einem Ort wie diesem hilft es, sich seinen Sinn für Humor zu bewahren.«

»Sie waren mit Audie Palmer befreundet.«

Moss schweigt.

»Warum?«, fragt sie.

»Warum was?«

»Warum waren Sie Freunde?«

Eine interessante Frage und eine, über die Moss nie ernsthaft nachgedacht hat. Warum ist man mit irgendwem befreundet? Gemeinsame Interessen. Ähnlicher Hintergrund. Chemie. Nichts von all dem traf auf ihn und Audie zu. Sie hatten nichts gemeinsam, außer dass sie im Gefängnis saßen. Special Agent Furness wartet auf seine Antwort.

»Er hat sich geweigert, sich zu ergeben.«

»Wie meinen Sie das?«

»Manche Männer verrotten an einem Ort wie diesem. Sie werden alt und verbittert und reden sich ein, die Gesellschaft ist schuld oder sie sind bloß Opfer ihrer beschissenen Kindheit oder von widrigen Umständen. Andere hadern mit Gott, oder sie suchen ihn. Manche malen, schreiben Gedichte oder lesen die Klassiker. Wieder andere stemmen Gewichte, spielen Handball oder schreiben Briefe an Mädchen, die sie geliebt haben, bevor ihr Leben den Bach runterging. Audie hat nichts von alldem gemacht.«

»Was hat er denn gemacht?«

»Er hat einfach durchgehalten.«

Sie versteht ihn immer noch nicht.

»Glauben Sie an Gott, Special Agent?«

»Ich bin christlich erzogen.«

»Glauben Sie, dass er einen großen Plan für jeden von uns hat?«

»Da bin ich mir nicht sicher.«

»Mein Vater hat nicht an Gott geglaubt, doch er sagte, es würde sechs Engel geben – Elend, Verzweiflung, Enttäuschung, Hoffnungslosigkeit, Grausamkeit und Tod. ›Irgendwann im Leben wirst du jedem Einzelnen von ihnen begegnen‹, erklärte er mir, ›aber hoffentlich nicht zweien auf einmal.‹ Audie Palmer hat seine Engel zu zweien und zu dreien getroffen. Und das jeden Tag.«

»Sie glauben, er hatte kein Glück?«

»Der Junge hatte Glück, wenn er *kein* Pech hatte.« Moss lässt den Kopf sinken und fährt sich mit den Fingern durchs Haar.

»War Audie Palmer gläubig?«, fragt Desiree.

»Ich habe ihn nie beten hören, doch er hatte tiefschürfende philosophische Gespräche mit dem Gefängnispfarrer.«

»Worüber?«

»Audie glaubte nicht, dass er einzigartig war oder eine besondere Bestimmung hatte. Und er glaubte auch nicht, dass Christen das Monopol auf Moral haben. Er sagte immer, einige von ihnen könnten zwar schöne Worte machen, aber ihr Gehabe wäre mehr John Wayne als Jesus. Wenn Sie wissen, was ich meine.«

»Ich glaub schon.«

»Das kommt davon, wenn man zweitausend Jahre die Bibel verdreht, um zu rechtfertigen, dass man Leute massenhaft ermordet, obwohl die Heilige Schrift sagt, dass man seinen Nächsten lieben und die andere Wange hinhalten soll.«

»Warum ist er ausgebrochen, Moss?«

»Ich weiß es ehrlich nicht, Ma'am.« Moss reibt sich übers Gesicht und tastet seine schwellenden Blutergüsse ab. »Orte wie dieser leben von Schmuggelware und Gerüchten. Jeder wird Ihnen eine andere Geschichte über Audie erzählen. Es heißt, er wäre vierzehn Mal getroffen worden und hätte trotzdem überlebt.«

»Vierzehn Mal?«

»Hab ich gehört. Ich hab die Narben auf seinem Schädel gesehen. Als ob man Humpty Dumpty wieder zusammengeflickt hätte.«

»Was ist mit dem Geld?«

Moss lächelt trocken. »Ich hab Leute sagen hören, er hätte den Richter geschmiert, um nicht auf dem elektrischen Stuhl zu landen. Jetzt werden sie sagen, er hätte die Wärter bestochen, damit sie ihn entkommen lassen. Fragen Sie rum – jeder hat eine andere Geschichte auf Lager. Einige sagen, das Geld ist längst weg. Andere glauben, Audie hätte eine Insel in der Karibik gekauft oder das Geld auf den Ölfeldern von Osttexas vergraben; oder sein Bruder Carl wäre mit einem Filmstar verheiratet und würde in Saus und Braus in Kalifornien leben. Ein Ort wie dieser ist voller Geschichten, und nichts befeuert die Fantasie mehr als ein Vermögen in unauffindbaren Scheinen.« Er beugt sich vor. Die Fußfesseln klappern gegen die Metallbeine seines Stuhls. »Wollen Sie wissen, was ich glaube?«

Desiree nickt.

»Audie Palmer ist das Geld egal. Ich glaube, es war ihm auch egal, hier drin zu sein. Andere haben die Stunden und Tage gezählt, doch Audie konnte in die Ferne starren, als würde er aufs Meer blicken oder die Funken über einem Lagerfeuer betrachten. Bei ihm war es, als hätten Zellen keine Wände.« Moss zögert. »Wenn da nicht die Träume gewesen wären ...«

»Was für Träume?«

»Ich hab auf meiner Pritsche gelegen und gewartet, dass er eines Nachts vielleicht plötzlich damit rausplatzen würde, wo er das Geld versteckt hat, aber das hat er nie getan. Stattdessen hab ich ihn schluchzen hören. Er klang wie ein Kind, das sich in einem Maisfeld verirrt hat und seine Mama ruft. Ich hab mich gefragt, was einen erwachsenen Mann so zum Weinen bringen kann. Ich hab ihn gefragt, doch er wollte nicht darüber reden. Er hat sich nicht für seine Tränen geschämt. Er hat sich nicht vor seiner eigenen Schwäche gefürchtet.«

Special Agent Furness blickt in ihren Notizblock. »Sie haben beide in der Bibliothek gearbeitet. Was hat Audie dort gemacht?«

»Studiert. Gelesen. Regale eingeräumt. Er hat sich weitergebildet. Er hat Briefe geschrieben. Revisionsanträge für andere Gefangene vorbereitet. Aber nie für sich selbst.«

»Warum nicht?«

»Das hab ich ihn auch gefragt.«

»Was hat er gesagt?«

»Er hat gesagt, er wäre schuldig.«

»Sie wissen, dass er gestern entlassen werden sollte?«, fragt sie.

»Das habe ich gehört.«

»Warum ist er dann geflohen?«

»Darüber hab ich auch nachgedacht.«

»Und?«

»Sie stellen die falsche Frage.«

»Was sollte ich denn fragen?«

»Die meisten Typen hier drinnen denken, sie wären harte Burschen, doch dann werden sie täglich daran erinnert, dass sie das nicht sind. Audie hat zehn Jahre lang versucht, am Leben zu bleiben. Es verging kaum eine Woche, ohne dass die Wärter in seine Zelle sind, ihn verprügelt haben wie ein rothaariges Stiefkind und die gleichen Fragen gestellt haben, die Sie stellen. Und tagsüber war es die mexikanische Mafia oder das Texas Syndicate oder die Arische Bruderschaft oder welcher dumme feige Wichser auch immer etwas von ihm wollte. Hier drinnen gibt es Leute mit sehr speziellen Zwangsvorstellungen, die nichts mit Gier oder Macht zu tun haben. Vielleicht haben sie in Audie etwas gesehen, das sie vernichten wollten – seine optimistische Haltung oder seinen inneren Frieden. Dieser Abschaum will anderen nicht nur wehtun, er will sie verzehren, er will ihnen die Brust aufreißen und ihr Herz fressen, bis das Blut übers Gesicht läuft und von den Zähnen tropft. Aus welchem Grund auch immer war vom ersten Tag an ein Kopfgeld auf ihn ausgesetzt, und vor einem Monat wurde es verdoppelt. Der Junge wurde niedergestochen, gewürgt, verprügelt und mit Scherben aufgeschlitzt, doch er hat nie Hass, Reue oder Schwäche gezeigt.« Moss sieht ihr direkt in die Augen. »Sie wollen wissen, warum er ausgebrochen ist, aber das ist die falsche Frage. Sie sollten fragen, warum er es nicht früher getan hat.«

8

Audie nimmt nicht den ersten in Frage kommenden Bus. Stattdessen schlendert er durch die Straßen von San Antonio, um sich an das Gewimmel und den Lärm zu gewöhnen. Die Hochhäuser sind höher, als er sie in Erinnerung hat, die Röcke kürzer, die Leute fetter, die Handys kleiner, die Farben dumpfer. Die Menschen sehen einen nicht an. Sie drängen vorbei, eilen irgendwohin: Mütter mit Kinderwagen, Geschäftsmänner, Angestellte, Einkäufer, Kuriere,

Schulkinder, Transportfahrer, Verkäuferinnen und Sekretärinnen. Alle scheinen irgendeinem Ziel entgegenzustreben oder vor etwas wegzulaufen.

Er bemerkt eine Reklametafel auf einem Bürogebäude. Zwei Bilder nebeneinander, das erste zeigt eine Frau in einem Kostüm mit Brille und hochgestecktem Haar an einem Laptop. Das zweite zeigt sie in einem Bikini an einem weißen Sandstrand mit einem Meer, das so blau ist wie ihre Augen. Darunter steht: *Abtauchen in Antigua.*

Sieht nett aus, die Insel, denkt Audie und malt sich aus, wie er sich an diesem Strand langsam bräunt, Sonnenöl auf den Schultern irgendeiner Schönheit verreibt und es über ihren Rücken in ihre Höhlen und Spalten rinnen lässt. Wie lange ist es her? Elf Jahre ohne Frau. Elf Jahre ohne eine Frau.

Jedes Mal, wenn Audie sich vornimmt, einen Bus zu nehmen, wird er von irgendwas abgelenkt, und eine weitere Stunde verstreicht. Er kauft sich eine Mütze und eine Sonnenbrille, Kleidung zum Wechseln, ein Paar Joggingschuhe, eine billige Armbanduhr, Shorts und einen Haartrimmer. In einem Telefonladen versucht ein Verkäufer, ihm ein schlankes, rechteckiges Prisma aus Glas und Plastik zu verkaufen und redet von Apps, Datenpaketen und 4G.

»Ich möchte bloß eins, mit dem man telefonieren kann.«

Zusammen mit dem Handy kauft er vier Prepaid-SIM-Karten und verstaut seine Einkäufe in den Taschen eines kleinen Rucksacks. Danach setzt er sich in eine Bar gegenüber der Greyhound-Station und beobachtet das Kommen und Gehen der Leute. Es gibt Soldaten mit Seesäcken auf dem Weg von oder zu einer der Militärbasen, die in diesem Teil von Texas verteilt sind. Einige plaudern mit den Bordsteinschwalben, die eine schnelle Nummer in einem Motelzimmer in der Nähe anbieten.

Audie betrachtet sein Handy und überlegt, seine Mama anzurufen. Sie wird es mittlerweile wissen. Die Polizei wird bei ihr gewesen sein. Vielleicht haben sie ihr Telefon angezapft oder beschatten das Haus. Nach dem Tod seines Daddys ist sie zu ihrer Schwester Ava nach Houston gezogen. Dort ist sie aufgewachsen und konnte als junges Mädchen nicht schnell genug wegkommen. Nachdem sie ein Leben lang davor weggelaufen ist, ist sie nun wieder dort, wo sie angefangen hat.

Audies Gedanken schweifen. Er erinnert sich, wie er sich im Alter von sechs Jahren durch ein Fenster von Wolfe's Spirituosenladen gezwängt hat, um Zigaretten und Kaugummi zu klauen. Sein Bruder Carl hatte ihn zu dem Fenster hochgehoben und ihn aufgefangen, als er wieder heruntergesprungen war. Carl war vierzehn, und Audie fand, dass er der coolste Bruder war, den man haben konnte, obwohl er manchmal grob war und eine Menge Kinder Angst vor ihm hatten. Carl hatte eins jener raren Lächeln, denen man im Leben nur ein paar Mal begegnet. Es kam plötzlich und war beruhigend und sympathisch, doch wenn es verschwand, wurde er ein anderer Mensch.

Als Carl zum ersten Mal ins Gefängnis kam, schrieb Audie ihm jede Woche einen Brief. Er erhielt nicht oft Antwort, doch er wusste, dass Carl kein großer Leser oder Schreiber war. Und wenn die Leute später Geschichten über Carl erzählten, versuchte Audie, sie nicht zu glauben. Er wollte sich an den Bruder erinnern, der sein Idol war, der ihn auf den Jahrmarkt mitgenommen und ihm Comichefte gekauft hatte.

Oft gingen sie am Trinity River angeln, obwohl sie den Fang wegen PCB und anderer Umweltgifte nicht essen konnten. Sie rammten Einkaufswagen gegen Bäume und versenkten Autoreifen, während Carl kiffte und Audie Geschichten von den Leichen erzählte, die in den trüben Tiefen versenkt worden waren.

»Sie werden mit Beton beschwert«, erläuterte er nüchtern. »Sie liegen noch immer da unten im Schlamm.«

Außerdem erzählte Carl Geschichten von berühmten Verbrechern und Mördern wie Clyde Barrow und Bonnie Parker, die nicht mal eine Meile von Audies Geburtsort entfernt aufgewachsen war. Bonnie war auf die Cement City High School gegangen, die allerdings schon umbenannt worden war, als Audie in demselben Klassenzimmer saß und auf andere Fabriken, aber dieselben Häuser blickte.

»Bonnie und Clyde waren nicht mal zwei Jahre zusammen«, sagte Carl. »Aber sie haben jede Minute davon gelebt, als ob es ihre letzte wäre. Es war eine Liebesgeschichte.«

»Ich will nichts über Küssen hören«, sagt Audie.

»Irgendwann schon«, erwiderte Carl und lachte ihn aus.

Er beugte sich vor und berichtete mit leiser Stimme von jenem letzten Hinterhalt, als würde er am Lagerfeuer eine Gespenstergeschichte erzählen. Audie konnte sich die neblige Landschaft im Morgengrauen genau vorstellen, die einsame Straße außerhalb von Sailes, Louisiana, wo Polizei und Texas Rangers am 23. Mai 1934 auf der Lauer gelegen und ohne Vorwarnung das Feuer auf das Paar eröffnet hatten. Bonnie Parker war erst dreiundzwanzig. Sie wurde auf dem Friedhof von Fishtrap begraben, keine hundert Meter von Audies und Carls Elternhaus entfernt (obwohl man ihren Leichnam später auf den Crown Hill Cemetery zu ihren Großeltern umgebettet hatte). Clyde wurde auf dem Western-Heights-Friedhof beerdigt, wo die Leute noch immer sein Grab besuchten.

Zum ersten Mal kam Carl wegen Betrug und Manipulationen von Geldautomaten ins Gefängnis, doch es waren die Drogen, die sein Verhängnis wurden. In der staatlichen Strafvollzugsanstalt Brownsville entwickelte er eine Sucht, die er nie wieder loswurde. Audie war neunzehn und auf dem College, als Carl entlassen wurde. Er fuhr nach Brownsville, um ihn abzuholen. Carl trat in einem grün gestreiften Hemd, Polyesterhose und einer Lederjacke aus dem Tor, die zu warm für das Wetter war.

»Ist dir nicht heiß?«

»Ich hab sie lieber an, als sie zu tragen«, sagte er.

Audie spielte immer noch Baseball und hatte im Kraftraum ordentlich geschuftet.

»Du siehst gut aus, kleiner Bruder.«

»Du auch«, erwiderte Audie, obwohl das nicht stimmte. Carl sah ausgebrannt aus, hager und wütend, bedürftig nach etwas, das unerreichbar war. Die Leute sagten, Audie hätte den Verstand in der Familie bekommen – es hörte sich so an, als würde Intelligenz per FedEx zugestellt, und man müsste an dem Tag zu Hause sein, oder sie würde zurückgesandt. Aber es hat nichts mit Intelligenz zu tun. Es geht um Mut, Erfahrung, Sehnsucht und ein Dutzend weitere Zutaten.

Audie fuhr Carl durch ihr altes Viertel, das wohlhabender geworden war, als Carl es in Erinnerung hatte, doch es gab immer noch kleine Einkaufszentren, Filialen von Handelsketten, verfallene Häuser, Drogenhöhlen und Mädchen, die sich aus Autos entlang dem Singleton Boulevard anboten.

In einem Supermarkt starrte Carl ein paar Highschool-Mädchen an, die sich Slurpees kauften. Sie trugen abgeschnittene Jeans und enge T-Shirts. Sie erkannten Audie und lächelten. Carl machte eine Bemerkung, und das Lächeln der Mädchen erstarb. Das war der Moment, in dem Audie seinen Bruder betrachtete und etwas Neues an ihm bemerkte: einen scharfen, beinahe erschreckenden Zug von Selbsthass.

Sie kauften ein Sixpack und setzten sich unter die Eisenbahnbrücke über den Trinity River. Züge ratterten auf dem Weg zur Union Station über ihre Köpfe hinweg. Audie wollte seinen Bruder nach dem Gefängnis fragen. Wie war es? Stimmte auch nur die Hälfte der Geschichten? Carl fragte ihn, ob er Gras hätte.

»Du bist auf Bewährung draußen.«

»Es hilft mir, mich zu entspannen.«

Sie starrten schweigend in die braunen Strudel.

»Glaubst du wirklich, dass da unten Leichen sind?«, fragt Audie.

»Ich bin sicher«, sagte Carl.

Audie erzählte Carl von seinem Stipendium an der Rice University in Houston. Die Studiengebühren wurden übernommen, doch den Lebensunterhalt musste er sich selbst verdienen, deshalb arbeitete er Doppelschichten in einer Bowlingbahn.

Carl machte sich gern über ihn lustig, nannte ihn »die Intelligenzbestie der Familie«, doch Audie glaubte, dass sein Bruder insgeheim stolz auf ihn war.

»Was willst du jetzt machen?«, fragte er ihn.

Carl zuckte die Achseln und zerdrückte seine Bierdose.

»Daddy sagt, er kann dir einen Job auf einer Baustelle besorgen.«

Carl antwortete nicht.

Als sie schließlich nach Hause fuhren, gab es ein tränenreiches Wiedersehen mit vielen Umarmungen. Ihre Mama packte Carl immer von hinten, als könnte er sonst vielleicht fliehen. Ihr Daddy erschien früher aus der Werkstatt, was nur selten vorkam. Er sagte nicht viel, doch Audie sah, dass er froh war, dass Carl wieder zu Hause war.

Einen Monat später begann Audie sein zweites Jahr auf dem College und kam erst Weihnachten wieder nach Hause. Carl lebte inzwischen in einem besetzten Haus in den Hügeln und arbeitete in diversen unspezifischen Jobs. Er hatte sich von seiner Freundin getrennt und fuhr ein Motorrad, auf das er »für einen Freund aufpasste«. Er wirkte gereizt, nervös.

»Lass uns pokern«, schlug er Audie vor.

»Ich versuche, Geld zu sparen.«

»Vielleicht gewinnst du ja was.«

Carl überredete ihn schließlich, änderte jedoch ständig die Regeln mit dem Hinweis, dass man es im Gefängnis so spielte, und Audie verlor die Hälfte des Geldes, das er fürs College gespart hatte. Carl fuhr los und kam mit Bier zurück. Außerdem hatte er Crystal Meth und Speed. Er wollte sich zudröhnen und konnte nicht verstehen, warum Audie nach Hause gehen wollte.

Im folgenden Sommer arbeitete Audie auf der Bowlingbahn und in der Werkstatt. Hin und wieder kam Carl vorbei und versuchte, sich Geld zu leihen. Ihre Schwester Bernadette ging mit einem Typen aus, der in einer Bank in der Innenstadt arbeitete. Er hatte ein neues Auto und schicke Kleidung. Carl war nicht beeindruckt.

»Für wen hält er sich?«

»Er hat doch nichts Verkehrtes getan«, sagte Audie.

»Er denkt, er wäre was Besseres als wir.«

»Wieso?«

»Das sieht man. Er benimmt sich so herablassend.«

Carl wollte nicht hören, wenn irgendjemand ihm erklärte, dass manche Menschen hart arbeiteten, um in einem schönen Haus zu wohnen oder ein neues Auto zu fahren. Er nahm ihnen den Erfolg übel – die attraktiven Freundinnen und die modische Kleidung. Es war, als würde er bei einer Party draußen stehen, die Nase ans Fenster pressen und den wirbelnden Röcken der hübschen Mädchen zusehen, die zur Musik tanzten. In seinem Blick lag nicht nur Neid, sondern auch eine Frage, Empörung, Hunger.

Im Spätsommer erhielt Audie eines Abends um zehn einen Anruf. Carl war in einer Bar in East Dallas. Sein Motorrad war kaputt. Er brauchte jemanden, der ihn nach Hause fuhr.

»Ich komme dich nicht abholen.«

»Ich bin überfallen worden. Ich hab kein Geld.«

Also fuhr Audie quer durch die Stadt. In der Bar leuchtete eine Dixie-Beer-Reklame, und der Holzboden war von Brandlöchern übersät, die aussahen wie zerdrückte Kakerlaken. Ein paar Motorradfahrer spielten Billard und stießen die Kugeln so fest, dass es sich anhörte wie ein Peitschenknall. Die einzige Frau war Mitte vierzig, gekleidet wie ein Teenager und tanzte unter den Augen von einem Dutzend Männer betrunken vor einer Jukebox.

»Bleib noch auf einen Drink«, sagte Carl.

»Ich dachte, du hättest kein Geld.«

»Ich hab welches gewonnen.« Er wies auf den Billardtisch. »Was willst du trinken?«

»Gar nichts.«

»Nimm ein 7Up.«

»Ich fahre nach Hause.«

Audie ging hinaus. Carl folgte ihm auf den Parkplatz, wütend, vor seinen neuen Freunden so vorgeführt zu werden. Seine Pupillen waren erweitert, und bei den ersten beiden Anläufen verfehlte er den Türgriff des Wagens. Audie brachte ihn nach Hause, die Fenster heruntergekurbelt für den Fall, dass Carl sich übergeben musste. Sie fuhren schweigend, und Audie dachte, dass Carl eingeschlafen wäre. Doch dann sprach er mit dünner Stimme wie ein verirrtes Kind.

»Niemand gibt mir eine echte Chance.«

»Du musst Geduld haben«, erklärte Audie.

»Du weißt nicht, wie das ist.« Carl richtete sich gerader auf. »Ich müsste nur ein Mal fett abräumen. Dann wär ich aus allem raus. Ich könnte hier abhauen und irgendwo noch mal neu anfangen. Wo die Leute keine Vorurteile gegen mich haben.«

Audie verstand nicht, was Carl meinte.

»Hilf mir, eine Bank auszurauben«, sagte er, als wäre das eine ganz logische Idee.

»Was?«

»Ich kann dir zwanzig Prozent geben. Du musst nur fahren. Du brauchst nicht mit reinzukommen. Du kannst einfach im Wagen sitzen bleiben.«

Audie lachte. »Ich werde dir nicht helfen, eine Bank auszurauben.«

»Du musst doch nur fahren.«

»Wenn du Geld willst, besorg dir einen Job.«

»Du hast leicht reden.«

»Was soll denn das heißen?«

»Du bist der blauäugige Junge, der Bevorzugte. Ich hätte nichts dagegen, der verlorene Sohn zu sein – gebt mir meinen Teil, und ihr seht mich nie wieder.«

»Wir haben nichts zum Teilen.«

»Weil du alles hast.«

Sie fuhren zu ihren Eltern. Carl schlief in seinem alten Zimmer. In der Nacht wachte Audie durstig auf und wollte sich ein Glas Wasser holen. Carl saß in der dunklen Küche vor der offenen Kühlschranktür. Seine Pupillen waren erweitert und glänzten.

»Was hast du genommen?«

»Nur ein bisschen was, damit ich einschlafen kann.«

Audie spülte sein Glas aus und wandte sich zum Gehen.

»Es tut mir leid«, sagte Carl.
»Was?«
Carl antwortete nicht.
»Der Hunger auf der Welt, die globale Erwärmung, die Evolution, was tut dir leid?«
»Dass ich so eine Enttäuschung bin.«

Audie ging zurück auf die Rice University und schloss seine Kurse im zweiten Jahr fast alle als Bester ab. Nachts arbeitete er in einer Bäckerei und kam morgens mit von Mehl staubigen Kleidern zu den Vorlesungen. Ein spezielles Mädchen, das aussah wie ein Cheerleader und ging wie ein Model auf dem Laufsteg, gab ihm den Spitznamen »Doughboy«, der irgendwie an ihm kleben blieb.

Als er Weihnachten nach Hause kam, stellte er fest, dass sein Auto weg war. Carl hatte es ausgeliehen und nicht zurückgebracht. Er wohnte nicht mehr zu Hause, sondern in einem Motel am Tom Landry Freeway, zusammen mit einem Mädchen, das aussah wie eine Nutte und ein Baby hatte. Dort fand Audie ihn am Pool, in derselben Lederjacke, die er bei seiner Entlassung aus Brownsville getragen hatte. Seine Augen waren glasig, und um seinen Stuhl lagen zerdrückte Bierdosen.

»Ich brauch die Schlüssel für meinen Wagen.«
»Ich bring ihn dir später vorbei.«
»Nein, ich will ihn jetzt.«
»Es ist kein Benzin mehr im Tank.«

Audie glaubte ihm nicht. Er setzte sich ans Steuer und drehte den Schlüssel im Zündschloss. Der Motor erstarb sofort wieder. Er warf Carl die Schlüssel zu und nahm den Bus nach Hause. Dort schnappte er sich seinen Baseballschläger, ging auf den Trainingsplatz und schlug achtzig Bälle, um seine Frustration abzureagieren.

Erst später rekonstruierte Audie, was an jenem Abend weiter geschehen war. Nachdem er das Motel verlassen hatte, hatte Carl den Wagen aus einem Kanister betankt und war zu einem Spirituosenladen am Harry Hines Boulevard gefahren. Dort hatte er sich ein Sixpack aus dem Kühlschrank gefischt und noch ein paar Tüten Mais-Chips und Kaugummis mitgenommen. Der Verkäufer war ein älterer Chinese in einer Uniform mit einem Schild, auf dem ein Name stand, den niemand aussprechen konnte.

Die einzige andere Person in dem Laden duckte sich gerade im hinteren Gang nach einer speziellen Sorte Doritos, die seine schwangere Frau haben wollte. Es war ein Polizist namens Pete Arroyo, und seine Frau Debbie wartete draußen und aß ein Eis, weil sie Hunger auf etwas Süßes und Sättigendes hatte.

Carl ging auf den Verkäufer zu, zog eine 22er Browning-Automatik aus der Jacke, hielt sie dem alten Mann an den Kopf und befahl ihm, die Kasse zu leeren. Es gab ein großes Lamento auf Chinesisch, das Carl nicht verstand.

Pete Arroyo musste Carl in den runden Spiegeln gesehen haben, die schräg über jedem Gang angebracht waren. Er kroch näher heran und zog seine Pistole. Dann ging er in die Hocke, legte die Waffe an und forderte Carl auf, die Hände zu heben. Im selben Moment stieß Debbie die schwere Tür auf, ihr schwangerer Bauch ragte hervor wie ein Ballon. Sie sah die Pistole und schrie.

Pete schoss nicht. Carl schon. Der Polizist ging zu Boden und feuerte im Liegen noch einen Schuss ab, der Carl im Rücken traf, als er gerade in den Wagen stieg und davonfuhr. Notärzte kämpften vierzig Minuten um Pete Arroyos Leben, doch er starb noch vor der Ankunft im Krankenhaus. Bis dahin hatten Zeugen der Polizei bereits eine Beschreibung des Schützen geliefert und ausgesagt, dass er möglicherweise einen Komplizen gehabt hätte, der am Steuer des Wagens saß.

9

Der Bus nach Houston geht um 19.30 Uhr. Audie steigt im letzten Moment ein und wählt einen Platz in der Nähe des Notausstiegs. Er tut so, als würde er einschlafen, beobachtet jedoch durch halb geschlossene Lider das Busterminal und erwartet jeden Moment Polizeisirenen und flackernde Lichter.

»Ist hier besetzt?«, fragt eine Stimme.

Audie antwortet nicht. Ein dicker Mann hievt seinen Koffer auf die Gepäckablage und stellt eine Tüte mit Essen auf das aufklappbare Tablett.

»Dave Myers«, sagt er und streckt Audie eine Pranke mit roten Sommersprossen entgegen. Er ist um die sechzig, mit hängenden Schultern und einem Schwabbelkinn. »Haben Sie auch einen Namen?«

»Smith.«

Dave gluckst. »So gut wie jeder andere.«

Er isst geräuschvoll und lutscht Salz und Sauce von seinen Fingern. Dann schaltet er das Licht über seinem Sitz ein, klappt eine Zeitung auf und schnippt die Seiten glatt.

»Ich sehe, die wollen die Grenzpatrouillen wieder kürzen«, sagt er. »Wie wollen sie so die Illegalen aus unserem Staat raushalten? Wenn man denen den kleinen Finger reicht, packen die gleich beide Hände.«

Audie reagiert nicht.

Dave blättert grunzend um. »Wir haben in diesem Land vergessen, wie man einen Krieg führt. Schauen Sie sich den Irak an. Wenn man mich fragt, ich finde, wir sollten Atombomben auf die ganzen muslimischen Länder schmeißen, wissen Sie, was ich meine, aber das wird nicht passieren, nicht, solange ein Schwarzer im Weißen Haus sitzt, noch dazu einer, der mit zweitem Vornamen Hussein heißt.«

Audie wendet sich zum Fenster, betrachtet die dunkle Landschaft und macht einzelne Lichtpunkte von Ranchhäusern und Leuchtsignale auf fernen Gipfeln aus.

»Ich weiß, wovon ich rede«, sagt Dave. »Ich hab in Vietnam gekämpft. Die Schlitzaugen hätten wir auch mit Atombomben plattmachen sollen. Agent Orange war noch zu gut für die. Nicht die Frauen natürlich. Diese Schlitzaugen-Mädchen konnten schon schwer in Ordnung sein. Sahen aus wie zwölf, aber gekommen sind sie wie zappelnde Fische.«

Audie räuspert sich.

Der Mann hält inne. »Störe ich Sie?«

»Ja.«

»Warum denn?«

»Meine Frau ist Vietnamesin.«

»Ohne Scheiß? Tut mir leid, Mann, ich wollte nicht respektlos sein.«

»Doch, das wollten Sie.«

»Woher sollte ich das denn wissen?«

»Sie haben gerade eine ganze Rasse, eine ganze Religion und Frauen im Allgemeinen beleidigt. Sie haben gesagt, Sie wollen sie entweder ficken oder mit Atomwaffen bombardieren, und damit sind Sie nicht nur ein Rassist, sondern auch ein mieser Wichser.«

Dave wird rot, seine Haut spannt sich, als würde sie über einen größeren Schädel gestreift. Er steht auf und greift nach seinem Koffer. Einen Moment lang denkt Audie, der Mann könnte eine Waffe suchen, doch dann geht er den Gang hinunter, findet einen neuen Platz, stellt sich einem anderen Mitreisenden vor und beschwert sich über die »intoleranten Arschlöcher«, die man in Fernbussen trifft.

Nach kurzen Halten in Seguin und Schulenburg erreichen sie Houston kurz vor Mitternacht. Trotz der späten Stunde ist der Busbahnhof von Menschengruppen bevölkert, einige schlafen auf dem Boden, andere liegen quer auf den Sitzen. Auf den Bussteigen warten Busse nach L.A., New York, Chicago und Orten dazwischen.

Audie geht auf die Toilette, spritzt sich Wasser ins Gesicht und streicht über die Stoppeln an seinem Kinn. Sein Bart wächst zu langsam, um sein Gesicht zu verbergen, und auf der Nase und der Stirn schält sich die sonnenverbrannte Haut. Im Gefängnis hat er sich jeden Morgen rasiert, weil es fünf Minuten des Tages gefüllt und demonstriert hat, dass er noch auf sich achtete. Jetzt sieht er im Spiegel keinen Jungen, sondern einen Mann: älter, dünner und auf eine Weise hart, wie er es früher nie war.

Eine Frau und ein Mädchen betreten die Toiletten, beide blond und beide in Jeans und Stoffschuhen. Die Frau ist Mitte zwanzig und hat ihr Haar zu einem Pferdeschwanz gebunden. Sie trägt ein Rolling-Stones-T-Shirt, das an den Spitzen ihrer Brüste herunterhängt. Das kleine Mädchen sieht aus wie sechs oder sieben, hat eine Zahnlücke und einen Barbie-Rucksack auf dem Rücken.

»Entschuldigung«, sagt die Mutter, »die Damentoilette ist wegen Reinigung geschlossen.«

Sie stellt eine Kulturtasche auf den Waschbeckenrand und nimmt Zahnbürsten und Zahnpasta heraus. Sie befeuchtet ein paar Papierhandtücher, zieht ihrer Tochter das T-Shirt aus und wäscht sie unter den Armen und hinter den Ohren. Dann beugt sie sie über das Waschbecken, ermahnt sie, die Augen geschlossen zu halten, und wäscht das Haar des Mädchens mit Seife aus dem Spender.

Sie wendet sich Audie zu. »Was glotzen Sie so?«
»Ach, nichts.«
»Sind Sie pervers?«
»Nein, Ma'am.«
»Nennen Sie mich nicht Ma'am!«
»Tut mir leid.«

Audie hastet hinaus und wischt sich die nassen Hände an seiner Jeans ab. Vor dem Busbahnhof lungern rauchende Männer herum. Dealer, Zuhälter oder Jäger auf der Suche nach Ausreißern und Streunern; Mädchen, die man beschwatzen kann; Mädchen, die man anfixen kann; Mädchen, die aufhören zu schreien, wenn sich Hände um ihren Hals schließen. *Vielleicht bin ich verdorben*, denkt Audie, der normalerweise nicht nach dem Schlimmsten in Menschen Ausschau hält.

Er läuft um den Block und entdeckt einen McDonald's, hell erleuchtet und in Primärfarben dekoriert. Er kauft ein Menü und einen Kaffee. Kurz darauf entdeckt er Mutter und Tochter aus der Busbahnhof-Toilette. Sie sitzen an einem Tisch und beschmieren Scheiben eines selbst mitgebrachten Brots mit Erdbeermarmelade.

Der Manager kommt auf sie zu. »Sie dürfen hier drinnen nichts verzehren, wenn Sie nichts kaufen.«

»Wir tun doch nichts«, sagt die Frau.

»Sie machen eine Sauerei.«

Audie nimmt sein Tablett und tritt an ihren Tisch. »Beeilung, Mädels, habt ihr euch entschieden, was ihr essen wollt?« Er rutscht auf die Bank gegenüber und sieht den Manager an. »Gibt es ein Problem?«

»Nein, Sir.«

»Gut zu wissen, vielleicht könnten Sie uns noch ein paar Servietten bringen.«

Der Manager tritt murmelnd den Rückzug an. Audie teilt

seinen Hamburger in vier Viertel und schiebt sie über den Tisch. Das Mädchen greift danach, kassiert jedoch einen Klaps von seiner Mutter. »Von einem Fremden nimmt man kein Essen.« Sie sieht Audie vorwurfsvoll an. »Folgen Sie uns?«

»Nein, Ma'am.«

»Sehe ich aus wie eine alte Jungfer?«

»Nein.«

»Dann nennen Sie mich nicht Ma'am! Ich bin jünger als Sie. Und wir brauchen Ihre milden Gaben nicht.«

Das Mädchen seufzt enttäuscht. Es sieht den Burger und dann seine Mutter an.

»Ich weiß, was Sie machen. Sie versuchen, mein Vertrauen zu gewinnen, damit Sie uns schreckliche Dinge antun können.«

»Sie sind paranoid«, sagt Audie.

»Ich bin kein Junkie und keine Prostituierte.«

»Das freut mich zu hören.« Audie nippt an seinem Kaffee. »Wenn Sie wollen, gehe ich wieder rüber.«

Sie sagt nichts. Im hellen Neonlicht kann man die Sommersprossen auf ihrer Nase und ihre Augen sehen, die grün oder blau sind oder irgendwas dazwischen. Das kleine Mädchen hat es geschafft, sich ein Viertel des Hamburgers zu stibitzen, und isst es hinter vorgehaltener Hand. Es streckt die Hand aus und nimmt sich Pommes.

»Wie heißt du?«, fragt Audie sie.

»Fcarlett.«

»Hast du etwas für den Zahn bekommen, Scarlett?«

Sie nickt und hält eine Raggedy-Anne-Puppe hoch, die vorgeliebt, aber deshalb nicht weniger heißgeliebt aussieht.

»Wie nennst du sie?«

»Bepfie.«

»Das ist ein hübscher Name.«

Scarlett wischt sich die Nase mit ihrem Ärmel ab. »Fie ftinken.«

Audie lacht. »Ich habe vor, ganz bald zu duschen.« Er streckt die Hand aus. »Ich bin Spencer.«

Scarlett sieht die ausgestreckte Hand und dann ihre Mutter an. Einen Moment später streckt auch sie ihre Hand aus. Sie passt komplett in seine Faust.

»Und wer sind Sie?«, fragt Audie die Mutter.

»Cassie.«

Sie nimmt seine Hand nicht. Obwohl sie hübsch ist, bemerkt Audie eine harte Hülle, die Cassie umgibt, wie Narbengewebe, das eine alte Wunde bedeckt. Er kann sich vorstellen, dass sie in einem ärmeren Viertel aufgewachsen ist, sich von Jungen für einen kurzen Blick auf ihren Slip zu Eiswaffeln hat einladen lassen und ihre Sexualität benutzt hat, ohne die Gefahren des Spiels je ganz zu begreifen.

»Und was machen die Ladys so spät noch unterwegs?«, fragt er.

»Das geht Sie nichts an«, sagt Cassie.

»Wir pflafen in unferem Auto«, sagt Scarlett.

Ihre Mutter bringt sie zischend zum Schweigen. Scarlett blickt zu Boden und drückt ihre Puppe.

»Kennen Sie irgendwelche billigen Motels in der Nähe?«, fragt er.

»Wie billig?«

»Billig.«

»Da müssen Sie ein Taxi nehmen.«

»Kein Problem.« Er rutscht von seiner Bank. »Nun, ich mach mich dann wohl besser auf den Weg. War nett, Sie kennen zu lernen.« Er zögert. »Wann haben Sie zum letzten Mal heiß geduscht?«

Cassie starrt ihn wütend an.

Audie hebt die Hände. »Das ist jetzt falsch rausgekommen. Tut mir leid. Es ist bloß so, dass mir im Bus die Brieftasche gestohlen wurde, und ohne Ausweis werde ich nur schwer ein Hotelzimmer bekommen. Ich habe genügend Bargeld, aber keinen Ausweis.«

»Und was hat das mit mir zu tun?«

»Wenn Sie das Zimmer buchen würden, würde ich es bezahlen. Ich zahle für zwei Zimmer. Sie und Scarlett können eins davon haben.«

»Warum sollten Sie das tun?«

»Ich brauche ein Bett, und wir brauchen beide eine Dusche.«

»Sie könnten ein Vergewaltiger oder Serienmörder sein.«

»Ich könnte ein entflohener Sträfling sein.«

»Genau.« Cassie mustert konzentriert sein Gesicht und versucht zu entscheiden, ob sie im Begriff ist, eine Dummheit zu begehen. »Ich hab einen Elektroschocker«, sagt sie unvermittelt. »Wenn Sie irgendwas Komisches versuchen, kriegen Sie eine verpasst.«

»Da bin ich mir sicher.«

Ihr Wagen ist ein ramponierter Honda CR-V, der auf einem leeren Parkplatz unter einem Coca-Cola-Schild parkt. Sie zieht den Strafzettel unter dem Scheibenwischer hervor und zerknüllt ihn. Audie trägt Scarlett in den Armen, ihr Kopf liegt an seiner Brust. Sie schläft. Sie fühlt sich so klein und zerbrechlich an, dass er Angst hat, sie zu beschädigen. Er erinnert sich daran, wie er zum letzten Mal ein Kind getragen hat – einen kleinen Jungen mit wunderbaren braunen Augen.

Cassie beugt sich in den Wagen, schiebt Schlafsäcke in die Ecken, packt Kleider in einen Koffer und ordnet ihre Habseligkeiten. Audie bettet Scarlett auf die Rückbank und schiebt ein Kissen unter ihren Kopf. Der Motor braucht ein paar Anläufe, bis er anspringt. Der Anlasser ist so gut wie hinüber, denkt Audie und erinnert sich an die Jahre, die er bei seinem Vater in der Autowerkstatt gearbeitet hat. Die Karosserie des Honda schrammt über den Bordstein, als sie auf die leere Straße biegen.

»Wie lange leben Sie schon im Auto?«, fragt er.

»Seit einem Monat«, sagt Cassie. »Wir haben bei meiner Schwester gewohnt, bis sie uns rausgeschmissen hat. Sie hat gesagt, ich würde mit ihrem Mann flirten, dabei war er derjenige, der geflirtet hat. Konnte die Hände nicht bei sich behalten. Ich schwör Ihnen, in dieser verdammten Stadt gibt es keinen einzigen anständigen Kerl.«

»Und Scarletts Vater?«

»Travis ist in Afghanistan gefallen, doch die Armee zahlt mir keine Rente und erkennt Scarlett nicht als seine Tochter an, weil wir nicht verheiratet waren. Wir waren verlobt, aber das zählt nicht. Er wurde von einer IED getötet – wissen Sie, was das ist?«

»Eine Sprengfalle.«

»Ja. Ich wusste es nicht, als man es mir erzählt hat. Erstaunlich, was man alles lernt.« Sie kratzt sich mit dem Handgelenk die Nase. »Seine Eltern behandeln mich wie eine Sozialhilfeschlampe, die das Baby bloß auf die Welt gebracht hat, um Geld vom Staat zu kassieren.«

»Was ist mit Ihren Eltern?«

»Ich hab keine Mama mehr. Sie ist gestorben, als ich zwölf war. Daddy hat mich rausgeschmissen, als ich schwanger wurde. Es war ihm ganz egal, dass Travis und ich heiraten wollten.«

Sie redet weiter, versucht, ihre Nervosität zu überspielen, und erzählt Audie, dass sie gelernte Kosmetikerin ist, »mit Diplom und allem«. Sie hält ihre Nägel hoch. »Schauen Sie mal.« Sie hat sie wie Marienkäfer lackiert.

Sie nehmen eine Abfahrt auf den North Freeway. Cassie sitzt starr auf ihrem Sitz und hält das Lenkrad mit beiden Händen. Audie kann sich die Person vorstellen, die zu werden sie erwartet hatte – College, Spring Break in Florida, Bikinis, Mojitos und Rollerblades am Strandboulevard; einen Job finden, einen Mann, ein Haus ... Stattdessen schläft sie im Auto und wäscht das Haar ihres Kindes im Waschbecken einer öffentlichen Toilette. So geht das mit Erwartungen, denkt er. Ein Ereignis oder eine falsche Entscheidung kann alles verändern. Es kann ein platzender Reifen oder der falsche Moment sein, um vom Bürgersteig auf die Straße zu treten, oder eine IED, an der man vorbeifährt. Audie glaubt nicht daran, dass sich das Glück eines Menschen im Laufe eines Lebens ausgleicht. Genauso wenig wie er auch nur die Möglichkeit von Gerechtigkeit in Betracht zieht; Fairness ist nur ein Wort für Sportreporter.

Nach etwa sechs Meilen nehmen sie die Ausfahrt auf den Airport Drive und parken vor dem Star City Inn. Vor dem Eingang stehen Palmen Wache, und der Parkplatz ist von glitzernden Scherben übersät. Eine Gruppe Schwarzer in Baggy Jeans und Hoodies lungert vor einem der Zimmer im Erdgeschoss herum. Sie mustern Cassie wie Löwen ein verwundetes wildes Tier.

»Der Laden gefällt mir nicht«, flüstert sie Audie zu.

»Die tun Ihnen nichts.«

»Woher wollen *Sie* das wissen?«, fragt sie und trifft eine Entscheidung. »Wir nehmen ein Zimmer. Getrennte Betten. Ich schlafe nicht mit Ihnen.«

»Alles klar.«

Ein Doppelzimmer im Erdgeschoss kostet fünfundvierzig Dollar. Audie legt Scarlett in eins der Doppelbetten. Sie rührt sich, steckt den Daumen in den Mund und beruhigt sich wieder. Cassie trägt den Koffer ins Bad, lässt die Wanne mit heißem Wasser volllaufen und streut Waschpulver hinein.

»Sie sollten schlafen«, sagt Audie.

»Ich will, dass die Sachen morgen früh trocken sind.«

Audie schließt die Augen und döst, lauscht dem sanften Plätschern und dem Geräusch, als sie die Kleider auswringt. Irgendwann kriecht Cassie neben ihre Tochter ins Bett und starrt zu Audie herüber.

»Wer sind Sie?«, flüstert sie.

»Niemand, vor dem man Angst haben muss, Ma'am.«

10

Tausend Gäste bevölkern den Ballsaal – Männer mit schwarzer Krawatte und Frauen auf hohen Absätzen und in gewagt rückenfreiem Cocktailkleid oder mit tiefem Ausschnitt. Die Paare sind beruflich hier, Risikokapital-Anleger, Banker, Buchhalter, Businessleute, Immobilienentwickler, Unternehmer und Lobbyisten, die den frisch gewählten Senator Edward Dowling treffen wollen, der dankbar für ihre Unterstützung ist, *ihr* Mann im texanischen Oberhaus.

Der Senator arbeitet sich durch den Raum wie ein erfahrener Profi, ein fester Händedruck hier, eine Armberührung da, ein persönliches Wort für jeden einzelnen Gast. Es ist, als würden die Menschen in seiner Nähe den Atem anhalten, sich im Widerschein seines Ruhms sonnen und schon über einen baldigen Anlauf ins Weiße Haus flüstern. Aber bei all seinem Glanz und offensichtlichen Charme hat Dowlings Gehabe etwas von einem Gebrauchtwagenhändler, als ob er sein grenzenloses Selbstvertrauen aus Motivationskassetten und Selbsthilfebüchern gelernt hätte.

Ohne die Tabletts voller Champagnergläser zu beachten,

hat Victor Pilkington sich einen Eistee in einem gefrosteten Glas organisiert. Mit seiner Größe von eins neunzig kann er über das Meer von Köpfen hinwegblicken und registrieren, welche Allianzen geschmiedet werden und wer wen meidet.

Seine Frau Mina ist irgendwo in der Menge, in einer fließenden Seidenrobe, die in eleganten Falten bis zu ihrem Kreuz und zwischen ihre Brüste fällt. Sie ist achtundvierzig, sieht aber zehn Jahre jünger aus, dank drei Mal die Woche Tennis und einem Schönheitschirurgen in Kalifornien, der sich selbst als »Body Sculptor« bezeichnet. Mina ist in Angleton aufgewachsen und hat für das Tennisteam ihrer Highschool gespielt, bevor sie aufs College ging, heiratete, sich scheiden ließ und es noch einmal versuchte. Zwanzig Jahre später sieht sie immer noch gut aus, auf dem Platz und abseits davon, ob sie ein gemischtes Doppel spielt oder mit jüngeren Männern im Magnolia Ballroom flirtet. Pilkington vermutet, dass sie eine Affäre hat, aber wenigstens ist sie diskret. Er versucht, es auch zu sein. Sie haben getrennte Schlafzimmer, führen getrennte Leben. Aber sie wahren den Schein, weil etwas anderes zu teuer wäre.

Ein Mann drängt an ihm vorbei. Pilkington hebt die Hand und packt seine Schulter.

»Wie geht's, Rolland?«, fragt er den Stabschef von Dowlings Mannschaft.

»Ich bin im Augenblick sehr beschäftigt, Mr Pilkington.«

»Er weiß, dass ich ihn sprechen will.«

»Ja.« Rolland zögert. »Sie sagten, es wäre wichtig?«

»Ja.«

Rolland verschwindet in der Menge. Pilkington besorgt sich ein neues Getränk und plaudert belanglos mit mehreren Bekannten – ohne den Senator aus dem Blick zu verlieren. Er mag Politiker nicht besonders, obwohl seine Familie selbst mehrere hervorgebracht hat. Sein Urgroßvater

Augustus Pilkington war unter der Coolidge-Administration Kongressabgeordneter. Damals gehörte der Familie noch die Hälfte von Bellmore Parish mit Anteilen in der Öl- und Schifffahrtsindustrie, bis Pilkingtons Vater es schaffte, in der Ölkrise der Siebziger alles zu verlieren. Es hatte sechs Generationen gedauert, das Vermögen der Familie aufzubauen, und sechs Monate, um es zu ruinieren – so waren die Unwägbarkeiten des Kapitalismus.

Seitdem hatte Victor sein Bestes getan, den guten Namen der Familie wiederherzustellen – er hatte die Farm gewissermaßen Hektar für Hektar, Block für Block und Stein für Stein zurückgekauft. Aber das war natürlich nicht ohne Personalkosten gegangen. Manche Menschen waren *wegen* ihrer Eltern erfolgreich, andere trotz ihrer. Pilkingtons Vater hatte fünf Jahre im Gefängnis verbracht und am Ende Krankenhaustoiletten geputzt. Victor verachtete die Schwäche des Mannes, wusste seine Fruchtbarkeit jedoch durchaus zu schätzen. Wenn er 1955 nicht eine Verkäuferin im Teenageralter geschwängert hätte, als er sie auf der Rückbank seines aus England importierten Mercedes-Oldtimers vergewaltigte, wäre Victor nie geboren worden.

Es ist eigenartig, wie eine Familie ihre Größe feiern und die Reihe ihrer Ahnen bis zu den Gründervätern von Texas zurückverfolgen konnte, ihre politischen Ämter, Firmen und dynastischen Ehen, während die größte Errungenschaft einer anderen Familie vielleicht im bloßen Überleben bestand. Erst durch den Bankrott und die Inhaftierung seines Vaters hatte Victor zu schätzen gelernt, was für eine Leistung es war, über die gewöhnliche Masse hinauszuwachsen, aber heute Abend in diesem Raum kommt er sich trotzdem wie ein Versager vor.

Auf der anderen Seite des Ballsaals lässt Senator Dowling sein gewinnendes Lächeln aufblitzen und berührt eine weitere Schulter. Frauen mögen ihn, vor allem die Matriarchinnen. Das »alte Geld« ist komplett versammelt, alle Familien sind vertreten, darunter auch ein junger Bush, der Anekdoten vom College-Football erzählt. Alle lachen. Anekdoten müssen nicht witzig sein, wenn man ein Bush junior ist.

Die Türen zur Küche öffnen sich, und vier Kellner tragen eine zweistöckige Geburtstagstorte mit Kerzen herein. Die Dixieland-Band spielt »Happy Birthday«, und der Senator legt die Hand aufs Herz und verbeugt sich in alle Richtungen. Fotografen warten. Ihre Blitzlichter spiegeln sich in den polierten Zähnen des Senators. Seine Frau taucht neben ihm auf, sie trägt ein schwarzes durchsichtiges Abendkleid, einen Saphir und eine Diamantenkette. Sie küsst ihn auf die Wange und hinterlässt einen Lippenstiftabdruck. Das ist das Foto, das am Sonntag auf der Gesellschaftsseite des *Houston Chronicle* gedruckt werden wird.

Drei-Mal-hoch-Rufe. Applaus. Jemand macht einen Scherz über die Zahl der Kerzen. Der Senator pariert die Bemerkung mit einer Pointe. Pilkington hat sich schon abgewandt und ist an die Bar gegangen. Er braucht etwas Stärkeres. Bourbon. Eis.

»Wie alt ist er geworden?«, fragt ein Mann, der neben ihm am Tresen lehnt, die aufgebundene Fliege um den Hals.

»Vierundvierzig. Der jüngste Senator seit fünfzig Jahren.«

»Sie scheinen nicht besonders beeindruckt.«

»Er ist ein Politiker, früher oder später muss er enttäuschen ...«

»Vielleicht wird es bei ihm anders.«

»Hoffentlich nicht.«

»Warum?«

»Das wäre so, wie herauszufinden, dass es keinen Weihnachtsmann gibt.«

Pilkington hat lange genug gewartet. Er drängt sich durch die Menge bis zu dem Senator und unterbricht ihn mitten in einer Anekdote. »Tut mir leid, Teddy, aber deine Person wird anderswo verlangt.«

Dowlings Miene verrät Verärgerung. Er entschuldigt sich bei der Runde.

»Ich denke, du solltest mich Senator nennen«, erklärt er Pilkington.

»Wieso?«

»Weil ich das bin.«

»Ich kenne dich, seit du dir über dem JC-Penney-Katalog deiner Mama einen runtergeholt hast, also könnte es noch eine Weile dauern, bis ich mich daran gewöhnt habe, dich Senator zu nennen.«

Die beiden Männer gehen durch eine Tür und fahren mit einem Personalaufzug nach unten in die Küche. In den Waschbecken werden Edelstahltöpfe geschrubbt, auf Anrichten Dessertteller aufgereiht. Sie treten ins Freie. Die Luft duftet nach frischem Regen, und in den Pfützen spiegelt sich gelb der Mond. Auf der Main Street staut sich der Verkehr in beide Richtungen.

Senator Dowling löst seine Fliege. Er hat zarte, fast weibliche Hände, die zu seinen Wangenknochen und seinem schmalen Mund passen. Sein dunkles Haar ist ordentlich geschnitten und zu einem Seitenscheitel gegelt. Pilkington zieht eine Zigarre aus der Tasche, befeuchtet das Ende mit der Zunge, macht jedoch keine Anstalten, sie anzuzünden.

»Audie Palmer ist vorgestern Nacht aus dem Gefängnis ausgebrochen.«

Der Senator bemüht sich, keine Reaktion zu zeigen, doch Pilkington erkennt die Anspannung in den Schultern des jüngeren Mannes.

»Du hast gesagt, das wäre unter Kontrolle.«

»Ist es auch. Die Spürhunde haben seine Fährte bis zum Choke Canyon Reservoir verfolgt. Der Stausee ist drei Meilen breit. Höchstwahrscheinlich ist Palmer ertrunken.«

»Was ist mit den Medien?«

»Niemand hat die Story aufgegriffen.«

»Und wenn sie anfangen, Fragen zu stellen?«

»Das tun sie nicht.«

»Und wenn doch?«

»Wie viele Leute hast du als Distriktstaatsanwalt angeklagt? Du hast deinen Job gemacht. Mehr brauchst du nicht zu sagen.«

»Und wenn er nicht tot ist?«

»Dann wird man ihn einfangen und wieder ins Gefängnis stecken.«

»Und bis dahin?«

»Halten wir still. Jeder kleine Verbrecher in Texas wird auf der Suche nach Palmer sein. Sie werden ihm die Fingernägel ausreißen, um herauszukriegen, was mit dem Geld passiert ist.«

»Er könnte uns immer noch schaden.«

»Nein, er ist hirngeschädigt, schon vergessen? Und genau das erklärst du den Leuten immer wieder. Sag ihnen, dass Palmer ein gefährlicher entflohener Sträfling ist, der auf dem elektrischen Stuhl gelandet wäre, wenn die Bundesbehörden es nicht vermasselt hätten.« Pilkington klemmt die Zigarre zwischen die Lippen und saugt an dem angekauten Tabakblatt. »Derweil möchte ich, dass du ein paar Strippen ziehst.«

»Du hast doch gesagt, alles wäre unter Kontrolle.«

»Als zusätzliche Versicherung.«

11

Drei Wärter zerren Moss von seiner Pritsche und zwingen ihn, halbnackt auf dem Betonboden zu knien. Einer drückt ihm einen Schlagstock in die Milz, aus reiner Rachsucht oder welche sadistische Ader auch immer bei Männern zum Vorschein kommt, denen man Befehlsgewalt über Gefangene überträgt.

Moss wird vom Boden hochgezogen und bekommt ein Bündel Kleidung in die Hand gedrückt, bevor man ihn einen Flur entlang, durch zwei Türen und eine Treppe hinunter führt. Der Gummi seiner billigen Baumwollboxershorts ist ausgeleiert, sodass er sie mit einer Hand festhalten muss. Warum trägt er nie anständige Unterwäsche, wenn er Besuch bekommt?

Ein Wärter befiehlt ihm, sich anzuziehen. Man legt ihm Hand- und Fußfesseln an, die mit einer Kette um seine Hüfte verbunden werden. Ohne Erklärung wird er über eine Rampe zu einem Gefangenentransporter gebracht, der im Innenhof des Gefängnisses parkt. Mehrere andere Insassen sind bereits an Bord, auf Einzelkäfige verteilt. Er wird verlegt. So läuft es immer – mitten in der Nacht, wenn weniger Ärger droht.

»Wohin fahren wir?«, fragt er einen anderen Gefangenen.

»Woandershin.«

»Das dachte ich mir schon.«

Die Tür wird geschlossen. Acht Häftlinge sind in den Metallkäfigen eingesperrt, die über einen Abfluss im Boden, Sicherheitskameras und Klappsitze verfügen. Ein Vollzugsbeamter sitzt mit dem Rücken zum Fahrerhaus, eine Schrotflinte im Schoß.

»Wohin fahren wir?«, ruft Moss.

Keine Antwort.

»Ich habe Rechte. Sie müssen meine Frau benachrichtigen.«

Schweigen.

Der Bus fährt durch das Tor Richtung Süden. Die anderen Häftlinge dösen. Moss versucht anhand der Straßenschilder zu verfolgen, wohin man ihn bringt. Nachttransfers gehen meistens in einen anderen Staat. Vielleicht ist das seine Strafe. Sie schicken ihn in irgendein Drecksloch von einem Gefängnis irgendwo in Montana, fünfzehnhundert Meilen von zu Hause entfernt. Eine Stunde später hält der Bus in der Transferstation Garza West bei Beeville. Alle Insassen außer Moss verlassen den Transporter.

Dann geht die Fahrt weiter. Moss ist der einzige Häftling. Kein Vollzugsbeamter begleitet sie mehr. Die einzige andere Person im Wagen ist der Fahrer, dessen Hinterkopf Moss durch eine schmutzige Plastikscheibe sehen kann. Der Transporter fährt ein paar Stunden in nordöstlicher Richtung über den US Highway 59, bevor er am Stadtrand von Houston in südöstlicher Richtung abbiegt. Wenn sie ihn in einen anderen Staat verlegen wollten, hätten sie ihn zum Flughafen gebracht. Irgendwas an der Sache stinkt.

Kurz vor Anbruch der Dämmerung verlässt der Transporter die vierspurige Straße und biegt ein paar Mal ab, bevor er auf einem verlassenen Rastplatz hält. Moss späht durch das Gitter und kann Schatten von Bäumen erkennen. Keine Scheinwerfer, Wachtürme oder Stacheldrahtzäune.

Der uniformierte Fahrer kommt durch den Mittelgang zu Moss' Käfig.

»Aufstehen.«

Moss dreht sich zum Fenster. Er hört, wie das Vorhängeschloss geöffnet und die Tür entriegelt wird. Jemand zieht ihm einen Sack über den Kopf. Der Sack riecht nach Zwiebeln. Moss wird mit einem Schlagstock oder dem Lauf einer Waffe vorangetrieben, stolpert die Stufen hinunter und landet auf allen vieren. Kies gräbt sich in seine Handflächen. Die Morgenluft ist feucht und kühl, der frische Duft eines anbrechenden Tages.

»Sie warten hier und rühren sich nicht vom Fleck.«

»Was passiert hier?«

»Maul halten!«

Er hört, wie sich die Schritte entfernen, Geräusche von Insekten und das Blut, das in seinen Ohren rauscht. In ein paar Minuten vergehen scheinbar Stunden. Durch das grobe Gewebe des Sacks kann Moss vage Umrisse ausmachen. Scheinwerfer schwenken in sein Blickfeld. Zwei Fahrzeuge umkreisen den Transporter und halten ein Stück entfernt.

Türen werden geöffnet und zugeschlagen. Es sind zwei Männer. Vor Moss bleiben sie stehen. Er kann ihre Gestalt erkennen. Der eine trägt glänzende schwarze Schuhe. Er ist förmlich gekleidet und übergewichtig, doch wenn er sich gerade aufrichtet, wirkt er schlanker. Der Typ neben ihm ist fitter, möglicherweise jünger, er trägt Cowboystiefel und eine braune Hose. Niemand scheint es eilig zu haben, etwas zu sagen.

»Wollen Sie mich umbringen?«, fragt Moss.

»Das habe ich noch nicht entschieden«, antwortet der Ältere.

»Hab ich ein Mitspracherecht?«

»Kommt drauf an.«

Moss hört, wie eine Pistole aus dem Holster gezogen und entsichert wird.

»Sie sagen kein Wort, es sei denn, ich stelle Ihnen eine direkte Frage, ist das klar?«

Moss antwortet nicht.

»Das *war* eine direkte Frage.«
»Oh, ja, ist klar.«
»Wo ist Audie Palmer?«
»Ich weiß es nicht.«
»Das ist schade. Ich dachte, Sie wären jemand, mit dem ich ins Geschäft kommen könnte.«

Der Lauf der Waffe wird an Moss' Kopf gelegt und hinter sein rechtes Ohr gedrückt.

»Ich mach gern Geschäfte«, sagt Moss.
»Geben Sie Audie Palmer auf.«

Moss hört, wie der Finger den Abzug berührt.

»Was ich nicht weiß, kann ich Ihnen nicht sagen.«
»Sie sind nicht mehr im Gefängnis. Sie haben keinen Grund mehr dichtzuhalten.«
»Wenn ich es wüsste, würde ich es Ihnen sagen.«
»Vielleicht versuchen Sie bloß, loyal zu bleiben.«

Moss schüttelt den Kopf. Farben tanzen vor seinen Augen. Vielleicht war es das, was die Leute meinten, wenn sie davon sprachen, sie hätten angesichts des Todes Licht oder ihr ganzes Leben vor ihren Augen aufblitzen sehen. Moss ist enttäuscht. Wo bleiben die Frauen, die Partys, die guten Zeiten? Warum kann er sich die nicht vorstellen?

Der jüngere Mann fährt herum und hämmert eine Faust in Moss' Magen. Wuchtig und unerwartet trifft der Schlag eine weiche Stelle direkt unter dem Brustbein. Moss' Mund klappt auf. Luft entweicht, ohne dass frische hereinkommt. Vielleicht wird er nie wieder atmen. Ein Stiefel trifft ihn im Rücken und drückt sein Gesicht in das welke Laub. Spucke läuft an seinem Kinn herunter.

»Zu wie vielen Jahren sind Sie verurteilt?«
»Für immer.«
»Lebenslänglich, was? Wie viel haben Sie schon abgesessen?«

»Fünfzehn.«

»Aussicht auf Bewährung?«

»Ich lebe in Hoffnung.«

Der ältere Mann geht neben Moss in die Hocke. Seine Stimme und Sprechweise sind melodisch und beinahe hypnotisch. Er ist ein Südstaaten-Gentleman, alte Schule.

»Ich werde Ihnen einen Deal anbieten, Mr Webster. Einen guten – man könnte es den Deal Ihres Lebens nennen, denn wenn Sie ablehnen, sehen Sie nur noch eine Kugel, die aus Ihrer Augenhöhle tritt.«

Es entsteht eine lange Pause. Der Sack über seinem Kopf hat sich ein wenig aufgebauscht, sodass Moss ein paar Zentimeter Gras sehen kann. Eine Raupe kriecht auf seinen Mund zu.

»Was ist der Deal?«, fragt Moss.

»Ich gebe Ihnen Zeit, darüber nachzudenken.«

»Aber ich weiß nicht, worum es geht.«

»Fünfzehn Sekunden.«

»Sie haben mir nicht gesagt ...«

»Zehn, neun, acht, sieben, sechs, fünf ...«

»Ich nehme an!«

»Guter Mann.«

Moss wird in eine sitzende Position hochgezerrt. Der Gestank von Urin steigt ihm in die Nase, und er sieht die Feuchtigkeit, die den Schritt seiner Hose verklebt.

»Wenn wir hier wegfahren, zählen Sie bis tausend, bevor Sie den Sack über Ihrem Kopf abziehen. Da hinten parkt ein Pick-up, Schlüssel steckt. Im Handschuhfach finden Sie tausend Dollar, ein Handy und einen Führerschein. Das Handy hat einen GPS-Peilsender. Wenn Sie es ausschalten oder verlieren oder ein anderer als Sie drangeht, wenn es klingelt, wird die örtliche Polizei das FBI über Ihre Flucht aus der Gefängnisfarm Darrington in Brazoria County informieren. Außerdem werde ich sechs Mann zum Haus Ihrer Frau schicken – ja, ich weiß, wo sie wohnt –, die mit ihr Mann und Frau spielen werden, so wie Sie es in den letzten fünfzehn Jahren nicht konnten.«

Moss antwortet nicht, spürt jedoch, wie er die Fäuste ballt. Der Mann im Anzug ist wieder in die Hocke gegangen. Der Saum seiner Hosenbeine ist hochgerutscht und entblößt haarlose Knöchel über schwarzen Socken. Ohne die Augen des Mannes zu sehen, weiß Moss, dass sie mit der Intensität eines Fängers beim Baseball auf ihn gerichtet sind, konzentriert auf alles, was sich schnell bewegt.

»Als Gegenleistung für die Garantie Ihrer Freiheit werden Sie Audie Palmer finden.«

»Wie?«

»Indem Sie Ihre Beziehungen in der kriminellen Unterwelt spielen lassen.«

Moss muss ein Lachen unterdrücken. »Ich war fünfzehn Jahre im Bau.«

Die Bemerkung wird mit einem flinken Tritt in seine Nieren quittiert. Moss ist es langsam leid, ständig Prügel zu kassieren.

»Geht es um das Geld?«, fragt er unter Schmerzen.

»Das können Sie behalten. Wir sind nur an Audie Palmer interessiert.«

»Wieso?«

»Er war für den Tod von Menschen verantwortlich. Er ist der Anklage wegen Mord nur entronnen, weil er eine Kugel in den Kopf abgekriegt hat.«

»Und was passiert, wenn ich ihn finde?«

»Das soll nicht Ihre Sorge sein, Mr Webster. Sie haben den Ball drei Mal verfehlt und sind draußen. Jetzt geben wir Ihnen eine Chance, noch mal anzutreten und ins Spiel zurückzukommen. Finden Sie Audie Palmer, und ich sorge dafür, dass Ihre Strafe zur Bewährung ausgesetzt wird. Dann sind Sie ein freier Mann.«

»Woher weiß ich, dass ich Ihnen vertrauen kann?«

»Mein Sohn, ich habe Sie gerade aus einem Bundesgefängnis in eine staatliche Gefängnisfarm verlegen lassen, die nichts von Ihrer bevorstehenden Ankunft weiß. Überlegen Sie, was ich sonst noch veranlassen könnte. Wenn Sie Palmer nicht finden, werden Sie den Rest Ihres erbärmlichen Lebens in der härtesten und brutalsten Strafanstalt von Texas verbringen. Haben Sie verstanden?« Der Mann tritt näher und wirft das feuchte Ende einer unangezündeten Zigarre in Richtung von Moss' Gesicht. »Sie haben nur eine Wahl, Mr Webster. Je eher Sie das begreifen, desto leichter wird es. Und vergessen Sie nicht, was ich über das Handy gesagt habe. Wenn Sie es verlieren, sind Sie ein gesuchter Mann.«

12

Jedes Mal, wenn Audie die Augen schließt, verliebt er sich aufs Neue. Seit einem Dutzend Jahren geht das so – seit er Belita Ciera Vega zum ersten Mal gesehen und sie ihm eine schallende Ohrfeige versetzt hat.

Er wollte nicht starren. Belita war mit einem Krug Wasser aus der Küche über den kochend heißen Zementpfad gekommen, um den Trog in einem Käfig mit zwei afrikanischen Graupapageien zu füllen. Das Wasser schwappte in dem schweren Krug hin und her und spritzte auf ihr dünnes Baumwollkleid. Sie wirkte kaum älter als zwanzig, mit langem Haar, das so dunkel war, dass es unter UV-Licht violett schimmerte wie Samt; sie hatte es zu einem Zopf geflochten, der bis auf ihren Rücken fiel, wo ihr Kleid mit einer Schleife gebunden war.

Belita hatte nicht damit gerechnet, dass jemand ums Haus kommen würde. Der Zement war heiß, und sie trug keine Sandalen. Sie tänzelte von Fuß zu Fuß, damit ihre Sohlen nicht verbrannten. Mehr Wasser spritzte auf ihr Kleid, das an ihrer Haut klebte, sodass sich ihre Brustwarzen unter dem Stoff abzeichneten wie dunkle Eicheln.

»Darf ich Ihnen behilflich sein?«, sagt Audie.

»Nein, Señor.«

»Sieht schwer aus.«

»Ich bin stark.«

Sie sprach Spanisch, das Audie leidlich verstand. Er löste den Krug aus ihren Fingern und trug ihn zu dem Vogelkäfig. Belita verschränkte die Arme, um ihre Brüste zu bedecken. Sie stand abseits des heißen Zements im Schatten und wartete. Ihre Augen waren braun mit goldenen Tupfern, wie man sie manchmal in einer Murmel findet.

Audie blickte über den Garten und den Swimmingpool zu den steilen Klippen. An einem klaren Tag hätte er den Pazifik sehen können.

»Das nenn ich eine Aussicht«, sagte er und pfiff leise.

Belita schaute im selben Moment auf, in dem Audie sich umdrehte. Sein Blick rutschte von ihrem Gesicht auf ihre Brüste, und sie verpasste ihm eine krachende Ohrfeige auf die linke Wange.

»Ich meinte nicht die«, sagte er.

Sie sah ihn mitleidig an und drehte sich zum Haus um.

Er versuchte es noch einmal in gebrochenem Spanisch. *»Lo siento, señorita. No quería mirar* ... äh ... Ihre ...«

Er wusste das Wort für Brüste nicht. War es *tetas* oder *pechos*?

Sie antwortete nicht. Er existierte gar nicht. Ihr schwarzes Haar wippte aggressiv, als sie im Haus verschwand und die Fliegengittertür zuknallte. Audie wartete draußen, seine Kappe in beiden Händen. Er spürte, dass etwas geschehen war, eine Art Offenbarung, deren Sinn er jedoch nicht begriff. Er blickte zurück auf die Zementplatten, wo die feuchten Flecken verdampft waren, sodass es keine Spur des Zwischenfalls mehr gab außer den Bildern, die in seiner Erinnerung überlebt hatten.

Als sie zurückkam, trug sie ein anderes Kleid, noch fadenscheiniger als das erste. Sie stand hinter der Fliegengittertür und sprach jetzt gebrochen Englisch mit ihm.

»Señor Urban ist nicht zu Hause. Sie zurückkommen.«

»Ich bin hier, um ein Päckchen abzuholen, einen gelben Umschlag. *Sobre amarillo.*« Audie deutete die Ausmaße an. »Er hat gesagt, er liegt auf dem Beistelltisch im Arbeitszimmer.«

Sie sah ihn verächtlich an und verschwand wieder. Audie betrachtete den wehenden Stoff, als sie ihre Hüften schwang. Ihre Bewegungen waren völlig mühelos, wie Wasser, das an einer Scheibe herunterfloss.

Sie kam zurück, und er nahm den Umschlag entgegen.

»Ich heiße Audie.«

Sie verschloss die Fliegengittertür, wandte sich ab und verschwand im kühlen Dunkel des Hauses. Audie stand benommen da. Es gab nichts mehr zu sehen, doch er starrte trotzdem weiter.

Laut der roten Ziffern auf dem Digitalwecker ist es erst kurz nach acht, doch schon seit einer Stunde sickert Licht durch die Ränder der Vorhänge. Cassie und Scarlett schlafen noch. Audie steht auf und geht leise ins Bad. Als er an dem kleinen Schreibtisch vorbeikommt, bemerkt er die Autoschlüssel auf dem lackierten Holz. An dem Schlüssel hängt eine rosa Kaninchenpfote.

Er zieht Jeans und Sweatshirt an und setzt sich auf die

Toilette, um auf dem Hotelbriefpapier eine Nachricht zu schreiben.

Ich habe mir Ihren Wagen ausgeliehen. Ich bin in ein paar Stunden zurück. Bitte rufen Sie nicht die Polizei.

Draußen setzt er sich ans Steuer und nimmt eine Auffahrt auf die Interstate 45 von Houston nach Norden. An einem Sonntagmorgen herrscht auf dem Freeway kaum Verkehr, sodass er die Stadt nach einer halben Stunde hinter sich gelassen hat. Bei Ausfahrt 77 verlässt er den Interstate Highway und fährt über den Woodlands Parkway, entlang an Golfplätzen, Seen und Straßen mit ländlichen Namen wie Timber Mill, Doe Run Drive und Glory Bower. Vor seinem inneren Auge sieht er die Straßenkarte, die er sich eingeprägt hat, als er auf einem Computer im Three Rivers Prison die Adresse gesucht hat.

Audie parkt auf dem Parkplatz der Lamar Elementary School und zieht Shorts und seine neuen Laufschuhe an. Er läuft langsam los, an Fahrradwegen entlang, unter Eichen, Ahornbäumen und Kastanien. An jeder Kreuzung steht ein Stoppschild, die Häuser liegen ein Stück von der Straße entfernt und haben Vorgärten mit frisch gesprengtem Rasen und Blumenbeeten. Ein Zeitungsjunge auf einem Fahrrad fährt an ihm vorbei. Er wirft die Zeitungen so, dass sie mit einer Drehung in der Luft auf Veranden und vor Haustüren landen. Audie hatte als Teenager auch mal eine Zeitungsrunde, aber nie in einem Viertel wie diesem.

Die Sonne scheint durch die Bäume und wirft getupfte Schatten auf den Asphalt. Er läuft weiter und sieht auf dem Golfplatz Männer so fett wie Sumo-Ringer in glänzenden weißen Buggys. Dies ist ihre Enklave, weiß, sauber, gesetzestreu – ein halb abgeschotteter Rückzugsort voller Protzhäuser mit Flaggenmasten und Schaukeln im Garten, den Nachbarn immer den Rücken zugewandt.

Audie bleibt stehen, stellt sein Bein auf einen Hydranten und dehnt seine Achillessehne. Dabei wirft er einen verstohlenen Blick auf ein zweistöckiges Haus mit Giebeldach und einer umlaufenden Veranda. Auf einem betonierten Quadrat vor einer Garage mit drei Toren übt ein Junge im Teenageralter auf einem Skateboard. Er hat olivfarbene Haut und dunkle Haare und bewegt sich mit eleganter Lässigkeit. Er hat sich aus einem Brett und zwei Betonsteinen eine Rampe gebaut. Mit ein paar kraftvollen Schritten Anlauf fährt er die Rampe hinauf, wendet das Skateboard mit einer Bewegung der Knöchel in der Luft und landet sicher.

Als der Junge aufblickt und die Augen mit der Hand gegen die grelle Sonne abschirmt, spürt Audie, wie ihm der Atem stockt. Er sollte weiterlaufen, doch er bleibt wie angewurzelt stehen. Hinter ihm biegt ein Wagen in die Einfahrt, die Reifen knirschen über Pekannuss-Schalen. Der Junge wirbelt das Skateboard mit dem Fuß in die Luft und fängt es mit einer Hand auf. Er tritt zur Seite, als das Garagentor aufgeht und der Wagen hineinfährt. Eine Frau mit einer braunen Papiertüte voller Einkäufe steigt aus. Sie trägt Jeans, flache Schuhe und eine weiße Bluse. Sie reicht dem Jungen die Tüte und kommt über die Einfahrt auf Audie zu. Einen Moment lang flackert Panik in ihm auf. Sie bückt sich, hebt die Zeitung auf, bemerkt ihn, sein verschwitztes T-Shirt und die Strähne, die an seiner Stirn klebt.

»Schöner Vormittag zum Laufen.«

»Ja, das stimmt.«

Sie streicht sich eine blonde Locke aus dem Gesicht und gibt den Blick auf ihre grünen Augen frei. In ihren Ohren glitzern Diamantstecker.

»Wohnen Sie in der Gegend?«

»Bin gerade erst hergezogen.«

»Ich dachte auch, dass ich Sie noch nie hier gesehen habe. Wo wohnen Sie denn?«

»Riverbank Drive.«

»Oh, wie nett. Haben Sie Familie?«

»Meine Frau ist vor einer Weile gestorben.«

»Das tut mir leid.«

Sie fährt sich mit der Zunge über ihre kleinen weißen Zähne. Audie blickt über den üppigen Rasen. Der Junge dreht Pirouetten auf seinem Skateboard. Er verliert die Balance, stürzt fast und versucht es erneut.

»Was hat Sie nach Woodlands gezogen?«, fragt sie.

»Ich arbeite an der Revision eines Unternehmens. Es sollte nicht länger als ein paar Monate dauern, aber die Firma hat ein Haus für mich gemietet. Viel zu groß, aber die Firma zahlt.« Er spürt, wie der Schweiß auf seinem Rücken trocknet. Er zeigt auf das Haus. »Nicht so schön wie Ihr Haus.«

»Sie sollten Mitglied im Country Club werden. Spielen Sie Golf?«

»Nein.«

»Tennis?«

Audie schüttelt den Kopf.

Sie lächelt. »Das schränkt Ihre Wahlmöglichkeiten allerdings ziemlich ein.«

Der Junge ruft sie und sagt, dass er Hunger hat. Seufzend blickt sie über ihre Schulter. »Max würde die Milch im Kühlschrank nicht mal finden, wenn sie ihn anmuhen würde.«

»Ist das sein Name?«

»Ja.« Sie hält ihm die Hand hin. »Ich bin Sandy. Mein Mann ist der Sheriff hier. Willkommen in der Nachbarschaft.«

13

Moss klopft auf seine Hemdtasche, um sich zu vergewissern, dass der Umschlag mit dem Geld noch da ist. Beruhigt studiert er die eingeschweißte Speisekarte und schluckt das Wasser, das ihm im Mund zusammenläuft. Er liest die Preise. Seit wann kostet ein Burger sechs Dollar?

Die Kellnerin hat dunkle Augen und honigfarbene Haut, sie trägt weiße Shorts, rote Bluse und strahlt einen schülerhaften Eifer aus, der ihr garantiert eine Menge Trinkgeld einbringt.

»Was kann ich Ihnen bringen?«, fragt sie und hält statt eines Blocks ein kleines schwarzen Kästchen in der Hand.

Moss rattert seine Bestellung herunter. »Pfannkuchen. Waffeln. Speck. Wurst. Eier gerührt, pochiert und gebraten und wie heißt noch mal diese cremige Sauce?«

»Hollandaise.«

»Ja, davon auch was und Hash Browns, Bohnen, Biscuits und Soße.«

»Erwarten Sie noch jemanden?«

»Nein.«

Sie blickt auf die Bestellung. »Wollen Sie sich über mich lustig machen?«

Er blickt auf ihr Namensschild. »Nein, Amber, will ich nicht.«

»Wollen Sie das alles essen?«

»Ja, will ich. Wenn ich hier rauswatschel, muss ich meinen Bauch wahrscheinlich mit den Händen abstützen.«

Amber kräuselt die Nase. »Wollen Sie auch was zum Runterspülen?«

»Kaffee und Orangensaft.« Er zögert, überlegt. »Haben Sie Grapefruit?«

»Ja.«

»Dann fange ich damit an.«

Amber verschwindet in der Küche, Moss nimmt das Handy in die Hand. Er staunt, wie klein es ist. Früher waren Mobiltelefone Ziegelsteine, die von Spionen und Männern im Anzug herumgetragen wurden. Jetzt sehen sie aus wie Schmuck oder Feuerzeuge. Er hat sie in Filmen und im Fernsehen gesehen – und wie Leute darauf tippen, als würden sie Nachrichten im Morse-Code versenden.

Wen soll er anrufen? Crystal zunächst mal, doch er will sie nicht in die Sache hineinziehen. Es ist fünfzehn Jahre her, dass er sie zum letzten Mal richtig im Arm hatte. Danach haben sie nur durch eine Plexiglasscheibe miteinander gesprochen und nicht mal Händchen gehalten, bevor sie nach einer Stunde zurück nach San Antonio gefahren ist, wo sie als Zahnarzthelferin arbeitet.

Was, wenn sie seine Gespräche mithören, fragt er sich. Können sie das? Werden sie die Vereinbarung einhalten, wenn er Audie Palmer findet? Wahrscheinlich nicht. Sie werden ihn so oder so bescheißen – ihm etwas versprechen, das Gegenteil machen und dabei die ganze Zeit lächeln.

Vielleicht gibt es noch einen anderen Ausweg, wenn er das Geld findet. Mit sieben Millionen Dollar kann man sich ein Königreich oder eine Insel, eine neue Identität und ein neues Leben kaufen. Man kann ein Ticket aus der Hölle buchen, wenn man das Reisebüro des Teufels kennt.

Er und Audie waren Freunde, aber was heißt das, wenn das eigene Leben auf dem Spiel steht? Im Gefängnis geht es bei Freundschaften ums Überleben und beiderseitigen Vorteil, nicht um Respekt und Loyalität. Und warum hat Audie ihm nicht erzählt, dass er ausbrechen wollte? Hätte er nicht irgendeine Vorwarnung verdient gehabt? Schließlich war er es, der Audie am Leben gehalten hat. Er hat ihm den

Rücken freigehalten, ihm einen Job in der Gefängnisbibliothek besorgt. Er hat dafür gesorgt, dass er die Nachbarzelle bekam, damit sie Schach spielen konnten, indem sie jeden Zug auf Fetzen Papier schrieben, die sie an einem Bindfaden über den Betonboden austauschten. Audie hätte es ihm sagen sollen. Das war er ihm schuldig.

Der Koch kommt aus der Küche, ein untersetzter, dunkelhäutiger Mexikaner, dessen Wangen so von Akne vernarbt sind, dass er aussieht wie ein abgekauter Bleistift. Die Kellnerin zeigt auf Moss. Der Koch nickt, anscheinend zufrieden, und Amber bringt Moss Kaffee und Orangensaft.

»Was hatte das zu bedeuten?«, fragt er.

»Der Boss will, dass Sie im Voraus bezahlen.«

»Warum?«

»Er denkt, dass Sie die Zeche prellen wollen.«

Moss zieht den Umschlag aus der Tasche und blättert drei Zwanziger auf den Tisch.

»Schauen wir mal, wie weit ich damit komme.«

Amber starrt mit aufgerissenen Augen auf den Umschlag. Moss gibt ihr noch einen Zehner. »Der ist für Sie.«

Sie schiebt den Schein in ihre Gesäßtasche und spricht ein wenig tiefer, beinahe hauchend weiter. Moss spürt eine uralte Regung. Er ist alt genug, um ihr Vater zu sein, doch deswegen lässt der Hunger nicht nach. Sie wirkt so vollkommen unverbittert, ohne einen Makel, den das Leben hinterlassen hat. Keine Tattoos oder Piercings, keine Abnutzungserscheinungen und kein Überdruss. Er kann sich vorstellen, wie sie durch die Highschool gesegelt ist, beliebt bei den Jungen, auf dem Football-Feld Pompons geschwenkt, Rad geschlagen und ihren Slip hat aufblitzen lassen. Jetzt ist sie auf dem College, arbeitet nebenbei und macht ihre Eltern stolz.

»Gibt es hier ein Münztelefon?«, fragt er.

Amber wirft einen Blick auf sein Handy, sagt jedoch nichts dazu. »Hinten bei den Toiletten.«

Sie besorgt ihm Kleingeld. Moss tippt die Nummer, hört es klingeln. Crystal nimmt ab.

»Hey, Babe, ich bin's«, sagt er.

»*Moss?*«

»Der einzig Wahre.«

»*Du rufst normalerweise nie sonntags an.*«

»Du errätst nie, wo ich bin.«

»*Ist das eine Fangfrage?*«

»Ich sitz in einem Diner und werd gleich nett frühstücken.«

Sie schweigt zwei Sekunden. »*Hast du Kool-Aid getrunken?*«

»Nein, Baby, ich bin stocknüchtern.«

»*Bist du ausgebrochen?*«

»Nee.«

»*Was ist passiert?*«

»Die haben mich laufen lassen.«

»*Warum?*«

»Das ist eine lange Geschichte – erklär ich dir, wenn du da bist.«

»*Wo bist du denn?*«

»Brazoria County.«

»*Kommst du nach Hause?*«

»Erst, wenn ich einen Job erledigt habe.«

»*Was für einen Job?*«

»Ich muss einen Typen finden.«

»*Wen?*«

»Audie Palmer.«

»*Er ist ausgebrochen. Ich hab es in den Nachrichten gesehen.*«

»Die glauben, ich weiß, wo er ist.«
»*Und, weißt du es?*«
Moss lacht. »Ich habe keinen Schimmer.«
Das findet Crystal nicht komisch. »*Wer sind diese Leute, für die du ihn finden sollst?*«
»Meine Auftraggeber.«
»*Vertraust du ihnen?*«
»Nein.«
»*Oh Moss, was hast du getan?*«
»Nur die Ruhe, Babe, ich hab alles unter Kontrolle. Ich muss dich echt dringend sehen. Ich hab einen Ständer, auf den Dumbo neidisch wäre, wenn du weißt, was ich meine?«
»*Jetzt bist du einfach nur primitiv*«, schimpft sie.
»Das ist mein Ernst, Babe, meine Latte ist so riesig, dass nicht mehr genug Haut übrig ist, um die Augen zuzumachen.«
»*Hör auf jetzt.*«
Moss gibt ihr seine Handynummer und erklärt ihr, dass er sie in Dallas treffen wird.
»*Warum Dallas?*«, fragt sie.
»Weil dort die Mutter von Audie Palmer wohnt.«
»*Ich kann nicht einfach alles stehen und liegen lassen und nach Dallas fahren.*«
»Hast du mir zugehört? Ich hab einen Ständer, dass ...«
»*Okay, okay.*«

14

An dem Tag, an dem sein Bruder Carl den Polizisten erschoss, kam Audie erst nach dem Abendessen nach Hause. Er hatte auf dem Baseballplatz seiner ehemaligen Highschool trainiert, bevor er sich bei einem Freund einen Rasenmäher auslieh, weil er sich damit ein paar Dollar zusätzlich verdienen wollte, bevor er aufs College zurückging.

Audie schob den Mäher über den rissigen Bürgersteig, bog in seine Straße und wechselte auf die andere Seite, um Hendersons Hund auszuweichen, der jedes Mal wie wild kläffte, wenn jemand am Haus vorbeikam. Da bemerkte er die Streifenwagen und flackernde Lichter. Audies ramponierter Chevy parkte am Straßenrand, Türen und Kofferraum waren offen.

Nachbarn standen vor ihren Häusern – die Prescotts, die Walkers und die Mason-Zwillinge. Menschen, die Audie kannte, sahen zu, wie ein Abschleppwagen den Chevy auf den Haken nahm.

Audie rief, sie sollten aufhören, bemerkte dann jedoch den Deputy, der sich über die Motorhaube beugte und, die Arme ausgestreckt und ein Auge geschlossen, mit beiden Händen eine Waffe auf ihn richtete.

»HÄNDE HOCH! SOFORT!«

Audie zögerte. Ein Scheinwerfer blendete ihn. Er ließ den Rasenmäher los und hob beide Hände. Weitere Deputys kamen wie Krabben aus dem Schatten gehuscht.

»AUF DEN BODEN.«

Audie ging auf die Knie.

»FLACH HINLEGEN.«

Er legte sich auf den Bauch. Jemand setzte sich auf seinen Rücken. Ein anderer drückte ihm ein Knie in den Nacken.

»Sie haben das Recht, zu schweigen und die Antwort zu verweigern. Haben Sie verstanden?«

Audie konnte nicht nicken, weil jemand auf seinem Nacken kniete.

»Alles, was Sie sagen, kann vor Gericht gegen Sie verwendet werden, haben Sie verstanden?«

Audie wollte etwas sagen.

»Wenn Sie sich keinen Anwalt leisten können, wird Ihnen einer gestellt.«

Man legte ihm Handschellen an. Dann wurde er umgedreht, seine Taschen wurden gefilzt, und sein Geld wurde ihm abgenommen, bevor man ihn auf die Rückbank eines Streifenwagens verfrachtete. Ein Sheriff stieg neben ihm ein.

»Wo ist Ihr Bruder?«

»Carl?«

»Haben Sie noch andere Brüder?«

»Nein.«

»Wo ist er?«

»Ich weiß es nicht.«

Audie wurde in die Jack-Evans-Polizeizentrale in der South Lamar Street gefahren, wo man ihn zwei Stunden in einem Vernehmungszimmer warten ließ. Er bat, einen Schluck Wasser trinken, die Toilette benutzen und einen Anruf machen zu dürfen, doch niemand hörte ihm zu. Schließlich kam ein Detective und stellte sich als Tom Visconte vor. Mit der Sonnenbrille im lockigen Haar sah er aus wie ein Polizist aus einer Fernsehserie der 1970er. Er setzte sich Audie gegenüber und schloss die Augen. Minuten verstrichen. Audie dachte schon, der Detective wäre womöglich eingeschlafen, doch dann flatterten dessen Lider, und er murmelte: »Wir möchten eine DNA-Probe von Ihnen nehmen.«

»Warum?«

»Weigern Sie sich?«

»Nein.«

Ein zweiter Beamter betrat den Raum, nahm eine Speichelprobe von Audie und steckte das Stäbchen in ein Reagenzglas mit Korken.

»Weshalb hält man mich hier fest?«

»Beihilfe zu Mord.«

»Was für ein Mord?«

»Der Mord in Wolfe's Spirituosenladen heute Nachmittag.«

Audie blinzelte ihn an.

»Netter Gesichtsausdruck. Vielleicht kommt das bei den Geschworenen gut an. Zeugen haben beobachtet, wie sich Ihr Wagen vom Tatort entfernt hat.«

»Ich habe meinen Wagen nicht gefahren.«

»Wer dann?«

Audie zögert.

»Wir wissen, dass Carl bei Ihnen war.«

»Ich war nicht im Spirituosenladen. Ich habe auf dem Trainingsplatz ein paar Bälle geschlagen.«

»Wo ist dann Ihr Schläger?«

»Bei meinem Kumpel – bei dem ich mir den Mäher ausgeliehen habe.«

»Das ist Ihre Geschichte?«

»Es ist die Wahrheit.«

»Ich glaube sie nicht«, sagte Visconte. »Und ich denke, Sie glauben sie selber nicht, deshalb gebe ich Ihnen eine Minute, sich zu erinnern.«

»Das wird nichts ändern.«

»Wo ist Carl?«

»Das fragen Sie mich dauernd.«

»Warum hat er Officer Arroyo erschossen?«

Audie schüttelte den Kopf. Sie drehten sich im Kreis. Der Detective erzählte Audie, was geschehen war, als könnte er es wasserdicht mit Filmaufnahmen und Augenzeugen beweisen. Und Audie schüttelte den Kopf und erklärte, dass das Ganze ein Irrtum sei. Dann fiel ihm ein, dass er ein Mädchen getroffen hatte, mit dem er zur Schule gegangen war. Ashleigh Knight. Er hatte ihr bei der Tankstelle geholfen, die Reifen aufzupumpen. Sie hatte ihn nach dem

College gefragt. Ashleigh arbeitete bei Walmart und machte eine Ausbildung als Kosmetikerin.

»Um wie viel Uhr war das?«

»So gegen sechs.«

»Ich werde das überprüfen«, sagte Visconte, der ihm offensichtlich nicht glaubte. »Aber ich kann Ihnen sagen, es sieht übel aus für Sie, Audie Palmer. Für Mord an einem Polizisten kommt man auf den elektrischen Stuhl, auch als Mittäter. Für die Geschworenen wird es keinen Unterschied machen, wer abgedrückt hat – es sei denn, Sie sind derjenige, der mit der Polizei zusammenarbeitet und den anderen verrät.«

Langsam kam Audie sich vor wie eine Platte mit Sprung. Egal wie oft er seine Geschichte wiederholte, man verdrehte ihm das Wort im Mund und versuchte, ihn in Widersprüche zu verwickeln. Man erzählte ihm, dass Carl angeschossen worden war. Er blutete. Ohne medizinische Hilfe würde er sterben. Audie konnte ihn retten.

Sechsunddreißig Stunden später endete das Verhör. Bis dahin hatte Visconte mit Ashleigh gesprochen und die Aufnahmen der Sicherheitskamera der Tankstelle überprüft. Sein Geld bekam Audie nicht zurück. Also lief er zu Fuß. Seine Mutter und sein Vater hatten das Haus seit zwei Tagen nicht verlassen. Vor dem Grundstück lungerten Reporter herum, müllten den Vorgarten mit leeren Kaffeebechern voll und hielten jedem ein Mikrofon unter die Nase.

Beim Abendessen sagte niemand ein Wort. Messer und Gabeln kratzten über Teller. Eine Wanduhr tickte. Audies Vater wirkte kleiner, als ob sein Skelett unter der Haut schrumpfen würde. Bernadette kam aus Houston, wo sie die Nachricht gehört hatte. Sie hatte gerade ihre Schwesternausbildung abgeschlossen und einen Job in einem großen Stadtkrankenhaus gefunden. Am vierten Tag lichteten sich die Reihen der Reporter. Niemand hatte etwas von Carl gehört.

Am Sonntag kam Audie zu spät zur Arbeit auf der Kegelbahn, weil er den Bus nehmen, umsteigen und die letzte halbe Meile laufen musste. Die Polizei hatte seinen Chevy noch nicht zurückgegeben, er war nach wie vor Beweisstück A in einem Mordfall.

Audie entschuldigte sich für die Verspätung.

»Du kannst gehen«, sagte der Besitzer.

»Aber ich habe heute eine Schicht.«

»Ich hab sie anders besetzt.«

Er machte die Kasse auf und gab Audie die noch fälligen zwanzig Dollar Lohn. »Ich brauch das Hemd zurück.«

»Ich habe nichts anderes anzuziehen.«

»Ist nicht mein Problem.«

Der Besitzer wartete. Audie zog das Hemd aus und lief die sieben Meilen nach Hause, weil ihn der Bus mit nacktem Oberkörper nicht mitnehmen wollte. Auf dem Singleton Boulevard hielt ein Pick-up-Truck neben ihm am Straßenrand. Am Steuer saß ein Mädchen, Colleen Masters, eine von Carls Drogenfreundinnen. Sie war hübsch, mit gebleichtem Haar und zu viel Mascara, hektisch und nervös.

»Steig ein.«

»Ich hab kein Hemd an.«

»Ich bin ja nicht blind.«

Er rutschte auf den Beifahrersitz, verlegen wegen seines nackten Oberkörpers, der winterblass und fleckig war. Colleen fuhr los und blickte in den Rückspiegel.

»Wohin fahren wir?«

»Zu Carl.«

»Ist er im Krankenhaus?«

»Willst du aufhören, Fragen zu stellen?«

Sie sprachen kein weiteres Wort. Sie fuhr den klappernden Truck zu einem Schrottplatz in der Bedford Street neben den Eisenbahngleisen. Audie bemerkte eine braune Papiertüte auf dem Sitz. Verbandszeug. Schmerztabletten. Whisky.

»Wie schlimm ist es?«

»Guck doch selber.«

Sie parkte unter einer Eiche mit ausladenden Ästen und gab Audie die Tüte. »Ich mach das nicht mehr. Er ist dein Bruder, nicht meiner.«

Sie warf Audie die Schlüssel für den Truck zu und ging davon. Audie fand Carl zusammengerollt auf einer Pritsche im Büro, seine Verbände waren durchgeblutet. Bei dem Geruch drehte sich ihm der Magen um. Eine entzündete Wunde.

Carl öffnete ein blutunterlaufenes Auge. »Yo, kleiner Bruder, hast du mir was zu trinken mitgebracht?«

Audie stellte die Tüte ab, goss Whisky in einen Becher und führte ihn Carl an die Lippen. Dessen Haut war von einem kränklich gelben Glanz überzogen, der an Audies Fingerspitzen zu kleben schien.

»Ich ruf einen Krankenwagen.«

»Nein, mach das nicht.«

»Du stirbst.«

»Das wird schon wieder.«

Audie sah sich in dem Schuppen an. »Was ist das hier?«

»War früher mal ein Schrottplatz. Jetzt ist es nur noch ein Platz voller Schrott.«

»Woher wusstest du davon?«

»Ein Kumpel von mir hat früher hier gearbeitet. Er hat die Schlüssel immer an derselben Stelle versteckt.«

Carl fing an zu husten. Sein ganzer Körper bebte und sackte wieder in sich zusammen. Er verzog das Gesicht, an seinen Zähnen war Blut.

»Du musst mich dir helfen lassen.«

»Nein.«

»Du wirst sterben.«

Carl zog unter dem Kopfkissen eine Pistole hervor und zielte auf Audies Kopf. »Ich geh nicht wieder in den Knast.«

»Du wirst mich nicht erschießen.«

»Bist du dir da sicher?«

Audie setzte sich wieder. Seine Knie berührten den Rand der Pritsche. Carl griff nach der Flasche und blickte in die braune Papiertüte.

»Wo ist mein Stoff?«

»Was für Stoff?«

»Verlogene Hexe! Sie hat es mir versprochen. Ich gebe dir einen Rat, kleiner Bruder, vertraue nie einem Junkie.«

Carls Hände zitterten, und auf seiner Stirn stand Schweiß. Er schloss die Augen.

»Bitte lass mich einen Krankenwagen rufen«, sagte Audie.

»Willst du, dass meine Schmerzen weggehen?«

»Klar.«

»Ich kann dir sagen, was du besorgen sollst.«

»Ich kaufe dir keine Drogen.«

»Warum nicht? Du hast Geld. Was ist mit deinem Ersparten? Das könntest du mir geben.«

»Nein.«

»Meine Not ist größer.«

Audie schüttelte den Kopf. Carl seufzte und holte rasselnd Luft. Lange Zeit schwiegen beide. Audie beobachtete eine Fliege, die über den stinkenden Verband krabbelte und sich an Eiter und getrocknetem Blut labte.

»Weißt du noch, wie wir am Lake Conroe geangelt haben?«

»Ja.«

»Wir haben in einer Hütte in der Nähe von Wildwood Shores übernachtet. Hat nicht viel hergemacht, aber man konnte direkt vom Steg aus angeln. Weißt du noch, wie du den Sieben-Kilo-Barsch gefangen hast? Mann, ich dachte, der Fisch würde dich aus dem Boot ziehen.«

»Du hast mir gesagt, ich soll die Schnur stramm halten.«

»Ich wollte nicht, dass du ihn verlierst.«

»Ich dachte, du wärst wütend auf mich.«

»Warum?«

»Es hätte dein Fisch sein sollen. Ich hab deine Rute nur kurz festgehalten, während du dir aus der Kühlbox ein Bier geholt hast. Da hat er angebissen.«

»Ich war nicht wütend. Ich war stolz auf dich. Das war ein Staatsrekord für Junioren. Du warst in der Zeitung und alles.« Er lächelte oder verzog vielleicht auch nur das Gesicht. »Mann, das war eine tolle Zeit. Das Wasser war so klar. Nicht wie der Trinity River, der nur für Leichen und Knochenhechte geeignet ist.« Er holte rasselnd Luft. »Da will ich hin.«

»Zum Lake Conroe?«

»Nein, zum Fluss, ich will ihn sehen.«

»Ich fahre dich nirgendwohin außer ins Krankenhaus.«

»Fahr mich zum Fluss, und ich verspreche, danach kannst du machen, was du willst.«

»Wie soll ich dich denn dorthin bringen?«

»Wir haben den Truck.«

Audie blickte aus dem Fenster auf den Hof und die rostenden Güterwaggons, die seit zwanzig Jahren nicht mehr gerollt waren. Die zerrissenen Vorhänge bauschten sich und sahen aus wie Gespenster. Was sollte er machen?

»Ich bring dich zum Fluss, aber danach fahren wir ins Krankenhaus.«

Audies Gedanken kehren in die Gegenwart zurück. Er steht unter dem tief hängenden Ast einer Weide, beobachtet wieder dasselbe Haus und macht sich Gedanken über den Jungen. Sie hat ihn Max genannt. Er muss etwa fünfzehn sein. Achte Klasse. Was mögen fünfzehnjährige Jungen? Mädchen. Actionfilme. Popcorn. Helden. Computerspiele.

Es ist Sonntagmittag, und die Schatten drängen sich unter den Bäumen, als wollten sie die größte Hitze des Tages meiden. Max verlässt das Haus und fährt mit dem Skateboard über den Bürgersteig, überspringt Risse in den Platten und umkurvt eine Frau, die mit ihrem Hund Gassi geht. Er überquert den Woodlands Parkway und fährt weiter nach Norden zur Market Street und The Mews, wo er sich eine Dose Cola kauft, sich in der strahlenden Sonne auf eine Bank im Central Park setzt und das Skateboard unter seinen Füßen wippen lässt.

Er blickt sich in beide Richtungen um, bevor er sich eine Zigarette in den Mund steckt, mit den Händen ein angerissenes Streichholz abschirmt und es in dem Qualm auswedelt. Audie folgt seinem Blick zu einem Mädchen, das an der Schaufensterdekoration eines der Läden arbeitet. Sie streift einer Puppe ein Kleid über den kahlen Plastikkopf und zieht es über die eleganten Kurven ihres Körpers. Das Mädchen ist etwa in Max' Alter, vielleicht ein bisschen älter. Als sie sich bückt, rutscht ihr Rock hoch, und er kann fast ihren Slip sehen. Max legt das Skateboard auf seinen Schoß.

»Du bist zu jung, um zu rauchen«, sagt Audie.

Max fährt herum. »Ich bin achtzehn«, sagt er, bemüht, seine Stimme um eine Oktave zu drücken.

»Du bist fünfzehn«, sagt Audie, setzt sich und macht eine Packung Kakao auf.

»Woher wissen Sie das?«

»Ich weiß es einfach.«

Max drückt die Zigarette aus, sieht Audie fest an und überlegt, ob er ein Bekannter seiner Eltern sein könnte.

Audie streckt die Hand aus und stellt sich mit seinem richtigen Namen vor. Max starrt auf die ausgestreckte Hand. »Sie haben heute Morgen mit meiner Mom geredet.«

»Stimmt.«

»Werden Sie ihr erzählen, dass ich rauche?«

»Nein.«

»Warum sitzen Sie hier?«

»Ich ruhe meine Beine aus.«

Max wendet sich wieder dem Schaufenster zu, wo das Mädchen der Puppe eine klobige Kette umhängt. Sie dreht sich um, blickt aus dem Fenster und winkt. Max winkt verlegen zurück.

»Wer ist sie?«

»Ein Mädchen von meiner Schule.«

»Wie heißt sie?«

»Sophia.«

»Ist sie deine Freundin?«

»Nein!«

»Aber du magst sie?«

»Das habe ich nie gesagt.«

»Sie ist hübsch. Hast du schon mal mit ihr geredet?«

»Wir hängen zusammen rum.«

»Was heißt das?«

»Wir sind in derselben Clique – mehr oder weniger.«

Audie nickt und trinkt noch einen Schluck Kakao. »Als ich so alt war wie du, mochte ich ein Mädchen, das hieß Phoebe Carter. Ich hatte immer zu viel Angst, sie einzuladen. Ich dachte, sie wollte nur so mit mir befreundet sein.«

»Was ist passiert?«

»Ich bin mit ihr in *Jurassic Park* gegangen.«

»Den kennt doch jeder.«

»Damals war er ganz neu und ziemlich unheimlich. Und als Phoebe anfing, sich zu gruseln, ist sie auf meinen Schoß gehüpft. An viel mehr von dem Film kann ich mich nicht erinnern.«

»Das ist doch lahm.«

»Ich wette, wenn Phoebe Carter auf deinen Schoß hüpfen würde, fändest du es nicht lahm.«

»Ich wette doch, weil Phoebe Carter inzwischen ziemlich alt sein muss.«

Audie lacht und Max auch.

»Vielleicht solltest du Sophia ins Kino einladen.«

»Sie hat einen Freund.«

»Na und? Du hast nichts zu verlieren. Ich habe mal eine Frau getroffen, die einen wirklich üblen Freund hatte. Ich habe versucht, sie zu überreden, ihn zu verlassen, doch sie glaubte nicht, dass sie gerettet werden musste, doch das musste sie.«

»Was war denn so schlimm an ihm?«

»Er war ein Gangster und sie seine Sklavin.«

»Es gibt keine Sklaven mehr. Die wurden 1865 befreit.«

»Oh, das war nur eine Sorte Sklaverei«, sagt Audie. »Es gibt noch jede Menge anderer.«

»Und was ist passiert?«

»Ich musste sie ihm stehlen.«

»War er gefährlich?«

»Ja.«

»Hat er nach Ihnen gesucht?«

»Ja und nein.«

»Was soll denn das heißen?«

»Irgendwann erzähle ich dir die Geschichte.«

Ein uniformierter Polizist beobachtet sie aus fünfzig Metern Entfernung. Er isst ein Sandwich. Nach dem letzten

Bissen schlendert er, Krümel von seinem Hemd wischend, zu der Bank.

Max blickt auf. »Hi, Deputy Gerald.«

»Hallo. Wo ist dein alter Herr?«, fragt der Deputy.

»Der arbeitet heute.«

Der Deputy mustert Audie neugierig. »Und wer ist das?«

»Max und ich plaudern bloß ein bisschen«, sagt Audie.

»Wohnen Sie in der Gegend?«

»Ich bin gerade um die Ecke von Max eingezogen. Hab heute Morgen seine Mutter kennen gelernt.«

»Sandy.«

»Sie macht einen sehr freundlichen Eindruck.«

Der Deputy stimmt ihm zu und wirft die Sandwichverpackung in den Papierkorb. Zum Abschied tippt er mit einem Finger an den Schirm seiner Mütze.

»Woher kennen Sie meinen Namen?«, fragt Max.

»Deine Mutter hat ihn mir gesagt«, antwortet Audie.

»Warum starren Sie mich so an?«

»Du erinnerst mich an jemanden.«

Der Junge blickt zu dem Schaufenster. Sophia ist verschwunden.

»Denk daran, was ich gesagt habe«, erklärt Audie und steht auf.

»Worüber?«

»Lad sie ein.«

»Ja, klar«, sagt Max sarkastisch.

»Und bis dahin – tu mir einen Gefallen und hör auf zu rauchen. Das ist nicht gut für dein Asthma.«

»Woher wissen Sie, dass ich Asthma habe?«

»Ich weiß es einfach.«

15

Cassie boxt Audie fest in den Bauch.

»Sie haben meinen Wagen gestohlen!«

»Ich habe ihn ausgeliehen«, keucht er.

»Reden Sie keinen Unsinn, Mister. Ausleihen ist es nur, wenn man vorher fragt.«

»Sie haben geschlafen.«

»Bin gespannt, ob Sie damit vor Gericht durchkommen. Sehe ich aus, als wäre ich blöd?« Cassie dehnt ihre Hand. »Mann, das hat wehgetan! Sind Sie aus Zement oder was? Wo waren Sie?«

»Ich musste mir neue Kreditkarten besorgen.«

»Heute ist Sonntag. Da haben die Banken zu.«

»Ich musste Leute treffen.«

»Wen?«

»Meine Schwester wohnt in Houston.«

»Ihre Schwester?«

»Ja.«

»Warum wohnen Sie nicht bei ihr?«

»Ich habe sie eine Weile nicht gesehen.«

Cassie kauft ihm nichts davon ab. Sie hält ihren Elektroschocker hoch. »Wollen Sie eine Ladung hiermit?«

Alle Weichheit, die Audie in ihr gesehen hat, ist unter einer harten Schale von Wut und Abneigung verschwunden. Sie wendet sich ab und hievt ihren Koffer aufs Bett, wo Scarlett auf dem Bauch liegend Disney Channel guckt.

»Komm, wir gehen.«

»Aber ich finde ef pfön hier«, sagt Scarlett.

»Tu, was man dir sagt!«

Cassie sammelt die feuchte Wäsche im Bad ein und stopft die Kleider in einen Koffer.

»Das mit dem Auto tut mir wirklich leid«, sagt Audie. »Es wird nicht wieder vorkommen.«

»Da haben Sie verdammt recht.«

»Darf ich Sie beide zur Entschuldigung zum Essen einladen – in ein nettes Restaurant?«

Scarlett sieht ihre Mutter erwartungsvoll an.

»Haben Sie den Tank leergefahren?«, fragt Cassie.

»Ich habe wieder vollgetankt.«

»Okay. Abendessen, und dann brechen wir auf.«

Cassie wählt das Restaurant aus. Sie fahren zu einem Denny's, wo die eingeschweißte Speisekarte Fotos von allen Gerichten zeigt. »Ich sehe gern, was ich essen will«, erklärt sie und bestellt Steak und eine Folienkartoffel. Scarlett nimmt Spaghetti mit Fleischklößchen und malt beim Essen mit abgebrochenen Buntstiften aus einer Schachtel in einem Malbuch. Als sie fertig und die Teller abgeräumt sind und sie überlegen, ob sie einen Nachtisch nehmen wollen, wirkt Cassie besänftigt.

»Was würden Sie machen, wenn Sie eine Million Dollar hätten?«, fragt sie Audie, als hätten sie sich schon den ganzen Abend darüber unterhalten.

»Ich würde meiner Mutter eine neue Niere kaufen.«

»Was ist verkehrt mit ihrer alten?«

»Die funktioniert nicht so gut.«

»Wie viel würde es kosten, eine neue Niere zu kaufen?«

»Ich weiß nicht genau.«

»Aber Sie hätten noch Geld übrig, oder? Eine einzelne Niere würde doch keine Million kosten?«

Audie stimmt ihr zu und fragt, was sie mit einer Million anfangen würde.

»Ich würde ein Haus kaufen und was Schönes zum Anziehen und ein neues Auto. Ich würde meinen eigenen Salon eröffnen – vielleicht sogar eine ganze Kette.«

»Würden Sie Ihren Daddy besuchen?«

»Nur, um es ihm unter die Nase zu reiben.«

»In der Hitze des Augenblicks sagen die Leute vieles, was sie nicht so meinen.«

Cassie verstummt und streicht mit dem Finger durch einen Kondensring auf dem Tisch. »Wer ist sie?«

»Verzeihung?«

»Gestern Nacht haben Sie im Schlaf immer wieder den Namen einer Frau gesagt.«

Audie zuckt die Schultern.

»Sie muss doch irgendwer sein? Ihre Freundin?«

»Nein.«

»Ihre Frau?«

Audie wechselt das Thema, redet mit Scarlett über ihr Gemälde und hilft ihr, die Farben auszuwählen. Nachdem er bezahlt hat, schlendern sie an den Verkaufsständen entlang, nehmen billige Schmuckstücke zur Hand und legen sie wieder weg.

Im Hotel geht er ins Bad, schließt ab und betrachtet sein Spiegelbild. Dann nimmt er den Haarschneider aus der Tasche und fährt damit über seinen Schädel, als würde er einen Miniaturrasen mähen. Dunkle Locken rieseln ins Waschbecken. Anschließend stellt er sich unter die Dusche, breitet die Arme aus und hält sein Gesicht in den Strahl. Als er wieder aus dem Bad kommt, sieht er aus, als hätte er sich der Armee angeschlossen.

»Warum haft du deine Haare abgepfnitten?«, fragt Scarlett.

»Ich wollte mal was anderes.«

»Darf ich mal anfaffen?«

Sie stellt sich aufs Bett und streicht kichernd über die kurzen Stoppeln. Plötzlich hält sie inne. »Waf ift daf?«

Sie hat die Narben entdeckt. Mit den kurzen Haaren sind

sie besser sichtbar. Cassie kommt, fasst Audies Kopf mit beiden Händen und dreht ihn zur Lampe. Es sieht aus, als wäre sein Schädel zertrümmert und wieder zusammengeklebt worden wie eine zerbrochene Vase. Auf seinen Unterarmen sind weitere Narben, platte graue Würmer, die sich um seine Muskeln winden. Abwehrverletzungen, Souvenirs aus dem Gefängnis.

»Wer war das?«

»Ich hab seine Nummer nicht notiert.«

Cassie stößt ihn von sich und geht ins Bad. Sie lässt ein Bad für Scarlett einlaufen und kommt erst zurück, als das kleine Mädchen in der Wanne planscht. Sie setzt sich auf das Bett gegenüber, faltet die Hände im Schoß und starrt Audie an, der sich ein langärmeliges Hemd übergezogen hat, um die Narben zu verbergen.

»Was ist hier los?«

Audie sieht sie an.

»Sie tragen diese dunkle Brille und eine Baseballkappe und senken jedes Mal den Kopf, wenn wir an einer Kamera vorbeikommen. Und jetzt haben Sie sich auch noch die Haare abgeschnitten. Sind Sie auf der Flucht?«

Audie atmet langsam aus und wirkt beinahe erleichtert.

»Ein paar Leute suchen nach mir.«

»Dealer, Gangster, Geldeintreiber, die Polizei?«

»Es ist eine lange Geschichte.«

»Haben Sie jemanden verletzt?«

»Nein.«

»Haben Sie gegen eins der Zehn Gebote verstoßen?«

»Nein.«

Cassie seufzt und stellt einen Fuß auf den anderen wie ein kleines Mädchen. Ihr Haar ist so blond, dass ihre Augenbrauen, die sich beim Reden heben und senken, noch dunkler wirken und wie gemalt aussehen.

»Es ist schlimm genug, dass Sie mich angelogen und meinen Wagen gestohlen haben ...«

»Ich bin kein Verbrecher.«

»Sie benehmen sich aber so.«

»Das ist nicht das Gleiche.«

In ein Handtuch gewickelt taucht Scarlett in der Tür zum Bad auf. Der Dampf hat ihre Haare geglättet.

»Ich will nicht im Auto pflafen, Mommy. Können wir nicht hierbleiben?«

Cassie zögert, zieht ihre Tochter an sich und umschließt sie mit Armen und Beinen, als würde sie sich in einem über die Ufer getretenen Fluss an einen Baumstamm klammern. Über die nackte Schulter des Mädchens sieht sie Audie an.

»Noch eine Nacht.«

16

Normalerweise fährt Ryan Valdez nicht mit dem Streifenwagen nach Hause. Er nimmt lieber den Pick-up, weil der in Woodlands etwas weniger auffällig ist, wo die meisten Nachbarn BMWs, Mercedes oder Luxus-SUVs fahren.

In dem Pick-up sieht er aus wie ein Redneck, findet Sandy.

»Vielleicht *bin* ich ein Redneck.«

»Sag das nicht.«

»Warum nicht?«

»Weil du dich hier sonst nie einfügen wirst.«

Sich einzufügen ist wichtig für Sandy, und manchmal hat Valdez das Gefühl, dass seiner Frau die Uniform peinlicher ist als der Wagen, den er fährt. Nicht, dass die Nachbarn die Polizei nicht respektieren würden und der Ansicht wären, dass sie keine wichtige Funktion erfüllt – aber das heißt nicht, dass sie gesellschaftlich mit dem Bezirkssheriff verkehren wollen. Es wäre eine Stufe zu niedrig – so als würde man mit seinem Proktologen zu Abend essen.

Valdez hat fast ein Jahr gebraucht, um als Mitglied im Country Club aufgenommen zu werden, und das auch nur, nachdem sein Onkel Victor Pilkington seinen familiären Einfluss genutzt und ein paar Strippen gezogen hatte. Davor haben Ryan und Sandy zu Grillpartys und Weinverkostungen eingeladen, Sandy hat einen Lesekreis gegründet, doch das hat keine Türen geöffnet oder zu Einladungen geführt. In Woodlands zu leben war, als würde man wieder auf die Highschool gehen, nur dass es anstelle von Nerds, Sportskanonen, Musikfreaks und Cheerleadern jetzt Prominenz, Empty Nesters, Country Clubbers, Republikaner (Patrioten) und Demokraten (Sozialisten) gab. Valdez wusste nicht, wie und wo er sich einfügen sollte.

Er biegt in die Einfahrt, wartet, dass das Garagentor aufgeht, und blickt auf den Prachtbau aus Backstein und Dachschindeln, der ihn mehr als eine Million Dollar gekostet hat. In den hohen Bogenfenstern spiegelt sich die Nachmittagssonne, Schatten schwappen in den Vorgarten wie Öllachen.

Er geht durchs Haus, ruft und bekommt keine Antwort. Er nimmt ein Bier aus der Kühltruhe und tritt in den Garten. Erst jetzt bemerkt er den Jungen, der im Pool locker seine Bahnen zieht. Max dreht sich auf den Rücken und starrt in den Himmel, während er weiterschwimmt und Wasser von seinen Schultern perlt. Am anderen Ende des Pools steigt er aus dem Wasser.

»Hi.«

Max antwortet nicht.

»Wo ist deine Mom?«

Er zuckt mit den Schultern.

Valdez überlegt, was er noch fragen kann. Seit wann ist es so schwierig geworden, mit Max zu reden? Der Teenager wickelt sich ein Handtuch um die Hüften und bindet es wie einen Sarong. Die tief stehende Sonne taucht den Garten in gelben Glanz. Max setzt sich auf eine Liege und trinkt einen Schluck aus einer grellfarbigen Dose.

»Hat sie was vom Abendessen gesagt?«, fragt Valdez.
»Nö.«
»Ich besorg uns was.«
»Ich gehe noch mal weg.«
»Wohin?«
»Zu Toby. Wir machen ein Biologiereferat zusammen.«
»Wieso kann Toby nicht hierherkommen?«
»Er hat das ganze Material.«
»Kenne ich Toby überhaupt?«
»Ich weiß nicht, Dad. Kennst du Toby? Ich muss ihn fragen.«
»Sprich nicht so mit mir.«
»Wie?«
»Du weißt, was ich meine.«

Max zuckt gespielt ahnungslos die Achseln. Valdez reißt der Geduldsfaden, er packt ein Büschel von Max' Haar und zerrt den Jungen hoch. Sein Gesichtsfeld hat sich verengt, und er hat das Gefühl, die Welt durch eine schmutzige Scheibe zu sehen.

»Glaubst du, du kannst so mit mir reden? Ich sorge dafür, dass du ein Dach über dem Kopf hast. Ich sorge dafür, dass du was zu essen bekommst. Ich bezahle das Handy, das du mit dir rumschleppst, die Klamotten, die du anhast, und den Computer in deinem Zimmer. Also behandle mich mit Respekt, oder ich ertränk dich in dem verdammten Pool. Hast du mich verstanden?«

Max hält nickend die Tränen zurück.

Valdez stößt ihn weg, schämt sich im selben Moment und will sich entschuldigen, doch der Junge ist schon auf dem Weg zur Umkleide, wo er die Tür hinter sich zuzieht und die Dusche aufdreht.

Sich selbst verfluchend, schleudert er die Bierdose durch den Garten, wo sie schäumend auf dem Rasen landet. Der Junge hat ihn provoziert. Dazu hatte er verdammt noch mal kein Recht! Jetzt wird er es seiner Mutter erzählen und weitere Probleme verursachen. Sie wird sich auf Max' Seite stellen, wie immer. Wenn der Junge sich bloß ein bisschen bremsen, ein wenig mehr Respekt zeigen würde. Sie haben keine gemeinsame Ebene mehr. Sie gucken nicht mehr zusammen Rangers-Spiele oder necken Sandy wegen ihrer Kochkünste.

Ein älteres Bild taucht aus seiner Erinnerung auf – das eines kleinen Jungen mit Cowboyhut, der die Hand des Sheriffs hält. Sie waren beste Freunde. Sie waren Vater und Sohn. Komplizen. Sie waren sich nahe. Langsam verebbt seine Wut. Der Junge kann nichts dafür. Er ist fünfzehn. Das machen Teenager – sie rebellieren gegen ihre Eltern, testen ihre Grenzen aus. In dem Alter hatte Valdez selbst eine streitsame Beziehung zu seinem Vater, und sein alter Herr hatte keine Widerworte oder klugscheißerische Bemerkungen geduldet.

Sandy sagt, es sei eine Phase, die Jugendliche durchmachen. Hormone. Adoleszenz. Gruppendruck. Mädchen. Warum masturbiert Max nicht einfach vier Mal am Tag wie jeder andere Junge in seinem Alter? Oder noch besser, Valdez könnte mit ihm in ein Bordell gehen – eins der saubereren Häuser –, um den Jungen von seinem Elend zu erlösen. Sandy sagte immer, sie sollten mehr Vater-Sohn-Unternehmungen machen. Er lächelt. Sie würde ausflippen, wenn er für Max' Entjungferung sorgen würde.

Er hört, wie eine Schiebetür geöffnet wird, und dreht sich um. Sandy tritt in den Garten und umarmt ihn. Ihr Haar ist zerzaust, und sie riecht irgendwie sexy und verschwitzt.

»Wo bist du gewesen?«

»Beim Sport.«

Hoch über ihnen schreit ein Habicht oder vielleicht auch ein Fischadler. Er hebt das Kinn und schirmt die Augen gegen die Sonne ab, kann jedoch nur einen Umriss erkennen.

»Ich habe heute versucht, dich anzurufen. Dein Handy war nicht eingeschaltet«, sagt er.

»Ich habe es gestern Abend verlegt und konnte es nicht wiederfinden.«

Max kommt aus der Umkleide und geht durch den Garten. Er küsst Sandy auf die Wange. Sie zupft sein feuchtes Haar zurecht. Wie war's in der Schule? Hausaufgaben? Zu Toby? Kein Problem. Komm nicht zu spät nach Hause.

Später sitzt Valdez in der Küche und sieht Sandy beim Kochen zu. Ihr blondes Haar ist kurz geschnitten und leicht gelockt, ihre blaugrünen Augen haben etwas Rätselhaftes, das Männer dazu verleitet, länger zu starren, als sie sollten. Wie hat er sie je davon überzeugt, ihn zu heiraten? Er hofft, dass es Liebe war. Er hofft, das ist es immer noch.

»Ich dachte, ich könnte am Wochenende mit Max zelten gehen.«

»Du weißt doch, dass er kein großer Natur-Fan ist.«

»Erinnerst du dich noch an unseren Urlaub im Yosemite-Park? Damals muss Max sieben gewesen sein. Er hat es geliebt.«

Sandy küsst ihn auf den Kopf. »Du musst aufhören, es so angestrengt zu versuchen.«

Valdez blickt durch die Terrassentür in den Garten, wo zwei Enten im Pool gelandet sind. Er *will* nicht aufhören, es zu versuchen. Wenn er einfach die Uhr zurückdrehen und in die Zeit zurückkehren könnte, als Max noch glücklich damit war, gegen einen Ball zu treten oder Fangen zu spielen ...

»Gib ihm Zeit«, sagt Sandy. »Er mag nicht, wer er im Moment ist.«

»Was glaubst *du*, wer er ist?«

»Er ist unser Sohn.«

Nach dem Abendessen sitzen sie nebeneinander auf der Hollywoodschaukel. Sandy umklammert mit einem Arm ihr gebräuntes Knie und lackiert mit einem winzigen Pinsel, den sie zwischen Daumen und Zeigefinger hält, ihre Fußnägel.

»Wie war's auf der Arbeit?«, fragt sie.

»Ruhig.«

»Willst du mir erzählen, warum du den weiten Weg bis nach Live Oak County gefahren bist?«

»Ich wollte jemanden überprüfen.«

»Wen?«

»Einen Gefangenen, der entlassen werden sollte. Er ist einen Tag vorher ausgebrochen.«

»Warum denn das?«

»Das ist nicht das Entscheidende.«

Sandy stellt den Fuß auf den Boden, sieht ihn direkt an und wartet auf eine Erklärung.

»Erinnerst du dich an den Raubüberfall auf den gepanzerten Geldtransporter und den Typen, der überlebt hat?«

»Der, den du angeschossen hast?«

»Ja. Ich habe versucht, ihn dauerhaft hinter Gittern zu halten, aber die Bewährungskommission hat beschlossen, ihn freizulassen. Wäre er nicht ausgebrochen, wäre er auch so rausgekommen. Ich bin zu dem Gefängnis gefahren, um mit dem Direktor zu sprechen, doch da war Palmer schon über den Stacheldrahtzaun geklettert.«

Sandy setzt sich gerader hin. »Ist er gefährlich?«

»Wahrscheinlich ist er mittlerweile längst in Mexiko.«

Valdez drückt sie, und Sandy lehnt sich an ihn, legt seinen Unterarm zwischen ihre Brüste und ihren Kopf an seine Schulter. Damit wird er die Sache auf sich beruhen lassen, aber er greift trotzdem nach seinem iPhone und scrollt eine Reihe von Bildern durch.

»So sieht Palmer aus.« Er zeigt Sandy ein aktuelles Foto.

Sie reißt die Augen auf. »Ich habe ihn gesehen!«

»Was?«

»Heute. Vor dem Haus«, erklärt sie. »Er war joggen. Er hat gesagt, er wäre gerade um die Ecke eingezogen. Ich dachte, er meint das Haus, in dem die Whitakers gewohnt haben.«

Valdez ist schon auf den Beinen, läuft durchs Haus, späht durch Gardinen, überprüft Schlösser an Fenster und Türen. Seine Gedanken rasen.

»Hast du einen Wagen gesehen?«

Sandy schüttelt den Kopf.

»Was hat er sonst noch gesagt?«

»Er hat gesagt, er sei Witwer ... und würde irgendeine Revision machen. Warum ist er hierhergekommen?«

»Wo ist die Pistole, die ich dir gekauft habe?«

»Oben.«

»Hol sie.«

»Jetzt machst du mir Angst.«

Valdez tippt eine Nummer ins Telefon, wird zur Einsatzzentrale durchgeschaltet und gibt eine Meldung heraus, die Augen nach Audie Palmer offen zu halten. Außerdem ordnet er für das Viertel verstärkte Kontrolle durch Streifenwagen an.

»Aber du hast gesagt, er wäre längst in Mexiko«, sagt Sandy. »Warum ist er hierhergekommen?«

Valdez hat ihre Waffe genommen und das Magazin eingelegt. »Ab sofort nimmst du die überall mit.«

»Ich werde keine Waffe tragen.«

»Tu, was man dir sagt.« Er nimmt seine Schlüssel.

»Wo willst du hin?«

»Max holen.«

17

Moss nimmt ein Zimmer im Shady Oaks Motel direkt am Tom Landry Freeway – ein funktionaler Bau aus den Siebzigern, so praktisch und hässlich wie ein Safari-Anzug. Er parkt den klapprigen Pick-up vor dem Zimmer, duscht und legt sich aufs Bett, um auf Crystal zu warten. Als sie kommt, trägt sie eine Sonnenbrille und einen glänzenden schwarzen Regenmantel, als wäre sie auf der Flucht vor Paparazzi. Moss öffnet die Tür, und sie wirft sich in seine Arme, schlingt ihre Beine um seine Hüfte und küsst ihn leidenschaftlich, während er sie rückwärts durchs Zimmer trägt.

Sie sieht sich um. »Das war das Beste, was du finden konntest?«

»Es hat einen Whirlpool.«

»Willst du, dass ich Cholera kriege?«

Er packt ihre Hand. »Nein, ich will, dass du das spürst.«

Sie reißt die Augen auf. »Jetzt verwöhnst du mich.«

»Die Härte der Butter hängt von der Weichheit des Brotes ab. Und dein Brot ist weich, Baby.«

Lachend streift sie ihren Mantel ab, bevor sie den Gürtel seiner Hose aufmacht. »Woher hast du die Klamotten?«

»Die lagen für mich im Wagen.«

»Du hast einen Wagen?«

»Ja, hab ich.«

Sie drückt ihn zurück aufs Bett und hockt sich rittlings auf ihn. Keiner sagt etwas, bis sie beide verschwitzt und erschöpft auf den Laken liegen. Crystal geht ins Bad. Moss liegt auf dem Bett, ein Handtuch über den Hüften.

»Mach's dir nicht zu bequem«, ruft er.

»Wieso nicht?«

»Ich hab vor, das Ganze noch mal von vorn zu beginnen, sobald ich aufgehört hab zu schielen.«

Crystal drückt auf die Toilettenspülung und kommt wieder ins Bett. Sie nimmt eine Zigarette aus der Tasche ihres Regenmantels, zündet sie an und schiebt sie ihm zwischen die Lippen, bevor sie sich selbst eine nimmt.

»Wie lange ist es her?«

»Fünfzehn Jahre, drei Monate, acht Tage und elf Stunden.«

»Du hast mitgezählt?«

»Nein, aber es müsste ziemlich genau hinkommen.«

Sie will alles über Audie Palmer und die vermissten Millionen wissen und hört zu, ohne ihn zu unterbrechen, obwohl sie ein paarmal die Stirn runzelt oder sich räuspert.

»Wer sind diese Leute?«

»Keine Ahnung, aber sie müssen verdammt gute Beziehungen haben, um mich rauszuholen.«

»Und du darfst das Geld behalten?«

»Das haben sie gesagt.«

»Und glaubst du ihnen?«

»Nein.«

Sie legt ihren Kopf in seine Armbeuge und einen Schenkel über seine Hüfte. »Und was willst du machen?«

Moss zieht an seiner Zigarette und bläst einen Rauchkringel, der aufsteigt, bis der Luftzug der Klimaanlage die geisterhafte Form ausradiert. »Audie Palmer finden.«

»Wie?«

»Seine Mama wohnt in Westmoreland Heights – keine Meile von hier entfernt.«

»Und wenn sie es nicht weiß?«

»Frage ich seine Schwester.«

»Und dann?«

»Herrgott, Frau, ich versuche, einen Schritt nach dem anderen zu machen! Hab ein bisschen Vertrauen! Wenn irgendjemand Audie finden kann, dann ich.«

Crystal ist immer noch nicht überzeugt. »Wie ist er?«

Moss überlegt einen Moment. »Audie ist clever. Bücherschlau, weißt du, aber die Regeln der Straße kennt er nicht. Ich habe ihm beigebracht, Augen im Hinterkopf zu haben, und er hat mir andere Sachen beigebracht.«

»Zum Beispiel?«

»Philosophie und so 'n Scheiß.«

Crystal kichert. »Was weißt du über Philosophie?«

Moss kneift sie. »Einmal war ich echt frustriert, als ich versucht habe, einen Brief an die Beschwerdekommission zu schreiben, und hab zu Audie gesagt: ›Ich weiß nur, dass ich nichts weiß‹, und Audie hat mir erklärt, dass ich gerade einen berühmten Philosophen zitiert hätte – einen Mann namens Sokrates. Audie sagt, es ist klug, Zweifel zu haben und alles in Frage zu stellen. Das Einzige, was wir sicher wissen, ist, dass wir nichts sicher wissen.« Er sieht Crystal an. »Ergibt das irgendeinen Sinn?«

»Nein, aber es klingt schlau.«

Crystal dreht sich auf die Seite und drückt ihre Zigarette aus. Ein Rauchfaden steigt auf. Sie nimmt Moss' Hand und bemerkt, dass der Ehering fehlt. Sie biegt den Finger nach hinten, bis Moss vor Schmerz aufschreit.

»Wo ist er?«

»Was?«

»Dein Ehering.«

»Sie haben ihn mir in der Einzelhaft abgenommen und nicht zurückgegeben.«

»Hast du sie nett gefragt?«

»Ich hab darum gekämpft, Babe.«

»Du willst doch nicht so tun, als ob du Single wärst, oder?«

»Niemals.«

»Denn wenn ich glauben würde, dass du mir untreu bist, würd ich den kleinen Moss abschneiden und an die Hunde verfüttern. Hab ich mich klar ausgedrückt?«

»Absolut, Crystal, absolut.«

18

Das Handy hüpft über den Küchentisch wie Popcorn in der Mikrowelle. Special Agent Desiree Furness fängt es gerade noch auf, bevor es über die Kante rutscht. Ihr Chef ruft an, heiser und schlaftrunken. Kein Morgenmensch.

»*Audie Palmer wurde gestern Morgen in Woodlands gesehen.*«

»Wer hat ihn gesehen?«

»*Die Frau eines Sheriffs.*«

»Was hat Palmer in Woodlands gemacht?«

»*Er war joggen.*«

Desiree schnappt sich ihre Jacke und steckt die Pistole in das Schulterholster. Sie knabbert immer noch an einem Toast, als sie die Außentreppe hinunterläuft, ihrem Vermieter Mr Sackville zuwinkt, der unter ihr wohnt und ihr Kommen und Gehen durch einen Spalt zwischen den Gardinen überwacht. Sie fährt gegen den Berufsverkehr nach Norden und hält zwanzig Minuten später vor einem großen, halb von Bäumen verborgenen Haus. In der Einfahrt steht ein Streifenwagen mit zwei uniformierten Polizisten, die Spiele auf ihren Handys spielen.

In dem vertrauten Versuch, größer zu wirken, strafft Desiree die Schultern, zeigt ihre Dienstmarke und geht zur Haustür. Ihr Pony ist zu kurz, um die Haare hochzustecken, sodass sie ihr immer wieder ins Auge fallen. Sie hat den Frisör noch gewarnt, es nicht zu kurz zu schneiden, doch er hat nicht zugehört.

Sandy Valdez öffnet die mit einer Kette gesicherte Tür und spricht durch den Zehn-Zentimeter-Spalt. Sie trägt ein enges Top und Kunstfaserleggins, Knöchelsöckchen und Laufschuhe.

»Mein Mann bringt Max zur Schule«, sagt sie im freundlichen Tonfall einer gebildeten Frau aus den Südstaaten.

»Ich wollte Sie sprechen.«

»Ich habe der Polizei schon alles gesagt.«

»Ich wäre Ihnen sehr verbunden, wenn Sie so freundlich wären, es für mich noch einmal zu wiederholen.«

Sandy löst die Kette und führt Desiree durchs Haus in den Wintergarten. Sie trägt Größe 38, hat blonde Haare und glatte Haut. Das Haus ist geschmackvoll eingerichtet, mit nur einem Hauch erkennbaren Bemühens, besonders elegant zu wirken, ohne sich für einen Stil entscheiden zu können.

Erfrischungen werden angeboten … und abgelehnt. Für einen Moment geht beiden Frauen der Smalltalk aus, und Desiree sieht sich in dem Raum um, als würde sie erwägen, das Haus zu kaufen.

Sandy bemerkt ihre Schuhe.

»Die tun doch bestimmt weh an den Füßen. Und im Rücken.«

»Man gewöhnt sich daran.«

»Wie groß sind Sie?«

»Groß genug.« Desiree kommt zur Sache. »Worüber haben Sie mit Audie Palmer gesprochen?«

»Über die Nachbarschaft«, antwortet Sandy. »Er hat gesagt, er wäre vor Kurzem in ein Haus um die Ecke gezogen. Ich habe ihm geraten, er solle Mitglied im Country Club werden, um Anschluss zu finden. Er tat mir leid.«

»Warum?«

»Er hat gesagt, seine Frau wäre gestorben.«

»Worüber haben Sie noch geredet?«

Sandy überlegt. »Er hat gesagt, er würde für eine Firma eine Revision durchführen. Ich dachte, er wäre in das alte Haus der Whitakers gezogen. Sie werden ihn doch fangen, oder?«

»Wir tun, was wir können.«

Sandy nickt, wirkt jedoch keineswegs beruhigt.

»Hat ihn sonst noch jemand gesehen?«

»Max, unser Sohn.«

»Wo war er?«

»Er ist vor der Garage Skateboard gefahren. Ich kam vom Einkaufen nach Hause, und Palmer stand in der Einfahrt und hat sich gedehnt.«

»Hat Max mit ihm gesprochen?«

»Da noch nicht.«

»Wie meinen Sie das?«

»Er hat ihn später bei The Mews getroffen – nicht weit von hier. Max war mit dem Skateboard unterwegs, und Palmer hat auf einer Parkbank gesessen. Das habe ich den anderen Detectives alles schon erzählt.« Sandy ringt die Hände im Schoß. »Ryan wollte, dass Max heute zu Hause bleibt, aber in der Schule ist er doch sicher, oder? Ich meine, es ist doch richtig, so zu tun, als wäre alles normal. Ich möchte nicht, dass Max mit dem Glauben aufwächst, die Welt wäre voller Monster.«

»Ich bin sicher, Sie haben die richtige Entscheidung getroffen«, sagt Desiree, die derart persönliche Gespräche unter Frauen nicht gewohnt ist. »Sind Sie Audie Palmer vor gestern schon einmal begegnet?«

»Nein.«

»Was glauben Sie, warum Audie Palmer zu Ihrem Haus gekommen ist?«, fragt Desiree.

»Ist das nicht offensichtlich?«

»Für mich nicht.«

»Es war Ryan, der ihn angeschossen hat – das weiß jeder. Audie Palmer hat einen Kopfschuss abbekommen. Wahrscheinlich hätte er sterben sollen, das hätte allen eine Menge Ärger erspart. Entweder das oder der elektrische Stuhl – nicht dass ich es befürworte, Menschen willkürlich hinzurichten, aber damals sind vier Menschen gestorben, Himmel noch mal!«

»Sie glauben, Audie Palmer will Rache?«

»Ja.«

»Wie würden Sie sein Verhalten beschreiben?«

»Verzeihung?«

»Wirkte er aufgewühlt? Gestresst? Wütend?«

»Er hat stark geschwitzt – aber ich dachte, das käme vom Joggen.«

»Und abgesehen davon?«

»Wirkte er entspannt ... als hätte er nicht die geringsten Sorgen.«

Keine zwei Meilen entfernt fährt Ryan Valdez durch das Schultor und schaltet das Radio aus. Leute, die bei Call-in-Sendungen anrufen, um ihre Vorurteile zu verbreiten und ihre Ignoranz zu demonstrieren, erstaunen ihn immer wieder. Haben sie nichts Besseres zu tun, als über den Zustand der Welt zu schimpfen, die in »der guten alten Zeit« immer besser war, als ob die Jahre ihre Erinnerung getrübt und Essig in Wein verwandelt hätten?

»Damit das klar ist: Du wartest, bis du abgeholt wirst. Du verlässt das Schulgelände nicht. Du sprichst nicht mehr mit Fremden …«

Max zieht einen Stöpsel aus seinem Ohr. »Und was hat der Typ angestellt?«

»Das spielt keine Rolle.«

»Ich finde, ich sollte es wissen.«

»Er hat einen Haufen Geld gestohlen.«

»Wie viel?«

»Eine Menge.«

»Und du hast ihn verhaftet.«

»Ja.«

»Hast du ihn angeschossen?«

»Er wurde angeschossen.«

Max sieht ehrlich beeindruckt aus. »Und jetzt ist er zurückgekommen, um dich zu erledigen?«

»Nein.«

»Warum sollte er sonst zu unserem Haus kommen?«

»Lass das meine Sorge sein. Und reg deine Mom nicht noch mehr auf, indem du lauter Fragen stellst.«

»Ist dieser Audie Palmer gefährlich?«

»Ja.«

»Besonders gefährlich sah er nicht aus.«

»Aussehen kann täuschen. Er ist ein Killer. Vergiss das nicht.«

»Vielleicht solltest du mir erlauben, eine Waffe zu tragen.«

»Du gehst *nicht* mit einer Waffe zur Schule.«

Max seufzt angewidert, öffnet die Tür und schließt sich

der Welle von Schülern an, die durch das Tor strömen. Valdez sieht ihm nach, bis er das Gebäude betritt. Er fragt sich, ob Max sich umdrehen und ihm zuwinken wird. Die Antwort lautet Nein.

Als der Junge verschwunden ist, zieht er sein Handy aus der Tasche und ruft das Sheriffbüro von Dreyfus County an. Er spricht mit seinem dienstältesten Deputy Hank Poljak und sagt ihm, er solle sich mit den Einsatzzentralen in Houston und den umliegenden Bezirken in Verbindung setzen.

»Wenn Audie Palmer gesichtet wird, will ich es als Erster erfahren.«

»Sonst noch was?«, fragt Hank.

»Ja, ich komme heute nicht ins Büro.«

19

Unter dem starren Blick der roten Sonne gleitet das Taxi durch den Verkehr auf dem Freeway. Durch getönte Scheiben betrachtet Audie das Meer aus seelenlosen Einkaufszentren, Häusern mit roten Ziegeldächern und billigen Fertigbauwarenhäusern mit Stacheldraht auf dem Dach und vergitterten Fenstern. Wann hatte Houston den aufrechten Gang aufgegeben? Es war immer eine seltsame Stadt gewesen – eine Ansammlung von Vierteln wie Los Angeles, wo die Leute zur Arbeit pendelten, fast ohne einander zu begegnen. Der einzige Unterschied besteht darin, dass Houston für die meisten Menschen ein Ziel ist, L.A. hingegen nur ein Zwischenstopp auf der Reise zu einem besseren Ort.

Der Taxifahrer ist Ausländer, doch Audie hat keine Ahnung, woher er stammt. Vermutlich aus einem dieser tragischen Länder, die von Diktatoren, religiösen Fundamentalisten oder Hunger heimgesucht werden. Er hat dunkle Haut, eher olivfarben als braun, und schütteres Haar, das nach hinten von seinem Kopf zu rutschen scheint. Er öffnet ein Fenster in der Trennscheibe zwischen Vordersitzen und Rückbank und versucht, eine Unterhaltung in Gang zu bringen, doch Audie hat kein Interesse. Stattdessen lässt er seine Gedanken zurück zu dem Tag schweifen, an dem er Carl am Ufer des Trinity River zurückgelassen hat.

Es gibt Augenblicke im Leben, in denen wichtige Entscheidungen getroffen werden müssen. Wenn wir Glück haben, dürfen wir sie selbst treffen, aber häufiger wird für uns entschieden. Carl war nicht mehr am Fluss, als Audie zurückkam. Es gab keine blutigen Verbände, keine Botschaft oder Entschuldigung. Audie wusste, was geschehen war, erzählte es jedoch niemandem, eher aus Respekt für seine Eltern als für Carl. Die Polizei wollte Audie die vergeudete Zeit in Rechnung stellen und hielt ihn für weitere zwölf Stunden in Gewahrsam, bevor man ihn nach Hause gehen ließ.

Wochen vergingen, und Carls Name verschwand aus den Schlagzeilen. Als Audie im Januar aufs College zurückkehrte, wurde er ins Büro des Dekans zitiert. Sein Stipendium wurde zurückgezogen, weil er eine »Person von besonderem Interesse« im Zusammenhang mit einem Polizistenmord sei.

»Ich habe nichts Unrechts getan«, sagte Audie.

»Ich bin sicher, Sie haben recht«, erwiderte der Dekan. »Und wenn das alles geklärt und Ihr Bruder gefunden worden ist, können Sie sich erneut bewerben, und man wird Ihre Eignung und Ihren Charakter prüfen.«

Audie packte seine Sachen, hob seine Ersparnisse ab, kaufte sich ein billiges Auto und fuhr nach Westen, um möglichst viel Abstand zwischen seine Vergangenheit und das zu legen, was die Zukunft bringen würde. Der Caddie klapperte und holperte fünfzehnhundert Meilen weit, immer kurz davor, endgültig zusammenzubrechen, doch ausgestattet mit einem Überlebenswillen, den die Leute für gewöhnlich empfindungsfähigen Wesen zuschreiben. Audie hatte noch nie die Sonne über dem Meer untergehen sehen. Er hatte noch nie einen echten Surfer gesehen. In Südkalifornien sah er beides. Bel-Air, Malibu, Venice Beach – berühmte Namen, Bilder aus Filmen und Fernsehserien.

Das Leben an der Westküste war anders. Die Frauen rochen nach Sonnenöl und Feuchtigkeitscreme statt nach Lavendel und Talkumpuder. Sie redeten über sich und waren besessen von Materialismus, Spiritualismus, Therapien und Stil. Die Männer waren braun gebrannt mit dichtem glänzenden Haar oder geölten Kahlköpfen, trugen Hundert-Dollar-Hemden und Dreihundert-Dollar-Schuhe. Sie waren Unternehmer, Betrüger, Kiffer, Hippies, Träumer, Schauspieler, Schriftsteller, Männer, die die Welt bewegten.

Audie fuhr nach Norden bis Seattle, arbeitete als Barkeeper, Türsteher, Packer, Obstpflücker und Bote. Er übernachtete in billigen Motels und Pensionen oder manchmal bei Frauen, die ihn mit zu sich nach Hause nahmen. Nachdem er sechs Monate unterwegs war, betrat er das Strip-Lokal von Urban Covic, zwanzig Meilen nördlich von San Diego. Es war dunkler als eine Höhle, mit Ausnahme der von Scheinwerfern ausgeleuchteten Bühne, wo ein blasses Mädchen mit einer kleinen Speckrolle, die über den Rand ihres Slips quoll, mit den Schenkeln eine silberne Stange polierte. Ein Dutzend Männer in Anzügen feuerten sie an oder taten so, als würden sie sie gar nicht bemerken. Die meisten waren Studenten oder steife Geschäftsleute, die ihre japanischen Partner beeindrucken wollten.

Die südkalifornischen Mädchen schienen Spaß an der Arbeit zu haben und sich jeden Geldschein hart zu verdienen, der unter dem Bund ihrer G-Strings oder unter den Trägern ihrer BHs landete.

In der Hemdtasche des Managers steckte ein Kamm, sein Haar war in feuchten Wellen nach hinten gegelt, sodass sein Kopf aussah wie ein frisch gepflügtes Feld.

»Haben Sie irgendeinen Job für mich?«, fragt Audie.

»Wir brauchen keine Musiker.«

»Ich bin kein Musiker. Ich kann hinter der Bar arbeiten.«

Der Manager zog den Kamm aus der Tasche und fuhr sich damit von vorne nach hinten über den Schädel. »Wie alt bist du?«

»Einundzwanzig.«

»Berufserfahrung?«

»Ein bisschen.«

Er gab Audie ein Formular zum Ausfüllen und sagte, er könne eine unbezahlte Probeschicht machen. Audie erwies sich als harter Arbeiter. Er trank nicht. Er rauchte nicht. Er zog sich nichts durch die Nase. Er spielte nicht. Und er versuchte auch nicht, die Mädchen zu vögeln.

Neben dem Lokal und den Zimmern gehörten Urban Covic auch das mexikanische Restaurant nebenan und die Tankstelle gegenüber. Das Restaurant lockte Familien an und half ihm, das Geld zu waschen, das er mit seinen weniger legalen Aktivitäten verdiente. An den meisten Abenden fing Audie um acht an und arbeitete bis vier Uhr morgens durch. Vorher durfte er in dem Restaurant essen. Es hatte einen Innenhof mit einer von Wein umrankten Pergola und stuckverzierten Mauern mit Weinregalen.

Nach zwei Wochen in seinem Job fiel ihm ein Fahrzeug mit drei Personen auf, das mit geschwärzten Nummernschildern auf dem Parkplatz stand. Er rief die Polizei, leerte die Kassen und versteckte das Geld unter den Edelstahlwannen der Zapfanlage. Die Männer kamen mit Skimasken und abgesägten Schrotflinten herein. Audie erkannte die Tätowierung von einem von ihnen. Sie gehörte einem Typen, der mit einer der Tänzerinnen zusammen war und häufig herumlungerte, um sicherzugehen, dass keiner der Kunden zu aufdringlich wurde.

Audie hob die Hände. Leute krochen unter Tische. Das Mädchen an der Stange hatte die Beine gekreuzt und hielt die Brüste bedeckt.

Die bewaffneten Männer brachen die Kassen auf und wurden wütend wegen der mageren Einnahmen. Der Typ mit dem Tattoo hielt Audie eine Waffe unter die Nase, doch der behielt die Nerven. Sirenengeheul kam näher. Schüsse wurden abgefeuert. Eine Kugel zerschmetterte den Spiegel über der Bar. Niemand wurde verletzt.

Urban Covic traf in den frühen Morgenstunden ein, das Gesicht noch vom Schlaf zerknittert. Der Manager berichtete ihm, was geschehen war. Covic rief Audie in sein Büro.

»Woher kommst du, Junge?«

»Aus Texas.«

»Und wohin willst du?«

»Das weiß ich noch nicht.«

Urban kratzte sich am Kinn. »Ein Junge in deinem Alter muss sich entscheiden, ob er vor etwas wegläuft oder darauf zu.«

»Wahrscheinlich.«

»Hast du einen Führerschein?«

»Ja, Sir.«

»Von jetzt an bist du mein Fahrer.« Er warf Audie die Schlüssel für einen schwarzen Jeep Cherokee zu. »Du holst mich jeden Morgen um zehn ab, wenn ich dir nichts anderes sage. Du erledigst Botengänge für mich. Du setzt mich zu Hause ab, wann ich es dir sage. Ich verdopple dein Gehalt, doch dafür bist du vierundzwanzig Stunden am Tag in Bereitschaft. Wenn das heißt, dass du im Wagen schlafen musst, schläfst du im Wagen.«

Audie nickte.

»Und jetzt möchte ich, dass du mich nach Hause fährst.«

So begann seine Karriere. Er bekam ein Dachzimmer über dem Lokal, kaum breiter als ein Flur, doch es war eine mietfreie Zugabe zu seinem neuen Job. Es gab ein Oberlicht und ein Bett aus unbehandeltem Kiefernholz. In einer Ecke stapelten sich seine Bücher und ein Rucksack. Er hatte seine Lehrbücher behalten, weil er die vage Vorstellung hatte, sein Studium irgendwann abzuschließen.

Audie chauffierte Urban zu Meetings, holte Leute am Flughafen oder Kleider aus der Reinigung ab und stellte Pakete zu. So lernte er auch Belita kennen – als er den Umschlag bei Urban zu Hause abholte. Er wusste nicht, dass sie Urbans Geliebte war – es war ihm egal –, doch von dem Moment an, als er sie zum ersten Mal sah, hatte er das seltsame Gefühl, dass sein Blut in verkehrter Richtung durch die Ventile seines Herzens gepumpt und anstatt aufzusteigen zu seinen Gliedmaßen hinabstürzen und von dort nach innen strömen würde.

Manchmal kann man es spüren, wenn man den Menschen trifft, der vorherbestimmt ist, das eigene Leben zu verändern.

20

Moss hört zwitschernde Vögel und eine fröhliche Fahrradklingel. In den letzten fünfzehn Jahren ist er zu einem frühmorgendlichen Chor aus Scheppern, Rülpsen, Husten und

Furzen aufgewacht; und jeder neue Tag versprach nicht mehr Aussicht auf Licht als ein kleines quadratisches Fenster über seinem Kopf. So aufzuwachen ist netter, entscheidet er, selbst wenn das Bett neben ihm leer ist. Crystal ist früh nach San Antonio zurückgefahren. Er spürt noch das Gewicht ihres Körpers auf seinem, als sie sich rittlings auf seine Schenkel gesetzt, ihn zum Abschied geküsst und ermahnt hat, vorsichtig zu sein.

Er schwingt die Beine aus dem Bett, öffnet die Vorhänge einen Spalt und mustert den Parkplatz. Weiter entfernt spiegelt sich das Sonnenlicht in den glänzenden Türmen von Dallas. Moss fragt sich, ob die Reichen nicht vielleicht versuchen, eine Treppe in den Himmel zu bauen, weil das leichter ist, als ein Kamel durch ein Nadelöhr zu zwängen.

Frisch geduscht, rasiert und angekleidet fährt er nach Westmoreland Heights, wo entlang der meisten Straßen Holzhäuser stehen, die weniger wert sind als die davor parkenden Autos, wobei einige der Wagen räderlos auf Ziegelsteinen aufgebockt oder ausgebrannt sind. In den heruntergekommenen Straßen gibt es einzelne Nischen der Verheißung – ein neues Haus oder ein Fertigbaulager –, aber jede leere Mauer ist eine Einladung für eine Spraydose und jedes unzerbrochene Fenster ein Anreiz, einen Stein zu werfen.

Moss parkt vor einem Mini-Supermarkt am Singleton Boulevard. Die Fenster im ersten Stock sind mit Brettern vernagelt, die im Erdgeschoss so dick vergittert, dass man die Plakate, die von innen an der Scheibe kleben, nicht lesen kann.

Eine Glocke läutet, als er den Laden betritt. Drinnen stapeln sich Kartons und mit Plastikfolie eingeschweißte Papppaletten mit Bohnen, Karotten und Mais in Dosen bis zur Decke. Einige der Etiketten sind in fremden Sprachen. Hinter der Kasse sitzt eine Frau in einem großen Sessel mit einem karierten Überwurf und guckt eine Werbesendung im Fernsehen, in der ein lächelndes Paar Gemüse in einen Mixer gibt.

»*Es ist ein Wunder, Steve*«, sagt die Frau.

»*Ja, das ist es, Brianna – ein* Küchenwunder. *Das ist die Saftpresse, die Gott im Himmel benutzt.*«

Das Studiopublikum lacht. Moss weiß nicht, warum.

»Was kann ich für Sie tun?«, fragt die Frau, ohne den Blick vom Bildschirm abzuwenden. Sie ist Mitte fünfzig mit spitzen Zügen, die sich in der Mitte ihres Gesichts zusammendrängen.

»Ich wollte nach dem Weg fragen. Ein Freund von mir hat früher hier gewohnt, und ich glaube, seine Mutter wohnt immer noch hier.«

»Wie heißt sie?«

»Irene Palmer.«

Moss kann die untere Hälfte der Frau nicht sehen, doch er weiß, dass sie nach irgendwas greift. Im Innern des Hauses läutet es.

»Sie suchen Irene Palmer?«

»Das sagte ich, ja.«

»Ich kenne niemanden dieses Namens.«

»Wissen Sie, woher ich weiß, dass Sie lügen?«, fragt Moss. »Sie haben die Frage wiederholt, bevor Sie geantwortet haben. Das machen Leute, wenn sie sich irgendwas ausdenken.«

»Sie glauben, ich lüge?«

»Sehen Sie, das ist noch so eine Taktik – eine Frage mit einer Frage zu beantworten.«

Sie kneift die Augen zusammen, bis sie beinahe verschwunden sind. »Zwingen Sie mich nicht, die Cops zu rufen.«

»Sagen Sie mir einfach, wo ich Irene Palmer finden kann.«

»Lassen Sie die arme Frau in Ruhe. Eine Mutter ist nicht für alles verantwortlich, was ihre Kinder tun.«

Sie reckt das Kinn, fast so, als wolle sie Moss herausfordern, ihr zu widersprechen. In der Tür taucht ein Mann auf, der nur eine Trainingshose und Tattoos trägt. Anfang zwanzig, muskulös, Angeberpose.

»Gibt's ein Problem, Ma?«

»Er sucht Irene.«

»Sag ihm, er soll sich verpissen.«

»Das habe ich schon.«

Im Bund seiner Trainingshose steckt eine große Automatik. Es ist das Erste, worauf Moss' Blick fällt.

»Ich bin ein Freund von Audie Palmer«, sagt Moss. »Ich habe eine Nachricht für seine Ma.«

»Die können Sie bei uns hinterlassen. Wir sorgen dafür, dass sie sie erhält.«

»Mir wurde aufgetragen, sie persönlich auszurichten.«

Die Ladenglocke läutet, und eine alte schwarze Lady, faltig wie ein toter Crimson-Rose-Schmetterling, kommt herein. Moss hält ihr die Tür auf. Sie bedankt sich.

»Was kann ich für dich tun, Noelene?«, fragt die Ladenbesitzerin.

»Der junge Mann war zuerst dran«, sagt sie und zeigt auf Moss.

»Er wollte gerade gehen.«

Moss beschließt, nicht zu widersprechen. Er geht hinaus, sucht sich ein schattiges Plätzchen und wartet, bis die alte Frau wieder herauskommt. Sie zieht einen karierten Einkaufsroller mit Plastikrädern hinter sich her.

»Darf ich Ihnen behilflich sein, Ma'am?«

»Ich komme zurecht.«

Sie zockelt auf dem rissigen Bürgersteig an ihm vorbei. Moss folgt ihr dreißig Meter, bis sie stehen bleibt.

»Haben Sie vor, mich auszurauben?«

»Nein, Ma'am.«

»Warum folgen Sie mir dann?«

»Ich suche Irene Palmer.«

»Also, ich bin es nicht.«

»Das weiß ich. Ich bin ein Freund von ihrem Sohn.«

»Von welchem?«

»Audie.«

»Ich erinnere mich an Audie. Er hat meinen Rasen gemäht und den Garten in Ordnung gehalten. Sein Schulbus ist direkt an meinem Haus vorbeigefahren. Intelligenter Junge. Clever, wissen Sie, und immer höflich. Hat nie irgendwelchen Ärger gemacht ... anders als sein Bruder.«

»Carl?«

»Kannten Sie ihn?«

»Nein, Ma'am.«

Sie schüttelt den Kopf. Ihr silbernes Haar ist so dicht gelockt, dass es aussieht, als ob ein Ball aus Stahlwolle an ihrem Kopf kleben würde.

»Carl ist schon verkehrt herum aus dem Mutterleib gekommen, wissen Sie, was ich meine?«

»Nicht wirklich.«

»Er hatte ständig Ärger. Seine Familie hat sich angestrengt. Sein Daddy hatte eine Reparaturwerkstatt am Singleton Boulevard. Die gibt es nicht mehr. Die Fabriken sind weg, die Bleischmelze auch, Gott sei Dank sind wir die los. Die hat unsere Kinder vergiftet. Wissen Sie, was Blei Kindern antut?«

»Nein, Ma'am.«

»Es macht sie dumm.«

»Das wusste ich nicht.«

Sie müht sich mit dem Einkaufsroller über den holperigen Gehsteig. Moss hebt ihn hoch wie einen Koffer und trägt ihn für sie.

»Was ist mit Carl passiert?«

Noelene runzelt die Stirn. »Ich dachte, Sie sagten, Audie wäre ein Freund von Ihnen.«

»Über seinen Bruder hat er fast nie gesprochen.«

»Nun, es ist nicht meine Aufgabe, es Ihnen zu erzählen. Ich bin kein Klatschmaul wie andere, die ich nennen könnte.« Im selben Atemzug beginnt sie Moss vor Leuten zu warnen, die er meiden sollte. »Tunichtgute« nennt sie sie.

»Wir haben ein paar Tunichtgute in der Gegend, hässliche, gefährliche Leute. Haben Sie schon mal von den Gator Boyz gehört?« Moss schüttelt den Kopf. »Sie rekrutieren halbwüchsige Jungen für den Verkauf von Drogen. Ihr Anführer hat einen Alligator – einen echten, den er wie einen Hund an der Leine spazieren führt. Ich hoffe, das Viech beißt ihm ein Bein ab.« Sie bleibt stehen, um zu Atem zu kommen, und stützt sich auf Moss' Arm. Dabei bemerkt sie seine Tattoos. »Sie haben gesessen. Haben Sie Audie da kennen gelernt?«

»Ja, Ma'am.«

»Suchen Sie das Geld?«

»Nein.«

Sie mustert ihn skeptisch. Sie haben das Tor vor einem kleinen farblosen Haus mit gepflegtem Vorgarten erreicht. Die alte Dame nimmt ihren Einkaufsroller, geht den Pfad hinunter und zieht ihn die Stufen zur Veranda hoch. Sie kramt einen Schlüssel aus der Tasche, schließt die Fliegengittertür auf und dreht sich noch einmal um.

»Irene Palmer ist nach Houston gezogen. Sie wohnt bei ihrer Schwester.«

»Haben Sie eine Adresse?«

»Könnte sein. Warten Sie hier.« Die alte Frau verschwindet in dem dunklen Haus.

Moss fragt sich, ob sie die Polizei anruft. Er blickt die Straße hinunter zu einem Spielplatz unter einer Gruppe von Kiefern. Die Schaukel ist kaputt, und irgendjemand hat eine verdreckte Matratze unter dem Klettergerüst abgelegt.

Die Fliegengittertür geht auf, und eine Hand hält ein Blatt duftendes Notizpapier heraus.

»Irene hat mir eine Weihnachtskarte geschickt. Das war der Absender.«

Moss nimmt den Zettel entgegen und bedankt sich mit einer Verbeugung.

21

Das Taxi setzt Audie vor dem Texas Children's Hospital ab. Geld wechselt von Hand zu Hand, der Fahrer betrachtet den Betrag und schlägt vor, dass er ein Trinkgeld verdient habe. Audie sagt, er solle netter zu seiner Mutter sein, und bekommt eine Antwort, die keine Mutter gutheißen würde.

Nachdem Audie sich gegenüber Kaffee und ein Blätterteigteilchen gekauft hat, setzt er sich auf einen Betonpoller und beobachtet den Haupteingang des Krankenhauses. Schwestern verlassen zu zweit und zu dritt das Gebäude, die Nachtschicht geht schlafen. Ihre Ablösung kommt mit feuchtem Haar, gebügelten Hosen und geblümten Blusen. Audie leckt sich die Krümel von den Fingern und bemerkt über den Rand seines Pappbechers Bernadette. Sie ist schlicht, aber hübsch, trägt zwei Abzeichen an der Bluse und geht leicht gebückt, weil sie größer ist, als sie sein möchte.

Als kleiner Junge hatte Audie nicht viel mit seiner

Schwester gemein, sie war zwölf Jahre älter und neunmalklug. Er erinnert sich, wie Bernadette ihn an seinem ersten Tag zur Schule gebracht, Pflaster auf seine blutigen Knie geklebt und ihm Lügen erzählt hat, damit er sich benahm. Wenn er mit seinem Penis spiele, würde er abfallen, erklärte sie ihm; und wenn er gleichzeitig nieste, furzte und blinzelte, würde er explodieren.

Audie zieht die Baseballkappe tief in die Stirn, betritt das Krankenhaus und folgt Bernadette in einigem Abstand. Sie nimmt einen vollen Fahrstuhl in den neunten Stock. Audie hält den Kopf gesenkt und tut so, als würde er Nachrichten auf seinem Handy lesen. Als Bernadette in einem Schwesternzimmer verschwindet, wartet Audie am Ende des Korridors. Auf einer Tür neben ihm steht »Nur für Personal«. Er schlüpft hinein und findet eine Umkleidekabine. Er schiebt seine Kappe in die Tasche, zieht einen Arztkittel von einem Bügel, hängt sich ein Stethoskop um den Hals und betet, dass niemand ihn auffordert, eine Herzmassage oder einen Luftröhrenschnitt vorzunehmen. Er schnappt sich ein Klemmbrett von einem Rollwagen und geht den Flur hinunter, als wüsste er, wohin er will.

Bernadette macht in einem leeren Zimmer das Bett, steckt das Laken energisch an den Ecken fest und zieht es stramm wie das Fell einer Trommel. So hat es ihre Mutter sie gelehrt, und Audie erinnert sich, dass man zu Hause fast ein Brecheisen brauchte, um zwischen die Laken zu schlüpfen.

»Hi, Schwesterlein.«

Sie richtet sich stirnrunzelnd auf und drückt ein Kissen an ihre Brust. In ihrem Gesicht spiegelt sich eine ganze Palette von Gefühlen wider, und sie wiegt den Kopf hin und her, als wollte sie den Beweis vor ihren Augen leugnen. Sie sieht aus, als hätte sie Angst vor ihm oder vor sich selber. Aber dann schmilzt etwas in ihr, und sie umarmt ihn fest.

Audie riecht ihr Haar, und seine ganze Kindheit scheint auf ihn einzuströmen.

Sie streicht über seine Wange. »Du weißt, dass es verboten ist, sich als Arzt auszugeben.«

»Ich glaube, das ist das geringste meiner Probleme.«

Sie zieht ihn ins Zimmer und schließt die Tür. Sie tastet über die unter seinem kurz geschorenen Haar sichtbaren Narben. »Erstaunlich«, sagt sie. »Wie um alles in der Welt hast du das überlebt?«

Audie antwortet nicht.

»Die Polizei war bei mir«, sagt sie.

»Das dachte ich mir schon.«

»Warum Audie? Du hattest doch nur noch einen Tag.«

»Es ist besser, wenn ich dir meine Gründe nicht verrate.«

Das Summen der Klimaanlage ist das einzige Geräusch im Raum. Sie weht eine Strähne von Bernadettes Haar hoch, die sich aus ihrem Dutt gelöst hat. Audie bemerkt einen grauen Schimmer.

»Lässt du dich gehen?«

»Ich hab aufgehört, sie zu färben.«

»Du bist doch erst wie alt?«

»Fünfundvierzig.«

»Das ist nicht alt.«

»Du steckst nicht in meiner Haut.«

Audie fragt sie, wie es ihr geht, und sie sagt gut. Keiner von beiden weiß, wo er anfangen soll. Ihre Scheidung ist durch. Ihr Exmann war eine liebevoller, intelligenter, erfolgreicher und gewalttätiger Alkoholiker, doch zum Glück hatte der Alkohol seine Treffsicherheit gemindert, und Bernadette wusste, was sie zu tun hatte. Ihr neuer Freund arbeitet auf einer Ölbohrinsel. Sie wohnen zusammen. Kinder kommen nicht mehr in Frage. »Wie gesagt, ich bin zu alt.«

»Wie geht es Ma?«

»Sie ist krank. Sie muss regelmäßig zur Dialyse.«

»Was ist mit einer Transplantation?«

»Die Ärzte glauben, sie würde sie nicht überleben.« Sie macht weiter das Bett, und ihr Blick verdüstert sich unvermittelt. »Wieso bist du hierher zurückgekommen?«

»Unerledigte Angelegenheiten.«

»Ich glaube nicht, dass du diesen Geldtransporter überfallen hast.«

Er drückt ihre Hand. »Ich brauche deine Hilfe.«

»Bitte mich nicht um Geld.«

»Was ist mit einem Wagen?«

Bernadette verschränkt die Arme und sieht ihn skeptisch an. »Mein Freund hat einen Wagen. Wenn der weg wäre, könnte mir das eine Woche lang gar nicht auffallen ...«

»Wo ist er?«

»Er parkt auf der Straße.«

»Schlüssel?«

»Haben Sie dir im Knast gar nichts beigebracht?«

»Ich weiß nicht, wie man ein Auto kurzschließt.«

Sie schreibt eine Adresse auf. »Ich lasse sie auf dem Lenkrad liegen.«

Eine andere Schwester ist an der Tür, Bernadettes Vorgesetzte. »Ist alles in Ordnung?«, fragt sie Audie und wundert sich, dass die Tür geschlossen war.

»Alles bestens«, erwidert er.

Sie nickt und wartet. Audie hält ihren Blick, bis sie sich verlegen abwendet.

»Wegen dir werde ich noch gefeuert«, flüstert Bernadette.

»Noch eine Sache.«

»Was denn?«

»Hast du die Dateien ausgedruckt, die ich für dich hinterlegt habe?«

Sie nickt.

»In ein oder zwei Tagen rufe ich dich an und sage dir, was du damit machen sollst.«

»Werde ich Ärger bekommen?«

»Nein.«

»Werde ich dich wiedersehen?«

»Ich bezweifle es.«

Bernadette macht einen Schritt zurück, bevor sie erneut die Arme ausbreitet und Audie so fest an sich drückt, dass er kaum Luft bekommt.

»Ich liebe dich, kleiner Bruder.«

22

Cassie hat ihre Koffer gepackt und umgepackt, das Motel jedoch nach wie vor nicht verlassen. Sie starrt auf die Digitaluhr neben dem Bett und hört sie in ihrem Kopf ticken, als wollte sie sie drängen, eine Entscheidung zu treffen.

Spencer hat seinen Rucksack unters Bett geschoben. Ist das überhaupt sein richtiger Name? Woher stammen die Narben auf seinem Kopf? Sie stellt sich die brutale Kraft vor, die die Ursache gewesen sein muss, und spürt, wie sich etwas in ihr löst.

Scarlett liegt auf dem Bauch und guckt, das Kinn in die Hände gestützt, im Fernsehen *Dora*. Auch wenn sie sämtliche Episoden schon einmal gesehen hat, fiebert sie trotzdem mit.

Cassie zieht den Rucksack unter dem Bett hervor und fängt an, die Taschen zu durchsuchen, zieht Reißverschlüsse auf und durchwühlt Fächer. Sie findet ein Notizbuch, das sie mit ins Bad nimmt. Sie schließt die Tür, setzt sich auf die Toilette, legt das Notizbuch in den Schoß ihres Kleides und schlägt es auf. Ein Foto fällt flatternd heraus, und Cassie hebt es von dem Fliesenboden auf. Es zeigt eine junge, schöne, dunkelhäutige Frau, die einen Blumenstrauß hält. Cassie empfindet einen Stich der Eifersucht und versteht nicht, warum.

Sie schiebt das Foto wieder fest zwischen die Seiten und kehrt zum Anfang zurück. Auf dem Innendeckel steht ein Name: Audie Spencer Palmer, und darunter klebt ein Preisschild mit dem Aufdruck *Three Rivers FCI*.

Die Seiten sind mit einer kleinen spinnwebartigen Handschrift vollgeschrieben, die schwer zu entziffern ist. Cassie strengt sich an, mehr als ein paar Sätze zu verstehen. Es sieht aus und hört sich an wie ein Gedicht mit Phrasen wie »Vorstellungen der Wahrheit« und »das Pathos der Abwesenheit«, was immer das bedeutet.

Sie zieht ihr Handy aus der Tasche und ruft eine Nummer an, die sie im Telefonbuch gefunden hat. Die Frau, die antwortet, klingt, als würde sie einen vorgeschriebenen Text vorlesen:

»*Hallo, Sie sprechen mit den Texas Crime Stoppers – alle Anrufe werden vertraulich behandelt. Mein Name ist Eileen. Was kann ich für Sie tun?*«

»Zahlen Sie auch Belohnungen?«

»*Wir leisten eine finanzielle Anerkennung für Hinweise, die zur Verhaftung und Anklage eines verdächtigen Straftäters führen.*«

»Wie viel?«

»*Das kommt auf die Schwere des Vergehens an.*«

»Wie viel könnte es sein?«

»*Bis zu fünftausend Dollar.*«

»Was, wenn ich den Aufenthaltsort eines entflohenen Sträflings wüsste?«

»*Wie heißt er?*«

Cassie zögert. »Ich glaube, er heißt Audie Spencer Palmer.«

»*Sie glauben?*«

»Ja.« Cassie blickt zu der abgeschlossenen Tür und bekommt Zweifel.

»*Gegen Audie Palmer liegt ein Haftbefehl der Bundesbehörden vor. Sagen Sie mir, wo Sie sind. Ich kann Ihnen Polizeibeamte vorbeischicken, die Sie abholen.*«

»Sie haben gesagt, der Anruf wäre vertraulich.«

»*Wie sollen wir Ihnen das Geld auszahlen, wenn wir Ihren Namen nicht kennen?*«

Cassie zögert.

»*Was ist los?*«, fragt Eileen.

»Ich denke nach.«

»*Sie sind in Gefahr.*«

»Ich ruf Sie später noch mal an.«

»*Legen Sie nicht auf!*«

23

Moss fährt den ganzen Weg nach Houston mit offenen Fenstern und laut aufgedrehtem Radio. Keine Country-Musik. Er hört lieber klassischen Südstaaten-Blues über Leid, Erlösung und Frauen, die einem das Herz brechen. Am späten Nachmittag hält er vor einer weiß gestrichenen Baptisten-Kirche mit einem Holzkreuz an der Vorderfront über einem Schild, auf dem steht: JESUS BRAUCHT KEIN TWITTER.

Er parkt im Schatten einer verkrüppelten Ulme mit knorrigem Stamm und Wurzeln, die die Platten des Bürgersteigs nach oben drücken wie das langsamste Erdbeben der Welt. Die Kirchentüren sind abgeschlossen, also folgt Moss einem Pfad um das Gebäude zu einem kleinen Fachwerkhäuschen, das im Schatten weiterer Bäume auf einem Fundament aus Betonsteinen steht. In sauber angelegten und gepflegten Beeten blühen Blumen.

Moss klopft an die Tür. Hinter dem Fliegengitter erscheint eine große Frau, die sich auf einen Gehstock stützt.

»Ich kaufe nichts.«

»Sind Sie Mrs Palmer?«

Sie tastet nach ihrer Brille, die an einem Band um ihren Hals hängt, und mustert ihn. Moss tritt einen Schritt zurück, um sie nicht zu erschrecken.

»Wer sind Sie?«

»Ich bin ein Freund von Audie.«

»Wo ist der andere?«

»Welcher andere?«

»Er hat vor einer Weile an meine Tür geklopft und gesagt, dass er Audie kennt. Ich habe ihm nicht geglaubt, und Ihnen glaube ich auch nicht.«

»Mein Name ist Moss Webster. Vielleicht hat Audie mich in seinen Briefen erwähnt. Ich weiß, dass er Ihnen jede Woche geschrieben hat.«

Sie zögert. »Und woher weiß ich, dass Sie das sind?«

»Audie hat gesagt, es geht Ihnen nicht gut, Ma'am. Er hat gesagt, Sie brauchen eine neue Niere. Sie haben ihm auf rosa Briefpapier mit Blumen am Rand geschrieben. Sie haben eine wunderschöne Handschrift, Ma'am.«

»Jetzt versuchen Sie bloß, mir zu schmeicheln«, sagt sie und erklärt Moss, er solle ums Haus kommen.

Laken flattern an einer Leine über seinem Kopf, als er um die Ecke biegt. Sie ruft ihn aus der Küche und lässt ihn einen Krug Limonade und zwei Gläser zu einem Tisch im Freien tragen, der mit Pekannussschalen bedeckt ist. Sie wischt die Platte umständlich sauber, und Moss bemerkt eine hässliche Beule an ihrem Unterarm, wie Blutblasen, die unter ihrer Haut eingeschlossen sind.

»Das ist eine Fistel«, sagt sie. »Ich bekomme zwei Mal die Woche Dialyse.«

»Das tut mir leid.«

Sie zuckt gleichmütig die Achseln. »Seit ich Babys bekommen habe, fallen irgendwelche Teile von mir ab.«

Moss trinkt einen Schluck Limonade, die so sauer ist, dass er leicht den Mund verzieht.

»Sind Sie auf der Suche nach dem Geld?«, fragt sie.

»Nein, Ma'am.«

Sie lächelt trocken. »Wissen Sie, wie viele Leute mich im Laufe der letzten elf Jahre besucht haben? Manche mit Fotos, einige mit Briefen, die mein Audie angeblich unterschrieben hatte. Andere haben mir gedroht. Einen habe ich erwischt, wie er da vorne in meinem Garten gegraben hat.« Sie zeigt auf den Stamm des Pekannussbaums.

»Ich bin nicht wegen dem Geld hier.«

»Sind Sie ein Kopfgeldjäger?«

»Nein.«

»Warum waren Sie im Gefängnis?«

»Ich habe ein paar Sachen gemacht, auf die ich nicht stolz bin.«

»Wenigstens geben Sie es zu.«

Er gießt sich Limonade nach. Das Glas hat auf dem Tisch einen Ring aus Kondenswasser hinterlassen, und er setzt einen zweiten daneben und verbindet sie mit einer feuchten Linie.

Mrs Palmers Augen werden glasig, als sie erzählt, wie Audie das Stipendium fürs College bekommen und studiert hat, um Ingenieur zu werden, bis Carl alles durcheinanderbrachte.

»Wo ist Carl jetzt?«, fragt Moss.

»Tot.«

»Meinen Sie das wörtlich oder im übertragenen Sinn?«

»Kommen Sie mir nicht mit vornehmen Wörtern«, schimpft sie. »Eine Mutter weiß, ob ihr Sohn tot ist.«

Moss hebt die Hände. »Ich bin sicher, dass Sie schon mit der Polizei gesprochen haben, Mrs Palmer, aber gibt es irgendetwas, was Sie denen nicht erzählt haben? Orte, an denen Audie sich verstecken könnte. Freunde.«

Sie schüttelt den Kopf.

»Was ist mit seiner Freundin?«

»Wer?«

»Er hatte ein Foto, das er immer bei sich getragen hat. Sie war eine Schönheit, doch er hat nie über sie gesprochen – außer im Schlaf. Belita, das war ihr Name. Ich habe nur ein einziges Mal gesehen, wie Audie die Beherrschung verloren hat, und das war, als jemand dieses Foto gestohlen hat.«

Mrs Palmer konzentriert sich. Einen Moment lang glaubt Moss, sie würde sich vielleicht an etwas erinnern, doch dann ist der Gedanke wieder verschwunden.

»Ich habe ihn in den letzten vierzehn Jahren zwei Mal gesehen – das erste Mal lag er im Koma, und man hat mir erklärt, dass er sterben würde. Später hieß es, er würde wegen der Kugel in seinem Kopf einen Hirnschaden davontragen. Doch er hat sie alle Lügen gestraft. Und dann habe ich ihn an dem Tag gesehen, als er verurteilt wurde. Er hat mir erklärt, ich solle mir keine Sorgen machen. Aber welche Mutter würde sich da keine Sorgen machen?«

»Wissen Sie, warum Audie ausgebrochen ist?«

»Nein, aber ich glaube nicht, dass er dieses Geld gestohlen hat.«

»Er hat gestanden.«

»Nun, dann hatte er einen Grund.«

»Einen Grund?«

»Audie hat nie etwas spontan gemacht. Er ist ein Denker. Er ist ein intelligenter Junge. Er musste niemanden berauben, um seinen Lebensunterhalt zu bestreiten.«

Moss blickt in den Himmel, wo das Licht verblasst und drei Vögel im Flug gestochen scharf zu erkennen sind wie Enten, die an einer weißen Wand hängen. Mrs Palmer redet immer noch. »Wenn Sie meinen Audie finden, sagen Sie ihm, dass ich ihn liebe.«

»Ich denke, das weiß er, Ma'am.«

Als Moss das Kirchengrundstück verlässt, bemerkt er auf der anderen Straßenseite einen Mann. Er trägt einen schwarzen Anzug, der eine Nummer zu klein für ihn ist, und hat schlammbraunes Haar, das in Koteletten und einem schmalen Bart ausläuft, der aussieht wie der Riemen eines Helms. Über seiner Schulter hängt eine alte Kunststofftasche mit kaputtem Reißverschluss, hinter dem ein schwarzes Loch klafft.

Er ist unter einem Baum in die Hocke gegangen, eine Hand über sein Knie gelegt, während er mit der anderen Asche von einer brennenden Zigarette schnippt. Moss überquert die Straße. Der Mann blickt zu ihm auf und beobachtet dann wieder eine Kolonne von Ameisen auf dem Boden. Hin und wieder lässt er die Hand sinken und gräbt mit einem Finger eine Furche in den Staub. Die Ameisen zerstreuen und gruppieren sich neu, er hält die Glut der Zigarette in ihre Formation und sieht zu, wie die Insekten sich in der Hitze winden. Einige stellen sich zum Kampf auf die Hinterbeine, andere huschen humpelnd davon, um ihren zerstörten Körper zu heilen.

»Kenne ich Sie?«, fragt Moss.

Der Mann blickt auf und bläst Rauch aus den Mundwinkeln, der zu seinen Augen aufsteigt, die von einer trostlosen, beinahe bösartigen Tiefe sind. »Ich glaube nicht.«

»Was machen Sie hier?«

»Das Gleiche wie Sie.«

»Das glaube ich nicht.«

»Wir sind beide auf der Suche nach Audie Palmer. Wir sollten uns zusammentun, unsere Informationen teilen. Zwei Köpfe sind besser als einer, Amigo.«

»Ich bin nicht Ihr Amigo.«

Der Mann kaut an seinem Daumennagel. Moss tritt einen Schritt näher. Der Mann steht auf. Er ist größer, als Moss dachte, und hat den rechten Fuß hinter den linken gezogen, die Haltung eines trainierten Kampfsportlers. Seine Pupillen scheinen sich zu weiten und die gesamte Netzhaut auszufüllen. Dazu bläht er die Nasenlöcher.

»Haben Sie Mrs Palmer belästigt?«

»Nicht mehr als Sie.«

»Ich möchte, dass Sie sie in Ruhe lassen.«

»Das werde ich mir merken.«

Moss versucht nicht, den Mann in ein Blickduell zu zwingen, von dem er schon weiß, dass er es verlieren würde. Stattdessen will er so weit wie möglich von hier weg und nie wieder an diesen Mann denken müssen. Aber gleichzeitig ahnt er, dass das nicht geschehen wird. Es ist wie das Wissen, dass alles noch schlimmer wird, wenn man eine Seite umschlägt, und trotzdem muss man bis zum Ende weiterlesen.

24

Urban Covic war ein großzügiger Chef, der Audie respektvoll behandelte und fair bezahlte. Wohin Urban Covic in

Südkalifornien auch kam, er war offensichtlich allseits bekannt. In Restaurants waren die besten Tische für ihn reserviert, im Rathaus öffneten sich die Türen, keine Mühe war zu groß für ihn. Aber Covic schien auch zu spüren, dass die Menschen ihn trotz all seinem Reichtum und Einfluss widerwärtig fanden. Er war kein gut aussehender Mann. Gott hatte ihm einen unförmigen Körper, einen watschelnden Gang und Glubschaugen gegeben. »Ich hätte auch attraktiv und dumm geboren werden können, doch ich bin hässlich und klug geworden«, erklärte er Audie einmal. »So rum ist es mir lieber.«

Die Quälgeister und Rabauken aus Urbans Jugend waren zum Schweigen gebracht oder angemessen bestraft worden. Dafür hatte er einige wenige Leutnants, denen er vertraute und die die schweren Gewichte hoben, zumeist Neffen oder Cousins, denen es an seinem Verstand mangelte, die jedoch wussten, wie man andere körperlich einschüchterte.

Urban hatte eine ganze Flotte von Fahrzeugen, alles amerikanische Fabrikate, weil er es für seine patriotische Pflicht hielt, heimische Arbeitsplätze zu erhalten. Wenn Audie ihn morgens abholte, erklärt Urban ihm, welchen Wagen er waschen und aus der Garage holen sollte. Während der Fahrten saß Urban auf der Rückbank, und wenn er nicht telefonierte, las er gern Bücher über griechische Sagenhelden oder zitierte die Schlagzeilen der Zeitungen – nicht die *LA Times* oder den *San Diego Tribune*, sondern Boulevardblätter aus dem Supermarkt mit Titelzeilen über Entführungen durch Außerirdische, Fehlgeburten von Prominenten und Menschen, die Affenbabys adoptierten.

»Dieses Land ist total verkorkst«, sagte er immer. »Möge es lange so bleiben.«

Er erzählte Audie auch Geschichten darüber, wie er Las

Vegas verlassen hatte, weil die staatliche Aufsichtsbehörde das Glücksspiel »einfach zu verdammt schwer« gemacht und die meisten Mafiosi an den Rand gedrängt und zu Mädchenhandel und illegalen Würfelspielen gezwungen habe.

»Also bin ich hierhergekommen und hab mir meine Nische geschaffen.«

Audie fand, dass das eine interessante Beschreibung von Urbans diversen Beteiligungen an Farmen, Clubs, Restaurants und Motels war.

Ein Monat verging, und obwohl er Urban täglich abholte und wieder nach Hause brachte, bekam Audie Belita nicht noch einmal zu Gesicht. Aber eines Nachmittags wandte Urban sich nach Beendigung eines Telefonats an ihn und fragte: »Spielst du Poker?«

»Ich kenne die Regeln.«

»Ich veranstalte heute Abend bei mir zu Hause ein Spielchen. Ein Platz ist noch frei.«

»Sie spielen in einer anderen Liga.«

»Wenn es dir zu heiß wird, kannst du jederzeit aussteigen. Niemand wird dich über den Tisch ziehen.«

Audie dachte daran, Belita wiederzusehen, und sagte zu. Er zog ein neues Hemd an, putzte seine Schuhe und gelte sich das Haar.

Außer ihm und Covic nahmen noch drei andere Männer an dem Spiel teil. Einer war ein Stadtrat aus San Diego, der Zweite ein Geschäftsmann, der Dritte sah aus wie ein Mafioso mit Zähnen wie abgebrochene Grabsteine, von Rotwein und Speiseresten verschmiert.

Der Tisch war im Esszimmer aufgestellt, von wo man einen fantastischen Blick ins Tal hatte, doch die tief hängende Lampe war so grell, dass Audie nur sein eigenes Spiegelbild sah. Er roch Essensgerüche aus der Küche und hörte jemanden herumhantieren, doch Belita trat nicht in Erscheinung.

Irgendwann nach neun schlug Urban eine Pause vor und drückte auf eine Klingel auf der Anrichte. Belita kam mit einem Tablett Chicken Wings, gesalzenen Nüssen und texanischem Kaviar: Maischips und Guacamole. Sie trug ein Kleid und eine lange Schürze, die eng um ihre Hüften gebunden war. Ihr geflochtenes Haar fiel so tief in ihren Rücken, dass es die Spalte zwischen ihren Pobacken berührt hätte, wenn sie nackt gewesen wäre.

Audie hatte einen Monat lang über das Mädchen fantasiert und spürte, wie er in ihrer Gegenwart rot wurde. Sie sah niemandem in die Augen. Nachdem sie wieder gegangen war, leckte sich der Mafioso Grillsauce von den Fingern und fragte Urban, wo er die Kleine gefunden habe.

»Sie war Obstpflückerin auf einer Farm.«

»Also eine Bohnenfresserin«, sagte der Geschäftsmann.

»So soll man sie nicht mehr bezeichnen«, sagte der Stadtrat.

»Wie denn sonst?«, fragte der Geschäftsmann.

»Piñatas«, sagte der Gangster. »Wenn man sie hart genug knallt, kommen sie über einem.«

Die anderen lachten. Audie sagte nichts. Sie spielten weiter, tranken, aßen. Er blieb nüchtern. Als Belita weiteres Essen brachte, schob der Gangster eine Hand zwischen ihre Beine und strich über die Innenseite ihrer Schenkel. Sie zuckte zusammen und sah Audie zum ersten Mal an diesem Abend an. Verlegen. Beschämt.

Der Gangster zog sie auf seinen Schoß. Sie wollte ihm eine Ohrfeige versetzen, doch er packte ihre Hand, verdrehte das Handgelenk, bis sie aufschrie, und stieß sie dann zu Boden. Audie schob seinen Stuhl zurück, die Fäuste geballt und bereit zu kämpfen.

Urban ging dazwischen und schickte Belita zurück in die Küche. Der Gangster schnupperte an seinen Fingern. »Versteht sie keinen Spaß?«

»Ich finde, Sie sollten sich entschuldigen«, sagte Audie.

»Ich finde, du solltest dich verdammt noch mal hinsetzen und deine beschissene Klappe halten«, erwiderte der Mafioso und sah Urban an. »Fickst du sie?«

Urban antwortete nicht.

»Wenn nicht, solltest du es tun.«

»Spielen wir einfach weiter«, sagte Urban und teilte die Karten aus.

Um zwei Uhr waren der Stadtrat und der Geschäftsmann nach Hause gegangen. Audie hatte einen ordentlichen Stapel Chips vor sich, doch der Mafioso hatte die fetteste Beute eingefahren. Urban war betrunken. »Ich hasse dieses Spiel«, sagte er und warf seine Karten auf den Tisch.

»Wie wär's, wenn ich dir eine Chance gebe, alles zurückzugewinnen?«, fragte der Mafioso.

»Wie meinst du das?«

»Ein Spiel um alles.«

»Ich hab mein Geld nicht verdient, indem ich bei einer Pechsträhne den Einsatz verdoppelt habe.«

»Spiel um das Mädchen.«

»Was?«

»Deine Haushälterin.« Er nahm ein paar Spielchips und ließ sie auf seinen Haufen regnen. »Wenn du gewinnst, kriegst du alles zurück. Wenn ich gewinne, kriege ich für eine Nacht das Mädchen.«

Audie blickte zur Küchentür. Er sah, wie Belita den Geschirrspüler belud und Gläser polierte. Urban blickte auf den Tisch. Er war gut fünftausend Dollar im Minus.

Audie erkannte, dass er überlegte. »Warum machen wir nicht Schluss für heute?«, schlug er vor.

»Ich möchte noch ein Spiel machen«, sagte der Mafioso. »Du kannst ja aussteigen.«

»Das ist doch Wahnsinn«, sagte er. »Sie ist nicht Ihr Besitz.«

Er sprach mit Urban, der sofort aufbrauste. »Was hast du gesagt?«

Audie versuchte, sich aus der Sache herauszuwinden. »Ich meine ja bloß, dass sie niemandem etwas getan hat. Wir hatten einen netten Abend. Gehen wir nach Hause.«

Der Mafioso schob all seine Chips in die Mitte des Tisches. »Noch ein Spiel – der Gewinner kriegt alles.«

Urban begann, die Karten zu mischen. Audie hätte am liebsten den Tisch umgekippt und die Karten im Wind zerstreut. Urban teilte den Stapel. »Texas Hold'em, ein Spiel.« Er sah Audie an. »Ziehst du den Schwanz ein, oder hältst du mit wie ein Mann?«

»Ich bin dabei.«

Urban rief Belita aus der Küche. Sie kam, den Blick gesenkt, und wischte sich die Hände an der Schürze ab. Ihr Haar glänzte im Schein der tief hängenden Lampe, und um ihren Kopf schimmerte ein Lichtkranz.

»Diese Herren wollen um alles spielen, was auf dem Tisch liegt, aber ich habe keine Chips mehr«, sagte Urban, der seltsam aufgekratzt wirkte. »Sie schlagen vor, dass ich dich als Bürgschaft einsetze.«

Sie verstand ihn nicht.

»Wenn ich verliere, bekommt einer von ihnen dich für die Nacht, doch ich bin sicher, der betreffende Herr wird sich mit seinem restlichen Gewinn großzügig zeigen.« Er wiederholte den Satz auf Spanisch.

Sie riss erschrocken die Augen auf.

»Aber, aber, du kennst doch unsere Vereinbarung. An deiner Stelle würde ich nicht überstürzt ablehnen.«

Sie schüttelte den Kopf und sah ihn flehend an. Er antwortete in einem Tonfall, der ihr offenbar das Blut in den Adern gefrieren ließ.

»¡*Pensar en el niño!*«

Audie wusste, dass *niño* Junge bedeutete, jedoch nicht, ob es sich um eine Drohung oder eine Feststellung handelte. Belita wischte sich mit dem Handrücken eine Träne aus dem Augenwinkel.

»Warum tun wir das?«, fragte Audie.

»Ich spiele bloß Karten«, sagte Urban. »Ihr seid diejenigen, die sie ficken wollen.«

Audie konnte Belita nicht ansehen. Sie straffte die Schultern, wandte sich vom Tisch ab und versuchte, ein wenig Würde zu wahren, als sie mit zitternden Beinen in die Küche ging.

»Ich will, dass sie zusieht«, sagte der Mafioso.

Urban rief sie zurück und gab. Als offene Karten zog Audie eine Sieben und einen König. Die verdeckten brachten ihm eine Neun, eine Königin und eine weitere Sieben, also ein Siebener-Pärchen. Die beiden weiteren verdeckt auf dem Tisch liegenden Karten wurden umgedreht. Audie schloss die Augen und öffnete sie wieder: ein As und eine Sieben.

Urban ließ sie nicht warten. Er hatte zwei Pärchen. Die beiden Männer sahen Audie an. Drei Siebenen. Der Mafioso johlte. »Sehen diese Damen nicht hübsch aus – vor allem zu dritt?«

Als Audie die Damen auf dem Tisch liegen sah, drehte sich ihm der Magen um. Es war nicht das verlorene Geld, es war der Ausdruck in Belitas Gesicht – nicht Schock, Überraschung oder Wut, sondern Resignation, so als wäre dies bloß eine weitere Erniedrigung in einer langen Folge.

Urban stand auf und streckte sich. Seine Wampe quoll

aus dem aufgeknöpften Hemd. Gleichmütig betrachtete er seinen Verlust. Es würde andere Abende geben, bessere Blätter.

»Ich hoffe, du bist nicht ausgestattet wie ein Pferd«, sagte er und zog seine Jacke an. »Ich will nicht, dass sie verletzt oder misshandelt wird. Habe ich mich klar ausgedrückt?«

Der Mafioso nickte. »Ich wohne im Park Hyatt.«

»Bring sie bis Mittag zurück.«

»Ich bin zu betrunken, um zu fahren.«

Urban sah Audie an. »Fahr du sie. Und sieh zu, dass du sie wieder nach Hause bringst.«

Auf der Fahrt drückte sich Belita ans Fenster, als wollte sie sich kleiner machen oder ganz verschwinden. Der Mafioso versuchte, ein Gespräch anzuknüpfen, doch sie antwortete nicht.

»Ich weiß, dass du Englisch verstehst«, lallte er.

Sie hielt den Kopf gesenkt. Vielleicht betete sie oder weinte. Vor dem Hotel sprang Audie aus dem Wagen und öffnete die Hintertür wie ein richtiger Chauffeur.

»Ich brauche noch einen Moment mit Belita«, sagte er.

»Wofür?«, fragte der Mafioso.

»Um zu besprechen, wann ich sie abhole.«

Audie führte sie auf die andere Seite des Wagens. Sie sah ihn unsicher an. Das Licht aus der Hotellobby spiegelte sich in ihren Augen.

»Gieß ihm einen Drink ein und gib die dazu«, flüsterte er, drückte ihr vier Schlaftabletten in die Hand und schloss ihre Faust. »Tu so, als hättest du mit ihm geschlafen. Schreib ihm eine Nachricht. Sag ihm, dass er gut war. Ich warte.«

Eine Stunde später kam Belita aus dem Hotel und ignorierte die Angebote der Taxifahrer. Audie öffnete die Hintertür für sie, doch sie setzte sich vorne neben ihn. Sie fuhren in die Berge, und während der nächsten zehn Meilen sagte sie kein Wort, sondern wiegte sich mit verschränkten Armen hin und her. Dann sprach sie ihn auf Spanisch an.

»Was hättest du gemacht, wenn du mich gewonnen hättest?«

»Nichts.«

»Aber warum dann?«

»Es kam mir verkehrt vor.«

»Wie viel Geld hast du verloren?«

»Ich weiß nicht.«

»Ich bin es nicht wert.«

»Warum sagst du das?«

In ihren Augen standen Tränen, und sie schüttelte nur wortlos den Kopf.

25

Die öffentliche Bibliothek von Houston in der McKinney Street ist das architektonische Äquivalent eines Kindes der Liebe zwischen einem Zementmischer und einem kubistischen Maler. Selbst mit frisch gesäuberter Fassade und Bäumen, die auf den offenen Flächen gepflanzt wurden, gehen dem Gebäude Charme und Wärme gänzlich ab.

Die Frau hinter dem Besuchertresen ist mittleren Alters und blickt erst auf, als Moss sein Anliegen vorgetragen hat. Sie stempelt ein Formular ab, legt es in ein Fach und zeigt ihm dann ihre blauen Augen und ihren noch blaueren Lidschatten. »Wozu?«

»Verzeihung?«

»Ich habe gehört, was Sie wollen, und frage Sie wozu.«

»Ich bin interessiert.«

»Warum?«

»Das ist eine Privatangelegenheit, und dies ist eine öffentliche Bücherei.«

Moss und die Bibliothekarin starren sich einen Moment lang an, bevor sie ihn in den achten Stock schickt, wo ein weiterer, offenbar besser gelaunter Bibliothekar ihm zeigt, wie man die Karteikarten liest und ein Anforderungsformular für den *Houston Chronicle* vom Januar 2004 ausfüllt.

Die Mikrofilme werden aus dem Archiv im Keller geliefert. Moss betrachtet sie. »Was mache ich damit?«

Der Bibliothekar zeigt auf eine Reihe von Maschinen.

»Und wie benutze ich die?«, fragt Moss.

Seufzend nimmt der Bibliothekar ihm die Mikrofilme ab und zeigt ihm, wie man die rote Spule einlegt und den Film durchs Sichtfenster zieht. »So spult man vor. Und so zurück. Und hier stellt man scharf.«

»Dürfte ich Sie noch um einen Zettel und einen Stift bitten?«, fragt Moss, verlegen über seine mangelnde Vorbereitung.

»Wir sind kein Schreibwarenladen.«

»Das verstehe ich.«

Der Bibliothekar denkt, damit sei die Angelegenheit erledigt, doch Moss bleibt vor dem Schreibtisch stehen und wartet, was er sehr gut kann. Papier wird gefunden, dazu ein billiger gelber Stift.

»Den will ich wiederhaben«, sagt der Bibliothekar.

»Ja, klar.«

Moss setzt sich vor das Lesegerät und konzentriert sich zunächst auf die Titelseiten des *Chronicle*, bis der Raubüberfall erstmals erwähnt wird. Es ist eine Schlagzeile:

Gepanzerter Geldtransporter entführt

Als Straßenarbeiter verkleidete, bewaffnete Gangster haben gestern Nachmittag am Stadtrand von Conroe, Texas, bei einem dreisten Überfall am helllichten Tag einen gepanzerten Geldtransporter entführt.

Zwei Sicherheitsleute wurden niedergeschlagen, ein dritter wird noch vermisst, nachdem der Armaguard-Transporter kurz nach 15 Uhr beim Verlassen einer Raststätte an der Interstate 45 gestoppt worden war.

Eine Bande bewaffneter, als Bauarbeiter verkleideter Männer zwang die beiden Wachleute, ihre Waffen auszuhändigen und das Fahrzeug zu verlassen, bevor sie mit dem Transporter davonfuhr. Ein dritter Wachmann befand sich noch im Wagen.

»Binnen einer Viertelstunde wurden großräumig Straßensperren eingerichtet, doch bis jetzt gibt es keine Spur von dem Fahrzeug«, erklärte Detective Peter Yeomans vom Dreyfus County. »Selbstverständlich gilt unsere erste Sorge dem Wohlbefinden des vermissten Wachmanns.«

Augenzeugin Denise Peters schilderte, dass die Räuber reflektierende Westen und Helme trugen. »Ich dachte, sie hätten Schaufeln in der Hand, aber das waren Schrotflinten«, sagte sie. »Sie waren mit einem Betonschneider zugange und haben ein STOP-Schild hochgehalten.«

Gail Malakhova, Kellnerin in der Raststätte, erzählte, dass die Wachleute vorher bei ihr im Lokal gegessen hätten. »Sie haben gelacht und Witze gemacht, aber kurz danach brach die Hölle los. Es war unheimlich.«

Moss spult zum nächsten Tag vor, dem 28. Januar 2004.

Vier Tote bei Überfall auf Geldtransporter

Bei einem blutigen Schusswechsel mit der Polizei in Dreyfus County sind vorgestern Nachmittag in Dreyfus County vier Menschen ums Leben gekommen, ein fünfter ringt mit dem Tod. Bei den Toten handelt es sich um eine Autofahrerin, einen Wachmann und zwei Mitglieder der Bande, die kurz vorher einen gepanzerten Geldtranspor-

ter überfallen hatte. Ein weiterer Tatverdächtiger wurde von der Polizei angeschossen und befindet sich in kritischem Zustand.

Das Drama begann vorgestern kurz nach 15 Uhr, als unmittelbar nördlich von Conroe ein Armaguard-Transporter von falschen Straßenarbeitern angehalten wurde. Zwei Wachmänner wurden überwältigt, ein dritter war im Laderaum des Transporters eingesperrt, als die Täter mit dem Fahrzeug flohen.

Fünf Stunden später entdeckten zwei Deputys des Sheriffs von Dreyfus County den gestohlenen Wagen auf einem Rastplatz an der Farm-to-Market Road 830, nordwestlich von Conroe. Von den Polizisten gestellt, eröffneten die bewaffneten Männer das Feuer und versuchten, mit dem Transporter zu fliehen. Nach mehr als zwanzigminütiger Verfolgung durch die Polizei verlor der Fahrer bei einer Geschwindigkeit von über hundertvierzig Stundenkilometern auf einer Hügelkuppe der Montgomery Road die Kontrolle über das Fluchtfahrzeug, das sich überschlug und in einen entgegenkommenden Pkw krachte, dessen Fahrerin ebenso ums Leben kam wie der im Laderaum des Transporters eingesperrte Wachmann.

Bei dem anschließenden Feuergefecht wurden zwei Mitglieder der Bande erschossen, ein drittes lebensgefährlich verletzt. Ein vierter Verdächtiger konnte vermutlich in einem dunklen SUV entkommen, der später ausgebrannt in der Nähe des Lake Conroe gefunden wurde.

In den folgenden Tagen hielt sich der Raubüberfall auf der Titelseite, vor allem als am 30. Januar die erbeutete Summe bestätigt wurde. Der *Houston Chronicle* berichtete:

Weiter keine Spur von den sieben Millionen
Verletzter Täter im künstlichen Koma

Der am Dienstag in der Nähe von Conroe, Texas, entführte Geldtransporter hatte sieben Millionen Dollar geladen, womit es sich um einen der größten Raubüberfälle der amerikanischen Geschichte handelt, wie das FBI mitteilte, das weiter um die Auffindung des Geldes bemüht ist.

Beim dem Raubüberfall kamen vier Menschen ums Leben, darunter ein Wachmann und zwei der bewaffneten Täter, während ein drittes Mitglied der Bande sich in kritischem Zustand befindet und nach Angaben der Ärzte das Bewusstsein möglicherweise nicht wiedererlangen wird. Der Verdächtige, dessen Name nicht veröffentlicht wurde, erlitt schwere Kopfverletzungen und ist in ein künstliches Koma versetzt worden.
»Trotz der lebenserhaltenden Maßnahmen hat sich sein Zustand über Nacht weiter verschlechtert«, erklärte ein Sprecher des Krankenhauses. »Chirurgen haben versucht, durch eine Operation den Druck auf sein Gehirn zu lindern, doch die Verletzungen sind massiv.«
Die Entführung des Geldtransporters endete in einer dramatischen Verfolgungsjagd und einem Unfall. Zwei Bandenmitglieder wurden von der Polizei erschossen, ein Wachmann und eine unbeteiligte Verkehrsteilnehmerin kamen ums Leben. Man nimmt an, dass ein viertes Mitglied der Bande in einem gestohlenen dunklen Land Cruiser entkommen konnte, der später ausgebrannt in der Nähe des Lake Conroe gefunden wurde.
Beamte der Spurensicherung stellen am Unfallort nach wie vor Beweismittel sicher, sodass die Straße vermutlich noch vierundzwanzig Stunden gesperrt bleibt.

Moss sucht nach weiteren Artikeln, doch in den folgenden Tagen dünnen die Berichte aus. Janet Jacksons Brustwarzen-Fauxpas beim 38. Superbowl hatte der Story anscheinend eine Menge Wasser abgegraben, weil nackte Haut einen höheren Nachrichtenwert hat als Schießereien und Raubüberfälle. Die Polizei gab die Namen der beiden toten Bandenmitglieder bekannt: Es handelte sich um den aus Louisiana stammenden Vernon Caine und seinen jüngeren Bruder Billy. Des Weiteren wurde Audie Palmer genannt sowie sein Bruder Carl, ein flüchtiger Straftäter und berüchtigter Polizisten-Mörder, der im Zusammenhang mit dem Raubüberfall als eine »Person von besonderem Interesse«

gesucht wurde. Acht Wochen nach der Schießerei wurde Audie von der künstlichen Beatmung genommen, aber erst einen weiteren Monat später erlangte er das Bewusstsein wieder.

Moss hat sich beim Lesen Notizen gemacht, die genannten Namen eingekreist und Diagramme gezeichnet. Es macht ihm Spaß, seinen Verstand zu benutzen, und er fragt sich, was er hätte erreichen können, wenn er nicht in einer Sozialsiedlung aufgewachsen wäre und mit elf angefangen hätte, Autos zu knacken. Damals dachte er, dass ihm immer alle Optionen offenstehen würden. Jetzt liegen die meisten hinter ihm.

Die gefalteten Zettel mit den Notizen in seiner Hemdtasche, verlässt er die Bibliothek. Anhand der selbst gezeichneten Karte folgt er der Interstate 45 bis zur südlichen Umgehung von Conroe und fährt dann nach Westen, bis er auf die Old Montgomery Road stößt, eine zweispurige asphaltierte Straße, die durch einen dichten Wald aus Kiefern und Eichen führt.

Er hält am Straßenrand und legt die Hände aufs Lenkrad. Von den Baumkronen trudelt ein einzelnes Blatt zu Boden. Vor ihm liegt ein gerades Stück Straße mit einer Kuppe, dahinter eine scharfe Rechtskurve. Moss steigt aus, geht zu Fuß los und stößt auf einen Abflusskanal mit brackigem Wasser und hüfthohen Gräsern zu beiden Seiten. Zwischen den Bäumen spannt sich eine Stromleitung, und Moss bemerkt eine kleine, aus Brettern, Eisenblechen und ausgefransten Teerschindeln zusammengezimmerte Hütte. An einer Seite des von alten Eichen überschatteten Gartens fließt ein Bach, zwischen den Bäumen stehen die Stümpfe anderer, die umgestürzt oder gefällt worden sind.

Moss springt über den Graben und folgt einem schlammigen Pfad durch das Gras bis zur Veranda der Hütte. Er klopft. Niemand antwortet. Als er einen Schritt zurück macht, ist er sicher, beobachtet zu werden, doch er kann keine Reifenspuren, Fußabdrücke oder sonstige Anzeichen von Leben ausmachen. Er geht ums Haus und findet eine Klingel mit Plastikknopf.

Als er mit dem Daumen darauf drückt, hört er das unverkennbare Geräusch eines Gewehrs, das durchgeladen wird. Die Tür geht auf, und ein Mann starrt ihn durch die Fliegengittertür an. Er trägt eine Hose mit lose herabhängendem Gürtel, seine Wampe quillt aus seinem offenen Hemd wie der Bauch einer Schwangeren.

»Sie sind aber ein verdammt mutiger Nigger«, sagt der Mann.

»Wieso?«

»Weil Sie ungebeten ein fremdes Grundstück betreten.«

»Die Einladung ist stillschweigend.«

»Was?«

»Man sieht Ihre Klingel.«

»Die funktioniert nicht.«

»Das ist egal. Wenn jemand eine Türklingel hat, deutet das darauf hin, dass er hin und wieder Besuch bekommt, also ist es eine stillschweigende Einladung.«

»Wovon reden Sie, verdammt noch mal?«

»Im juristischen Sinn bin ich stillschweigend eingeladen, auf Ihre Klingel zu drücken, weil Sie sonst gar keine hätten.«

»Ich hab doch gerade gesagt, dass sie nicht funktioniert. Sind Sie taub?«

Moss kommt nicht weiter. »Wie lange leben Sie schon hier, alter Mann?«

»Dreißig Jahre.«

»Dann erinnern Sie sich bestimmt an einen Zwischenfall vor ungefähr elf Jahren – ein Unfall, da drüben hinter den

Bäumen. Die Polizei hat einen gepanzerten Geldtransporter verfolgt, er hat sich überschlagen.«

»So was vergisst man wohl kaum.«

»Von hier müssen Sie die Schießerei gehört haben.«

»Gehört und gesehen.«

»Was haben Sie gesehen?«

Der alte Mann zögert. »Ich habe alles gesehen, und ich habe gar nichts gesehen.«

»Was soll das heißen?«

»Das soll heißen, ich kümmere mich um meine Angelegenheiten, und ich schlage vor, das machen Sie auch.«

»Warum?«

»Das wollen Sie nicht wissen.«

Die Männer starren sich an, als würden beide darauf warten, dass der andere blinzelt.

»Ein Freund von mir war beteiligt«, erklärt Moss. »Er hat gesagt, Sie könnten mir helfen.«

»Sie sind ein Lügner.«

»Wovor haben Sie Angst?«

Der alte Mann schüttelt den Kopf. »Ich weiß, wann man die Klappe halten muss. Sagen Sie das Ihrem Freund. Sagen Sie ihm, dass man sich auf Theo McAllister verlassen kann.«

Und damit wird die Tür zugeknallt.

26

Das Pokerspiel wurde über eine Woche nicht erwähnt. Audie fuhr Urban zu seinen diversen Terminen und hörte sich seine Geschichten und Vorurteile an. Er war nicht mehr so begeistert von seinem Boss wie zuvor, schaffte es jedoch, so zu tun, als hätte sich zwischen ihnen nichts verändert. Eines

Morgens fuhren sie zur größten seiner Farmen. Urban saß auf der Rückbank in der Mitte, sodass Audie ihn im Rückspiegel sehen konnte.

»Ich habe gehört, was du neulich abends für Belita getan hast. Das war sehr nobel von dir.«

»Hat Ihr Freund irgendwas gesagt?«

»Er hat gesagt, Belita wäre der beste Fick gewesen, den er je hatte.«

»Der Mann hat ein ausgeprägtes Ego.«

»Robinson Crusoe ist er jedenfalls nicht.«

Audie fuhr durch die Tore der Farm. Die Limousine wirbelte eine Staubwolke auf, die sich ausbreitete und über die dunkelgrünen Blätter der Orangenbäume senkte. Nach einer Viertelmeile kamen sie an einer Gruppe einfacher Häuser vorbei, gebaut aus Holzresten, Maschendraht, Steinen und Wellblech. Wäsche hing an provisorischen Leinen. Einem Kleinkind wurden in einer Blechwanne die Haare gewaschen. Die breithüftige Mutter blickte auf und strich sich mit seifiger Hand das Haar aus der Stirn.

»Hast du sie gefickt?«, fragte Urban.

»Nein.«

»Sie hat gesagt, du hättest es nicht mal versucht.«

»Sie tat mir leid.«

Urban dachte darüber nach. »Das ist ein teures Gewissen, das du dir da leistest.«

Sie hielten vor einem weiß getünchten Farmhaus im Hacienda-Stil, und Audie trug Beutel mit Bargeld ins Haus – zur Bezahlung der Farmarbeiter, Besänftigung von Gewerkschaftsvertretern, Bestechung von Politikern oder zum Schmieren von Zollbeamten. Es war, als hätte Urban die Schlagader der Käuflichkeit angezapft, die in San Diego existierte. Er wusste, welche Hände er schütteln, welche Räder er ölen und welche Fundamente er schmieren musste.

»Moralische Empörung ist ein launisches Biest«, erklärte Urban. »Deswegen kann man sich nicht immer darauf verlassen, dass Oben-ohne-Bars und Lap-Dance-Schuppen die Unkosten decken. Man muss seine Investitionen streuen. Merk dir das.«

»Ja, Sir.«

Audie legte das Geld auf einen polierten Ahorntisch und wandte sich ab, während Urban ein Gemälde von der Wand nahm und die Zahlen des Kombinationsschlosses einstellte, das den Tresor dahinter schützte.

»Ich möchte, dass du mit Belita einkaufen gehst«, sagte Urban. »Hilf ihr, ein paar elegante Klamotten auszusuchen. Geschäftskleidung.«

»Sie putzt Ihr Haus.«

»Ich befördere sie. Einer meiner Kuriere wurde gestern verprügelt und ausgeraubt. Vielleicht hat er die Wahrheit gesagt. Vielleicht hat er den Überfall auch selbst organisiert. Jedenfalls wird von jetzt an Belita die Geldtransporte übernehmen.«

»Warum sie?«

»Niemand wird vermuten, dass eine hübsche junge Frau so viel Bargeld mit sich herumträgt.«

»Und wenn doch?«

»Wirst du auf sie aufpassen.«

Audie stotterte los und setzte noch einmal neu an. »Ich verstehe nicht, warum Sie mich dafür wollen.«

»Sie vertraut dir. Und ich auch.«

Urban zog acht Hundert-Dollar-Scheine aus einem Bündel. »Ich möchte, dass du ihr was Nettes zum Anziehen kaufst – ein paar von diesen schicken Kostümen, die Geschäftsfrauen tragen, aber keine Hosen, okay? Ich mag sie in Röcken.«

»Wann?«

»Morgen. Fahr sie zum Rodeo Drive. Zeig ihr, wo die Filmstars wohnen. Ich würde es selbst machen, aber ich habe zu tun ...« Er zögerte, bevor er hinzufügte: »Und sie ist immer noch sauer auf mich wegen dem Pokerabend.«

Audie holte Belita nach dem Frühstück ab. Sie trug dasselbe Kleid wie bei ihrer ersten Begegnung, darüber eine leichte, grobmaschige Strickjacke. Die Arme verschränkt, die Knie zusammengepresst und mit einer weichen Stofftasche auf dem Schoß saß sie sittsam auf dem Beifahrersitz.

Anstatt die Limousine zu nehmen, lieh sich Audie Urbans Mustang Cabriolet aus, falls Belita mit offenem Verdeck fahren wollte. Er wies auf markante Punkte in der Landschaft hin, plauderte über das Wetter und warf ihr hin und wieder verstohlene Blicke zu. Ihr Haar wurde von einer Perlmuttklammer zusammengehalten, und ihre Haut sah aus wie aus Bronze gegossen und mit einem weichen Tuch poliert. Er begann, Spanisch mit ihr zu sprechen, doch sie wollte ihr Englisch üben.

»Du kommst aus Mexiko?«

»Nein.«

»Woher?«

»El Salvador.«

»Das ist doch die grobe Richtung, oder?«

Sie starrte ihn an, und er kam sich dumm vor. Er setzte neu an. »Du siehst nicht besonders ...«

»Was?«

»Ist auch egal.«

»Mein Vater ist ein gebürtiger Spanier«, erklärte sie, »der mit Mitte zwanzig nach El Salvador gekommen ist. Er war Seemann auf einem Handelsschiff. Meine Mutter stammt aus Argentinien. Sie haben sich ineinander verliebt.«

Audie fuhr in nördlicher Richtung auf dem San Diego

Freeway, der sich über fünfundsechzig Meilen an der Küste entlangschmiegt – links der Ozean, rechts die Berge. Hinter San Clemente hielten sie sich landeinwärts und blieben bis Downtown Los Angeles auf der Interstate 5. Mitten in der Woche und im Hochsommer war der Rodeo Drive voller Touristen und reicher Einheimischer. Vor den Hotels standen livrierte Portiers, die Rausschmeißer in den Restaurants trugen Frack, und jedes Schild blitzte hell und sauber, als wäre es in einer sterilen Fabrik im Silicon Valley produziert worden.

Während der Fahrt hatte Audie Belita Fragen gestellt, doch sie hatte offenbar kein Interesse, über sich zu reden, so als wollte sie nicht daran erinnert werden, wer sie war und woher sie kam. Also sprach Audie über sich – dass er auf dem College Ingenieurwissenschaften studiert, das Studium jedoch nach zwei Jahren abgebrochen hatte.

»Warum gehst du nie mit den Mädchen?«, fragte sie.

»Was?«

»Die Mädchen in der Bar denken, du bist ein ... ich weiß das Wort nicht. *Una marica.*«

»Was bedeutet das?«

»Sie glauben, du magst Schwänze.«

»Sie denken, ich bin *schwul*?«

Sie lachte.

»Was ist so komisch?«

»Das Wort ... dein Gesicht.«

Audie kam sich dumm vor und sagte nichts. In Wahrheit wusste er auch nicht, was er sagen sollte. Etwas derart Lächerliches hatte er noch nie gehört. Sie fuhren schweigend weiter. Er kochte innerlich, doch schon bald riskierte er wieder verstohlene Blicke, mit denen er sie aufsaugte und sich jedes Detail einprägte.

Audie dachte, dass sie ein seltsames Geschöpf war, wie

ein wildes Tier, das am Rand einer Lichtung zögerte, unsicher, ob es sich herauswagen sollte oder nicht. Sie hatte eine gespenstische, beinahe magische Traurigkeit an sich, die die Welt um sie herum leer zu machen schien; sie strahlte das Gefühl aus, dass Schmerz die Vollendung ihrer Schönheit war.

Sie zeigte auf Designer-Läden mit berühmten Namen wie Armani, Gucci, Cartier, Tiffany und Chanel. Sie sprach eine Art Schulbuch-Englisch, formulierte jeden Satz ein wenig unsicher und fragte manchmal, ob sie etwas richtig ausgedrückt hatte.

Er parkte den Mustang, und sie schlenderten über den Rodeo Drive, vorbei an Boutiquen, Maklern, Ausstellungsräumen für Nobelkarossen, Restaurants und Champagner-Bars. Von einer Straßenecke bis zur nächsten zählte Audie drei Lamborghini, zwei Ferrari und ein Bugatti Coupé.

»Wo sind die Filmstars?«, fragte sie.

»Wen wolltest du denn sehen?«

»Johnny Depp.«

»Ich glaube, der wohnt nicht in Los Angeles.«

»Und was ist mit Antonio Banderas?«

»Stammt er aus El Salvador?«

»Nein.«

Sie blickte in die Fenster der Geschäfte, wo schwarz gekleidete, hagere Verkäuferinnen routinierte Gleichgültigkeit ausstrahlten.

»Wo sind all die Kleider?«, fragte sie.

»Sie stellen immer nur einige wenige aus.«

»Warum?«

»Damit sie exklusiver wirken.«

Belita blieb stehen, um ein bestimmtes Kleid anzuschauen.

»Möchtest du es anprobieren?«, fragte er.

»Wie viel kostet es?«

»Das muss man fragen.«

»Warum?«

»So ist es halt.«

Sie ging weiter. An jedem Laden war es das Gleiche. Sie guckte ins Schaufenster oder blickte durch die Tür, ohne sich hineinzuwagen. Eine Stunde lang liefen sie dieselben drei Blocks auf und ab. Belita wollte nirgendwo einen Kaffee trinken oder etwas essen. Sie wollte nicht bleiben. Audie fuhr sie über den Santa Monica Boulevard, vorbei an der Polizeistation von Beverly Hills nach West Hollywood. Sie sahen das Chinese Theatre und den »Walk of Fame«, auf dem sich japanische Touristengruppen drängten, die bunten Regenschirmen folgten und sich mit lebendigen Statuen von Marilyn Monroe, Michael Jackson und Batman fotografieren ließen.

Belita schien sich zu entspannen. Sie ließ sich von Audie ein Eis spendieren. Sie sagte, er solle warten, und betrat einen Souvenirladen. Durchs Fenster beobachtete er, wie sie ein T-Shirt mit einem aufgedruckten Foto des Hollywood-Logos kaufte.

»Das ist zu klein für dich«, sagte er, als er in ihre Tasche blickte.

»Es ist ein Geschenk«, erwiderte sie und nahm ihm die Tasche ab.

»Wir haben dir immer noch keine Kleider gekauft.«

»Bring mich zu einem Einkaufszentrum.«

Er fuhr sie zu einem seelenlosen Betonkasten, umringt von parkenden Autos, so weit das Auge reichte, und gesäumt von Palmen, die künstlich aussahen, aber wahrscheinlich echt waren. Belita ließ Audie auf einem Plastikstuhl vor der Umkleidekabine Platz nehmen, führte ihm Röcke und Jacketts vor und fragte nach seiner Meinung. Er nickte jedes Mal und dachte, dass sie auch in Sackleinen noch wunderschön ausgesehen hätte. Das war eine der Sachen, die Audie an Frauen nicht verstand. So viele dachten, sie hätten es nötig, sich in enge Röcke zu zwängen und auf hohen Absätzen herumzustolzieren, damit sie so elegant aussahen wie Champagnerkelche, während sie in Wahrheit in einem T-Shirt und verwaschenen Jeans genauso hübsch waren.

Belita traf ihre Wahl mit Bedacht, Audie zahlte. Hinterher bestand er darauf, dass sie in einem Restaurant mit richtigen Tischdecken aßen. Er ertappte sich dabei, sich so unerklärlich glücklich zu fühlen wie seit langer Zeit nicht mehr. Sie sprachen Spanisch, und er beobachtete, wie sich das Licht in ihren Augen spiegelte, und konnte sich keine schönere Frau vorstellen. Er malte sich aus, mit ihr in einem Strandcafé irgendwo in El Salvador zu sitzen, unter wiegenden Palmen an einem strahlend blauen Meer wie auf Bildern aus Reiseprospekten.

»Was wolltest du werden, als du klein warst?«, fragte er sie.

»Glücklich.«

»Ich wollte Feuerwehrmann werden.«

»Warum?«

»Mit dreizehn habe ich gesehen, wie Feuerwehrmänner drei Leute aus einem brennenden Haus gezerrt haben. Nur eins der Opfer hat überlebt, aber ich weiß noch, wie diese Feuerwehrleute aus dem Qualm traten, von Staub bedeckt und mit rußschwarzen Gesichtern. Sie sahen aus wie Statuen. Denkmäler.«

»Du wolltest eine Statue sein?«

»Ich wollte ein Held sein.«

»Ich dachte, du wolltest Ingenieur werden.«

»Das kam später. Mir gefiel die Idee, Brücken und Wolkenkratzer zu bauen – Dinge, die mich überleben würden.«

»Du hättest auch einen Baum pflanzen können«, sagte sie.

»Das ist nicht das Gleiche.«

»Da wo ich herkomme, sind die Leute mehr daran interessiert, Nahrungsmittel anzupflanzen, anstatt Monumente zu errichten.«

Am späten Nachmittag machten sie sich auf den Heimweg und kämpften sich durch den Verkehr. Die Sonne stand schon tief und malte einen pfeilgeraden goldenen Pfad auf das Meer. Irgendwo hatte ein Sturm die Wellen aufgepeitscht, die sich Gischt spritzend auf weit draußen gelegenen Sandbänken brachen.

»Ich möchte am Strand spazieren gehen«, sagte sie.

»Es wird schon dunkel.«

»Bitte.«

Er nahm die nächste Abfahrt auf den Old Pacific Highway, folgte einer unasphaltierten Straße unter den goldenen Klippen und hielt vor einem verlassenen Hochsitz für Rettungsschwimmer. Belita hatte ihre Sandalen im Auto gelassen. Sie rannte über den schmalen Strand, die Sonne schien durch den dünnen Stoff ihres Kleides und betonte jede ihrer Kurven.

Audie hatte Mühe, seine Stiefel auszuziehen. Als er seine Jeans hochgekrempelt hatte, sah er sie durch die Gischt der Brandung schlendern, das Kleid bis zu den Hüften hochgezogen, damit es nicht nass wurde.

»Salzwasser ist ein großer Heiler«, sagte sie. »Als kleines Mädchen hatte ich eine Operation am Fuß. Mein Vater fuhr mit mir ans Meer, ich habe jeden Tag in einem Felsbecken gesessen, und mein Fuß wurde besser. Ich weiß noch, wie ich zum Klang der Wellen eingeschlafen bin. Deswegen liebe ich das Meer. Mutter Ozean erinnert sich an mich.«

Audie wusste nicht, was er sagen sollte.

»Ich gehe schwimmen«, sagte sie, lief zurück an den Strand, löste ihr Kleid, zog es über die Hüften und ließ es in den Sand fallen.

»Was ist mit deinen Sachen?«

»Ich habe ja neue.«

Nur in ihrer Unterwäsche watete sie ins Wasser und hielt wegen der Kälte die Luft an. Sie drehte sich zu ihm um, eine Geste, über die er nie hinwegkommen würde, ein Augenblick, der sich in sein Bewusstsein brannte – ihre vollkommene Haut und ihr melodisches Lachen; ihre wunderbaren tiefbraunen Augen. Und er wusste, dass er sich immer nach Belita sehnen würde, ob sie ihr Leben zusammen verbringen oder sich heute Abend trennen würden und er sie nie wiedersehen würde.

Sie tauchte unter einer Welle hindurch, und er verlor sie aus den Augen. Einige Zeit verstrich. Er watete tiefer ins Wasser und rief ihren Namen, doch sie tauchte nicht wieder auf. Er riss sich das Hemd vom Leib, warf es hinter sich und ging noch tiefer ins Wasser. In seiner Panik rutschte er aus und tauchte unter. Die Kälte schloss sich um ihn.

Er sah sie, kurz bevor eine Welle sich über ihm brach und ihn herumwirbelte, sodass er nicht mehr wusste, wo oben und unten war. Er schlug mit dem Kopf auf etwas Hartes, drehte sich und wollte sich an die Oberfläche kämpfen, als eine weitere Welle ihn nach unten drückte. Er schluckte Wasser und ruderte blindlings mit allen vieren.

Arme schlossen sich um seine Hüften. »Bleib ruhig«, flüsterte ihm eine Stimme ins Ohr.

Sie zog ihn rückwärts, bis er wieder Boden unter den Füßen spürte. Er spuckte und hustete, als hätte er eine ganze Welle geschluckt. Belita packte sein Gesicht mit beiden Händen und starrte ihn an. Audie wischte sich die Augen und erwiderte ihren Blick, eindringlich und versunken in einer seltsamen, beunruhigenden Vertrautheit.

»Warum hast du mir nicht erzählt, dass du nicht schwimmen kannst?«, fragte sie.

»Ich dachte, du würdest ertrinken.«

Belitas Unterwäsche klebte an ihrem Körper wie beim ersten Mal, als er sie bei Urbans Haus gesehen hatte. »Warum versuchst du ständig, mich zu retten?«

Audie wusste die Antwort, doch er hatte Angst vor der Frage.

27

Valdez hat Sandy seit dem Frühstück vier Mal angerufen und ihr versichert, dass alles in Ordnung sei und Audie Palmer bald gefasst werden würde. Ihre Gespräche waren kurz, distanziert und durchsetzt von unausgesprochenen Vorwürfen und Zurückweisungen. Seit wann wird ihre Ehe durch die Lücken und das Schweigen zwischen den Worten definiert?

Am Anfang war es anders gewesen. Er hatte Sandy unter schwierigen Umständen kennen gelernt. Sie trug einen Krankenhauskittel, saß auf einem Bett und schluchzte an der Schulter einer Beraterin für Vergewaltigungsopfer. Ihre Kleidung war ins Labor geschickt worden, ihre Eltern waren mit frischer unterwegs ins Krankenhaus. Sandy war erst siebzehn und bei der Saisonabschlussparty des Footballteams ihrer Schule von dem Wide Receiver vergewaltigt worden.

Ihre Eltern waren fromm und gesetzestreu. Gute Menschen. Aber sie wollten nicht, dass ihre Tochter von einem »Dreckskerl von Strafverteidiger« ein zweites Mal vergewaltigt wurde, also wurde nie Anklage gegen den Jungen erhoben.

Valdez hielt Kontakt zu der Familie und traf Sandy fünf Jahre später zufällig in einer Bar in Magnolia. Sie fingen an, miteinander auszugehen, verlobten sich und heirateten an ihrem dreiundzwanzigsten Geburtstag. Eigentlich hatten sie nicht viel gemeinsam. Sie liebte Mode, Musik und Ferien in Europa. Er bevorzugte Football, NASCAR-Rennen und die Jagd. Er wollte, dass ihr Sex ernst, beinahe feierlich war, während sie verspielt war und gern lachte und kitzelte. Er wollte, dass sie zurückhaltend, gepflegt und bezaubernd war, während sie manchmal wollte, dass er sie packte, umdrehte und von hinten nahm.

Sandy glaubte, dass sie wegen der Vergewaltigung nicht schwanger werden konnte. Irgendwie war in ihren Eierstöcken etwas Ungesundes gepflanzt worden, das dafür sorgte, dass in ihrem Garten nichts wachsen konnte; oder vielleicht war es Gottes Strafe dafür, dass sie es so früh mit so vielen verschiedenen Jungen gemacht hatte. Sie war keine Jungfrau mehr, als sie auf diese Party gegangen war. Sie war schon, seit sie fünfzehn war, keine Jungfrau mehr. Wenn sie nur gewartet hätte ... wenn sie nur rein geblieben wäre ...

Valdez parkt vor dem Texas Children's Hospital, zeigt am Empfang seine Dienstmarke und verlangt, Bernadette Palmer zu sehen. Finger huschen über Tasten. Anrufe werden gemacht. Valdez blickt in das Foyer und erinnert sich, wie oft er mit Sandy hier hereingekommen ist. Sieben Jahre lang haben sie versucht, ein Baby zu bekommen, haben die Kinderwunschsprechstunde besucht und sich der Prozedur von Spritzen, Eizellen-Ernte und Empfängnis im Reagenzglas unterzogen. Im Laufe der Zeit hat er Krankenhäuser hassen gelernt. Und die Kinder anderer Leute. Den monatlichen verzweifelten Schrei, wenn Sandy ihre Periode bekam.

Die Frau am Empfang gibt ihm einen Besucherausweis und schickt ihn in den achten Stock. Sie wünscht ihm einen guten Tag, als ob man ihn daran erinnern müsse.

Bernadette Palmer macht gerade Pause. Valdez findet sie in der Cafeteria im sechzehnten Stock des Westturms. Sie sieht ihrem Bruder gar nicht ähnlich. Sie ist groß und grobknochig, mit einem runden Gesicht und Strähnen grauen Haars, die sich aus ihrem Dutt gelöst haben.

»Wissen Sie, warum ich hier bin?«, fragt er.

»Ich habe da so eine Ahnung.«

»Hat Ihr Bruder Kontakt zu Ihnen aufgenommen?«

Ihre Augen spielen Verstecken, ihr Blick huscht hin und her und verharrt überall außer auf seinem Gesicht.

»Sie wissen, dass es eine Straftat ist, einem flüchtigen Häftling zu helfen?«, fragt er.

»Audie hat seine Zeit abgesessen.«

»Er ist aus der Haft geflohen.«

»Einen lausigen Tag zu früh – können Sie ihn nicht in Ruhe lassen?«

Valdez setzt sich auf einen Stuhl und nimmt sich einen Moment Zeit, die Aussicht zu genießen. Sie ist nicht besonders schön, doch er bekommt nicht oft Gelegenheit, die Stadt aus solcher Höhe zu betrachten. Von oben wirkt sie weniger wahllos, und er kann den städtebaulichen Plan erkennen – kleine Straßen, die in größere münden, eine Landschaft, die in ordentliche Blocks unterteilt ist. Schade, dass wir nicht alles im Leben von oben sehen können, um uns zu orientieren und die Perspektiven zurechtzurücken.

»Wie viele Brüder haben Sie?«, fragt er.

»Das wissen Sie ganz genau.«

»Der eine ist ein Polizistenmörder und der andere ein gewöhnlicher Mörder – Sie müssen stolz sein.«

Bernadette zögert, legt ihr Sandwich auf den Teller und wischt sich mit einer Serviette den Mund ab, bevor sie sie sorgfältig faltet. »Audie ist nicht wie Carl.«

»Was soll das heißen?«

»Man kann aus demselben Chilitopf essen und trotzdem verschieden sein.«

»Wann haben Sie zuletzt von Audie gehört?«

»Das weiß ich nicht mehr.«

Er schenkt ihr ein schmallippiges Kojotenlächeln. »Das ist seltsam. Ich habe Ihrer Vorgesetzten ein Foto gezeigt, und sie hat gesagt, jemand, der aussah wie Ihr Bruder, hätte Sie heute Morgen besucht.«

Bernadette antwortet nicht.

»Was wollte er?«

»Geld.«

»Haben Sie ihm welches gegeben?«

»Ich habe keins.«

»Wo versteckt er sich?«

»Das hat er nicht gesagt.«

»Ich könnte Sie verhaften.«

»Nur zu, Sheriff.« Sie streckt ihm die Hände entgegen. »Sie sollten mir besser Handschellen anlegen. Ich könnte gefährlich sein. Ach nein, stimmt – Sie erschießen die Leute ja lieber.«

Valdez lässt sich nicht provozieren, obwohl er ihr gern das Grinsen aus dem Gesicht wischen würde.

Bernadette faltet das beschichtete Papier um ihr Sandwich und wirft es in die Mülltonne. »Ich gehe zurück auf die Station. Ich muss mich um kranke Kinder kümmern.«

Valdez' Handy klingelt. Er blickt auf das Display.

»*Sheriff?*«

»Ja.«

»*Hier ist die Funkzentrale Houston. Sie wollten doch benachrichtigt werden, wenn der Name Audie Palmer auftaucht. Vor einer Stunde hat eine unserer Mitarbeiterinnen den Anruf einer Frau entgegengenommen, die gefragt hat, ob auf Audie Palmer eine Belohnung ausgesetzt ist. Sie hat ihren Namen nicht genannt.*«

»Woher hat sie angerufen?«

»*Das hat sie nicht gesagt.*«

»Und die Nummer?«

»*Wir haben sie zu einem Motel am Airline Drive zurückverfolgt, direkt am North Freeway. Ich wollte gerade das FBI informieren.*«

»Das übernehme ich«, sagt Valdez.

Die Mädchen gucken Musikvideos und tanzen auf dem Bett. Cassie war früher einmal geschmeidig und keck, jetzt sieht sie oberhalb des Bundes ihrer Jeans eher aus wie ein Muffin, doch sie weiß sich zu bewegen, hebt die Arme, schwingt die Hüften und lässt sie gegen Scarletts prallen.

»Hab ich die Party verpasst?«, fragt Audie.

»Zeig uns, was du drauf hast«, erwidert Cassie.

Audie führt seine besten Schritte vor und singt laut zu Justin Timberlake mit, doch es ist Urzeiten her, seit er zum letzten Mal getanzt hat, weshalb es ziemlich staksig und ungelenk aussieht. Am Ende brechen die beiden Mädchen lachend auf dem Bett zusammen.

Audie hält inne.

»Nur keine Verlegenheit, weiter«, fordert Cassie ihn auf.

»Ja«, sagt Scarlett, die seine Tanzschritte parodiert.

»Freut mich, dass ich euch unterhalten konnte«, sagt Audie und lässt sich rückwärts auf sein Bett fallen. Scarlett springt auf ihn. Er kitzelt sie, bis sie prustet. Dann zeigt sie ihm – ihre knochigen Knie neben ihm auf der Matratze, einen kittfarbenen Klumpen Kaugummi im Mund – ihre neuesten Gemälde.

»Lass mich raten ... das ist eine Prinzessin.«

»Hm-hm.«

»Und das ist ein Pferd.«

»Nein, ein Einhorn.«

»Natürlich. Und wer ist das?«

»Du.«

»Wirklich? Was bin ich denn?«

»Du bift der Prinf.«

Audie grinst und wirft Cassie, die so tut, als würde sie nicht zuhören, einen verstohlenen Blick zu. Scarletts innere Welt scheint von Prinzessinnen und Prinzen bevölkert, die in Schlössern leben, glücklich bis ans Ende ihrer Tage. Es ist, als wollte sie sich ein anderes Leben herbeiwünschen.

Cassie steht, die Arme verschränkt, mit dem Rücken zu den geschlossenen Vorhängen.

Audie blickt zu ihr hoch. »Ich hätte nicht gedacht, dass ihr noch da seid.«

»Wir brechen morgen auf.«

Es entsteht eine lange Pause. »Vielleicht solltest du darüber nachdenken, nach Hause zu fahren.«

Cassie senkt den Blick. »Dort sind wir nicht willkommen.«

»Woher weißt du das?«

»Das hat Daddy mir erklärt.«

»Und wann war das?«

»Vor sechs Jahren.«

»In sechs Jahren kann man ein Dutzend Mal seine Meinung ändern. Ist er jähzornig?«

Sie nickt.

»Hat er dich je geschlagen?«

Ihr Blick lodert auf. »Das würde er nicht wagen.«

»Hat er Scarlett schon einmal gesehen?«

»Er ist ins Krankenhaus gekommen, aber ich habe ihn nicht zu ihr gelassen – nicht, nachdem er so mit mir geredet hatte.«

»Du klingst ein bisschen wie er.«

Einer ihrer Mundwinkel zuckt. »Ich bin *überhaupt nicht* wie er.«

»Du bist leicht erregbar, renitent, streitlustig und intransigent.«

»Bei der Hälfte der Wörter weiß ich nicht mal, was sie bedeuten.«

»Du gibst nicht nach.«

Sie zuckt die Achseln.

»Warum rufst du ihn nicht an? Spring über deinen Schatten und sieh, was passiert.«

»Vielleicht solltest du dich um deinen Kram kümmern.«

Audie beugt sich über das Bett und schnappt sich Cassies Handy. Sie versucht, es ihm zu entwinden.

»Ich rufe ihn an.«

»Nein!«

»Ich sage ihm, dass es dir und Scarlett gut geht.« Er hält das Telefon außer ihrer Reichweite. »Ein Anruf – was kann das schon schaden?«

Sie sieht ihn ängstlich an. »Was, wenn er auflegt?«

»Dann ist es sein Verlust und nicht deiner.«

Cassie setzt sich auf die Bettkante, blass und die Hände zwischen die Knie gepresst. Scarlett spürt, dass etwas Wichtiges passiert, krabbelt neben ihre Mutter und legt den Kopf an ihre Schulter.

Audie wählt die Nummer. Der Mann am anderen Ende antwortet mürrisch, als hätte man ihn bei seiner Lieblingssendung im Fernsehen gestört.

»Ist dort Mr Brennan?«

»*Wer ist da?*«

»Ich bin ein Freund von Cassie ... von Cassandra.«

Mr Brennan zögert. Audie hört ihn atmen. Er blickt zu Cassie, in deren Augen eine brüchige Hoffnung aufflackert.

»*Geht es ihr gut?*«, fragt die Stimme.

»Ja.«

»*Und Scarlett?*«

»Es geht ihnen beiden gut.«

»*Wo?*«

»Houston.«

»*Meine andere Tochter hat gesagt, Cassie wäre nach Florida gegangen.*«

»Bis dorthin hat sie es nicht geschafft, Mr Brennan.«

Es entsteht eine weitere lange Pause, bis Audie weiterspricht. »Sie kennen mich nicht, Sir, und Sie haben keinen Grund, mich anzuhören, aber ich glaube, Sie sind ein guter Mensch, der immer versucht hat, das Beste für seine Familie zu tun.«

»*Ich bin Christ.*«

»Es heißt, die Zeit würde alle Wunden heilen – selbst die tiefsten. Vielleicht erinnern Sie sich noch, worüber Sie und Cassie gestritten haben. Ich weiß, wie Meinungsverschiedenheiten eskalieren können. Ich weiß, wie frustrierend es sein kann, wenn man denkt, ein Mensch kommt vom Weg ab, und man will ihn daran hindern, einen Fehler zu machen. Aber wir wissen beide, dass man bestimmte Sachen nicht lehren oder erklären kann. Die Menschen müssen es für sich selbst herausfinden.«

»*Wie heißen Sie, mein Sohn?*«

»Audie.«

»*Warum rufen Sie mich an?*«

»Ihre Tochter und Ihre Enkeltochter brauchen Sie.«

»*Sie will Geld.*«
»Nein, Sir.«
»*Warum hat sie mich nicht selbst angerufen?*«
»Sie hat eine sture Ader ... auf eine gute Art. Vielleicht hat sie das von Ihnen. Sie ist stolz. Sie ist eine gute Mutter. Sie hat das alles alleine geschafft.«

Mr Brennan will mehr hören. Seine Stimme ist belegt und voller Reue. Audie redet weiter, beantwortet seine Fragen und lässt sich von Streitereien erzählen, die nach so viel verstrichener Zeit nicht mehr ganz klar erscheinen. Seine Frau war gestorben. Er hatte in zwei Jobs gearbeitet. Er hat Cassie nicht so viel Zeit gewidmet, wie sie es verdient hätte.

»Sie sitzt hier neben mir«, sagt Audie. »Möchten Sie mit ihr sprechen?«

»*Ja, das möchte ich.*«

»Einen Moment.«

Audie sieht Cassie an. Während des Gesprächs hat sie hoffnungsvoll, wütend, verängstigt, verlegen, störrisch und zuletzt so ausgesehen, als würde sie jeden Moment in Tränen ausbrechen. Jetzt nimmt sie das Telefon mit beiden Händen, als hätte sie Angst, es könnte zu Boden fallen und zerspringen. »Daddy?«

Eine Träne kullert über ihre Wange und bleibt an ihrem Mundwinkel hängen. Audie nimmt Scarlett bei der Hand.

»Wohin gehen wir?«

»Raus.«

Er bindet ihre Turnschuhe zu und geht mit ihr aus dem Zimmer, die Treppe hinunter und vorbei an dem Swimmingpool, der von rauchblauen Lichttunneln durchzogen ist. Sie laufen zwischen Reihen geparkter Wagen und Palmen an der Hauptstraße entlang bis zur Tankstelle, wo er ihr ein Eis kauft und zusieht, wie sie es von unten nach oben verputzt.

»Warum weint Mama immer?«, fragt sie.
»Sie lacht auch.«
»Nicht fo oft.«
»Manchmal ist es nicht leicht, der Mensch zu sein, der man sein soll.«
»Paffiert daf nicht einfach fo?«
»Wenn man Glück hat.«
»Daf verftehe ich nicht.«
»Irgendwann vielleicht.«

Irgendwann nach Mitternacht spürt Audie, wie Cassie unter sein Laken schlüpft und ihren nackten Körper an seinen drückt. Sie legte ein Bein über seinen Körper und lässt sich von seinen Bartstoppeln kratzen, als sie mit den Lippen über seine streicht.
»Wir müssen leise sein.«
»Bist du sicher?«, fragt er.
Sie sucht seinen Blick. »Wir fahren morgen nach Hause.«
»Das freut mich.«
Sie setzt sich keuchend auf ihn und spannt ihren Beckenboden an, als er stöhnend in sie eindringt.
Elf Jahre ohne Frau, doch der Körper erinnert sich. Vielleicht meinen die Leute das, wenn sie sagen, dass Tiere sich instinktiv verhalten, dass sie wissen, was zu tun ist, ohne es je gezeigt bekommen zu haben. Berührungen. Küsse. Bewegungen. Seufzen.
Hinterher schlüpft sie aus seinem Bett zurück in ihr eigenes. Audie schläft ein, wacht wieder auf und fragt sich, ob das Ganze ein Traum gewesen sein könnte.

Mit Belita hatte Audie zum ersten Mal in ihrem Zimmer in Urbans Haus in den Bergen geschlafen. Urban war in einer »Familienangelegenheit« nach San Francisco gefahren, was nach Audies Ansicht auch ein Euphemismus für etwas anderes sein konnte. Urban sagte, San Francisco sei voller »Schwuchteln und Arschficker«, doch genauso beleidigend konnte er sich über Demokraten, Akademiker, Umweltschützer, Fernsehprediger, Vegetarier, Schiedsrichter, Spaghettifresser, Schlitzaugen, Serben oder Juden äußern.

Seit zwei Monaten chauffierte Audie Belita, wenn sie als Kurier Bargeld abholte oder zustellte. Ihr Job war es, die Summe zu überprüfen, eine Quittung auszustellen und das Geld zur Bank zu bringen. Manchmal hatten sie hinterher noch Zeit für ein Picknick am La Jolla Cove oder am Pacific Beach; sie tranken Limonade und aßen Sandwiches, die Belita am Morgen gemacht hatte. Danach schlenderten sie über die Strandpromenade, vorbei an Souvenirläden, Bars und Restaurants, mischten sich unter die anderen Fußgänger, Radfahrer, Rollerskater. Audie erzählte mehr von sich selbst in der Hoffnung, dass sie das Gleiche tun würde, doch Belita erwähnte ihre Vergangenheit kaum. Als sie oberhalb von La Jolla einmal auf einer Picknickdecke lagen, hob er die Hände, um Schatten zu erzeugen, die über ihre Augenlider huschten. Dann pflückte er Gänseblümchen und verband sie zu einem Kranz, den er ihr auf den Kopf setzte.

»Jetzt bist du eine Prinzessin.«
»Mit Unkraut auf dem Kopf?«
»Blumen, kein Unkraut.«
Sie lachte. »Von jetzt an sind es meine Lieblingsblumen.«
Jeden Nachmittag setzte er sie vor dem Haus ab, öffnete ihr die Wagentür und sah ihr bis zur Tür nach. Nie drehte sie sich um, winkte oder bat ihn herein. Hinterher versuchte er dann, sich in allen Details an ihr Gesicht, ihre Hände, ihre Finger, die kurz geschnittenen Nägel und die Art zu erinnern, wie ihre Ohrläppchen seine Lippen zu locken schie-

nen. Je nach Stimmung veränderte er jedoch auch immer wieder etwas. Er konnte sie zur Jungfrau, Prinzessin, Mutter oder Hure machen, keine Traumgestalten, sondern verschiedene Geliebte in ein und derselben Frau.

Aber zaghaft wie immer traute Audie sich nicht, etwas zu sagen. Erst wenn er allein war, sprach er aus, was ihn bewegte, trug eloquent und leidenschaftlich seine Argumente vor. Morgen, sagte er sich. Morgen würde der Tag sein.

Als er eines Nachmittags die Wagentür für Belita öffnete, fasste er ihr Handgelenk, bevor sie davonschlüpfen konnte, zog sie an sich und drückte ihr einen unbeholfenen Kuss auf die Lippen.

»Genug!«, sagte sie und stieß ihn weg.
»Ich liebe dich.«
»Rede keinen Unsinn.«
»Du bist wunderschön.«
»Du bist einsam.«
»Darf ich dich noch einmal küssen?«
»Nein.«
»Ich möchte mit dir zusammen sein.«
»Du kennst mich nicht.«

Er schlang die Arme um sie, küsste sie und hielt sie fest. Er versuchte, ihre Lippen zu öffnen, doch sie waren fest aufeinandergepresst. Aber er ließ nicht locker und spürte, wie ihr Körper langsam nachgab, sie den Mund öffnete, den Kopf nach hinten und die Arme um seinen Nacken legte.

»Wenn ich mit dir schlafe, lässt du mich dann in Ruhe?«, fragte sie, als hätte sie Angst davor, was passieren könnte, wenn sie auch nur so weit nachgab.

»Nein«, antwortete er, hob sie hoch und trug sie ins Haus. Sie stolperten in ihr Zimmer, zogen sich hastig aus, lösten tapsig Knöpfe und Haken, strampelnd, zerrend, auf einem Fuß tanzend, nicht bereit, auch nur einen Moment voneinander zu lassen. Er biss auf ihre Lippe, sie zog an seinem Haar. Er packte ihre Handgelenke, hielt sie über ihren Kopf und küsste sie, als wollte er ihr den Atem rauben.

Der Akt selbst war leicht, leidenschaftlich, verschwitzt und wild, auch wenn gleichzeitig alles scheinbar langsamer wurde und die Zeit sich verflüchtigte. Audie hatte schon mit anderen Frauen geschlafen, doch meistens war es ein unbeholfenes Gefummel in Studentenwohnheimzimmern gewesen, unter Filmstar-Postern und Collagen von Familienfotos. Auf dem College war er immer eher bei dem intellektuellen Typ gelandet, Mädchen in Grunge-Klamotten, die feministische Abhandlungen oder Gedichte von Sylvia Plath lasen. Er verbrachte die Nacht mit ihnen, schlich sich vor dem Morgengrauen davon und redete sich ein, dass es sie nicht störte, wenn er nicht anrief und keine SMS schickte.

Andere Mädchen hatten immer versucht, sich durch ihr Flirten, ihre Kleidung und ihre Geheimnisse wichtig zu machen, doch Belita wollte ihn nicht beeindrucken. Sie war anders. Sie musste nicht reden. Sie mussten nicht voneinander wissen, was sie dachten. Doch ein winziger Augenaufschlag, ein Kräuseln ihrer Lippen oder ein aufblitzendes Lächeln, und Audie kam sich vor, als würde er am Rand eines Brunnens hocken und in die Tiefe starren. Er musste sich nur noch fallen lassen.

Woran erinnert er sich? An alles. An jedes Detail ihrer honigfarbenen Haut, an ihr Gesicht, ihre Schönheit, ihre hochmütige Nase, die dichten Augenbrauen, den dünnen Schweißfilm auf ihrer Oberlippe, das Einzelbett, ihre auf dem Boden verstreuten Klamotten – das verwaschene Baumwollkleid, die Sandalen, ihren billigen blauen Slip, ein kleines silbernes Kruzifix, das an einer Kette um ihren

Hals hing. Daran, wie ihre Brüste seine hohle Hand füllten. Wie sie wimmerte wie ein verirrtes Kätzchen, wenn sie kam.

»Ich gehöre Urban«, sagte sie und streichelte abwesend sein Handgelenk.

»Ja«, sagte Audie, ohne richtig zuzuhören. Ihre Berührung jagte einen Stromstoß durch seinen Körper und lähmte ihn. Ihre Hand in seiner, die Finger verschränkt, alles Leben auf diesen einen warmen Berührungspunkt reduziert.

Sie liebten sich noch einmal. Sie sorgte sich, dass Urban nach Hause kommen und sie hören könnte. Sie sorgte sich, dass Audie sie für eine Hure halten könnte. Trotzdem schien sie sich nach dem Gewicht seines Körpers zwischen ihren Schenkeln zu sehnen, seinem schneller werdenden Atem an ihrem Ohr und jedem glitschigen Zentimeter seines nackten Körpers.

Hinterher ging sie auf die Toilette. Er saß auf der Kante ihres Betts, und seine Augen gewöhnten sich an die Dunkelheit. Als sie zurückkehrte, strich er mit einem Finger von ihrem Nacken über ihre Wirbelsäule. Als sie zitterte, war es, als würde ihr ganzer Körper beben. Sie murmelte müde, rollte sich zusammen und schlief ein. Auch er döste ein und wachte erst tief in der Nacht wieder auf. Er hörte laufendes Wasser. Sie kam halb angekleidet aus dem Bad und zog ihren Slip an.

»Du musst gehen.«

»Ich liebe dich.«

»Sofort!«

28

Im Greater Third Ward in Houston gibt es ein kleines Geschäftsviertel mit Pfandleihern, Taco-Ständen, Kirchen, Strip-Lokalen und freudlosen Bars hinter vergitterten Fenstern und verstärkten Türen.

Vor einer von ihnen bleibt Moss stehen, über dem Fenster hängt ein Schild mit der Aufschrift: Four Aces Kautionsagentur. Darunter der poetische Zusatz – *Der Daddy deines Babys sitzt in U-Haft? Hol ihn raus mit deiner Barschaft.*

Moss schirmt die Augen ab, späht durch das vergitterte Fenster und sieht Vitrinen voller Schmuck, Uhren und Elektroartikel. Eine dicke Südamerikanerin putzt mit einem Mopp und seifigem Wasser den Fußboden. Moss klopft und rüttelt an dem doppelten Schloss. Die Putzfrau öffnet die Tür einen Spalt.

»Ich suche Lester.«

»Mr Duberley ist nicht da.«

»Wo ist er?«

Sie zögert. Moss zieht einen Zehn-Dollar-Schein aus seinem Bündel. Sie schnappt ihn sich, als könnte das Geld in einer nicht existenten Böe davongeweht werden, und zeigt auf eine Strip-Bar auf der anderen Straßenseite. Über dem Laden leuchtet ein Neonschild in Form eines lassoschwingenden, nackten Cowgirls mit einem Stetson.

Moss dreht sich um, doch die Tür hinter ihm ist schon wieder geschlossen.

»Vielen Dank, Ma'am«, sagt er zu niemandem. »Hat mich gefreut, Sie kennen zu lernen.«

Er überquert die Straße, betritt die dunkle Bar und wäre beinahe die zwei Stufen in einen großen Raum hinuntergestolpert, in dem es nach Schweiß, Bier und frittierter Flatulenz riecht. Die lange Bar steht vor einer verspiegelten Wand mit Regalen voller Flaschen in allen Formen und Farben, einige bauchig, andere schlank, manche mit roten Wachssiegeln, andere mit Schraubverschlüssen.

Lester Duberley hat beide Ellbogen auf den Tresen gestützt und sitzt über ein Glas mit zerstoßenem Eis und Bourbon gebeugt. Er ist ein großer Mann mit grobknochigen Händen und Büscheln grauen Haars, die aus seinen Ohren sprießen. Eine geblümte Weste schafft es nicht, seine Wampe zu bedecken.

Auf einer Bühne hinter Lester lässt ein barbusiges Mädchen in einem paillettenbesetzten G-String und Stilettos die Hüften kreisen, ihre Haut glänzt rosafarben im Licht der Scheinwerfer. Sie hat große, leicht hängende Brüste und weiche, spinnwebartige Schwangerschaftsstreifen, die heller sind als ihre übrige Haut. Ein halbes Dutzend Männer sitzen an Tischen vor ihr, mehr interessiert an einem zweiten ähnlich knapp bekleideten Mädchen, das sich nach hinten beugt und durch ihre gespreizten Knie späht.

Lester scheint nicht überrascht, Moss zu sehen. Er zeigt so gut wie keine Reaktion.

»Seit wann bist du draußen?«

»Seit vorgestern.«

»Ich dachte, du müsstest die volle Länge absitzen.«

»Planänderung.«

Lester hält sich sein Glas an die Stirn. Moss bestellt ein Bier.

»Wie lange warst du drinnen?«

»Fünfzehn Jahre.«

»Dann müssen dir ja viele Veränderungen auffallen. Ich wette, du hast noch nie was von einem iPad oder einem Smartphone gehört.«

»Ich war im Knast, nicht in Arkansas.«

»Sag mir, wer Kim Kardashian ist.«

»Wer?«

Lester klopft sich lachend auf die Schenkel und zeigt seine Goldkronen.

Einer der stärker betrunkenen Gäste macht einen Satz auf die biegsame Stripperin zu, ein Rausschmeißer nimmt ihn in den Schwitzkasten und setzt ihn vor die Tür.

»Ich kann nicht verstehen, warum sie das machen«, sagt Lester. »Das Mädchen hatte nichts dagegen.«

»Hast du sie gefragt?«

»In dem Laden gab es im letzten halben Jahr zwei Razzien. Eine Verschwendung von Steuergeldern, wenn du mich fragst.«

»Ich wusste nicht, dass du Steuern zahlst.«

»Das meine ich ernst. Was die Leute privat machen, geht niemanden etwas an. Wenn sie ihr Geld für überteuerte Drinks in Strip-Bars wie dieser ausgeben wollen, warum sollte man sie daran hindern? Diese Typen helfen einer jungen Frau, ihre Kinder zu ernähren oder ihr Studium zu finanzieren. Was ist verkehrt daran in diesen wirtschaftlich harten Zeiten?«

»Du willst einen schlankeren Staat.«

»Ich bin Kapitalist, aber ich meine nicht die zimperliche, kastrierte Form von Kapitalismus, die in diesem Land praktiziert wird. Ich will reinen Kapitalismus. Ich will ein Amerika, wo man verdammt noch mal machen kann, was man will, wenn man das Geld dafür hat. Wenn jemand Kansas zubetonieren will und es bezahlen kann – nur zu. Wenn er mit Fracking Öl oder Gas fördern will? Soll er dafür löhnen, dann kann er loslegen. Stattdessen haben wir all diese Regeln und Bestimmungen und gottverdammte Grüne, Tea-Party-Neandertaler und flammende Sozialisten. Soll das beschissene Geld entscheiden.«

»Gesprochen wie ein wahrer Patriot«, sagt Moss.

Lester hebt sein Glas. »Amen!« Er trinkt einen Schluck und rollt die Schultern nach hinten. »Was willst du?«

»Ein Treffen mit Eddie Barefoot.«

»Bist du verrückt? Du bist gerade erst rausgekommen.«

»Ich brauch bloß ein paar Informationen.«

Lester zermalmt Eiskrümel zwischen den Zähnen. »Ich kann dir eine Telefonnummer besorgen.«

»Nein, ich will ihn sehen.«

Lester sieht ihn skeptisch an. »Was, wenn er dich nicht sehen will?«

»Sag ihm, ich bin ein Freund von Audie Palmer.«

»Geht es um das Geld?«

»Wie du gesagt hast, Lester, es geht immer ums Geld.«

Moss hebt sein Bier und leert es in einem langen, langsamen Zug. »Und noch was.«

»Was?«

»Ich brauche eine 45er. Sauber. Und Munition.«

»Sehe ich aus wie ein ordinärer Hehler?«

»Ich bezahl auch.«

»Und ob.«

29

Valdez parkt seinen Pick-up ein Stück vom Motel entfernt und geht die letzten zwei Blocks zu Fuß, eingehüllt in eine Staubwolke, die die Trucks aufwirbeln, die über die sechsspurige Straße donnern. Es ist kühl, und er zieht seine Jacke fester zu, als er vor dem Eingang stehen bleibt. Palmen wiegen sich im Wind, und der Mond dahinter sieht aus wie ein silberner Teller.

Der Nachtportier ist mittleren Alters und südamerikanischer Abstammung, er hat die Füße auf den Empfangstresen gelegt und guckt auf einem kleinen Fernseher eine mexikanische Seifenoper, in der Schauspieler Klamotten und Frisuren tragen, die seit zwanzig Jahren aus der Mode sind; außerdem reden sie, als wollten sie entweder miteinander ficken oder kämpfen.

Als der Sheriff seine Marke präsentiert, sieht ihn der Nachtportier nervös an.

»Haben Sie diesen Typen gesehen?«, fragt Valdez und zeigt ihm ein Foto von Audie Palmer.

»Ja, hab ich, aber seit ein paar Tagen nicht mehr. Er hat jetzt eine andere Frisur. Kürzere Haare.«

»Hat er hier ein Zimmer gemietet?«

»Seine Freundin. Sie sind im ersten Stock. Sie hat ein Kind bei sich.«

»Zimmernummer?«

Der Nachtportier sieht im Computer nach. »Zwei-drei-neun. Cassandra Brennan.«

»Was für einen Wagen fährt sie?«

»Einen schrottreifen Honda. Voll beladen mit Sachen.«

Valdez zeigt noch einmal auf das Foto. »Wann haben Sie ihn zuletzt gesehen?«

»Ich arbeite tagsüber nicht.«

»Wann?«

»Vorgestern Abend. Was hat er getan?«

»Er ist ein entflohener Sträfling.« Valdez steckt das Foto wieder ein. »Sind die Nachbarzimmer belegt?«

»Seit zwei Tagen nicht mehr.«

»Ich brauche einen Schlüssel. Wenn ich in fünf Minuten nicht zurück bin, wählen Sie bitte diese Nummer und sagen, dass ein Polizist Hilfe braucht.«

»Warum rufen *Sie* nicht an?«

»Ich weiß ja noch nicht, ob ich Hilfe *brauche*.«

Audie wacht mit der sonderbaren Gewissheit auf, geträumt zu haben, ohne sich erinnern zu können, was. Er spürt einen vertrauten Schmerz, das Gefühl, dass etwas gerade über den Rand seines Bewusstseins gerutscht ist, beinahe sichtbar und doch verloren. So fühlt sich seine Vergangenheit an – ein Strudel aus Staub und Abfall.

Er öffnet die Augen und ist sich nicht sicher, ob er etwas gehört oder eine Veränderung des Luftdrucks gespürt hat. Er steht auf und tritt ans Fenster. Draußen ist es dunkel und still.

»Was ist?«, fragt Cassie.

»Ich weiß nicht, aber ich breche jetzt auf.«

»Warum?«

»Es wird Zeit. Bleib du hier. Mach niemandem die Tür auf, außer der Polizei.«

Cassie zögert und beißt sich auf die Unterlippe, als würde sie sich davon abhalten, etwas zu sagen. Audie schnürt die Schuhe und nimmt seinen Rucksack. Er öffnet die Tür einen Spalt und blickt in beide Richtungen des überdachten Gangs vor den Zimmern. Der Parkplatz ist anscheinend ruhig, doch er stellt sich alle möglichen Gestalten vor, die ihm unsichtbar auflauern. Der Empfangsbereich ist teilweise einsehbar, doch hinter dem Tresen kann er niemanden ausmachen.

Der Gang biegt nach rechts ab. Audie schleicht an der Wand entlang zur Treppe, als er jemanden nach oben kommen hört. Neben ihm ist eine Tür mit der Aufschrift »Personal«. Audie drückt auf die Klinke, die abgeschlossene Tür klappert, ein billiges Schloss. Er stemmt die Tür mit der Schulter auf, betritt die Kammer dahinter und zieht die Tür zu. In einem Rollwagen stehen feuchte Mopps und Besen.

Durch die Ritzen zwischen den Latten der Tür sieht Audie im Flur einen Schatten vorbeihuschen. Er wartet ein paar Sekunden, Angst schnürt ihm die Kehle zu. Plötzlich hört er jemanden brüllen: »Polizei!«, dann den Schrei einer Frau. Audie rennt los, wendet sich am Fuß der Treppe nach rechts und hastet zwischen den Palmen gebückt bis zu der Mauer auf der Rückseite des Motels. Er hangelt sich auf die Krone, springt, landet hart auf der anderen Seite und rennt weiter, quer über ein Fabrikgelände bis zu einem offenen Tor zu einer Zufahrtsstraße. Audie hört Schreie, einen gedämpften Knall, Alarmsirenen, Flüche.

Valdez hat schon immer geglaubt, dass der Lebensweg eines Menschen von nur einer Handvoll Entscheidungen bestimmt wird. Nicht unbedingt richtige oder falsche, doch jede von ihnen hat einen anderen Kurs vorgegeben. Was, wenn er statt zur Staatspolizei zu den Marines gegangen wäre? Er hätte in Afghanistan oder im Irak landen können. Er könnte tot sein. Was, wenn er keinen Dienst gehabt hätte, als Sandy vergewaltigt wurde? Er hätte sie vielleicht nie getroffen und getröstet. Sie hätten sich vielleicht nicht ineinander verliebt. Was, wenn Max nicht in ihr Leben gekommen wäre? Es gibt so viele *Wenns* und *Abers* und *Vielleichts*, doch wirklich gezählt hat nur eine Handvoll, weil sie die Macht hatten, ein Leben zu verändern.

Vor dem Motelzimmer bleibt er stehen, überprüft seinen Dienstrevolver, steckt ihn jedoch wieder ins Schulterholster. Stattdessen zieht er eine Pistole, die er sich unter dem rechten Knie ans Bein geschnallt hat. Das hat er früh in seiner Karriere von einem Sheriff gelernt, der die Einsparungswellen und die politische Korrektheit der Neunziger überlebt hatte – immer eine Wegwerfwaffe tragen, weil man nie weiß, wann sie einem vielleicht mal nützlich sein kann. Seine ist eine Automatik mit einem gesprungenen und mit

Klebeband umwickelten Griff. Ohne Geschichte. Nicht zurückzuverfolgen.

Er blickt über das Geländer der Galerie. Der Parkplatz ist leer. Palmwedel werfen schwankende Schatten auf den Beton um den Pool. Er presst ein Ohr an die Tür von Zimmer 239 und lauscht. Nichts. Er zieht die Schlüsselkarte durch den Schlitz. Das rote Licht blinkt grün auf. Die Tür öffnet sich einen Spalt zu einem dunklen Zimmer. Eine Frau richtet sich im Bett auf, rafft das Laken um sich, die Augen aufgerissen, stumm. Valdez schwenkt die Pistole von links nach rechts und lässt den Blick durch das Zimmer schweifen.

»Wo ist er?«

Die Frau macht den Mund auf. Kein Laut dringt heraus.

Ein Schatten tritt aus dem Bad. Valdez reagiert instinktiv. Er brüllt »Polizei!«, ein heller Blitz zuckt am Ende des Pistolenlaufs. Das kleine Mädchen wird nach hinten geschleudert, ihr Blut spritzt auf den Spiegel. Ihre Mutter schreit. Er schwenkt die Waffe und schießt noch einmal. In ihrer Stirn klafft ein Loch. Sie sackt zur Seite weg, rutscht vom Bett und zieht das Laken mit zu Boden.

Alles geschieht binnen weniger Sekunden, trotzdem läuft es vor seinem inneren Auge in Zeitlupe ab – der Schwenk mit der Waffe, sein Finger am Abzug, der Rückstoß –, und sein Herz macht bei jedem Einschlag einen Satz.

Die Schüsse sind gefallen. Valdez steht wie erstarrt da, er ist schuldig, eine panische Überreaktion. Er wischt sich mit dem Handrücken den Mund ab und versucht, klar zu denken. Palmer war hier. Wo ist er? *Was habe ich getan?*

Irgendjemand rennt die Treppe runter. Valdez geht zum Fenster und sieht eine schattenhafte Gestalt über den Parkplatz rennen. Er tritt die Verbindungstür auf, rennt durchs Nachbarzimmer und ruft: »HALT! STEHEN BLEIBEN! WERFEN SIE DIE WAFFE WEG!«

Er öffnet die Tür zu dem überdachten Gang, rennt los und zieht seinen Dienstrevolver aus dem Holster. Er schießt zwei Mal in die Luft, springt die Stufen hinunter, rennt im Zickzack zwischen geparkten Wagen, zieht das Handy aus der Tasche und drückt den Notruf.

»Schusswaffengebrauch. Polizeibeamter verfolgt bewaffneten Flüchtigen … Airline Drive, Star City Inn. Eine Frau und ein Kind wurden getroffen. Notarzt anfordern.«

Er springt über eine Mauer und läuft über einen Lagerhof, bis er auf einen breiten Betonkanal stößt, in dessen Mitte ein stinkender Strom fließt. Die gezogene Waffe immer noch in der einen, das Handy in der anderen Hand wendet er sich nach rechts und links und dreht sich einmal um die eigene Achse. »Ich brauche Verstärkung und einen Helikopter.«

»Können Sie den Täter noch sehen?«

»Positiv. Er läuft an dem Kanal entlang nach Norden. Rechts von mir sind Fabriken, links Bäume.«

»Können Sie uns eine Beschreibung des Flüchtigen geben?«

»Ich weiß, wer es ist – Audie Palmer.«

»Was für Kleidung trägt er?«

»Es ist zu dunkel, um etwas zu erkennen.«

Streifenwagen werden zur East Whitney, zur Oxford Street und zum Victoria Drive geschickt. Bald wird er die Sirenen hören.

Valdez geht langsamer und bleibt stehen. Keuchend stützt er die Hände auf die Knie. Schweiß tropft ihm in die Augen und den Nacken. Seine Brust bebt, er spuckt Galle auf den rissigen Betonboden unter seinen Füßen. Er flucht. Zittert. Wischt sich den Mund ab, versucht, seine rasenden Gedanken zu bremsen und alles in die richtige Perspektive zu rücken. Er muss nachdenken, atmen, planen.

Mit einem Taschentuch wischt er die Abdrücke von der Wegwerfwaffe. Trommel. Abzug. Sicherung. Er hält sie über den Kanal und lässt sie fallen. Die Pistole hüpft zwei Mal auf dem harten Beton, bevor sie im Wasser landet.

Er holt laut keuchend Luft und hält das Handy ans Ohr.
»Ich glaube, ich habe ihn verloren.«

Audie folgt dem Kanal nach Süden, platscht durch stehende Tümpel, in denen sich Einkaufswagen von Brücken zu Tode gestürzt haben und Ratten kreischend in Löcher huschen.

Ein derart offenes Schlachtfeld ist Audie nicht gewohnt, und er spürt den Sog des leeren Raums um sich herum, der ihn in kleine Stücke zerreißen will. Jahrelang war er von Mauern umgeben, von Zäunen und Stacheldraht, hatte eine feste Wand im Rücken, sodass er nicht in alle Richtungen kämpfen musste.

Woher wusste die Polizei, wo er sich aufhielt? Cassie muss jemanden angerufen haben. Er macht ihr keine Vorwürfe. Sie ist jung, schon ausgebrannt, nicht mehr sicher, dass sie für immer leben wird, und hat versucht, mit einem schwachen Blatt zu bluffen.

Audie muss weiter vorwärts, weil er unmöglich umkehren oder von vorne anfangen kann. Er hört Schüsse. Wenn er daran denkt, wird ihm schwindlig, als hätte ihm jemand stundenlang ins Ohr gebrüllt, sodass sein Kopf schrecklich brummt. Er läuft an schwarzen Mülltüten vorbei, aufgebläht wie Leichensäcke, an Lagerhäusern mit Flachdächern und Metalltoren. Vor Nebelfetzen zeichnen sich deutlich die Giebeldächer anderer Gebäude ab, der Mond sieht aus wie eine aufgeschnittene Kartoffel. Unter einer Eisenbahnbrücke bleibt er stehen, zieht die Schuhe aus und kippt das Wasser aus. Gleise führen nach Osten und Westen. Er klettert aus der Kanalrinne, folgt den Gleisen und stolpert über Schotter dem heller werdenden Himmel entgegen.

Cassie und Scarlett geht es bestimmt gut. Sie haben sich nichts zu Schulden kommen lassen. Sie wussten nicht, dass er ein entflohener Sträfling ist. Er hätte sie nie um Hilfe bitten dürfen. Er sollte niemandem zu nahe kommen, nie irgendwelche Versprechungen machen. So hat das alles angefangen. Er hatte Belita etwas versprochen. Und dann hat er sich selbst gelobt, nicht im Gefängnis zu sterben.

Am Kashmere Transit Centre nimmt er einen Bus in die Innenstadt, zusammen mit Schichtarbeitern und noch halb schlafenden, frühmorgendlichen Pendlern, die den Kopf an die Scheibe gelegt haben. Niemand sieht den anderen in die Augen. Keiner sagt etwas. Auch nicht so viel anders als im Gefängnis, denkt er. Statt herauszuragen, versucht man, in der Masse unterzutauchen.

Audie ist nicht besonders auffällig oder einzigartig, also, warum benutzt jemand ausgerechnet ihn als Sandsack und Fußabtreter? Jetzt im Kino: *Audie, der Unglücksrabe*.

Der Bus setzt ihn im Schatten des Minute-Maid-Park-Stadions ab. Er ist erschöpft, will Halt machen, eine Pause von der ständigen Bewegung, doch seine Gedanken kann er nicht stoppen. Er legt sich in einen Eingang, bettet den Kopf auf seinen Rucksack und schließt die Augen.

30

Desiree Furness geht durch das Motelzimmer und steigt über die Leiche eines kleinen Mädchens mit überrascht aufgerissenen Augen. Strähnen ihres blonden Haars sind blutverklebt, und eine lädierte Stoffpuppe mit Haaren aus Wolle liegt Zentimeter von ihrer offenen Hand entfernt. Desiree muss gegen den Impuls ankämpfen, die Puppe aufzuheben und unter den Arm des Mädchens zu klemmen.

Die Mutter liegt zwischen Bett und Wand. Nackt. Sie hat ein kleines, tief hängendes Bäuchlein und ein geschlängeltes Tattoo im Kreuz. Blondes Haar, Sommersprossen, hübsch. Scheinwerfer leuchten die Szenerie hell und bleich aus, können jedoch weder die Blutspritzer an der Wand noch den Geruch überdecken – der Darm der Frau hat sich im Moment ihres Todes entleert.

Die Kriminaltechniker sind noch bei der Arbeit. Drei Männer und eine Frau in steifen weißen Overalls mit Haarnetzen und Plastikstiefeln bauen UV-Lampen auf, um das Laken auf Samenspuren zu untersuchen. Desiree blickt auf die Betten. Beide wurden benutzt. Die Frau wurde erschossen, als sie sich aufgerichtet hat, aber warum war das kleine Mädchen in der Nähe des Badezimmers?

In einer Ecke entdeckt sie zwischen Schreibtisch und Fernseher einen Papierkorb, der mit Fast-Food-Verpackungen und Zeitschriften vollgestopft ist, daneben Prospekte, Q-Tips und zusammengeknüllte Kosmetiktücher. Unter dem Spiegel klemmt eine Kinderzeichnung. Jemand hat mit verschiedenfarbigen Buntstiften den Namen des Mädchens geschrieben: Scarlett.

Flackernde Lichter auf dem Parkplatz tauchen das Motel in einen Rhythmus aus Farben. Schaulustige haben sich versammelt und recken den Hals, um einen besseren Blick auf die Streifen- und Krankenwagen zu bekommen. Manche machen Fotos mit ihrem iPhone. Andere tippen Textnachrichten. Ein paar lokale Streifenpolizisten spähen in den Raum, um einen Blick auf die Toten zu erhaschen, und wünschen sich dann, sie hätten es gelassen.

Desiree ist um kurz nach fünf Uhr geweckt worden und quer durch die Stadt zu diesem Motel voller Streuner, Zuhälter und geistig Beschädigter gefahren – jeder, der irgendeinen Ausweis mit Foto vorzeigen und fünfundvierzig Dollar pro Nacht bezahlen kann. Es gibt FBI-Agenten im Außendienst, die von einem Fall wie diesem träumen, einer Gelegenheit, einen mehrfachen Mord zu untersuchen, den Täter zu fassen und hinter Schloss und Riegel zu bringen. Desiree will zurück ins Bett.

Andere Agenten haben Partner, Kinder und ein annähernd normales Leben. Desiree hatte keinen Freund mehr, seit sie vor einem Jahr Skeeter, mit richtigem Namen Justin, abserviert hat, weil er ständig mit verstellter Stimme gesprochen, ihr Kosenamen gegeben und mit ihr geredet hat, als wäre sie sieben, selbst wenn sie ihn anflehte, ernst zu sein. Irgendwann wollte sie ihn anschreien, schütteln und ihm Szenen wie diese zeigen, aber stattdessen erklärte sie ihm, dass er seine Sachen packen sollte.

Sie geht neben der Leiche des Mädchens in die Hocke, bemerkt mehrere blutige Fußabdrücke auf dem Teppich, sieht das aufgebrochene Schloss der Verbindungstür zum Nachbarzimmer und versucht die Ereignisse in dem Raum zu rekonstruieren, doch nichts ergibt einen Sinn.

Sie streicht eine Locke aus den Augen des Mädchens und wünscht sich, sie könnte Scarlett fragen und das kleine Mädchen könnte antworten.

Sie streift die Handschuhe ab und geht an die frische Luft. Weitere Kriminaltechniker sind in dem Wagen der Frau zugange und suchen entlang dem überdachten Korridor nach Fingerabdrücken. Dabei machen sie Smalltalk, als wäre das Ganze nur ein weiterer Tag im Büro. Der Leiter des Teams ist Mitte dreißig, mit einem fleischigen Gesicht und Ringen unter den Augen. Desiree stellt sich vor, ohne seine behandschuhte Hand zu schütteln.

»Was haben Sie?«

»Drei, möglicherweise vier Schüsse – zwei auf die Mutter, einer auf das Mädchen.«

»Die Waffe?«

»Könnte eine 22er Halbautomatik gewesen sein.«

»Wo stand der Schütze?«

»Das können wir noch nicht sagen.«

»Spekulieren Sie.«

»Die Mutter war auf dem Bett. Die Tochter kam aus dem Badezimmer. Der Schütze stand wahrscheinlich in der Mitte des Zimmers, näher am Fenster als am Bad.«

Desiree wendet sich ab und fährt sich mit der Hand durchs Haar. »Ich möchte den ballistischen Bericht sehen, sobald er fertig ist.«

Für einen Moment wird sie vom Scheinwerfer einer Fernsehkamera geblendet. Reporter rufen vom Parkplatz Fragen. Teams vom Lokalfernsehen und Radiosendern sind versammelt. Über ihnen kreist ein Hubschrauber, der für die Morgennachrichten filmt. Ein Kamerateam begleitet das lokale Morddezernat für eine Reality-TV-Serie auf Kabel, in der die Polizisten zu Prominenten werden und den Leuten so viel Angst gemacht wird, dass sie noch mehr Waffen und Alarmanlagen kaufen.

Sheriff Valdez wartet unten in einem Zimmer, das die Mordkommission mit Beschlag belegt hat. Er liegt auf dem Bett und hat die Krempe tief ins Gesicht gezogen, als würde er ein Nickerchen machen. Er hat seinen Dienstrevolver abgegeben, und seine Hände sind in Plastiktüten gewickelt, doch jemand hat ihm einen Kaffee gebracht.

Obwohl sie dem Sheriff noch nie begegnet ist, hat sich Desiree bereits eine Meinung über ihn gebildet, stark beeinflusst von dem, was sie gerade in dem Motelzimmer gesehen hat. Valdez richtet sich auf und schiebt den Hut in den Nacken.

»Warum haben Sie nicht auf Verstärkung gewartet?«, fragt sie.

»Nett, Sie kennen zu lernen«, sagt er. »Ich glaube, wir wurden uns noch nicht vorgestellt.«

»Beantworten Sie meine Frage.«

»Ich wusste nicht, ob Audie Palmer hier war.«

»Der Nachtportier hat ihn anhand eines Fotos identifiziert, das Sie ihm gezeigt haben.«

»Er hat gesagt, er habe Palmer seit zwei Tagen nicht gesehen.«

»Also haben Sie beschlossen, einfach reinzuplatzen?«

»Ich wollte eine Festnahme vornehmen.«

Desiree starrt ihn an und ballt so fest die Fäuste, dass ihre Fingernägel in ihre Handflächen schneiden. Sie präsentiert ihre Dienstmarke. Valdez nimmt keine sichtbare Notiz davon, blinzelt sie mit rot unterlaufenen Augen an.

»Erzählen Sie mir, was geschehen ist.«

»Ich habe ›Polizei‹ gerufen, eine Frau hat geschrien, und ich habe Schüsse gehört. Ich bin ins Zimmer, doch sie waren schon tot. Er hat sie kaltblütig erschossen, einfach abgeknallt. Der Mann ist gewissenlos.«

Desiree zieht sich einen Stuhl heran und nimmt vor dem Sheriff Platz. Er blutet aus dem Mundwinkel.

»Was ist passiert?« Sie zeigt auf sein Gesicht.

»Muss der Ast eines Baumes gewesen sein.«

Sie schnuppert und hat einen Geschmack im Mund, bei dem sie am liebsten ausgespuckt hätte. »Was haben Sie hier gemacht, Sheriff?«

»Eine Frau hat bei Crime Stoppers angerufen und gefragt, ob auf Audie Palmer eine Belohnung ausgesetzt ist.«

»Und woher wissen Sie das?«

»Eine Mitarbeiterin der Funkzentrale hat es mir gemeldet.«

»Sie haben hier keinerlei Amtsgewalt. Sie sind Sheriff von Dreyfus County.«

»Ich habe darum gebeten, auf dem Laufenden gehalten zu werden. Palmer ist vor meinem Haus aufgetaucht. Er hat mit meiner Frau und meinem Sohn gesprochen. Ich habe das Recht, meine Familie zu beschützen.«

»Also haben Sie versucht, den Charles Bronson für Arme zu spielen?«

Valdez zieht die Mundwinkel hoch. »Da Sie ja offenbar alle Antworten wissen, Special Agent, was glauben Sie, warum Audie Palmer mich gesucht hat? Vielleicht hat er einen Hirnschaden. Vielleicht will er Rache. Ich weiß nicht, was im verkorksten Gehirn eines Mörders vor sich geht. Ich bin einer Spur gefolgt, der das FBI nicht nachgegangen ist.«

»Das FBI war gar nicht informiert. Jetzt sind zwei Menschen tot, und ihr Blut klebt an Ihren Händen.«

»Nicht an meinen. An seinen.«

Desiree hat das Gefühl, als würde ein Gummiband auf ihre Stirn drücken. Sie mag diesen Mann nicht. Vielleicht sagt er die Wahrheit, doch jedes Mal, wenn er den Mund aufmacht, sieht sie ein Loch in der Stirn einer Frau und ein kleines Mädchen, das in einer Blutlache liegt.

»Erzählen Sie mir noch einmal, was geschehen ist«, sagt sie und will die exakte Abfolge der Ereignisse wissen. Wo stand er, als er die Schüsse hörte? Wann hat er die Tür aufgemacht? Was hat er gesehen?

Valdez bleibt bei seiner Geschichte, schildert, wie er erst gerufen und dann Schüsse gehört habe. »Als ich durch die Tür kam, habe ich die Leichen gesehen. Er war durch das Nachbarzimmer geflohen, also bin ich ihm nach. Ich habe ihn aufgefordert, stehen zu bleiben, und ein paar Schüsse abgegeben, doch er ist über den Zaun, als hätte er Flügel.«

»Hatten Sie Ihre Waffe gezogen, als Sie durch die Tür kamen?«

»Ja, Ma'am.«

»Wie viele Schüsse haben Sie bei der Verfolgung von Palmer abgegeben?«

»Zwei, vielleicht drei.«

»Haben Sie ihn getroffen?«

»Schon möglich. Aber wie gesagt, der Junge ist verdammt flink.«

»Wo haben Sie ihn aus den Augen verloren?«

»Er hat den Kanal überquert. Ich glaube, ich habe gesehen, wie er etwas fallen ließ.«

»Wo?«

»In der Nähe der Brücke.«

»Wie weit entfernt war er?«

»Achtzig, vielleicht neunzig Meter.«

»Aber Sie konnten ihn im Dunkeln sehen?«

»Ich habe das Platschen gehört.«

»Und dann ist er Ihnen entkommen.«

»Ich bin umgekehrt und habe versucht, der Frau und dem kleinen Mädchen zu helfen.«

»Haben Sie die Leichen bewegt?«

»Ich glaube, ich habe das Mädchen umgedreht, um zu prüfen, ob sein Herz noch schlägt.« Valdez kneift die Augen zusammen. In einem Augenwinkel schimmert eine Träne. Er wischt sie weg. »Ich wusste nicht, dass Audie Palmer sie erschießen würde.«

Ein Deputy des Sheriffs klopft an die Tür. Jugendliches Gesicht, grinsend. »Gucken Sie mal, was ich gefunden habe«, sagt er und hält zwischen Daumen und Zeigefinger eine schlammverschmierte Pistole hoch.

»Wow! Haben Sie dabei auch Ihren Verstand gefunden?«

Der Deputy runzelt die Stirn, sein Lächeln verblasst.

Desiree öffnet einen Plastikbeutel. »Das ist Beweismaterial, Sie Schwachkopf!« Die verschlammte Pistole landet in dem Beutel. »Zeigen Sie mir, wo Sie sie gefunden haben.«

Sie folgt ihm nach draußen und geht zwischen den Streifenwagen und Krankenwagen hindurch, vorbei an den Trauertouristen, Schaulustigen und Gaffern. Sie kann ihre Kommentare nicht hören, doch sie weiß, dass sie sich über ihre Körpergröße wundern und Witze über die niedliche kleine FBI-Agentin machen. Damit muss sie sich täglich auseinandersetzen, doch sie weiß auch, dass alles Wünschen ihre DNA nicht neu sortieren oder Zentimeter von ihren Hüften nehmen wird, um damit ihre Beine zu verlängern.

Der Deputy führt sie am Flutwasserkanal hinter einer Fabrik und einem Lager entlang bis zu einer Betonbrücke. Er leuchtet mit der Taschenlampe auf die ölige Lache, die in der Rinne steht. Desiree streift Plastikhandschuhe über, klettert rutschend in die Rinne und sucht zwischen Unkraut, Kies, Scherben, weggeworfenen Kondomen, Bierdosen, Weinflaschen und Hamburger-Verpackungen.

Ihr früherer Chef hat ihr erklärt, dass die meisten Agenten den Fehler machen, die Ereignisse von oben zu betrachten, während man vielmehr das Gegenteil tun sollte.

»Man muss *denken* wie die Verbrecher«, sagte er. »In die Gosse steigen und die Welt aus ihren Augen betrachten.«

31

Audie hört, wie Metallrollläden aufgeschlossen und hochgezogen werden. Er öffnet die Augen und sieht einen in Primärfarben bemalten, fahrbaren Taco-Stand mit dem Bild einer Comicmaus mit großen Ohren und einem riesigen gelben Sombrero. Als Kind hat Audie immer Zeichentrickfilme mit Speedy Gonzales gesehen, der schnellsten Maus von Mexiko, die die dummen Katzen jedes Mal übertölpelt und ihr Dorf vor den Gringos gerettet hat.

»Harte Nacht«, sagt der Koch, während er Plastikbehälter mit geschnittenen Zwiebeln, Paprika, Jalapeños und Käse öffnet. Er schmeißt den Grill an und wischt ihn ab.

»Soll ich Ihnen was machen?«

Audie schüttelt den Kopf.

»Wie wär's mit was zu trinken?«

Audie nimmt eine Flasche Wasser an. Der Koch ist klein und gedrungen, mit einem ungepflegten Schnurrbart und einer verdreckten Schürze. Er redete weiter, während er Wasser auf die Grillplatte spritzt und sie mit einer Stahlbürste abschrubbt. An der Wand über seinem Kopf ist ein Fernseher angebracht, auf dem Fox News läuft – fair und ausgewogen für die, die eh schon Schlagseite haben. Eine Reporterin steht vor einem Polizeiabsperrband und spricht in die Kamera. Im Hintergrund durchsuchen Kriminaltechniker in weißen Overalls einen Honda CR-V.

»*Nach einem Doppelmord in einem City-Motel in den frühen Morgenstunden fahndet die Polizei nach einem gefährlichen entflohenen Häftling. In einem Zimmer im ersten Stock des Star City Inn am Airline Drive wurden eine Mutter und ihre Tochter erschossen. Mitarbeiter der Spurensicherung sind am Tatort, die Leichen befinden sich noch in dem Motel.*

Das Drama ereignete sich heute Morgen um kurz vor fünf Uhr, Gäste vernahmen mehrere Schüsse und die Aufforderung der Polizei, der Schütze solle sich ergeben ...«

Unverdautes steigt in Audies Speiseröhre auf. Er schluckt und schmeckt, was er gestern gegessen hat. Die Wasserflasche ist ihm aus der Hand geglitten, ihr Inhalt fließt in den

Rinnstein. Auf dem Bildschirm äußert sich jetzt ein Augenzeuge – ein großer weißer Mann in einem karierten Hemd.

»*Ich habe Schüsse gehört, und jemand hat gerufen:* ›*Stehen bleiben, oder ich schieße!*‹ *Und dann weitere Schüsse. Überall flogen Kugeln.*«

»*Haben Sie den Schützen gesehen?*«

»*Nein, ich habe den Kopf eingezogen.*«

»*Wissen Sie irgendetwas über die Opfer?*«

»*Eine Frau und ihre kleine Tochter: Ich habe sie gestern beim Frühstück gesehen. Das Mädchen hat Waffeln gegessen, ein süßes kleines Ding mit einer Zahnlücke.*«

Audie kann nicht länger auf den Bildschirm blicken. In seinem Kopf sind Cassie und Scarlett noch lebendig, und etwas anderes will er nicht glauben. Er will weglaufen. Nein, er will kämpfen. Er möchte, dass jemand ihm das Ganze erklärt.

»*Die Polizei hat den Namen und das Foto eines Mannes veröffentlicht, der zur Befragung gesucht wird ...*«

Er blickt auf und sieht sein Foto aus den Polizeiakten, dann ein Bild aus dem Jahrbuch seiner Highschool. Es ist, als würde er wieder jünger werden, seine Haut glatter, sein Haar länger, seine Augen leuchtender ...

Im Fernseher sieht man jetzt Bilder, die vor dem Motel aufgenommen wurden. Im Vordergrund erkennt Audie die kleine kraushaarige FBI-Agentin, die ihn einmal im Gefängnis besucht hat. Sie wollte über das Geld sprechen, doch am Ende hatten sie über Bücher und Schriftsteller wie Steinbeck und Faulkner geredet. Sie hatte ihm Alice Walker und Toni Morrison empfohlen, um einen weiblichen Blick auf Armut kennen zu lernen.

Der Koch hat die Grillplatte geschrubbt, ohne von den Nachrichten im Fernsehen Notiz zu nehmen. Er wischt sich die Hände ab und sieht Audie an. »Weinen Sie?«

Audie blinzelt ihn an.

»Ich mach Ihnen einen Frühstücksburrito. Das Leben ist immer besser, wenn man eine Mahlzeit im Bauch hat.« Der Koch legt Zwiebeln und Paprika auf die Grillplatte. »Nehmen Sie Drogen?«

Audie schüttelt den Kopf.

»Trinken Sie?«

»Nein.«

»Ich will Sie nicht verurteilen«, sagt der Koch. »Jeder hat seine Laster.«

Die Nachrichten im Fernsehen sind inzwischen bei einem Tornado in Oklahoma und dem dritten Match der World Series angekommen. Audie hat sich abgewandt, sein Gesicht brennt, sein Blick ist fiebrig. Er kann noch das Gewicht von Cassies Körper auf seinem spüren, ihren Atem in seinem Ohr hören und ihren Geruch an seinen Fingern riechen. Das ist Wahnsinn. Seine Schuld. Einstein hat gesagt, die Definition von Wahnsinn sei es, immer wieder das Gleiche zu tun und einen anderen Ausgang zu erwarten. Genau so ist Audies Leben gewesen. Jeden Tag. In jeder Beziehung. In jeder Tragödie.

Mit bebender Brust beugt er sich über die Gosse, seine Nase läuft, und sein Körper schmerzt an Stellen, die er nicht benennen kann. Er ist verwirrt und von Sinnen, er hat die Kontrolle verloren. Was immer sein Plan war, er scheint nicht mehr wichtig. Er scheint unmöglich.

Um ihn herum leben die Menschen ihr Leben weiter: Pendler, Einkäufer, Touristen, Geschäftsleute, Jungen mit Baseballmützen, Bettler in Lumpen – manche sind entschlossen, sie selbst zu sein, andere versuchen, jemand anders zu sein. Audie will einfach nur *sein*.

32

Moss wartet an der Ecke von Caroline und Bell Street und beobachtet, wie der Verkehr bei Rot zum Stehen kommt und bei Grün stockend weiterrollt. Er blickt auf sein Handy. Bis jetzt hat ihn niemand angerufen. Vielleicht war das mit dem GPS-Peilsender eine Lüge. Er blickt in den blauweißen Himmel und fragt sich, ob er in diesem Moment von Satelliten beobachtet wird. Er hätte nicht übel Lust, ihnen den Stinkefinger zu zeigen.

Ein sechstüriger Autocrat hält am Straßenrand, und ein schwarzer Chauffeur steigt aus und erklärt Moss, dass er sich mit gespreizten Beinen an den Wagen lehnen soll. Mit einem Metalldetektor fährt er ihm über die Brust und den Rücken, an den Armen entlang und zwischen die Beine. Moss hat seine 45er unter dem Vordersitz des Pick-ups gelassen, eingewickelt in einen öligen Lappen, zusammen mit einer Schachtel Patronen und einem Bowie-Messer, das Lester gratis dazugepackt hat.

Der Chauffeur weist mit dem Kopf auf den Wagen, und die hintere Tür geht auf. Eddie Barefoot trägt einen dunklen Anzug mit Blume am Revers, als wollte er zu einer Hochzeit oder Beerdigung. Er könnte alles zwischen fünfundzwanzig und fünfzig sein, doch seine gelben Locken und seine dünnen Beine lassen ihn irgendwie antiquiert aussehen, wie jemanden, der aus einer sepiastichigen Fotografie gestiegen ist.

Eddie ist ein Mafioso, der Ende der Achtziger nach Houston gekommen ist, als die Bonanno-Familie ihr Einflussgebiet aus Südflorida nach Westen verlagerte. Er baute seine eigene Truppe auf und machte ein Vermögen mit Versand- und Bankbetrug, Drogen, Prostitution und Geldwäsche.

Seither hat seine Firma auch in legale Geschäfte investiert, doch es gibt nach wie vor keine ernst zu nehmende Aktion, an der er nicht irgendwie Anteil hat. Man zeigt Respekt, zahlt Prozente oder mit gebrochenen Knochen.

Die Limousine setzt sich in Bewegung.

»Ich war überrascht, von dir zu hören«, sagt Eddie und rückt die Blume an seinem Revers zurecht. »Laut meinen Quellen sitzt du immer noch im Bau.«

»Vielleicht solltest du deine Quellen wechseln«, erwidert Moss bemüht locker, obwohl er Angst hat, dass seine Stimme ihn verraten könnte. Sein Blick wird von der Delle in Eddies Stirn angezogen. Angeblich wurde der Schaden von einem Schlosserhammer verursacht. Und der Mann, der den Schlag geführt hatte, ein Geschäftsrivale, wurde später bis zum Hals im Sand vergraben und gezwungen, eine scharfe Handgranate zu schlucken. Das könnte natürlich auch eine Legende sein, doch Eddie hat sie nie dementiert.

»Außerdem hab ich gehört, du wärst sauber geworden. Die Brüder dachten, du hättest vielleicht zu Gott gefunden.«

»Ich hab ihn gesucht, aber er ist früher gegangen.«

»Vielleicht hat er gehört, dass du kommst.«

»Vielleicht.«

Lächelnd genießt Eddie das Geplänkel. Er spricht mit dem Akzent des tiefen Südens. »Und wie bist du rausgekommen?«

»Der Staat hat mich laufen lassen.«

»Das ist sehr großzügig vom Staat. Was hast du ihm dafür gegeben?«

»Nichts.«

Eddie entfernt mit dem kleinen Finger einen Krümel zwischen seinen Zähnen. »Sie haben dich also einfach laufen lassen?«

»Vielleicht war es eine Verwechslung.«

Eddie lacht. Moss beschließt einzustimmen. Der Wagen rast über den Freeway.

»Weißt du, was wirklich komisch ist«, sagt Eddie und wischt sich die Augen. »Dass du denkst, ich kauf dir diesen Scheiß ab. Du hast exakt fünfzehn Sekunden Zeit, mir zu sagen, warum du hier bist, bevor ich dich aus dem Wagen werfe. Und nur um das klarzustellen – wir werden dafür nicht bremsen.«

Jedes Lächeln ist erloschen.

»Vor zwei Tagen haben sie mich aus meiner Zelle geschleift, in einen Transporter gesetzt und am Rand einer Straße südlich von Houston abgesetzt.«

»Sie?«

»Ihre Namen weiß ich nicht. Ich hatte einen Sack über dem Kopf.«

»Warum?«

»Ich schätze, sie wollten nicht, dass ich sie erkenne.«

»Nein, warum haben sie dich laufen lassen, du Schwachkopf.«

»Oh, sie wollen, dass ich Audie Palmer finde. Er ist vor drei Tagen aus dem Gefängnis ausgebrochen.«

»Hab ich gehört.« Eddie schnippt mit einem Finger gegen seine hohle Wange. »Du suchst das Geld.«

»Das ist die Idee.«

»Hast du eine Ahnung, wie viele Leute das schon versucht haben?«

»Ja, aber ich kenne Audie Palmer. Ich habe ihn im Bau am Leben gehalten.«

»Das heißt, er schuldet dir was.«

»Ja.«

Ein Lächeln breitet sich über Eddies Gesicht, und er sieht aus wie ein Zuhälter oder Drogenbaron aus einer Fernsehserie wie *Law & Order* oder *The Wire*. Die Limousine fährt Richtung Galveston Bay, vorbei an Frachtterminals, Rangierbahnhöfen und endlosen Reihen von Containern, übereinandergestapelt wie Kinderbausteine.

»Was soll passieren, wenn du Audie Palmer findest?«, fragt Eddie.

»Sie haben mir ein Handy gegeben.«

»Und was dann?«

»Meine Strafe wird ausgesetzt.«

Wieder lacht Eddie und klopft sich auf die Schenkel wie bei einem Volkstanz. »Das ist wirklich absolut köstlich, Junge. Kein Mensch wird dir mit einem Strafregister wie deinem eine Du-kommst-aus-dem-Gefängnis-frei-Karte geben.«

Trotz der entmutigenden Beleidigung spürt Moss, dass Eddie zu ergründen versucht, wer ohne sein Wissen eine derartige Operation durchführen konnte. Wer hatte den Einfluss, einen verurteilten Mörder aus dem Gefängnis zu holen? Es musste jemand mit verdammt guten Beziehungen sein – ein Regierungsangestellter im Justizministerium oder das FBI oder die Staatsregierung. So ein Kontakt könnte wertvoll sein.

»Ich möchte, dass du mich als Ersten anrufst, wenn du Palmer findest, verstanden?«

Moss ist nicht in der Position, ihm zu widersprechen, also nickt er. »Was weißt du über den Überfall auf den Geldtransporter in Dreyfus County?«

»Es war ein Riesenschlamassel. Vier Leute sind gestorben.«

»Was ist mit der Bande?«

»Vernon und Billy Caine gehörten zu einer Gang aus New Orleans. Brüder. Sie haben mehr als ein Dutzend Banken in Kalifornien überfallen und sind dann weiter nach

Osten gezogen, Arizona und Missouri. Vernon war der Boss. Es gab noch ein weiteres festes Mitglied, Rabbit Burroughs, der auch bei dem Überfall auf den Geldtransporter mitmachen sollte, jedoch ein Wochenende vor dem Raub betrunken am Steuer erwischt wurde. Gegen ihn lag ein Haftbefehl aus Louisiana vor.«

»Wer gehörte noch zu der Truppe?«

»Sie hatten einen Mann drinnen.«

»Einen der Wachmänner?«

»Schon möglich.«

»Was ist mit Audie Palmer?«

»Kein Mensch hatte je von ihm gehört. Sein Bruder Carl hatte einen Ruf als Versager. Mit siebzehn hat er in den Sozialsiedlungen Crack, Heroin, Crystal und alles Mögliche vertickt, hatte seine Finger überall drin. Später war er mit einer Gang in West Dallas unterwegs, meistens Geldautomatenmanipulation und Versandbetrug. Hat fünf Jahre in Brownsville gesessen. Kam mit einem größeren Drogenproblem wieder raus als vorher. Ein Jahr später hat er einen Bullen erschossen, der privat in einem Spirituosenladen einkaufen war. Danach ist er verschwunden.«

»Und wo ist er?«

»Das, mein schwarzer Freund, ist die Sieben-Millionen-Dollar-Frage.«

Eddie wirkt eher gelassen als gekränkt. Normalerweise hätte er von einem Überfall dieser Größenordnung vorher gewusst, doch Vernon und Billy Caine waren von außerhalb, und Carl und Audie waren kleine Fische, die den Job wahrscheinlich ausbaldowert hatten.

Eddie kneift sich in die Nase, als wollte er Druck auf seinen Ohren lindern. »Willst du meine Meinung hören? Das Geld ist längst weg. Carl Palmer liegt entweder unter einem Erdhügel in der Wüste oder hat die Millionen dafür ausgegeben, verborgen zu bleiben. So oder so ist er abgeknabberter als das Brustbein eines Thanksgiving-Truthahns.«

»Wo finde ich Rabbit Burroughs?«

»Inzwischen geht er weitgehend legalen Unternehmungen nach, hat jedoch immer noch ein paar Mädchen laufen, die sich in einem Waschsalon in Cloverleaf anbieten. Außerdem hat er einen Teilzeitjob als Putzmann in einer Schule in Harris County.«

Eddie drückt auf einen Knopf. Der Wagen hält am Straßenrand. Zu drei Seiten erstreckt sich Wasser. Sie sind am Stadtrand von Morgan's Point, neben einem Container-Terminal.

»Hier steigst du aus«, sagt Eddie.

»Wie komme ich zurück zu meinem Pick-up?«

»Ich dachte, nach fünfzehn Jahren hinter Gittern würde dir der Spaziergang gefallen.«

33

Desiree war beinahe die ganze Nacht wach und ist die Details der Schießerei durchgegangen in der Hoffnung, dass sich aus dem weißen Rauschen eine Antwort herauskristallisieren würde. Sie schließt die Augen und muss sich zwingen, sie wieder zu öffnen. Jemand steht hinter ihr an die Trennwand gelehnt.

Eric Warner kaut auf einem Streichholz. »Ich hatte einen Anruf vom Büro des stellvertretenden Generalstaatsanwalts. Jemand hat sich über Sie beschwert.«

»Wirklich? Lassen Sie mich raten – er hat gesagt, ich wäre zu klein für die Achterbahn?«

»Das ist kein Witz.«

»Wer?«

»Sheriff Ryan Valdez.«

»Was hat er gesagt?«

»Er behauptet, Sie seien grob, beleidigend und unnötig streng gewesen. Er hat gesagt, Sie hätten wilde Anwürfe gemacht.«

»Hat er tatsächlich das Wort Anwürfe benutzt?«

»Hat er.«

»Ich nenne ihn einen Lügner, und er geht los und verschluckt ein Wörterbuch.«

Warner lehnt sich an ihren Schreibtisch und verschränkt die Arme. »Ihre sarkastische Ader wird Ihnen noch Ärger bereiten.«

»Wenn ich den Sarkasmus aufgeben würde, bliebe mir nur noch der Ausdruckstanz, um mich mitzuteilen.«

Diesmal lächelt Warner. »Sie schikanieren doch normalerweise keine Gesetzeshüter.«

»Der Mann hatte kein Recht, sich dort aufzuhalten. Er hätte Verstärkung rufen sollen. Er hätte das FBI benachrichtigen sollen.«

»Glauben Sie, das hätte einen Unterschied gemacht?«

»Eine Mutter und ihre Tochter könnten noch leben.«

»Das wissen Sie nicht.«

Desiree schnieft und kratzt sich die Nase. »Vielleicht nicht, aber ich sage, die Linie, die Cowboy-Polizisten von Verbrechern trennt, ist sehr schmal, und ich glaube, dass Valdez auf diesem Hochseil tanzt und uns auslacht.«

Warner wirft das abgekaute Streichholz in den Papierkorb. Er hat noch etwas zu sagen und sucht nach Worten.

»Frank Senogles übernimmt den Fall.«

»Was?«

»Er ist höherrangig. Es ist jetzt ein Doppelmord.«

»Aber ich bleibe doch Mitglied der Taskforce, oder?«

»Das müssen Sie ihn fragen.«

Es gibt vieles, was Desiree sagen möchte, doch sie beißt sich auf die Zunge, sieht Warner an und fühlt sich hintergangen.

»Sie werden Ihre Chance bekommen«, sagt er.

»Daran habe ich keinen Zweifel«, erwidert sie und starrt auf die Akten auf ihrem Tisch.

Als sie wieder aufblickt, ist Warner verschwunden. Immerhin hat sie sich nicht blamiert, indem sie wütend geworden ist oder gebettelt hat. Sie muss mit Senogles sprechen ... nett zu ihm sein. Sie beide haben eine gemeinsame Geschichte, und man könnte ihre Beziehung durchaus als Hassliebe bezeichnen: Senogles würde Desiree *liebend* gern an die Wäsche gehen, und sie *hasst* seine Selbstgefälligkeit und seine schikanöse Art. Eine Menge Agenten im Außendienst sind aggressiv im Umgang mit anderen Menschen, genießen die Macht, die ihre Dienstmarke ihnen verleiht. Sie bohren, schmeicheln, lügen und schüchtern Leute ein, um Ergebnisse zu bekommen, und prahlen hinterher damit, als wäre es ein Wettbewerb untereinander: Wer kann die meisten Fälle aufklären? Wer kann am höchsten pissen?

Als Frau war Desiree, was das Pinkeln betrifft, automatisch im Nachteil, und ihre Größe machte sie zu einer permanenten Zielscheibe für Witze, doch Senogles schien ihre bloße Anwesenheit beim FBI als persönlichen Affront zu betrachten.

Die Taskforce trifft sich um Mittag. Senogles erscheint Türen schwingend, schüttelt Hände oder klatscht sie ab und befiehlt allen, sich um ihn zu scharen. Bürostühle rollen in Formation. Als der Halbkreis gebildet ist, spricht er zu seinen Agenten und nimmt, während er dem Klang seiner eigenen Stimme lauscht, scheinbar an Statur zu. Er ist Anfang vierzig, mit extrablauen Kontaktlinsen, strahlenden Kronen und einer JFK-Frisur.

»Sie wissen alle, warum wir hier sind. Eine Mutter und ihre Tochter sind tot. Unser Hauptverdächtiger ist dieser Mann, Audie Palmer.« Er hält ein Foto hoch. »Ein entflohener Sträfling, der zuletzt zu Fuß in dieser Gegend gesehen wurde.« Er zeigt das Gebiet auf einem großen Stadtplan von Houston.

Senogles wendet sich an einen der Agenten und fragt nach den Opfern.

»Cassandra Brennan, fünfundzwanzig, geboren in Missouri, ihr Vater ist Prediger. Ihre Mutter ist gestorben, als sie zwölf war. Sie hat in der neunten Klasse die Schule abgebrochen und ist ein paarmal von zu Hause weggelaufen. Später hat sie eine Ausbildung als Kosmetikerin gemacht.«

»Seit wann war sie in Texas?«

»Seit sechs Jahren. Laut ihrer Schwester war sie mit einem Soldaten verlobt, der in Afghanistan gefallen ist, doch seine Familie wollte die Beziehung nicht anerkennen. Bis vor einem Monat hat sie bei ihrer Schwester gewohnt und als Kellnerin gearbeitet, aber es gab Probleme mit dem Schwager.«

»Was für Probleme?«

»Er hat sich ein bisschen zu sehr für Cassandras Wohlbefinden interessiert. Ihre Schwester hat sie aufgefordert zu gehen. Seitdem hat sie im Auto gelebt.«

»Irgendwelche Vorstrafen?«

»Zwei Strafbefehle, einer wegen unbezahlter Strafzettel wegen Falschparken und der andere wegen der Nicht-Rückzahlung von sechshundertfünfzig Dollar zu viel gezahlter Unterstützung für allein erziehende Eltern. Ansonsten nichts, keine weiteren Namen, keine weiteren direkten Verwandten.«

»Wie hat sie Palmer getroffen?«

»Sie steht nicht auf der Besucherliste des Gefängnisses«, sagt ein anderer Agent.

»Und ihr Name ist auch in der damaligen Ermittlung nicht aufgetaucht«, fügt ein dritter hinzu.

»Vielleicht hat sie in dem Hotel angeschafft«, sagt Senogles.

»Laut Aussage des Nachtportiers nicht.«

»Vielleicht hat sie ihn auch mal rangelassen.«

Ein Foto wird an eine weiße Tafel geheftet – eine Aufnahme aus Cassies Highschool-Jahrbuch. Sie sieht gleichzeitig übermütig und schüchtern aus, blonde Haare, Pony.

»Die Staatspolizei geht in den umliegenden Straßen von Haus zu Haus und setzt Hunde ein, um Gärten und Schuppen zu durchsuchen. Wahrscheinlich finden sie Palmer vor uns, doch ich will wissen, wo er gewesen ist, mit wem er Kontakt hatte und woher er die Waffe hatte. Sprecht mit Palmers Verwandten, Freunden, Bekannten – jeder, der ihn kannte oder ihm Unterstützung anbieten könnte. Findet heraus, ob es irgendwelche Orte gibt, wo Palmer als Kind besonders gern war. War er als Junge vielleicht zelten? Wo fühlte er sich wohl?«

Desiree hebt die Hand. »Er ist in Dallas aufgewachsen.«

Senogles wirkt überrascht. »Ich habe Sie gar nicht gesehen, Special Agent Furness. Nächstes Mal müssen Sie sich auf einen Stuhl stellen.«

Die anderen lachen. Desiree reagiert nicht.

»Und was führt Sie hierher?«, fragt Senogles.

»Ich hatte gehofft, Mitglied der Task Force zu werden.«

»Ich habe genug Leute.«

»Ich habe mich über den Raubüberfall und das verschwundene Geld auf dem Laufenden gehalten«, sagt Desiree.

»Das Geld ist nicht mehr das Thema.«

»Ich habe Palmers psychologische Gutachten und Gefängnisakten gelesen. Ich habe mit ihm gesprochen.«

»Wissen Sie, wo er ist?«

»Nein.«

»Nun, dann nützen Sie mir nicht viel.« Senogles nimmt die Sonnenbrille aus der Stirn und verstaut sie in einem Etui.

Desiree steht immer noch. »Audie Palmers Mutter lebt inzwischen in Houston, seine Schwester arbeitet im Texas Children's Hospital. Ryan Valdez war einer der Polizisten, die Palmer vor elf Jahren verhaftet haben.«

Senogles stellt seinen Fuß auf einen Stuhl und stützt den Ellbogen auf das Knie wie auf einen Zaun. In seinen Augenwinkeln spannen sich kleine Netze aus Falten, wie Haarrisse in altem Porzellan. »Was wollen Sie damit andeuten?«

»Ich denke, es ist merkwürdig, dass Audie Palmer einen Tag vor seiner Entlassung geflohen und dann vor dem Haus des Polizisten aufgetaucht ist, der ihn verhaftet hat.«

»Sonst noch was?«

»Außerdem finde ich es seltsam, dass Valdez versucht hat, Palmer festzunehmen, ohne Verstärkung anzufordern, nachdem der Nachtportier Palmer auf einem Foto identifiziert hatte.«

»Sie glauben, Valdez ist nicht sauber?«

Desiree antwortet nicht.

Senogles blickt, anscheinend hin und her gerissen, in die Runde der Beamten. Dann richtet er sich wieder auf. »Okay, Sie sind im Team, aber halten Sie sich von dem Sheriff fern. Er ist tabu.«

Desiree will widersprechen.

»Palmer ist direkt vor dem Haus des Mannes aufgetaucht. Valdez hat jedes Recht, beunruhigt zu sein. Vergessen Sie nicht, nach wem wir hier fahnden. Wenn Palmer auf einer Art Rachefeldzug ist, sollten wir uns auch andere potenzielle Opfer anschauen – Richter, Strafverteidiger, Distriktstaatsanwalt. Sie müssen alle benachrichtigt werden.«

»Was ist mit Personenschutz?«, fragt jemand.

»Nur wenn jemand darum bittet.«

34

Das alte Granada-Kino am Jenson Drive ist schon seit Mitte der Neunziger verfallen, mit Brettern vernagelt, mit Graffiti übersät und von Vogelscheiße verdreckt, aufgegeben für das Multiplex-Kino eine halbe Meile entfernt. Erbaut worden war es in den 1950ern, als North Houston das letzte große Einkaufsviertel südlich von Humble und es ein Familienritual war, dass die Eltern einkaufen gingen, während ihre Kinder sich im Granada eine Doppelvorstellung ansahen.

Gegenüber war früher Lamont's Bakery, wo Audie während seiner Collegezeit gearbeitet hat, aber mittlerweile ist in dem Gebäude ein chinesisches Restaurant namens The Great Wall. Mr Lamont, sein Boss in der Bäckerei, hatte Audie erzählt, dass er einmal dessen Namensvetter, den texanischen Kriegshelden Audie Murphy, im Granada getroffen hatte, als der nach Houston gekommen war, um Werbung für den auf seinem Leben basierenden Film *Zur Hölle und zurück* zu machen.

»Deswegen habe ich dir den Job gegeben«, erklärte er Audie. »Du bist nach dem mutigsten Mann benannt, dem ich je begegnet bin. Weißt du, was er getan hat?«

»Nein«, sagte Audie.

»Er hat auf einem brennenden Panzer mit einem Maschinengewehr geschossen, während die Flammen an seinen Fußsohlen leckten. Seine Füße waren komplett hinüber, doch er hat sich erst medizinisch behandeln lassen, als alle seine Männer in Sicherheit waren. Rate mal, wie viele Krauts er getötet hat.«

Audie zuckte die Achseln.

»Rate einfach.«

»Hundert.«

»Sei nicht blöd!«

»Fünfzig?«

»Verdammt richtig! Er hat fünfzig Deutsche getötet.«

Audie hatte Mr Lamont versprochen, sich den Film irgendwann anzuschauen, doch er war nie dazu gekommen. Noch etwas zum Bedauern.

Er schleicht an der Seite des Kinos entlang, klettert eine Feuertreppe hoch und tritt gegen eine mit einem Vorhängeschloss gesicherte Tür, die auf verrosteten Angeln aufschwingt und einen Brocken feuchten Putz aus der Wand schlägt. Er tastet sich durch das leere, nach Schimmel und Verfall stinkende Gebäude. Die Sitzreihen sind herausgerissen worden, und zurückgeblieben ist eine abschüssige Höhle mit Teppichresten, verbogenem Metall und kaputten Lampen. Die in dunklen Grün- und Rottönen gestrichenen Wände weisen um die Türen und über den Fußleisten noch Stuckverzierungen auf.

Hier versucht Audie zu schlafen, zusammengerollt, den Kopf auf seine Jacke gelegt. Er hat vergessen, wie alt er ist. Er muss die Jahre zählen und kommt auf dreiunddreißig. Zitternd und mit zuckenden Blitzen zieht die Nacht auf. Es erinnert Audie an die Nächte im Gefängnis, in denen er auf seiner Pritsche vor dem Mauerwerk die Tragödien seiner Vergangenheit noch einmal durchlebt hat.

»Du wirst Angst haben«, erklärte ihm Moss. »Aber wenn du Angst kriegst, musst du daran denken, dass die längste Nacht nur acht Stunden dauert und die längste Stunde nur sechzig Minuten. Die Morgendämmerung kommt bestimmt

– außer du willst nicht –, doch gegen den Gedanken musst du ankämpfen. Versuch es noch einen Tag.«

Audie hätte nicht gedacht, dass er irgendetwas am Gefängnis vermissen würde, doch er vermisst Moss. Der große Schwarze hatte auf ihn aufgepasst, halb Leibwächter, halb Gönner, vor allem Freund.

Sie werden ihn wegen dem Ausbruch befragt haben. Vielleicht hat er Schläge einstecken müssen. Der Gedanke schmerzt Audie, doch es war sicherer, niemanden in seine Pläne einzuweihen – nicht einmal Moss. Eines Tages wird er ihm schreiben und es erklären.

Er zwingt sich, an etwas anderes zu denken, landet bei Belita und erinnert sich an die ersten Monate ihrer Affäre. Er staunt, wie gegenwärtig ihm bestimmte Momente sind. Liebe war ein Zufall, der darauf gewartet hatte zu passieren, entschied er. Es war, als hätte man einen Fallschirm aus einem Flugzeug geworfen und wäre hinterhergesprungen, fest davon überzeugt, ihn fangen zu können. Er hatte sich in freiem Fall befunden, doch es hatte sich nicht angefühlt wie ein Todessturz.

In der ersten Zeit sah er Belita vier oder fünf Mal die Woche, wenn er sie zu Geldübergaben chauffierte. Sie schliefen im Auto miteinander, in Audies Zimmer und in Urbans Haus, wenn der auf einer der Farmen oder geschäftlich unterwegs war. Nie über Nacht. Niemals schliefen sie in den Armen des anderen ein oder wachten morgens zusammen auf. Stattdessen stahlen sie Augenblicke wie Diebe und starrten hinterher aufs Meer, in den Abendhimmel oder an die Decke von Audies Zimmer.

»Wie viele Menschen hast du geliebt?«, fragte sie eines Tages.

»Nur dich.«

»Du lügst.«

.»Ja.«
»Das ist okay. Du kannst mich weiter anlügen.«
»Wie viele Männer hast du geliebt?«
»Zwei.«
»Mich eingeschlossen?«
»Ja.«
»Wer war der andere?«
»Das spielt keine Rolle.«

Sie hatten oberhalb eines Strandes geparkt und lagen auf der Rückbank von Urbans SUV; heranrollende Wellen brachen sich und wurden zurückgesaugt wie von riesigen Lungenflügeln. Es gab so vieles, was er über Belita wissen wollte. Alles. Er dachte, wenn er Details seines Lebens preisgab, würde sie auch etwas über ihres verraten, doch sie hatte die Gabe, lange Gespräche zu führen, fast ohne etwas zu sagen. Gleichzeitig lagen in ihren dunklen unbewegten Augen Erinnerungen und ein Wissen, das Audie nicht einmal ansatzweise begreifen konnte und lieber unangetastet lassen sollte.

Was hatte er in Erfahrung gebracht? Ihr Vater hatte einen kleinen Laden in Las Colinas besessen, ihre Mutter die Brautkleider genäht, die sie verkauften. Sie lebten auf zwei Etagen über dem Geschäft, wo sich Belita ein Zimmer mit ihrer älteren Schwester teilte, über die sie nicht sprechen wollte. Sie mochte keine Hunde, Gespenstergeschichten, Erdbeben, Pilze, Zuckerwatte, Krankenhäuser, kleksende Füller, Wäschetrockner, Dauerwerbesendungen, Rauchalarm, elektrische Öfen und Innereien.

Ihr Zimmer verriet ihm nichts. Es war frei von persönlichen Habseligkeiten, und bis auf ihre Unterwäsche waren die meisten Schubladen leer. Im Kleiderschrank hingen ein halbes Dutzend Kleider neben den Sachen, die sie zusammen gekauft hatten.

Als er weitere Fragen über ihre Familie und darüber stellte, wo sie aufgewachsen und wie sie nach Amerika gekommen war, reagierte sie wütend. Das Gleiche passierte auch, wenn er ihr seine Liebe erklärte. Manchmal nahm sie es an, dann wieder nannte sie ihn dumm und stieß ihn von sich. Sie machte sich lustig über seine Jugend und das, was sie miteinander verband. Vielleicht hoffte sie, ihn so zu vertreiben, doch es hatte die gegenteilige Wirkung, weil ihr Spott bedeutete, dass ihr etwas an ihm lag.

Belita blickte auf Audies Armbanduhr und sagte, es sei Zeit zu gehen. Sie waren selbstgefällig geworden, leichtsinnig, sie gingen zu viele Wagnisse ein, stahlen sich halbe Tage, riskierten ihre Entdeckung.

Audie hasste es, sie vor dem Haus abzusetzen. Er wusste nicht, ob sie jede Nacht in Urbans Bett stieg, doch er fürchtete es und ertrug den Gedanken kaum, dass ein anderer Mann sie berührte. Hin und her gerissen zwischen Eifersucht und Begehren lag er in seinem Bett, stöhnte in sein Kissen und gab sich mit geschlossenen Augen dem Kino seiner Fantasien hin. Überall roch er Belita. Sie hatte die Welt mit ihrem Duft parfümiert.

»Gefällt dir dein Leben, wie es ist?«, fragte er sie an einem der halben Tage, die sie manchmal für sich abknapsen konnten, als sie am Meer entlangfuhren. Das war mittlerweile das Maß seines Lebens – die Stunden, die er mit Belita verbrachte.

Sie antwortete nicht, und ihr Ausdruck blieb neutral.

Er fragte noch einmal. »Gefällt es dir, mit Urban zusammenzuleben?«

»Er ist gut zu mir gewesen.«

»Du bist nicht sein Besitz.«

»Du verstehst das nicht.«

»Dann erkläre es mir.«

Audie sah, wie die Röte in ihren Hals und ihre Wangen stieg. »Du bist zu jung«, sagte sie.

»Nicht jünger als du.«

»Ich habe mehr gesehen.«

Für einen Moment wandte Audie den Blick aufs Meer, frustriert, traurig, verwirrt. Er wollte fragen, ob verborgene Liebe trotzdem echte Liebe war. Die Augenblicke mit Belita erschienen ihm so real, während alles andere eine Illusion war.

»Wir könnten von hier weggehen«, sagte er.

»Und wohin?«

»Nach Osten. Ich habe Familie in Texas.«

Sie lächelte traurig, als würde sie einem liebenswerten Narren zuhören.

»Was ist so komisch?«

»Du willst mich nicht.«

»Will ich doch.«

Das Fenster stand offen, und der Wind wehte ihr die Haarspitzen in die Mundwinkel. Sie zog die Knie an die Brust und senkte den Kopf.

»Was ist mit dir geschehen?«, fragte er.

Sie antwortete nicht. Dann bemerkte er, dass sie weinte. Audie hielt am Straßenrand. Es war schon fast dunkel. Er küsste sie auf die Wange und sagte, dass es ihm leid täte. Ihre Haut fühlte sich beinahe kühl an. Er strich mit den Fingerspitzen über ihr Gesicht, über Mulden und Furchen, als würde er ihre Schönheit ertasten wie ein Blinder. Und er begriff zum ersten Mal, dass Liebe genauso leicht Elend, Grausamkeit und Vernichtung hervorbringen konnte wie Güte und Freude.

Sie stieß ihn weg und sagte, er solle sie nach Hause fahren. Später duschte er und stand mit der Zahnbürste in der Hand lange regungslos vor dem Spiegel, ohne sich auf das eigene Bild zu konzentrieren. Belitas Gesicht, so nah und doch so fern, verfolgte ihn, blickte durch ihn hindurch. Ihre kräftigen markanten Brauen, ihr leicht geöffneter Mund, ihre glatte Haut, ihre braunen Augen, ihr flacher keuchender Atem und die Kaskade von Seufzern. Er hatte das Gefühl, ihre Leidenschaft könnte Städte entflammen, doch sie ließ ihn bereits hinter sich und benutzte seinen Körper für eine Reise an einen fernen Ort, den zu erreichen er nie hoffen konnte.

Hinterher rief er von dem Münztelefon im Flur seine Mutter in Dallas an. Er hatte seit einem halben Jahr nicht mehr mit ihr gesprochen, jedoch regelmäßig Postkarten und zu ihrem Geburtstag ein Geschenk geschickt, einen mit Muscheln besetzten Bilderrahmen (was laut Belita, die tausend Arten von Aberglauben kannte, Unglück brachte).

Er hörte das Telefon klingeln und stellte sich vor, wie seine Mutter durch den engen Flur kam und dem Beistelltisch und dem Hutständer auswich. In der Leitung war ein Echo. Er fragte sich, ob seine Worte real übermittelt oder in Signale umgewandelt wurden.

»Geht es dir gut?«, fragte sie.
»Ich habe jemanden kennen gelernt.«
»Woher kommt sie?«
»Aus El Salvador. Ich möchte sie heiraten.«
»Du bist noch zu jung.«
»Sie ist die Richtige.«
»Hast du sie schon gefragt?«
»Nein.«

Nachdem er erst im Morgengrauen in den Schlaf gefunden hat, ist es fast Mittag, als Audie aufwacht. Er möchte nach draußen, Sonne auf der Haut spüren und die Freiheit atmen, solange es noch geht. Er verlässt das alte Kino und wandert durch die Straßen, um den Kopf frei zu bekommen. Als er aus dem Gefängnis ausgebrochen ist, hatte er einen Plan, doch nun beginnt er sich zu fragen, ob der Preis nicht zu hoch ist. Zwei weitere unschuldige Tote – wie kann irgendein Zweck diese Mittel heiligen?

Er bildet sich ein, dass die Leute ihn anstarren, mit dem Finger auf ihn zeigen und hinter vorgehaltener Hand tuscheln. Er begegnet einem Mann im Bademantel und einer tätowierten jungen Frau, die wütend zu einem Fenster im ersten Stock hinaufkeift, jemand solle »die verdammte Tür aufmachen«. Er sieht ein ausgebranntes Auto, einen abgestellten Kühlschrank, Discountläden, Autosalons und einen Konvoi von Motorradfahrern.

Irgendwann blickt er auf und bemerkt eine Kirche mit einem Schild vor der Tür: *Wenn du Gott wirklich liebst, zeig ihm dein Geld.* An der Ecke gegenüber ist ein kleiner Schnapsladen mit einem grellen Neonschild über der Tür. In den Regalen reihen sich die Flaschen, Spirituosen, Liköre und fermentierte Früchte, die er nicht kennt, geschweige denn je gekostet hätte, trotzdem denkt er, wie leicht es wäre, sich in einen Zustand von Vergessenheit zu trinken.

Über seinem Kopf klingelt ein Glöckchen. Die Gänge sind leer. Eine Kamera filmt den Eingang. Audie sieht sich selbst auf dem Bildschirm. Er nickt dem Mann hinter dem Tresen zu.

Im Laden gibt es ein Münztelefon. Audie überlegt, seine Mutter anzurufen, doch stattdessen lässt er sich von der Vermittlung mit einer anderen Nummer verbinden und lauscht dem Klingeln. Eine Telefonistin antwortet.

»Ich muss Special Agent Furness sprechen«, sagt er.
»Wer ist da?«
»Ich habe Informationen für sie.«
»Sie müssen mir einen Namen nennen.«

»Audie Palmer.«

Der Hörer wird hart abgelegt. Audie hört gedämpfte Stimmen, Menschen, die Flure hinunterrufen. Er blickt zu dem Kassierer, nickt und wendet ihm dann den Rücken zu.

Eine Frau meldet sich in der Leitung.

»Ist dort Special Agent Furness?«

»*Ja.*«

»Ich bin Audie Palmer. Wir kennen uns.«

»*Ja, ich erinnere mich.*«

»Ich habe die Bücher gelesen, die Sie mir empfohlen haben. Es hat eine Weile gedauert, bis die Bücherei sie beschaffen konnte, doch sie haben mir sehr gut gefallen.«

»*Sie rufen doch nicht wegen eines Lesekränzchens an.*«

»Nein.«

»*Sie wissen, dass wir nach Ihnen fahnden, Audie.*«

»Das dachte ich mir schon.«

»*Stellen Sie sich.*«

»Das kann ich nicht machen.«

»*Warum nicht?*«

»Ich habe noch ein paar Dinge zu erledigen, doch Sie müssen wissen, dass ich Cassie und Scarlett nicht erschossen habe. Ich gebe Ihnen mein Ehrenwort. Beim Leben meiner Mutter und dem Grab meines Vaters, ich war es nicht.«

»*Warum kommen Sie nicht vorbei und erklären mir alles?*«

Audie spürt, wie der Schweiß aus seinen Achselhöhlen tropft. Er hält den Hörer vom Kopf weg und wischt mit der Schulter das Ohr ab.

»*Sind Sie noch da?*«

»Ja, Ma'am.«

»*Warum sind Sie ausgebrochen, Audie? Sie hatten nur noch einen Tag abzusitzen.*«

»Ich habe das Geld nicht gestohlen.«

»*Sie haben den Raub gestanden.*«
»Ich hatte meine Gründe.«
»*Warum?*«
»Das kann ich Ihnen nicht sagen.«

Desiree bricht das nachfolgende Schweigen. »*Ich kann verstehen, dass Sie vielleicht für Ihren Bruders oder sonst wen die Schuld auf sich genommen haben, Audie, aber vor dem Gesetz ist jeder an einem Raub Beteiligte gleichermaßen schuldig, egal ob er den Geldtransporter entführt, das Fluchtfahrzeug gefahren oder nur Telefonate geführt hat.*«

»Sie verstehen nicht.«

»*Dann erklären Sie es mir. Warum sind Sie aus dem Gefängnis geflohen? Sie sollten am nächsten Tag in die Freiheit entlassen werden.*«

»Ich wäre *nie* frei gewesen.«

»*Wieso nicht?*«

Er seufzt. »Ich habe die letzten elf Jahre damit zugebracht, Angst zu haben, Agent Furness. Angst vor dem, was passieren könnte. Angst vor dem, was passiert ist. Immer mit einem offenen Auge schlafen. Immer eine Wand im Rücken. Aber wissen Sie was – seit ich draußen bin, schlafe ich prima. Ich glaube, ich habe erkannt, dass die Angst der eigentliche Feind ist.«

Sie atmet tief ein. »*Wo sind Sie?*«

»In einem Schnapsladen.«

»*Lassen Sie mich kommen und Sie abholen.*«

»Ich werde nicht mehr hier sein.«

»*Was ist mit Carl?*«

»Er ist tot.«

»*Seit wann?*«

Audie presst das Telefon fester ans Ohr und kneift die Augen zu, bis ein Kaleidoskop von Farben vor seinen Augen kreiselt. Die Lichter verblassen, und er sieht seinen

Bruder am Fluss sitzen, das Gesicht von einem Schweißfilm überzogen, eine Pistole im Schoß. Blut sickerte durch den Verband auf seiner Brust, und Carl starrte ins schwarze Wasser, als ob in dem Fluss die Antwort auf die wichtigste Frage des Lebens lag. Carl wusste, dass er nicht ins Krankenhaus gehen würde. Er würde auch nicht nach Kalifornien fliehen und ein neues Leben anfangen.

»Der Mann, den ich getötet habe, hatte eine Frau, die ein Kind erwartet«, sagte er. »Ich wünschte, ich könnte es ungeschehen machen. Ich wünschte, ich wäre nie geboren worden.«

»Ich hole einen Arzt«, sagte Audie. »Alles wird gut.« Doch noch während er das sagte, wusste er, dass es nicht stimmte.

»Ich verdiene weder Vergebung noch Gebete«, sagte Carl. »Dort gehöre ich hin.« Er wies auf den Fluss, der strudelnd dahinströmte, ölig schwarz und unbarmherzig.

»Sag so was nicht«, erwiderte Audie.

»Richte Ma aus, dass ich sie liebe.«

»Das weiß sie.«

»Und erzähl ihr nicht, was als Nächstes kommt.«

Audie wollte widersprechen, doch Carl hörte gar nicht mehr zu. Er richtete die Waffe auf Audie und sagte, er solle gehen. Audie weigerte sich. Carl hielt ihm die Waffe an die Stirn und schrie ihn an, sodass blutige Spuckefetzen in seinem Gesicht landeten.

Audie stieg in den Pick-up und fuhr über Schlaglöcher holpernd los, die Straße verschwamm hinter Tränen. Er blickte in den Rückspiegel, sah jedoch niemanden am Ufer stehen. Jahrelang hatte er versucht, sich einzureden, dass Carl doch irgendwie entkommen war und irgendwo unter anderem Namen lebte, mit einem guten Job, einer Frau und Kindern, doch tief im Innern wusste er, was sein Bruder getan hatte. Special Agent Furness ist noch immer am Telefon und wartet auf eine Erklärung.

»Carl ist vor vierzehn Jahren im Trinity River gestorben.«

»*Wie?*«

»Er ist ertrunken.«

»*Wir haben seine Leiche nie gefunden.*«

»Er hat seinen Körper mit Altmetall beschwert und ist in den Fluss gesprungen.«

»*Woher weiß ich, dass Sie die Wahrheit sagen?*«

»Baggern Sie den Fluss aus.«

»*Warum haben Sie das niemandem erzählt?*«

»Ich musste es ihm versprechen.«

Audie will auflegen.

»Warten Sie!«, sagt Desiree. »*Warum sind Sie zum Haus des Sheriffs gegangen?*«

»Ich musste mich vergewissern.«

»*Worüber?*«

Die Verbindung ist tot.

35

Es dauert bis zum späten Nachmittag, bis Moss Rabbit Burroughs gefunden hat. Der Hausmeister wischt den Fußboden einer Turnhalle und bewegt den Besen wie eine magersüchtige Tanzpartnerin. Es riecht nach Schweiß, Tigerbalsam und noch etwas, woran Moss sich aus seiner Jugend erinnert. Hormone vielleicht. Auf der Tribüne sitzt ein Mädchen und spielt mit einem Handy. Sie ist ungefähr dreizehn, übergewichtig, gelangweilt.

»Gibt es dafür keine Maschinen?«, fragt Moss den Hausmeister.

»Die ist kaputt«, sagt Rabbit und dreht sich langsam um. Er trägt ein kurzärmeliges Hawaiihemd, das eine Nummer zu klein für ihn ist, sodass seine Unterarme herausragen wie Weihnachtsschinken, und seine ergrauenden langen Haare sind zu einem Pferdeschwanz gebunden.

»Die Schule ist aus. Alle sind schon zu Hause.«

»Ich wollte Sie treffen.«

Rabbit wechselt den Mopp von der linken in die rechte Hand, um ihn zur Not als Waffe benutzen zu können. Er mustert Moss und überlegt, ob er kämpfen oder die Flucht ergreifen soll.

»Ich will Sie nicht bedrohen«, sagt Moss und hebt beide Hände. »Wie lange arbeiten Sie schon hier?«

»Das geht Sie nichts an.«

»Weiß man hier, dass Sie ein verurteilter Straftäter sind?«

Rabbit blinzelt ihn an. Sein Gesicht sieht aus, als hätte er Fieber, seine Haut ist feucht, die Augen sind krampfhaft aufgerissen.

»Ich wette, die haben keine Ahnung.«

Rabbit hebt den Mopp mit beiden Händen.

»Entspannen Sie sich. Sie tropfen ja alles voll.«

Rabbit blickt auf die Pfütze.

»Wer ist das kleine Mädchen?«, fragt Moss.

»Sie gehört hierher.«

»Was soll das heißen?«

»Ihre Mutter arbeitet. Ich passe auf sie auf.«

»Was macht ihre Mutter?«

»Sie putzt die Klos.«

Moss schlendert über die geputzten Dielen, lässt einen imaginären Basketball titschen, setzt zu einem Wurf an und stellt sich vor, den Ball im Netz zu versenken. Der Raum hallt. Moss hat ein wenig über Rabbit recherchiert und weiß, dass er zwei Mal in Staatsgefängnissen gesessen hat, einmal für sechs Jahre. Außerdem eine Jugendstrafe wegen Versandbetrug und Drogenbesitz. Aber das Strafregister verrät einem nichts darüber, wie ein Mensch aufgewachsen ist – ob sein Vater ein gewalttätiger Säufer war oder hässlich, arm oder dumm.

Rabbit ist ein Alkoholiker. Moss kann es erkennen. Geplatzte Äderchen trüben das Weiß seiner Augen, und in seinen Mundwinkeln klebt getrockneter Schleim. Es gibt verschiedene Typen von Trinkern. Einige knallen sich in der Begeisterung des Augenblicks und bei bester Laune weg; andere trinken, um zu flüchten, lassen sich einsam volllaufen.

»Erzählen Sie mir von dem Überfall auf den gepanzerten Geldtransporter in Dreyfus County.«

»Ich weiß nicht, wovon Sie reden.«

»Sie gehörten zu der Bande.«

»Ich doch nicht.«

»Sie wurden vor dem Raub allerdings wegen Alkohol am Steuer festgesetzt.«

»Sie irren sich.« Rabbit wischt wieder den Boden, deutlich energischer als vorher, eher Foxtrott als langsamer Walzer. Moss tritt einen Schritt näher. Der Mopp schwingt auf seinen Kopf zu. Er duckt sich locker darunter hinweg, reißt Rabbit den Stiel aus den Händen und zerbricht ihn über seinem Knie. Das Mädchen blickt auf. Es ist alles so schnell passiert, dass sie es verpasst hat. Sie wendet sich wieder ihrem Handy zu.

Moss reicht Rabbit die beiden Teile des Mopps und zieht einen Zwanziger aus der Tasche, den er in die Tasche von Rabbits Hawaiihemd steckt. Der setzt sich resigniert auf einen Sitz in den Zuschauerrängen, zieht einen Flachmann aus der Tasche, schraubt sie auf und nimmt einen Schluck. Sein Blick wird wässrig. Er wischt sich die Lippen ab.

»Ihr denkt alle, ihr könntet mir Angst machen. Ihr denkt

alle, ich bin nur ein gebrochenes Wrack, aber ich lasse mich von niemandem einschüchtern. Wissen Sie, wie oft Leute mich schon nach diesem Raub gefragt haben? Ich bin bedroht, verprügelt, mit Zigaretten verbrannt, belästigt und schikaniert worden. Das FBI holt mich immer noch alle paar Jahre zur Befragung ab. Ich bin sicher, dass sie mein Telefon abhören und meine Konten überwachen.«

»Ich weiß, dass Sie das Geld nicht haben, Rabbit. Erzählen Sie mir einfach von dem Überfall.«

»Ich hab im Bezirksgefängnis gesessen.«

»Sie sollten den Wagen fahren.«

»Sollte ich, hab ich aber nicht.«

»Erzählen Sie mir von Vernon und Billy Caine.«

»Ich kannte sie.«

»Sie haben mit ihnen zusammen Banken ausgeraubt.«

Rabbit nimmt noch einen Schluck aus der Flasche. »Ich habe Billy im Jugendknast kennen gelernt, und wir sind Freunde geblieben. Vernon kannte ich nicht, bis Billy mich eines Tages aus heiterem Himmel anrief und sagte, er habe einen Job für mich. Ich war gerade rausgeflogen, und die Raten für meinen Wagen waren fällig. Vernon war der Boss. Sie arbeiteten mit der Masche, dass er und Billy die Bank getrennt betraten und sich in verschiedenen Schlangen anstellten. Sie ließen andere Leute vor, damit sie ungefähr gleichzeitig vor dem Schalter standen, in der Hand eine Zeitung oder Zeitschrift, in der ihre Knarre versteckt war, sodass nur der Kassierer sie sehen konnte. Sie haben nicht geschrien, Leute angebrüllt oder in die Luft geschossen. Stattdessen haben sie die Kassierer ganz leise angewiesen, ihre Taschen mit Bargeld zu füllen. Dann sind sie völlig cool wieder rausspaziert, und ich bin losgefahren. Auf die Art müssen wir dreißig oder vierzig Banken ausgeraubt haben, erst in Kalifornien und dann weiter im Osten.«

»Was war mit dem Job in Dreyfus County?«

»Das war eine vollkommen andere Geschichte. Vernon kannte einen Typen, der bei einer Sicherheitsfirma arbeitete, die unter anderem damit beauftragt war, Bargeld bei Banken und Maklern abzuholen.«

»Scott Beauchamp?«

»Nie gehört.«

»Er war der Wachmann, der bei dem Überfall ums Leben gekommen ist.«

Rabbit zuckt die Achseln. »Vielleicht war er der Informant, vielleicht auch nicht. Vernon hat es nicht gesagt. Es war ein perfektes Set-up. Zwei Mal im Monat holte der gepanzerte Transporter beschädigte Geldscheine bei Banken ab – zerrissen, mitgewaschen, bekleckert. Sie werden zu einer Anlage für Datenvernichtung in Chicago gebracht. Die Federal Reserve Bank verbrennt das Geld in einem riesigen Brennofen. Können Sie das glauben? Vernon kannte den Zeitplan und auch die Route des Transporters, also haben wir geplant, den Wagen zu kapern, die Wachleute zu fesseln, die Türen zu sprengen und mit dem unmarkierten und nicht zurückzuverfolgenden Geld abzuhauen. Niemand kannte die Seriennummern. Es war nicht mal so, als würden wir irgendwen bestehlen. Das Geld sollte sowieso verbrannt werden, oder?«

»Wie ist Audie Palmer zu dem Job gekommen?«

»Vernon muss ihn gefunden haben.«

»Haben Sie Palmer je getroffen?«

»Nein.«

»Was ist mit seinem Bruder?«

Rabbit schüttelt den Kopf. »Ich hatte noch nie von ihm gehört, bis der Job schieflief. Ich war völlig fertig, Vernon und Billy auf diese Weise zu verlieren. Billy war ein bisschen abgedreht. Er hatte als Teenager Acid geschluckt, und das hat ihn paranoid gemacht, aber er war ein guter Junge. Ist eine Zeit lang mit meiner kleinen Schwester ausgegangen.«

»Und seitdem – irgendwas Neues von Carl?«

»Ich habe gehört, er soll in Südamerika sein.«

»Glauben Sie, dass er das Geld genommen hat?«

»Das haben die Bullen gesagt. Ich schätze, man schuldet mir mindestens eine halbe Million.«

»Warum?«

»Vernon hat mir damals einen Anteil versprochen, obwohl ich bei dem Job nicht mitmachen konnte. Und schauen Sie mich jetzt an – ich wische Fußböden und spiele den Babysitter für Prinzessin Fiona.«

Das Mädchen hebt den Kopf. »Ich habe Hunger«, quengelt sie.

»Zieh dir was aus dem Automaten.«

»Ich hab kein Geld.«

Rabbit durchsucht seine Taschen, findet nur den Zwanziger und sieht Moss an. »Haben Sie es kleiner?«

Moss gibt ihm einen Fünf-Dollar-Schein. Das Mädchen nimmt ihn und wirft das Haar in den Nacken. Rabbit sieht ihr nach und achtet zu genau auf ihre Hüften.

»Wo ist ihre Mutter, sagten Sie?«

»Die arbeitet.«

»Vielleicht sollten Sie sich auf den Boden konzentrieren.«

»Gucken darf man ja wohl«, sagt Rabbit grinsend. »Dann geh ich nach Hause und bums ihre Mutter – ohne Licht natürlich.«

Moss packt sein Hemd, und abgerissene Knöpfe hüpfen auf den gefederten Dielen. Rabbits Füße schrammen über den Boden. »Das war ein Witz«, jammert er. »Wo ist Ihr Humor?«

»Ich denke, vielleicht steckt er irgendwo in Ihrem Arsch. Vielleicht sollte ich mit meinem Stiefel danach bohren.«

Moss stößt Rabbit rückwärts über eine Bank und verlässt die Turnhalle. Am Fuß der Treppe trifft er das Mädchen. Sie isst eine Tüte Chips und leckt sich die Finger ab.

Er bleibt stehen und dreht sich um. »Hat er dich je irgendwie angegrapscht?«

Sie schüttelt den Kopf.

»Und was machst du, wenn er es versucht?«

»Ich schneide ihm den Pillermann ab.«

»Schlaues Mädchen.«

36

Audie hat zwei Stunden vor Bernadettes Wohnung gewartet, die Straße und die verdunkelten Fenster beobachtet und jeden Moment erwartet, in einem Treppenhaus ein SWAT-Team oder auf den Dächern die Silhouetten von Scharfschützen auszumachen. Der Abend dämmert, hin und wieder verdeckt eine Regenwolke die untergehende Sonne und sprenkelt das Viertel mit Schatten.

Anwohner sind gekommen und gegangen. Jetzt geht eine Frau an ihm vorbei, die einen widerborstigen Hund spazieren führt, der zu faul ist, an einem Hydranten zu schnuppern, und zu fett, um ein Bein zu heben. Ein großer dünner Mann in einem schwarzen Anzug steht rauchend auf einem Treppenvorsprung und starrt auf den Boden zwischen seinen Schuhen, als würde er eine Botschaft lesen, die mit Kreide auf dem Beton geschrieben steht.

Als Audie die Straße überquert, versucht er auszusehen, als ob er hierher gehöre, auch wenn er sich nicht mehr sicher ist, überhaupt noch irgendwo hinzugehören. Autos parken in Buchten zwischen staubigem Gestrüpp und Rasenstreifen, deren Grün eher künstlich als natürlich aussieht. Neben einem Wagen, der in eine blaue Plastikplane gehüllt ist, die im Wind flattert, als könnte sich darunter etwas Lebendiges verbergen, bleibt Audie stehen, geht in die Hocke, greift unter die Plane und tastet auf der Suche nach dem Schlüssel über alle vier Reifen. Bernadette hat es ihm versprochen. Vielleicht hat sie ihre Meinung geändert. Er legt sich flach auf den Bauch, sieht noch einmal genauer nach und bemerkt ein silbernes Blitzen. Der Schlüssel liegt hinter dem Reifen auf dem Asphalt. Er kriecht unter den Wagen.

Im selben Moment hört er auf dem Bürgersteig hinter sich Schritte. Er erhebt sich langsam, geht in die Hocke und erwartet, ein Dutzend auf ihn gerichtete Waffen zu sehen. Der Mann von der Treppe steht über ihm und verdeckt die Sonne. Er ist groß, mit einer langen Nase und einem schmalen Streifen Haare um das Kinn, der offensichtlich als Koteletten angefangen und sich zu einem Bart entwickelt hat. Die Umschläge seiner Hose sind in die Stiefel gestopft.

»Howdy.«

Audie versucht zu lächeln und zu nicken.

»Haben Sie was verloren?«

»Meine Schlüssel.«

Der Mann zieht an seiner Zigarette. Die Glut glimmt auf. Audie kann die Augen des Mannes nicht sehen, weiß jedoch instinktiv, dass sie matt und grausam sind – Augen, wie er sie von Gefangenen auf dem Hof kennt, Männern, denen keiner zu nahe kommen wollte.

Audie zieht die Plastikplane von dem Wagen, einem fast neuen Toyota Camry. Der Mann tritt seine Zigarettenkippe mit dem Stiefel aus.

»Ich möchte, dass Sie mir die Schlüssel rüberwerfen.«

»Warum?«

»Manche Dinge müssen einfach getan werden. Machen

Sie es nicht noch schwerer.« Der Mann hat die Hand in der Tasche seiner Jacke. »Wenn ich die ziehe, benutze ich sie auch.«

Audie wirft ihm die Schlüssel zu.

Der Mann geht um den Wagen und klappt den Kofferraum auf.

»Steigen Sie ein.«

»Nein.«

Die Hand taucht auf, an ihrem Ende eine Pistole mit einem Lauf wie ein kleine schwarze Röhre, die auf Audies Brust zielt.

»Sie sind kein Polizist.«

»Steigen Sie ein.«

Audie schüttelt den Kopf und beobachtet, wie der Lauf der Waffe von seiner Brust zu seiner Stirn wandert.

»Es hieß tot oder lebendig, Amigo. Mir ist das egal.«

Audie beugt sich über den Kofferraum, und die Waffe trifft ihn am Hinterkopf. Er sieht keine Blitze oder Sternchen. In dem kurzen Moment verengt sich die Dunkelheit lediglich zu einem kleinen weißen Punkt und verblasst dann ganz, als hätte jemand einen alten Schwarzweißfernseher ausgeschaltet.

Manchmal stellt Audie sich vor, dass er den Traum eines anderen lebt. Dann wieder sinniert er über die Möglichkeit eines Paralleluniversums, in dem Belita in Kalifornien für Urban Covic das Haus putzt und in seinem Bett schläft. In diesem Paralleluniversum repariert Carl in der Werkstatt seines Daddys Autos, Zigaretten sind nicht krebserregend, Bernadettes Mann ist kein gewalttätiger Alkoholiker, und Audie arbeitet als Ingenieur für eine Hilfsorganisation im Ausland und baut Bewässerungssysteme und Kanalisationen.

Die Leute sprechen von Türen, die aufgehen, oder Weggabelungen, an denen das Leben einen anderen Kurs einschlägt. Manchmal erkennen wir erst in der Rückschau, dass wir überhaupt eine Wahl hatten. Meistens sind wir Opfer der Umstände oder Gefangene des Schicksals.

Wenn Audie zurückblickt, kann er den genauen Tag benennen, an dem er an eine solche Weggabelung gekommen ist. Es war ein Mittwochmorgen Mitte Oktober, als er Belita bei dem großen Haus abholte und sie mit einem Strohhut und dunkler Sonnenbrille zum Wagen kam. Er öffnete die Tür für sie. Sie nahm Platz. Dann bemerkte er, dass ihr linkes Auge halb zugeschwollen war und der Bluterguss schon in allen Regenbogenfarben schillerte.

»Was ist passiert?«

»Nichts.«

»Hat er dich geschlagen?«

»Ich habe ihn wütend gemacht.«

»Er hatte kein Recht.«

Belita lächelte ihn mitleidig an, als wäre Audie ein kleiner Junge, der den Lauf der Welt nie verstehen würde, der nie begreifen würde, wie es war, eine Frau zu sein, wie es war, sie zu sein. Auf der Fahrt sagte keiner von beiden etwas, doch ihr Schweigen war nicht entspannt, ihre Gesellschaft hatte nichts Warmes, und er bekam keine Gelegenheit, sie mit verstohlenen Blicken zu verschlingen.

Hatte Urban ihre Affäre entdeckt? Hatte er sie bestraft? Geschlagen? Audie spürte, wie alles vor seinen Augen verschwamm, und er wollte Urbans Welt niederreißen – jeden Spieltisch zertrümmern, jede Schnapsflasche und jeden Obstbaum.

An jenem Tag sprachen er und Belita nur ein paar Worte miteinander. Sie sammelte das Geld ein, stellte Quittungen aus und unterschrieb Einzahlungsbelege. Um drei waren sie wieder bei Urbans Haus. Audie öffnete ihr die Tür und griff nach ihrer Hand, doch sie ignorierte ihn. Dann bemerkte er, dass sie ein neues Schmuckstück trug. Statt des kleinen silbernen Kreuzes hing ein Anhänger um ihren Hals, vielleicht ein Smaragd.

»Woher hast du das?«

Sie antwortete nicht.

»Hat er es dir geschenkt? War das, bevor oder nachdem er dich geschlagen hat?«

Sie wollte ihm nicht zuhören.

»Hat er dich vorher gefickt?«

Sie fuhr herum und versetzte ihm eine Ohrfeige. Sie hätte ihn auch noch ein zweites Mal geschlagen, wenn er nicht ihre Hand gepackt und versucht hätte, sie an sich zu ziehen und zu küssen. Sie wehrte sich. Er schrie ihr eine Frage ins Gesicht.

»Warum?«

»Er hat mich gerettet.«

»Ich kann dich auch retten.«

»Du kannst dich ja nicht mal selbst retten.« Sie stieß seine Hand weg und verschwand im Haus.

In den nächsten vier Wochen ging Belita auf Distanz zu Audie. Sie stellte Fallen, streute Nägel und vergiftete Gespräche. Wenn sie Abstand wollte, würde er ihn ihr lassen, sagte er sich, doch sein Herz gab eine andere Antwort. Er sah Belita überall ... in allem. Und der Gedanke, dass ein anderer sie besaß, ließ seine Wangen glühen und seine Brust brennen; es fühlte sich an, als würde die Essenz seines Lebens abfließen.

An einem Sonntag arbeitete er mit nacktem Oberkörper an dem Springbrunnen vor Urbans Haus in den Hügeln, der vor ein paar Wochen aufgehört hatte zu sprudeln. Er watete durch das schlammige Wasser zur Statue einer Nymphe mit apfelgroßen Brüsten, breiten Hüften und einem Kranz auf dem Kopf.

Die Kacheln waren hellblau, hier und da fehlte eine. Audie begann mit der Klinge seines Taschenmessers den Dreck von den Düsen zu kratzen. Belita sah ihm von der Veranda aus zu und ermahnte ihn, ein Hemd anzuziehen, weil er sich sonst einen Sonnenbrand holen würde. Es war das erste Mal seit einem Monat, dass sie ihn überhaupt zur Kenntnis nahm.

Die Klinge rutschte ab. Er schnitt sich, betrachtete die Wunde und hob die Hand. Blut floss über sein Handgelenk.

»Du Idiot!«, rief sie auf Spanisch.

Kurz darauf tauchte sie mit einem Erste-Hilfe-Kasten auf. Verbandszeug, Desinfektionsmittel.

»Das muss genäht werden.«

»Das verheilt schon wieder.«

Sie säuberte die Wunde und stillte die Blutung.

»Bist du wütend auf mich?«, fragte er.

Sie antwortete nicht.

»Was habe ich getan, dass du so sauer bist?«

»Du musst die Wunde trocken halten.«

»Liebst du mich?«

»Frag nicht.«

»Ich möchte dich heiraten.«

»Hör auf! Sag das nicht.«

»Wieso nicht?«

»Irgendwann werde ich zurückgeschickt.«

»Was heißt das? Sag es mir. Warum hast du solche Angst?«

»Ich habe schon einmal alles verloren – das darf nicht noch mal passieren.«

Und dann erzählte sie ihm die Geschichte, schilderte, wie die Erde sich aufgebäumt und Menschen umgeworfen hatte wie Schildkröten, die hilflos auf dem Rücken liegen blieben; Gebäude waren zerbröselt wie Kekse, und es hatte sich angehört wie das Donnern einer Lokomotive, die durch einen Tunnel rast. Vierzig Sekunden. So lange hatte es gedauert, bis der Berg den Hügel hinabgerutscht war und in Las Colinas im Osten von San Salvador vierhundert Häuser unter sich begraben hatte. Die Zahl der Opfer war besonders hoch, weil die meisten Bewohner geschlafen hatten.

Belitas Mann hatte sie ins Freie gezerrt und war ins Haus zurückgerannt, um ihren Bruder zu retten. Und noch einmal, um ihre Schwester zu holen, doch keiner von beiden kam wieder heraus. Stattdessen falteten sich vier Stockwerke verstärkten Betons zusammen wie eine Ziehharmonika, und zurück blieben Schutt und eine Staubwolke. Sie gruben acht Tage lang, zogen hin und wieder einen Überlebenden aus den Trümmern eines Gebäudes, doch meistens waren es Tote. Sie gruben mit bloßen Händen, bis die Bürgersteige mit Leichen bedeckt waren und der Geruch nicht mehr zu ertragen war. Sie zerrten ein achtjähriges Mädchen aus einem Keller. Ein älteres Ehepaar wurde in inniger Umarmung gefunden, von Schlamm eingehüllt, als hätte man es in Bronze gegossen.

Belitas Eltern waren beide tot. Außerdem ihr Mann, ihre Schwester, ein Dutzend Nachbarn ... alle unter den Trümmern begraben. Belita und ihr Bruder waren die einzigen Überlebenden der Familie. Oscar war sechzehn. Sie war neunzehn und schwanger. Die Bulldozer räumten noch den Schutt beiseite, als sie beschlossen, in die Vereinigten Staaten zu gehen. Was blieb ihnen anderes übrig? Sie waren heimat- und mittellos. Sie hatten alles verloren.

Also durchquerten sie tausend Meilen Dschungel, Gebirge, Flüsse und Wüste, auf Ladeflächen von Lkws, per Bus oder zu Fuß. In Mexiko bezahlten sie zwei »Kojoten«, die sie über die Grenze bringen und durch die Wüste nach Arizona lotsen sollten. Ausgerüstet mit Wasserflaschen liefen sie die ganze Nacht und zerkratzen sich die Haut an Stacheldraht und dornigem Gestrüpp. Sie rannten vor einer Grenzpatrouille davon und wurden geschnappt, gefesselt, in einen Transporter gestoßen und ins Gefängnis gesteckt, wo sie drei Nächte auf dem nackten Boden schliefen, bevor sie mit einem Bus nach Mexiko zurückgebracht wurden.

Beim zweiten Mal versuchten sie es allein, doch Banditen entdeckten die Geschwister, als sie darauf warteten, durch ein Loch in dem Zaun zu kriechen. Die Banditen nahmen ihnen alle Sachen ab und zwangen sie, sich nackt auszuziehen. Belita versuchte, ihre Brüste zu bedecken und ihren schwangeren Bauch zu verbergen. Die Männer diskutierten, ob sie sie vergewaltigen sollten.

»Sie ist schwanger, Mann«, sagte einer von ihnen.

»Die Schwangeren sind die Besten«, erwiderte der andere. »Sie bumsen wie kleine Luder, weil sie wollen, dass ein Daddy für ihr Baby bei ihnen bleibt.«

Er berührte ihren Bauch. Oscar warf sich dazwischen. Er starb, bevor er zum Schlag ansetzen konnte.

»Scheiße, Mann, sieh mal, was du getan hast.«

Oscar lag auf dem Boden, aus seiner Nase sickerte Blut. Belita kniete neben ihm im Staub und wiegte seinen Körper in ihren Armen. Die Banditen ließen sie zurück. Sie blickte durch das Loch in dem Zaun auf die Wüste auf der anderen Seite und dann dorthin, woher sie gekommen war. Einen Moment später zog sie ihre Kleider an, schlüpfte durch das Loch und erwartete, noch in derselben Nacht zu sterben.

Das waren die dunkelsten Stunden, ohne Nahrung oder Wasser durch die Wüste zu wandern, gegen die nächtliche Kälte, Insekten und spitze Steine zu kämpfen, sich in Mulden zu werfen, wenn die Quads der Grenzpatrouille vorbeikamen. Sie lief weiter, die Sonne ging auf, und es wurde Mittag, bis ein Lkw-Fahrer ihr Wasser zu trinken gab und sie bis nach Tucson mitnahm. Zwei Nächte schlief sie in einem verlassenen Auto, eine weitere auf einem Berg Späne in einem Sägewerk, die folgende in einem Güterwaggon auf einem Rangiergleis. Sie aß Hundefutter und durchwühlte Mülltonnen. Sie trampte oder ging zu Fuß, bis sie San Diego erreichte.

Eine Cousine hatte ihr erzählt, dass man dort Arbeit als Obstpflücker bekommen könnte, doch nur wenige Vorarbeiter wollten ein schwangeres Mädchen im Teenageralter einstellen. Sie wusch Wäsche und kochte in einem Obstpflücker-Camp, bis ihre Fruchtblase platzte und sie in einem Krankenhausflur, in dem sie auf ein Bett wartete, einen Jungen zur Welt brachte.

Das war vor drei Jahren. Seitdem hatte sie Obst gepflückt, Wäsche gewaschen, Fußböden und Schlimmeres geputzt, immer *sin papeles*. Ohne Papiere. Unregistriert. Unsichtbar.

Belita vergoss keine Tränen, als sie Audie die Geschichte erzählte. Sie versuchte weder sein Mitleid zu erregen noch ihn zu schockieren. Selbst als sie von dem Tag sprach, als zwei Männer sie von dem Feld geholt, ihr die Augen verbunden, sie geknebelt und ihr mit dem Tod gedroht hatten, bis sie einwilligte, in einem Bordell zu arbeiten, wetterte sie nicht gegen die Ungerechtigkeit. Ihre Vergangenheit war ein Leben, keine Parabel, nicht anders als das von Tausenden Illegalen, herumgestoßen von der Armut und angelockt von der Hoffnung.

Audie rührte sich nicht, während Belita sprach, als hätte er Angst, sie könnte verstummen, und genauso viel Angst vor dem, was sie noch sagen könnte … Seine Hand lag neben ihrer, fühlte sich jedoch zu schwer an, um sie zu heben und ihre Finger zu ergreifen. Und so redete sie weiter, die Augen Untertassen-groß und voller schrecklicher Tiefe, zog ihn in eine Geschichte, die noch nicht seine war, obwohl er schon fürchtete, sich in ihren Einzelheiten zu verlieren.

Dann war sie fertig.

Ein Stöhnen drang über seine Lippen, ein Ton, den er selbst kaum erkannte. »Wo ist dein Sohn?«

»Meine Cousine passt auf ihn auf.«

»Wo?«

»In San Diego.« Sie strich mit dem Finger über Audies bandagierte Hand. »Ich sehe ihn sonntags.«

»Hast du ein Foto?«

Sie führte ihn in ihr Schlafzimmer, zog eine Schublade auf und zeigte ihm das silbern gerahmte Bild eines kleinen Jungen, der auf ihrem Schoß saß. Sie hatte ihr Kinn auf seinen Kopf gelegt, sein Pony reichte bis kurz über die Augen, die brauner als braun waren wie die seiner Mutter. Unter das Bild hatte jemand geschrieben: *Das Leben ist kurz. Die Liebe ist endlos. Lebe, als ob es kein Morgen gäbe.*

Belita nahm das Foto wieder an sich und sagte nichts weiter. Die Geschichte war erzählt. Jetzt kannte er sie.

37

Moss sitzt am Fenster des Fourth Ward Motels und beobachtet die spezielle Mischung von Sucht und Prostitution, die vor dem Fenster vorbeitreibt – Menschen, die bei dem letzten Boom auf der Strecke geblieben oder angeschwemmt worden sind wie Treibholz nach einem Sturm. In Texas sprudelt das Geld nicht, sondern tröpfelt eher wie ein Urinal; die Leute klopfen einem bereitwillig auf die Schulter, wenn man das Glück hatte, es zu schaffen, weisen jedoch jede Andeutung zurück, dass sie dabei helfen sollten.

Das Motelzimmer hat geblümte Vorhänge, Nylonteppiche und schwarze Mädchen auf den Nachbarbalkonen, bewacht von Zuhältern, die auf der Straße herumlungern. Vor hundert Jahren war Houston voller Bordelle und Opiumhöhlen. Selbst die betuchten Damen der Stadt zogen hin und wieder an einer Pfeife. Heutzutage sind die Dealer meist schwarze Teenager mit arroganter Miene und Designerklamotten, die Taschen vollgestopft mit der neuesten Technik.

Als der Abend dämmert, sucht Moss eine Bar und ein billiges Restaurant. Autos drängeln sich wie Menschen, die bereit sind, sich zu prügeln. Er betritt ein Lokal, bestellt ein Bier und setzt sich mit dem Rücken zur Tür. In Kaschemmen wie dieser hat er als Minderjähriger getrunken, mit dem Ausweis seines älteren Bruders.

Er beobachtet, wie die Blasen in dem geeisten Glas aufsteigen, und trinkt einen Schluck. Das Bier schmeckt nicht mehr so gut wie damals als Teenager, verbotene Früchte und so, doch er trinkt es trotzdem leer, weil es so lange her ist, dass er einen Drink genommen hat.

Irgendwann will Moss wieder an die frische Luft. Die Hände in den Taschen geht er an Fabriken, Schrottplätzen und Fast-Food-Restaurants vorbei, die wie Fett an der sechsspurigen Straße kleben. An einer Kreuzung fällt sein Blick auf einen Zeitungsautomaten. Audie Palmers Gesicht starrt ihm von der Titelseite entgegen – das schräge Grinsen und der fransige Pony.

ZWEI TOTE BEI SCHIESSEREI IN MOTEL

Moss kann nicht lesen, was unter dem Falz steht, und hat auch kein Kleingeld dabei. Er fragt einen Passanten, der ihm ausweicht, als wäre er ansteckend. Moss versucht, den Deckel des Automaten aufzustemmen. Seine Frustration erreicht den kritischen Punkt, und er tritt gegen den Metallkasten. Er tritt noch einmal, bis der Deckel aus den Angeln bricht. Er nimmt eine Zeitung aus dem zertrümmerten Kasten, liest die Einzelheiten und will nicht glauben, dass Audie eine Mutter und ihre Tochter erschossen haben könnte.

Vielleicht ist er am Ende doch durchgeknallt, denkt Moss, der sich seines eigenen Jähzorns bewusst ist und schon oft genug Zeuge war, wenn es bei anderen passierte. Ein Häftling bekommt einen Brief von seiner Frau oder Freundin. Sie verlässt ihn. Sie zieht mit seinem besten Freund zusammen. Sie ist mit seinen Ersparnissen abgehauen. Dann brennt bei manchen Männern die Sicherung durch. Sie knoten eine Schlinge um die Gitterstäbe oder säbeln mit einer Rasierklinge oder einem Messer an ihren Handgelenken herum, oder sie fangen einen Streit mit dem nächstbesten Arschloch auf dem Hof an oder rennen auf den Zaun zu und werden von Kugeln durchsiebt.

Vielleicht ist Audie Palmer deshalb ausgebrochen. Dauernd hatte er das Foto in seinem Notizbuch betrachtet, hatte mit den Fingern über das Gesicht einer Frau gestrichen und war nachts von seinen eigenen Schreien aufgewacht, mit bebender Brust und schweißgebadet. Das macht die Liebe mit einem Mann – sie treibt ihn in den Wahnsinn. Sie macht ihn nicht blind oder unverwundbar, sie macht ihn verletzlich. Sie macht ihn echt.

Vor dem Lokal spannen sich bunte Birnen von einem Spalier bis zur Tür. Drinnen spielt eine Band, deren Musiker Hemden im Partnerlook tragen, einen Beach-Boys-Song mit einer Slide-Gitarre, die klingt, als würde jemand auf eine lebende Katze treten.

Moss bahnt sich einen Weg durch die Menge, vorbei an einem Tisch, an dem Frauen in identischen pinkfarbenen T-Shirts sitzen. Ein Mitglied des Kränzchens trägt einen Brautschleier auf dem Kopf und ein Schild mit einem großen L für »Learner« um den Hals. Eine Flasche Bier in jeder Hand, windet sie sich um eine Stange.

Moss findet ein freies Fleckchen, lehnt sich an die Wand, stützt sich mit einem Fuß ab und wippt im Rhythmus der Musik mit dem Kopf. Er spürt ein Vibrieren in der Hosentasche, doch es dauert einen Moment, bis er begreift, dass es sein Handy ist. Er sucht den richtigen Knopf, seine Finger sind zu dick für die Tastatur. Vorsichtig hält er das Telefon ans Ohr, lauscht, hört jedoch wegen der lauten Musik nichts.

»Einen Moment«, sagt er und geht zur Toilette, wo er sich in einer Kabine einschließt. Die Tür ist mit Graffiti und Zeichnungen von Genitalien übersät. Jemand hat gekritzelt: *Ich musste eine glückliche Kindheit überwinden, um so verkorkst zu werden.*

»*Sie sollen Audie Palmer suchen*«, sagt eine Stimme.

»Vielleicht *suche* ich ihn ja.«

»*Dann wohnt er jetzt wohl bei den Beach Boys.*«

Moss will das Handy in die Toilette werfen und herunterspülen wie ein Stück Scheiße.

»*Palmer wurde aufgespürt*«, sagt die Stimme. »*Ich möchte, dass Sie ihn abholen.*«

»Wo ist er?«

»*Ich simse Ihnen die Wegbeschreibung.*«

»Sie machen was?«

»*Ich schicke eine Nachricht an Ihr Handy, Sie Schwachkopf.*«

»Wenn Sie Audie schon haben, wofür brauchen Sie mich?«

»*Wollen Sie zurück ins Gefängnis?*«
»Nein.«
»*Dann tun Sie, was man Ihnen sagt.*«

Seit seiner Kindheit hat Audie Angst vor beengten, geschlossenen Räumen. Beim Versteckspielen hatte Carl ihn einmal in eine alte Kühltruhe gesperrt. Audie wäre beinahe erstickt, bevor Carl ihn wieder befreite.

»Du hast gequiekt wie ein Mädchen«, sagte er.
»Das erzähle ich Daddy.«
»Wenn du das machst, sperre ich dich noch mal da drin ein.«

Jetzt kommt Audie zu sich wie ein Blinder an seinem ersten Tag ohne Augenlicht, noch voller Hoffnung, dass die Welt unvermittelt Licht und Farbe zurückerlangt. Die Reifen, die über den Asphalt rattern, lassen seine Schultern und Hüften vibrieren. Seine Hand- und Fußgelenke sind mit Plastikfesseln fixiert, und mit jedem Atemzug saugt er eine schmutzige Mischung aus Auspuffgasen und seinem eigenen Körpergeruch ein. Er versucht, seine Panik zu unterdrücken, indem er an glücklichere Tage denkt – ein Baseballspiel in der Highschool, Regionalmeisterschaft, zwei Homeruns, Bälle, die weit über das Spielfeld hinaussegeln, während er die Faust reckt und seine Mannschaftskameraden abklatscht. Er kann seinen Daddy auf der Tribüne sitzen sehen, wo er den Applaus und die Glückwünsche anderer Eltern entgegennimmt und sich in dem Ruhm aus zweiter Hand sonnt. Eine weitere Szene nimmt schimmernd Gestalt an – der Jahrmarkt in Dallas; ein Feuerwerk hoch über dem Riesenrad, Butch Menzies, der ein Dreihundert-Pfund-Buckelrind namens »Frenzy« reitet und sich wie ein Mühlstein an dessen Rücken klammert, während das Tier sich bockend aufbäumt.

Hin und wieder hält der Wagen an einer Ampel. Audie hört das Autoradio: ein Country-Song über einen einsamen Cowboy und eine Frau, die ihm übel mitgespielt hat. Warum sollen immer Frauen schuld sein?, fragt er sich. Er glaubt nicht, dass Belita die Architektin seines Leids war. Sie hat ihn gerettet. Sie hat einen Jungen ohne Aussichten genommen und ihm etwas gegeben, an das er sein Herz hängen konnte. Warum wäre er sonst noch hier?

Der Wagen verlässt die Straße und holpert über einen unebenen Feldweg. Die Reifen wirbeln kleine Steinchen auf, die gegen den Unterboden prasseln. Audie tastet nach etwas, das er als Waffe benutzen kann. Er liegt auf dem Ersatzreifen. Er rollt sich zusammen, zieht mit den Fingern die Kunststoffmatte beiseite und streicht mit den Händen über den Rand der Felge, die in der Mitte von einem Bolzen mit einer Flügelmutter gesichert wird.

Er versucht, sie zu lösen, doch weil der Wagen so holpert, kratzt das scharfe Metall nur seine Handgelenke auf. Er probiert es erneut, spürt, wie die Mutter sich löst, kann den Reifen jedoch nicht anheben, weil er halb darauf liegt. Es ist zwecklos. Dumm. Er schafft es nicht. Er versucht es noch einmal. Seine rechte Schulter fühlt sich an, als könnte sie jeden Moment platzen.

Der Wagen wird langsamer und hält mit laufendem Motor. Audie hört Schritte und das Klicken des Schlosses, dann geht die Klappe auf. Audie atmet kühle abendliche Waldluft ein. Die Umrisse des großen Mannes zeichnen sich vor einem Hintergrund aus Bäumen und Himmel ab. Er packt Audie am Kragen, zerrt ihn aus dem Kofferraum und wirft ihn auf den Boden. Stöhnend wendet Audie den Kopf und blickt zu den Bäumen, die im Licht der Scheinwerfer matt silbern schimmern. Sie befinden sich auf einer Lichtung neben einem Feldweg. Audie sieht die steinernen Grundmauern eines lange verschwundenen Hauses oder einer Mühle. Unkraut wuchert zwischen dem Geröll.

Der große Mann schneidet die Plastikfesseln um Audies Knöchel durch, lässt dessen Hände jedoch zusammengebunden. Dann öffnet er die Beifahrertür und nimmt eine Schaufel und eine abgesägte Schrotflinte aus dem Wagen. Er macht Audie ein Zeichen, sich in Bewegung zu setzen, und stößt ihn ins Licht. Sie gehen durch kniehohes Gras. Von einem Ast über ihnen bricht flatternd ein Vogel durchs Blattwerk. Der Mann legt seine Schrotflinte an.

»Das ist bloß eine Eule«, sagt Audie.

»Scheiße, bist du Al Gore oder was?«

Sie kommen zu einer sandigen Kuhle hinter dem Haus. Das Fundament besteht aus Betonblöcken, die halb in der Erde vergraben sind. In einen von ihnen ist ein Metallring eingelassen. Der große Mann hakt eine Kette ein und lässt Audie sich hinknien. Dann wickelt er die Kette um dessen rechten Knöchel und kettet ihn an den Ring wie einen Hund, bevor er die Plastikhandschellen durchschneidet und einen Schritt zurück macht. Audie steht auf und reibt seine aufgeschürfte Haut. Die Schaufel landet neben ihm auf dem Boden.

»Los, graben.«

»Wieso?«

»Es wird dein Grab.«

»Warum sollte ich mein eigenes Grab schaufeln?«

»Weil du nicht willst, dass Berglöwen, Kojoten und Geier deinen Körper ausweiden.«

»Dann bin ich schon tot – stört mich doch nicht mehr.«

»Das stimmt, aber so gewinnst du ein wenig Zeit. Kannst ein kleines Gebet sprechen. Dich von deiner Mama und deinen Freunden verabschieden. Dann ist es nicht mehr so schlimm zu sterben.«

»Das ist Ihre Theorie?«

»Ich habe ein großes Herz.«

Audie stellt den Fuß auf den Rand der Schaufel, packt den Griff mit beiden Händen und stößt das Blatt tief in den weichen Sand. Sein Herz pocht, und seine Achselhöhlen verströmen einen essigartigen Geruch. Er überlegt, was er zu gewinnen oder zu verlieren hat, wenn er seine Energie auf diese Weise verschwendet.

Die Kette beschränkt seinen Bewegungsradius auf etwa fünf Meter. Wenn er an die Grenzen des Kreises stößt, spürt er, wie sich der Zementblock leicht bewegt. Der große Mann sitzt zurückgelehnt auf einer Steinplatte, die Cowboystiefel übereinandergeschlagen, die Schrotflinte in der Beuge seines linken Arms.

Audie macht eine Pause und wischt sich die Stirn. »Haben Sie sie getötet?«

»Wen?«

»Die Frau und ihre Tochter.«

»Ich weiß nicht, wovon du redest.«

»In dem Motel.«

»Halt's Maul und grab.«

Der Mond bricht hinter einer Wolke hervor und wirft Schatten ins Unterholz und einen weichen Schein auf die Kronen der Bäume. Das Loch wird tiefer, doch die Seitenwände brechen immer wieder ein, weil die Erde grobkörnig und trocken ist. Der große Mann zündet sich eine Zigarette an. Er scheint mehr Rauch auszublasen, als er eingeatmet hat.

»Ich frage bloß, ob Sie lieber Frauen und Kinder erschießen«, sagt Audie. Er spielt mit seinem Glück.

»Ich hab noch nie eine Frau oder ein Kind erschossen.«

»Für wen arbeiten Sie?«

»Für jeden, der zahlt.«

»Ich kann Ihnen mehr bezahlen. Wissen Sie nicht, wer ich bin? Ich bin Audie Palmer. Haben Sie schon mal von dem Überfall auf den Geldtransporter in Dreyfus County gehört? Sieben Millionen. Das war ich.« Audie bewegt ein Bein, die Kette klappert gegen den Betonblock. »Das Geld wurde nie gefunden.«

Der große Mann lacht. »Man hat mich gewarnt, dass du das sagen würdest.«

»Es ist wahr.«

»Wenn du so viel Geld hättest, würdest du nicht in beschissenen Motels absteigen und hättest nicht zehn Jahre in einem Bundesgefängnis gesessen.«

»Woher wissen Sie, dass ich in einem beschissenen Motel gewohnt habe?«

»Ich schaue die Nachrichten. Grab weiter.«

»Ich habe Freunde, die Sie bezahlen können.«

Er richtet den Lauf der Waffe auf Audies Brust und lässt ihn ein wenig sinken. »Wenn du nicht das Maul hältst, schieß ich dir ins Bein. Dann kannst du graben und bluten gleichzeitig. Die Erde braucht eh ein bisschen Feuchtigkeit.«

Das Handy des großen Mannes klingelt. Er hält die Waffe weiter auf Audie gerichtet, während er das Telefon aus der Tasche zieht und aufklappt. Audie überlegt, ob er dem Mann eine Ladung Sand ins Gesicht schnippen könnte. Vielleicht würde er es bis zu den Bäumen schaffen, wenn er den Betonblock trägt, aber was dann?

Er kann nur eine Hälfte des Gesprächs hören.

»Wann haben Sie ihn angerufen ... und er kommt hierher ... wie viel weiß er? Gut. Das kostet Sie das Doppelte.«

Nachdem der Anruf beendet ist, tritt der große Mann an den Rand des Lochs.

»Es ist noch nicht groß genug.«

Nach der Wegbeschreibung, die er bekommen hat, fährt Moss in östlicher Richtung stadtauswärts, verlässt die Interstate und folgt einer Reihe von Nebenstraßen, die immer schmaler und löchriger werden. Schließlich kommt er in einen dichten Kiefernwald, der von Feuerschutzstreifen und ausgetrockneten Bachläufen durchzogen ist. Er blickt auf den Tacho. Nach der letzten Abzweigung sollen es noch drei Meilen sein. Er sieht frische Reifenspuren auf dem staubigen Boden, bremst, schaltet Motor und Licht aus und rollt im Leerlauf den nächsten Hügel hinunter. In der Dunkelheit kann er zwischen den Bäumen ein schwaches flackerndes Licht ausmachen.

Er hält am Straßenrand, öffnet langsam die Tür, zieht die 45er unter dem Sitz hervor, steckt sie im Rücken in den Bund seiner Jeans und drückt die Autotür mit einem leisen Klicken zu. Während er über die Straße auf das Licht zugeht, gewöhnen sich seine Augen langsam an die Dunkelheit. Das Ganze fühlt sich an wie ein Hinterhalt, nicht wie eine Gefangenenübergabe. Er befeuchtet die Lippen, riecht den Kieferduft und hört das Geräusch einer Schaufel, die in Erde gestoßen wird.

Moss ist kein Naturfreund. Er ist in der Stadt geboren und aufgewachsen und weiß lieber ein Restaurant mit Straßenverkauf in der Nähe, als neugeborene Lämmchen auf einer Weide herumtollen oder ein Weizenfeld im Wind wogen zu sehen. Auf dem Land gibt es zu viele Viecher, die summen, beißen oder knurren, und außerdem wimmelt es dort auch noch von mordlustigen Landeiern, die finden, das Lynchen von Schwarzen sollte nach wie vor als Sportart anerkannt werden, vor allem in manchen Gegenden im Süden.

Vor sich sieht er eine Lichtung. An einem Ende parkt eine silberne Limousine, deren Scheinwerfer eine trockene Senke beleuchten, die von verkümmertem Gestrüpp und Unkraut überwuchert ist. Zwei Männer. Einer sitzt auf einem Stein, der andere gräbt ein Loch.

Moss will sich das Ganze von weiter oben ansehen, erklimmt einen Hang und konzentriert sich auf seine Schritte. Er hört das Geräusch der Schaufel. Ein loses Steinchen rutscht unter seinem Fuß weg und löst einen kleineren Steinschlag aus, der in der Senke widerhallt.

Der sitzende Mann springt auf und späht mit einer angelegten abgesägten Schrotflinte in die Dunkelheit.

»Das war keine Eule«, sagt er.

»Kann alles Mögliche gewesen sein«, sagt der Mann, der das Loch gräbt. Moss erkennt die Stimme. Es ist Audie Palmer. In dem grellen Licht wirkt seine Haut fahl, und er hat dunkle Ringe unter den Augen. Aber noch schlimmer sind die Augen selbst. Früher sprühten sie vor Leben und Kraft, doch jetzt starren sie aus irgendeiner Höhle im Innern wie ein verängstigtes Tier oder ein geprügelter Hund.

Am Rand des Hangs legt Moss sich auf den Bauch und späht zwischen zwei Felsen hindurch, die von der Hitze des Tages noch warm sind. Audie gräbt weiter. Der andere Mann ist das lange Elend, das vor dem Haus von Audies Mutter herumgestanden hat, der Ex-Knacki mit dem brutalen Blick und dem lachhaften Bart. Er ist an den Rand des Lichtkreises getreten und schwenkt seine Schrotflinte hin und her.

»Ist da jemand?«

Moss erhebt sich auf alle viere, Steine schneiden in seine Knie und Handballen. Er nimmt einen Stein und wirft ihn wie eine Granate. Der große Mann schwenkt den Lauf der Schrotflinte in die Richtung des Geräusches und feuert einen Schuss ab, der in der Stille widerhallt wie Kanonendonner.

»Ich weiß, dass Sie da sind«, ruft er. »Ich will Ihnen nichts Böses.«

»Haben Sie deswegen angefangen zu schießen?«, erwidert Moss.

»Sie sollten sich nicht so anschleichen, Mann.«

»Man hat mir gesagt, Sie erwarten mich.«

»Sind Sie Mr Webster?«

Audie hat aufgehört zu graben. Er starrt auf den Abhang, als wollte er die Stimme orten.

»Warum haben Sie sich nicht angekündigt?«, fragt der große Mann.

»Sie sahen ein bisschen schießwütig aus.«

»Ich will Ihnen nichts tun.«

»Dann legen Sie die Waffe weg.«

»Warum sollte ich das tun?«

»Damit Sie die Sonne aufgehen sehen.«

Audie blickt immer noch zu der Kuppe. »Wann bist du rausgekommen, Moss?«

»Vor ein paar Tagen.«

»Ich wusste gar nicht, dass für dich Bewährung anstand.«

»Ich auch nicht.«

»Wie ist es dir ergangen?«

»Gut. Ich hab es geschafft, meine Lady zu sehen.«

»Ich schätze, ihr hattet einiges nachzuholen.«

Moss lacht. »Wir haben die Laken zerfetzt. Mir tut immer noch alles weh.«

Der große Mann schnaubt. »Was ist das hier – ein geselliger Elternabend?«

Moss ignoriert ihn. »Hey, Audie! Die sagen, du hättest eine Frau und ein Kind getötet.«

»Ich weiß.«

»Hast du es getan?«

»Nein.«

»Das dachte ich mir schon. Was gräbst du denn da?«

Audie zeigt auf den großen Mann. »Er hat gesagt, es sei ein Grab.«

Der große Mann geht dazwischen. »Ich wollte ihn nur beschäftigen, bis Sie kommen.«

»Ich sollte es groß genug für zwei machen«, ruft Audie.

»Er redet Blödsinn, Amigo«, sagt der große Mann und richtet die Schrotflinte auf Audie.

Moss überlegt, was er machen soll, während er weiter über die Hügelkuppe schleicht, um den großen Mann besser ins Visier zu bekommen. Kauernd späht er über den Rand eines Felsens, die entsicherte 45er immer noch angelegt, deren Lauf zittert, weil er den Griff so fest gepackt hält. Aus dieser Entfernung landet er bestenfalls einen Zufallstreffer.

»Wollen Sie ihn jetzt abholen oder was?«, ruft der große Mann, und seine Stimme hallt seltsam zwischen den Bäumen wider.

»Wir müssen erst noch einigen Mist besprechen«, erwidert Moss. »Wie wär's, wenn Sie Ihre Schrotflinte weglegen? Es plaudert sich viel angenehmer, wenn keine Waffe auf einen gerichtet ist.«

»Woher soll ich wissen, dass Sie nicht bewaffnet sind?«

»Da müssen Sie sich mit meinem Wort begnügen.«

Der große Mann tritt ins grelle Licht der Scheinwerfer. Er hält die Schrotflinte über den Kopf und legt sie auf die Kühlerhaube des Camry. Dann hebt er die leeren Hände. »Ich hab sie weggelegt.«

»Sie würden einen Mann doch nicht anlügen, oder?«

»Ich doch nicht, Amigo.«

»Ich wünschte, Sie würden aufhören, mich so zu nennen. Wir sind schließlich keine alten Brieffreunde.«

Moss steckt die 45er in seine Jeans, erhebt sich, klopft

sich den Staub vom Hemd und rutscht den Abhang hinunter, ohne den Blick von der Schrotflinte und dem großen Mann abzuwenden.

Audie spürt, wie seine Nackenmuskeln sich verspannen. Er versucht zu begreifen, wie Moss aus dem Gefängnis entlassen werden konnte und was er hier macht. Er bückt sich und massiert seinen Knöchel, wo die Kette an seinem Schienbein scheuert. Der große Mann sagt ihm, dass er in das Loch steigen soll.

»Nein.«
»Ich werd dich erschießen.«
»Womit?«

Moss ist noch fünfzig Meter entfernt. Audie kann seine Gesichtszüge nicht ausmachen, erkennt jedoch den Gang. Audie bewegt sich zentimeterweise auf den Betonblock zu, nimmt die Kette in die Hand und schlingt sie wie ein Lasso.

Moss schüttelt ein Taschentuch aus und wischt sich die Stirn. Seine rechte Hand liegt an der Hüfte. Der große Mann hat eine Zigarette angezündet und steht im Licht der Scheinwerfer, die Moss blenden.

»Sie beide kennen sich?«, fragt er.
»Schon seit Ewigkeiten«, erwidert Moss.
»Wo haben Sie Ihren Wagen geparkt?«
»Ein Stück hinter der Hügelkuppe.«

Ein langes Schweigen breitet sich aus, bis der große Mann es durchbricht. »Und wie regeln wir das?«

»Sie händigen mir Audie aus und verpissen sich.«
»Ist das eine Bitte oder eine Anweisung?«
»Wenn Sie sich dann besser fühlen, kann ich den Leuten erzählen, ich hätte Sie gebeten.« Moss blickt auf die Kette um Audies Knöchel. »Ich brauch den Schlüssel.«
»Klar.«

Der große Mann greift anscheinend in seine Gesäßtasche, zieht jedoch stattdessen eine Pistole, die im Bund seiner Hose steckt. Als er sie auf Moss richtet, wirft Audie die Kette, die sich durch die Luft schlängelt und gegen die Hand mit der Waffe schlägt. Der Schuss verfehlt Moss' Kopf, trifft auf etwas Härteres als Knochen und schlägt Funken. Der zweite Schuss kommt dem Ziel schon näher, doch mittlerweile hat Moss Deckung hinter einem Felsen gesucht. Er ist hart gelandet und hat sich das Knie verdreht. Fluchend erwidert er die Schüsse, ohne zu zielen. Die beiden Männer liefern sich ein Feuergefecht.

Audie wickelt die Kette wieder um seinen Unterarm und bückt sich, um den Betonblock anzuheben. Schwankend stolpert er in Richtung Wagen los und hält den Block, als wäre er hochschwanger oder würde befürchten, jede Sekunde eine Kugel in den Rücken zu bekommen. Seine Unterarme brennen, doch er läuft weiter, bis er den Camry erreicht hat. Dann lässt er den Betonblock fallen, nimmt die Schrotflinte und legt sie mit einer Hand über die Kühlerhaube an.

Der große Mann sieht ihn im letzten Moment und rollt sich in das Loch. Audie brüllt, dass beide das Feuer einstellen sollen. Danach ist es still, bis auf Audies Keuchen und das Blut, das in seinen Ohren rauscht.

»Hast du ihn im Visier?«, ruft Moss.

»Ich hab euch *beide* im Visier«, sagt Audie.

»Ich bin gekommen, um dir zu helfen.«

»Das bleibt abzuwarten.«

Audie hebt den Kopf und blickt durch das Seitenfenster in den Wagen. Der Motor läuft immer noch.

»Okay, ich sag euch, was passiert. Ich fahr hier weg, und ihr beide könnt euch meinetwegen gegenseitig umbringen.«

»Wenn du hinter das Steuer steigst, erschieß ich dich«, erwidert der große Mann.

»Das könnten Sie versuchen, aber es ist wahrscheinlicher, dass ich Sie mit der Schrotflinte treffe, als umgekehrt.« Audie blickt auf seinen Knöchel. »Wo ist der Schlüssel?«

»Den gebe ich dir nicht.«

»Wie Sie wollen.«

Audie bückt sich, hebt den Betonblock hoch, öffnet die Wagentür und hievt ihn hinein. Dann klettert er über den Stein und quetscht sich hinters Lenkrad.

Der große Mann brüllt Moss an, er solle etwas tun.

»Was soll ich denn tun?«

»Ihn erschießen.«

»Erschießen Sie ihn doch.«

»Er entkommt.«

»Ich erschieß ihn, wenn Sie mir sagen, warum das Loch groß genug für zwei Leute sein sollte.«

»Wie gesagt, ich wollte ihn irgendwie beschäftigen.«

Audie legt den Rückwärtsgang des Camry ein. Die Scheinwerfer wenden sich von dem Loch ab, in dem der große Mann sich versteckt hat, gleiten an den Felsbrocken vorbei, hinter denen Moss Deckung gefunden hat, und weiter über einen Feldweg, der durch den Kiefernwald führt. Audie wartet auf das Geräusch von weiteren Schüssen und klirrendem Glas.

Nichts. Er atmet. Er seufzt. Schweiß kühlt auf seinem Gesicht.

Eine Staubwolke steigt zu den Bäumen auf, und Moss hört, wie der Wagen sich den Hügel hinaufkämpft und Reifen über lose Steine knirschen.

»Und, Amigo, was passiert jetzt?«, ruft der große Mann.

»Ich sollte Sie erschießen und in dem Loch verscharren.«

»Wieso glauben Sie, dass nicht ich Sie erschießen werde?«

»Sie haben keine Munition mehr.«

»Das ist eine kühne Ansage.«

»Ich hab mitgezählt.«

»Scheiß auf Ihre Rechenkünste. Vielleicht habe ich noch Munition. Vielleicht habe ich nachgeladen.«

»Das glaube ich nicht.«

»Vielleicht haben *Sie* keine Munition mehr, Amigo, und versuchen zu bluffen.«

»Vielleicht.«

Moss steht auf. Ein stechender Schmerz schießt durch sein Knie. Er humpelt aus der Deckung der Felsen auf den großen Mann zu, der nur ein Schatten in einem frisch ausgehobenen Loch ist. Dann kommt zur rechten Zeit der Mond zum Vorschein, sodass Moss die Szenerie besser sehen kann.

»Wir sind Amigos«, sagt der große Mann. »Wir wollen beide, dass der Job erledigt wird. Stecken Sie die Waffe weg.«

»Ich bin nicht derjenige, der keine Munition mehr hat.«

»Das wiederholen Sie andauernd, aber es ist nicht wahr.«

Moss ist jetzt nahe genug, um den seltsamen Bart des Mannes zu erkennen. »Was hatten Sie mit mir und Audie vor?«

»Ich wollte ihn an Sie übergeben.«

Moss hebt die 45er. »Ich will eine ehrliche Antwort, sonst fliegt Ihnen das Hirn hinten aus dem Kopf.«

Der große Mann zielt immer noch auf Moss. Er drückt ab und hört ein dumpfes Klicken. Angewidert lässt er die Waffe fallen.

»Auf die Knie! Hände hinter den Kopf!«, sagt Moss, der inzwischen am Rand des Loches steht. Er umkreist den knienden Mann. »Sie haben meine Frage noch nicht beantwortet.«

»Okay, okay, ich sollte Sie umbringen ... irgendwas von wegen loser Enden.«

»Wer hat den Befehl erteilt?«

»Seinen Namen kenne ich nicht. Er hat mir ein Handy gegeben.«

»Lügen Sie mich an?«

»Nein, bei Gott, das ist die Wahrheit.«

»Wenn jemand anfängt, Gott als Leumundszeugen anzuführen, bedeutet das meistens, dass er lügt.«

»Ich schwöre es.«

»Wo ist das Handy?«

»In meiner Tasche.«

»Werfen Sie es rüber.«

Der Mann nimmt eine Hand vom Kopf, zieht sein Handy aus der Tasche und wirft es Moss zu. Es ist die gleiche billige Marke, das gleiche Modell, das man auch ihm gegeben hat.

»Wie sah der Typ aus?«

»Sein Gesicht hab ich nicht gesehen.«

Moss schließt ein Auge, zielt und streicht über den Abzug.

»Was haben Sie vor?«, fragt der große Mann.

»Das hab ich noch nicht entschieden.«

»Wenn Sie mich gehen lassen, sehen Sie mich nie wieder. Ich werde nicht weiter nach Audie Palmer suchen. Sie können ihn für sich haben.«

»Legen Sie sich in das Loch.«

»Bitte, Sir, tun Sie das nicht.«

»Hinlegen.«

»Ich habe eine sechsundsiebzigjährige Mutter. Sie ist schwerhörig und sieht nicht besonders gut, aber ich rufe sie jeden Abend an. Deswegen hätte ich Audie Palmers Mutter auch nie ein Härchen gekrümmt. Ich sollte ihr drohen, doch ich konnte nicht.«

»Halten Sie die Klappe, ich denke nach«, sagt Moss. »Ein Teil von mir sagt, dass ich Sie erschießen sollte, aber so haben meine Probleme überhaupt erst angefangen. Jedes Mal, wenn ich vor einem Bewährungsausschuss gestanden habe, hat der Vorsitzende mich gefragt, ob ich meine Verbrechen bereue, und jedes Mal habe ich die Hand aufs Herz gelegt und erklärt, dass ich ein anderer Mensch geworden bin, vorsichtiger, toleranter und nicht mehr so jähzornig. Wenn ich Sie jetzt erschieße, würde ich mich selbst Lügen strafen. Und dann ist da noch das andere Problem.«

»Welches andere Problem?«

»Ich hab keine Munition mehr.«

Moss hebt den Arm und schlägt mit der Waffe gegen die Schläfe des großen Mannes. Spucke fliegt aus dessen Mund. Sein Körper sackt nach vorn in das Loch und landet mit einem dumpfen Aufprall. Morgen wird er mit einer Beule und schlechten Erinnerungen aufwachen, aber immerhin wird er aufwachen.

38

Auf der Straße ist der Camry bloß ein weiterer Wagen auf einer weiteren Reise. Audie lenkt mit beiden Händen und kämpft gegen den Impuls an, zu schnell zu fahren, weil er keine Aufmerksamkeit erregen will. Immer wieder blickt er in den Rückspiegel, überzeugt, dass er verfolgt wird und dass jedes Scheinwerferpaar, das ihm entgegenkommt, es auf ihn abgesehen hat und seine Seele ausleuchten will.

Irgendwann verlässt er die asphaltierte Straße und fährt an einer Scheune, einer Weide mit Pferden und einem Wassertrog vorbei. Auf einem Hügel kann er die Umrisse eines

Hauses mit dunklen Fenstern und einem Verandageländer ausmachen. Er zerrt den Betonblock vom Beifahrersitz und legt die Kette auf einen Felsen. Dann drückt er den Lauf der Schrotflinte auf eins der Glieder und wendet sich ab, bevor er abdrückt. Das Geräusch schmerzt in seinen Ohren, und Felssplitter prallen gegen seinen Hinterkopf. Er wirft die rauchende Kette weg.

Dann setzt er sich wieder hinters Steuer, fährt zurück auf die vierspurige Straße und denkt an Moss. Als er ihn gesehen hat, wollte Audie erst losrennen und ihn umarmen. Er wollte lachend herumtanzen, und hinterher hätten sie sich betrunken und Geschichten ausgetauscht, und in der Erinnerung wären die Jahre im Gefängnis gar nichts gewesen, und alle Toten wären für sie noch lebendig, hüpfend und springend in ihrer Brust, sodass sie noch einen Drink brauchen würden, um ihre Gefühle zu dämpfen.

Im Gefängnis hatten sie Moss »Big Fella« genannt, weil er eine körperliche Präsenz und einen Ruf hatte, der es ihm erlaubte, den meisten alltäglichen Streitereien um Revier und Macht aus dem Weg zu gehen. Moss hatte nicht um den Namen gebeten und nutzte seinen Status nicht aus. Manchmal fragt sich Audie, ob er Moss womöglich selbst heraufbeschworen hat, weil er sich so verzweifelt nach dem Kontakt zu einem anderen Menschen sehnte – einem, der ihn nicht bekämpfen oder umbringen wollte.

Was machte Moss auf freiem Fuß, und wie hatte er Audie in dem Wald gefunden? War er noch immer ein Freund, oder arbeitete er für jemand anderen?

Audie starrt auf die weißen Streifen der Straße, geschüttelt von Scham, Schuldgefühlen und angestauter Wut. Sein Plan fällt auseinander. Er sieht Cassies und Scarletts lachende Gesichter vor sich; jetzt sind sie tot – seinetwegen. Er hat nicht selbst abgedrückt, trotzdem ist es seine Schuld.

Er ist ein entflohener Häftling. Ramponiert wie eine Piñata, weggespült wie ein Stück Scheiße. Geschlagen. Gestochen. Gewürgt. Verbrannt. Gefesselt. Was können sie ihm noch antun?

Audie war nie jemand, der mit Inbrunst gehasst hat, denn wenn Leute zu leidenschaftlich hassen, ist es meistens etwas an ihnen selbst, das sie am meisten verabscheuen. Aber seit er Belita verloren hat, scheint Wut sein beherrschendes Gefühl zu sein. Er weiß, wann es angefangen hat: am Silvesterabend 2003, als sich die Zukunft ankündigte und ihn zwang, eine Entscheidung zu treffen.

Urban hatte beschlossen, ein Fest zu geben, und Audie hatte wochenlang Botengänge erledigt, einen Party-Service organisiert, Tische aufgestellt und Pakete abgeholt. Zusätzliches Personal traf ein, um bei dem Fest auszuhelfen. Im Garten wurden offene Zelte aufgeschlagen und bunte Lichterketten durch Äste gefädelt, bis die Bäume funkelten wie Sternbilder. Der Party-Service lieferte wagenweise Essen und richtete eine provisorische Küche ein. Ein ganzes Schwein wurde aufgespießt und über einem Feuer gegrillt; Fett tropfte zischend auf die Holzkohle, sodass sich das Aroma mit dem Duft der Blumengestecke mischte.

Seit Audie Belita am Weihnachtstag zur Messe gefahren hatte, hatte er sie nicht mehr gesehen. Sie hatte ihn nicht mit in die Kirche kommen und sich hinterher nicht von ihm anfassen lassen, weil es ein heiliger Tag war, wie sie sagte, und Gott womöglich zusehe. Audie hatte die Lust entdeckt, Belitas Körper zu betrachten, ohne ihn zu besitzen. Er kannte ihn so gut, dass er die Augen schließen und sich die glatten Ausbuchtungen und die gebogenen Knochen ihrer Schultern vorstellen und sich ausmalen konnte, mit der Zunge durch die Mulden zu fahren. Er konnte die Rundung ihrer Hüften und das Gewicht ihrer Brüste spüren, konnte hören, wie ihr Atem schneller wurde, wenn seine Finger bestimmte Tasten anschlugen.

Später sollte Belita ihm von ihrem Gespräch mit Urban vor der Silvesterparty erzählen. Sie hatte an ihrer Frisierkommode gesessen und Urban im Spiegel beobachtet, als er eine mit Samt ausgeschlagene Schatulle öffnete und eine Kette mit einem Feueropal herausnahm, der von einem Kreis kleiner Diamanten eingefasst war.

»Heute Abend werde ich dich allen vorstellen«, erklärte er ihr auf Spanisch.

»Und was wirst du über mich sagen?«

»Ich werde sagen, du bist meine Freundin.«

Sie starrte ihn immer noch an. Seine Wangen glühten.

»Das wolltest du doch, oder?«

Sie antwortete nicht.

»Ich kann dich nicht heiraten. Gebranntes Kind scheut das Feuer, verstehst du, aber du wirst alles haben, was eine Ehefrau hat.«

»Was ist mit meinem Sohn?«

»Er ist glücklich, wo er ist. Du kannst ihn nach wie vor am Wochenende und in den Ferien sehen.«

»Warum kann er nicht hier leben?«

»Die Leute würden Fragen stellen.«

Die Party begann mit Anbruch der Dämmerung. Audies Job war es, die Wagen durch das steinerne Tor zu lotsen und zu parken, überwiegend teure Modelle, europäische Marken. Er sah, wie Urban sich unter die Gäste mischte, Hände schüttelte, Witze erzählte und den leutseligen Gastgeber gab. Um elf brachte Belita Audie ein Tablett mit Essen. Sie trug ein Seidenkleid mit einem durchsichtigen schwarzen Schleier, der die obere Hälfte ihrer Brüste verdeckte. Es schien jede Rundung ihres Körpers zu liebkosen, nur gehalten von zwei schmalen Trägern, leichter als

Luft, so als könnte es jeden Moment an ihrem Körper hinabgleiten.

»Heirate mich stattdessen«, sagte er.

»Ich werde dich nicht heiraten.«

»Warum nicht? Ich liebe dich. Und ich glaube, du liebst mich.«

Sie schüttelte den Kopf und blickte sich über die Schulter zu der Gesellschaft um. »Ich weiß gar nicht mehr, wann ich zum letzten Mal getanzt habe.«

»Ich werde mit dir tanzen.«

Sie strich traurig über seine Wange. »Du musst hierbleiben.«

»Kann ich dich später treffen?«

»Urban wird nach mir verlangen.«

»Er ist bestimmt betrunken. Du könntest dich rausschleichen.«

Sie schüttelte den Kopf.

»Ich warte am Tor auf dich«, sagte Audie, als sie ging.

Für den Rest des Abends lauschte er der Musik und beobachtete, wie Belita tanzte; das Haar hochgesteckt und das Kinn gereckt, bewegte sie sich fließend wie Wasser, und die Blicke der Männer klebten an ihr wie Motten, die von einem Licht auf der Veranda angezogen wurden.

Um Mitternacht stimmten die Gäste »Auld Lang Syne« an, ein Feuerwerk mit Kugeln von tropfendem Licht explodierte über der Hügelkuppe, Hunde kläfften, Autos hupten.

Um vier waren die letzten Partygäste gegangen. Urban winkte ihnen zum Abschied. Betrunken. Schwankend. Audie schloss das Tor und sammelte die leeren Flaschen in der Auffahrt ein.

»Hast du dich amüsiert?«, fragte Urban.

»Beim Einparken?«

Urban lachte und legte einen Arm um Audies Schulter. »Warum fährst du nicht runter ins Plesaure Chest und suchst dir ein Mädchen aus? Auf meine Kosten.«

»Frohes neues Jahr«, sagte Audie.

»Für dich auch, mein Sohn.«

Audie wartete vor dem Tor auf Belita. In den Bäumen im Garten funkelten immer noch die bunten Lichter. Eine Stunde verstrich. Zwei. Audie wartete weiter, aber sie kam nicht. Er hatte einen Schlüssel, mit dem er die Hintertür aufschloss und durch den Flur in Belitas Zimmer schlich, wo er sich auszog und vorsichtig neben ihr ins Bett schlüpfte, weil er sie nicht wecken wollte. Anstatt ihre Haut zu berühren, fasste er den Rand ihres Nachthemds und beobachtete, wie ihre Brust sich hob und senkte, während sie beinahe geräuschlos atmete.

Er schlief ein.

Wenig später weckte sie ihn. »Du musst gehen.«

»Warum?«

»Er kommt.«

»Woher weißt du das?«

»Ich weiß es einfach.« Sie blickte zur Tür. »Hast du sie offen gelassen?«

»Nein.«

Jetzt stand sie weit offen.

»Er hat uns gesehen.«

»Das weißt du nicht.«

Sie stieß Audie aus dem Bett und sagte, er solle sich anziehen. Er ging barfuß durchs Haus, Schuhe und Socken in der Hand. In einem der Zimmer lief ein Radio. Es roch nach Kaffee. Audie schlich durch die Küche, die Treppe hinunter und tänzelte über die spitzen Kieselsteine in der Auffahrt.

Er fuhr zurück zu seinem Zimmer. Es war Neujahrsmorgen, die Straßen waren fast menschenleer. Vor der Bar parkten ein paar Autos. Einige der Mädchen machten offenbar Überstunden, dachte Audie.

Als er durch die Tür in sein Zimmer trat, wurde er von hinten gestoßen. Drei Männer drückten ihn zu Boden. Sein Kopf wurde mit Klebeband umwickelt, das mit einem kreischenden Geräusch von der Rolle gerissen wurde. Gefesselt und mit einer Kapuze über dem Kopf wurde er die Treppe hinuntergeschleift und auf die Rückbank eines Wagens verfrachtet. Er erkannte die Stimmen. Urban fuhr das Auto, zwei seiner Neffen saßen links und rechts neben Audie. Er kannte nur ihre Initialen – J.C. und R.D. – und ihre passenden engen Jeans und Hemden mit Druckknöpfen. Außerdem trugen sie einen Dreitagebart, wie Zeitschriften ihn irgendwann als modisch ausgerufen hatten, obwohl Audie den Verdacht hatte, dass eher Homosexuelle als Frauen die Stoppeln attraktiv fanden.

Audies Mund war trocken, er spürte, wie seine Gesichtshaut sich spannte. Urban wusste es. Wie konnte er es wissen? Er hatte sie zusammen gesehen. Audies erster Impuls war, alles zu leugnen. Dann wieder erwog er, auf die Knie zu fallen und zu gestehen. Mit der Schuld konnte er leben. Er konnte seine Strafe akzeptieren – solange Belita verschont blieb.

Audie versuchte zu verfolgen, wohin sie fuhren, doch es waren zu viele Abzweigungen. Der eine Cousin sagte scherzend zum anderen: »Er hat Glück, dass wir nicht in Mexiko sind, sonst würde man seinen Kopf im Straßengraben finden.«

Der Wagen verließ die befestigte Straße und holperte durch Furchen, die so tief waren, dass die Karosserie auf den Boden schlug und die Räder seitlich in Schlaglöcher rutschten. Sie hielten an. Türen wurden geöffnet. Er wurde aus dem Wagen gezerrt und musste sich hinknien.

Urban sprach. »Den Moment unserer Geburt können wir nicht selbst wählen, doch die Stunde unseres Todes kann durch eine Kugel oder eine andere tödliche Intervention bestimmt werden.«

Er zog die Kapuze von Audies Kopf, der, von der plötzlichen Helligkeit geblendet, blinzelnd die behauene Wand eines Steinbruchs erkannte. An ihrem Fuß hatte sich ein Tümpel aus Wasser gesammelt, schwärzer als Altöl.

Das Klebeband wurde Audie von Haut und Haaren gerissen. Urban nahm ihm die Brieftasche ab, zog Führerschein und Sozialversicherungsausweis heraus und warf sie in den Dreck. Er fand ein Foto von Belita, auf dem sie auf Audies Schoß saß – gemacht in einem Automaten in Sea World –, und warf das Bild ins Wasser, wo es sich im Wind drehte wie ein Blatt Laub. Dann ging er neben Audie in die Hocke und stützte die Hände auf seine Schenkel.

»Weißt du, warum du hier bist?«

Audie antwortete nicht. Urban machte seinen Neffen ein Zeichen. Sie zogen Audie auf die Füße, und Urban boxte ihm hart gegen den Solarplexus. Audie krümmte sich mit einem Schrei.

»Du denkst, du wärst schlauer als ich«, sagte Urban.

Audie schüttelte mit offenem Mund den Kopf.

»Du glaubst, ich wäre irgendein blöder Hillbilly, der zu dumm ist, sein eigenes Arschloch zu finden.«

»Nein«, keuchte Audie.

»Ich habe dir vertraut. Ich habe dich an mich herangelassen.«

Urbans Stimme zitterte, seine Augen glänzten. Er nickte seinen Neffen zu, die Audie an den Rand des Tümpels schleiften und ihn auf die Knie zwangen. Audie konnte sein Spiegelbild in der glatten, glasartigen Oberfläche sehen und beobachten, wie er binnen Sekunden alterte. Er sah die weißen Haare seines Vaters. Falten. Enttäuschung. Reue.

Sein Gesicht berührte das Wasser, und das Bild löste sich auf. Er versuchte vergeblich, sich den Händen zu entwinden, die ihn tiefer untertauchten, trat mit den Beinen, presste die Lippen aufeinander, doch bald schrie sein Körper nach Luft, und sein Gehirn reagierte instinktiv. Er wollte einatmen und flutete seine Lunge. Bläschen stiegen aus seinem Mund an den Augen vorbei an die Oberfläche. Sein Kopf wurde zurückgerissen. Er hustete und spuckte, klappte den Mund auf und zu wie ein sterbender Fisch. Dann tauchten sie ihn wieder unter und stemmten sich in seinen Nacken, drückten seinen Kopf so tief unter Wasser, dass seine Stirn den Grund berührte. Je heftiger er sich wehrte, desto schwächer wurde er. Er packte ihre Gürtel und versuchte, sich an ihren Beinen nach oben zu hangeln wie ein Mann, der sich an einer Felswand an ein Seil klammert.

Er verlor das Bewusstsein und hatte keine Erinnerung daran, aus dem Tümpel gezogen worden zu sein. Als er wieder zu sich kam, lag er zitternd auf dem Bauch und spuckte Wasser. Urban hockte sich neben ihn, legte väterlich eine Hand in Audies Nacken und beugte sich so nah heran, dass Audie seinen Atem auf der Haut spürte wie eine Feder.

»Ich habe dich in mein Haus gelassen, dir mein Essen gegeben, meinen Schnaps … ich habe dich wie einen Sohn behandelt. Ich hätte dich zu einem gemacht. Aber du hast mich verraten.«

Audie antwortete nicht.

»Kennst du die Geschichte von Ödipus? Er ermordet seinen Vater, heiratet seine Mutter und beschwört eine Katastrophe für sein Königreich herauf, alles wegen einer Prophezeiung bei seiner Geburt. Der alte König hatte versucht, es aufzuhalten. Er nahm das Baby und setzte es an einem Berghang aus, doch ein Hirte rettete Ödipus und zog ihn groß, und er erfüllte die Prophezeiung. Ich glaube nicht an diese Sagen, aber ich verstehe, warum sie die Zeiten überdauert haben. Vielleicht hätte der alte König Ödipus töten sollen. Vielleicht hätte der Hirte sich nicht einmischen sollen.« Urban drückte Audies Nacken fester. »Belita hat mich geliebt, bis du aufgetaucht bist. Ich habe sie gerettet. Ich habe sie erzogen. Ich habe ihr Kleider zum Anziehen und ein Dach über dem Kopf gegeben.« Er hob einen Finger. »Ich hätte auch ihren Bauch mit Ballons voller Kokain füllen und sie über die Grenze schicken können, stattdessen habe ich sie in mein Bett gelassen.« Er sah kurz seine Neffen an, wandte sich erneut Audie zu und wurde wieder lauter. »Wenn ich dich jemals wiedersehe, lasse ich dich umbringen. Wenn du auch nur in die Nähe von Belita kommst, lasse ich euch beide umbringen. Wenn du ein Märtyrer werden willst, kann ich das einrichten. Aber es wird nicht schnell gehen. Ich habe Partner, die ein Opfer wochenlang am Leben halten können, während sie Löcher in seine Knochen bohren, Säure auf seine Haut gießen, ihm die Augen ausstechen, Gliedmaßen abtrennen. Es macht ihnen Spaß. Für sie ist es ganz natürlich. Du wirst um deinen Tod flehen, doch er wird nicht kommen. Du wirst alles verleugnen, woran du je geglaubt hast. Du wirst deine Geheimnisse preisgeben. Du wirst betteln und winseln und alles Mögliche versprechen, doch sie werden nicht hören. Hast du mich verstanden?«

Audie nickte.

Urban betrachtete seine Fäuste und die abgeschürfte Haut, drehte sich um und ging zum Wagen.

»Ich hab noch Geld zu bekommen«, rief Audie ihm nach.

»Das ist konfisziert.«

»Und was ist mit meinen Sachen?«

»Ich hoffe, sie brennen gut.« Urban öffnete die Wagentür, nahm seinen Mantel vom Sitz, schüttelte ihn aus und zupfte an den Ärmeln. »An deiner Stelle würde ich Belita vergessen. Sie ist schon öfter benutzt worden als ein Kondom im Knast.«

»Dann lassen Sie sie gehen.«

»Was für eine Botschaft würde ich damit aussenden?«

»Ich liebe sie«, platzte Audie heraus.

»Das ist eine herzzerreißende Geschichte«, erwiderte Urban und nickte seinen Neffen zu, die beide zu einem Tritt ausholten und Audie gleichzeitig in Bauch und Rücken trafen. Vor Schmerz hätte er fast seinen Darm entleert.

»Schönes Leben noch«, sagte Urban. »Sei dankbar.«

39

Im Keller des Bezirksstrafgerichts von Dreyfus County werden Unterlagen über jeden Fall aufbewahrt, der in den letzten hundertfünfzig Jahren verhandelt wurde: Schriftsätze, Prozessprotokolle, Listen von Beweisstücken und Aussagen – ein riesiges Lager düsterer Geschichten und finsterer Taten.

Die Frau hinter dem Schalter heißt Mona und hat Haare, die schwärzer sind als die tiefste Nacht und so hoch aufgetürmt, dass man Angst hat, sie könnte vornüberkippen. Sie legt ein halb gegessenes Sandwich beiseite und blickt zu Desiree auf. »Was kann ich für Sie tun, Süße?«

Desiree hat eine Anfrage für Archivmaterial ausgefüllt.

Mona betrachtet das Formular. »Das könnte eine Weile dauern.«

»Ich warte.«

Nachdem die Frau das Formular gegengezeichnet hat, steckt sie es in einen Plastikbehälter und schiebt ihn in einen Schacht, in dem er nach unten gesaugt wird. Die Frau klemmt ihren Stift hinters Ohr und mustert Desiree genauer. »Wie lange sind Sie schon beim FBI?«

»Sechs Jahre.«

»Und, hat man Sie über jede Hürde springen lassen?«

»Über ein paar.«

»Da bin ich mir sicher. Ich wette, Sie mussten doppelt so gut sein wie jeder Mann.« Mona steht auf, beugt sich vor und blickt auf Desirees Schuhe.

»Irgendwas nicht in Ordnung?«

Verlegen weist Mona auf das Wartezimmer.

Dort nimmt Desiree Platz und blättert durch etliche alte Zeitschriften, während sie immer wieder auf ihre Armbanduhr blickt, die ursprünglich ihrem Vater gehörte. Er hat sie ihr zum Examen geschenkt und erklärt, dass sie sie jeden Abend aufziehen und dabei an ihre Eltern denken müsse.

»Ich bin in meinem ganzen Arbeitsleben nur ein Mal zu spät gekommen«, sagte er.

»Am Tag meiner Geburt«, erwiderte sie.

»Du kennst die Geschichte?«

»Ja, Daddy«, antwortete sie lachend. »Ich kenne die Geschichte.«

Das höhlenartige Archiv riecht nach Kopierflüssigkeit, Bohnerwachs, Papier und ledernen Einbänden. Helle Sonnenstrahlen fallen schräg durch die hohen Fenster und beleuchten Wollmäuse.

Desiree zieht sich einen Kaffee aus dem Automaten, probiert einen Schluck, verzieht das Gesicht, wirft den Becher weg und wählt stattdessen Limonade. Ihr Magen knurrt. Wann hat sie zum letzten Mal etwas gegessen?

Mona ruft ihren Namen auf und schiebt ein Dutzend Ordner durch eine Öffnung in ihrem Fenster.

»Ist das alles?«

»O nein, Süße.« Mona zeigt hinter sich, wo ein mit Kartons beladener Rollwagen steht. »Und von der Sorte hab ich noch zwei.«

An einem Schreibtisch im Lesesaal legt Desiree einen Notizblock bereit und beginnt ihre Lektüre mit dem Raubüberfall. Seite für Seite breitet sie Details aus und fädelt sie aneinander, als würde sie einen Film schneiden und im Kopf Sequenzen trennen und zusammenfügen. Fotos. Zeitliche Abläufe. Obduktionsberichte. Aussagen.

Der Transporter wurde kurz nach 15 Uhr unmittelbar nördlich von Conroe entführt. Die Sicherheitsfirma Armaguard war damit beauftragt, regelmäßig beschädigte Geldscheine bei Banken und Kreditinstituten abzuholen und zu einer Anlage für Datenvernichtung in Illinois zu bringen.

Abholplan und Route wurden alle zwei Wochen geändert, sodass die Täter einen Insider-Tipp bekommen haben mussten. Verdächtigt wurde der bei dem Überfall ums Leben gekommene Wachmann Scott Beauchamp, Beweise wurden jedoch vor Gericht nicht präsentiert. Dabei war man auf der Suche nach dem unbekannt gebliebenen Mitglied der Bande auch seine Telefonunterlagen durchgegangen und hatte seine Aktivitäten rekonstruiert. Letztendlich stützten sich die Vorwürfe gegen ihn ausschließlich auf Indizienbeweise.

Audie Palmer bekannte sich schuldig, weigerte sich jedoch, die Namen der anderen Beteiligten zu nennen. Er verriet weder seinen Bruder, noch belastete er den Wachmann. Wegen seiner Verletzungen dauerte es drei Monate, bis die Polizei Audie befragen konnte, und insgesamt acht Monate, bis er verhandlungsfähig war.

Desiree nimmt sich die Zeugenaussagen vor. Laut Polizeibericht bemerkten ein Deputy des Sheriff Office von Dreyfus County und sein Partner gegen 20.13 Uhr – fünf

Stunden nach der Entführung – einen gepanzerten Transporter, der bei der League Line Road an einem nördlichen Zubringer der Interstate 45 parkte. Während sie eine Kennzeichenabfrage starteten, bemerkte einer der Deputys, dass ein dunkler SUV mit getönten Scheiben hinter dem Transporter gehalten hatte. Die Hecktüren des Transporters wurden geöffnet, Säcke von Fahrzeug zu Fahrzeug umgeladen.

Der Deputy rief über Funk Verstärkung, doch vor deren Eintreffen entdeckten die Verdächtigen den Streifenwagen und flohen in hoher Geschwindigkeit mit beiden Fahrzeugen.

Desiree liest die Abschrift des Funkverkehrs und registriert die Namen der beiden beteiligten Beamten: Die erste Meldung kam von Ryan Valdez und Nick Fenway. Ein zweiter Streifenwagen, gefahren von Timothy Lewis, schloss sich der Verfolgung an.

Die erste Funkmeldung war am 26. Januar um 20.13 Uhr eingegangen.

DEPUTY FENWAY: 1522, verdächtiges Fahrzeug gesichtet. Parkt in der Longmire Road in der Nähe der Farm Market 3083 West. Überprüfung.
ZENTRALE: Verstanden.
DEPUTY FENWAY: Es handelt sich um ein gepanzertes Fahrzeug, Kennzeichen Nordpol, Cäsar, Dora, Zeppelin, vier, sieben, neun. Der Wagen steht am Straßenrand. Vielleicht ist es der Transporter von dem Raub.
ZENTRALE: Verstanden. Insassen?
DEPUTY FENWAY: Zwei oder drei weiße Männer. Mittelgroß. Dunkle Kleidung. Deputy Valdez versucht, näher heranzukommen … Schusswaffengebrauch! Schusswaffengebrauch!

ZENTRALE: An alle Einheiten: Dringende Unterstützung. Beamte unter Beschuss. Ecke Longmire Road und Farm Market Road West.
DEPUTY FENWAY: Verdächtige fliehen. Nehmen Verfolgung auf.
ZENTRALE: Verstanden. An alle verfügbaren Einheiten, an alle verfügbaren Einheiten. Polizei verfolgt verdächtiges Fahrzeug nach Schusswechsel. Achtung: Vorsichtig nähern.
DEPUTY FENWAY: Position jetzt Holland Spiller Road. Hundertzehn Stundenkilometer, leichter Verkehr. Werden immer noch beschossen ... Erreichen jetzt die League Line Road. Wo bleibt die Verstärkung?
ZENTRALE: Noch fünf Minuten.
DEPUTY LEWIS: 1522, wo brauchen Sie mich?
DEPUTY FENWAY: Fahren Sie die League Line Road runter. Haben Sie Spikes?
DEPUTY LEWIS: Negativ.
DEPUTY FENWAY: Der Transporter hat soeben die League Line Road überquert und fährt weiter in nördlicher Richtung.
ZENTRALE: Von Westen sind Hubschrauber unterwegs.

Die Verfolgung dauerte weitere sieben Minuten, Streifenwagen und der Transporter erreichten Spitzengeschwindigkeiten von hundertfünfundvierzig Stundenkilometern. Um 20.29 Uhr geschah Folgendes:

DEPUTY FENWAY: Er hat die Kontrolle verloren! Der Transporter ist umgekippt und rutscht über die Straße! Scheiße! Ich glaube, er ist gegen irgendwas geprallt.
ZENTRALE: Verstanden.
ZENTRALE: Nennen Sie mir Ihren Standort.

Deputy Fenway: Old Montgomery Road. Eine Viertelmeile westlich von dem Campingplatz. Wir werden beschossen! Schusswaffengebrauch! Schusswaffengebrauch ...
Deputy Lewis: Ich komme.
Deputy Fenway: (unverständlich)
Zentrale: Bitte wiederholen Sie, 1522.
Deputy Fenway: Verlassen das Fahrzeug. Unter Beschuss.
(Es folgen vier Minuten, in denen die Zentrale die Beamten vergeblich auffordert, sich zu melden.)
Deputy Fenway: Drei Verdächtige getroffen und kampfunfähig. Wir haben einen schwer verletzten Wachmann und ein brennendes Fahrzeug. Code vier.
Zentrale: Verstanden. Code vier. Feuerwehr und Notarzt sind alarmiert.

Desiree nimmt sich noch einmal die ursprünglichen Aussagen der beiden ersten Beamten am Unfallort vor und stellt fest, wie häufig sie die Ereignisse mit fast identischen Worten beschreiben, so als hätten sie Notizen ausgetauscht oder sich auf eine Geschichte geeinigt. Das ist übliche Praxis unter Polizeibeamten, die sichergehen wollen, dass niemand das nachfolgende Gerichtsverfahren gefährdet. Die Verfolgung endete damit, dass der Fahrer des gepanzerten Transporters in einer Kurve die Kontrolle über das Fahrzeug verlor und gegen einen entgegenkommenden Wagen prallte, der in Flammen aufging, in denen die Fahrerin ums Leben kam. Audie Palmer und die Caine-Brüder versuchten, sich den Weg in die Freiheit zu schießen.

Laut ihrer übereinstimmenden Aussagen suchten die Deputys Fenway und Valdez unter schwerem Beschuss Deckung hinter ihrem Fahrzeug und erwiderten das Feuer, waren jedoch bis zum Eintreffen von Deputy Lewis in der Unterzahl. Er manövrierte seinen Wagen rückwärts in die

Schusslinie und ermöglichte seinen Kollegen so eine bessere Schussposition.

Die drei Deputys gaben insgesamt siebzig Schüsse ab. Alle drei Verdächtigen wurden getroffen, zwei starben noch vor Ort, ein dritter wurde lebensgefährlich verletzt. Herman Willford, der Gerichtsmediziner von Dreyfus County, stellte fest, dass Vernon Caine an einem Schuss in die Brust gestorben war, sein jüngerer Bruder Billy wurde drei Mal getroffen – ins Bein, in die Brust und in den Hals – und war am Tatort verblutet. Audie Palmer erlitt einen Kopfschuss. Der Wachmann Scott Beauchamp, der gefesselt und geknebelt in dem Transporter gesessen hatte, starb an den Verletzungen, die er bei dem Unfall erlitten hatte.

Desiree nimmt die fünf Alben mit Tatortfotos und überfliegt die Bilder, bevor sie einzelne Aufnahmen genauer betrachtet. Man kann beide Streifenwagen sehen, daneben die verbogenen Trümmer des Transportes und den ausgebrannten Wagen. Die Türen des Transporter sind aufgesprungen. Im Laderaum kann man eine Blutlache erkennen. Mithilfe der Zeichnungen und Computersimulationen erschafft Desiree vor ihrem inneren Auge ein Diorama, auf dem sie alle am Ort des Geschehens Anwesenden positionieren kann.

In den Alben klaffen Lücken – es gibt mehr Nummern als Bilder. Entweder wurden sie falsch beschriftet, oder jemand hat sie entfernt. 2004 waren die meisten Streifenwagen in Texas bereits mit einer an einen Festplattenrekorder angeschlossenen Kamera ausgestattet, die entweder von den Beamten eingeschaltet oder automatisch ausgelöst wurde, wenn der Wagen eine bestimmte Geschwindigkeit erreichte. Neuere System machen sogar ununterbrochen Aufnahmen, die automatisch per WLAN heruntergeladen werden, wenn die Streifenwagen in die Zentrale zurückkehren.

Bei der Beweisaufnahme hatte die Verteidigung nach den Kameras auf dem Armaturenbrett gefragt und war darüber informiert worden, dass beide Streifenwagen nicht entsprechend ausgestattet waren. An diesem Detail bleibt Desiree hängen. Sie wendet sich noch einmal den Fotos zu. Der Streifenwagen von Fenway und Valdez parkt diagonal auf der Straße. Die Windschutzscheibe ist zersplittert. Die Türen sind durchlöchert.

Sie hält die Vergrößerungs-App ihres Smartphones über das Bild, konzentriert sich auf das Armaturenbrett und erkennt die verräterischen Umrisse über der Windschutzscheibe. Eine Kamera. Desiree notiert den Code des Fotos in ihrem Notizbuch und setzt ein Fragezeichen dahinter.

Beim Betrachten weiterer Bilder sieht sie die Trümmer des ausgebrannten Wagens im Hintergrund. In dem umgekippten Wrack kann sie gerade noch einen Körper ausmachen, der von der Hitze und dem Aufprall so verbrannt und verdreht ist, dass er aussieht wie eine abstrakte Skulptur.

Desiree sucht nach Angaben zu dem Fahrzeug – ein 1985er Pontiac, kalifornisches Kennzeichen. Laut Obduktionsbericht war die Person am Steuer eine Frau, Mitte zwanzig. Fotos zeigen ihre verkohlte Leiche in einer beinahe kämpferischen Pose: Gewebe und Muskeln sind durch die extreme Hitze so geschrumpft, dass sie die Ellbogen gebeugt und die Fäuste geballt hat. Die Obduktion ergab keine Hinweise auf Alkohol- oder Drogenkonsum, auch alte Knochenbrüche wurden nicht festgestellt.

Ohne Gesicht und Fingerabdrücke konnte die Polizei das Opfer nicht identifizieren, was zu einem landesweiten Abgleich mit gespeicherten DNA-Sätzen und zahnärztlichen Unterlagen führte. Später wurde die Suche auf internationale Behörden wie Interpol sowie Organisationen ausgedehnt, die mit Einwanderern ohne Papiere zu tun hatten. Desiree sucht nach einem Halternachweis des Wagens. Der Pontiac 6000 wurde 1985 als Neuwagen von einem Händler in Columbus verkauft und danach zweimal weiterverkauft. Der letzte eingetragene Besitzer war ein Frank Aubrey in Ramona, Südkalifornien.

Desiree nimmt ihr iPhone und ruft einen Kollegen in Washington an. Sie und Neil Jenkins waren gemeinsam auf der FBI-Akademie, doch Jenkins hatte keinen Ehrgeiz gezeigt, im Außendienst zu arbeiten. Er wollte einen Schreibtischjob in der Pennsylvania Avenue 935, vorzugsweise in der Abteilung für Datenüberwachung, wo er die Gespräche anderer Leute belauschen konnte.

Jenkins, ganz der Alte, möchte ein bisschen tratschen, doch dafür hat Desiree keine Zeit.

»Ich will, dass du für mich die Geschichte eines Kfz recherchierst. Es handelt sich um einen 1985er Pontiac 6000, kalifornisches Kennzeichen 3HUA172.« Sie rattert die Fahrzeug-Identifizierungsnummer herunter. »Der Wagen wurde bei einem Unfall im Januar 2004 zerstört.«

»*Sonst noch was?*«

»Am Steuer saß eine Frau – finde heraus, ob sie identifiziert wurde.«

»*Ist es dringend?*«

»Ruf mich zurück.«

Als Nächstes nimmt Desiree sich den Wachmann vor, der bei dem Raubüberfall ums Leben gekommen ist. Scott Beauchamp war ein ehemaliger Marine, der zwei Kampfeinsätze im Golf und einen Einsatz in Bosnien absolviert hatte. 1995 hatte er den Dienst quittiert. Für Armaguard hatte er seit sechs Jahren gearbeitet. Die Polizei verdächtigte ihn, der Informant der Bande gewesen zu sein, konnte jedoch in den Telefonunterlagen keinen Kontakt nachweisen. Man fand allerdings eine Tankquittung, die belegte, dass er einen Monat vor dem Überfall in demselben Lkw-Rasthof wie Vernon Caine gewesen war. Eine Kellnerin identifizierte Beauchamp auf einem Foto, konnte sich jedoch nicht erinnern, ob die beiden Männer miteinander gesprochen hatten.

Auf dem Boden des Kartons entdeckt Desiree eine DVD. Sie sucht die Nummer auf dem Etikett in der Liste der Beweismittel. Es ist Audie Palmers Anklageanhörung.

Sie kehrt zu Mona zurück, die überrascht wirkt, sie zu sehen.

»Sie sind seit sechs Stunden hier.«

»Ich werde auch morgen noch hier sein.«

»Wir schließen in einer Dreiviertelstunde, also wenn Sie keinen Schlafsack mitgebracht haben ...«

»Ich brauche einen DVD-Player.«

»Sehen Sie den Raum dort? Da drinnen ist ein Computer. Hier ist der Schlüssel. Verlieren Sie ihn nicht. Und Sie haben bis sechs. Sonst müssen Sie morgen wiederkommen.«

»Verstanden.«

Desiree fährt den Computer hoch und hört die DVD rotieren, als der Bildschirm zum Leben erwacht. Eine feste Kamera zeigt Audie Palmer in einem Krankenhausbett, sein Kopf ist bandagiert, aus seiner Nase und seinen Handgelenken ragen Schläuche. Die medizinischen Berichte hat sie bereits gelesen. Niemand hatte erwartet, dass Audie überlebt. Chirurgen mussten seinen Schädel mit Knochenteilen und Metallplatten zusammenkleben wie ein Puzzle. Audie lag drei Monate im Koma. Spezialisten debattierten, ob sie den Stecker ziehen sollten, doch der Staat Texas exekutiert Menschen nur, wenn sie im Todestrakt sitzen, nicht, wenn sie hirntot sind, weil das bedeuten würde, dass man auch die meisten lokalen Politiker keulen müsste.

Selbst als Audie aus dem Koma erwachte, bezweifelten die Ärzte, dass er je wieder imstande sein würde, zu sprechen oder zu laufen. Er widerlegte ihre Prognosen, doch es dauerte weitere zwei Monate, bis er kräftig genug war, bei einer Anhörung an seinem Bett zur Anklage vernommen zu werden.

Die Aufnahme zeigt den Strafverteidiger, Clayton Rudd, der neben Audie sitzt, welcher mittels eines ausgeliehenen Ouija-Bretts kommuniziert. Distriktstaatsanwalt Edward Dowling, mittlerweile Senator des Staates, trägt eine OP-Maske, als hätte er Angst, sich irgendwelche Bazillen einzufangen.

Vor der Anhörung fragt Richter Hamilton Dowling, wieso die lokale Staatsanwaltschaft die Anklage vertritt. »Die Anklage hätte auch in einem Verfahren der Bundesbehörden oder des Staates Texas verhandelt werden können, euer Ehren, doch meines Wissens gab es einen Interessenkonflikt«, antwortet Dowling bewusst vage.

»Was für einen Interessenkonflikt?«

»Ein möglicher Zeuge ist verwandt mit einem leitenden Bundesbeamten«, erklärt Dowling. »Deshalb hat das FBI empfohlen, dass der Distriktstaatsanwalt den Fall übernimmt.«

Richter Hamilton scheint zufrieden und fragt Mr Rudd, ob sein Mandant den Zweck der Anhörung begreifen würde.

»Ja, Euer Ehren.«

»Der Mann kann seinen Namen nicht zu Protokoll geben.«

»Er kann ihn buchstabieren.«

»Mr Palmer, können Sie mich hören?«, fragt der Richter. Audie nickt.

»Ich werde Sie heute zu der Anklage wegen dreifachen Mordes, Entführung eines Fahrzeugs und der fahrlässigen Tötung im Straßenverkehr anhören, ist das klar?«

Audie stöhnt und kneift die Augen zu.

»Diese Taten können bei Anwendung des vollen Strafmaßes mit dem Tod, lebenslanger Haft ohne Bewährungsaussicht oder mehrjähriger Haft geahndet werden. Verstehen Sie die Anklage und die möglichen Konsequenzen?«

Langsam und bedächtig deutet Audie auf dem Ouija-Brett auf die Buchstaben »JA«.

Richter Hamilton wendet sich an Dowling. »Sie können fortfahren.«

»In der Sache des Staates Texas gegen Audie Spencer Palmer, Fallnummer achtundvierzig, Prozessliste Nummer sechshundertzweiundvierzig ...«

Der Distriktstaatsanwalt braucht zehn Minuten, um die Tatvorwürfe wegen Mord und Raub zusammenzufassen. Palmer wird angeklagt, zusammen mit seinen Komplizen den Raub von sieben Millionen Dollar aus dem Bestand der US Federal Reserve Bank geplant und durchgeführt zu haben.

Richter Hamilton ergreift das Wort. »Sir, man beschuldigt Sie schwerer Straftaten. Ich muss Sie darauf hinweisen, dass Sie gewisse Rechte haben, darunter das Recht, von einem Rechtsbeistand vertreten zu werden. Zu diesem Zweck wurde Mr Rudd als öffentlichen Pflichtverteidiger bestellt. Wenn Sie jedoch einen eigenen Anwalt verpflichten wollen, steht Ihnen das frei. Sind Sie damit einverstanden, dass Mr Rudd Sie bei der heutigen Anhörung vertritt?«

Audie zeigt »JA« an.

»Bekennen Sie sich schuldig oder nicht schuldig?«

Audie beginnt, eine Antwort zu buchstabieren, doch Clayton Rudd greift quer über das Brett und hält seine zitternde Hand fest. »Halten Sie im Protokoll fest, dass mein Mandant auf nicht schuldig plädiert«, sagt er und sieht Dowling an, als suche er dessen Zustimmung. Dann beugt er sich wieder zu Audie. »Man sollte sein Pulver lieber trocken halten, mein Sohn.«

»Was ist mit Kaution?«, fragt der Richter.

»Der Staat lehnt eine Freilassung auf Kaution ab«, sagt Dowling. »Dem Angeklagten werden schwerste Verbrechen vorgeworfen, und das Geld ist nach wie vor nicht wieder aufgetaucht.«

»Mein Mandant wird das Krankenhaus in absehbarer Zeit nicht verlassen können«, erwidert Rudd.

»Hat er Familie?«, fragt der Richter.

»Seine Eltern und seine Schwester«, antwortet Rudd.

»Irgendwelche anderen gesellschaftlichen Bindungen oder nennenswerte Vermögenswerte?«

»Nein, Euer Ehren.«

»Eine Freilassung auf Kaution wird abgelehnt.«

Damit endet die DVD. Desiree wirft sie aus, schiebt die Scheibe in die Plastikhülle und legt sie wieder in den Karton.

Es sollte fünf Monate dauern, bis die Anklage gegen Audie vor dem Gericht von Dreyfus County verhandelt wurde. Dort hatte er es mit einem anderen Richter zu tun, und Clayton Rudd hatte mittlerweile einen Deal mit dem Büro des Distriktstaatsanwalts ausgehandelt, bei dem die Mordanklage im Gegenzug für ein Geständnis in allen Anklagepunkten auf Totschlag reduziert worden war. Audie widersprach den vorgelegten Indizien in keinem Punkt und machte keinerlei strafmildernde Umstände geltend.

Der *Houston Chronicle* berichtete über die Urteilsverkündung.

> Gestern wurde ein dreiundzwanzigjähriger Mittäter des missglückten Überfalls auf einen gepanzerten Geldtransporter im Jahr 2004 wegen bewaffneten Raubs und Tot-

schlags verurteilt. Bei der Entführung des Transporters waren eine Autofahrerin und ein Wachmann sowie die beiden Komplizen des Angeklagten ums Leben gekommen.

Richter Matthew Coghlan verurteilte Audie Palmer zu zehn Jahren Haft, nachdem er ihn in allen Anklagepunkten für schuldig befunden hatte, unter anderem des Raubes von sieben Millionen Dollar, die bis heute nicht wieder aufgetaucht sind.

Vor der Urteilsverkündung kritisierte Richter Coghlan Distriktstaatsanwalt Edward Dowling, weil er Palmer trotz seiner Mitverantwortung für die Todesfälle nicht wegen Mord angeklagt habe. »Es handelt sich um ein Kapitalverbrechen, und meiner Ansicht nach ist das heutige Urteil eine Beleidigung der Polizeibeamten, die ihr Leben riskiert haben, um den Täter der Gerechtigkeit zuzuführen.«

Vor dem Gericht erklärte FBI Special Agent Frank Senogles, dass das FBI im Zusammenhang mit dem Raubüberfall mehr als tausend Befragungen durchgeführt und sich auf Verwandte sowie bekannte Komplizen der Täter konzentriert habe. Das Geld bleibe jedoch unauffindbar, da die Seriennummern der zur Zerstörung bestimmten Scheine nicht registriert waren.

»Ich kann der Öffentlichkeit versichern, dass wir die Akte in diesem Fall nicht schließen und mit der Staats- und Bezirkspolizei weiterhin strategische und taktische Optionen erörtern. Unsere Ansicht darüber, wer für diese Tat verantwortlich war, bleibt unverändert, doch je mehr Zeit verstreicht, desto schwieriger wird es, den Fall ohne die Hilfe der Öffentlichkeit zu lösen.«

Desiree ist überrascht, ein Zitat von Frank Senogles zu lesen. Warum hat er nicht erwähnt, dass er an der damaligen Ermittlung beteiligt war? Das FBI hatte die Untersuchung geleitet, was bedeutete, dass Senogles Ryan Valdez und die anderen Deputys befragt haben musste. Garantiert hatte er auch Audie Palmer vernommen, doch als Desiree behauptet hatte, mehr über den Fall zu wissen als irgendjemand sonst, hatte Senogles sie nicht korrigiert, ihr nicht widersprochen und sie nicht vor allen anderen runtergeputzt, wie er es normalerweise ohne Zögern getan hätte.

Sie blättert um und findet einen weiteren Zeitungsartikel.

Gouverneur ehrt Polizisten für ihren Mut
Von Michael Gidley

Trotz schweren Beschusses zögerten die Deputys Ryan Valdez, Nick Fenway und Timothy Lewis vom Büro des Sheriffs in Dreyfus County nach dramatischer Verfolgung eines gestohlenen Geldtransporters keine Sekunde lang, sich selbstlos gegenseitig zu Hilfe zu eilen.

Ihrem Heldenmut ist es zu verdanken, dass alle drei Beamten heute noch leben und ein gefährlicher Verbrecher hinter Gittern sitzt. Für ihre Tapferkeit im Einsatz an jenem chaotischen Januartag 2004 erhielten die Deputys heute den Star of Texas Award – die höchste Auszeichnung zur Anerkennung »engagierten Einsatzes weit über die Dienstpflichten hinaus«.

Die Orden wurden im Rahmen einer Zeremonie im Kapitol von Gouverneur Rick Perry und Generalstaatsanwalt Steve Keneally verliehen, die die Beamten für ihren herausragenden Mut und ihren Dienst an der Öffentlichkeit lobten.

Auf dem Foto stehen alle drei Deputys in Uniform neben Gouverneur Perry und lächeln in die Kamera. Fenway, Valdez und Lewis wirkten ein wenig verlegen, doch der Gouverneur strahlt in ihrem Glanz. Im Hintergrund sieht man das halb abgewandte Gesicht von Frank Senogles. Er hat ein Funkgerät in der Hand. Vielleicht war er für den Personenschutz eingeteilt.

Desiree drückt auf die Wahlwiederholung ihres Handys.

»Da ist noch etwas«, erklärt sie Jenkins. »Ich muss zwei Polizeibeamte aus Texas finden: Nick Fenway und Timothy

Lewis. Beide haben 2004 für das Büro des Sheriffs in Dreyfus County gearbeitet.«

40

Unsichtbar in den Eingeweiden des Old Granada Theater, rollt Audie sich zusammen und versucht zu schlafen, doch er träumt immer wieder vom Trinity River an einem stürmischen Tag vor zwölf Jahren. Er steht am Ufer und starrt in die Tiefe, während über ihm aus dunklen Wolken Blitze zucken. Plötzlich taucht, getragen von einer schwarzen Welle, ein Skelett an die Oberfläche. In seinem Brustkorb ist ein kreischendes, seehundartiges Geschöpf mit scharfen weißen Zähnen eingesperrt. Das Skelett taucht wieder unter und hinterlässt nur Wellen im Wasser. Andere Dinge treiben vom Flussbett an die Oberfläche, neues Grauen taucht aus der Finsternis auf, greift nach Audie und verlangt, freigelassen zu werden.

Er reißt die Augen auf, und ein Schrei erstickt in seinem Hals. Als er sich aufrichtet, sieht er sein Spiegelbild in einem zersplitterten Spiegel und erkennt sich nicht wieder, diesen ausgezehrten Schatten, diesen Witz von einem Mann, dieses Wrack ...

Die Nacht ist vorbei. An eine feuchte Wand gelehnt, schreibt Audie eine Liste der benötigten Dinge. Andere Menschen würden das Weite suchen. Sie würden ihre Uhr, ihr Zahngold oder eine Niere verkaufen; sie würden einen Bus nach Kanada oder Mexiko nehmen, sich eine Passage auf einem Containerschiff verdienen oder nach Kuba schwimmen. Vielleicht sehnt er sich nach dem eigenen Tod, obwohl Audie bezweifelt, dass er über die nötige Charakterstärke verfügt.

Was muss noch auf die Liste?

- Klebeband
- Schlafsäcke
- SIM-Karten
- Wasser

Er erinnert sich daran, eine ähnliche Liste geschrieben zu haben, während er andere Wunden pflegte, nachdem er von Urbans Neffen zusammengeschlagen und davor gewarnt worden war, sich Belita je wieder zu nähern. Er hatte sich ein Zimmer in einem billigen Motel in der Nähe der mexikanischen Grenze genommen, wo er im Bett lag wie ein Patient im Krankenhaus und darauf wartete, dass die Wahrheit ihre Visite machte. Hin und wieder kroch er ins Bad, spuckte Blut ins Waschbecken und saugte an einem abgebrochenen Zahn. Am vierten Tag brauchte er eine Stunde für die zwei Blocks bis zu einer Apotheke und einem Schnapsladen, wo er Schmerztabletten, entzündungshemmende Mittel, Eispacks und eine Flasche Bourbon kaufte.

Auf einem Cocktail aus Alkohol und Medikamenten schwebte er zurück in das Motel. Unterwegs glaubte er, Belita zu sehen. Sie kam auf ihn zu, ihr Rock bauschte sich im Wind und schmiegte sich dann an ihre Schenkel. Ihr Haar war nach hinten gekämmt und mit einer Spange zurückgesteckt, die aus Perlmutt war, wie er wusste, weil es das Einzige war, das ihre Reise aus El Salvador überstanden hatte.

Sie ging so anmutig, den Rücken gerade, das Kinn gereckt, Fußgänger schienen lächelnd zur Seite zu treten. Sie war nur noch fünfzig Meter entfernt, als er ihren Namen rief. Sie reagierte nicht. Er versuchte ihr nachzulaufen und rief sie erneut. Sie blieb weder stehen, noch verlangsamte sie ihre Schritte.

»Belita!«, rief er noch lauter ein drittes Mal. Sie hastete weiter und überquerte die Straße.

»Belita!«

Schließlich blieb sie stehen und drehte sich um. Wie dünn sie geworden war. Wie alt. Es war nicht Belita. Die Frau erklärte ihm deutlich, er solle verschwinden. Audie wich zurück, die Hände ausgebreitet und unfähig, etwas zu sagen.

Als er wieder in dem Motel war, erstellte er eine Liste mit Dingen, die er brauchte. Er kannte die Einzelheiten von Urbans Konten, Zweigstellen, Namen und Nummern. Am Freitag, dem 9. Januar, betrat ein Mann mit Sonnenbrille und Baseballkappe acht verschiedene Bankfilialen und hob jeweils eintausend Dollar ab. Dieser Mann hätte auch zehn oder zwanzig Mal so viel abheben können – er hätte alles nehmen können –, doch er nahm nur, was ihm seiner Meinung nach zustand, plus ein kleines Schmerzensgeld. Das sagte sich der Mann, während er die Auszahlungsbelege ausfüllte und Urbans Unterschrift fälschte. Danach kaufte er neue Kleidung und suchte in den Kleinanzeigen nach einem Gebrauchtwagen.

»Noch ein Mal«, sagte sich Audie, er musste sie noch ein Mal sehen. Er würde nicht flehen, sondern schlicht und einfach fragen, mit dem Wissen, dass sein Stolz ein Nein überleben würde, selbst wenn sein Herz in tausend Stücke zerbrach.

Er kam eine Stunde vor Beginn der Morgenmesse, parkte den Wagen in einer Sackgasse in der Nähe und wartete darauf, dass das Portal der Kirche geöffnet wurde. Im Kofferraum hatte er eine kleine Reisetasche und das Bargeld. Man konnte einen Streifen der City-Skyline über den Dächern ausmachen und den Verkehr auf dem nicht einmal einen Block entfernten Highway hören. Würde sie kommen?, fragte er sich. Würde Urban sie lassen?

Nachdem der Priester die Kirche geöffnet hatte, setzte sich Audie auf eine der im Dunkeln liegenden Bänke bei dem Taufbecken und beobachtete die Ankunft der Gottesdienstbesucher. Belita war eine der Letzten. Die Neffen hatten sie gefahren und warteten jetzt rauchend und bei laufendem Radio im Wagen. Der kleine Junge war Audie bisher noch gar nicht aufgefallen. Er saß in der vierten Reihe neben einer Südamerikanerin mit Mondgesicht und schwarz gefärbtem Haar, das aus einem bunten Kopftuch hervorquoll, das ihre strengen Züge auch nicht weicher machte.

Belita tauchte ihre Finger in das Weihwasserbecken, bekreuzigte sich und hielt den Blick gesenkt, als sie an ihm vorbeiging. Sie machte einen Knicks und rutschte auf die Bank, wo sie den Jungen an sich drückte. Er versank in ihrer Umarmung wie in frischem Schnee.

Nur etwa dreißig Leute waren zu der Messe gekommen. Audie glitt in die Bankreihe hinter Belita, sodass er ihr von der Seite ins Gesicht blicken konnte. Sie trug ein verblichenes blaues Sommerkleid, das über ihrem Bauch spannte, und angestoßene weiße Sandalen mit einer goldenen Schnalle über den Zehen. Der Flecken auf ihrem Gesicht erwies sich bei näherem Hinsehen als alter Bluterguss. Sie hatte eine Faust abbekommen, was so sicher seine Schuld war, als hätte er selbst zugeschlagen. Der Junge neben ihr trug Shorts, lange Socken und glänzende schwarze Schuhe. Er streckte ein Bein aus, während er sich an ihren Arm klammerte und durch Wimpern dick wie Epauletten zu ihr hochblickte.

Dann erhoben sich alle. Ein beleibter Priester schritt zu dem Klang der Orgel und einem gemurmelten Choral den Mittelgang hinunter. Ein Junge und ein Mädchen in weißen Roben, Bruder und Schwester vielleicht, trugen eine

Bibel und eine Kerze. Belita drehte sich um und entdeckte Audie. In ihrem Blick erkannte er erst Erleichterung und dann Angst. Sie wandte sich ab. Die Frau mit dem Kopftuch blickte sich kurz um und begriff offenbar sofort, wer er war. Ihre Gesichtszüge verhärteten sich. Das musste Belitas Cousine sein, die auf den Jungen aufpasste.

Audie hatte den Blick nicht von Belita gewandt. »Ich muss mit dir reden«, flüsterte er.

Sie sagte nichts. Der Priester war am Altar angekommen, wo er die Bibel ablegte. Der Choral war beinahe fertig. Stimmen erhoben sich selbstbewusster zur letzten Strophe.

Belita bekreuzigte sich. Audie stand jetzt direkt hinter ihr, sein Kinn berührte beinahe ihre Schulter. Er konnte ihr Parfüm riechen. Nein, es war etwas anderes. Keine Seife, kein Shampoo oder Puder, sondern etwas Erdiges und Rohes, ihre eigene Essenz. Er war ein Narr, wenn er geglaubt hatte, je ohne sie leben zu können.

Der Junge fasste mit einer Hand die Falten von Belitas Kleid, in der anderen hielt er einen Teddybär. Auf seinem Schoß lag ein Gesangbuch, und er tat, als würde er die Worte mitlesen.

»Komm mit mir«, flüsterte Audie.

Belita ignorierte ihn.

»Ich liebe dich«, sagte er.

»Er wird uns beide umbringen«, murmelte sie.

»Wir können weit weg gehen. Er findet uns nie.«

»Er wird uns *immer* finden.«

»Nicht, wenn wir nach Texas gehen. Dort habe ich Familie.«

»Da wird er als Erstes suchen.«

»Wir verstecken uns vor ihm.«

Sie unterhielten sich flüsternd, doch die Leute begannen

die Köpfe zu wenden. Belitas Cousine drehte sich um und fauchte Audie an.

»¡*Fuera! ¡Fuera! Usted es el diablo.*«

Sie stieß ihm gegen die Brust und wedelte mit den Händen, als wollte sie ihn verscheuchen. Jemand forderte zischend Ruhe. Der Priester blickte über den Rand seiner Brille in ihre Richtung.

Audie beugte sich näher, sein Atem strich über Belitas Nacken. »Du hast so viel riskiert, um hierherzukommen. Du hast etwas Besseres verdient als das hier. Du hast es verdient, mit deinem Sohn zusammen zu sein. Du hast es verdient, glücklich zu sein.«

Eine Träne hing an ihren Wimpern, und sie strich nervös über ihren sanft geschwollenen Bauch.

»Das Leben ist kurz«, sagte Audie.

»Die Liebe ist endlos«, flüsterte sie.

Er legte sein Kinn auf ihre Schulter. »Wenn du den Seitenausgang nimmst und am Zaun entlanggehst, kommst du an ein Tor. Pass auf, dass sie dich nicht sehen. Ich warte auf dich. Ich habe ein Auto und Geld.«

Nach der Predigt schlich Audie sich hinaus und kehrte zu dem Pontiac zurück. Auf der anderen Straßenseite war ein Skatepark mit einer Graffiti-verzierten Halfpipe aus Beton. Skater rollten hin und her, vollführten akrobatische Manöver in der Luft und ruhten sich auf den Plattformen aus. Audie fuhr sich mit der Zunge durch den trockenen Mund. Was, wenn sie nicht kam? Warum sollte sie ihm vertrauen? Er hatte seinen Zug gemacht und einen unsicheren Plan präsentiert, eher in blinder Hoffnung als in konkreter Erwartung.

Die Messe endete. Niemand kam. Audie fuhr langsam an der Kirche vorbei und sah, wie die Neffen Belita zum Auto führten. Sie umarmte den Jungen, der sich an ihren Rock klammerte und nicht loslassen wollte. Sie ging in die Hocke und strich ihm das Haar aus den Augen. Er weinte, sie weinte, und dann fielen die Autotüren zu, und sie war weg.

Audie starrte die Szenerie eine volle Minute lang an, als wartete er darauf, dass die Schauspieler zurückkommen würden. Das konnte doch gewiss nicht das Ende sein. Verzweifelt wandte er das Gesicht zur Sonne wie ein Sklave, der von der Freiheit träumt, und blickte direkt in den endlosen blauen Himmel, der seine eigene Leere spiegelte. »Okay, gib mir ein Zeichen«, wollte er schreien. »Gib mir ein Zeichen, wie ich das durchstehen soll.«

Jemand klopfte an das Seitenfenster des Wagens. Die sauertöpfische Cousine machte Audie ein Zeichen, dass er die Scheibe herunterlassen sollte. An der Hand hielt sie den kleinen Jungen.

»Schreiben Sie Ihre Adresse auf«, sagte sie auf Spanisch.

Audie suchte hektisch nach Stift und Papier, fand die Kaufquittung für den Wagen und notierte den Namen des Motels. Zimmer 24.

»Sie wird sich bei Ihnen melden.«

»Wann?«

»Bettler müssen dankbar sein.«

Warten klingt wie eine passive Tätigkeit, doch für Audie war es kräftezehrender und belastender als alles, was er je zuvor getan hatte. Er lief auf und ab. Er grübelte. Er machte Liegestütze. Er ignorierte den Fernseher. Er schlief nicht. Die Zeit ließ sich nicht totschlagen. Er hätte einen Pfahl durch ihr Herz stoßen, sie in kleine Stücke schneiden, verbrennen und tief vergraben können, und sie hätte noch immer gelebt.

Er wartete drei Tage, bis er eine Nachricht von Belitas Cousine erhielt, und stand nach zwei weiteren Tagen vor der Greyhound Station in der National Avenue, sah einen Bus nach dem anderen ankommen und starrte in die Gesichter der aussteigenden Fahrgäste. Was, wenn sie den Anschluss verpasst hatte? Was, wenn sie es sich anders überlegt hatte?

Doch als sie dann ihren Fuß auf den Asphalt setzte und plötzlich zwischen all den Bussen stand, war Audie für einen langen Moment sprachlos. Betäubt. Der Abstand zwischen ihnen schien riesig. Sie lächelte. Abgespannt. Müde. Wunderschön. In einer Hand hielt sie einen hässlichen orangefarbenen Koffer, und an ihren Bauch gedrückt war der kleine Junge. Er trug eine beigefarbene Cordhose, T-Shirt, knallrote Turnschuhe und war offensichtlich völlig verängstigt.

Audie wusste nicht, was er sagen oder tun sollte. Er nahm Belitas Koffer, stellte ihn ab und umarmte sie. Er drückte sie zu fest.

»Sachte«, sagte sie und löste sich aus seinen Armen.

Sie nahm seine Hand und legte sie auf ihren Bauch. Er sah sie fragend an.

»Es ist deins«, erklärte sie und wartete auf seine Reaktion.

Er bückte sich, hob sie hoch, presste sein Gesicht auf ihren Unterleib und küsste sie durch den Stoff des Kleides auf den Bauch. Lachend forderte sie ihn auf, sie wieder herunterzulassen.

Der Junge stand stumm neben dem Koffer. Er hatte Haare in der Farbe von Kochschokolade und diese unfassbar braunen Augen.

»Howdy«, sagte Audie. »Wie heißt du?«

Der kleine Junge sah seine Mutter an.

»Miguel«, sagte sie.

»Freut mich, dich kennen zu lernen, Miguel.«

Audie gab dem Jungen die Hand. Hinterher betrachtete Miguel seine Finger, als hätte er Angst, Audie könnte einen gestohlen haben.

»Schicke Schuhe«, sagte Audie.

Miguel blickte auf seine Füße.

»Sehr rot.«

Miguel drehte ein Bein nach innen, als wollte er sich der Farbe selbst noch einmal vergewissern, und vergrub das Gesicht dann wieder im Rock seiner Mutter.

Sie brachen noch am selben Abend auf und fuhren bis nach Mitternacht. Miguel schlief auf der Rückbank, im Arm einen ramponierten Teddy, den er überallhin mitnahm. Für sein Alter war er nicht besonders groß, und als seine Augen zufielen, wanderte sein Daumen automatisch zu seinem Mund.

Sie fuhren mit offenen Fenstern und redeten über die Zukunft. Belita erzählte ihm Geschichten aus ihrer Kindheit und ließ Details fallen wie Brotkrumen, als wollte sie, dass er der Spur folgte und Fragen stellte. Dann wieder schwiegen sie vertraut. Sie legte den Kopf an seine Schulter und strich mit den Fingern über seinen Schenkel.

»Ist es das, was du willst?«, fragte sie.

»Natürlich.«

»Du liebst mich.«

»Ja.«

»Wenn du mir etwas vormachst oder mich enttäuschst oder verlässt ...«

»Das mache ich nicht.«

»Und wir werden heiraten.«

»Ja.«

»Wann?«

»Morgen.«

Im Radio kam ein Lied.

»Ich höre mir keine Country-Musik an«, sagte sie. »Und ich heirate nicht in der Elvis-Presley-Kapelle.«

»Ist das dein Ernst?«

»Ja.«

»Okay.«

41

Im Licht des frühen Morgens schüttet Desiree Müsli in eine Schale und gibt Bananenscheiben dazu. Sie muss ihre Eltern anrufen und ihnen sagen, dass sie nicht kommt. Normalerweise besucht sie sie samstags, nimmt gute Hausmannskost zu sich und sieht ihrem Vater dabei zu, wie er aus dem Sessel ein Football-Spiel schiedsrichtert, den Bildschirm anbrüllt und mit einer imaginären Fahne Fouls anzeigt.

Sie wappnet sich innerlich und wählt die Nummer. Ihre Mutter nimmt ab und nennt ihre Telefonnummer, bevor sie mit einem aufgesetzt klingenden vornehmen Akzent fragt: *»Wie kann ich Ihnen helfen?«* Ihre Mutter hat auch die Angewohnheit, Mahlzeiten mit dem gleichen Akzent zu bestellen, den der Kellner oder die Kellnerin spricht, und kann nicht verstehen, wie man das für herablassend oder erniedrigend gegenüber der Servicekraft halten kann.

»Ich bin's«, sagt Desiree.

»Hallo, Liebling, wir haben gerade über dich gesprochen, stimmt's, Harold? Es ist Desiree. Ja, DESIREE, sie ist am Telefon.«

Ohne sein Hörgerät ist ihr Vater taub, und Desiree hat den Verdacht, dass er es absichtlich ausgeschaltet lässt, damit er ihrer Mutter nicht zuhören muss.

»Ich habe gerade einen Schinken gekauft«, sagt ihre Mut-

ter. »*Ich wollte ihn so backen, wie du es gern magst – mit Senf-Honig-Marinade.*«

»Ich schaffe es heute nicht«, sagt Desiree. »Ich muss arbeiten.«

»*Oh, das ist schade ... Desiree kommt nicht, Harold. SIE MUSS ARBEITEN.*«

»*Aber es gibt doch Honigschinken*«, brüllt ihr Vater im Hintergrund, als ob auch alle anderen taub wären.

»*Das weiß sie, Harold. Ich habe es ihr gerade erzählt.*«

»*Hat sie einen Freund gefunden?*«, fragt er.

»*Er will wissen, ob du einen netten Mann getroffen hast*«, erklärt ihre Mutter Desiree.

»Sag ihm, ich habe geheiratet und Zwillinge bekommen. Timon und Pumbaa. Pumbaa furzt andauernd, aber er ist sehr süß.«

»*Ich wünschte, du würdest darüber keine Witze machen*«, sagt ihre Mutter.

Aus dem Hintergrund ruft ihr Vater: »*Sag ihr, dass es okay ist, wenn sie lesbisch ist. Wir haben nichts dagegen.*«

»*Sie ist nicht lesbisch*«, weist ihre Mutter ihn zurecht.

»*Ich sage ja auch nur, wenn sie lesbisch wäre, hätten wir nichts dagegen*«, erwidert ihr Vater.

»*Sag ihr das nicht!*«

Kurz darauf streiten sie.

»Ich muss Schluss machen«, sagt Desiree. »Ich melde mich morgen.«

Sie legt auf und packt ihre Sachen zusammen. Auf der Außentreppe winkt sie ihrem Vermieter Mr Sackville zu, dessen Gardine zuckt. Weil Feiertag ist, herrscht nur wenig Verkehr, als sie in die nördlichen Vororte von Houston fährt.

Eine halbe Stunde später erreicht sie Tomball und parkt vor einem schicken blau-weißen Bungalow mit smaragdgrünem Rasen und Gartensträuchern, die so radikal zurückgeschnitten sind, dass sie nackt und kalt aussehen. Auf die Türklingel reagiert niemand. Aus dem Garten hört Desiree Kindergeschrei und Lachen. Sie hakt das Tor auf und geht ums Haus.

Luftballons und Luftschlangen verzieren ein Gitter über der Terrasse. Kinder rennen zwischen Bäumen herum und verfolgen einen Hund. An einem Tisch sitzen Frauen, schwatzen, schlagen Eier für Arme Ritter und rühren Pfannkuchenteig an.

Die wenigen anwesenden Männer haben sich um den Grill geschart, den großen Gleichmacher von Klasse und Status, wo ein Mann danach beurteilt wird, wie oft er ein Steak wendet, und nicht danach, wie viel er verdient oder was für ein Auto er fährt.

Eine gesetzte ältere Dame kommt auf sie zu und wischt sich die Hände an ihrer Schürze ab.

»Das ist ein Familienfest«, sagt sie, nachdem sie Desirees Dienstmarke gesehen hat.

»Es ist wichtig. Andernfalls würde ich ihn nicht behelligen.«

Die Frau seufzt, doch Herman Willford wirkt beinahe erleichtert, kurzfristig von der Feier beurlaubt zu werden. Er führt Desiree ins Haus und bietet ihr eine Stärkung an. Sie lehnt ab, und er macht ein wenig Smalltalk, klagt darüber, dass er alt und ungeduldig wird und am liebsten hätte, wenn alle gehen würden.

»Das ist das Problem mit Familie«, sagt er mit wachem Blick unter buschigen Augenbrauen. »Man kann sich nicht pensionieren lassen.«

Desiree hat Tatortfotos und eine Skizze mitgebracht, die sie auf dem Couchtisch im Wohnzimmer ausbreitet. Der alte Gerichtsmediziner betrachtet sie beinahe liebevoll, als würden sie ihn an eine Zeit erinnern, in der er sich jung und nützlich gefühlt hat.

»Sie fragen, von wo die tödlichen Schüsse abgegeben wurden?«

»Ich versuche, die Abfolge des Geschehens zu begreifen.«

»Vernon und Billy Caine wurden von Standard-Polizeiwaffen getötet. Vernon wurde ins Herz getroffen, Billy in den Hals.«

»Was ist mit Audie Palmer?«

»Ein Schuss aus kurzer Distanz.«

»Wie kurz?«

»Ungefähr ein Meter.« Der alte Gerichtsmediziner nimmt ein Foto. »Dem Schusswinkel nach zu urteilen, würde ich sagen, er wurde von vorn angeschossen.«

»Haben Sie das Projektil gefunden?«

»Es gab eine Ein- und eine Austrittswunde, doch das Geschoss wurde nicht gefunden.«

»Ist das ungewöhnlich?«

»An dem Tag wurden siebzig Schüsse abgegeben – nicht alle Patronen wurden gefunden.«

»Können Sie mir sagen, welcher Polizist auf ihn geschossen hat?«

»Nicht mit Sicherheit.«

»Warum nicht?«

Er lacht leise. »Ich achte darauf, nach Möglichkeit keine Überlebenden zu obduzieren.«

»Warum wurde er so weit entfernt von den anderen gefunden?«

»Laut Aussage der Polizisten hat er versucht zu fliehen.«

»Er wurde aus einem Meter Entfernung niedergeschossen.«

Willford zuckt die Achseln.

»Und seine Hände waren verbrannt. Wie erklären Sie das?«

»Ein Benzintank ist explodiert und in Flammen aufgegangen.«

»Warum nur die Hände?«

Der Gerichtsmediziner seufzt. »Hören Sie, Special Agent, welchen Unterschied macht es, wer geschossen hat oder wie jemand sich die Hände verbrannt hat? Der Mann hat überlebt. Meine Aufgabe war es festzustellen, wie diese anderen Menschen gestorben sind.«

»Die Identität der Frau konnte nie festgestellt werden, fanden Sie das nicht merkwürdig?«

»Nein.«

»Wirklich nicht?«

»Sie können ein beliebiges Bezirksleichenschauhaus besuchen und werden nicht beanspruchte Leichen finden.«

»Bei vielen von ihnen lässt sich die Identität nicht ermitteln?«

»Sie wären überrascht. In Brooks County wurden im vergangenen Jahr hundertneunundzwanzig Leichen gefunden, von denen achtundsechzig bisher nicht identifiziert werden konnten, zumeist illegale Einwanderer, die in der Wüste gestorben sind. Manchmal werden nur noch Knochen gefunden. Die Frau war bis zur Unkenntlichkeit verbrannt. Wegen der zahlreichen Frakturen durch die extreme Hitze konnten wir ihr Gesicht nicht einmal rekonstruieren. Es gab keine Verschwörung, Special Agent. Wir konnten der armen Frau bloß keinen Namen zuweisen.«

Desiree bemerkt Willfords Tochter, die durch die angelehnte Tür späht, als wäre sie im Ernstfall bereit, zu seinem Schutz einzugreifen. Desiree sammelt die Fotos ein, bedankt sich bei dem Gerichtsmediziner und entschuldigt sich, seinen Brunch gestört zu haben.

Draußen schreit ein Kind, gefolgt von bitteren Tränen. Willford seufzt. »Es heißt, Enkelkinder seien ein Segen, aber meine sind die reinsten Quälgeister. Als ob man in einer Irrenanstalt voller Zwerge eingesperrt wäre.« Er sieht Desiree an. »Nichts für ungut, Ma'am.«

42

Audie beobachtet Sandy Valdez durch die große Scheibe des Sportstudios. Sie joggt mit wippendem Haar auf einem Laufband.

Wenig später kommt sie frisch geduscht in weißen Golf-Shorts und einem teuer aussehenden ärmellosen Top heraus, das weit geschnitten ist und trotzdem ihre Brüste betont. Ihre Beine sind gebräunt, und sie trägt Sneakers ohne Socken. Sie kauft sich einen Kaffee zum Mitnehmen, schlendert an den Schaufenstern entlang, probiert eine Bluse an.

Audie blickt von der Zeitung auf und beobachtet, wie sie durch das hell erleuchtete Atrium geht und mit der Rolltreppe nach oben fährt. Sie befindet sich unter der Glaskuppel einer Mall, Wasser strömt an einer Glaswand hinunter in ein Becken, das den Regenwald darstellen soll. Sandy winkt einer Freundin auf der Rolltreppe abwärts zu. Sie machen sich Zeichen. Telefonieren. Kaffee. Später.

In einem weiteren Laden wählt Sandy einen Rock und eine Bluse aus und verschwindet Richtung Umkleidekabinen. Ein paar Minuten später kehrt sie zu dem Ständer zurück und sucht nach einer anderen Größe.

Audie hat so lange ohne Glück überlebt, dass er es kaum erkennt, als es ihn ereilt. Sandy hat ihre Sporttasche in der Umkleidekabine stehen lassen. Er schlüpft hinein, zieht den Reißverschluss auf und nimmt das Handy heraus.

Eine Verkäuferin kommt vorbei. »Kann ich Ihnen helfen?«

»Mein Frau braucht ihr Telefon«, sagt er und zeigt auf Sandy, die ein Etikett studiert. Sie dreht sich um und kommt auf die Umkleidekabine zu. Die Aufmerksamkeit der Verkäuferin wird von einer neuen Kundin in Beschlag genommen. Audie senkt den Kopf, geht keinen halben Meter entfernt an Sandy vorbei und rechnet damit, dass irgendjemand alarmiert aufschreit oder nach der Polizei ruft. Fünf Meter ... sieben ... zehn ... er ist aus dem Laden ... auf der Rolltreppe ... auf der anderen Seite des Platzes.

Einige Minuten später sitzt er am Steuer des Camry und scrollt Sandys SMS durch, bis er eine von dem Jungen findet. Er drückt auf Antworten und tippt:

Planänderung. Wir wollen, dass du nach Hause kommst. Ich hol dich in fünfzehn Minuten von der Schule ab. Mom xx

Er drückt auf Senden und wartet. Kurz darauf vermeldet das Handy vibrierend den Eingang einer neuen Nachricht.

Was ist los?

Erklär ich dir später. Treffen auf dem Parkplatz.

Audie geht erneut die Kontakte durch und wählt eine neue Nummer. Eine Frau meldet sich, fröhlich und heiter.

»*Oak Ridge High School.*«

»Hier ist Sheriff Ryan Valdez«, sagt Audie mit gedehnten Vokalen.

»*Wie kann ich Ihnen helfen, Sheriff?*«

»Mein Sohn Max geht bei Ihnen in die vorletzte Klasse. Er muss sofort nach Hause kommen. Ich hole ihn in ein paar Minuten ab.«

»*Hat er eine Entschuldigung abgegeben?*«

»Nein, deswegen rufe ich ja an.«

»*Ihre Frau hat uns erklärt, es gehe um seine Sicherheit.*«

»Deswegen ist es ja so wichtig, dass wir ihn abholen. Ich rufe vom Handy meiner Frau an.«

Die Sekretärin überprüft die Nummer. »*Sehr gut. Ich hole Max aus dem Unterricht.*«

Audie beendet das Gespräch und lässt das Telefon in den Schoß fallen. Als er an der nächsten Ampel halten muss, greift er hinter sich und zieht die abgesägte Schrotflinte unter dem Rucksack auf der Rückbank hervor. Er hat drei Patronen. Er lässt sie in der Handfläche hin und her rollen und spürt die gebogenen Kanten des kühlen Metalls.

Er parkt mit laufendem Motor in der Nähe des Schultores und hält den Eingang im Blick. Der Himmel ist strahlend blau, von keinem Kondensstreifen oder Smog verfärbt.

Das Handy läutet. Max schreibt: *Wo bist du?*

Komm zum Ausgang.

Du musst irgendwas unterschreiben.

Sag ihnen, das mach ich später. Wir müssen uns beeilen.

Kurz darauf sieht er Max durch die schwere Glastür kommen und die Treppe herunterlaufen. Er hat seine Baseballkappe tief ins Gesicht gezogen und geht mit der ungelenken Schlaksigkeit eines Teenagers. Er sieht sich suchend nach dem Wagen seiner Mutter um. Audie schaltet den Warnblinker ein. Max kommt näher. Er duckt sich, um durch die getönte Scheibe zu blicken. Das Fenster gleitet nach unten.

»Steig ein.«

Der Junge blinzelt ihn an. Sein Blick wandert zu der Schrotflinte in Audies Schoß. Für einen Moment überlegt er wegzurennen.

»Ich habe deine Mom«, sagt Audie. »Wie hätte ich das sonst arrangieren sollen?«

Max zögert. Audie zeigt ihm Sandys Handy. »Steig ein, ich bring dich zu ihr.«

Der Junge sieht sich um, unsicher, ängstlich. Dann steigt er auf den Beifahrersitz. Audie schiebt die Schrotflinte links neben sich auf den Boden und fährt los. Die Zentralverriegelung rastet ein. Max packt den Türgriff.

»Ich will Mom sprechen.«

»Bald.«

Sie fahren über die Interstate 45 und bleiben stur auf der mittleren Spur. Nur gelegentlich fährt Audie ein wenig langsamer oder schneller und vergewissert sich im Rückspiegel, dass ihnen niemand folgt.

»Wo ist sie?«

Audie antwortet nicht.

»Was haben Sie ihr getan?«

»Es geht ihr gut.«

Audie wechselt auf die linke Spur. »Gib mir dein Handy.«

»Wieso?«

»Gib es mir einfach.«

Max händigt sein Telefon aus. Audie kurbelt das Fenster herunter und wirft Sandys und Max' Handy auf die harte Böschung, wo die Geräte zerspringen und Einzelteile über den Asphalt hüpfen.

»Hey! Das war mein Handy!«, ruft Max und starrt durchs Heckfenster.

»Ich kauf dir ein neues.«

Max wirft ihm einen vernichtenden Blick zu. »Sie bringen mich gar nicht zu meiner Mom, oder?«

Schweigen.

Max zerrt am Türgriff und fängt an zu schreien. Er hämmert mit der Faust gegen die Scheibe und brüllt überholenden Fahrzeugen hinterher. Eingeschlossen in ihren eigenen kleinen Welten beachten die anderen Fahrer ihn gar nicht. Max stürzt sich auf das Lenkrad. Der Camry kreuzt schlingernd zwei Spuren und streift fast die Leitplanke. Hupend weichen Fahrzeuge in letzter Sekunde aus. Max hält das Lenkrad noch immer gepackt. Audie rammt ihm den Ellbogen ins Gesicht, und der Junge sinkt auf seinen Sitz zurück und hält sich die Nase. Blut rinnt zwischen seinen Fingern hindurch.

»Du hättest uns umbringen können!«, brüllt Audie.

»Sie bringen mich doch sowieso um«, erwidert Max schluchzend.

»Was?«

»Sie werden mich umbringen.«

»Warum sollte ich das tun?«

»Rache.«

»Ich will dir nicht wehtun.«

Max lässt die Hände sinken. »Und wie nennen Sie das?«

Audies Herz rast immer noch. »Tut mir leid, dass ich dich geschlagen habe. Du hast mich erschreckt.« Er zückt ein Taschentuch und gibt es Max. Der Teenager hält es an seine Nase.

»Kopf in den Nacken legen«, sagt Audie.

»Ich weiß, was ich tun muss«, erwidert Max wütend. Sie fahren eine Weile schweigend weiter. Audie blickt wieder in den Rückspiegel und fragt sich, ob der Beinahe-Unfall von einer Kamera erfasst oder von einem anderen Autofahrer gemeldet wurde.

Max' Nase hat aufgehört zu bluten. Er tastet behutsam mit dem Finger darüber. »Mein Daddy sagt, Sie haben einen Haufen Geld geklaut. Deswegen hat er auf Sie geschossen. Er wird Sie wieder erwischen. Und diesmal erledigt er Sie endgültig.«

»Ich bin mir sicher, dass er das will.«

»Was soll das heißen?«

»Dein Daddy will mich tot sehen.«

»Ich auch!«

Er sackt in sich zusammen, lässt das Kinn auf die Brust sacken und starrt auf die Felder und Farmhäuser am Weg.

»Wohin fahren wir?«

»Zu einem Ort, wo wir sicher sind.«

43

Desiree klopft an die Tür eines schlichten Holzhauses in Conroe. Drinnen ruft eine Frau jemanden namens Marcie, die »die Musik leiser drehen« und »den Hund nicht rauslassen« soll.

Ein Teenager öffnet die Tür einen Spaltbreit. Sie trägt eine hautenge abgeschnittene Jeans und ein Minnie-Mouse-T-Shirt. Ein Hund kratzt an der Holztür und versucht, sich zwischen ihren Beinen durchzuquetschen.

»Wir kaufen nix.«

Desiree zeigt ihre Dienstmarke.

Marcie dreht sich um und ruft: »Ma! Das FBI!«

Sie lässt Desiree auf der Schwelle stehen, packt den feucht aussehenden Hund am Kragen und schleift ihn den Flur hinunter. Eine Frau taucht auf und wischt sich die Hände ab.

Desiree präsentiert erneut ihre Marke. »Tut mir leid, dass ich störe.«

»Meiner Erfahrung nach tut es den Leuten, die das sagen, meistens kein bisschen leid.«

Mrs Beauchamp streicht sich mit dem Handgelenk eine Strähne aus den Augen. Sie trägt Shorts und ein von feuchten Flecken gesprenkeltes, zu großes Jeanshemd. »Ich hab gerade den Hund gewaschen. Er hat sich in irgendwas Totem gewälzt.«

»Ich wollte Ihnen ein paar Fragen zu Ihrem verstorbenen Mann stellen.«

»Das klingt, als wäre er frisch unter der Erde. Im Januar ist er *zwölf* Jahre tot.«

Sie gehen in ein unordentliches Wohnzimmer. Zeitschriften werden vom Sofa geräumt, um Platz zu schaffen. Desiree setzt sich. Mrs Beauchamp blickt auf ihr Handgelenk und stellt fest, dass sie ihre Uhr nicht trägt.

»Ich habe mir den Raubüberfall auf den Armaguard-Transporter noch einmal angesehen«, sagt Desiree.

»Er ist draußen, stimmt's? Ich hab's in den Nachrichten gesehen.«

Desiree antwortet nicht.

»Die Leute gucken mich immer noch komisch an ... im Supermarkt, an der Tankstelle oder wenn ich Marcie von der Schule abhole – sie denken alle dasselbe: dass ich weiß, wo das Geld ist.« Sie lacht höhnisch. »Glauben die, ich würde so leben, wenn ich die ganzen Millionen hätte?« Ihr Gesicht wird blass, als wäre ihr ein weiterer Gedanke gekommen, mit dem sie noch nicht fertig ist. »Man hat Scotty die Schuld gegeben.«

»Wer hat ihm die Schuld gegeben?«

»Alle – die Polizei, die Nachbarn, vollkommen Fremde, aber vor allem Armaguard. Deswegen haben sie sich auch geweigert, seine Lebensversicherung auszuzahlen. Ich musste sie verklagen. Ich habe gewonnen, aber das meiste von dem Geld haben am Ende die Anwälte gekriegt. Blutsauger!«

Desiree hört still zu, während die Frau von dem Überfall erzählt, wie sie die Nachricht von der Entführung gehört und versucht hatte, ihren Mann anzurufen.

»Er ist nicht drangegangen. Als Marcie aus der Schule kam, habe ich sie angelogen und gesagt, ihr Daddy hätte einen Unfall gehabt. Ich konnte ihr nicht erzählen, was passiert war. Der Gerichtsmediziner hat gesagt, er sei seinen Verletzungen erlegen. Er ist bei dem Versuch gestorben, das

Geld zu schützen. Er war ein gottverdammter Held, und man hat ihn als Schurken hingestellt.«
»Was hat die Polizei gesagt?«
»Die hat die Gerüchte selbst in Umlauf gebracht. Es gab nie irgendwelche Beweise, aber sie haben beschlossen, jemanden mit Dreck zu bewerfen, weil sie das Geld nicht gefunden haben und Scotty sich nicht mehr wehren konnte.«
»Hat er die Fahrt nach Chicago regelmäßig gemacht?«
»Er hatte die Tour schon fünf oder sechs Mal gemacht.«
»Und immer auf einer anderen Route.«
Sie zuckt mit den Schultern. »Scotty hat mit mir nicht über seine Arbeit gesprochen. Er war ein Exsoldat. Als er in Afghanistan gekämpft hat, hat er mir auch nichts von seinen Einsätzen erzählt. Das war geheim.«
Mrs Beauchamp steht auf und zieht die Netzgardine auf. »Eigentlich sollte er diese Tour gar nicht machen.«
»Wieso nicht?«
»Einer der Transporter war versehentlich beschädigt worden, sodass die vorherige Abholung ausgefallen war. Scott hatte eigentlich Urlaub, doch man hat ihn gebeten, die Tour zu übernehmen.«
»Wer hat ihn gebeten?«
»Sein Vorgesetzter.« Sie wischt sich einen Fleck von der Wange. »Deshalb war auch so viel Geld in dem Transporter. Es war das Geld von vier Wochen statt von zwei.«
»Wie wurde der andere Transporter beschädigt?«
»Jemand hat den falschen Kraftstoff getankt.«
»Wer?«
»Ich weiß nicht – irgendein Lehrling oder Vollidiot.« Mrs Beauchamp lässt die Gardinen los. »Ich habe zwei Jobs – beide nur knapp über dem Mindestlohn, und trotzdem gucken die Leute mich komisch an, wenn ich mir was Neues kaufe.«

»Es muss doch irgendeinen Grund dafür gegeben haben, dass man ihren Mann verdächtigt hat.«

Die Frau lacht freudlos und verzieht das Gesicht. »Sie hatten ein Foto, das einen Monat vor dem Raubüberfall auf einer Tankstelle aufgenommen wurde. Haben Sie das Bild gesehen?«

Desiree schüttelt den Kopf.

»Na, dann gucken Sie es sich an! Mein Scotty hält einem Mann die Tür auf. Dieser Mann war Vernon Caine. Scotty könnte gesagt haben: ›Wie geht's?‹ Sie könnten über das Wetter oder die Football-Ergebnisse geplaudert haben. Das heißt doch nicht, dass Scotty ein Mitglied der Bande war.« Sie steht jetzt richtig unter Dampf. »Er hat für sein Land gekämpft und ist für seinen Beruf gestorben, und man behandelt ihn wie einen miesen Verbrecher. Und dann geht dieser Junge hin, gesteht alles und kriegt nur zehn Jahre, anstatt auf dem elektrischen Stuhl zu landen. Jetzt läuft er wieder draußen rum, frei wie ein Vogel. Wenn ich verbittert klinge, liegt das daran, dass ich verbittert bin. Scotty hat Orden bekommen. Er hat etwas Besseres verdient.«

Desiree wendet den Blick ab und weiß nicht, was sie sagen soll. Sie entschuldigt sich, Mrs Beauchamps Zeit beansprucht zu haben, und wünscht ihr ein frohes Thanksgiving. Draußen wirkt der Himmel blauer, und die Bäume sind von einem satten Grün. Sie ruft Jenkins in Washington an und bittet ihn um eine Liste der Angestellten und des Vorgesetzten bei Armaguard, Stand Januar 2004.

»Das ist elf Jahre her«, erwidert er. »Vielleicht gibt es gar keine Unterlagen mehr.«

»Davon gehe ich aus.«

44

Moss parkt den Pick-up hinter einer Reihe von Häusern mit Geschäften im Erdgeschoss und Büros in den oberen Stockwerken. Er lehnt sich auf dem Sitz zurück und schließt die Augen. Er fühlt sich, als wäre sein Gehirn ausgewrungen und in der heißen Sonne zum Trocknen aufgehängt worden. Es ist sein erster Kater in diesem Jahrhundert, und seinetwegen könnte er auf den nächsten gern weitere hundert Jahre warten.

Mittlerweile werden sie Bescheid wissen – die Leute, die ihn aus dem Gefängnis geholt haben. Sie werden erfahren haben, dass er Audie Palmer nicht hat, was bedeutet, dass sie ihn vermisst melden werden oder Schlimmeres. Was immer geschieht, es wird nicht zu seiner vorzeitigen Entlassung führen. Entweder sperrt man ihn wieder ein, oder man bringt ihn um – vergraben in einem Wald, der Wüste oder abgeladen im Golf. Angeblich hat Eddie Barefoot eine neue Methode, Leichen zu entsorgen. Er mietet einen Häcksler und lässt ihn zu dem gewünschten Ort fahren. Allein bei dem Gedanken an den dunkelroten Halbkreis auf dem Boden dreht sich Moss der Magen um.

Die große Frage lautet: Warum? Warum wollen sie Audie umbringen? Das Ganze wäre leichter zu akzeptieren, wenn er die Gründe verstehen würde. Vielleicht wäre er bereit, zu vergeben und zu vergessen, wenn jemand es ihm einfach erklären könnte.

Seine Gedanken kehren immer wieder zu dem Anblick von Audie auf dieser Lichtung zurück. Er hatte gehetzt gewirkt, verängstigt. In ihrer gesamten gemeinsamen Zeit im Gefängnis hat Moss Audie nie nervös oder furchtsam gesehen. Er war schlicht nobel, wo andere es nicht waren. Als ob er auf der Welt wäre, seit Eva in den Apfel gebissen und Adam sie gedeckt hatte. Man konnte ihn nicht überraschen oder schockieren, weil er schon alles gesehen hatte.

Moss blickt auf seine nackten Arme. Die Sonne scheint durchs Fenster, doch ihm ist immer noch kalt. Er möchte bei Crystal sein ... sie in den Armen halten ... ihre Stimme hören.

An der Ecke sieht er eine alte Telefonzelle. Er kramt Kleingeld aus der Tasche, schiebt es in den Schlitz und befolgt die Anweisungen. Sie nimmt nach dem dritten Klingeln ab.

»Hey, Babe.«
»*Selber hey.*«
»Wie isses?«
»*Du klingst betrunken.*«
»Ich hab ein oder zwei Kurze genommen.«
»*Ist alles in Ordnung?*«
»Ich habe Audie Palmer gefunden und wieder verloren.«
»*Bist du verletzt?*«
»Nein.«
»*Steckst du in Schwierigkeiten?*«
»Ich glaub nicht, dass es so laufen kann wie geplant.«
»*Ich sag's nur ungern, aber ich hab dich gewarnt.*«
»Ich weiß. Tut mir leid.«
»*Wie kommst du darauf, dass ich dir die Schuld gebe?*«
»Das solltest du.«
»*Was wirst du jetzt machen?*«
»Ich weiß nicht genau.«
»*Stell dich. Erzähl der Polizei, was passiert ist.*«
»Das würde ich machen, wenn ich wüsste, wem ich vertrauen kann. Hör zu, ich möchte, dass du für ein paar Tage zu deiner Familie ziehst.«
»*Warum?*«

»Ich trau diesen Leuten nicht über den Weg, und ich will dich in Sicherheit wissen.«

Er blickt aus dem Fenster und bemerkt einen übergewichtigen Mann in einem Hemd, der aus einem Mercedes steigt, ein Jackett von einem Bügel und einen Aktenkoffer vom Beifahrersitz nimmt und den Wagen per Fernbedienung verriegelt, bevor er die Stufen zu einem Hauseingang hinaufgeht.

»Ich muss los, Babe«, sagt Moss.

»*Wohin?*«

»Ich ruf dich wieder an.«

Moss läuft über die Straße, nimmt zwei Stufen auf einmal und schiebt seinen Fuß in die Tür, bevor sie zufällt. Der Anwalt hat seinen Aktenkoffer unters Kinn geklemmt und fummelt mit einem schweren Schlüsselring an einem doppelten Schloss herum.

»Clayton Rudd?«

Der Anwalt dreht sich um. Er ist Mitte sechzig, mit einem Bierbauch und weißem Haar; am prägnantesten ist sein Südstaaten-Schnurrbart, der an den Enden gezwirbelt ist. Er trägt einen Anzug, der vielleicht einer jüngeren Version seiner selbst gepasst hätte, jetzt jedoch so spannt, dass die Knöpfe eine potenzielle Gefahr darstellen.

»Haben wir einen Termin?«

»Nein, Sir.«

Moss folgt Rudd in das Büro, wo der Anwalt sein Jackett aufhängt und hinter seinem Schreibtisch Platz nimmt. Seine vorstehenden blassen Augen zucken unruhig hin und her.

»Sprich, mein Sohn. Welch Pfeil und Schleudern des wütenden Geschicks führt Sie zu mir?«

»Verzeihung?«

»Wollen Sie jemanden verklagen? Haben Sie jemanden verletzt oder ihm Unrecht getan?«

»Nein, Sir.«

»Warum brauchen Sie dann einen Anwalt?«

»Es geht nicht um mich, Mr Rudd. Ich bin hier, um über Audie Palmer zu sprechen.«

Der Anwalt erstarrt und reißt die Augen hinter seiner randlosen Brille auf. »Ich kenne niemanden dieses Namens.«

»Sie haben ihn vertreten.«

»Da irren Sie sich.«

»Der Überfall auf den Geldtransporter in Dreyfus County.«

Vom Schreibtisch verdeckt, versucht Rudd mit dem Fuß die unterste Schublade aufzuziehen.

Moss zieht eine Augenbraue hoch. »Wenn Sie vorhaben, aus dieser Schublade eine Pistole zu ziehen, Mr Rudd, bitte überlegen Sie sich's noch einmal.«

Der Anwalt blickt in die Schublade und schiebt sie wieder zu. »Man kann nicht vorsichtig genug sein«, entschuldigt er sich. »Sind Sie ein Freund von Mr Palmer?«

»Wir kennen uns.«

»Hat er Sie geschickt?«

»Nein.«

Rudd blickt zum Telefon. »Ich darf nicht darüber sprechen. Anwaltsgeheimnis, Sie verstehen? Audie Palmer hat kein Recht, sich zu beschweren. Er hat Glück gehabt.«

»Glück?«

»Mich als Anwalt zu haben! Ich habe für ihn den Deal seines Lebens ausgehandelt. Er hätte auf dem elektrischen Stuhl landen können, stattdessen hat er nur zehn Jahre bekommen.«

»Wie haben Sie das hingekriegt?«

»Ich habe gute Arbeit geleistet.«

»Ich hoffe, er hat sich bei Ihnen bedankt.«

»Das tun die wenigsten. Wenn ein Mandant davonkommt, denkt er, er hätte das System überlistet. Wenn er verurteilt wird, gibt er mir die Schuld. So oder so ist es nie mein Verdienst.«

Moss weiß, dass das stimmt. Jeder Knacki wird einem erzählen, dass sein Anwalt ihn reingelegt, die Polizei ihm die Tat angehängt oder er einfach nur Pech gehabt hätte. Nie gibt jemand zu, dumm, gierig oder rachsüchtig gewesen zu sein. Audie war die Ausnahme. Er hat nie über seine Tat gesprochen oder über das Urteil geklagt, hat anderen Gefangenen bei ihren Revisionsanträgen und Petitionen geholfen, ohne seine eigenen Umstände je zu erwähnen.

»Haben Sie eine Ahnung, warum Audie einen Tag vor seiner Entlassung geflohen sein könnte?«

Clayton Rudd zuckt die Achseln. »Der Junge hat mehr Metall im Kopf als ein Toaster.«

»Ich denke, das ist nicht der Grund«, sagt Moss. »Er wusste genau, was er tat. Hat er je das Geld erwähnt?«

»Nein.«

»Und Sie haben nicht danach gefragt, nehme ich an.«

»Das war nicht meine Aufgabe.«

»Verzeihen Sie, Sir, aber Sie reden einen Haufen Scheiße.«

Rudd lehnt sich zurück und faltet die Finger auf der Brust. »Ich werde Ihnen etwas verraten, mein Sohn. Das Schicksal hat sich seinen klapprigen Arsch abgearbeitet, als Audie Palmer nur zehn Jahre gekriegt hat.«

»Warum wurde er nicht wegen Mord angeklagt?«

»Das wurde er ja, aber ich habe es runtergehandelt.«

»Das nenn ich einen Deal.«

»Wie gesagt – ich habe meinen Job gemacht.«

»Warum war der Distriktstaatsanwalt einverstanden? Was hatte er davon?«

Der Anwalt seufzt müde. »Wollen Sie wissen, was ich

glaube? Ich glaube, niemand hat erwartet, dass Audie Palmer überleben würde. Sie *wollten* es nicht. Und selbst als er wie durch ein Wunder durchkam, sagten die Ärzte, er würde als Gemüse weiterleben, weshalb der Distriktstaatsanwalt einen Deal vorgeschlagen hat. Wenn Audie auf schuldig plädierte, würde er dem Staat die Prozesskosten sparen. Palmer hat eingewilligt.«

»Nein, da war noch mehr.«

Rudd steht auf, öffnet einen Aktenschrank und zieht einen Ordner heraus, der schwerer aussieht als ein Sandsack. »Hier! Sie können es ja selbst nachlesen.«

In der Akte sind auch Zeitungsausschnitte mit Artikeln über den Prozess und ein Foto, auf dem Audie neben Clayton Rudd im Gerichtssaal sitzt, den Kopf immer noch bandagiert.

»Ich konnte ihn nicht in den Zeugenstand rufen, weil er nicht richtig sprechen konnte. Die Reporter haben gebellt wie tollwütige Hunde. Sie wollten die Todesstrafe, weil neben dem Wachmann auch eine unschuldige Frau gestorben ist.«

»Die Leute haben Audie die Schuld gegeben?«

»Wem hätten sie sie sonst geben sollen?« Rudd blickt zur Tür. »Und jetzt, wenn Sie mich entschuldigen, ich muss arbeiten.«

»Was ist mit dem Geld passiert?«

»Das ist eine Frage mehr, als Ihnen zusteht. Passen Sie auf, dass Ihnen die Tür beim Rausgehen nicht auf den Hintern knallt.«

45

Die Strafverfolgungsbehörden von Dreyfus County residieren im Criminal Justice Drive Nr. 1 – eine ambitionierte Adresse, die man je nachdem entweder als Absichtserklärung oder als Wunschdenken betrachten kann. Das Gebäude wirkt modern und funktional, doch ihm fehlt der architektonische Charme der altmodischen Polizeiwachen, Rathäuser und Gerichtsgebäude, die größtenteils verkauft wurden, weil der Boden mehr wert ist als die Geschichte.

Desiree überprüft im Seitenspiegel ihres Wagens ihr Aussehen. Audie Palmers Anruf lässt sie nicht los. Er hat bestritten, die Mutter und ihre Tochter erschossen zu haben, aber nicht gefleht, sie müsse ihm glauben oder ihn verstehen. Es war, als könnte es ihm nicht gleichgültiger sein, ob Desiree sein Wort für wahr nahm oder nicht. Außerdem hat er erklärt, dass sein Bruder tot sei, und wenn sie einen Beweis wolle, könne sie ja den Trinity River ausbaggern.

Warum sagt er ihr das jetzt? Warum hat er es nicht vor elf Jahren enthüllt, als es ihm hätte helfen können? Trotzdem waren Audies Offenheit und fehlende Arglist etwas, das sie geneigt machte, ihm glauben zu *wollen*.

Sie erinnert sich daran, wie sie das Hotelzimmer betreten hat. Irgendetwas an der Szenerie – abgesehen von der sinnlosen Gewalt – hatte einen dissonanten Akkord angeschlagen. Warum sollte Audie Cassie und Scarlett umgebracht haben? Vielleicht hat er Cassie die Schuld für das Auftauchen der Polizei gegeben, aber warum hätte er sie ausgerechnet in dem Moment erschießen sollen, als Valdez an die Tür geklopft und seine Anwesenheit bekannt gemacht hatte?

Laut Aussage des Sheriffs gab Audie drei Schüsse ab, tötete zwei Menschen, brach dann die Tür zum Nachbarzimmer auf und floh vollständig bekleidet durch das Nebenzimmer, über den Außengang, die Treppen hinunter und über den Parkplatz, ohne irgendwelche persönlichen Sachen in dem Motelzimmer zu hinterlassen, in dem er die beiden Nächte davor verbracht hatte. Und all das in der Zeit, die der Sheriff gebraucht hatte, um an die Tür zu klopfen, sich anzukündigen und mithilfe der Schlüsselkarte einzutreten. Das widerspricht jeder Logik. Es verspottet den gesunden Menschenverstand. Kein Wunder, dass sie ihre Zweifel nicht abschütteln kann.

Sheriff Valdez hat ein Büro im dritten Stock mit Blick auf eine nichtssagende Fabrik ohne ein Schild über dem Tor oder sonst einen Hinweis, was dort hergestellt oder gelagert wird. Valdez blickt nicht auf, als Desiree hereinkommt. Er telefoniert und macht Desiree ein Zeichen, Platz zu nehmen.

Der Anruf wird beendet. Der Sheriff lehnt sich auf seinem Stuhl zurück.

»Ich hoffe, Sie sind im Moment nicht schrecklich beschäftigt«, sagt sie.

»Ist schwierig, beschäftigt zu sein, wenn man suspendiert wurde. Jeder Polizist, der eine Waffe abfeuert, muss seine Dienstpflichten bis zum Abschluss der Untersuchung ruhen lassen.«

»So sind die Regeln.«

»Ich weiß.«

Desiree hat sich gesetzt. Sie stellt ihre Handtasche auf die Knie und fasst sie mit beiden Händen. Dann kommt sie sich mit einem Mal vor wie Miss Marple, die zu einer Befragung ihr Strickzeug mitgebracht hat, und stellt die Tasche leicht verlegen zwischen ihre Füße auf den Boden.

Der Sheriff faltet die Hände hinter dem Kopf und betrachtet sie. »Sie mögen mich nicht besonders, oder, Special Agent?«

»Ich traue Ihnen nicht, das ist etwas anderes.«

Valdez nickt, als wäre seine Vertrauenswürdigkeit lediglich eine Frage von semantischen Feinheiten. »Warum sind Sie hier?«

»Ich wollte mich entschuldigen. Offenbar haben Sie an meiner Befragung neulich Anstoß genommen.«

»Sie waren anmaßend.«

»Ich habe bloß meinen Job gemacht.«

»Es ist nicht richtig, so mit Leuten zu sprechen, schon gar nicht mit einem Kollegen. Sie haben mich wie menschlichen Abfall behandelt ... wie einen Verbrecher.«

»Ich hatte durch den Anblick der toten jungen Frau und ihrer Tochter möglicherweise ein wenig die Perspektive verloren.«

»In der Tat.«

Desiree hat sich zurechtgelegt, was sie sagen will, doch die Worte bleiben ihr immer wieder im Hals stecken, als würde sie einen trockenen Toast schlucken.

»Ich habe noch nicht viel Erfahrung im Umgang mit dem Tod aus so großer Nähe«, sagt sie. »Sie sind offensichtlich daran gewöhnt.«

»Soll heißen?«

»Der Raubüberfall auf den Geldtransporter endete nach allen Berichten in einem Blutbad. Was war das für ein Gefühl, diese Jungen zu erschießen?«

»Ich habe meinen Job gemacht.«

»Schildern Sie mir das Ganze noch einmal.«

»Sie haben die Berichte gelesen.«

»Sie haben ausgesagt, dass neben dem gepanzerten Transporter ein SUV geparkt hätte, aber in der ersten Funkmeldung wird kein SUV erwähnt.«

»Er stand auf der anderen Seite des gepanzerten Transporters. Wir haben ihn zuerst nicht gesehen.«

»Das klingt plausibel«, sagt Desiree.

»Plausibel? Es ist die gottverdammte Wahrheit!«

Desiree kaschiert die kleine Genugtuung, die es ihr bereitet, den Sheriff aus der Reserve gelockt zu haben. »Ich hatte gehofft, auch mit Lewis und Fenway sprechen zu können.«

»Sie arbeiten nicht mehr für die Bezirksbehörden.«

»Ich wäre Ihnen sehr dankbar, wenn Sie mir helfen könnten, indem Sie mir eine Telefonnummer oder aktuelle Adresse nennen.«

Einen Moment lang herrscht Schweigen. Desiree blickt aus dem Fenster, wo Staub und Qualm von einem Feuer in der Ferne das Licht verschleiert und golden gefärbt haben.

»Die Adresse von Lewis kann ich Ihnen geben. Haben Sie Stift und Papier?«, fragt Valdez.

»Ja.«

»Magnolia-Friedhof, Jefferson County, Texas.«

»Was?«

»Es ist beim Absturz eines Kleinflugzeugs ums Leben gekommen.«

»Wann?«

»Vor sechs oder sieben Jahren.«

»Und was ist mit Fenway?«

»Als ich zuletzt von ihm gehört habe, hatte er eine Taucher-Bar in den Florida Keys eröffnet.«

»Adresse?«

»Nein.«

»Wie wär's mit einem Namen?«

»Ich glaube, er hat sie einfach die Taucher-Bar genannt.«

Desiree fühlt sich von seinem Sarkasmus provoziert. »Was ist eigentlich mit den Aufnahmen der Kamera auf dem Armaturenbrett passiert?«

Valdez stutzt, unsicher, hat sich jedoch schnell wieder gefangen und spannt den Unterkiefer an. »Aufnahmen?«

»Auf den Tatortfotos sieht man eine Kamera auf dem Armaturenbrett Ihres Streifenwagens. Ich konnte aber keinen Verweis auf irgendwelche Aufnahmen finden.«

»Die Kamera hat nicht funktioniert.«

»Wieso nicht?«

»Sie muss durch eine der zahlreichen Kugeln, die auf uns abgefeuert wurden, beschädigt worden sein.«

»Ist das die offizielle Erklärung?«

Valdez kaut anscheinend heftig auf einem Knubbel aus Wut herum, zwingt sich jedoch zu einem Lächeln. »Ich weiß nicht, was die offizielle Erklärung war. Ich habe dem keine Beachtung geschenkt. Wahrscheinlich war ich zu beschäftigt damit, den Kugeln von Männern auszuweichen, die mich töten wollten. Sind Sie jemals beschossen worden, Special Agent?« Er wartet ihre Antwort nicht ab. »Nein, vermutlich nicht. Leute wie Sie leben in der privilegierten Abgeschiedenheit ihres Elfenbeinturms, abgehoben von den Tatsachen und praktischen Umständen der realen Welt. Sie haben eine Waffe und eine Dienstmarke und jagen Wirtschaftskriminelle, Steuerbetrüger und aus Bundesgefängnissen entflohene Häftlinge, aber Sie wissen nicht, wie es ist, einem macheteschwingenden Meth-Süchtigen oder einem Dealer mit einer Automatik gegenüberzustehen. Sie haben nie an der Front gekämpft. Sie hatten nie mit dem Abschaum zu tun. Sie haben nie Ihr Leben für einen Kollegen oder Kumpel riskiert. Wenn Sie irgendwas davon gemacht haben, können Sie wiederkommen und meine Handlungen und Motive hinterfragen. Bis dahin können Sie sich aus meinem Büro verpissen.«

Valdez ist aufgesprungen. Seine Halsmuskeln sind hervorgetreten, und auf seiner Stirn hat sich Schweiß gebildet.

Das Telefon auf dem Schreibtisch klingelt. Er reißt den Hörer von der Gabel.

»Was soll das heißen? ... Ich habe sie nicht angerufen ...

Und die Schule hat ihn gehen lassen?« Er blickt zu Desiree. »Okay, okay, beruhige dich … erklär mir das Ganze noch mal … Wann hast du dein Handy zum letzten Mal gesehen? … Das heißt, es wurde wahrscheinlich gestohlen … Bleib ruhig, wir werden ihn finden … Ich weiß … Alles wird gut. Ich ruf die Schule an. Wo bist du jetzt? … Ich schicke einen Streifenwagen vorbei.«

Er lässt den Hörer sinken und schirmt die Sprechmuschel ab.

»Jemand hat bei der Highschool meines Sohnes angerufen und sich für mich ausgegeben.«
»Wann?«
»Vor einer Dreiviertelstunde.«
»Wo ist Ihr Sohn jetzt?«
»Sie wissen es nicht.«

46

Audie folgt dem South Freeway durch die Vororte von Houston nach Brazoria County und nimmt am Lake Jackson die 614 nach Westen Richtung East Columbia. Vor ihnen fährt ein verrosteter Pick-up mit einem Aufkleber auf der Heckscheibe: *Sezession oder Tod: Texas-Patriot*. Der Fahrer wirft eine Zigarette aus dem Fenster, die funkenstiebend über die Fahrbahn hüpft.

Die meisten Farmen sehen ordentlich und wohlhabend aus. Die Felder sind voller Sonnenblumen, Baumwolle und abgebrochener Stängel von geerntetem Mais. Sie fahren an Silos, Windmühlen, Scheunen und Traktoren vorbei; die Menschen gehen ihrem alltäglichen Leben nach, ohne den gewöhnlich aussehenden Camry mit dem Mann und dem halbwüchsigen Jungen zu beachten.

Ein oder zwei Mal riskiert Audie einen verstohlenen Seitenblick auf Max, sieht die Spuckeflecken in dessen Mundwinkeln und die rot geränderten Augen. Der Junge hat Angst. Er versteht nicht, was los ist. Wie könnte er auch? Für gewöhnlich wachsen Kinder mit bestimmten Vorstellungen über die Welt auf. Sie hören Märchen und sehen sich erbauliche Filme an, in denen jedes Waisenkind und jeder streunende Hund ein Zuhause findet. Diese Geschichten haben eine Moral: Guten Menschen widerfährt Gutes, und die Liebe findet immer einen Weg, aber für viele Kids ist die Wirklichkeit weniger glitzernd, weil ihre Lektionen über das Leben mit einem zischenden Gürtel, einem surrenden Stock oder einer geballten Faust erteilt werden.

Audie hatte einen Onkel mütterlicherseits, dem es Spaß machte, Audie bei Familienfeiern auf seinen Schoß zu ziehen. Mit einer Hand kitzelte er ihn, während er seinen anderen Daumen in Audies Rippen stieß, bis der Junge dachte, er würde vor Schmerz ohnmächtig werden.

»Hört ihn euch an«, sagte der Onkel immer, »er weiß nicht, ob er lachen oder weinen soll.«

Audie hatte nie begriffen, warum sein Onkel ihm wehtun wollte. Welches Vergnügen konnte er daraus gezogen haben, einen kleinen Jungen zu quälen? Er sieht Max an und hofft, dass er sadistischen Onkeln, Schulrüpeln und allen anderen aus dem Weg gehen konnte, die es auf die Verwundbaren abgesehen haben.

Zwei Stunden nachdem sie Conroe verlassen haben, erreichen sie Sargent – kaum mehr als eine Ansammlung von Häusern entlang dem Caney Creek, der sich für Meilen in Schleifen bis zur Golfküste windet. Die Straße führt fast schnurgerade bis zu einer Klappbrücke und endet dann unvermittelt am Sargent Beach.

Dort biegt Audie in östlicher Richtung auf den Canal

Drive. Die einspurige Straße, die von der Hitze des Sommers rissig und an manchen Stellen bröckelig ist, führt weitere drei Meilen am Strand entlang. Langsam dünnen die Ferienhäuser aus. Die meisten sind wegen der Hochfluten und Stürme, die das Meerwasser bis an die Türschwellen schwappen lassen, auf Stelzen gebaut und für den Winter verrammelt; Flaggenmasten stehen nackt, Balkonmöbel sind im Haus verstaut oder angekettet, Boote in Schuppen geparkt oder im Vorgarten verankert.

Links neben der Straße verläuft ein Kanal, auf dem Frachtkähne und Vergnügungsdampfer am Intracoastal Waterway entlangschippern. Ein Stück landeinwärts erstrecken sich Sümpfe, Feuchtgebiete und meilenweit baumlose, von flachen Teichen und schmalen Wasserläufen durchzogene Steppe. In dem eigenartigen Zwielicht sieht Audie einen Schwarm Enten, die in V-Formation am Himmel fliegen, als wollten sie einen Pfeil bilden, der zu einer fernen Küste weist.

Der lange flache Strand auf der anderen Straßenseite ist von Seegrasbüscheln gesprenkelt und von Reifenspuren gezeichnet. Audie steigt aus und sieht sich um. Das Licht verblasst, der Himmel hat die Farbe von schmutzigem Wasser angenommen. Er geht um den Wagen und öffnet die Beifahrertür.

»Warum haben wir angehalten?«, fragt Max.

»Ich werde uns einen Platz zum Übernachten suchen.«

»Ich will nach Hause.«

»Dir passiert nichts. Das Ganze ist wie ein Ausflug mit Übernachten.«

»Bin ich neun oder was?«

Audie fesselt die Hände des Jungen mit einer Rolle Klebeband. Dann stößt er ihn vorwärts und weist auf den Strand.

Sie nähern sich einem dunklen Haus, das von Sanddünen

und niedrigen Sträuchern verdeckt liegt. Audie kauert sich in eine Kuhle oberhalb der Flutkante und beobachtet die Fenster zehn Minuten auf ein Zeichen von Aktivität.

»Du musst mir versprechen, dass du hierbleibst und still bist. Versuch nicht wegzulaufen. Sonst sperr ich dich in den Kofferraum.«

»Ich will nicht in den Kofferraum.«

»Okay, ich bin gleich zurück.«

Max verliert Audie in der Dämmerung aus den Augen und erwartet, sich erleichtert zu fühlen, doch das Gegenteil ist der Fall. Er mag die Dunkelheit nicht. Er mag nicht, wie sie die Geräusche der Insekten, der Brandung und seines eigenen Atems verstärkt. Er blickt auf das Meer und kann Lichter sehen, die zu einem Schiff oder einer Bohrinsel gehören könnten, etwas, das sich langsam oder gar nicht bewegt.

Warum fürchtet er sich nicht mehr vor dem Mann? Ein oder zwei Mal hat er Audie heimlich betrachtet und versucht herauszufinden, was einen Mörder ausmacht, als könnte man es in seinen Augen oder auf seine Stirn geschrieben sehen. Es sollte offensichtlich sein – der Hass, die Mordlust, die Rachsucht.

Während der Fahrt hat er versucht, sich Schilder und Orientierungspunkte zu merken, um einen ungefähren Standort angeben zu können, falls er Gelegenheit bekommt, die Polizei anzurufen. Sie sind von Houston aus nach Süden gefahren und dann weiter nach Westen durch Old Ocean und Sugar Valley bis Bay City.

Audie hatte versucht, eine Unterhaltung anzuknüpfen, und ihn nach seinen Eltern gefragt.

»Warum wollen Sie das wissen?«

»Es interessiert mich. Verstehst du dich gut mit deinem Dad?«

»Ja, schon.«
»Unternehmt ihr manchmal was zusammen?«
»Manchmal.«
Nicht oft. Nicht mehr.

Als Max jetzt in der Dunkelheit kauert und den Wellen lauscht, versucht er, sich an eine Zeit zu erinnern, als sein Daddy und er sich noch näherstanden. Vielleicht wäre es anders gewesen, wenn Max Baseball oder Basketball gespielt oder sich für Mountainbiking begeistert hätte. Aber er war nicht mal ein besonders guter Skater – nicht vergleichbar mit Dean Aubyn oder Pat Krein, Jungen aus seiner Klasse. Max hat nicht viel mit seinem Vater gemein, doch das ist nicht der Hauptgrund dafür, dass sie sich voneinander entfernt haben. Es sind die Streitereien, die er am meisten hasst. Nicht seine eigenen, sondern die, die er abends mit anhört, wenn er regungslos im Bett liegt.

Du hättest dich mal sehen sollen! Wirklich! Du hast mit ihm geflirtet. Ich weiß, was ich gesehen habe. Eifersüchtig? Ich? Niemals? Warum sollte ich eifersüchtig sein auf ein frigides gefühlskaltes Flittchen wie dich?

Diese Auseinandersetzungen endeten meist damit, dass Gegenstände geworfen oder Türen geknallt, manchmal auch Tränen vergossen wurden. Max kam es vor, als würde sein Vater glauben, seine Frau und sein Sohn seien unaufmerksam und undankbar, vielleicht sogar unwürdig, doch der Streit dauerte nie bis zum Morgen. Zum Frühstück lief der Betrieb wieder wie gewohnt, seine Mutter packte seinem Daddy eine Lunchbox und küsste ihn zum Abschied.

Max vermisst sie beide und will, dass sein Dad kommt. Er stellt sich einen Konvoi von Streifenwagen mit flackernden Lichtern und kreischenden Sirenen vor, die die Straße heraufrollen, während über ihnen die Rotorblätter eines Helikopters knattern und eine Einheit der Navy SEALs mit dröhnenden Schlauchbooten am Strand landet. Er spitzt die Ohren, hört jedoch weder Sirenen noch Hubschrauber noch Boote. Vorsichtig geht er den Weg hinunter, dreht sich um und fragt sich, ob Audie ihn beobachtet. Er erreicht den Wagen, bleibt kurz stehen, schnuppert an der Dunkelheit. Die Straße ist weitere hundert Meter entfernt. Er kann einen Wagen anhalten. Er kann Alarm schlagen.

Als er losrennt, erinnert sein Gang an Galopp, weil seine Handgelenke gefesselt sind, sodass seine Arme nicht frei pendeln können. Er stolpert über irgendwas und fällt mit dem Gesicht voran in den Sand.

»Saubere Bauchlandung, würde ich sagen«, meint Audie und tritt, die Schrotflinte über der Schulter, hinter einem Zaun hervor.

Max spuckt Sand. »Sie haben gesagt, Sie würden mir nicht wehtun.«

»Ich habe gesagt, ich will dir nicht wehtun.«

Audie hilft ihm aufzustehen und klopft ihm den Sand von den Kleidern. Wütend stößt Max seine Hand weg. Sie machen auf dem Pfad kehrt, nähern sich dem Haus von der Strandseite und steigen die Stufen zu einer Veranda mit Meerblick hoch. Salz, Wind und Sonne haben den Lack des Geländers abblättern lassen.

Nachdem er an Fensterläden und Außentüren gerüttelt hat, wickelt Audie seine Jacke um den Unterarm und schlägt eine Scheibe über dem Knauf der Haustür ein. Er greift hindurch, entriegelt die Tür, stößt sie auf und ermahnt Max, auf die Scherben zu achten. Er lässt den Jungen am Küchentisch Platz nehmen und durchsucht rasch alle Zimmer des Hauses. Das Haus fühlt sich muffig und stickig an. Über die Sofas sind Laken gebreitet, die Betten sind abgezogen und mit einem Plastiküberwurf zugedeckt.

Audie entdeckt einen Zeitschriftenständer mit Landkarten und drei Monate alten Zeitungen. Auf dem Kaminsims und in einigen Zimmern stehen Familienfotos. Drei Kinder. Babys, die sich im Laufe der Jahre in Teenager verwandeln.

Er schaltet den Kühlschrank ein und schaut in den Schränken nach Trockennahrung und Konserven. Ohne das Licht anzumachen, öffnet er einen Fensterladen auf der Meerseite des Hauses und blickt über den Golf zu den Bohrinseln, die aussehen wie in der Luft schwebende Städte.

Max hat noch kein Wort gesagt. In einer Truhe findet Audie Bettzeug, er schaltet den Boiler an.

»Wird ein paar Stunden dauern, bis das Wasser warm ist«, sagt er. »Vielleicht können wir erst morgen duschen. Im Kleiderschrank sind ein paar Sachen.«

»Die gehören uns nicht.«

»Das stimmt«, sagt Audie. »Aber manchmal erfordert es die Notwendigkeit, die Regeln zu brechen.«

»Muss ich gefesselt sein?«

Audie denkt über die Frage nach. Auf einem Regal in einem der Zimmer hat er ein Tamburin gesehen. Er sagt Max, dass er aufstehen soll, und klebt das Instrument mit Klebeband so zwischen die Beine des Jungen, dass er sich nicht bewegen kann, ohne ein Geräusch zu verursachen.

»Ich möchte, dass du dich in den Sessel setzt. Wenn ich höre, dass du dich bewegst, fessle ich dich an Händen *und* Füßen. Verstanden?«

Max nickt.

»Hast du Hunger?«, fragt Audie.

»Nein.«

»Na, ich mach uns trotzdem was. Dann kannst du essen, wenn du möchtest.«

In der Speisekammer entdeckt Audie eine Packung Fusilli und setzt Wasser auf. Außerdem findet er eine Dose Tomaten, ein paar Kräuter, Knoblauchpulver und Gewürze. Max sieht ihm beim Kochen zu.

Später essen sie schweigend am Küchentisch. Man hört nur ein gelegentliches Klappern des Tamburins und Gabeln, die über Teller kratzen.

»Ich bin kein besonders guter Koch«, sagt Audie. »Ich hab nicht viel Übung.«

Max schiebt seinen Teller von sich, schnippt eine Strähne aus seinem Gesicht und betrachtet die Narben, die wie im Kreuzstich über Audies Unterarm verteilt sind.

»Haben Sie die aus dem Gefängnis?«, fragt er, nachdem er eine weitere Minute geschwiegen hat.

Audie nickt.

»Wie?«

»Menschen haben Meinungsverschiedenheiten.«

Max zeigt auf Audies Handrücken, auf dem eine Narbe vom Daumen bis zum Handgelenk verläuft. »Wie haben Sie die bekommen?«

»Von einem angespitzten Stiel, der aus einer geschmolzenen Zahnbürste gemacht war.«

»Und die da?«

»Eine Rasierklinge.«

»Wie ist jemand an eine Rasierklinge gekommen?«

»Einer der Wärter muss sie reingeschmuggelt haben.«

»Und warum?«

Audie sieht ihn traurig an. »Um mich umzubringen.« Er spült die Teller ab und blickt durch das offene Fenster auf den Himmel. »Vielleicht gibt es heute Nacht ein Gewitter, aber wenn es morgen aufklart, könnten wir angeln gehen.«

Max antwortet nicht.

»Du kannst doch angeln, oder?«

Max zuckt die Achseln.

»Was ist mit der Jagd?«

»Mein Dad hat mich einmal mitgenommen.«
»Wohin?«
»In die Berge.«
Audie denkt an Carl und die Jagdausflüge, die sie als Teenager unternommen haben. Wenn Carl den Finger am Abzug hatte, zeigte er nie Nerven oder Gefühle, nicht einmal ein Zucken, wenn er abdrückte. Enten, Eichhörnchen, Weißwedelhirsche, Tauben, Kaninchen, Gänse – sein Gesicht war immer eine starre Maske, während Audie bei jedem Lebewesen, das er tötete, nervös zuckte und innerlich blutete.
»Werden Sie mich erschießen?«, fragt Max.
»Was? Nein!«
»Warum bin ich hier?«
»Ich wollte, dass wir Freunde werden.«
»Freunde!«
»Ja.«
»Scheiße, Sie sind total verrückt, Mann!«
»Fluch nicht. Wir haben vieles gemeinsam.«
Max schnaubt abschätzig.
»Warst du schon mal in Las Vegas?«, fragt Audie.
»Nein.«
»Ich habe mal in Las Vegas geheiratet. Das war vor elf Jahren. Die schönste Frau der Welt ...« Er hält inne und erinnert sich mit einem zerfurchten Lächeln an den Tag. »Es war in einer dieser Kapellen, von denen man immer liest.«
»Wie die Elvis-Presley-Kapelle?«
»Nicht die«, sagt Audie. »Sie hieß Chapel of the Bells, am Las Vegas Boulevard. Dort gab es einen ›Ich-will‹-Service für hundertfünfundvierzig Dollar inklusive Musik und Trauschein. Vorher waren wir shoppen. Ich dachte, sie wollte ein Kleid kaufen, aber sie hat ein Haushaltswarengeschäft gesucht.«

»Warum?«

»Sie hat zwei Meter weiches geflochtenes Seil gekauft. Und sie hat mir erklärt, ich müsste dreizehn Goldmünzen finden und ihr schenken. ›Sie müssen auch nicht aus echtem Gold sein‹, sagte sie. ›Es sind Symbole.‹«

»Symbole wofür?«, fragt Max.

»Sie sollten für Jesus und seine Jünger stehen«, antwortet Audie. »Und wenn ich ihr die Münzen schenkte, würde ich damit feierlich versprechen, auf sie und ihren kleinen Jungen aufzupassen.«

»Ein Junge? Von einem Jungen haben Sie gar nichts gesagt.«

»Nicht?« Audie streicht über eine Narbe auf seinem Unterarm. »Er war mein Trauzeuge. Er durfte den Trauring halten.«

Max sagt nichts, doch einen kurzen Moment lang spürt Audie, dass der Teenager sich vielleicht erinnert. Dann ist der Augenblick vorbei.

»Wie hieß er?«

»Miguel – das ist die spanische Variante von Michael.«

Wieder nichts.

»Während der Zeremonie wickelte Belita die weiche Kordel erst um meine und dann um ihre Hände. Sie sagte, es sei ein Symbol dafür, dass unser Schicksal jetzt auf ewig miteinander verbunden sei.«

»Klingt ziemlich abergläubisch«, erwidert Max.

»Ja«, sagt Audie, während in der Ferne Blitze die Dunkelheit aufhellen. »Vermutlich war sie abergläubisch, doch sie glaubte nicht an das Böse in Dingen. Nur in Menschen. Ein Ort konnte nicht befleckt sein, nur eine Seele.«

Max gähnt.

»Du solltest ein bisschen schlafen«, sagt Audie. »Morgen ist ein großer Tag.«

»Was passiert morgen?«
»Ich gehe mit dir angeln.«

47

In der Einfahrt des Valdez-Hauses stehen Streifenwagen, und auf beiden Straßenseiten parken Zivilfahrzeuge. Detectives gehen von Tür zu Tür und befragen die Nachbarn, ein Team der Spurensicherung hat in Max' Zimmer Fingerabdrücke und Haarproben genommen.

In der Küche werden Stimmen laut und gegenseitige Beschuldigungen erhoben.

»Wir wissen nicht, ob es Audie Palmer war«, versucht Desiree die Gemüter zu beruhigen.

»Wer sollte es sonst gewesen sein?«, fragt Valdez.

»Er hat uns bereits bedroht«, pflichtet Sandy ihm bei und tupft sich die Augen mit einem Taschentuch ab.

»Wie hat er Sie bedroht?«

»Indem er hier aufgetaucht ist natürlich ... und indem er mit Max gesprochen hat.«

Desiree nickt und sieht Senogles an, der auf einem Hocker sitzt, sich übers Kinn streicht und den weisen Mann spielt.

»Das erklärt nicht, warum er Max entführt haben sollte«, sagt Desiree.

Sandy verliert die Beherrschung. »Haben Sie uns zugehört? Ryan hat auf ihn geschossen. Ryan hat ihn verhaftet. Ryan hat dafür gesorgt, dass er eingesperrt wurde.«

»Okay, das verstehe ich, aber es ergibt trotzdem keinen Sinn«, sagt Desiree und versucht einen anderen Ansatz. »Wie alt ist Max?«

»Gerade fünfzehn geworden.«

»Haben Sie Palmer gegenüber jemals erwähnt, dass Sie einen Sohn haben?«

Valdez schüttelt den Kopf.

»Hatten Sie nach Palmers Verurteilung irgendeinen Kontakt zu Palmer?«

»Nein. Worauf wollen Sie hinaus?«

»Ich versuche zu verstehen, warum Palmer am letzten Sonntag hier aufgetaucht ist. Und wenn er es auf Max abgesehen hatte, warum hat er nicht gleich bei dieser ersten Gelegenheit zugeschlagen? Warum hat er bis jetzt gewartet?«

Valdez blinzelt sie wütend an. »Der Mann ist verrückt! Er hat einen Hirnschaden!«

»Nicht laut Aussage der Psychologin, die ihn im Gefängnis behandelt hat.« Desiree bemüht sich, ruhig und gleichmäßig zu sprechen. »Worüber hat er mit Max geredet?«

»Was für einen Unterschied macht das?«

»Ich versuche, ein Motiv zu erkennen.«

Valdez wirft die Hände in die Luft. »Wir hätten Personenschutz haben sollen. Du hättest uns ein sicheres Haus besorgen müssen.«

»Ich hätte dir Schutz gestellt, Ryan«, erwidert Senogles, »aber du hast nicht darum gebeten.«

»Es ist also meine Schuld, Frank?«

»Du hast gesagt, du hättest alles im Griff.«

Die beiden starren sich an. Desiree fragt sich, seit wann sie sich duzen; vielleicht seit der damaligen Ermittlung.

»Max hätte nie zur Schule gehen dürfen«, sagt Sandy schluchzend an der Brust ihres Mannes. »Es ist meine Schuld. Ich hätte auf dich hören sollen.«

Valdez legt einen Arm um sie. »Niemand ist schuld. Wir kriegen ihn sicher und unversehrt wieder.« Er sieht Senogles an. »Sag du es ihr, Frank.«

»Wir tun unser Bestes.« Senogles steht auf und reibt sich

die Hände. »Okay, das wissen wir: Sandys und Max' Handy haben beide noch zehn Minuten gesendet, nachdem Max die Schule verlassen hatte. Das letzte Signal kam von der Interstate 45, etwa sechzehn Meilen nördlich von Woodlands. Wir gehen die Aufnahmen der Kameras an der Interstate und vor der Mall durch, um zu sehen, ob wir das Fahrzeug identifizieren können, das Palmer fährt. Dann könnten wir seine Bewegungen mithilfe von Verkehrskameras nachverfolgen und das Suchgebiet eingrenzen.« Er blickt Sandy an. »Wir brauchen ein aktuelles Foto von Max für die Medien. Vielleicht halten wir auch eine Pressekonferenz ab. Wärt ihr bereit, eine Erklärung abzugeben?«

Sandy sieht ihren Mann an.

»So etwas kann größere öffentliche Aufmerksamkeit erzeugen«, fügt Senogles hinzu. »Der emotionale Hilferuf der Familie: Bitte gib uns unseren Jungen zurück ... und so weiter.«

»Leidet Max unter irgendwelchen chronischen Krankheiten oder Allergien?«, fragt Desiree.

»Er hat Asthma.«

»Medikamente?«

»Hat er bei sich.«

»Kennen Sie seine Blutgruppe?«

»Welchen Unterschied macht das?«

»Nur eine Vorsichtsmaßnahme«, erklärt Desiree. »Damit die Sanitäter und Ärzte im Notfall informiert sind.«

Sandy schluchzt erneut auf, und Valdez starrt Senogles wütend an. »Schaff sie hier raus, Frank.«

Senogles weist auf die Glasschiebetür zur Terrasse und folgt Desiree nach draußen. Als sie unter sich sind, wendet er sich ab und blickt über den Pool, sodass sein Gesicht von der Unterwasserbeleuchtung in ein fremdartiges bläuliches Licht getaucht wird.

»Ich finde, Sie behandeln diese Leute, als ob Sie sie irgendeiner Sache verdächtigen würden.«

»Das finde ich nicht.«

»Außerdem glaube ich, dass Sie bei Audie Palmer feuchte Höschen kriegen. Hab ich recht? Macht ein dreckiger Mörder wie er Sie scharf, Special Agent?«

»Wer zum Teufel sind Sie, mir eine derartige Frage zu stellen?«

»Ihr gottverdammter Boss, das bin ich, und ich denke, es wird Zeit, dass Sie sich damit abfinden.«

Desiree steht halb im Schatten, ihr Haar fällt auf ihre Wangen, ihre Augen leuchten. »Audie hat keinen Hirnschaden. Er ist hochintelligent, weit über dem Durchschnitt. Warum geht er das Risiko ein, hierher zurückzukommen, wenn er Zugriff auf das ganze Geld aus dem Raub hat? Warum wagt er es, den Sohn des Sheriffs zu entführen? Nichts von all dem ergibt einen Sinn. Es sei denn …«

»Es sei denn was?«

Desiree zögert, atmet aus und bläst sich eine Haarsträhne aus der Stirn. »Was, wenn es keinen vierten Mann gab? Was, wenn die Polizei das Geld genommen hat?«

»Wie bitte?«

»Hören Sie mich an.«

Senogles wartet.

»Gehen wir für einen Moment davon aus, dass Palmer und die Bande den Geldtransporter entführt haben, jedoch von der Polizei entdeckt wurden, bevor sie die Beute umladen konnten. Es gab eine wilde Verfolgungsjagd, eine Schießerei. Die Mitglieder der Bande waren tot. Das Geld lag da, man musste nur zugreifen.«

»Was ist mit Audie Palmer?«

»Er gehörte zu der Bande.«

»Er hätte die Polizisten beschuldigt.«

»Sie haben ihn niedergeschossen und nicht damit gerechnet, dass er überlebt.«

»Aber er hat überlebt.«

»Vielleicht ist er deshalb zurückgekommen – um seinen Anteil einzufordern.«

Senogles schüttelt den Kopf. Wischt sich mit Daumen und Zeigefinger über die Lippen. »Selbst wenn an Ihrer Theorie etwas dran wäre – und dem ist nicht so –, Palmer hätte seinen Anwalt eingeschaltet und versucht, einen Deal zu machen.«

»Vielleicht hat er genau das getan – er hat nur zehn Jahre gekriegt; für ihn hätte es viel schlimmer kommen können.«

»Nicht bei den zehn Jahren, die er abgesessen hat. Schlimmer geht es nicht.«

Desiree will widersprechen, doch Senogles unterbricht sie. »Sie reden von einer Verschwörung, die die Polizisten, den Distriktstaatsanwalt, den Verteidiger, den Gerichtsmediziner und vielleicht sogar den Richter umfasst haben müsste.«

»Vielleicht auch nicht«, sagt Desiree. »Eine Akte verschwindet. Die Anklage wird geändert.«

Senogles reibt die Spitze seines glänzenden Schuhs an dem anderen Hosenbein. »Sie müssten sich mal selber hören«, sagt er mit vor Wut zitternder Stimme. »Audie Palmer ist ein kaltblütiger Killer, und Sie suchen ständig neue Entschuldigungen für ihn. Falls Sie es vergessen haben – er hat sich schuldig bekannt. Er hat das Verbrechen zugegeben.«

Senogles schnäuzt sich die Nase und schleudert den Schleim in den Garten. »Sie glauben, ich würde Sie zu hart anfassen, Agent Furness, und ich kann Ihnen auch sagen, warum. Ich befasse mich mit Fakten, Sie mit Fantasien. Werden Sie erwachsen. Sie sind nicht mehr sieben und spielen mit My Little Pony. Dies ist das wirkliche Leben. Und jetzt will ich, dass Sie da reingehen und diesen guten Leuten sagen, dass wir alles in unserer Macht Stehende tun werden, um ihren Sohn zurückzubringen.«

»Ja, Sir.«

»Ich habe Sie nicht verstanden.«

»Ja, Sir!«

48

Das Gewitter kommt in den frühen Morgenstunden, fegt über den Golf, schleudert Regentropfen und Salz gegen die Fenster und weht einen kühlen Zug durch die Türspalten und Bodenritzen. Blitze zucken hinter entfernten Wolken und geben ihnen für einen Moment einen erleuchteten Rahmen. Als Kind hat Audie Nächte wie diese geliebt, im Bett zu liegen und zu lauschen, wie der Regen gegen die Scheiben prasselt und durch die Regenrinnen gurgelt. Jetzt schläft er auf dem Boden, weil sein Körper sich an harten Untergrund und dünne Decken gewöhnt hat.

Lange Zeit sieht er dem Jungen beim Schlafen zu und fragt sich, wohin er in seinen Träumen wandert. Besucht er willige Mädchen, schlägt Homeruns oder erzielt den entscheidenden Touchdown?

Als er heranwuchs, hat man Audie erzählt, er könne alles werden: Feuerwehrmann, Polizist, Astronaut, sogar Präsident ... Mit neun wollte er Kampfflieger werden, aber nicht wie Tom Cruise in *Top Gun*, einem Film, der mehr wie ein Computerspiel aussah und weniger wie ein echtes Gefecht. Stattdessen wollte er Baron von Richthofen sein, der legendäre deutsche Pilot. Er hatte ein Comicheft über den Roten Baron, und eine Zeichnung war ihm besonders im Gedächtnis haften geblieben. Sie zeigte den Baron, wie er einer brennend abstürzenden Sopwith Camel salutierte. Er sah nicht aus, als würde er triumphieren, sondern schien den Verlust eines tapferen Gegners zu betrauern.

Als Audie endlich eindöst, träumt er von der Fahrt von Las Vegas nach Texas, durch Arizona und die Berge im Süden von New Mexico. Unterwegs machten sie Halt bei touristischen Attraktionen wie dem Kindermuseum in Phoenix, dem Montezuma Castle in der Nähe von Camp Verde und den Carlsbad Caverns im Guadalupe Mountains National Park. Sie verbrachten zwei Nächte auf einer Gäste-Ranch in New Mexico, wo sie ritten und halfen, die Herde zusammenzutreiben. Audie kaufte Miguel einen Cowboyhut und einen Spielzeugrevolver in einem Kunstlederholster.

Meistens übernachteten sie in Motels oder in Hütten auf Campingplätzen. Manchmal schlief Miguel zwischen ihnen, in anderen Nächten hatten sie ein zweites Bett. Eines Morgens verpasste Belita Audie nach dem Aufwachen eine Ohrfeige.

»Wofür war das denn?«

»Ich habe geträumt, ich wäre aufgewacht und du wärst weg gewesen.«

Er schlang einen Arm um sie, legte den Kopf auf ihren Bauch und roch den sauberen Duft ihres Nachthemds. Sie kreuzte die Arme und zog das Nachthemd über den Kopf. Dann führte sie seine Hand an den Punkt, wo sie am meisten Gutes tun konnte, und sie liebten sich langsam. Als sie kam, klammerte Belita sich an ihn, als könnte er ihren Fall aufhalten.

»Wirst du mich immer lieben?«, fragte sie.

»Immer.«

»Bin ich nicht eine gute Ehefrau?«

»Die allerbeste.«

Am fünften Tag überquerten sie die Staatsgrenze von Texas. Über ihren Köpfen dehnte sich ein weiter Himmel mit weißen Streifen, Flugzeugen, die so hoch flogen, dass man sie mit bloßem Auge nicht sehen konnte. Miguel war gesprächiger geworden, lachte über Audies Witze und ritt auf seinen Schultern. Abends wollte er, dass Audie ihm die Gutenachtgeschichte vorlas.

Belita hatte nichts dagegen. Sie wachte über sie beide, immer ein wenig auf der Hut und nie ohne zu überprüfen, ob die Kette an der Tür vorgelegt war. Nur im Schlaf löste sich ihre Anspannung, und sie atmete so schwach, dass Audie sanft einen Finger an ihren Hals legte, um ihren Puls zu fühlen und zu spüren, dass das Blut unter ihrer Haut mit der fließenden Ruhe einer Melodie zirkulierte.

Bis dahin hatte Audie es nicht für möglich gehalten, dass ein Mensch an Liebe sterben könnte. Er dachte, es wäre ein Schicksal, das sich Dichter und Dramatiker wie John Donne und Shakespeare ausgedacht hatten, doch nun begriff er, was sie mit diesem Leiden meinten, und hätte doch die Wonnen der Liebe gegen nichts auf der Welt eingetauscht.

Der Wind hat aufgefrischt und klappert an den Fenstern. Blitze zucken, und im selben Moment zerreißt ein krachender Donnerschlag die Luft. Max richtet sich kerzengerade auf, stürzt aus dem Bett und rennt gegen die Kleiderschranktür. Audie fängt ihn auf, als er zurückprallt, umarmt ihn und hält ihn hoch, weil Max immer noch mit den Füßen strampelt. Das Tamburin zwischen seinen Beinen klappert.

Max hustet und saugt Luft ein, als wollte er ein Stück davon abbeißen, um es schneller herunterzuschlucken.

»Alles in Ordnung?«

Er kann nicht antworten.

Behutsam legt Audie den Jungen aufs Bett. Dessen Gesicht ist blass und schweißgebadet, die Brust verkrampft, die Lippen sind blau angelaufen.

»Wo ist dein Inhalator?«

Er schnappt sich Max' Schultasche und durchsucht die Fächer. Der Junge hat mittlerweile angefangen zu keuchen.

»Versuch einfach, dich zu entspannen. Ruhig atmen«, ermahnt Audie ihn.

Er leert die Tasche komplett auf den Boden, bis der Inhalator herausfällt, kriecht über die Dielen, hebt ihn auf, schüttelt ihn und zwängt das Mundstück zwischen Max' Lippen und Zähne. Der Junge reagiert nicht.

»Los, nimm ihn.«

Max wendet sich ab.

»Tu mir das nicht an«, sagt Audie.

Er packt den Kopf des Jungen, stößt ihm das Mundstück zwischen die Lippen und drückt auf den Pumpmechanismus. Er wartet, bis Max einatmet, hält ihm dann die Nase zu und zwingt ihn so, die Luft anzuhalten.

Irgendwann lässt er den Jungen wieder normal atmen. Max beruhigt sich. Die Verkrampfung in seiner Brust löst sich. Seine Augen sind geschlossen, seine Wangen feucht.

»Ich will nach Hause.«

»Ich weiß.«

Über ihnen grollt der Donner. »Ich hasse Gewitter.«

»So warst du schon als kleiner Junge«, sagt Audie.

»Woher wissen Sie das?«

Audie seufzt und hat Angst weiterzusprechen. Vielleicht hat er keine Wahl. Max sitzt an das Kopfbrett gelehnt und atmet jetzt wieder gleichmäßig.

»Sie wussten, dass ich Asthma habe.«

»Ja.«

»Woher?«

Wenn er die Augen schließt, sieht Audie es noch vor sich:

ein Motel an der Straße ein Stück außerhalb von Thoreau in New Mexico – eines dieser einstöckigen Gebäude aus Betonsteinen, wo man seinen Wagen vor dem Zimmer abstellen konnte. Der Parkplatz war voll mit Sattelschleppern, Allrad-Pick-ups, Caravans und Campingmobilen. Die Frau an der Rezeption wuselte und sauste herum, als würde sie mit Batterie laufen, die selbst um Mitternacht noch frisch aufgeladen war.

»Sehen Sie zu, dass Sie den Kleinen ins Bett bringen«, sagte sie. »Frühstück ist bis zehn. Wir haben auch einen Swimmingpool, aber bis zum Mittag könnte es ein bisschen kühl sein.«

Audie trug Miguel in das Zimmer und legte ihn in das kleinere der Betten. Er staunte, wie zerbrechlich das Kind wirkte und wie perfekt geformt. Das Motel lag direkt am Highway; jedes Paar Scheinwerfer, das vorbeikam, glitt über die Wände des Zimmers, jeder Lkw ließ die Glühbirnen klappern und hörte sich an, als würde er gleich durch die Mauer brechen.

Trotz des Lärms schliefen sie. Jeder neue Tag brachte sie ein Stück weiter weg von Kalifornien, doch keiner von beiden konnte das Gefühl abschütteln, dass Urban Covic nach wie vor auf der Suche nach ihnen war.

Irgendwann wurde Audie von einem unterdrückten Schrei geweckt. Miguel zuckte in einem Albtraum, seine Brust bebte und zog sich zusammen, als würde er um Atem ringen. Belita nahm einen Inhalator aus ihrer Tasche und drückte eine Maske auf Miguels Gesicht, bis sie sicher war, dass das Medikament seine Lunge erreicht hatte. Dann wiegte sie ihn an ihrer Brust und summte beruhigend, während er an ihrem Hals schluchzte, bis er zusammengerollt einschlief, das Gesicht glänzend im Widerschein der Lkw-Lichter.

»Du musst mir etwas versprechen«, sagte sie hinterher, als sie den Kopf auf Audies Brust legte.

»Alles.«

»Ich will nicht alles – ich will etwas Bestimmtes.«

»Okay.«

»Versprich mir, dass du auf Miguel aufpassen wirst.«

»Ich werde auf euch beide aufpassen.«

»Aber wenn mir etwas zustößt ...«

»Dir wird nichts zustoßen. Sei nicht so düster.«

»Was heißt düster?«

Audie versuchte es zu erklären, doch ihm fiel kein entsprechendes spanisches Wort ein.

Belita sagte, er solle still sein. »Versprich mir bei der Angst vor dem Tod ... beim Leben deiner Mutter ... so wahr Gott dein Zeuge ist ... Versprich mir, dass du, wenn mir irgendwas passiert, auf Miguel aufpassen wirst.«

»Ich glaube nicht an Gott«, scherzte Audie.

Sie kniff ihm in die Unterlippe, bis sich ein kleiner Bluterguss bildete. »Versprich es mir.«

»Ich verspreche es.«

Der Wind fegt jetzt in wütenden Böen, die die Wände ächzen lassen. Max sitzt immer noch an das Kopfbrett gelehnt und wartet, dass Audie seine Frage beantwortet, doch der ist in Schweigen versunken, und seine geschlossenen Augenlider zucken bei irgendeiner Erinnerung. Der Junge hat beinahe Mitleid mit ihm, obwohl er nicht weiß, warum. Der Mann wirkt gebrochen. Nein, in die Enge getrieben. Wie ein Kaninchen, das in eine Falle getappt ist, wie wild mit den Läufen strampelt, um sich zu befreien, und den Draht damit immer enger zieht.

»Wann hast du Geburtstag?«, fragt Audie.

»Am 7. Februar.«

»Geburtsjahr?«
»2000.«
»Wo bist du geboren?«
»In Texas.«
»Was ist das Erste, woran du dich erinnern kannst?«
»Ich weiß nicht.«
»Hast du immer in demselben Haus gewohnt?«
»Ja.«
»Warst du schon mal in Kalifornien?«
»Nein.«

Audie rollt sich vom Bett und sucht seinen Rucksack. In einer der vielen Taschen steckt das Foto einer Frau, die mit einem kleinen Strauß in der Hand unter einem Bogen aus Blumen steht. Fast versteckt späht aus den Falten ihres Kleides ein kleiner Junge hervor, der schüchtern in die Kamera lächelt.

Audie gibt es Max. »Weißt du, wer das ist?«

Der Junge betrachtet das Bild und schüttelt den Kopf.

»Das ist meine Frau.«

»Wo ist sie jetzt?«

»Ich weiß es nicht.«

Mit glänzenden Augen nimmt Audie das Bild behutsam wieder an sich und verstaut es in seinem Rucksack, bevor er sich auf sein Lager auf dem Boden legt.

»Sie wollten mir doch erzählen, woher Sie mich kennen«, sagt Max.

»Das kann bis morgen warten.«

49

Valdez nimmt die Autoschlüssel und verlässt das Haus, ohne das Rudel Reporter zu beachten, das sich vor seiner

Einfahrt versammelt hat. Er fährt nach Westen, Richtung Magnolia, immer noch wütend wegen eines Streits, den er mit Sandy hatte. Diese Frau hat eine spitze Zunge und einen argwöhnischen Verstand. In der einen Minute gibt sie sich selbst die Schuld, in der nächsten macht sie ihn für alles verantwortlich.

Alles wäre unkomplizierter, wenn er Single wäre. Damals musste er sich nur um sich selbst sorgen. Jetzt hat er das Gefühl, dass um seinen Hals eine Kette liegt, an der Sandy, wie hoch er auch fliegt, nur zupfen muss, um ihn wieder auf den Boden zurückzuholen.

Victor Pilkington lebt in einer pseudoklassischen Südstaatenvilla mit Blick auf den Old Mill Lake, umlaufender Veranda und Balkon im ersten Stock, lackiert und gestrichen in bunter Hochzeitstorten-Optik. Hinter der Fassade von alter Welt verbirgt sich ein topmodernes Haus mit Billardzimmer, privatem Kino und einem Waffentresor, der im Notfall auch als Panikraum und Schutzbunker genutzt werden kann.

Eine schwarze Frau öffnet die Tür. Sie ist seit zwanzig Jahren Haushälterin der Pilkingtons, spricht jedoch nur, wenn man sie etwas fragt. Manche Hausangestellten versuchen sich bei einer Familie einzuschmeicheln, doch diese schwebt durchs Haus wie ein Geist, der nicht weiß, was er sonst machen soll.

Sie führt Valdez ins Wohnzimmer. Wenig später schwingt die Doppeltür auf, und seine Tante Mina fegt in einem langen Nachthemd herein. Sie ist die jüngere Schwester seiner Mutter und hat immer noch eine tolle Figur, auch wenn hier und da ein kleines Fettpolster hinzugekommen ist. Sie schlingt die Arme um ihn und schluchzt los.

»Es tut mir so leid – ich hab es in den Nachrichten gehört. Es ist schockierend. Einfach nur schockierend.«

Sie will ihn nicht loslassen. »Wie geht es Sandy? Hält sie durch? Ich wollte sie anrufen, aber man weiß nicht, was man sagen soll.« Sie streicht über seine Schultern und Unterarme. »Max ist ein so hübscher Junge. Ich bin sicher, alles wird gut. Die Polizei findet ihn bestimmt. Sie werden diesen furchtbaren Mann fassen.«

Valdez muss sich gewaltsam aus ihrer Umklammerung lösen. »Wo ist Victor?«

»In seinem Büro.« Sie blickt zur Treppe. »Keiner von uns konnte schlafen. Geh ruhig nach oben.«

Pilkington sieht sich einen Boxkampf im Pay-TV an. Er beugt sich in einem großen Ledersessel vor und rollt die Schultern, als würde er die Faustschläge selber austeilen. »Los, schlag ihn, du Pussy!« Ohne den Blick vom Bildschirm abzuwenden, macht er Valdez ein Zeichen, Platz zu nehmen. Dann fügt er hinzu: »Atme tief durch, Ryan. Komm nicht voller Wut hierher.«

»Was *verdammt noch mal* machen wir jetzt?«

Pilkington ignoriert ihn. »Weißt du, was heutzutage das Problem mit den Boxern ist? Sie sind nicht mehr bereit, was zu riskieren. Nimm zum Beispiel den Jungen hier – Puerto Ricaner. Gewinnt er diesen Kampf, kriegt er vielleicht eine Chance, Pacquiao herauszufordern, aber wenn er gegen Manny länger als zwei Runden durchhalten will, muss er in den Clinch gehen und auch mal was einstecken.«

»Hast du gehört, was ich gesagt habe?«

»Hab ich.«

Pilkington steht auf, streckt sich und gießt Kaffee aus einer Glaskanne ein, ohne Valdez etwas anzubieten. Er ist zwar Valdez' Onkel, jedoch nur fünfzehn Jahre älter als sein Neffe und von nach wie vor imposanter körperlicher Präsenz.

»Wie geht es deiner hinreißenden Frau?«, fragt er.

»Herrgott! Hörst du mir zu?«

»Du sollst den Namen des Herrn nicht lästernd im Munde führen.«

»Unser Sohn wird vermisst, und du tust so, als wäre alles in bester Ordnung.«

Pilkington ignoriert die Bemerkung. »Da hast du wirklich eine Frau fürs Leben gefunden. Und weißt du, woher ich das weiß?«

Valdez antwortet nicht.

»Ihr Geruch.« Pilkington gibt ein Stück Würfelzucker in seinen Kaffee und rührt um. »Menschen sind Hunden gar nicht so unähnlich. Das Erste, was wir haben, ist unser Geruchssinn. Es ist ein Urinstinkt. Unmittelbar. Machtvoll. Verstehst du?«

Nein, denkt Valdez, der nicht weiß, wovon sein Onkel redet. Seinetwegen kann Pilkington einen gerösteten Truthahn vögeln, solange er die Finger von Sandy lässt ... und ihm hilft, Max zu finden.

Der Boxkampf ist zu Ende. Der puerto-ricanische Junge hat verloren. Pilkington schaltet den Fernseher aus und nimmt seinen Kaffee mit ans Fenster, wo ein altes Teleskop auf das Haus gegenüber gerichtet ist.

»Es ist deine Schuld.«

»Was?«

»Palmer. Du hättest das Problem neutralisieren sollen, solange du die Gelegenheit dazu hattest.«

»Denkst du, das hätte ich nicht versucht! Die Hälfte des Abschaums in diesem Gefängnis hat Geld dafür angenommen, ihn umzubringen.«

»Deine Ausreden zählen einen Scheißdreck, Ryan. Was dachtest du denn, was passiert, wenn Palmer rauskommt? Hast du geglaubt, er würde sich einen Pullunder kaufen und mit dem Golfspielen anfangen?«

»Ich glaube nicht, dass du mir Vorträge halten solltest.«

»Was?«

»Ich mag es nicht, belehrt zu werden.«

»Tatsächlich?«

»Was hast du in dem Krieg geleistet, Onkel? Wie viele Schüsse hast du abgefeuert?«

Pilkington nimmt einen Briefbeschwerer in Form eines Grizzlybären und wiegt ihn in der Hand. Valdez redet immer noch und brüllt seinem Gegenüber seine Wut ins Gesicht.

»Ich mag es nicht, mir Belehrungen von jemandem anzuhören, der andere die Drecksarbeit für sich erledigen lässt und sich hinterher über den Gestank beschwert.«

Er macht den Mund auf, um noch etwas zu sagen, bekommt jedoch keine Gelegenheit mehr dazu. Mit einem Aufwärtshaken rammt Pilkington dem jüngeren Mann den Briefbeschwerer in den Magen. Valdez sinkt auf die Knie. Überraschend flink für einen Mann seiner Statur hält Pilkington den Bronzebären über Valdez' Kopf.

»Für jemanden, der keine Kühe hat, redest du einen Haufen Bullshit, Ryan. Ohne mich wärst du gar nichts. Dein Job und dein schickes Haus und dein Immobilienportfolio, von dem niemand etwas weiß – das alles war *mein* Werk. Ich habe dafür gesorgt, dass Frank die Leitung übernimmt, und er deckt weiterhin deinen Arsch, doch ich werde nicht noch mehr politisches Kapital an dich verschwenden. Du hättest Palmer zum Schweigen bringen sollen, als du die Gelegenheit dazu hattest.«

»Und was soll ich jetzt machen?«, fragt Valdez, noch immer nach Luft ringend.

»Finde ihn.«

»Allein?«

»Nein, Ryan, die vereinten Ressourcen von Bundes-,

Staats- und Bezirksbehörden stehen zu deiner Verfügung. Ich denke, das sollte reichen. Und wenn du ihn gefunden hast, werde ich dafür sorgen, dass der Job diesmal gründlich erledigt wird.«

»Und mein Junge?«

»Du solltest hoffen, dass er nicht in die Schusslinie gerät.«

50

Desirees Wohnung liegt, einen schmalen Weg und eine Holztreppe hinauf, im ersten Stock eines Hauses gegenüber dem Milroy Park in Houston Heights. Laut dem Immobilienmakler hat die Wohnung dreiundneunzig Quadratmeter, was Desiree jedoch jedes Mal bezweifelt, wenn sie versucht, die Möbel umzustellen.

Als sie die Stufen hochgeht, hat sie plötzlich das Gefühl, irgendetwas vergessen zu haben. Sie wirft einen prüfenden Blick in ihre Handtasche. Schlüssel, Handy, nichts fehlt.

Auf dem Treppenabsatz bemerkt sie, dass ihre Wohnungstür einen Spalt offen steht. Sie verharrt regungslos und fragt sich, ob ihre Mutter zu Besuch sein könnte. Sie hat einen Schlüssel, doch normalerweise ruft sie vorher an. Und sie hätte ganz bestimmt die Tür zugemacht.

Wer hat sonst noch einen Schlüssel? Vielleicht führt ihr Vermieter Mr Sackville eine Inspektion durch. Vielleicht ist er in diesem Moment in ihrer Wohnung und probiert ihre Unterwäsche an.

Sie zieht die Glock Automatik aus dem Holster, überlegt, ob sie den Vorfall melden soll, ist sich jedoch nicht sicher, ob das Ganze kein falscher Alarm ist. Man stelle sich das Gelächter vor, wenn sie sich irrt. Senogles würde es ihr bis in alle Ewigkeit unter die Nase reiben.

Sie legt ein Ohr an die Tür und lauscht auf Schritte, Bewegungen oder Stimmen. Ihre Mutter hätte den Fernseher eingeschaltet, der im Haus ihrer Eltern wie eine Gottheit verehrt wird.

Sie stößt die Tür mit dem Fuß auf und tritt in den kurzen Flur. Die Waffe in ihrer Hand ist warm und seltsam klebrig. Am Ende des Flurs liegen das Wohnzimmer und eine schmale Kochnische. Links ist das Schlafzimmer, rechts das Bad. Sie lebt seit drei Jahren in der Wohnung. Jetzt sieht sie sie mit anderen Augen. Die Schatten sind zu Verstecken geworden, die Ecken zu toten Winkeln.

Zuerst durchsucht sie das Schlafzimmer, schwingt die Waffe von links nach rechts und sieht hinter der Tür nach. Alles ist so, wie sie es verlassen hat, die schwarze Jacke und die Hose aus der Reinigung liegen noch immer in Plastik gehüllt auf dem Bett. Auf dem Nachttisch steht ein antiker silberner Bilderrahmen mit einem Schwarzweißfoto von ihren Eltern an deren Hochzeitstag.

Das Bad liegt gegenüber. Auf dem Waschbeckenrand stehen Shampoos, Schaumbäder und Puder. Weitere Hygieneartikel reihen sich auf dem Glasregal, und in einem Bastkörbchen hat sie die Minifläschchen aufgehoben, die man in Hotels bekommt. Der Duschvorhang ist zugezogen. War sie das? Hat der Vorhang sich gerade bewegt?

Sie greift mit der linken Hand hinter sich und schaltet das Deckenlicht an. Der weiße Vorhang ist durchsichtig. Dahinter lauern keine Schatten. Das Bad ist leer. Ein Wasserhahn tropft.

Sie dreht sich um und geht durch den Flur Richtung Wohnzimmer: ein Sofa, ein Sessel, ein Couchtisch und ein Bücherregal mit Büchern, die sie lesen will, von Autoren, von denen sie glaubt, dass man sie gelesen haben sollte. Sie blickt auf einen Stapel ungefalteter Kleidung, einen Korb mit Bügelwäsche und das Frühstücksgeschirr in der Spüle – Spuren von Verwahrlosung oder Beweis dafür, dass sie ein Ziel unbeirrbar verfolgt, sie weiß es nicht.

Lag auf dem Couchtisch nicht eine Aktenmappe? Mit Kopien der Tatortfotos von dem Überfall auf den Geldtransporter, vor allem der Aufnahmen, die die Kameras auf dem Armaturenbrett der Streifenwagen zeigten; des Weiteren Zeugenaussagen, Notizen, Zeitungsausschnitte.

Sie lässt ihren Blick durch den Raum wandern. Die Mappe liegt nicht auf dem Bücherregal oder dem Sofa. Hat sie die Papiere mit ins Schlafzimmer genommen? Sie geht auf einem Knie in die Hocke und sieht unter dem Sofa und dem Couchtisch nach. Als sie die Wange an den Boden presst, spürt sie einen leichten Luftzug. Eins der Fenster muss offen stehen oder die Schiebetür zum Balkon.

Im selben Atemzug fällt ihr auf, dass sie die Schiebetür eigentlich nur aufmacht, wenn sie die einsame Pflanze gießt. Sie hätte auf dem Balkon nachsehen sollen. Das ist ihr letzter Gedanke, bevor sich ein Schatten durch das Licht bewegt und irgendetwas auf ihren Hinterkopf schlägt.

Moss erwacht eine Stunde vor Anbruch der Dämmerung mit einer Flasche Bourbon im Arm und einem schmutzigen Glas neben sich auf dem Kopfkissen. Er bleibt still liegen und hört das Klopfen seines Herzens und den Wind, der in Böen pfeift. Er weiß nicht mehr, wie er eingeschlafen ist, sondern erinnert sich nur noch an den zusammenhanglosen Traum – eine Parade von Gesichtern aus seinen Gefängnisjahren. Man sagt, dass ein Mörder von seinen Opfern träumt, aber Moss hat nie einen zweiten Gedanken an den Mann verschwendet, den er mit einer Hantel erschlagen hat. Es war schließlich nicht so, als hätte er es nicht verdient gehabt, aber mittlerweile ist Moss älter, weiser, beherrschter.

Er stolpert ins Bad und trinkt einen Schluck Wasser aus dem Hahn. Er hört, wie sich draußen Obdachlose über Pappkartons und Zigarettenkippen streiten.

Zurück im Bett schaltet er den Fernseher ein. Der kleine Bildschirm zischt und flimmert. Eine Frau verliest die Verkehrsnachrichten, als ob sie Leben verändern könnten. Dann wird zu zwei Nachrichtenmoderatoren umgeschaltet, die die wichtigsten Schlagzeilen des Tages wiederholen.

»*Ein entflohener Sträfling, der wegen Mord an einer Mutter aus Houston und ihrer Tochter gesucht wird, hat vermutlich den Sohn eines Sheriffs entführt. Der Junge wurde zuletzt gestern Nachmittag gesehen, als er seine Highschool verließ.*«

Moss macht den Fernseher lauter.

»*Audie Palmer ist vor einer Woche aus einem Bundesgefängnis ausgebrochen. Polizei, FBI und der US Marshal Service haben eine Großfahndung nach ihm eingeleitet.*

Bei dem vermissten Jungen handelt es sich um den fünfzehnjährigen Maxwell Valdez, Sohn des Sheriffs von Dreyfus County, Ryan Valdez, der Palmer vor mehr als zehn Jahren nach dem Überfall auf einen Geldtransporter verhaftet hatte. Es wird erwartet, dass die Familie im Laufe des Tages eine Pressekonferenz geben wird ...«

Den Rest des Berichts beachtet Moss nicht mehr. Er versucht zu begreifen, warum Audie so etwas getan haben sollte. In all den Jahren im Gefängnis war er der klügste Mensch, den Moss je getroffen hatte. Er war Yoda. Er war Gandalf. Er war Morpheus. Und jetzt ist er zu einem wandelnden Abschiedsbrief geworden. Warum?

Moss' Kopf brummt, und das liegt nicht nur an dem Bourbon. Motive als kontrollierende Kraft in menschlichen Angelegenheiten werden überschätzt, beschließt er. Scheiße passiert halt. Es gibt keine Logik, keinen großen Plan.

Er tastet nach einem Fläschchen Aspirin in seiner Jackentasche und zerbeißt zwei Tabletten zwischen den Zähnen. Dann lässt er sich auf den Boden sinken und macht fünfzig Liegestütze, von denen seine Kopfschmerzen noch schlimmer werden. Er spannt die Muskeln an, betrachtet sich im Spiegel und ist sich bewusst, wie weich er geworden ist.

Er duscht, rasiert sich, zieht Jeans und ein Hemd an. Als er sich seine Jacke schnappt, rascheln in den Taschen Papiere: die Notizen, die er sich in der Bibliothek gemacht hat. Er liest sie noch einmal durch und versucht die Abfolge des Raubüberfalls und des anschließenden Blutbads zu verstehen. Die Namen und Daten sind durch seinen eigenen Schweiß verschmiert. Er erinnert sich an den alten Mann, der die Schießerei mitbekommen und etwas davon gebrabbelt hat, dass er den Mund halten würde.

Theo McAllister hatte Angst gehabt – aber nicht vor Moss. Wovor fürchtet sich ein Mann, der allein im Wald wohnt und eine Schrotflinte neben der Tür stehen hat?

51

Desiree sitzt auf der Sofakante und hält sich einen Eispack an den Hinterkopf. Eine Sanitäterin leuchtet ihr mit einer Stiftlampe in die Augen und fordert sie auf, nach oben und unten, links und rechts zu schauen.

»Wie viele Finger halte ich hoch?«

»Ohne Ihren Daumen?«

»Wie viele?«

»Drei.«

Senogles sieht vom Balkon aus zu. »Den Balkon hätten Sie als Erstes überprüfen sollen«, stellt er meisterhaft das Offensichtliche fest.

Desiree antwortet nicht. Ihre Zunge ist geschwollen. Sie muss darauf gebissen haben, als sie niedergeschlagen wurde.

»Warum haben Sie es nicht sofort gemeldet?«, fragt Senogles.

»Ich war mir nicht sicher.«

Er sieht sich in ihrer Wohnung um und streicht mit einem Finger über die Buchrücken in ihrem Regal: Philip Roth, Annie Proulx, Toni Morrison, Alice Walker.

»Wahrscheinlich war es irgendein Crack-Süchtiger.«

»Crack-Süchtige knacken für gewöhnlich keine Schlösser«, sagt Desiree und kämpft gegen eine erneute Welle von Übelkeit an.

»Und Sie sagten, es ist nichts gestohlen worden.«

»Bis auf die Akte.«

»Mit Fotos und Zeugenaussagen, die sich gar nicht in dieser Wohnung hätten befinden dürfen.« Senogles inspiziert jetzt ihre Kochbücher. »Ist Ihnen eigentlich bewusst, dass ich die Ermittlung leite? Sie nehmen Befehle von mir entgegen.«

»Ja, Sir.«

Desiree weiß, dass ihr eine Standpauke bevorsteht, die sie sich aus Selbsterhaltungsgründen stumm anhören muss. Gleichzeitig fragt sie sich, warum jemand die Akten stehlen sollte. Wer wusste überhaupt, dass sie Kopien der Tatortfotos und Zeugenaussagen hatte? Sie hatte sich in das Besucherregister des Archivs eingetragen. Sie hatte Herman Willford besucht. Sie hatte Ryan Valdez nach den Kameras auf dem Armaturenbrett gefragt.

Senogles redet immer noch, doch Desiree hebt die Hände. »Können wir das später besprechen? Jetzt muss ich mich erst mal übergeben.«

Schließlich gehen die Sanitäter und die Leute der Spurensicherung. Senogles erklärt Desiree, dass sie am nächsten Tag nicht ins Büro kommen soll.

»Bin ich suspendiert?«

»Sie sind krankgeschrieben.«

»Ich fühle mich gut.«

»Dann sind Sie bis auf Weiteres vom aktiven Dienst suspendiert. Und machen Sie sich nicht die Mühe, Warner anzurufen. Er hat meine Entscheidung gebilligt.«

Nach dem Duschen sitzt sie auf dem Rand der Matratze, und ihre Gedanken drehen sich in der Dunkelheit im Kreis. Sie tappt barfuß durch die Wohnung und nimmt einen neuen Eispack aus dem Kühlschrank. Ihr Handy zeigt zwei entgangene Anrufe an. Sie ruft die Mailbox an und hört Jenkins in Washington:

»*Das Fahrzeug, das ich für dich nachprüfen sollte – der 1985er Pontiac 6000. Zum ersten Mal wurde er 1985 verkauft, insgesamt hatte er drei Vorbesitzer. Der letzte war ein Gebrauchtwagenhändler namens Frank Robredo aus San Diego, Kalifornien. Er sagt, er habe den Pontiac an einen Mann verkauft, der ihm im Januar 2004 neunhundert Dollar dafür gegeben hat. Er hat den Fahrzeugschein unterschrieben, eine Verkaufsquittung ausgestellt und die Unterlagen abgeschickt, doch der Transfer wurde nie abgeschlossen, weil der Käufer weder den Kfz-Brief bei der Zulassungsstelle hat umschreiben lassen noch die fälligen Gebühren bezahlt hat. An den Namen konnte er sich nicht erinnern, doch er wusste noch, dass er mit einem Deputy vom Dreyfus County gesprochen hat, der ihm erklärte, dass der Käufer einen falschen Namen verwendet habe. Ich habe das Straßenverkehrsamt von Kalifornien kontaktiert, um zu sehen, ob sie die Originalformulare noch haben. Ich sag dir Bescheid, wie es läuft.*«

Die Nachricht endet, eine neue beginnt. Wieder Jenkins:

»*Das Straßenverkehrsamt hat sich wegen des Pontiac 6000 zurückgemeldet. Die digitale Kopie fehlt, aber sie suchen die Originalformulare. Und was wirklich seltsam ist – jemand hat sich vor sechs Monaten nach genau denselben Informationen erkundigt. Die Anfrage kam von einem Gefängnisbibliothekar in Three Rivers FCI.*«

Desiree sieht auf die Uhr. Es ist zu spät, das Gefängnis anzurufen. Die Nachricht geht weiter:

»*Ich habe auch die Namen überprüft, die du mir genannt hast. Timothy Lewis ist vor sieben Jahren beim Absturz eines Kleinflugzeugs ums Leben gekommen. Über eine Bar, die Nick Fenway in Florida eröffnet haben soll, habe ich nichts gefunden, aber ich suche weiter.*«

Damit ist die Nachricht beendet. Desiree blickt aus dem Fenster auf die stille Straße. Audie Palmer hatte Zugang zu dem Computer in der Bibliothek, doch warum sollte er sich für den Pontiac interessieren? Der ganze Fall ist von dissonanten Akkorden durchzogen, als ob ein Kind auf einem Klavier herumklimpern und ihm keine Musik, sondern nur Lärm entlocken würde.

Desiree setzt sich an ihren Schreibtisch, nimmt das iPad aus ihrem Rucksack und geht ihre alten E-Mails durch. Eine hat einen Anhang – Palmers Gefängnisakte und die Namen der Personen, die ihn in den letzten zehn Jahren besucht haben.

Sie überfliegt die Liste, die kaum eine halbe Seite lang ist.

Audies Schwester hat ihn ein Dutzend Mal besucht. Es gibt acht weitere Namen. Einer ist Frank Senogles, der Audie vernommen haben muss, als er für den unaufgeklärten Fall zuständig war. Er hat ihn drei Mal im Gefängnis besucht: zwei Mal 2006 und sonderbarerweise noch einmal vor einem Monat. Da war die Akte schon an Desiree weitergereicht worden. Warum hat Senogles mit Audie gesprochen, wenn er nicht mehr für den Fall zuständig war?

Sie betrachtet die anderen Besucher auf der Liste. Einer von ihnen, Urban Covic, hat sich mit einem kalifornischen Führerschein ausgewiesen. Desiree gibt seinen Namen in eine Suchmaschine ein und stößt auf einen Geschäftsmann aus San Diego. Covic wird in diversen Artikeln über die Anlage eines Golfplatzes namens Sweetwater Lake zitiert, gegen die lokale Umweltaktivisten protestierten, weil der geplante Golfplatz ein Feuchtbiotop bedrohen würde. Es gab einen Brandanschlag auf das Büro der Gruppe und Vorwürfe von illegalen Spenden an Stadträte.

Desiree loggt sich in die FBI-Datenbank ein und gibt Benutzernamen und Passwort ein. An ihrem Schlüsselring hat sie einen Anhänger, der zur zusätzlichen Sicherheit eine zufällige Zahlenkombination generiert. Nachdem sie Zugriff auf das Archiv hat, sucht sie nach Urban Covic und bekommt sofort einen Treffer. Covic hat vier Pseudonyme und laut Geheimdienstberichten ursprünglich für die Panaro-Familie in Las Vegas gearbeitet. Mitte der 90er Jahre hat er mit dem Mafia-Clan gebrochen, nachdem Benny Panaro und seine beiden Söhne wegen Schutzgelderpressung verurteilt worden waren.

Seither hat Covic ein Vermögen mit Nachtclubs und Strip-Bars gemacht, bevor er seine Geschäfte auf Hoch- und Tiefbau, Immobilienentwicklung und Landwirtschaft erweiterte.

Des Weiteren aufgeführt sind bekannte Geschäftspartner von Covic sowie eine Reihe von Privatadressen einschließlich Telefonnummern. Desiree blickt auf ihre Uhr. Kurz vor Mitternacht, in Kalifornien ist es zwei Stunden früher. Sie ruft an. Ein Mann meldet sich mit einem Brummen.

»Ist dort Urban Covic?«

»*Wer will das wissen?*«

»Hier ist Special Agent Desiree Furness vom FBI.«
Einen Moment lang herrscht Schweigen.
»*Woher haben Sie diese Nummer?*«
»Wir haben sie in unseren Akten gespeichert.«
Eine weitere Pause.
»*Was kann ich für Sie tun, Special Agent?*«
»Vor zehn Jahren haben Sie ein Bundesgefängnis in Texas besucht. Erinnern Sie sich?«
»*Nein.*«
»Sie haben einen Gefangenen namens Audie Palmer besucht.«
»*Und?*«
»Woher kennen Sie Audie Palmer?«
»*Er hat früher für mich gearbeitet.*«
»In welcher Funktion?«
»*Er war mein Laufbursche. Wenn ich etwas haben wollte, hat er es für mich besorgt.*«
»Wie lange hat er für Sie gearbeitet?«
»*Das weiß ich nicht mehr.*«
Covic klingt gelangweilt.
»Er war also kein besonders wertvoller Mitarbeiter?«
»*Nein.*«
»Trotzdem sind Sie quer durchs Land gefahren, um ihn zu besuchen.«

Diese Bemerkung quittiert Covic zunächst mit erneutem Schweigen. Dann seufzt er. »*Wenn Sie mir irgendwas vorwerfen wollen, Special Agent, schlage ich vor, Sie lassen entweder die Hosen runter oder verpissen sich.*«

»Audie Palmer wurde wegen des Überfalls auf einen Geldtransporter und des Raubs von sieben Millionen Dollar verurteilt.«
»*Das hat nichts mit mir zu tun.*«
»Das heißt, Sie haben Audie Palmer als Freund besucht?«

»*Als Freund!*« Covic lacht.

»Was ist so komisch?«

»*Er hat mir etwas gestohlen.*«

»Was hat er gestohlen?«

»*Etwas, das mir sehr am Herzen lag – zusammen mit achttausend Dollar.*«

»Haben Sie den Diebstahl angezeigt?«

»*Nein.*«

»Warum nicht?«

»*Ich habe beschlossen, die Sache selbst zu regeln, doch wie sich herausstellte, musste ich mir gar nicht die Mühe machen.*«

»Wieso nicht?«

»*Audie Palmer hat es ganz alleine verkackt.*«

»Und warum haben Sie ihn besucht?«

»*Um mich an seinem Unglück zu weiden.*«

52

Audie starrt an die Decke, benommen von der Absurdität dessen, was er getan hat – einen Jungen entführen in der Erwartung, dass ein weiteres Unrecht all die anderen irgendwie ausgleichen und alles gutmachen wird. Aber die Wahrscheinlichkeit ändert sich nicht, bloß weil die Münze ein Dutzend Mal oder öfter auf derselben Seite gelandet ist. Und es gibt keine unsichtbaren Waagschalen oder ein großes Hauptbuch, die im Laufe eines Lebens ausgeglichen werden müssen.

Wenn Menschen eine Katastrophe überleben – eine Flut oder einen Wirbelsturm –, werden sie von Reportern häufig gefragt, wie sie es geschafft haben. Manche schreiben einem Gott, der ihre Gebete erhört hat, das Verdienst zu oder sagen, »es sei noch nicht ihre Zeit gewesen«, als ob jeder von uns ein verborgenes Ablaufdatum mit sich herumtragen würde. Aber normalerweise haben die Menschen keine Antwort. Kein Geheimnis. Keine besondere Fähigkeit. Deswegen fühlen sich so viele Überlebende schuldig. Sie haben sich ihr günstiges Schicksal nicht dadurch verdient, dass sie tapferer, cleverer oder stärker waren. Sie hatten einfach Schwein.

Audie steht auf und blickt aus dem Küchenfenster. Grasbüschel klammern sich an die Dünen, der Wind schlägt immer noch auf das Haus ein und rüttelt an den Fensterläden. Ein Morgen wie dieser, roh und unberührt, scheint jedes Mal wie ein Sieg über die Nacht.

Die Toilettenspülung rauscht, und er hört das Tamburin. Max lehnt barfuß am Türrahmen, das Haar zerzaust, das Gesicht von dem Kissen zerknittert.

»Möchtest du Frühstück?«, fragt Audie. »Wir haben löslichen Kaffee, aber keine Milch.«

»Ich trinke keinen Kaffee.«

»Gut zu wissen.«

Audie rührt Eipulver in einer Schüssel an, während er weiterredet. »Hast du gut geschlafen? Wie war die Matratze? Ich kann dir noch eine Decke rauslegen.«

Max antwortet nicht.

»Wir müssen nicht reden«, sagt Audie. »Ich bin es gewohnt, einseitige Unterhaltungen zu führen.« Er gießt die Eimischung in eine heiße Pfanne. »Tut mir leid, dass wir kein Brot haben, aber ich hab ein paar Cracker gefunden.« Er blickt durch den offenen Fensterladen. »Ich weiß, ich hab dir versprochen, dass wir heute angeln gehen, aber es ist immer noch ziemlich windig. Ich habe im Radio die Nachrichten gehört. Vor Kuba braut sich ein weiterer Herbststurm zusammen. Es heißt, er könnte sich zu einem Hurrikan entwickeln, doch laut Vorhersage wird er in nächster Zeit nicht nach Nordwesten weiterziehen.«

»Ich will nicht angeln. Ich will nach Hause«, sagt Max.

Audie stellt einen Teller vor ihm auf den Tisch. Sie essen schweigend. Hinterher spült und trocknet Audie das Geschirr ab. Max hat sich nicht gerührt.

»Heute wollten Sie es mir erzählen.«

»Das stimmt.«

Audie sieht sich in dem Zimmer um, als wollte er dessen Größe abschätzen. Er geht zu seinem Rucksack, nimmt sein Notizbuch heraus und zeigt Max noch einmal dasselbe Foto.

»Erinnerst du dich? Ich hab dir erzählt, dass wir geheiratet haben.«

Der Junge nickt.

»Ich habe lange gebraucht, bis ich es aufgetrieben habe. Der Fotograf bei der Hochzeit hat später wegen Trunkenheit seinen Job verloren und Las Vegas verlassen, ohne eine Nachsendeadresse zu hinterlassen. Er ist ein paar Jahre durch Europa gereist und wollte sein altes digitales Archiv schon wegschmeißen, doch ein paar CDs in einer Kiste haben überlebt.«

Max runzelt die Stirn, doch irgendwo scheint ihm etwas zu dämmern. »Warum zeigen Sie mir das?«

»Das bist du«, sagt Audie und zeigt auf den Jungen auf dem Foto.

»Was?«

»Du warst erst drei. Und die Frau, die deine Hand hält, ist deine Mutter.«

Max schüttelt den Kopf. »Das ist nicht Sandy.«

»Sie heißt Belita Ciera Vega«, sagt Audie. »Du wurdest am 4. August 2000 in einem Krankenhaus in San Diego geboren. Ich habe deinen Geburtsschein gesehen.«

»Mein Geburtstag ist der 7. Februar«, sagt Max zunehmend argwöhnisch. »Ich bin Amerikaner.«

»Ich habe auch nie das Gegenteil behauptet.«

»Ich bin nicht illegal. Ich habe eine Mutter und einen Vater.«

»Das weiß ich.«

»Aber Sie sagen, ich wäre adoptiert worden.«

»Ich sage, dass das deine Mutter ist.«

»Das ist Blödsinn!«, brüllt Max. »Ich war noch nie in Las Vegas oder San Diego. Ich wurde in Houston geboren.«

»Lass mich erklären ...«

»Nein, Sie erzählen Lügen!«

»Als kleiner Junge hattest du ein Plüschtier – weißt du noch? Mit einer violetten Fliege und schwarzen Knopfaugen. Du hast es Boo Boo genannt, nach dem kleinen Freund von Yogi-Bär.«

Max stutzt. »Woher wissen Sie das?«

»Es hatte nur ein Ohr«, fährt Audie fort. »Das andere hattest du abgenuckelt, genauso wie du am Daumen gelutscht hast.« Max schweigt. »Wir waren auf dem Weg von Kalifornien nach Texas. Wir haben in Las Vegas Halt gemacht, um zu heiraten, und sind dann durch Arizona und New Mexico gefahren. Wir haben viele Orte besichtigt. Erinnerst du dich an die Carlsbad Caverns mit ihren Stalaktiten und Stalagmiten? Du hast gesagt, sie sähen aus wie rosa Eiscreme.«

Max wirft den Kopf hin und her, als wollte er eine Idee abschütteln.

Audie erzählt die Geschichte von Anfang an und mit Belitas Worten, so gut er sich an sie erinnert; er beschreibt das Erdbeben, den Verlust ihres Mannes, ihrer Eltern und ihrer Schwester, ihren Exodus, die Wanderung durch die Wüste, den Tod ihres Bruder und die Fahrt nach Kalifornien. In seinen Augen stehen Tränen, doch er hört nicht auf zu reden, weil er Angst hat, dass die Sprache ihn sonst im Stich lässt und ihm die Wörter für Liebe und Verlust fehlen könnten.

»Sie war mit dir schwanger«, sagt er. »Du wurdest in San Diego geboren, aber ich habe dich erst viel später kennen gelernt. Da war ich schon in Belita verliebt. Es fühlte sich so leicht an, so als würde man vergessen, wer man selbst ist, und nur an den anderen denken. Wir sind zusammen weggelaufen – geflohen vor einem bösen Mann. Wir wollten in Texas ein neues Leben anfangen. Sie sollte noch ein Kind bekommen. Unser Baby. Einen Bruder oder eine Schwester für dich ...«

Während er redet, sieht Audie sich in den Augen des Jungen und beginnt sich zu fragen, ob er einen Fehler macht. Er schreibt Max' Geschichte neu und reißt alles nieder, was der Junge gekannt, worauf er vertraut, woran er geglaubt hat.

»Sie irren sich«, flüstert Max. »Sie lügen.« Es ist ein Satz voller Gewissheit und Hass, und Audie spürt einen furchtbaren Schwindel, als würde er in einen riesigen Mahlstrom gerissen, der nur Zerstörung verursachen kann.

In all seinen Jahren im Gefängnis hat Audie sich vorgestellt, wie Miguel aufwächst, sein erstes Fahrrad fährt, seinen ersten Zahn verliert, zur Schule geht, Lesen, Schreiben und Zeichnen lernt, tausend andere alltägliche Rituale. Er hat sich ausgemalt, mit ihm zu einem Baseballspiel zu gehen, das satte Knacken von Holz zu hören und das Wogen der Menge zu spüren, wenn der Ball in hohem Bogen himmelwärts fliegt und in einen Wald von ausgestreckten Armen fällt. Er hat sich vorgestellt, seine erste Freundin kennen zu lernen, ihm sein erstes Bier zu kaufen, mit ihm auf sein erstes Rockkonzert zu gehen. Er hat daran gedacht, mit ihm nach El Salvador zu reisen, Belitas ausgedehnte Verwandtschaft zu besuchen und an dem Strand entlangzulaufen, an dem sie als Kind gelaufen ist. Er wollte Türme besteigen, auf Stromschnellen gleiten, Sonnenuntergänge anstarren, dieselben Bücher lesen und unter demselben Dach schlafen.

Das war alles Unsinn. Zunichte. Zu viel Zeit war vergangen.

Max wird ihm nicht danken, dass er sein Leben gerettet hat – er wird ihm die Schuld dafür geben, es ruiniert zu haben.

53

Die Pressekonferenz erwischt einen schlechten Start, Reporter, Fotografen und Kamerateams müssen im Regen warten, weil die Schule sie nicht in die Aula lässt, bis Senator Dowling eingetroffen ist. Der Senator entschuldigt sich bei feuchten Gesichtern und beginnt mit einer Erklärung zur Schulpolitik, doch die Reporter wollen nach der Entführung des Sohnes eines Sheriffs von Dreyfus County fragen.

»Ich kenne den betreffenden Sheriff«, sagt der Senator. »Er ist ein alter Freund, und ich möchte Ryan Valdez und seiner Familie versichern, dass wir alles in unserer Macht Stehende tun werden, um ihnen den Jungen unversehrt zurückzubringen.«

Senator Dowling will mit der vorbereiteten Rede fortfahren, doch ein weiterer Reporter ruft eine Frage. »Warum wurde gegen Audie Palmer nicht wegen Mord verhandelt, als Sie ihn als Distriktstaatsanwalt von Dreyfus County angeklagt haben?«

Dowling reibt sich mit der flachen Hand über den Mund, und das Mikrofon erfasst das Kratzen seiner Bartstoppeln.

»Verzeihen Sie, aber ich habe nicht vor, uralte Geschichten hervorzukramen und jeden Fall zu sezieren, in dem ich die Anklage vertreten habe.«

»Hat Audie Palmer Regierungsbeamte bestochen, um die Anklage zu mildern?«

»Das ist eine infame Lüge!« Der Senator weist mit rot angelaufenem Kopf auf den Frager. »Es war nicht meine Entscheidung. Ich habe Audie Palmer nicht verurteilt. Ich werde nicht jede Entscheidung rechtfertigen, die ich als Distriktstaatsanwalt getroffen habe. Meine Bilanz spricht für sich.«

Ein Assistent tritt neben ihn und flüstert ihm etwas ins Ohr. Dowling nickt, und sein Mund zuckt unsicher, bevor er sanfter und voller integrer Aufrichtigkeit weiterspricht.

»Sie alle müssen eines verstehen: Für Sie ist es nur eine weitere Story, aber für die Familie geht es um ihren Sohn. Bevor Sie mit dem Finger auf Leute zeigen, sollten Sie an den armen Jungen denken, der da draußen in der Gewalt eines Mörders ist, und an seine Familie, die betet und auf Neuigkeiten wartet. Es bleibt noch genug Zeit für eine erneute Betrachtung des Falles, wenn der Junge, so Gott will, sicher und unversehrt wieder zu Hause ist. Und als gewählter Vertreter dieses Staates werde ich alles tun, damit das geschieht.«

Ohne weitere Fragen zu beachten, tritt er von dem Podium und wird durch eine Seitentür in einen Flur geführt, wo er in eine mit Schimpfwörtern gespickte Tirade über »beschissene Journalisten, Blutegel und Geschmeiß« ausbricht.

Seine Wut findet ein neues Ziel, als er vor dem Haupteingang unter einem Schirm Victor Pilkington entdeckt. Er erklärt seinen Lakaien, dass sie »sich verpissen« sollen, und zerrt Pilkington die Stufen hinunter zu einer wartenden Limousine. Ein Chauffeur versucht ihnen mit einem zweiten

Schirm zu folgen, doch Dowling sagt ihm, er solle »einen Spaziergang machen«.

Er stößt Pilkington in den Wagen.

»Du hast gesagt, die Sache wäre unter Kontrolle.«

»Im Prinzip.«

»Im Prinzip?«

»Wir hatten einen kleineren Rückschlag.«

»Er hat den beschissenen Jungen entführt! Wenn du findest, dass das ein kleinerer Rückschlag ist, siehst du verkehrt herum durch das Fernrohr. Wir haben keine Möglichkeit, ihn unter Druck zu setzen.«

»Die Polizei tut, was sie kann.«

»Das ist wirklich verdammt beruhigend. Was ist, wenn er redet?«

»Niemand wird ihm glauben.«

»Himmel!«

»Entspann dich.«

»Sag mir nicht, dass ich mich entspannen soll. Ich hatte Clayton Rudd am Telefon, der blökend Schutz verlangte. Er hat gesagt, irgendein Neger ist in sein Büro gekommen und hat Fragen über Audie Palmer gestellt. Und jetzt wollen die Reporter wissen, warum ich nicht die Todesstrafe gefordert habe, obwohl ich es gekonnt hätte. Ich halte meinen Kopf nicht dafür hin.«

»Niemand muss den Kopf hinhalten.«

»Ein Mann. Ein einzelner beschissener Mann.«

»Darf ich bloß sagen, ich ...«

»Nein! Halt dein verdammtes Maul. Es ist mir egal, wie viel Geld du für meine Kampagne gegeben hast, Victor. Du kriegst es zurück. Ich will dich nicht wiedersehen. Ich will nichts von dir hören. Finde dieses Arschloch, und dann sind wir fertig miteinander.«

54

Moss parkt den Pick-up in einer Gruppe Kiefern etwa achtzig Meter von der Hütte entfernt und folgt dem Pfad durch das hüfthohe Gras bis zur Veranda. Der Wind ist abgeflaut, und es hat aufgehört zu regnen, doch der Himmel hat immer noch die Farbe einer feuchten Zigarette. Moss wischt sich die Hände an der Hose ab, bevor er die Fliegengittertür aufzieht und einen Fuß auf die Schwelle setzt. Er klopft. Die Haustür wird plötzlich geöffnet. Zwei Augen spähen aus der Dunkelheit wie blasse Wolken, die ihre Form verändern, je nachdem, wie das Licht auf sie fällt. Erschrocken stolpert Moss zurück, und die Tür wird zugeknallt.

»Sie schon wieder! Wollen wohl unbedingt erschossen werden.« Theo McAllister hält mit beiden Händen ein Gewehr. Er trägt eine Wollmütze, aus der an den Seiten graue Strähnen herausragen. »Was wollen Sie?«

»Ich habe noch eine Frage.«

»Verpissen Sie sich.«

»Es geht um den Jungen.«

Theo stutzt. »Woher wissen Sie von dem Jungen?«

»Auf die gleiche Weise wie Sie.«

»Schickt der Sheriff Sie?«

»Ja.«

»Was will er?«

»Sich Ihrer andauernden Kooperationsbereitschaft versichern.«

Moss hat keine Ahnung, wovon er redet – aber er will sehen, wie weit er damit kommt, bevor Theo kapiert, dass er ohne Köder angelt.

Der alte Mann mustert ihn und kratzt einen Insektenstich an seinem Hals. »Na, dann kommen Sie besser rein.«

Moss folgt Theo durch einen dunklen Flur, in dem es nach Bratfett und Kaffeesatz riecht. Das Wohnzimmer ist in das bläuliche Licht eines Fernsehers getaucht. In einem Sessel sitzt eine Asiatin und guckt eine Comedy-Serie mit Gelächter vom Band. Sie ist halb so alt wie der Mann und trägt Jeansshorts und ein ärmelloses Top.

»Will der Sheriff mir mehr Geld anbieten?«

»Ist es das, was Sie wollen?«

»Ich habe eine neue Frau, die ich versorgen muss. Meine erste hab ich vor drei Jahren verloren. Die hab ich aus Asien, aber sie ist trotzdem Amerikanerin, wissen Sie, was ich meine – darauf hab ich geachtet.«

Der Küchenboden ist schmutzig, das Linoleum wellt sich, darunter ist vergilbtes Zeitungspapier zu sehen.

»Sie können dem Sheriff sagen, dass ich keiner Menschenseele von dem Jungen erzählt habe. Nicht einer. Ich habe meinen Teil des Deals eingehalten.«

»Sie sind bezahlt worden.«

»Es war nicht genug.«

»Wie viel mehr verlangen Sie?«

Theo kratzt sich am Hals und denkt über die Summe nach. »Zweitausend.«

»Das ist aber happig.«

»Ich will niemandem drohen, wohlgemerkt. Nicht, dass Sie ihm diesen Eindruck vermitteln. Es ist nur eine Bitte. Ich will nicht undankbar wirken.«

»Nur damit ich das richtig verstehe – Sie wollen, dass der Sheriff Ihnen mehr Geld gibt, damit Sie den Mund über den Jungen halten.«

»Ja.«

Theo geht zum Waschbecken, dreht den Wasserhahn auf, füllt ein Marmeladenglas und trinkt daraus. Wasser rinnt über seine Stoppeln und tropft auf die Knöpfe seines karierten Hemdes. Er füllt das Glas erneut und hält es Moss hin.

Der lehnt dankend ab und fragt: »Wo haben Sie den Jungen gefunden?«

Theo leert das Glas selbst. »Da drüben.« Er weist durch die zerrissenen Vorhänge. »Ein verlorenes kleines Ding – und völlig verdreckt –, nicht älter als drei oder vier, mit einem Cowboyhut und einer kleinen silbernen Plastikpistole in einem Holster. Ein Wunder, dass er da draußen nicht umgekommen ist. Er hätte in einen Bach fallen, sich ein Bein brechen oder überfahren werden können. Er war nur ein Strich in der Landschaft. Schlammig. Nass. Ich hab ihn angeguckt und gesagt: ›Woher kommst denn du, kleiner Held?‹ Aber er hat kein Wort gesagt.«

Moss beobachtet, wie sich die Miene des Mannes beim Erzählen verändert. »War er verletzt?«

»Nicht, soweit ich es erkennen konnte.« Theo hält sich ein Nasenloch zu und schnäuzt sich geräuschvoll über dem Waschbecken.

»Woher kam er?«

Der Mann tippt sich an die Nasenspitze. »Ich hab da so meinen Verdacht, aber den behalte ich für mich.«

Moss nickt. »Zeigen Sie mir, wo Sie den Jungen gefunden haben.«

»Warum?«

»Es interessiert mich.«

Theo geht mit Moss nach draußen und führt ihn an einem Zaun entlang und durch ein Tor, das nur an einer Angel hängt. Sie kämpfen sich durch hohe Gräser und Brombeeren.

»Früher habe ich hier draußen Hunde gehalten. Ich hab sie für die Jagd gezüchtet. Der Junge hätte gefressen werden können, wenn sie hungrig genug gewesen wären, aber er saß zwischen ihnen, als würde er dazugehören. Schmutzig. Hat kein Wort gesagt. Wahrscheinlich war er die ganze Nacht dort draußen gewesen.«

»Was haben Sie gemacht?«

»Ich hab ihn mit nach Hause genommen und ihm etwas zu essen gegeben. Er hatte Schnittwunden und Prellungen an den Beinen. Ich dachte die ganze Zeit, jeden Moment würde seine Mama an die Tür klopfen, aber sie ist nie gekommen. Ich hab den Fernseher angemacht und Nachrichten geguckt. Ich dachte mir, wenn jemand seinen kleinen Jungen vermisst, würde er die Polizei alarmieren oder einen Suchtrupp auf die Beine stellen. Wissen Sie, was ich meine?«

Moss nickt. »Und was haben Sie dann gemacht?«

»Der Sheriff wollte wegen dem Raub und der Schießerei sowieso vorbeikommen. Damals war er noch Deputy.«

»Das war also am selben Tag wie die Schießerei?«

»Nein, am nächsten Tag ... oder vielleicht auch am übernächsten.«

»Sie haben gesagt, Sie hätten die Schießerei gesehen.«

»Ich hab Blitze im Dunkeln gesehen.«

»Und da haben Sie Deputy Valdez kennen gelernt?«

»Er sagte, ich würde eine Belohnung kriegen, und er hat mir geholfen, eine Aussage zu schreiben.«

»Über den Jungen?«

»Und über die Schießerei.«

»Was hat er Ihnen gesagt?«

»Er hat gesagt, wenn jemand nach dem Jungen fragen würde, sollte ich sagen, dass ich ihn woanders gefunden hätte.«

»Wo?«

»Zwei Meilen von hier – an dem Stausee.«

»Hat er gesagt, warum?«

»Nein.« Theo streift sich die Wollmütze vom Kopf und blickt sich zu dem Haus, dem Wohnwagen und den rostenden Lkw-Karosserien um. »Dann hat er mir die Belohnung gegeben. Ich habe zweitausend Dollar dafür bekommen, dass ich den kleinen Cowboy gefunden habe, es stand sogar in der Zeitung.«

»Haben Sie den Jungen je wiedergesehen?«

Theo schüttelt den Kopf. »Ich hab das Bild des Deputys in der Zeitung gesehen. Er hat eine Tapferkeitsmedaille bekommen, weil er die bewaffneten Räuber erschossen hat.«

»Und seither haben Sie ihn nicht mehr gesehen?«

»Er schaut alle paar Jahre mal vorbei. Daher weiß ich auch, dass er zum Sheriff befördert wurde. Ich glaube, er hofft, ich könnte gestorben sein, doch ich halte mich wacker. Das ist das erste Mal, dass er jemand anderen geschickt hat. Er muss Ihnen wirklich vertrauen.«

»Muss er wohl.«

55

Die Sonne steht gelb und hoch am Himmel, die Veranda dampft, und der Asphalt schimmert. Max sitzt auf dem Sofa, über das Foto von Belita gebeugt. Audie beobachtet ihn aus dem Sessel. Wenn er blinzelt, kann er den dreijährigen Jungen sehen, der neben seiner Mutter in der Kirche so getan hat, als würde er im Gesangbuch lesen. Er ist groß geworden – beinahe ein Mann. Audie war nicht da, um ihm Gutenachtgeschichten vorzulesen, Pflaster auf seine Wunden zu kleben und ihm zu erklären, dass das Leben manchmal tragisch und manchmal wundervoll ist.

»Sie sagen also, dass das meine leibliche Mutter ist, eine illegale Einwanderin aus El Salvador?«

»Ohne Papiere.«
»Und ich bin in San Diego geboren?«
»Ja.«
Der Teenager lehnt sich zurück und starrt an die Decke.
Audie spricht weiter. »Sie war wunderschön, mit langem schwarzen Haar, das in der Sonne glänzte, und goldenen Flecken in den braunen Augen.«
»Wo ist sie jetzt?«
Audie antwortet nicht. Das ist der Moment, vor dem er sich gefürchtet hat, seit er zum ersten Mal daran gedacht hat, Max zu entführen. Er ist der Punkt, nach dem es keine Umkehr mehr gibt. Entweder er erzählt die Geschichte, oder er bleibt stumm.
»Ich war mir nicht sicher, ob ich dich überhaupt treffen würde. Ich dachte, ich könnte bei meiner Flucht erschossen werden, in dem Stausee ertrinken oder mittlerweile längst wieder eingefangen sein. Deshalb habe ich es aufgeschrieben, damit es, wenn mir etwas zustößt, immer noch die Möglichkeit geben würde, dass du die Wahrheit erfährst. Du kannst es lesen, oder du kannst es verbrennen. Es ist deine Entscheidung.«
Er hält Max das Notizbuch hin, doch der nimmt es nicht an.
»Erzählen Sie mir die Geschichte.«
»Bist du sicher?«
»Ja.«

Und so spricht Audie aus der Erinnerung und aus dem Herzen und erweckt die vergangenen Ereignisse zum Leben:
Am letzten Tag fuhren sie an Austin vorbei Richtung Osten, über den US-Highway 290, durch Elgin, McDade und Giddings. Dann folgten sie dem Texas State Highway 105 bis Navasota und weiter nach Montgomery, weil Audie Be-

lita den See zeigen wollte, an dem er als kleiner Junge geangelt hatte.

Die Dringlichkeit war verflogen, sie fuhren mit offenem Fenster und laufendem Radio über Nebenstraßen durch Farmland und Weingüter und sangen Lieder über Cowboys, die von der Weide heimkehrten. Miguel hatte noch nie einen Büffel gesehen. Audie zeigte auf einen.

»Eine Kuh mit Haaren«, sagte der Junge. Sie lachten.

Audie fragte Miguel, ob er bis zehn zählen könnte.

Das tat der Junge.

»Kennst du auch das Alphabet?«

Miguel schüttelte den Kopf. »Ich kenne das Abc.«

»Das ist dasselbe.«

Wieder lachten sie, und Miguel runzelte die Stirn, weil er nicht begriff, was so komisch war.

Aber trotz der Fröhlichkeit und guten Laune spürte Audie eine wachsende innere Unruhe, als die Meilen heruntertickten. Sie kamen in die Nähe des Lake Conroe – einem Ort, der für ihn für immer mit seinem Bruder Carl verbunden bleiben würde, weil so viele Kindheitserinnerungen mit diesem See zu tun hatten; die glücklichsten Tage seines Lebens – bevor Carl ins Gefängnis musste und der Tumor in Daddys Brust entdeckt wurde. Angeln. Schwimmen. Kanu fahren. Sie hatten über dem Lagerfeuer gekocht, sich Geistergeschichten und Witze erzählt und mit Taschenlampen Verstecken gespielt.

Eine Meile vor dem Abzweig fuhr Audie über eine Brücke. Dahinter lag ein Picknickplatz unter Bäumen. Ein von der Sonne gebleichter Holzpier trennte einen Teil des Sees ab, in dem etwa hundert Meter vom Ufer entfernt eine schwimmende Plattform verankert worden war. Das Wasser war schwarz und kühl und fühlte sich auf Audies Fingerspitzen beinahe an wie Seide.

Mittags machten sie ein Picknick am Ufer des Lake Conroe, gegenüber von Ayer's Island. Hinterher fütterten sie die Enten mit Brotkrumen und kauften Eiscreme. Miguel stand auf Audies Schoß und kleckerte Schokoladeneis auf sein Hemd. Er weigerte sich, den Cowboyhut oder die Spielzeugpistole abzulegen. Später betrachteten sie die in der Marina vor Anker liegenden Boote und fragten sich, wer ihre berühmten Besitzer sein mochten.

Audie legte einen Arm um Belita und wickelte ihr geflochtenes Haar um seine Faust. Sie sah frisch aus, jung und schön.

»Glaubst du, dass Dinge bestimmt sind zu geschehen?«, fragte sie.

»So wie Schicksal?«

»Ja.«

»Ich glaube, wir machen das Beste aus unserem Unglück und das meiste aus unserem Glück.«

Audie drückte sie, und sie drückte ihn zurück, und er spürte die Bewegung ihrer Hüfte unter ihrem Rock.

»Du machst heute einen traurigen Eindruck. Woran denkst du?«, fragte sie.

»An meinen Bruder Carl.« Audie küsste ihr Haar. »Als Kinder sind wir immer hierhergekommen. Ich dachte, es wäre schön, alles wiederzusehen, doch jetzt kann ich es kaum erwarten, hier wegzukommen.«

»In El Salvador gibt es ein Sprichwort: Unsere Erinnerungen halten uns warm«, sagte sie und strich über seine Wange, »aber ich glaube, auf dich trifft das nicht zu.«

Es war später Nachmittag, als sie weiterfuhren. Audie wollte am Stadtrand von Houston übernachten und am nächsten Morgen seine Mutter anrufen. Er wollte sie nicht besuchen, ehe er sicher war, dass Urban nicht jemanden vorausgeschickt hatte, der bereits auf sie wartete.

»Ich muss mal klein«, sagte Miguel.

Audie hielt am Straßenrand. »Okay, Kumpel, wir machen es hinter einem Baum.«

»Wie die Cowboys?«

»Ja, genau wie die Cowboys.«

In der feuchten Luft gingen sie auf einem Teppich aus welkem Laub und Kiefernnadeln durch den Wald. Bei jedem Schritt stieg eine Wolke von Moskitos auf.

»Soll ich dir helfen?«

»Nein.«

Miguel stand mit gespreizten Beinen da, schob sein Becken nach vorn und betrachtete den goldenen Strahl, der gegen einen Baumstamm plätscherte.

»So machen es die großen Jungen«, verkündete er.

»Genau«, erwiderte Audie.

Der Junge setzte an, etwas zu sagen, doch Audies Aufmerksamkeit war abgelenkt. Von irgendwoher, scheinbar viel zu hoch in der Luft, hörte man Sirenengeheul.

»Ist das ein Feuerwehrauto?«, fragte der Junge.

»Ich glaube nicht«, sagte Audie und blickte sich um, konnte jedoch nur bis zur nächsten Kurve sehen.

Die Sirenen kamen näher. Zuerst konnte Audie nicht sagen, aus welcher Richtung. Er blickte zu Belita, die ihm vom Beifahrersitz des Pontiac aus zuwinkte. Dann wandte er den Kopf und sah einen Transporter mit aufgeblendeten Scheinwerfern. Es dauerte ein paar Sekunden, bis Audie erkannte, wie schnell der Wagen war, zu schnell, um die Kurve zu nehmen. Er fuhr auf der falschen Straßenseite, die Reifen auf der linken Seite streiften die Böschung. Audie konnte sich vorstellen, wie der Mann am Steuer versuchte, das Fahrzeug unter Kontrolle zu bringen, und dann hilflos die Arme hochwarf, als könne er die Kollision so noch abwenden. Aber es war zu spät. Der Transporter neigte sich zur Seite, rollte ein paar Meter auf zwei Rädern, kippte ganz um und rutschte seitlich über die zweispurige Straße.

Im einen Moment stand der Pontiac noch am Straßenrand, im nächsten war er verschwunden. Audie hörte das Knirschen von Blech, sah einen Funkenregen und hörte einen Knall. Die Zeit wurde langsamer. Die Zeit stand still. Mit außergewöhnlicher Kraftanstrengung bückte er sich, nahm Miguel in die Arme wie ein Baby und lief zwischen den Bäumen zurück bis zum Rand der Straße.

Er konnte den Transporter sehen, aber nicht ihren Wagen. Er stellte Miguel auf die Füße und packte ihn fest am Unterarm. »Bleib hier stehen. Fass den Baum an und lass ihn nicht los.«

»Wo ist Mama?«

»Hast du gehört, was ich gesagt habe?«

»Wo ist Mama hingegangen?«

»Rühr dich nicht von der Stelle.«

O Gott! O Gott! O Gott!

Audie rannte, stolperte und kletterte den Abhang hinauf. Er versuchte zu begreifen, was gerade passiert war. Er musste sich getäuscht haben. Wenn er den Wagen erreichte, würde alles in Ordnung sein.

Hinter ihm heulten Sirenen, Lichter flackerten. Der Transporter lag auf der Seite und war aufgeplatzt, als ob in seinem Innern etwas explodiert wäre. Audie versuchte zu atmen, bekam jedoch keine Luft. Dreißig Meter die Straße hinunter entdeckte er den umgekippten Pontiac. Er sah nicht mehr aus wie ein Pontiac. Er sah nicht mehr aus wie ein Auto. Zwei Räder des verbogenen Metallhaufens drehten sich noch in der Luft.

Audie schrie einen Namen. Er versuchte, die Reste der Tür aufzureißen, die durch die Wucht des Aufpralls wie zugeschweißt schien. Er legte sich flach auf den Boden, verdrehte den Körper und schob sich durch das zersplitterte Heckfenster des Pontiac. Benzin lief auf sein Hemd, und Glas schnitt in seine Hände und Knie.

In dem Durcheinander aus verworrenen Kabeln und verdrehten Sitzen sah er einen Arm und eine blutige Hand. Für den Bruchteil einer Sekunde dachte er, dass dort kein Körper war.

Er packte den Sitz über sich, hangelte sich nach vorn und hätte sich dabei fast die Schulter ausgekugelt. Dann sah er sie. Ihr Körper war unter dem Armaturenbrett eingeklemmt und unnatürlich zusammengefaltet. Er streckte den Arm aus und berührte ihr Gesicht. Sie öffnete die Augen. Lebendig. Verängstigt.

»Was ist passiert?«
»Ein Unfall.«
»Miguel?«
»Ihm geht es gut.«

Dämpfe brannten in Audies Augen und kratzen in seinem Hals, sodass er würgen wollte. Er hörte, wie das austretende Benzin zischte, wenn es auf das heiße Metall tropfte.

»Kannst du die Beine bewegen?«

Sie wackelte mit den Zehen.

»Was ist mit den Fingern?«

Sie bewegte die Finger. Ihr Arm war gebrochen. Scherben hatten Schnittwunden auf ihrer Stirn und ihrer Wange hinterlassen.

Sie versuchte sich zu bewegen, doch ihre Beine waren von dem eingedrückten Armaturenbrett eingeklemmt. Audie hörte Schüsse. In dem Transporter waren zwei Männer. Sie waren durch das Fenster herausgeklettert.

Einer von ihnen fuhr herum, griff sich an den Hals und brach mit blutüberströmten Fingern zusammen. Fast im selben Moment wurde auch der andere getroffen. Eine Kugel zertrümmerte sein Knie. Der uniformierte Polizist hielt seine Pistole mit beiden Händen gepackt und leicht nach oben gerichtet. Er hatte einen soldatischen Haarschnitt und dunkel gebräunte Haut.

Audie spähte durch das zersplitterte Fenster des Pontiac unter dem immer noch rotierenden Reifen. Etwa dreißig Meter entfernt entdeckte er auf der anderen Seite des Transporters einen zweiten Deputy. Einer der verwundeten Männer versuchte aufzustehen. Ohnmächtig und panisch blickte er in Audies Richtung, seine Pistole baumelte schlaff und nutzlos in seiner Hand. Der Deputy schoss. Zwei Kugeln trafen ihr Ziel, schleuderten den Mann nach hinten und verzierten sein Hemd mit dunkelroten Blumen. Der letzte Schuss ließ ihn herumwirbeln, bevor er auf seinen Beinen zusammensackte, als ob sein Knochengerüst pulverisiert wäre.

Der Polizist hatte Audie noch immer nicht gesehen. Sein Kollege rief etwas. Der Deputy steckte seine Waffe wieder ins Holster und verschwand aus Audies Blickfeld. Audie wollte sich bemerkbar machen, doch irgendetwas ließ ihn zögern. Dann sah er die beiden Beamten wieder. Sie trugen versiegelte Säcke zu dem offenen Kofferraum eines Streifenwagens, ein Weg, den sie zigmal wiederholten. Einer der Säcke verfing sich an einer freigelegten Metallstrebe und riss auf. Geldscheine quollen heraus, wurden vom Wind erfasst, über den Asphalt geweht und wickelten sich auf der anderen Straßenseite um Gräser oder blieben an Baumstämmen kleben.

Weiteres Sirenengeheul nahte.

Audie robbte zurück zu Belita. Ihr Kopf war durch das eingedrückte Dach seltsam verdreht. Audie griff nach ihrer Hand, packte ihr Handgelenk, zog und hörte sie vor Schmerz stöhnen.

Audie krabbelte zurück und rief die Deputys. Einer drehte sich um und kam auf ihn zu. Seine Hose hatte Bügelfalten, und er trug schwarze Lederstiefel. Audie blickte auf. Die Wangen des Deputys waren vor Anstrengung gerötet. Er stellte einen Geldsack auf dem Boden ab.

»Wir müssen sie da rausholen«, flehte Audie.

Der Polizist drehte sich um. »Hey, Valdez!«

»Was?«

»Wir haben ein Problem.«

Valdez kam hinzu und ging, die Arme auf die Oberschenkel gestützt, in die Hocke. In seiner rechten Hand baumelte ein Revolver, der Lauf war nach unten gerichtet. »Wo kommt der denn her?«

Sein Partner zuckte die Achseln.

Valdez beugte sich näher, sein Atem roch säuerlich, und ein winziges Netz aus Spuckefäden spannte sich und platzte zwischen seinen Lippen. Er drehte sich um, sah die in dem Wrack eingeklemmte Frau und kratzte sich am Kinn.

Audie packte das Hemd des Deputys mit einer Faust. »Helfen Sie ihr!«, rief er.

Im selben Augenblick schimmerte die Straße, und ein zischender Atem erfüllte die Luft, als eine blaue Flamme sich von dem geplatzten Tank über den Asphalt schlängelte. Belitas Augen waren starr aufgerissen.

»Feuer!«, brüllte Audie wieder und wieder. Er kroch zurück in das verbogene Wrack, griff nach Belita, versuchte sie herauszuziehen. Er schrie die Polizisten an, sie sollten ihm helfen, doch sie standen tatenlos daneben. Audie riss sich das Hemd vom Leib und schlug auf die Flammen ein, bis der Stoff Feuer fing. Er ließ das Hemd fallen und versuchte, das Blech mit bloßen Händen auseinanderzubiegen. Die Hitze drängte ihn zurück. Valdez hob seinen Hut vom Boden und setzte ihn auf. Der andere Deputy nahm den Sack mit Geld.

Belitas Schreie wurden leiser und erstarben. Audie brach schluchzend zusammen. Blut strömte über seine geschwärzten Daumen. Dann merkte er, dass der eine Deputy vor ihm stand. Valdez warf die leeren Hülsen weg, lud seine Waffe nach, stellte sich über Audie und zielte ohne erkennbare Regung auf dessen Stirn, ein Mann, der wusste, dass Rationalität und Logik in einer unvernünftigen Welt keinen Platz hatten.

Audie wandte den Kopf und sah Miguel zwischen den Bäumen stehen, noch immer den Cowboyhut auf dem Kopf und den Teddybär in der Hand. Er versuchte, in seiner eigenen Haut zu schrumpfen, jedes Bewusstsein und alle Sinneseindrücke aus sich herauszupressen und zu nichts außer Staub zu werden, der mit einem Windhauch davonwehen und sich später wieder zu einem Körper und einer Seele zusammensetzen konnte, damit er wieder heil wurde.

»Nehmen Sie das nicht persönlich«, sagt der Deputy und drückte ab.

Max erinnert sich. Irgendwo weit hinten in seinem Kopf öffnen sich Fenster und Türen. Papiere werden von Schreibtischen geweht. Staub steigt auf. Maschinen summen. Telefone klingeln. Einzelne Bilder fügen sich aneinander wie ein Film, der geschnitten, zurückgespult und von vorne gezeigt wird. Bilder von einer Frau in einem geblümten Kleid, die nach Vanille und Mangos roch und mit ihm auf einen Jahrmarkt ging, wo es bunter Lichter gab. Und ein Feuerwerk.

Doch im selben Moment, in dem sein Bewusstsein sich öffnet, versucht Max, es zu schließen. Er will keine andere Vergangenheit. Er will die, die er kennt – die, die er gelebt hat. Warum gibt es keine Fotos von ihm als Neugeborenem?, fragt er sich. Er hat sich nie Gedanken darüber gemacht, doch jetzt betrachtet er im Geiste die Alben, die

Sandy in einer Schublade ihrer Kommode aufbewahrt, und blättert Seite für Seite um. Es gibt keine Aufnahmen von ihm als Säugling in eine Baumwolldecke gehüllt, keine Aufnahmen, wie er im Krankenhaus gestillt wird.

Seine Eltern haben nie direkt über seine Geburt gesprochen. Stattdessen benutzten sie Formulierungen wie »als du gekommen bist« und »wir haben lange auf dich gewartet«. Sie sprachen von künstlicher Befruchtung, Fehlgeburten. Er war gewollt. Er wurde geliebt.

Dieser Mann erfindet Hirngespinste. Er ist ein Mörder. Ein Lügner! Aber irgendwas an der Art, wie er die Geschichte erzählt hat, ist echt. Er redet, als ob er von Anfang an dabei gewesen wäre.

»Alles in Ordnung?«, fragt Audie.

Max antwortet nicht. Wortlos geht er ins Bad und versucht, den Geschmack in seinem Mund mit einem Schluck Wasser auszuspülen. Er starrt sein Spiegelbild an. Er sieht aus wie sein Vater. Sie haben die gleiche olivfarbene Haut und braune Augen. Sandy ist heller, mit blondem Haar und Sommersprossen, aber das hat nichts zu bedeuten. Sie sind seine Eltern. Sie haben ihn großgezogen. Sie lieben ihn.

Er klappt den Toilettendeckel herunter, setzt sich und stützt den Kopf in die Hände. Warum musste dieser Mann, dieser Fremde, ihm das erzählen? Warum hat er ihn nicht in Ruhe gelassen?

Als er klein war, wollte er Cowboy werden. Er hatte eine silberne Pistole und einen Cowboyhut mit einem Stern am Hutband. Er hatte einen Teddy mit einer violetten Fliege. So viel ist wahr, das weiß er, und in den letzten paar Stunden ist er ein anderer Mensch geworden.

Er ist in San Diego geboren. Er war nach Texas gefahren. Er hatte seine Mutter sterben sehen.

56

Desiree geht durch die Halle zu den Büros und kommt an einer Frau vorbei, die etwa so alt ist wie sie selbst, gut gekleidet, hübsch, beschäftigt. Wahrscheinlich hat sie Pläne fürs Wochenende. Vielleicht geht sie mit ihrem Freund ins Kino oder mit einer Freundin etwas trinken. Desiree hat keine derartigen Verabredungen, was sie trübsinniger stimmen sollte, als es der Fall ist.

Jemand hat einen Zeitungsausschnitt an eine weiße Tafel neben dem Trinkwasserbehälter geheftet – ein Foto, das vor dem Star City Inn gemacht wurde. Es zeigt Desiree, einen guten halben Meter kleiner als der Detective, der neben ihr steht, die auf etwas im ersten Stock zeigt. Jemand hat eine Sprechblase gemalt und geschrieben: »*Ein Fliewatüüt, Boss! Ein Fliewatüüt!*«

Desiree reißt den Ausschnitt nicht herunter. Sollen sie ihren Spaß haben. Sie dürfte gar nicht im Büro sein, doch sie weiß, dass Senogles vor einer Stunde weggefahren ist, und bezweifelt, dass es sonst irgendjemanden kümmert, ob sie zu Hause oder an ihrem Schreibtisch hockt.

Ihr Telefon klingelt.

»*Ist da Special Agent Furness?*«

»Mit wem spreche ich?«

»*Sie erinnern sich wahrscheinlich nicht mehr an mich. Wir haben im Three-Rivers-Gefängnis miteinander gesprochen. Sie haben mich nach Audie Palmer gefragt.*«

Desiree runzelt die Stirn und blickt auf die Anruferkennung. »Ich erinnere mich, Mr Webster. Haben Sie Informationen über Audie?«

»*Ja, Ma'am, ich glaube schon.*«

»Wissen Sie, wo er ist?«

»*Nein.*«

»Was wollten Sie mir dann sagen?«

»*Ich denke, er ist vielleicht unschuldig an dem Raub, den er angeblich begangen hat.*«

Desiree seufzt innerlich. »Und was hat Sie zu dieser verblüffenden Erkenntnis geführt?«

»*Der Junge, den er entführt hat. Ich glaube, er gehörte zu der Frau, die bei dem Raubüberfall ums Leben gekommen ist und deren Identität nie festgestellt wurde.*«

»Was?«

»*Ich glaube, sie hatte ein Kind bei sich. Fragen Sie mich nicht, warum es nicht im Wagen war, als der Unfall passierte. Vielleicht wurde es herausgeschleudert. Es wurde erst ein paar Tage später gefunden.*«

»Woher wissen Sie das?«

»*Ich habe gerade mit dem Mann gesprochen, der den Jungen gefunden hat.*«

»Am Telefon?«

»*Nein, Ma'am.*«

»Er ist ins Gefängnis gekommen?«

»*Ich bin nicht mehr im Gefängnis.*«

»Sie haben lebenslänglich!«

»*Die haben mich laufen lassen.*«

»Wer?«

»*Die Namen weiß ich nicht. Sie haben gesagt, wenn ich Audie Palmer finde, würde meine Strafe ausgesetzt, aber ich glaube, das war gelogen. Ich glaube, sie werden Audie umbringen und mich wahrscheinlich auch, weil ich mit Ihnen gesprochen habe.*«

Desiree ist immer noch nicht darüber hinweg, dass Moss Webster nicht mehr im Gefängnis ist. »Warten Sie! Warten Sie! Sagen Sie das noch mal!«

»*Mir geht hier ziemlich bald das Kleingeld aus*«, erklärt

Moss. »*Sie müssen mir zuhören. Der Mann, mit dem ich gesprochen habe, hat gesagt, ein Deputy hätte ihm geraten zu lügen und zu sagen, er hätte den Jungen woanders gefunden. Die Polizei behauptet, es wäre Meilen entfernt gewesen, doch es war ganz in der Nähe der Schießerei.*«

»Noch mal zurück zum Anfang – wer hat Sie aus dem Gefängnis gelassen?«

»*Ich weiß es nicht.*«

»Haben Sie die Männer gesehen?«

»*Ich hatte eine Kapuze über dem Kopf. Die werden behaupten, ich wäre ausgebrochen, Ma'am, aber das stimmt nicht. Die haben mich laufen lassen.*«

»Sie müssen sich stellen, Moss. Ich kann Ihnen helfen.«

Moss klingt, als würde er gleich in Tränen ausbrechen. »*Audie ist derjenige, der Hilfe braucht. Er hat es verdient. Ich wandere sowieso zurück in den Bau, wenn ich so lange lebe. Ich wünschte, ich hätte mich nie mit Audie angefreundet. Und ich wünschte, ich könnte ihm jetzt helfen.*«

In der Leitung piept es.

»*Ich hab keine Münzen mehr*«, sagt Moss. »*Vergessen Sie nicht, was ich über den Jungen gesagt habe.*«

»Moss? Stellen Sie sich. Schreiben Sie sich meine Handynummer auf.« Sie brüllt die Nummer, weiß jedoch nicht, ob er die letzten Ziffern noch gehört hat, bevor sie unterbrochen werden.

Sie fragt bei der Zentrale nach, ob sich der Anruf zurückverfolgen lässt. Die Telefonistin meldet einen Standort: ein Münztelefon in einem Supermarkt in Conroe. In der Zwischenzeit hat Desiree es geschafft, Direktor Sparkes vom Three-Rivers-Gefängnis an die Strippe zu bekommen.

»*Moss Webster wurde zwei Tage nach Audie Palmers Ausbruch verlegt*«, bestätigt er.

»Warum?«

»*Man sagt uns nicht immer, warum. Gefangene werden ständig hin und her bewegt. Könnte aus ermittlungstechnischen Gründen passiert sein oder wegen eines Härtefalls.*«

»Irgendjemand muss das doch genehmigt haben«, sagt Desiree.

»*Da müssen Sie mit Washington sprechen.*«

Eine Stunde und ein Dutzend Anrufe später ist Desiree immer noch am Telefon. »Das ist doch Schwachsinn!«, brüllt sie einen niederrangigen Mitarbeiter der staatlichen Gefängnisaufsicht an, der es garantiert bedauert, sie zurückgerufen zu haben. »Warum wurde Moss Webster aus einem Hochsicherheitsgefängnis in ein Ferienlager in Brazoria County verlegt?«

»*Bei allem Respekt, Special Agent, die Anstalt in Darrington ist eine Gefängnisfarm und kein Ferienlager.*«

»Er ist ein zu lebenslanger Haft verurteilter Mörder.«

»*Ich kann Ihnen nur sagen, was mir vorliegt.*«

»Und was liegt Ihnen vor?«

»*Webster hat bei einem Halt in einem Dairy Queen in West Columbia einen Vollzugsbeamten mit einem selbst gebastelten Messer überwältigt und entwaffnet. Der Beamte blieb unverletzt. Webster konnte fliehen. Die Staatspolizei wurde informiert.*«

»Wer hat die Verlegung genehmigt?«

»*Über diese Information verfüge ich nicht.*«

»Warum wurde seine Flucht nichts ans FBI gemeldet?«

»*Sie ist im System.*«

»Ich möchte die Aussagen des Vollzugsbeamten und aller anderen Zeugen sehen. Ich will wissen, warum Webster verlegt wurde. Ich will wissen, wer das genehmigt hat.«

»*Ich habe eine Notiz für den Direktor gemacht. Ich bin sicher, er wird sich gleich Montag früh darum kümmern.*«

Desiree hört den Sarkasmus in der Stimme des Beamten.

Sie knallt den Hörer auf die Gabel und überlegt, das Telefon quer durch den Raum zu schmeißen, aber das würde ein Mann tun, und von Männern hat sie die Schnauze voll. Sie loggt sich in den Computer ein und ruft die Informationen über vermisste Kinder auf.

Haben Sie eine Ahnung, Mr Webster, wie viele Kinder pro Jahr in Texas vermisst gemeldet werden?

Sie grenzt die Suche auf Dreyfus County im Januar 2004 ein und stößt auf einen Artikel im *Houston Chronicle*:

Streunender barfüßiger Junge gefunden

Am Montag wurde am Burnt Creek Reservoir in Dreyfus County ein kleiner Junge mit einem Cowboyhut gefunden, der laut Angaben der Polizei allem Anschein nach die ganze Nacht in der Wildnis verbracht hatte.

Entdeckt wurde das drei- bis vierjährige Kind am Ostufer des Stausees von Theo McAllister und seinem Hund Buster.

»Wir sind den Weg entlanggelaufen, und Buster hat unter einem Busch ein Bündel Lumpen gefunden. Als ich näher kam, erkannte ich, dass es ein kleiner Junge war«, sagte McAllister. »Der kleine Held hatte Hunger, also hab ich ihm was zu essen gegeben. Als ich seine Mama nicht finden konnte, hab ich die Polizei angerufen.«

Der Junge wurde ins St. Francis Hospital gebracht, wo Ärzte feststellten, dass er dehydriert und unterkühlt war und Kratzer und Blutergüsse erlitten hatte, die darauf hindeuten, dass er die Nacht im Freien verbracht hat.

Deputy Ryan Valdez erklärte: »Der Junge ist offensichtlich traumatisiert und war bisher nicht in der Lage, mit uns zu sprechen. Unsere oberste Priorität ist es nun, die Mutter zu finden und ihr jede Hilfe zu gewähren, die sie braucht.«

Desiree ruft eine Landkarte auf. Das Burnt Creek Reservoir ist beinahe zwei Meilen von dem Schauplatz der Schießerei entfernt. Der Junge wurde angeblich drei Tage später gefunden. Es gibt keinen Zusammenhang zwischen den beiden Ereignissen, bis auf Ryan Valdez ... und Moss Websters Anruf.

Fast eine Woche später erschien ein zweiter Artikel im *Chronicle*:

> **Rätsel um einsamen Cowboy**
>
> Bundes- und Staatsbehörden haben ihre Bemühungen intensiviert, das Rätsel um einen kleinen Jungen mit Cowboyhut aufzuklären, der am vergangenen Montag in der Nähe des Burnt Creek Reservoirs in Dreyfus County gefunden wurde.
>
> Der etwa vier Jahre alte Junge hat den Angaben zufolge olivfarbene Haut, braune Augen und dunkle Haare. Er ist knapp neunzig Zentimeter groß und fünfzehn Kilo schwer. Er trug eine Jeans mit elastischem Bund, ein Baumwollhemd und einen Cowboyhut.
>
> Die Behörden hoffen jetzt, mithilfe der Vermisstendatei des FBI und des Bundeszentralregisters über vermisste und nicht identifizierte Personen die Eltern oder einen Vormund des Jungen zu finden.
>
> Deputy Sheriff Ryan Valdez, der die Ermittlungen leitet, erklärte: »Es ist schwierig, weil der Junge bisher kein Wort gesagt hat. Wir vermuten, dass er kein Englisch spricht. Möglicherweise ist er auch traumatisiert. Im Moment nennen wir ihn Buster, nach dem Hund, der ihn gefunden hat.«

Desiree ruft das Jugendamt von Dreyfus County an. Sie muss ihr Anliegen drei Mal erklären, bevor sie zu einer Sachbearbeiterin durchgestellt wird, die schon seit 2004 dort arbeitet.

»*Machen Sie's kurz, ich bin beschäftigt*«, sagt die Frau, die offenbar an einer lauten Straße steht. »*Neben mir warten vier Polizisten, und wir müssen ein Kind aus einer Crackhöhle retten.*«

Desiree spricht im Telegrammstil. »Januar 2004 – ein Junge, etwa drei oder vier, wurde allein am Ufer eines Stausees in Dreyfus County gefunden. Was ist mit ihm passiert?«

»*Sie meinen Buster?*«

»Ja.«

Sie ruft irgendwem zu, er solle warten. »*Ja, ja, ich erinnere mich an ihn. Merkwürdiger Fall. Der Kleine hat nie ein Wort gesagt.*«

»Haben Sie einen Verwandten gefunden?«

»*Nein.*«

»Und was ist weiter mit ihm geschehen?«

»*Er kam in eine Pflegefamilie.*«

»Zu wem?«

»*Diese Information darf ich nicht herausgeben.*«

»Verstehe. Ich mache Ihnen einen Vorschlag. Ich nenne Ihnen eine These, und wenn ich falschliege, legen Sie auf. Wenn ich recht habe, bleiben Sie dran.«

»*Vielleicht lege ich so oder so auf.*«

»Der Junge kam zur Pflege in die Familie eines Deputy Sheriffs und seiner Frau. Ich glaube, dass sie ihn später adoptiert haben.«

Es entsteht eine lange Pause. Desiree hört sie atmen.

»*Ich denke, das war lange genug*«, sagt die Frau dann.

»Vielen Dank.«

57

Für einen Moment bricht die Sonne durch die zerklüfteten Wolken und wirft Schatten aufs Wasser, die aussehen wie prähistorische Seeungeheuer, die sich unter der Oberfläche bewegen. Audie und Max sitzen auf der Veranda mit Blick auf den Strand, wo die Möwen gegen den Wind segeln.

»Wie hat es sich angefühlt, angeschossen zu werden?«

»Ich kann mich eigentlich gar nicht daran erinnern.«

»Es muss ein Unfall gewesen sein«, sagt Max. »Sie dachten, du gehörst zu der Bande.«

Audie antwortet nicht.

»Mein Dad hätte das nicht mit Absicht getan. Es war ein Missverständnis«, sagt Max. »Und er hat auch das Geld nicht genommen. Wenn Sie mit ihm sprechen, wird er Ihnen helfen.«

»Dafür ist es zu spät«, erwidert Audie. »Zu viele Menschen haben zu viel zu verlieren.«

Max zupft den abblätternden Lack von der Armlehne seines Stuhls. »Warum haben Sie nicht früher was gesagt?«

»Ich lag drei Monate im Koma.«

»Aber irgendwann sind Sie aufgewacht – Sie hätten mit der Polizei reden können ... oder mit einem Anwalt.«

Audie erinnert sich, wie er im Krankenhaus zu sich gekommen und sich seiner Umgebung langsam bewusst geworden ist. Er konnte Krankenschwestern miteinander sprechen hören und ihre Hände spüren, wenn sie ihn wuschen, doch das waren nur Schnipsel wie aus einem Fiebertraum. Als er zum ersten Mal die Augen öffnete, erkannte er bloß vage Umrisse und Farbkleckse. Die Helligkeit war zu viel für ihn, und er schlief wieder ein. Nach und nach wurden die bewussten Phasen länger, Lichttunnel, in denen sich dunkle Schatten bewegten. Silhouetten. Engel.

Später öffnete Audie die Augen wieder und sah einen Neurologen neben seinem Bett stehen, der zu einer Gruppe Assistenzärzte sprach. Einer von ihnen wurde aufgefordert, den Patienten zu untersuchen. Ein junger Mann mit lockigem Haar beugte sich über das Bett und wollte Audies Augenlid aufziehen.

»Er ist wach, Doktor.«

»Seien Sie nicht albern«, sagte der Neurologe.

Audie blinzelte und löste einen Aufruhr aus.

Audie konnte nicht sprechen, er hatte einen Schlauch im Mund und einen weiteren in der Nase, der sich anfühlte, als würde er in seiner Lunge hin und her gezogen. Als er den Kopf zur Seite drehte, sah er die orangefarbenen Anzeigen einer Maschine neben dem Bett sowie einen grünen Lichtimpuls auf einer Flüssigkristallanzeige, wie bei einer dieser Stereoanlagen mit hüpfenden Lichtwellen.

Neben seinem Kopf war ein Chromständer mit einem Plastiksack, der mit einer Flüssigkeit gefüllt war, die durch einen Schlauch tröpfelte, der unter einem breiten Streifen Klebeverband um seinen linken Unterarm verschwand.

Über seinem Bett hing ein Spiegel an der Decke. Darin konnte er einen Mann auf einem weißen Laken sehen, fixiert wie ein an eine Tafel geheftetes Insekt, den Kopf mit einem Verband umwickelt, der auch das linke Auge bedeckte. Das Bild war dermaßen unwirklich, dass Audie dachte, er wäre vielleicht schon tot und das Ganze eine außerkörperliche Erfahrung.

So vergingen Wochen. Er lernte zu kommunizieren, indem er seine bandagierte Hand hob oder blinzelte. Der Neurologe besuchte ihn beinahe täglich. Er trug Jeans und Cowboystiefel, nannte sich Hal und sprach langsam und betont, als hätte Audie den geistigen Horizont eines Fünfjährigen.

»Können Sie mit den Zehen wackeln?«

Audie tat ihm den Gefallen.

»Folgen Sie meinem Finger«, sagte Hal und schwenkte seinen Finger hin und her.

Audie bewegte die Augen.

Hal kratzte mit einem gebogenen Metallinstrument über Audies Arme und Fußsohlen.

»Können Sie das spüren?«

Audie nickte.

Mittlerweile hatte man die Schläuche in Nase und Mund entfernt, doch seine Stimmbänder waren wund, und er konnte nach wie vor nicht sprechen. Hal setzte sich verkehrt herum auf einen Stuhl und stützte die Arme auf die Rückenlehne.

»Ich weiß nicht, ob Sie mich verstehen können, Mr Palmer, doch ich werde Ihnen erklären, was geschehen ist. Sie wurden angeschossen. Die Kugel ist von vorne in Ihren Schädel eingetreten, durch Ihre linke Gehirnhälfte gedrungen und am Hinterkopf wieder ausgetreten. Es wird womöglich Monate dauern, bis wir das volle Ausmaß der bleibenden Schäden feststellen können, doch die Tatsache, dass Sie überhaupt noch leben und kommunizieren, ist ein verdammtes Wunder. Ich weiß nicht, ob Sie gläubig sind, aber irgendwo muss irgendjemand für Sie gebetet haben.« Hal lächelte aufmunternd. »Die Kugel ist wie gesagt durch die linke Gehirnhälfte gedrungen, was besser ist als durch beide. Ein Gehirn kann es manchmal kompensieren, eine Hälfte zu verlieren – so wie ein zweimotoriges Flugzeug, bei dem nur ein Motor ausfällt. In Ihrem Fall hat das Geschoss die, wenn Sie so wollen, hochwertigen Immobilien verfehlt, das Stammhirn und den Thalamus. Die linke Seite Ihres Gehirns steuert Sprachverständnis und Sprechvermögen, weshalb es bei einigen Dingen eine Weile dauern könnte, bis sie zurückkehren, wenn überhaupt. In ein paar Tagen machen wir einen Kernspin-Scan und erste neurologische Tests, um die Funktionsfähigkeit Ihres Gehirns festzustellen.«

Hal fasste Audies Hand. Audie drückte sie.

Ein paar Stunden später wachte Audie in einem dunklen Zimmer auf, in dem nur die Anzeigen der Maschinen leuchteten. Neben seinem Bett saß ein großer Mann. Audie konnte den Kopf nicht wenden und sein Gesicht nicht sehen.

Die Gestalt beugte sich vor, legte die Faust auf den Verband um Audies Kopf und drückte damit gegen den zertrümmerten Knochen. Es fühlte sich an, als ob in seinem Schädel eine Granate explodierte.

»Spüren Sie das?«, fragte die Stimme.

Audie nickte.

»Verstehen Sie mich?«

Audie nickte noch einmal.

»Ich weiß, wer Sie sind und woher Ihre Familie stammt, Mr Palmer.«

Die Faust drückte weiter auf seinen Schädel, als wollte sie Knochen und Metallplatten zermalmen. Audies Arme ruderten in der Luft, als wäre die motorische Kontrolle gekappt.

»Wir haben den Jungen. Verstehen Sie? Wenn Sie wollen, dass er lebt, tun Sie, was ich Ihnen sage.«

Der Schmerz war so betäubend, dass Audie nur mit Mühe verstand, was der Mann sagte, aber die Botschaft kam trotzdem an.

»Sie halten Ihre Klappe. Verstanden? Sie bekennen sich schuldig, oder der Junge stirbt.«

Ein Herzmonitor begann zu piepen. Audie verlor das Bewusstsein. Er erwartete nicht, wieder aufzuwachen. Er wollte nicht wieder aufwachen. Er sagte sich, dass er sterben wollte, und er durchlebte den Unfall noch einmal, hörte Belitas Todesschreie und sah Miguels Gesicht. Jede Nacht erwachte er aus demselben Traum, bis er sich fürchtete einzuschlafen und stattdessen auf sein Spiegelbild an der Decke starrte.

»Wer war er?«, fragt Max.

»Ein FBI-Agent namens Frank Senogles.«

Der Teenager starrt Audie an, als versuche er zu entscheiden, ob der Mann übertreibt oder seine Antworten spontan erfindet.

»Sie wollen mir sagen, dass Sie meinetwegen ins Gefängnis gegangen sind?«

»Du hast mich nicht ins Gefängnis gebracht.«

»Aber Sie haben es getan, weil man mich bedroht hat?«

»Ich habe es deiner Mutter versprochen.«

»Sie hätten zur Polizei gehen können.«

»Wirklich?«

»Sie hätten beweisen können, wer Sie sind.«

»Wie?«

»Man hätte Ihnen geglaubt.«

»Ich konnte nicht sprechen. Und als ich es wieder konnte, waren die Beweise entweder manipuliert worden oder verloren gegangen. Ich hatte keine Möglichkeit, meine Unschuld zu beweisen – und wenn ich es versucht hätte, wollten sie dich umbringen.«

Max springt auf und läuft wütend auf und ab. »Sie irren sich! Das ist doch alles Scheiße! Mein Dad würde mir nie wehtun. Er würde jeden töten, der es versucht. Er wird Sie töten, wenn er Sie findet ...« Max kneift die Augen zu und knirscht mit vor Wut und Abscheu verzerrtem Gesicht mit den Zähnen. »Mein Vater hat einen Orden für Tapferkeit bekommen. Er ist ein gottverdammter Held.«

»Er ist *nicht* dein Vater.«

»Sie sind ein beschissener Lügner. Sie irren sich! Ich war glücklich. Ich werde geliebt. Sie hatten kein Recht, mich zu entführen.«

Max stürmt ins Haus und knallt die Schlafzimmertür zu. Audie versucht nicht, ihm zu folgen. Seine gesamte Beziehung zu dem Jungen kommt ihm seltsam distanziert vor, so als würde er die Ereignisse mit einer Kamera aufzeichnen, ohne daran teilzunehmen. Er und Max sind am selben Ort, doch sie sind nicht miteinander verbunden. Die weiche Kordel wurde vor langer Zeit durchschnitten – in dem Moment, als der Pontiac in Flammen aufging und Belita seinen Namen schrie.

Was hatte er geglaubt, was der Junge machen würde? Was hätte er sonst sagen sollen?

Elf Jahre lang wollten die Leute, dass Audie die Klappe hält – dass er mit dem Hintergrund verschwimmt, verschwindet, stirbt ... Er hätte ihnen den Wunsch vielleicht erfüllt, wenn sie ihn in Ruhe gelassen hätten. Er hätte sich einem der zahlreichen Mordversuche ergeben oder der endlosen Spule von Gewalt zum Opfer fallen können, die sich im Gefängnis tagtäglich abspielte. Aber er konnte die Erinnerung an Belita nicht aufgeben, die ihn noch immer hypnotisierte und wie einen Schlafwandler an den Abgrund führte. Er hatte es ihr versprochen.

Nicht, dass Audie passiv gewesen wäre. Zunächst hatte er sich selbst bestraft, hatte alle Schläge und Erniedrigungen eingesteckt, weil der zugefügte Schmerz half, den Schmerz zu überdecken, den er wirklich spürte. Doch irgendwann kam ein Punkt, an dem es problematisch geworden wäre, die andere Wange hinzuhalten, weil beide Hälften seines Gesichts von Blutergüssen übersät und seine Augen zugeschwollen waren. Er wusste, dass er Buße für die Sünden eines anderen tat. Er war eine Ratte, die man in einen Pythonkäfig geworfen hatte; er wurde langsam erdrückt vom Gewicht seiner Trauer und eines Versprechens, das er gegeben hatte.

Er konnte Max nicht erzählen, wie er geschlagen, niedergestochen, verbrannt und bedroht worden war. Und er hat auch nicht erwähnt, dass derselbe Mann, der an seinem

Krankenhausbett gesessen hatte, ihn einen Monat vor seiner bevorstehenden Entlassung in Three Rivers besucht hat. Er saß auf der anderen Seite einer Plexiglasscheibe und bedeutete Audie, den Telefonhörer abzunehmen. Audie hob ihn langsam an sein Ohr. Es war ein sonderbares Gefühl, dieselbe Stimme wiederzuhören und sich an ihr letztes Gespräch zu erinnern.

Der Mann kratzte sich mit vier Fingern müßig die Wange. »Erinnern Sie sich an mich?«

Audie nickte.

»Haben Sie Angst?«

»Angst?«

»Vor dem, was Sie auf der anderen Seite erwartet.«

Audie antwortete nicht. Ihm war schwindlig, und er glaubte, den Hörer nicht halten zu können, doch er presste ihn so fest an sein Ohr, dass er die Schwellung noch wochenlang spürte.

»Ich bin beeindruckt«, sagte der Mann. »Wenn mir jemand erzählt hätte, dass Sie nach zehn Jahren hier drinnen noch leben, hätte ich ihn für verrückt erklärt. Wie haben Sie das gemacht?« Der Mann wartete Audies Antwort nicht ab. »Wohin ist es mit der Welt gekommen, wenn man in einem Gefängnis keinen gottverdammten kompetenten Mörder mehr findet?«

»Die kompetenten werden nicht erwischt«, sagte Audie, bemüht furchtlos, obwohl sein Herz in seinem Brustkorb hämmerte wie eine in einer Mülltonne eingesperrte Katze.

»Wir haben sogar versucht, einen neuen Prozess gegen Sie anzustrengen, doch der Generalstaatsanwalt hat kalte Füße gekriegt.« Der Mann tippte mit den Fingern gegen die Scheibe. »Und jetzt denken Sie, Sie kommen hier raus. Was glauben Sie, wie lange Sie durchhalten? Einen Tag? Eine Woche?«

Audie schüttelte den Kopf. »Ich will bloß in Ruhe gelassen werden.«

Der Mann zog ein Foto aus der Jackentasche und hielt es an die Scheibe. »Erkennen Sie ihn?«

Blinzelnd betrachtete Audie das Bild eines Jungen im Teenageralter in Shorts und einem T-Shirt.

»Wir haben ihn immer noch«, sagte der Mann. »Wenn Sie auch nur in unsere Richtung hauchen ... verstanden?«

Audie legte auf und humpelte mit gesenktem Kopf, an Händen und Füßen gefesselt, zurück in seine Zelle, verzweifelt wie ein zum Tode Verurteilter. In jener Nacht wütete er vor sich hin, und die Wut fühlte sich gut an, reinigend, so als würde seine Haut abgezogen und das Narbengewebe abgeschrubbt. Er hatte schon viel zu lange gegen Gespenster gekämpft, doch jetzt hatten die Gespenster Namen.

58

Audie hört einen Wagen näher kommen, der langsam durch die Schlaglöcher holpert. Aus dem Küchenfenster sieht er einen alten Dodge-Pick-up, der spritzend durch die Pfützen rollt, auf der dem Wind zugewandten Seite des Hauses hält und rückwärts bis vor das Tor des Bootsschuppens setzt.

Ein alter Mann steigt aus. Er trägt einen Overall, Arbeitsschuhe und eine ausgebleichte Kappe der Houston Oilers. Die Oilers haben Houston 1996 verlassen, doch manche Erinnerungen verblassen nie. Der Mann schließt den Schuppen auf, zieht die Plane von einem Dingi aus Aluminium, faltet sie ordentlich und kuppelt den Bootsanhänger an den Pick-up.

Er ist ein Nachbar oder Freund, der sich das Boot ausleiht. Vielleicht kommt er gar nichts ins Haus. Vielleicht hat er gar keinen Schlüssel. Wo ist Max? Er hört im Schlafzimmer Musik auf seinem iPad.

Der alte Mann trägt einen Außenbordmotor von der Ladefläche des Pick-ups zu dem Boot, hängt ihn ans Heck und befestigt ihn. Als Nächstes kommen Benzinkanister und Angelkasten. Als alles verstaut ist, setzt er sich wieder ans Steuer, bemerkt jedoch, als er aufblickt, den offenen Fensterladen. Er kratzt sich am Kopf, steigt wieder aus und kommt auf das Haus zu.

Audie ergreift die Schrotflinte, lässt sie jedoch schlaff herunterhängen. Es könnte immer noch gut ausgehen. Der Mann wird den offenen Laden dem Sturm zuschreiben. Solange er nicht die Tür überprüft ... Er geht die Treppe zur Veranda hoch. Holz ächzt unter seinem Gewicht. Er schließt den Laden und überprüft die Angeln. Nichts scheint gebrochen oder verbogen. Er geht auf der Veranda bis zur Tür und sieht die Scherben auf dem Boden.

»Verdammte Kids«, murmelt er, greift durch die eingeschlagene Scheibe und zieht den Türriegel auf. »Wie viel Schaden habt ihr angerichtet?«

Er stößt die Tür auf, betritt das Haus und blickt in den nur Zentimeter von seiner Stirn entfernten doppelten Lauf einer Schrotflinte. Er taumelt auf weichen Knien und wird aschfahl.

»Ich tue Ihnen nichts«, sagt Audie.

Der alte Mann will antworten, klappt jedoch nur den Mund auf und zu, als würde er eine Sprache sprechen, die Goldfische vielleicht verstehen könnten. Gleichzeitig klopft er mit der Hand über dem Herzen auf seine Brust, ein hohles, dumpfes Pochen.

Audie lässt die Waffe sinken. »Alles in Ordnung?«

Der Mann schüttelt den Kopf.

»Ihr Herz?«

Er nickt.
»Haben Sie Tabletten?«
Ein weiteres Nicken.
»Wo?«
»Pick-up.«
»Armaturenbrett? Handschuhfach? Tasche?«
»Tasche.«

Max kommt mit dem nach wie vor zwischen seinen Knien klappernden Tamburin aus dem Schlafzimmer, bemerkt den alten Mann und bleibt abrupt stehen.

»Er hat ein Herzproblem«, erklärt Audie. »In seinem Pick-up sind Tabletten. Du musst sie sofort holen.«

Max befolgt den Befehl fraglos. Das Tamburin klappert den ganzen Weg die Verandatreppe hinunter und durch den Vorgarten, bevor es verstummt. Audie kann den Pick-up nicht sehen, weil der Fensterladen geschlossen ist.

Er holt dem alten Mann einen Stuhl und sagt ihm, er solle sich setzen. Dessen Gesicht ist schweißnass, und er starrt Audie an, als wäre er dem Geist der vergangenen Weihnacht begegnet.

»Wie heißen Sie?«, fragt Audie.
»Tony«, krächzt der alte Mann.

Max öffnet die Tür des Pick-ups und sucht, bis er die alte Sporttasche gefunden hat. Der Schlüssel steckt in der Zündung. Er könnte mitsamt Anhänger abhauen und wäre längst weg, bevor Audie die Treppe hinunter ist. Er könnte sich selbst retten und ein Held sein. Vielleicht würde Sophia Robbins dann mit ihm gehen.

Über all das denkt er nach, während er die Tasche durchwühlt und auf ein Handy stößt. Daneben ist eine Plastikflasche mit Tabletten. Max sieht sich zum Haus um, klappt das Handy auf und tippt eine SMS an seinen Vater.

Hier ist Max. Mir geht es gut. Strandhaus. Östlich von Sargent, zwischen Golf und Kanal. Blaues Haus. Schindeldach. Veranda. Bootsschuppen.

Er schaltet das Telefon aus, stopft es in seine Unterhose, nimmt die Tabletten, schlägt die Wagentür zu und blickt über den Strand. Etwa eine Viertelmeile entfernt pflügt ein Allradfahrzeug Kringel in den Sand.

»Hast du die Tabletten gefunden?«, ruft Audie. Er steht auf der Veranda.

»Ja. Hab ich.«

Max hält die Flasche hoch und schüttelt sie.

»Bring die ganze Tasche mit.«

»Okay.«

Audie holt Tony ein Glas Wasser und macht die Flasche auf.

»Eine oder zwei?«

Tony hebt zwei Finger. Audie legt die Tabletten in die Hand des alten Mannes und beobachtet, wie er sie schluckt und hinunterspült.

»Wird es ihm gleich besser gehen?«, fragt Max.

»Ich glaube schon.«

»Vielleicht sollten wir einen Krankenwagen rufen.«

»Geben wir ihm eine Minute.«

Tony schlägt die Augen auf und wirkt mit einer frischen Dosis des Medikaments im Körper, das sein Herz regelmäßig schlagen lässt oder die Schmerzen lindert, beinahe gelassen. Er lächelt Max an und bittet um ein weiteres Glas Wasser.

»Herzschwäche«, erklärt er mit noch immer schweren Lidern. »Die sagen, ich brauche einen Bypass, aber ich bin nicht versichert. Meine Tochter spart, doch es kostet sehr viel Geld. Sie arbeitet schon in zwei Jobs, aber ich werde trotzdem zwanzig Jahre tot sein, bevor sie es bezahlen kann.« Er wischt sich das Gesicht mit einem Taschentuch ab, das eher wie ein Lumpen aussieht. »Deswegen gehe ich angeln, um ein bisschen was zu essen auf den Tisch zu bringen. Ich leih mir das Boot der Halligans aus, die nichts davon wissen.« Er blickt zu Audie auf. »Ich schätze, von Ihnen wissen sie auch nichts.«

Audie antwortet nicht.

»Also, wer sind Sie, und was machen Sie hier?«

Er betrachtet Max und Audie und entdeckt das Tamburin zwischen Max' Knien. Ihm kommt ein Gedanke, und seine Augenbrauen schnellen nach oben. »Du bist der Junge, nach dem gesucht wird. Es ist überall in den Nachrichten.« Stirnrunzelnd sieht er Audie an. »Und sie sagen, dass Sie ein Mörder sind.«

»Das stimmt nicht.«

»Und was wollen Sie jetzt mit mir machen?«

»Ich überlege noch.«

»Ich geh heute wohl nicht angeln.«

»Heute nicht. Wann erwartet Ihre Tochter Sie zu Hause?«

»Gegen Anbruch der Dämmerung.«

»Haben Sie ein Handy?«

»In der Tasche war keins«, geht Max dazwischen. Er sieht Tony an, sucht stumm sein Einverständnis.

»Meine Tochter liegt mir ständig in den Ohren, dass ich eins mit mir rumtragen sollte«, sagt Tony, »aber ich kann mich einfach nicht an die Dinger gewöhnen.«

»Fühlen Sie sich besser?«, fragt Audie.

»Ich werd schon wieder.«

»Sie sollten ihn ins Krankenhaus bringen«, sagt Max.

»Wenn sein Zustand sich verschlechtert«, erwidert Audie, überprüft die Fenster und sichert die Schrotflinte.

»Was ist mit meiner Tochter?«, fragt Tony. »Sie wird sich Sorgen um mich machen.«

Audie sieht auf die Uhr. »Nicht vor Anbruch der Dämmerung.«

59

Desiree absolviert einen Spießrutenlauf zwischen den Reportern und Fernsehkamerateams, die um sie herumtanzen wie Hunde, die gefüttert werden wollen. Ihre Übertragungswagen und Fahrzeuge blockieren die Straße vor dem Haus der Valdez' und locken Schaulustige an, die gucken wollen, wie Nachrichten gemacht werden.

Eine Verbindungsbeamtin der Polizei öffnet die Haustür, eine Hand auf der Waffe in ihrem Hüftholster. Im Flur hinter ihr steht Sandy Valdez, die Augen aufgerissen, hoffnungsvoll. Sie trägt ein verwaschenes T-Shirt und Jeans, ihre Füße sind nackt, ihr Haar strubbelig. Sie trägt kein Make-up, und man sieht ihr den Schlafmangel an. Sie sprechen im Wohnzimmer miteinander, die Vorhänge sind zugezogen, die Jalousien heruntergelassen. Desiree nimmt Platz, lehnt einen Kaffee ab.

»Ist Ihr Mann zu Hause?«

Sandy schüttelt den Kopf. »Von jemandem wie Ryan kann man nicht verlangen, still dazusitzen. Er will draußen dabei sein, an Bäumen rütteln, von Dächern rufen.«

Desiree sagt, das sei verständlich, obwohl Sandy skeptisch scheint.

»Warum haben Sie uns nicht erzählt, dass Max adoptiert ist?«

Sandy stutzt, das Taschentuch unter der Nase. »Was für einen Unterschied macht das?«

»Haben Sie diese Information vorsätzlich zurückgehalten?«

»Nein! Natürlich nicht!«

»Wann haben Sie ihn adoptiert?«

»Als er vier war – warum ist das wichtig?«

Desiree ignoriert die Frage. »Über eine Vermittlungsagentur?«

»Wir haben uns an das offizielle Verfahren gehalten, falls Sie das wissen wollen.« Sandy hockt mit zusammengepressten Knien auf der Sofakante und knetet das feuchte Taschentuch in ihren Händen, bis es sich in Fetzen aufzulösen beginnt. »Ryan hat gesagt, der Junge sei ausgesetzt worden. Irgendjemand hat ihn allein im Wald gefunden. Schmutzig und verfroren. Ryan hat ihn ins Krankenhaus gebracht und versucht, seine Mutter zu finden. Danach hat er Kontakt zu den zuständigen Jugendfürsorgestellen gehalten.«

»Sie haben ihn erst zur Pflege aufgenommen und dann adoptiert?«

»Wir hatten schon eine Weile versucht, ein Kind zu bekommen. Wir haben die ganze Prozedur durchlaufen – Spritzen, Eizellenernte, künstliche Befruchtung –, aber nichts hat funktioniert. Wir hatten eigentlich nie über die Möglichkeit einer Adoption gesprochen, bis Max auftauchte. Es war, als hätte Gott ihn uns geschickt.«

»Weiß es Max?«

Sandy betrachtet ihre Hände. »Wir wollten es ihm sagen, wenn er alt genug ist.«

»Er ist fünfzehn.«

»Der richtige Zeitpunkt hat sich nie ergeben.« Sie wechselt das Thema. »Wissen Sie, er hat fünf Monate lang kein einziges Wort gesprochen. Keinen Mucks von sich gegeben. Niemand wusste, wie er wirklich heißt. Lange haben wir ihn Buster genannt – nach dem Hund, der ihn gefunden hat –, aber dann fing er an zu reden und sagte, sein Name sei Miguel. So wollte Ryan ihn nicht nennen, also haben wir uns auf Max geeinigt, und der Kleine schien nichts dagegen zu haben.«

»Hat Miguel Ihnen auch seinen Nachnamen genannt?«, fragt Desiree.

»Nein.«

»Hat er gesagt, woher er kam?«

»Ein oder zwei Mal hat er auf ein Bild gezeigt oder etwas gesagt, das ein Hinweis gewesen sein könnte, aber Ryan meinte, wir sollten ihn nicht drängen.« Sandy kneift die Augen zusammen. »Ich hatte immer solche Angst, dass jemand ihn suchen würde. Jedes Mal, wenn das Telefon geklingelt oder es an der Tür geklopft hat, dachte ich, es wäre seine Mutter, die ihn zurückverlangt. Ryan hat gesagt, das würde keinen Unterschied machen, weil Max jetzt legal unser Kind ist.« Mit Tränen in den Augen sieht sie Desiree an. »Warum werden wir bestraft? Wir haben eine gute Tat begangen. Wir sind gute Eltern.«

Audie macht eine Inventur der Vorräte in den Küchenschränken. Ihm wird die Zeit ausgehen, bevor das Essen ausgeht. Tony beobachtet ihn, sein Gesicht ist immer noch blass, aber nicht glänzend vor Schweiß.

Er ist ein redseliger Typ – macht Bemerkungen, die in Anekdoten aus seinem Leben übergehen. Vielleicht hat er irgendwo gelesen, dass Geiseln versuchen sollten, eine Beziehung zu ihrem Entführer herzustellen. Entweder das, oder er will Audie zu Tode langweilen.

»Haben Sie gedient?«, fragt er.

»Nein.«

»Ich war in der Navy – zu jung, um gegen die Krauts

oder die Koreaner zu kämpfen, und zu alt für Vietnam. Die haben mich zum Schweißer gemacht. Ich hab die Installationsarbeiten erledigt und die Maschinenräume mit Asbest isoliert. So ist Maggie gestorben – meine Frau. Sie haben gesagt, ich hätte es in meinen Klamotten mit nach Hause gebracht, und als sie sie gewaschen hat, sind die Fasern in ihre Lunge gekommen. Meiner Lunge hat es nicht geschadet, aber sie hat es umgebracht. Meinen die Leute das, wenn sie sagen, etwas wäre eine Ironie des Schicksals?«

»Ich glaube nicht.«

»Einfach Pech, nehme ich an. Ich beschwere mich nicht.« Er hält inne und presst die Lippen aufeinander. »Nein, Scheiße noch mal! Ich beschwere mich *doch*, es hört nur nie jemand zu.«

»Bekommt man als Veteran keine Krankenversicherung?«, fragt Audie.

»Ich war nicht im Ausland eingesetzt.«

»Das kommt mir aber nicht richtig vor.«

»Zu wissen, was richtig ist, bedeutet noch nicht, dass es auch passiert.«

Tony zuckt und schlägt sich auf die Brust, als wollte er einen nicht existierenden Schrittmacher wieder in Gang bringen. Er sollte in einem Krankenhaus sein oder zumindest einen Arzt aufsuchen. Audie will nicht noch einen Tod auf dem Gewissen haben. Und der nächste Teil seines Plans wäre ohnehin problematisch geworden.

Man könnte meinen, dass er sich nicht um eine Exit-Strategie gekümmert hat, weil er gar nicht erwartet hatte, je so weit zu kommen. Max kennt jetzt die Wahrheit. Einige Details glaubt er vielleicht nicht, doch das ist seine Entscheidung. Es ist, als würde man ein Kind mit in die Kirche nehmen oder zum Kindergottesdienst schicken, um ihm einen Glauben zu geben, den es annehmen oder ablehnen kann.

Audie hat noch hundertzwölf Dollar übrig. Er zählt das Geld und steckt es in die Hosentasche. Dann zieht er seinen Rucksack auf, nimmt sein Handy heraus, setzt eine neue SIM-Karte ein, schaltet das Telefon an und wartet auf Empfang. Zuerst ruft er das Texas Children's Hospital an und fragt nach seiner Schwester Bernadette. Jemand muss sie holen.

Audie blickt zu Tony. Er redet mit Max und nickt. Vielleicht schmieden sie einen Plan, doch das spielt nun auch keine Rolle mehr.

»Ich bin's. Ich muss es kurz machen.«

»*Audie? Die Polizei war hier.*« Bernadette schirmt die Sprechmuschel ab und flüstert.

»Ich weiß.«

»*Wirst du dem Jungen etwas tun?*«

»Nein.«

»*Stell dich. Lass ihn nach Hause gehen.*«

»Das werde ich, aber du musst etwas für mich tun. Hast du die Akte noch, die du für mich aufbewahrt hast?«

»*Ja.*«

»Ich möchte, dass du sie jemandem gibst. Die Frau heißt Desiree Furness. Sie ist Special Agent beim FBI. Du musst sie ihr persönlich übergeben – niemandem sonst. Persönlich. Hast du verstanden?«

»*Was soll ich ihr sagen?*«

»Sag ihr, sie soll der Spur des Geldes folgen.«

»*Was?*«

»Sie wird wissen, was ich meine, wenn sie die Akte liest.«

Bernadettes Stimme zittert. »*Sie wird wissen wollen, wo du bist.*«

»Ich weiß.«

»*Was soll ich sagen?*«

»Sag ihr, dass der Junge sicher ist und ich aufpasse.«

»*Du machst mir nur noch mehr Ärger. Ich sage den Leuten immer, dass du ein guter Mensch ist, aber dann strafst du mich wieder Lügen.*«

»Ich mache es wieder gut.«

»*Und wie willst du das anstellen, wenn du tot bist? Lass den Jungen nach Hause gehen.*«

Wo ist zu Hause?, fragt sich Audie. »Das werde ich.«

Er beendet das Gespräch und macht einen weiteren Anruf. Der einzige Mensch, dem er vage vertrauen kann, ist der Mann, der ihm im Gefängnis geholfen hat zu überleben. Er begreift nicht, wie Moss aus Three Rivers rausgekommen ist und es geschafft hat, ihn zu finden, doch das Grab, das Audie im Wald geschaufelt hat, war für sie beide gedacht.

Eine Frau meldet sich: »*Harmony Dental Service.*«

»Ich möchte mit Crystal Webster sprechen.«

»*Am Apparat.*«

»Mein Name ist Audie Palmer – wir sind uns ein oder zwei Mal begegnet.«

»*Ich weiß, wer Sie sind*«, sagt Crystal nervös.

»Haben Sie von Moss gehört?«

»*Er ruft mich fast jeden Tag an.*«

»Wissen Sie, warum er aus dem Gefängnis freigelassen wurde?«

»*Er sollte Sie finden.*«

»Und was dann?«

Sie zögert. »*Sie ausliefern. Die haben gesagt, er könnte das Geld behalten, wenn er es findet.*«

»Es *gibt* kein Geld.«

»*Das weiß Moss, doch er hatte gehofft, dass seine Strafe ausgesetzt wird, wenn er tut, was sie verlangen.*«

»Und was denkt er jetzt?«

»*Er weiß, dass sie gelogen haben.*«

Audie blickt aus dem Fenster. Möwen schweben über den Wellen, schlagen mit den Flügeln und stoßen kehlige Schreie aus. Manchmal klingen sie genau wie Menschenbabys.

»Wenn Sie von Moss hören, sagen Sie ihm, ich habe einen Plan. Ich möchte, dass er kommt und den Jungen holt. Er kann den Ruhm für sich beanspruchen. Geben Sie ihm diese Adresse. Ich bin noch sechs Stunden hier.«

»*Kann er Sie anrufen?*«

»Ich werde mein Handy gleich abschalten.«

»*Ist mit dem Jungen alles in Ordnung?*«

»Ihm geht es gut.«

»*Warum sollte ich nicht einfach die Polizei anrufen und denen sagen, wo Sie sind?*«

»Fragen Sie Moss. Wenn er auch der Meinung ist, lassen Sie ihn die Polizei rufen.«

Crystal denkt einen Moment darüber nach. »*Wenn meinem Moss etwas zustößt, werde ich persönlich nach Ihnen suchen. Und ich kann Ihnen versprechen, Mr Palmer, ich bin sehr viel furchteinflößender als er.*«

»Ich weiß, Ma'am. Das hat er mir erzählt.«

60

Pilkington hebt den Blick zu den tief treibenden Wolkenfetzen und blinzelt in die grelle Sonne. Die Luft riecht feucht und wild, von Westen weht ein leichter Wind. Zwei Fahrzeuge stehen auf der schmalen Zufahrtsstraße zu seinem Haus im kargen Schatten eines abgestorbenen Baums mit Ästen wie gebleichte weiße Knochen auf dem Grund eines ausgetrockneten Sees.

»Diesmal machen wir es gründlich«, sagt er und kaut auf

dem feuchten Ende einer nicht angezündeten Zigarre. »Keiner entkommt.«

Er blickt zu Frank Senogles, der sein Gewehr kontrolliert und das Nachtsicht-Teleskop vor sein rechtes Auge hält, während er das linke zukneift. Valdez klappt den Kofferraum des Wagens zu und öffnet den Reißverschluss einer schwarzen Gewehrhülle. Außerdem sind zwei weitere Männer in schwarzen Cargohosen dabei. Söldner mit Fantasienamen, Jake und Stav; sie reden nur, wenn sie etwas zu sagen haben. Sie erledigen ihren Job, solange sie bezahlt werden. Jake hat lange Haare, die zu einem Pferdeschwanz gebunden sind, aber eine hohe Stirn, als hätte die Ebbe auf seinem Kopf nur die Augenbrauen zurückgelassen. Stav ist kleiner und dunkler, mit einem Bürstenschnitt und dem nervösen Tick, sich andauernd mit dem Handrücken den Mund abzuwischen. An seinem Hals hat er Narben wie ein Brandopfer.

Pilkington muss unwillkürlich auf die runzlige Haut starren.

»Haben Sie ein Problem mit meinem Gesicht?«, fragt Stav.

Pilkington wendet den Blick ab und murmelt eine Entschuldigung. Er mag es nicht, herumgeschubst zu werden. Er mag es nicht, die Kontrolle zu verlieren. Dies ist nicht seine Welt. Sein Vater war wegen Anlage- und Überweisungsbetrugs ins Gefängnis gewandert und mit einem unerwarteten Respekt für Kriminelle und Missetäter wieder herausgekommen. In dieser gewalttätigen Welt war Macht mehr wert als Geld. Gewalt war selbst Zweck und nicht nur Mittel. Den größeren Knüppel schwingen, härter, schneller, öfter zuschlagen.

Pilkington klatscht in seine behandschuhten Hände, als wollte er eine Baseball-Jugendmannschaft antreiben. »Alle für einen und einer für alle, was?«

Niemand antwortet.

Senogles sieht Valdez wütend an. »Also, ich finde, der Typ, der das Problem geschaffen hat, sollte es auch lösen.«

»Ich hab dem Kerl in den Kopf geschossen«, entgegnet Valdez. »Was hätte ich denn noch machen sollen?«

»Ihn zwei Mal erschießen.«

»Hört auf mit dem Gekabbel«, sagt Pilkington.

»Palmer ist wie ein verdammter Vampir«, sagt Valdez. »Man kann sein Herz durchstoßen, ihn verbrennen und begraben, aber irgendjemand gräbt ihn immer wieder aus und erweckt ihn zu neuem Leben.«

»Der Wichser ist also schwer umzulegen«, sagt Jake.

»Er blutet wie jeder andere auch«, erwidert Stav, während er sich eine kugelsichere Weste überstreift und die Klettbänder festzieht.

»Was, wenn der Junge sich erinnert?«, fragt Senogles.

»Das wird er nicht«, entgegnet Valdez.

»Warum sollte Palmer ihn sonst entführen? Er will bestimmt, dass der Junge seine Geschichte bestätigt.«

»Max war noch nicht mal vier – niemand würde ihm glauben.«

Senogles ist nicht überzeugt. »Was ist mit DNA-Tests? Was, wenn Palmer beweisen kann, dass er gar nicht an dem Raubüberfall beteiligt war?«

»Das kann er nicht.«

Valdez zieht einen Ladestreifen aus einer Automatik und schiebt ihn wieder hinein. Senogles wendet sich zur Bestätigung an Pilkington.

»Max wird nichts sagen. Er ist ein guter Junge«, sagt der ältere Mann.

»Er ist ein beschissenes loses Ende.«

»Niemand rührt ihn an, okay?«, platzt Valdez los. »Ich will, dass darüber Einverständnis herrscht.«

»Ich gebe mein Einverständnis zu gar nichts«, entgegnet Senogles. »Und ich gehe nicht in den Knast, weil du einen Latino-Bastard adoptiert hast.«

Valdez stößt den FBI-Agenten gegen den Wagen und drückt ihm den Unterarm gegen den Hals.

»Er ist mein Sohn, verdammt noch mal! Niemand krümmt ihm ein Haar.«

Senogles hält seinem Blick stand, keiner der beiden blinzelt oder weicht zurück.

»Okay, wir wollen uns alle entspannen«, sagt Pilkington. »Wir haben einen Job zu erledigen.«

Valdez und Senogles starren sich noch ein paar Sekunden an, bevor Valdez seinen Griff lockert und sie sich gegenseitig wegstoßen.

»Okay, Frank, geh das Ganze noch mal mit uns durch«, sagt Pilkington.

Senogles rollt auf der Kühlerhaube eines Ford Explorer eine Karte aus. »Wir nehmen an, dass das Haus hier am Canal Drive liegt. Es gibt nur eine einzige Straße. Wenn wir die abgesperrt haben, sitzt er in der Falle, sofern er kein Boot hat.«

»Weiß Palmer, dass wir kommen?«, fragt Pilkington.

»Unwahrscheinlich.«

»Ist er bewaffnet?«

»Davon sollten wir ausgehen.«

»Und wie lautet die offizielle Story?«, fragt Pilkington.

Senogles antwortet: »Die Familie hat eine Lösegeldforderung erhalten, und Sheriff Valdez hat die Sache selbst in die Hand genommen, weil er um Max' Sicherheit besorgt war.« Er wendet sich an die anderen. »Ich war nie hier, kapiert? Wenn wir angehalten werden, übernimmt der Sheriff das Reden. Keine Handys, keine Pager, keine Ausweise – und die Waffen versteckt halten.«

»Ich brauche mein Handy, falls Max anruft«, sagt Valdez.

»Okay, aber nur dein Telefon.«

Valdez' Gedanken werden von Widersprüchen und Zweifeln beherrscht. Jeder Mörder muss mit Bildern leben, die er nicht aus seinen Träumen tilgen kann – Mordszenen, die unauslöschlich in sein Unterbewusstsein gebrannt sind. Seit drei Nächten wird er von Bildern von Cassie Brennan und ihrer Tochter Scarlett heimgesucht. Er kannte keine von beiden, als er sie erschossen hat. Er dachte, Audie wäre im Bad, doch es war nur das kleine Mädchen. Nachdem sie tot war, musste er auch die Mutter erschießen. Er hatte keine andere Wahl.

Und jetzt kann er es niemandem erzählen, weder seiner Frau noch seinen Kollegen, weder dem Priester noch einem Barkeeper. Das ist Audie Palmers Schuld. Es hat nichts mit dem Geld zu tun – das ist längst ausgegeben. Es geht um Max, den Jungen, der seine Ehe gerettet hat, den Jungen, der seine Familie komplett gemacht hat. Ja, sie hätten es noch einmal versuchen können, und es gab Adoptionsagenturen und Leihmuttervermittlungen, aber Max war ihnen vom Schicksal geschenkt worden, der glücklichste aller Zufälle und die Antwort auf all seine Gebete.

Jetzt hat ihn Audie Palmer. Die große Frage lautet, warum. Wenn er Max hätte töten wollen, hätte er das gleich am ersten Tag vor dem Haus tun können. Nein, er würde dem Jungen *niemals* etwas antun – darum geht es ja gerade –, aber was, wenn er Max erzählt, was geschehen ist, oder ihm hilft, sich zu erinnern? Was, wenn er Max gegen die Menschen wendet, die ihn aufgezogen haben?

Wäre Audie Palmer nur gestorben, als er sterben sollte.

61

Immer noch in ihrer Schwesternuniform, hellfarbiges Hemd und enge Hose, wartet Bernadette Palmer in der Lobby des FBI-Gebäudes.

Halt einfach nach dem kleinsten Menschen Ausschau, den du je gesehen hast, hat Audie seiner Schwester erklärt.

Das muss sie sein, denkt Bernadette, als Desiree Furness aus dem Fahrstuhl tritt. Selbst in ihren hochhackigen Schuhen reicht Special Agent Furness ihr nur bis zur Brust; trotzdem stimmen die Proportionen, wie bei einem maßstabgetreuen Modell des Originals.

Desiree schlägt vor, dass sie sich setzen. Sie nehmen in gebührendem Abstand auf einem Ledersofa Platz. Leute auf dem Weg zu den Fahrstühlen mustern sie, was Bernadette verlegen macht. Je schneller das alles vorbei ist, desto besser. Sie zieht einen braunen Umschlag aus ihrer Schultertasche.

»Ich weiß nicht, was es bedeutet oder warum es wichtig ist, aber Audie hat mir gesagt, ich müsste es Ihnen persönlich übergeben.«

»Sie haben von ihm gehört.«

»Er hat mich in der Arbeit angerufen.«

»Wann?«

»Vor einer Stunde.«

»Wo war er? Haben Sie das der Polizei gesagt?«

»Ich sage es Ihnen.«

Desiree öffnet den Umschlag. Das erste Dokument ist eine Geburtsurkunde aus El Salvador für eine Frau namens Belita Ciera Vega, geboren am 30. April 1982. Ihre Eltern waren ein in Spanien gebürtiger Ladenbesitzer und eine Schneiderin aus Argentinien. Das nächste Dokument ist ein Trauschein, auf dem ebenfalls Belitas Namen aufgeführt ist, ausgestellt von einer Kapelle in Las Vegas im Januar 2004. Der Name des Bräutigams ist Audie Spencer Palmer.

Desiree blickt von der Akte auf. »Woher haben Sie die?«

Bernadette scheint über die möglichen Implikationen der Frage nachzudenken und überlegt, ob sie Ärger bekommen könnte.

»Audie hat sie mir geschickt. Wir hatten ein System. Er hatte ein E-Mail-Konto und hat mir Passwort und Benutzername gegeben. Ich habe jede Woche nachgesehen, ob er Nachrichten für mich im Entwürfe-Ordner abgelegt hatte. Manchmal waren auch Dokumente angehängt. Ich sollte alles ausdrucken und die Nachrichten doppelt löschen. Ich durfte es niemandem sagen. Und ich durfte das Konto auf keinen Fall für irgendwas anderes benutzen.«

Desiree kann sich genau vorstellen, wie es gemacht wurde. Audie hat mit dem Computer in der Gefängnisbibliothek ein anonymes Gmail- oder Hotmail-Konto eingerichtet. Nachrichten im Entwürfe-Ordner abzulegen ist ein alter, von Terroristen wie Teenagern angewandter Trick, weil diese Botschaften nie abgeschickt werden und deshalb eine blassere digitale Spur hinterlassen.

In der Akte ist auch ein Foto von Audie unter einem Bogen aus weißen und rosafarbenen Blumen. Er hat den Arm um eine junge Frau gelegt, und aus den Falten ihres Kleides späht ein kleiner Junge.

»Wussten Sie, dass er verheiratet war?«

Bernadette schüttelt den Kopf.

»Kennen Sie diese Frau?«

»Nein.«

Desiree entdeckt eine Geburtsurkunde des San Diego County. Am 4. August 2000 ist dort ein Junge zur Welt gekommen. Vorname: Miguel. Nachname: Ciega Vega. Name des Vaters: Edgar Roberto Diaz (verstorben).

Sie blättert eiliger von Seite zu Seite, überfliegt die Dokumente: Suchanfragen beim texanischen Vermessungsamt, Kopien von Eigentumsurkunden, Quittungen, Finanzunterlagen, Firmenaufstellungen und Zeitschriftenartikel. Es muss Jahre gedauert haben, das alles zusammenzutragen.

Ein Name taucht in den Dokumenten immer wieder auf: Victor Pilkington, ein Name, den jeder kennt, der in Texas aufgewachsen ist. Desiree kann in dem Zusammenhang eine besondere familiäre Beziehung vorweisen: Ihr Ururgroßvater Willis Furness wurde 1852 auf einer Pilkington-Plantage geboren und arbeitete fast fünfzig Jahre auf den Feldern der Familie. Seine Frau Esme, Amme und Näherin, hat wahrscheinlich Victor Pilkingtons Großvater gestillt oder seine Socken gestopft.

Die Pilkingtons hatten zwei Kongressabgeordnete und fünf Staatssenatoren hervorgebracht, bevor ihr gesamtes Imperium während der Energiekrise in den Siebzigern zusammenbrach. Das Familienvermögen wurde vernichtet, und ein Pilkington – Desiree kann sich nicht erinnern, welcher – musste wegen Anlagebetrug und Insidergeschäften ins Gefängnis.

In den letzten Jahren hatte Victor Pilkington den Status der Familie ein Stück weit wiederhergestellt, nachdem er mit Immobiliengeschäften und Corporate Trading ein Vermögen gemacht hatte. Unter den Zeitungsausschnitten ist auch ein Foto von ihm, er lächelt vor dem Houston Museum of Fine Arts in die Kameras, wo er den Vorsitz bei einer lateinamerikanischen Spendengala innehatte. Weiße Zähne, gewelltes, pomadisiertes Haar. Auf einem anderen Foto sieht man ihn den zeremoniellen ersten Wurf bei einem Spiel der Rangers machen, seine Baseballmontur weist noch die Falten der Verpackung auf. Die Medien haben ihm den Spitznamen »The Chairman« gegeben, und Pilkington spielt mit und lässt sich immer mit einer nicht angezündeten Zigarre in der Hand ablichten. Er ist verheiratet mit einem Mädchen aus der besseren Gesellschaft, dessen Vater an dem Abend mit George Bush jr. gefeiert hatte, als der 1976 in Maine wegen Alkohol am Steuer festgenommen wurde.

Reichtum erzeugt Reichtum, das weiß Desiree, doch sie hat die Geldelite nie beneidet; sie neigen dazu, unfassbar dumm und ignorant zu sein, was das Leben anderer betrifft, und sie sind blind für die Schönheit der Welt. Desiree blickt wieder in Audies Akte.

Einige der Dokumente erwähnen Strohfirmen und Offshore-Konten. Sie wird sie sich von einem Finanzsachverständigen erklären lassen müssen.

Zum Ende der Akte stößt sie auf ein Papier, das zwischen zwei anderen herausrutscht und wie ein welkes Blatt langsam zu Boden trudelt. Es ist keine ganze Seite. Irgendjemand hat die untere Hälfte abgerissen.

KRAFTFAHRZEUGZULASSUNGSSTELLE KALIFORNIEN

ÜBERTRAGUNGSURKUNDE UND HAFTUNGSBEFREIUNG

Es dauert einen Moment, ehe Desiree die Bedeutung des Dokuments begreift, das einen Pontiac 6000 vom selben Typ und mit dem gleichen Kennzeichen erwähnt wie den Wagen, in dessen Flammen 2004 in Dreyfus County eine unbekannte Fahrerin ums Leben gekommen ist. Der Wagen wurde am 15. Januar 2004 in San Diego, Kalifornien, von einem Frank Robredo für neunhundert Dollar verkauft. Der Käufer gab seinen Namen mit Audie Spencer Palmer an.

Desiree wendet das Blatt. Es ist eine Kopie, doch es sieht nicht aus wie eine Fälschung.

»Erkennen Sie die Unterschrift?«

»Es ist Audies.«

»Wissen Sie, was das bedeutet?«

»Nein.«

Aber Desiree versteht es. Sie rafft die Akte zusammen, verabschiedet sich im Foyer von Bernadette und geht eilig zu den Fahrstühlen. Details fügen sich rasch aneinander, schneller, als sie sie bewältigen kann. Sie kommt sich vor wie eine Brautjungfer, die versucht, bei einer Hochzeit den Brautstrauß zu fangen, doch die Braut wirft Dutzende von ihnen, sodass Desiree sie nicht alle halten kann. Die Frau in dem Wagen war Belita Ciera Vega, Audies Frau. Der Junge auf dem Foto ist höchstwahrscheinlich ihr Sohn.

Desiree ist an ihrem Schreibtisch angekommen. Sie klappt die Akte wieder auf, starrt auf das Hochzeitsfoto und betrachtet den kleinen Jungen. Seine Gesichtszüge sind eher spanisch als südamerikanisch. Belitas Vater stammte aus Spanien, und ihre Mutter war Argentinierin. Sie ruft ein Foto von Max Valdez als Teenager auf und vergleicht die beiden Bilder. Wenn man sich die Jahre wegdenkt, ist es derselbe Junge. Wie ist das möglich?

Valdez hat die Adoption organisiert. Er hatte Kontakte zum Büro des Distriktstaatsanwalts, zu Anwälten und Richtern, Leuten, die ihm den Weg ebnen konnten. Niemand hat sich gemeldet, um Miguels Vormundschaft zu beanspruchen. Sein Vater ist bei einem Erdbeben ums Leben gekommen. Seine Mutter ist in einem Auto verbrannt. Audie lag im Koma mit wenig Aussicht, je wieder aufzuwachen. Die medizinischen Berichte belegen, dass aus kurzer Entfernung auf ihn geschossen wurde, beinahe ein Fleckschuss, fast so, als ob jemand versucht hätte, ihn hinzurichten. Trotzdem hat er überlebt. Er war Zeuge des Geschehens. Wie bringt man einen solchen Mann zum Schweigen?

»So spät noch bei der Arbeit?«

Desiree stockt der Atem, hastig klappt sie die Akte zu. Sie hat sich so angestrengt konzentriert, dass sie Eric Warners Kommen nicht gehört hat.

»Mein Gott, Sie sind ja schreckhafter als eine Jungfrau bei einem Gefängnis-Rodeo«, sagt er und kommt um ihren Schreibtisch herum.

»Sie haben mich überrascht.«

»Was lesen Sie da?«

»Eine alte Akte.«

»Irgendwelche Neuigkeiten über Palmer?«

»Nein, Sir.«

»Ich suche Senogles, er geht nicht an sein Telefon.«

»Ich habe ihn seit gestern Abend nicht gesehen.«

Warner zieht eine Rolle Magensäuretabletten aus der Tasche und zupft die Papierverpackung ab. »Ich habe von dem Einbruch gehört. Fühlen Sie sich wieder einigermaßen?«

»Bestens.«

»Ich dachte, man hätte Ihnen gesagt, Sie sollten zu Hause bleiben.«

»Ja. Darf ich Ihnen eine Frage stellen?«

Er legt eine Tablette auf seine Zunge. »Kommt drauf an.«

»Warum haben Sie Frank die Leitung dieser Ermittlung übertragen?«

»Er ist höherrangig und dienstälter.«

»Sonst noch ein Grund?«

Warner hält die Hand hoch, ein Stoppschild. »Habe ich Ihnen je erzählt, dass ich einmal JFK getroffen habe? Mein Vater hat als Personenschützer für Kennedy gearbeitet – nicht beim letzten Mal, Gott sei Dank. Ich glaube nicht, dass er das verwunden hätte. Ich war noch ein kleiner Junge. Eines meiner Lieblingszitate von Kennedy ist das, wo er gesagt hat, dass Politik genau wie Football ist – wenn man das Licht sieht, muss man in die Lücke stoßen.«

»Es war politisch?«

Er lächelt ironisch bekümmert. »Ist nicht alles politisch?«

62

Bevor er das Haus am Strand verlässt, zieht Audie die Betten ab, wäscht das Geschirr und lässt noch einmal die Toilettenspülung laufen. Dann sucht er saubere Unterwäsche und eine Regenjacke und stopft sie in einen Kopfkissenbezug.

»Ich leihe mir die Sachen nur aus«, erklärt er Max. »Ich gebe sie zurück.«

»Wohin gehen Sie?«

»Das habe ich noch nicht entschieden.«

»Wissen Sie überhaupt, was Sie tun?«

»Am Anfang hatte ich einen Plan.«

»Was für einen Plan?«

»Dafür zu sorgen, dass du sicher bist.«

»Und wie hat der für Sie geklappt?«

Audie lacht, Max stimmt mit ein, und Audie wird von Wärme und Erleichterung durchströmt. Im Gefängnis hat er sich Momente wie diesen ausgemalt, aber nichts ist je so, wie wir es uns vorstellen – das Leben zersplittert und verwischt selbst die gewöhnlichsten Träume –, aber dieser fühlt sich beinahe richtig an.

»Und was passiert mit mir?«, fragt Max.

»Ein Freund von mir kommt und sorgt dafür, dass du nach Hause gebracht wirst.«

Tony beobachtet sie von einem Stuhl am Küchentisch.

Seine Hände sind vor seinem Körper mit Klebeband gefesselt, damit er ein Glas Wasser und seine Tabletten erreichen kann. Das Band um seine Knöchel hat Audie gelöst.

»Was ist mit mir?«, fragt er.

»Ich setze Sie bei einem Krankenhaus ab.«

»Ich will in kein verdammtes Krankenhaus. Die erzählen mir bloß, was ich eh schon weiß.«

Audie blickt in die zunehmende Dunkelheit. Am westlichen Horizont sieht man rote und orangefarbene Streifen, als hätte jemand einen Sack glühender Kohlen aufgeschlitzt. Er nimmt seinen Rucksack und den Kopfkissenbezug. »Ich bringe die Sachen ins Auto und komme dann zurück, um Sie zu holen, Tony.«

»Sie wollen meine Karre klauen?«

»Ich stell sie an einem sicheren Platz ab.«

Max blickt nervös zu den verrammelten Fenstern. Seit er seinem Vater die SMS geschickt hat, nagt etwas an ihm, als ob eine hungrige Ratte versuchen würde, aus seinem Innern auszubrechen. Er weiß nicht, ob er das Richtige getan hat. Sein Vater wird stolz auf ihn sein. Er wird ihm auf die Schulter klopfen und vor seinen Kumpeln prahlen. Er wird sagen, dass Max einen kühlen Kopf bewahrt hat, genau wie sein alter Herr damals während der Schießerei.

»Geh nicht!«, platzt er heraus.

Audie steht an der Tür. »Moss wird bald hier sein.«

»Ich will nicht allein hierbleiben.«

»Ich könnte mit ihm warten«, schlägt Tony vor. »Oder Sie lassen mich mit dem Jungen fahren. Ehe ich die Polizei alarmiere, haben Sie einen Riesenvorsprung.«

Audie stellt seinen Rucksack auf den Küchentisch, zieht den Reißverschluss eines Seitenfachs auf und nimmt das Handy und eine unbenutzte SIM-Karte heraus.

»Sobald wir weg sind, kannst du deine Mom anrufen.«

Max antwortet nicht.

»Was ist los?«, fragt Audie.

»Nichts.«

»Sicher?«

Max nickt ohne Überzeugung. Er spürt Tonys Handy in seiner Unterhose und stellt sich vor, wie die Polizei kommt. Er will Audie erzählen, was er getan hat, möchte ihn jedoch nicht enttäuschen.

»Mach dir keine Sorgen«, sagt Audie. »Es wird schon alles gut.«

»Woher weißt du das?«

»Vertrau mir einfach.«

63

Der verbeulte blaue Pick-up mit dem abblätternden Lack hält neben Desiree, als sie ihren Wagen in der Tiefgarage fast erreicht hat. Sie dreht sich um und stolpert beinahe, als sie den Mann am Steuer sieht.

Sie knickt kurz ein, will sich aufrichten, ist jedoch mit einem Absatz in einem Lüftungsgitter hängen geblieben. Sie versucht, ihn herauszuziehen, und muss dafür einen Schritt rückwärts humpeln und ihren Schuh drehen.

»Kann ich Ihnen helfen?«, fragt Moss, eine Hand am Steuer, den anderen Arm über die Lehne des Beifahrersitzes gelegt.

Desiree will ihre Pistole aus dem Holster ziehen, doch es würde unbeholfen und unprofessionell aussehen, weil sie Audie Palmers Akte im Arm hat. Und wenn sie die Papiere fallen lässt, werden die womöglich wer weiß wohin geweht.

»Was machen Sie hier?«, fragt sie.

»Steigen Sie ein.«

»Stellen Sie sich?«

Darüber scheint Moss kurz nachzudenken. »Okay, meinetwegen können wir es so nennen, doch zuerst müssen Sie mitkommen.«

»Ich gehe mit Ihnen nirgendwohin.«

»Audie braucht unsere Hilfe.«

»Ich bin nicht dazu da, um Audie Palmer zu helfen.«

»Das weiß ich, Ma'am, aber er ist ganz allein da draußen, und Leute versuchen, ihn umzubringen.«

»Was für Leute?«

»Ich glaube, die Leute, die das Geld wirklich gestohlen haben.«

Desiree blinzelt Moss an und hat das Gefühl, dass er ihre E-Mails gelesen hat. »Sind Sie in meine Wohnung eingebrochen?«

»Nein, Ma'am.«

»Sind Sie bewaffnet?«

»Nein.«

Inzwischen hat Desiree ihren Absatz aus dem Gitter befreit. Sie zieht ihre Pistole und richtet sie auf das offene Beifahrerfenster. »Steigen Sie aus.«

Moss rührt sich nicht.

»Ich erschieße Sie, wenn es sein muss.«

»Daran hab ich keinen Zweifel.« Moss verdreht die Augen und seufzt, als wäre er schwer frustriert über den bisherigen Verlauf seines Tages.

Desiree lässt die Waffe nicht sinken. »Sagen Sie mir, wo er ist. Dann sehen wir weiter.«

»Ich weiß genau, was Sie dann machen werden«, sagt Moss. »Sie erzählen es Ihrem Boss, er beruft ein Meeting ein, brieft ein Sondereinsatzkommando. Sie werden die Gegend erkunden, Satellitenaufnahmen studieren, Straßensperren errichten und die Umgebung evakuieren. Und hinterher findet man nur noch einen Blutfleck von Audie Palmer. Wenn Sie nicht mitkommen, fahr ich allein.«

»Sie können nicht einfach wegfahren. Sie sind verhaftet.«

»Ich schätze, dann müssen Sie mich wohl erschießen.«

Desiree fährt sich mit den Fingern durchs Haar und tastet behutsam über die Beule an ihrem Kopf. Alles, was sie in ihrer Ausbildung gelernt hat, gebietet ihr, Moss Webster zu verhaften, doch ihr Bauch sagt etwas anderes. In den letzten vierundzwanzig Stunden ist jemand bei ihr eingebrochen, hat sie bewusstlos geschlagen und ihre Akten gestohlen. Ihr Chef hat sie angelogen und von Anfang an nur versucht, sie auf die Reservebank abzuschieben oder mit nutzlosen Botengängen aus dem Weg zu halten. Wenn sie sich wegen Audie Palmer irrt, ist das das Ende ihrer Karriere. Wenn sie recht behält, wird man es ihr nicht danken. Sie kann nur verlieren.

Sie steigt ein, schnallt sich an und legt die 45er, den Lauf auf Moss' Unterleib gerichtet, in ihren Schoß. »Wenn Sie auch nur ein Stoppschild überfahren, schieß ich Ihnen die Eier weg.«

64

Die beiden Ford Explorer halten unter einer Gruppe niedriger, verkümmerter Bäume am Rand einer nicht asphaltierten Straße etwa hundert Meter von dem Haus entfernt. Der Himmel hat die Farbe von dreckigem Spülwasser, der dunkelgraue Ozean ist mit Gischtkronen übersät. Regen zieht auf. Die Sonne verschwindet. Zeit verstreicht.

Senogles steigt aus dem Wagen, legt ein Gewehr auf die Kühlerhaube, presst das Gesicht an den hölzernen Griff und spürt ihn kalt, hart und glatt an seiner Haut. Als sein Pulsschlag sich beruhigt hat, schwenkt er mit dem Zielfernrohr über die Wände des Hauses, mit besonderem Augenmerk auf Fenster und Türen. Die Hütte sieht verrammelt aus. Leer.

»Bist du sicher, dass es hier ist?«

Valdez nickt und hält sich ein Fernglas vor die Augen. Die einzigen sichtbaren Lichter sind am Mast eines Schleppkahns montiert, der in dem Kanal vor Anker liegt, oder gehören zu Schiffen, die sich auf dem Golf bewegen.

»Wie wollen wir es machen?«, fragt er.

»Zunächst müssen wir uns vergewissern, dass sie noch da sind.«

Senogles geht zu dem anderen Wagen und spricht mit Jake und Stav, die das Haus von der anderen Seite erkunden sollen. Sie überprüfen ihre Funkgeräte, laufen am Kanal entlang und sind bald im Halbdunkel verschwunden. Valdez und Senogles bleiben in ihren kugelsicheren Westen in dem offenen Gelände zurück, Regentropfen im Haar. Pilkington hat das Fahrzeug nicht verlassen. Er benimmt sich, als hätte er das Kommando, aber in Wahrheit leitet Senogles den Einsatz.

Valdez blickt noch einmal durch das Fernglas. Der Puls in seinem Hals geht langsam. Er erinnert sich, wie sie am Abend des Raubüberfalls auf die Ankunft des Transporters gewartet hatten, mit feuchten Händen am Lenkrad. Sein Onkel hatte diese Gelegenheit vier Jahre lang sorgfältig vorbereitet, hatte jemanden in die Sicherheitsfirma eingeschleust und gewartet, bis der Mann eine leitende Position erreichte. Es war Pilkington, der die Transportroute und den Zeitplan herausbekommen hatte, dafür hatte Valdez Vernon und Billy Caine angeheuert, Dumm und Dümmer. Das ist einer der Vorteile, wenn man als Polizist arbeitet –

die Leute, mit denen man in Kontakt kommt: Gauner, Fassadenkletterer, Geldwäscher, Safeknacker, Waffenhändler, Autoräuber und Diebe.

Als die Caine-Brüder den Transporter kaperten und am Rand einer abgelegenen Straße parkten, hatten sie damit gerechnet, ein Fluchtfahrzeug vorzufinden. Stattdessen war es ein Hinterhalt. Die Durchführung war stümperhafter, als irgendjemand geplant hatte, doch der Ausgang blieb gleich. Audie Palmer war der Joker in dem Kartenspiel – die Wildcard, die niemand einkalkuliert hatte. Falscher Ort. Falsche Zeit. Beinahe zum Schweigen gebracht. Aber nicht ganz.

Die anderen gaben Valdez die Schuld. Fenway, der Säufer, Lewis, der Spieler, mittlerweile beide tot, weil sie dumm waren und mit Geld um sich geworfen hatten. Sie sollten es durch Pilkingtons Immobiliengeschäfte waschen, doch sie konnten es nicht abwarten, damit herumzuprahlen. Unerwarteter Reichtum erweckt Aufmerksamkeit. Man braucht eine Legende zur Tarnung. Sorgfalt.

»Jemand kommt raus.«

Senogles blickt, ein Auge zugekniffen, durch das Zielfernrohr des Gewehrs. »Das ist Palmer.«

»Ich kann Max nicht sehen.«

»Er muss noch im Haus sein.«

Palmer geht die Treppe hinunter und durch den Vorgarten zu einem Pick-up mit Bootsanhänger. Er macht die Tür auf und wirft eine Tasche hinein, bevor er eine Decke auf dem Beifahrersitz ausbreitet.

»Sieht so aus, als wollte er aufbrechen«, sagt Senogles, den Finger am Abzug, die Augen geweitet. »Wir sollten ihn sofort ausschalten.«

»Warte, bis er noch näher kommt.«

Palmer geht um das Boot, entkoppelt den Anhänger

und wischt sich die Hände an seiner Jeans ab. Jetzt ist der Schusswinkel besser. Senogles entsichert die Waffe, richtet das Fadenkreuz auf die Stelle zwischen Audies Augen und lässt es dann langsam auf seine Brust sinken, um sicherzugehen, dass er nicht danebenschießt. Dann holt er noch einmal Luft, atmet halb wieder aus, schätzt die Entfernung, den Wind und Palmers wiegenden Gang ab. Er blinzelt. Konzentriert sich neu. Blinzelt noch einmal. Drückt ab.

Audie hat den Bootsanhänger abgekoppelt, die Reifen überprüft und sich gefragt, wie voll der Benzintank von Tonys Wagen ist. Er möchte lieber erst tanken, wenn er die Küste weit hinter sich gelassen hat. Trotzdem fühlt es sich irgendwie verkehrt an abzuhauen, nachdem er so viel Mühe darauf verwendet hat, Max zu finden und ihm die Wahrheit zu sagen, doch der Junge wird sicher sein, sobald Moss da ist, sicherer als jetzt.

Mittlerweile müsste Special Agent Furness die Akte bekommen haben. Sie wird wissen, was zu tun ist. Es sei denn, er hat sich in ihr getäuscht – dann bliebe ihm nicht viel anderes, als weiter zu fliehen, bis sie ihn zur Strecke bringen. Es wäre nicht so wichtig, wenn sie nur ihn wollten, doch nun kennt auch Max das Geheimnis. Valdez hat ihn wie einen Sohn großgezogen. Wird er ihn auch wie einen beschützen?

Am Rande von Audies Blickfeld blitzt es kurz hell. Im selben Moment schlägt ein Geschoss durch seine linke Schulter und zertrümmert sein Schlüsselbein wie ein Vorschlaghammer eine Wassermelone. Er hört nur den Aufprall nach dem Austritt, als das Projektil gegen das Metallboot prallt und wie ein Feuerwerk neben seinem Ohr explodiert. Er lässt sich auf den Boden fallen und packt seinen linken Arm. Er ist feucht und klebrig.

Der Schütze hat seine Schusslinie verändert, visiert jetzt das Boot an und durchlöchert den Rumpf. Audie kriecht unter den Anhänger und weiter bis unter die Fahrertür des Dodge.

Vom Strand, also aus einer ganz anderen Richtung, wird eine weitere Salve abgefeuert. Sie werden ihn nicht ewig verfehlen. Sein linker Arm ist nicht mehr zu gebrauchen. Er öffnet die Tür, streckt den Arm aus und dreht den Schlüssel in der Zündung. Der Motor springt rumpelnd an. Zwei Kugeln zersplittern die Scheibe auf der Fahrerseite. Audie schaltet den Wagen auf »Drive« und löst die Handbremse. Der Dodge rollt los, und in seinem Schutz rennt Audie geduckt zum Haus. Der rechte Vorderreifen wird durchlöchert, dann der Hinterreifen. Der Wagen wird langsamer. Audie verlässt die Deckung, rennt zur Treppe und nimmt drei Stufen auf einmal.

Neben seiner rechten Hand splittert Holz. Er ist auf der Veranda und sprintet zur Tür. Wenn sie ihn ausgeschlossen haben, ist er tot. Die Tür öffnet sich, er lässt sich ins Innere fallen und reißt Max mit sich zu Boden. Zusammen rutschen sie über die Dielen. Audie sagt Tony, er solle sich flach auf den Boden werfen. Der alte Mann will zeternd wissen, wer da schießt.

»Haben die auch meine Karre getroffen? Was ist mit dem Boot? Ich verlier meinen Job, wenn die das Boot kaputtmachen.«

Audie kriecht ins Wohnzimmer und lehnt sich mit dem Rücken an die gegenüberliegende Wand. Er hebt den Kopf und späht durch die Schlitze in den Holzläden. Etwa hundert Meter entfernt kann er die kastenartigen Umrisse von zwei Fahrzeugen erkennen. Bis auf die Lichter von einem Schleppkahn ein Stück den Kanal hinunter ist es dunkel. Regenfäden bilden einen schimmernden Lichtkreis um die Lampen.

»Dein Arm«, ruft Max.

Audie versucht, Druck auf die Wunde auszuüben. Die Kugel ist sauber ausgetreten, doch wenn er den Fluss nicht stoppt, wird er verbluten.

»Such mir ein Laken«, sagt er. Max gehorcht sofort und beugt sich vor, um den Wäscheschrank aufzuziehen. »Reiß es in Streifen. Im Bad ist ein Erste-Hilfe-Kasten mit Gazeverbänden.«

Audie ballt die Gaze in der Hand, stopft damit die Eintrittswunde zu und sagt Max, er solle bei der Austrittswunde das Gleiche tun. Dann wickelt er Streifen des zerrissenen Lakens um seinen Arm und seine Schulter, andere knotet er um seine Brust. Das Blut sickert bereits durch.

»Das ist meine Schuld«, sagt Max schluchzend.

Audie starrt ihn an.

»Ich hab meinem Dad eine SMS geschickt. Ich habe ihm gesagt, wo ich bin.«

»Wie?«

»In Tonys Tasche war ein Handy.« Max greift in seine Hose und zieht das Telefon heraus. »Ich rede mit ihm. Ich sag ihm, sie sollen nicht schießen.«

»Dafür ist es zu spät.«

»Auf mich wird er hören.«

Max drückt die Nummer, doch Audie nimmt ihm das Telefon ab. Valdez meldet sich.

»Max?«

»Nein, ich bin's.«

»Ich will mit Max sprechen, Wichser.«

»Er kann Sie hören.«

»Max, geht es dir gut?«

»Du musst ihnen sagen, sie sollen nicht schießen, Dad. Das Ganze war ein Riesenirrtum.«

»Halt die Klappe! Hat er dir wehgetan?«

»Nein. Ihr müsst aufhören zu schießen.«

»*Ich will, dass du mir zuhörst. Glaub kein Wort von dem, was er sagt. Er lügt dich an.*«

»Habt ihr mich adoptiert?«

»*Halt die Klappe und hör zu!*«

Valdez brüllt. Im Hintergrund hört man gedämpfte Stimmen, Männer streiten. Audie hält das Telefon an sein Ohr.

»Sie müssen den Jungen nicht anschreien.«

Die Bemerkung bringt Valdez erst richtig in Rage. »*Er ist mein gottverdammter Sohn, und ich sage zu ihm, was ich will.*«

»Sie erzählen ihm Lügen.«

»*Sie sind ein Idiot! Ihretwegen wird er noch umgebracht. Warum konnten Sie nicht Ihren Mund halten?*«

»Wie beim letzten Mal, meinen Sie?«

Valdez hat sich von dem Wagen entfernt. Audie sieht das Leuchten des Displays am Ohr des Sheriffs.

»*Wir machen es so: Sie kommen mit erhobenen Händen raus.*«

»So einfach ist das nicht.«

»*Klar, ist es so einfach.*«

»Wir haben noch jemanden bei uns. Einen Einheimischen. Er kümmert sich um die Häuser, wenn die Leute sie für den Winter abgeschlossen haben. Sie haben gerade sein Auto durchlöchert.«

Valdez antwortet nicht.

»Er hat Herzprobleme, und es geht ihm nicht so gut. Wenn Sie hier reinstürmen, bringen Sie ihn um.«

»*Sein Blut wird an Ihren Händen kleben.*«

»Wie das von Cassie und Scarlett, meinen Sie?«

Audie hört, wie Valdez der Atem stockt. Er sollte den Mann nicht provozieren, doch er ist wütend, weil unschuldige Menschen gestorben sind. Er blickt aus dem Küchenfenster zum Strand und sieht die Köpfe von zwei Männern, die geduckt zwischen den Dünen näher kommen. Sie tragen schwarze Kleidung und Skimasken, die nur ihre Augen frei lassen. *Nachtkämpfer-Scheiße.*

»Schicken Sie ihn raus«, sagt Valdez. »*Ich sorge dafür, dass er in ein Krankenhaus gebracht wird.*«

Audie sieht Tony an, der mit dem Rücken an die Küchenbank gelehnt auf dem Boden sitzt.

»Ich traue Ihnen nicht.«

»*Wollen Sie dem Mann helfen oder nicht? Sie haben dreißig Sekunden.*«

Er beendet das Gespräch. Audie beobachtet, wie Valdez zurück zum Wagen geht, wo er etwas mit den anderen bespricht. Audie schleppt sich über den Boden bis zu Tony.

»Alles okay?«

»Alles prima. Sie haben ihn gehört, er wird nicht auf mich schießen.«

»Er lügt.«

»Die Männer sind Polizisten!«

»Nein, sind sie nicht.«

»Mein Dad ist County-Sheriff«, protestiert Max.

Audie will widersprechen, doch er weiß, dass Tony im Haus auch nicht sicherer ist als draußen. Sie werden jeden Moment mit gezückten Waffen hereinstürmen und auf alles schießen, was einen Puls hat.

Tony schüttelt zwei Tabletten aus der Flasche und schluckt sie trocken. »Wenn es Ihnen recht ist, würde ich lieber auf die als auf Sie setzen. Da stehen meine Chancen besser.«

65

Während sie neben Moss in dem Pick-up sitzt, denkt Desiree an alle Gesetze, gegen die sie verstoßen hat. Sie hat die Vorschriften ignoriert, Befehle missachtet und ihre Karriere aufs Spiel gesetzt, doch alles an diesem Fall hat ihre Wahrnehmung des Normalen verändert. Der Mann neben ihr sollte noch im Gefängnis oder zumindest mit Handschellen gefesselt sein. Er schwört Stein und Bein, dass er nicht ausgebrochen ist. Wer auch immer seine Freilassung veranlasst hat, muss Einfluss und Beziehungen haben. Laut Moss waren sie nicht an dem Geld interessiert, sie wollten Palmer tot sehen.

»Haben Sie diesen Pick-up gestohlen?«, fragt sie, das erste Mal, dass sie spricht, seit sie die Vororte von Houston hinter sich gelassen haben.

»Nein, Ma'am.« Der Vorwurf scheint Moss zu kränken. »Man hat ihn mir gegeben.«

Desiree klappt ihr Handy auf, ruft Virginia an und bittet um ein Status-Update zu Moss Webster sowie um die Überprüfung eines Chevy.

Sie sieht Moss an. »Sie haben mich angelogen. Er wurde kurz nach Ihrer Flucht in einer Werkstatt in der Nähe des Dairy Queen gestohlen.«

»Ich bitte Sie. Glauben Sie, ich würde so eine Scheißkarre klauen? Da drin sehe ich aus wie ein Redneck. Und ich bin nicht geflohen – die haben mich laufen lassen!«

»Sagen Sie.«

»Freiwillig würde ich mich nicht mal tot am Steuer eines Chevy blicken lassen.«

Sie schwenkt ihre Pistole. »Sagen Sie das nicht zu laut.«

Sie verfallen in mürrisches Schweigen, bis Desiree das

Thema wechselt und nach dem alten Mann fragt, der den Jungen gefunden hat.

»Theo McAllisters Haus liegt ein Stück zurück von der Straße«, erklärt Moss, »aber noch nahe genug, um die Schießerei zu hören und den brennenden Wagen zu sehen. Am nächsten Tag hat er den Jungen gefunden.«

Moss klopft lässig auf das Lenkrad. Desiree mag Männer mit großen Händen.

»Da hab ich angefangen zu überlegen: Was, wenn der Junge zu der Frau gehörte, deren Identität nie ermittelt wurde?«

»Woher wissen Sie von ihr?«

»Ich habe es in der Zeitung gelesen.«

»Jetzt hat sie einen Namen.«

Moss sieht sie an.

»Belita Ciera Vega.«

Er zieht die Brauen hoch.

»Haben Sie ihn schon mal gehört?«

Moss blickt wieder auf die Straße. »Audie hatte manchmal Albträume. Nicht ständig, aber oft genug. Und wenn er aufwachte, schrie er einen Namen. Belita. Ich hab ihn danach gefragt, doch er hat gesagt, es wäre bloß ein Traum gewesen.« Er sieht wieder Desiree an. »Glauben Sie, dass er der leibliche Vater des Jungen ist?«

»Nicht laut der Geburtsurkunde.«

Desiree verfällt erneut in Schweigen und fügt weitere Details zu dem Bild, das sich in ihrem Kopf formt. Audie und Belita hatten in einer Kapelle in Las Vegas geheiratet. Fünf Tage später waren sie in Texas. Wenn Audie an dem Raubüberfall teilgenommen hatte, wieso hätte er seine Frau und den Jungen mitbringen sollen? Wahrscheinlicher ist, dass sie Unbeteiligte waren, die rein zufällig in das Ende der Geschichte gerieten. Vielleicht waren Audie und der Junge durch den Aufprall aus dem Wagen geschleudert worden, oder sie hatten am Straßenrand gehalten und gar nicht im Wagen gesessen. Niemand hatte Belitas Leichnam beansprucht. Audie lag im Koma. Der Junge war zu klein, um zu helfen.

Moss bricht das Schweigen. »Warum hat Audie nicht irgendwem von dem Jungen erzählt?«

»Vielleicht hat man ihm gedroht. Vielleicht hat man den Jungen bedroht.«

Moss pfeift zwischen den Zähnen. »Das muss aber ein verdammt kostbares Kind sein.«

»Wieso?«

»Sie haben nicht gesehen, was man Audie im Gefängnis angetan hat. Er ist durch ein Meer aus Scheiße geschwommen, in dem die meisten Menschen bereitwillig ertrunken wären.«

Desiree ignoriert ihn für den Moment und entwickelt die Theorie in ihrem Kopf weiter. Sie und Moss haben auf dasselbe Ziel hingearbeitet, jedoch aus verschiedenen Richtungen. Gemeinsam haben sie eine packende Geschichte erschaffen, doch das heißt nicht, dass sie auch wahr ist.

Audie Palmer hat den Unfall und die Schießerei beobachtet. Er hat mit angesehen, wie seine Frau gestorben ist. Es gab sieben Millionen Gründe, aufzuräumen und alle Zeugen zu beseitigen, was bedeutete, dass man Audie töten oder zum Schweigen bringen musste. Sie hatten beides versucht.

Drei Deputys waren an der Schießerei beteiligt. Einer ist tot, einer ist verschwunden, und der dritte ist Ryan Valdez. Distriktstaatsanwalt Edward Dowling ist inzwischen frisch gewählter Senator des Staates. Frank Senogles leitete die damalige Ermittlung und ist heute Special Agent. Wer könnte noch beteiligt gewesen sein? Die Verschwörung hing von Audie Palmers Schweigen ab. Sie müssen den Jungen als Hebel benutzt haben, deswegen haben sie ihn in ihrer Nähe behalten … ganz nah.

Was war mit dem verschwundenen Mitglied der Bande? In der ersten Aussage hatten die Deputys behauptet, dass neben dem gepanzerten Transporter ein dunkler SUV geparkt hätte, in den Geldsäcke umgeladen worden waren. Der SUV raste davon und wurde später ausgebrannt in der Nähe des Lake Conroe gefunden. Diese Elemente der Geschichte waren erst nach der Schießerei hinzugekommen. Die Deputys hätten im Protokoll der Telefonzentrale problemlos nach Meldungen über gestohlene und ausgebrannte Wagen suchen und einen von ihnen mit dem Raub in Verbindung bringen können.

Es gab nie eine Beschreibung des fehlenden Mitglieds der Bande. Niemand hatte behauptet, Carl Palmer gesehen zu haben. Es war immer eine Vermutung, die die Polizei durch gestreute Gerüchte, Berichte aus dritter Hand und Angaben ungenannter Quellen erschuf und am Leben erhielt. Jemand ließ Carls Namen an die Medien durchsickern, die Geschichte bekam ein Eigenleben und wurde bald zur allgemein akzeptierten Tatsache, unterstützt durch gelegentliche Zeugen, die Carl in Mexiko oder auf den Philippinen gesehen haben wollten. Es gab nie irgendwelche Fotos oder Fingerabdrücke. Jedes Mal tauchte Carl mysteriös wieder unter, bevor das FBI seine Identität bestätigen konnte. Jemand wie Senogles könnte solche Berichte fingiert haben. Indem man das fiktive Bandenmitglied am Leben erhielt, verhinderte man, dass irgendjemand den Raubüberfall genauer unter die Lupe nahm.

Desirees Gedanken kehren in die Gegenwart zurück. Die Sonne ist ein verlöschender Funke am Horizont, und die

Farmen am Straßenrand sind Feuchtgebieten, Kanälen und flachen Seen gewichen. Kurze Gräser wiegen sich im Wind, und die Luft ist erfüllt vom Duft nach Salz und Regen. Weiter Himmel. Weites Land. Weite See.

66

»Lassen Sie mich den Jungen mitnehmen«, sagt Tony und reibt sich über den Schädel, als ob seine Kopfhaut juckt.

»Hier drinnen ist er sicherer«, erwidert Audie mit brüchiger Stimme. Er zieht eine reflektierende Weste aus Tonys Tasche. »Die sollten Sie anziehen.«

Tony erhebt sich unsicher und streift sie über.

»Sie werden Sie nicht erschießen«, sagt Max und sieht sich zur Bestätigung zu Audie um. »Mein Dad ist da draußen. Er ist Sheriff.«

Tony sieht den Jungen an und lächelt. »Ein mutigerer Mann würde anbieten zu bleiben.«

»Sie sind mutig genug«, sagt Max.

Audie will Tony aufhalten, hat jedoch keine Argumente mehr. Bleiben ist auch nicht sicherer. Im selben Atemzug denkt er an Scarlett und Cassie in dem Motelzimmer und fragt sich, ob es einen Unterschied gemacht hätte, wenn er geblieben wäre. Hätte er sie beschützen können?

Tony zeigt auf Audies Schulter, wo Blut durch den Verband sickert, an seinem Unterarm herunterläuft und auf den Boden tröpfelt. Auf den polierten Holzdielen sehen die Tropfen wie Perlen aus Quicksilber aus.

»Ich weiß ehrlich gesagt nicht genau, was Sie hier zu erreichen hoffen, mein Sohn.«

Audie breitet die Hände aus und starrt die beiden an. »Ich versuche dafür zu sorgen, dass Max nichts passiert.

Ich versuche dafür zu sorgen, dass Ihnen nichts passiert. Und ich hoffe, am Leben zu bleiben. Was davon verstehen Sie nicht?«

»Vergessen Sie's. Ich bin zweiundsiebzig, Witwer, Rentner. Nicht vermittelbar. Ex-Navy. Meine Pumpe ist wackelig, und ich brauch eine Stunde, um zu pissen. Ich habe keinen Sohn, nur Töchter, aber ich beklage mich nicht. Sie waren gut zu mir. Ich habe Sie mit Max gesehen, und ich weiß, dass Sie ihm nie wehtun würden.«

»Danke«, sagt Audie.

»Mir müssen Sie nicht danken.« Tony dreht sich zu Max um. »Viel Glück, Kleiner.«

Tony geht langsam über die Veranda und tastet sich im Dunkeln Schritt für Schritt die Treppe hinunter. Als er den Pick-up erreicht, bleibt er stehen, um die Einschusslöcher zu begutachten, und flucht leise. Dann geht er Richtung Straße, seine Schritte werden fester, der Schmerz in seiner Brust wird schlimmer.

Panik ist der Feind. Das hat sein alter Drill-Sergeant immer gesagt. Panik ist das, was übernimmt, wenn Furcht den Verstand lähmt. Wo sind die Polizeiwagen? Warum sind sie noch nicht ausgestiegen, um ihn in Empfang zu nehmen?

Im selben Moment wirft ein plötzliches grelles Licht Tony beinahe um. Er hebt die Hände, um die Augen abzuschirmen, sieht jedoch nichts als rote Kreise, die sich in seine Augenlider gebrannt haben.

»Stehen bleiben«, sagt eine Stimme.

»Ich bin nicht bewaffnet.«

»Hände an den Kopf.«

»Hey, ich werde hier blind. Können Sie das Licht abstellen?«

»Hinknien.«

»Meine Knie sind nicht mehr so gut in Schuss.«
»Los. Hinknien.«
»Ich bin bloß der Hausmeister. Um mich müssen Sie sich nicht kümmern. Ich bin kein Problem. Der Junge ist sicher.«
»Wie heißen Sie?«
»Tony Schroeder.«
»Woher kennen Sie Audie Palmer?«
»Ich kenne ihn gar nicht. Ich bin ihm gerade eben zum ersten Mal begegnet. Ich wollte nach dem Sturm das Haus kontrollieren. Sie haben meine Karre beschädigt und das Boot der Halligans auch. Ich hoffe, jemand wird dafür zahlen.«
»Sie hätten sich da raushalten sollen, alter Mann.«
»Was soll das heißen?«

Von draußen hört Audie ein dumpfes Ploppen und sieht den roten Sprühregen im grellen Licht der Scheinwerfer. Tony bricht auf dem Asphalt zusammen, den Kopf zur Seite gelegt wie ein Mann, der ein Kissen sucht, auf das er sein Haupt betten kann.

Max beobachtet, was passiert, und schreit. Er stürzt zur Tür, und Audie muss den Jungen mit seinem gesunden Arm im vollen Lauf auffangen und ein Stück hochheben.

»Sie haben ihn erschossen!«, schreit Max und blinzelt Audie ungläubig an. »Sie haben Tony erschossen!«

Audie weiß nicht, was er sagen soll.

Der Teenager schluchzt. »Warum? Er hat niemandem etwas getan. Er hat sich hingekniet. Sie haben ihm in den Kopf geschossen.«

Audie weiß, dass sie Zeugen beseitigen und den Job zu Ende bringen, den sie vor elf Jahren vermasselt haben. Max ist auf dem Boden zusammengesunken wie eine Marionette, deren Fäden durchgeschnitten wurden. Audie blutet das Herz. Er will mit dem Daumen über die Unterlippe des Jungen streichen und die einzelne Träne wegwischen.

Draußen sind die Scheinwerfer ausgeschaltet worden. Jetzt werden sie kommen. Audie setzt sich neben Max; er fühlt sich leer und ausgehöhlt. Trotz des Gefühls der Dringlichkeit ist sein Körper bereit aufzugeben. Blutverlust. Verlorene Hoffnung. Seine Mission ist beendet. Selbst wenn er es bis zum Strand schaffen würde, was dann? Würden sie Max am Leben lassen?

Der Junge hat aufgehört zu weinen und starrt auf das Handy. »Ich erinnere mich«, flüstert er heiser. »Du hast auf dem Boden gekniet, und jemand stand über dir und hat eine Waffe auf deinen Kopf gerichtet. Du hast mich angesehen ...«

»Du musst fliehen, Max.«

»Mich wird er nicht erschießen.«

»Das weißt du nicht.«

Irgendjemand ist auf der Treppe vor dem Haus. Audie blickt aus dem Küchenfenster, und die Umrisse eines Kopfes tauchen auf der Veranda auf. Er kniet sich hin, entsichert die Schrotflinte und legt den Lauf auf die Fensterbank.

»Ich versuche, sie abzulenken. Wenn ich weg bin, will ich, dass du losrennst.«

»Wohin?«

»Du kannst über den Kanal schwimmen. Halt dich versteckt.«

»Du kannst da nicht rausgehen.«

»Ich habe keine andere Wahl.«

Moss überquert die Klappbrücke und steuert den Pick-up vorsichtig auf den Canal Drive, vorbei an einer Handvoll Häuser, die größtenteils für den Winter verrammelt sind.

Jenseits des Scheinwerferlichts kann er gerade noch die Gischt der Brandung und das dunkle Meer dahinter ausmachen.

Nach und nach dünnen die Häuser aus. Kanal und Küste laufen aufeinander zu, dazwischen erstreckt sich ein schmaler, an manchen Stellen nicht einmal hundert Meter breiter Streifen Land. Obwohl es nur wenige Meter über dem Meeresspiegel liegt, gibt es genug Senken und Höcker, in oder hinter denen sich ein auf dem Boden liegender Mann verstecken könnte. Die Luft ist erfüllt von Salz, Holzkohle und dem Gestank von moderndem Seegras. Vielleicht hat jemand ein Lagerfeuer angezündet, oder eine Gruppe Teenager macht eine Party am Strand.

Moss bremst ab. Vor ihnen bemerkt er, gerade noch sichtbar, hinter einer Kurve die roten Rücklichter von zwei Fahrzeugen, die die Straße versperren. Er schaltet das Licht aus und lässt den Wagen ausrollen. Im selben Moment wendet Desiree den Kopf.

»Haben Sie das gehört?«

Schüsse.

Sie lauschen. Der nächste Schuss ist lauter, gefolgt von der Salve einer Maschinenpistole, die klingt wie Chinaböller in einer Mülltonne. Desiree klappt ihr Handy auf und ruft Verstärkung. Wegen der Dunkelheit kann Moss ihre Gesichtszüge nicht genau erkennen, doch er hört das Zittern in ihrer Stimme.

Er späht durch die Windschutzscheibe. Jedes Mal, wenn der Scheibenwischer über das Glas gleitet, wird die Szenerie deutlicher. Ein Fernglas wäre jetzt von Nutzen.

Desiree zieht ihre Schuhe aus. »Sie bleiben hier.«

»Wohin gehen Sie?«

»Da raus.«

»Sind Sie verrückt?«

Desiree hält ihre Pistole hoch. »Ich weiß, wie man damit umgeht.«

»Diese Typen werden keine Telefonnummern mit Ihnen tauschen.«

»Ich auch nicht.«

Moss sieht sie im Dunkeln verschwinden, greift unter den Sitz und zieht den in einen öligen Lappen gewickelten großen Revolver hervor. Behutsam packt er ihn im Schoß aus und erinnert sich daran, wie er mit dreizehn zum ersten Mal eine Feuerwaffe in der Hand gehalten hat. Das Gefühl, das er dabei empfand, hatte ihm gefallen – fünfzehn Zentimeter größer und vierzig Pfund schwerer, nicht mehr schwach und unbedeutend. Die Waffe verlieh ihm Würde. Die Waffe machte ihn redegewandter. Die Waffe gab ihm Mut. Das war natürlich nur flüchtig und eingebildet, doch er hatte eine Menge magere Jahre im Gefängnis gebraucht, um das zu begreifen.

Desiree ist schon dreißig Meter vor ihm und entfernt sich weiter. Auf ihren Strümpfen sieht sie aus wie eine Zwölfjährige. Moss schaut nach links und rechts, lässt den Blick über das niedrige Gestrüpp schweifen, entscheidet sich für die Strandseite und sucht sich einen Weg durch die Dünen.

Weil sie sich in dem offenen Gelände verwundbar fühlt, läuft Desiree durch eine flache Mulde und erklimmt einen Hügel. Das Gras kitzelt sie am Kinn, als sie sich auf dem klumpigen Boden bis auf zehn Meter an die beiden Ford Explorer heranrobbt. Auf den ersten Blick wirken die beiden Fahrzeuge leer, doch dann bemerkt sie eine Gestalt auf dem Beifahrersitz, die bei leicht geöffneter Beifahrertür eine Zigarre raucht. Sie legt sich flach auf den Boden, stützt sich auf die Unterarme, zielt mit ihrer Pistole auf den Kopf des Mannes und spannt den Finger am Abzug.

»FBI! Hände auf das Armaturenbrett!«

Sein Kopf schnellt herum, und er starrt verblüfft in die Dunkelheit, als wäre ihm die Jungfrau Maria erschienen. Er hebt eine Hand und lässt die andere sinken.

Moss beobachtet ihn von der anderen Seite des Wagens. Er kann das Gesicht des Mannes nicht erkennen, doch er weiß, was als Nächstes passieren wird. Der Typ wird es drauf ankommen lassen. Vielleicht denkt er, dass Desiree nicht schießen wird. Vielleicht glaubt er, er ist schneller.

In einer raschen Bewegung hebt er die Maschinenpistole über das Armaturenbrett. Es braucht zwei Hände, um die Waffe sicher zu halten, doch er feuert einhändig. Die Maschinenpistole zuckt und überzieht den Hügel mit einem Stakkato kleiner Explosionen. Desiree schießt zwei Mal, trifft den Mann in der Achselhöhle und dann in den Hals. Er fällt zur Seite und bleibt halb im Wagen, halb draußen liegen, sein Gesicht glänzt im Licht der Innenbeleuchtung.

Moss sprintet aus seinem Versteck und erreicht Desiree, die auf ihre Bluse blutet.

»Das ist nur ein Kratzer«, sagt sie und zeigt Moss ihren Unterarm. Durch den Lärm halb taub, ist ihr nicht bewusst, dass sie schreit.

Moss blickt auf die Leiche. »Wer ist er?«

»Ein Mann namens Victor Pilkington.«

Weitere Blitze zucken in der Dunkelheit, das Geräusch folgt den Bruchteil einer Sekunde später. Moss hilft Desiree auf die Füße. Sie reicht ihm kaum bis zur Hüfte.

Sie zeigt auf seine 45er. »Sie haben gesagt, Sie wären nicht bewaffnet.«

»Ich habe gelogen, Ma'am.«

Sie schüttelt den Kopf. »Kommen Sie.«

67

Audie kann die Schatten draußen nicht mehr sehen. Wahrscheinlich drücken sie sich an die Wand und warten auf eine Chance, durch die Fenster oder die Tür einzudringen. Seine Schrotflinte liegt auf der Fensterbank und zielt auf die oberste Treppenstufe.

»Mach dich bereit loszurennen.«

»Ich hab Angst«, sagt Max.

»Es tut mir leid, dass ich so einen Schlamassel angerichtet habe. Ich hätte dich in Ruhe lassen sollen.«

Er hört Schüsse in einiger Entfernung. Gleichzeitig taucht eine dunkle Gestalt auf der Veranda auf. Er drückt ab und hört jemanden ächzen und rückwärts die Treppe hinunterfallen. Audie wartet nicht. Er reißt die Tür auf, rennt über die Veranda, packt mit der gesunden Hand das Geländer und schwingt sich hinüber. Er fällt etwa vier Meter tief, landet schwer und rammt die angezogenen Knie in den eigenen Magen. Nach Luft ringend bleibt er auf dem Rücken liegen.

Vor dem Horizont zeichnen sich zwei Gestalten ab, die sich aus der Deckung gelöst haben und auf das Haus zulaufen. Ein weiterer Schütze steht mit angelegter Waffe am Strand. Audie rappelt sich hoch und rennt los. Furcht summt in seinen Ohren. Als er die Dünen erreicht, hechtet er über eine Kuppe und rollte auf der anderen Seite herunter. Der Ozean ist achtzig Meter entfernt, der Strand leer bis auf das Seegras, das sich an die Flutkante klammert. Was liegt auf der anderen Seite? Kuba, Mexiko, Belize. Orte, die er nie sehen wird. Eine Welt, wo Millionen von Menschen in Hitze und Sonne leben, während er ein Universum für sich ist, allein am Strand, ein Leuchtturm, dessen Feuer nicht wieder entzündet werden kann.

Er blickt über den Sand und wird von einer verzweifelten, beinahe erstickenden Traurigkeit und einem Gefühl der Verlassenheit übermannt. Warum hat die Welt so wenig Verwendung für ihn?

Stöhnend rappelt er sich hoch und läuft am Strand entlang. Kugeln pfeifen ihm um die Ohren und wirbeln Sand auf. Sie schießen nicht blind. Nach jeder Salve gibt es eine kurze Pause. Das sind keine planlosen Kleinganoven, sondern Profis, die genau zielen. Sie sind gekommen, um einen Job zu erledigen.

Audie läuft im Zickzack und lässt sich in eine weitere Kuhle fallen. Er starrt zum Himmel, bedenkt seine kaum vorhandenen Optionen.

Gib auf.
Nein.
Steh auf.
Kann nicht.

Er blickt zurück und sieht Schatten, die sich in den zerklüfteten Grashügeln verbergen, wo selbst die Insekten verstummt sind. Geister. Gespenster. Furien. Ungeduldige Götter. Die Männer laden nach und warten auf ihn.

Moss und Desiree haben das Haus erreicht und kauern unter der Veranda. Das kalte mineralische Aroma von Zement und tropischen Farnen steigt ihnen in die Nase. Am Fuß der Treppe liegt jemand und hält sich stöhnend das Gesicht. Von oben hört man Stimmen. Zwei Personen kommen die Treppe herunter – ein halbwüchsiger Junge und ein Mann mit einer Maschinenpistole.

»Tu, was man dir sagt.«
»Ihr habt ihn erschossen!«
»Halt die Klappe!«

Desiree erkennt die Stimme des Mannes. Moss steht direkt unter der Treppe, als sie herunterkommen. Er greift zwischen den unverkleideten Holzstufen hindurch und packt einen Knöchel. Valdez fällt nach vorn. Max muss aus dem Weg springen. Desiree tritt aus dem Schatten und drückt den Lauf ihrer Pistole an den Kopf des Sheriffs.

»Keine Bewegung!«

»Gott sei Dank, dass Sie hier sind«, sagt er. »Wir haben Palmer gefunden. Er entkommt.«

Desiree sieht den Jungen an. »Max?«

Der Teenager nickt.

»Alles in Ordnung bei dir?«

»Sie müssen Audie helfen«, ruft er flehend. »Die werden ihn umbringen!«

Noch nie hat Desiree eine Stimme gehört, die so besorgt, so verzweifelt, so echt geklungen hat. Sie wendet den Kopf in die Richtung seines ausgestreckten Arms. In diesem Moment greift Valdez nach seiner Maschinenpistole, dreht sich auf den Rücken und tastet nach dem Abzug. Aber Moss hat es kommen sehen. Er stößt Max beiseite und feuert einen Schuss auf die Brust des Sheriffs. Die 45er durchschlägt seine Weste nicht, doch Valdez lässt die Maschinenpistole fallen und rollt sich stöhnend und die Rippen haltend zusammen.

Als Moss wieder aufblickt, ist Max verschwunden und rennt Richtung Strand.

»Halten Sie ihn auf«, sagt Desiree. »Sonst wird er noch getötet.«

Moss hebt die Maschinenpistole auf und eilt dem Jungen durch den weißen Sand nach. In den letzten fünfzehn Jahren hat er seinen Jähzorn weitgehend beherrscht, doch jetzt ist der Geist aus der Flasche. Es geht nicht um die Befriedigung von Mordlust oder das Stillen eines Durstes; es geht darum zu leben, statt im Gefängnis zu verrotten; es geht darum, dass eine übervolle Stunde mehr wert ist als ein Leben im Gewöhnlichen oder Profanen.

Er hört ein Motorengeräusch, und vor ihm schießt ein Geländewagen, zwei Räder in der Luft, über die Kuppe einer Düne. Sie haben einen Wagen geholt, pflügen damit den Sand um und suchen Audie mit einem Scheinwerfer. Der Lichtstrahl schwenkt hin und her und erfasst kurz eine einsame Gestalt, die über die Dünen läuft. Sie sieht aus wie eine verwundete Ente, die durch das struppige Gras flattert.

Die Schrotflinte baumelt an Audies verletztem Arm. Er hat noch eine Patrone übrig. Er wechselt die Waffe in die andere Hand, dreht sich um und schießt. Der Rückstoß wirft ihn beinahe um, der Schuss verfehlt sein Ziel. Er lässt sich in eine Senke fallen und bekommt Sand in den Mund, während Lichter über seinen Kopf hinwegschwenken. Diese Leute werden nicht aufgeben und einfach abhauen. Sie werden ihn zur Strecke bringen.

Vor ihm ziehen sich versetzt gestaffelt Zäune über den Strand, um die Erosion aufzuhalten. An ihren unteren Rändern haben sich von der Flut angespülte Klumpen von Seegras gesammelt. Audie benutzt sie als Deckung und rennt geduckt von einem zum nächsten. Näher am Wasser bemerkt er einen seltsamen Hügel, der aussieht wie ein gestrandeter Wal, doch dann erkennt Audie, dass jemand ein Boot an den Strand gezogen hat. Vielleicht hat es sich auch losgerissen und ist an Land getrieben worden. Audie wirft sich hinter dem Fiberglas-Dingi auf den Boden und hält sich die Schulter. Die Schrotflinte baumelt immer noch in seiner unbenutzbaren Hand, sodass er seine Finger mit Gewalt lösen muss.

Der Geländewagen ist ein Stück entfernt auf dem Strand

stehen geblieben. Der Suchscheinwerfer schwenkt über die Dünen.

Er hört Schritte ... jemand rennt direkt auf ihn zu. Er packt die Schrotflinte an dem warmen Lauf und holt aus.

Einer von euch Bastarden geht mit mir unter!

Er will zuschlagen, lässt die Flinte jedoch im letzten Moment los, sodass sie an Max' Kopf vorbeisegelt und platschend im Wasser landet.

»Du solltest in die andere Richtung laufen.«

»Ich glaube, mein Dad ist tot.«

Audie fragt nicht, was passiert ist. Jetzt werden sie keinen von ihnen am Leben lassen.

»Ich lenk sie ab. Du rennst zum Kanal.«

»Komm mit mir.«

»Nein.«

»Warum nicht?«

»Ich kann nicht schwimmen.«

Max blickt auf Audies Schulter, dann zu dem Boot. Er steht auf und versucht, das Dingi ins Wasser zu zerren, doch es liegt ein gutes Stück auf dem Trockenen. Er schaukelt es hin und her und zieht, während Audie schiebt. Langsam rutscht das Boot zentimeterweise den abschüssigen Sand hinunter. Der Wagen hat die Zäune erreicht, der Scheinwerfer schwenkt über die Dünen bis zur Wasserkante.

Max steht im flachen Wasser. Sie warten auf die nächste Welle und unternehmen eine letzte Anstrengung. Das Boot gleitet nach vorn, sodass Audie flach hinfällt und Wasser schluckt. Max zerrt ihn auf die Füße und rollt ihn in das Dingi, bevor er das Boot tiefer ins Wasser zieht, watet, bis seine Füße den Grund nicht mehr erreichen, und schwimmt dann strampelnd weiter.

Audie blickt über das Dollbord und sieht den Wagen am Strand anhalten. Im nächsten Moment wird er von einem grellen Scheinwerfer geblendet, eine Salve zersplittert das Fiberglas und hinterlässt ein spinnwebartiges Muster auf dem Heck. Audie ruft Max zu, er solle untertauchen, und wirft sich selbst flach in eine Pfütze aus Regenwasser auf den Bodenplanken. Weitere Projektile treffen den Rumpf. Audie kriecht nach hinten und ruft Max, kann ihn jedoch nirgends sehen.

Dann taucht der Teenager auf der Backbordseite wieder auf, Wasser tropft von seinem Gesicht.

»Wir sind zu nah am Ufer.«

Audie blickt zum Strand. Der Wagen ist kein Stück weiter entfernt als vorher. Die Strömung treibt das Boot seitwärts. Ein Schütze rennt am Strand entlang, während der andere den Suchscheinwerfer bedient. Weitere Kugeln treffen den Rumpf. Audie liegt flach auf dem Bauch. Sein Hemd ist nass, seine Wange halb in eine tiefe Pfütze getaucht. Salzwasser. Das Boot sinkt.

Der Beschuss hört vorübergehend auf. Audie rollt sich auf die Seite und hält sich mit seinem unverletzten Arm fest. Er und Max tun ihr Möglichstes, doch das Boot schlingert und wird rasch zu schwer. Unerklärlicherweise schwenkt der Strahl des Scheinwerfers von ihnen weg, die Schüsse verfehlen ihr Ziel. Audie blickt zum Strand und sieht jemanden durch das Gestrüpp brechen und wie einen Quarterback auf dem Sprint zur Grundlinie über den Sand rennen.

Moss Webster reitet eine Attacke. Es ist wie die Szene aus *Der Marshal*, wo Rooster Cogburn die Zügel seines Pferdes in den Mund nimmt, mit einem Gewehr in der einen, einer Pistole in der anderen Hand in den Kugelhagel reitet und ruft: »Fang doch an, du elender Bastard.«

Moss scheint die auf ihn abgefeuerten Schüsse gar nicht zu bemerken. Er sieht aus wie ein Mann, dem alles egal ist, ein Mann, der von maßloser Wut getrieben wird. Der Lichtstrahl versucht, ihm zu folgen, doch dann zuckt die Gestalt hinter dem Scheinwerfer wie eine Marionette, als eine Salve ihre Brust zerfetzt.

Der zweite Schütze versucht, das Feuer zu erwidern, ist jedoch in dem grellen Lichtkegel gefangen, eine von Helligkeit entblößte menschliche Erscheinung. Moss schießt, bis das Magazin leer ist, wirft die Maschinenpistole beiseite und zieht den Revolver. Er geht vorwärts, zielt und schießt, zielt und schießt.

Sein Gegner ist in klassischer Haltung in die Hocke gegangen, so wie man es den Scharfschützen in Quantico beibringt, doch das nützt ihm nichts. Eine Kugel trifft ihn am Hals, er rudert mit den Armen, kippt nach hinten, und sein Blut fließt in den Sand.

Danach ist es still. Von dem Dingi ragt nur noch der Bug aus dem Wasser. Audie klammert sich mit einer Hand fest und legt sein Kinn auf den Rand. Das Wasser ist sehr kalt, und die Strömung um seine Beine will ihn unter Wasser ziehen.

»Wir müssen schwimmen«, sagt Max.

»Schwimm du. Ich bleibe hier.«

»Es ist nicht weit.«

»Meine Schulter ist komplett hinüber.«

»Du kannst mit den Beinen strampeln.«

»Nein.«

»Ich lass dich hier nicht allein.«

Audie erinnert sich, wie sein Vater ihm erklärt hat, dass er sich an das Wrack klammern müsse. Daran kleben wie eine Klette, aber Audie hatte nicht gewusst, was eine Klette ist.

»Okay, also, du klammerst dich so fest wie ein Einarmiger, der gekitzelt wird, sich an eine Klippe klammert.«

»*Ich bin kitzelig.*«
»*Ich weiß.*«
Du musst dich festkrallen wie ein verängstigtes Kätzchen an einem Pullover.
Wie ein Baby, das von Marilyn Monroe gestillt wird.

Also klammert er sich an das Dingi, bis seine Finger taub werden und sein unverletzter Arm keine Kraft mehr hat. Erschöpft und kaum noch bei Bewusstsein spürt er nicht, wie seine Finger sich lösen, greift nicht hektisch ins Leere, ringt nicht um einen letzten Atemzug. Stattdessen taucht er widerstandslos unter die Oberfläche. Er ist des Kämpfens müde, er will schlafen.

Er sinkt tiefer, betrachtet das Dingi von unten und fragt sich, ob man unter Wasser die Sterne sehen kann. Dann erscheint sie ihm, dieselbe Engelsgestalt, die in der Nacht zu ihm gekommen ist, als er aus Three Rivers ausgebrochen und über das Choke Canyon Reservoir geschwommen ist. Sie trägt ein durchsichtiges weißes Kleid, das sich bauscht und ihren Körper umspielt, als würde sie in Zeitlupe fallen.

Sein Herz schwingt sich empor. Solange sie bei ihm ist, wird er nicht alleine sterben. Belita schlingt ihre Beine um seine Hüften und zieht seinen Kopf an ihre Brüste. Er spürt die Wärme ihres Körpers, ihr weiches Haar, das über sein Gesicht streicht.

Ihre gemeinsame Zukunft breitet sich vor ihm aus – in weißen Laken aufwachen und der Brandung des Ozeans lauschen. Frühstück in einem Café im Mercado mit Tortillas und gebratenen Bananen. In flaschengrünen Wellen schwimmen und im Sand liegen, bis die Sonne sie zurück in ein kühles Zimmer mit geschlossenen Fensterläden treibt, wo sie sich unter einem kreiselnden Ventilator lieben ...

»Du musst zurückgehen«, flüstert sie.
»Nein. Bitte lass mich bleiben.«

»Es ist noch nicht Zeit.«

»Ich habe mein Versprechen gehalten. Er ist jetzt in Sicherheit.«

»Er braucht dich immer noch.«

»Ich war einsam.«

»Jetzt hast du ihn.«

Sie küsst ihn, und er sinkt tiefer, glücklich, in ihren Armen zu ertrinken, doch eine Faust packt seinen Hemdkragen, ein Unterarm legt sich um seinen Hals, und die kräftige Beine eine Teenagers ziehen ihn nach oben und bewegen sich energisch Richtung Ufer.

Epilog

Es ist ein seltsames Gefühl, sich in der Besucherliste einzutragen und ein Gefängnis zu betreten, in dem man fast ein Drittel seines Lebens verbracht hat. Und noch seltsamer, durch den langen schmalen Besucherraum zu gehen, vorbei an Plexiglasscheiben, hinter denen Häftlinge darauf warten, Ehefrauen, Mütter, Söhne und Töchter zu sehen.

Nervös setzt sich Audie und blickt nach links und rechts auf die Reihe der Besucher. Kinder zappeln im Schoß ihrer Mütter oder werden vor die Scheibe gehalten, um das durchsichtige Plastik zu küssen.

Moss kommt und nimmt leicht gebückt Platz, damit seine große Gestalt vor das Besucherfenster passt. Er hebt den Hörer ab, der in seiner Hand aussieht wie ein Spielzeug.

»Hey!«

»Wie geht's, Big Fella?«

Moss grinst. »Alles cool, wie die Zehen eines Eisbären. Was macht die Schulter?«

Audie hebt den linken Arm, der immer noch in einer Schlinge hängt. »Meine Karriere als Profibasketballer ist wohl beendet.«

»Ihr Weißen könnt doch eh nicht richtig hoch springen.« Moss lehnt sich auf seinem Stuhl zurück und legt die Füße auf den schmalen Tisch. »Wie bist du hergekommen?«

»Agent Furness hat mich gefahren.«

»Wo ist sie?«

»Sie spricht mit dem Direktor, aber sie kommt noch vorbei, um Hallo zu sagen. Sie dachte, wir wollten ein bisschen Zeit für uns haben.«

»Ich hoffe, sie denkt nicht, wir wären schwul.«

»Du vielleicht.«

»Versuch das noch mal zu sagen, wenn ich hier raus bin.«

»Und wann wird das sein?«

»Mein Anwalt sagt, ich hätte gute Aussichten auf vorzeitige Bewährung, vor allem, nachdem ich vor der Grand Jury gegen Valdez und Pilkington ausgesagt habe.«

»Wie vorzeitig?«

»Noch vor meinem Fünfzigsten, was relativ gesehen gar nicht mehr so lang hin ist.«

»Und wie geht es Crystal?«

»Oh, ihr geht's gut. Du hast sie knapp verpasst. Sie hatte eins meiner Lieblingskleider an – eins, das ihre Titten betont.«

»Pass auf, dass Agent Furness dich nicht so reden hört.«

»Besser nicht, was?« Moss grinst. »Hast du die Nachrichten im Fernsehen gesehen?«

Er spricht über die Festnahme von Senator Dowling. Umringt von Fernsehkameras und kläffenden Reportern wurde er von zwei FBI-Agenten abgeführt, eine von ihnen so klein, dass man nur die Spitze ihres Kopfes sehen konnte. Er ist von einer Grand Jury der Bestechung, der Vorteilsnahme und des Amtsmissbrauchs angeklagt worden.

Clayton Rudd hat sich schneller gedreht als ein Grillhähnchen am Spieß und gegen Dowling und Valdez ausgesagt. Valdez wiederum hat vor der Anklagejury ausgesagt, Pilkington und Senogles seien die Architekten des Plans gewesen, er selbst nur eine Schachfigur unter dem Einfluss seines Onkels, der gedroht habe, ihn bloßzustellen und zu ruinieren. »Ich habe niemanden getötet«, rief er Reportern zu, als er in den Gerichtssaal geführt wurde.

Bis zum eigentlichen Prozessbeginn könnte es noch ein weiteres Jahr dauern. Wie viele Personen werden sich bis dahin in dem Netz verfangen haben? Vermutlich wird das alte Establishment die Ränge schließen und versuchen, den Schaden möglichst klein zu halten.

Max lebt wieder bei Sandy, jedoch nur, weil Valdez' Freilassung auf Kaution abgelehnt wurde. Sie behauptet, sie habe nichts von dem Raubüberfall und der Vertuschungsaktion gewusst, und Audie glaubt ihr.

»Du wirst ein reicher Mann sein«, sagt Moss. »Zehn Jahre für ein Verbrechen, das du nicht begangen hast – die geben dir eine Million.«

»Ich will deren Geld nicht.«

»Und ob du das willst. Scheiße! Gib es mir.«

»Sieh dir an, was beim letzten Mal passiert ist, als die Leute dachten, ich hätte Geld.«

»Ja, aber diesmal ist es anders. Du bist unschuldig.«

»Ich war *immer* unschuldig.«

Ein Stück weiter in der Besucherreihe hat ein Baby angefangen zu schreien. Die junge Mutter knöpft ihre Bluse auf und gibt ihm die Brust, doch ein Wärter erklärt ihr, dass sie ihr Baby woanders stillen müsse. Mürrisch verabschiedet sie sich und trägt den Säugling in das Wartezimmer, eine öffentliche Toilette oder die brütende Hitze ihres Wagens.

»Hast du je daran gedacht, Kinder zu haben?«, fragt Audie.

»Ich mach gern welche«, erwidert Moss, »aber sie großzuziehen würde mir ganz schön Angst einjagen. Es ist schließlich nicht so, als ob ich ein gutes Vorbild bin.«

»Du wärst ein guter Vater«, sagt Audie. »Besser als die meisten.« Er räuspert sich. »Ich hatte noch gar keine Gelegenheit, dir für alles zu danken.«

»Ich hab doch gar nichts gemacht.«

»Du weißt, was ich meine. Mein Leben lang haben Menschen es auf sich genommen, mir zu helfen, und ich weiß nicht, womit ich es verdient habe, dauernd gerettet zu werden.«

»Du hast eine Menge getan«, sagt Moss und beugt sich vor. Seine Augen schimmern feucht. »Ich weiß noch, wie du hier angekommen bist. Du hast nicht viel hergemacht. Wir haben gewettet, wie lange du durchhalten würdest.«

»Hast du Geld auf mich gesetzt?«

»Du hast mich zwanzig Dollar und zwei Marsriegel gekostet. Niemand wusste, wozu du fähig warst, aber du hast es allen gezeigt.«

Audie atmet tief ein. »Ich wollte nicht …«

»Lass mich ausreden«, sagt Moss und kneift die Augen zu. »Du weißt, wie es hier drinnen ist – jeder Tag ist eine Prüfung. Die Monotonie. Die Gewalt. Das Elend. Die Einsamkeit. Es staut sich in der Brust eines Mannes an wie ein Schrei. Klar hört man hin und wieder einen Witz, bekommt ein Fresspaket, einen Brief oder Besuch – Dinge, die das Leben für ein paar Stunden erträglich machen –, aber das reicht nicht. Ich weiß, dass du nicht vorhattest, edel oder ehrenhaft zu sein, aber das ist die seltsame Wahrheit. Dir sind schreckliche Dinge zugestoßen. Du hast dich gewehrt und konntest nichts dagegen tun, aber du hast dich darüber erhoben. Du warst jemand, zu dem wir aufblicken konnten. Wir waren schwache Männer, die man wie Tiere behandelte, doch du hast uns gezeigt, dass wir mehr sein konnten.«

Audie versucht den Kloß in seinem Hals hinunterzuschlucken und ist dankbar, als Desiree im Besucherraum auftaucht, ohne die Pfiffe und das Johlen der Gefangenen zu beachten, an deren Scheiben sie vorbeigeht. Sie nimmt einen zweiten Hörer.

»Sie sehen aus, als wären Sie gewachsen«, sagt Moss.

»Und Sie sind dicker, als ich Sie in Erinnerung habe.«

Moss zieht den Bauch ein. »Muss die feine Küche sein, die wir hier haben.«

Audie bietet Desiree seinen Stuhl an. »Sie können ruhig bleiben«, sagt sie.

»Nein, ich werde mir ein bisschen die Beine vertreten.« Er blickt sich nervös um. »Ich denke ständig, dass jemand merkt, dass er einen Fehler gemacht hat, und mich wieder einsperrt.«

»Niemand wird Sie einsperren.«

»Trotzdem.«

Audie spreizt die rechte Hand auf der Plexiglasscheibe und wartet, dass Moss seine Hand auf der anderen Seite dagegenlegt.

»Pass auf dich auf, Big Fella. Grüß Crystal von mir.«

»Mach ich.«

Audie geht an den Fenstern vorbei und bemerkt, wie sich einige der Besucher umdrehen und ihn anstarren. Er hört, wie Stühle zurückgeschoben werden und jemand anfängt zu klatschen. Er wendet sich um und sieht Junebug, der hinter einem Fenster aufgestanden ist. Klutz erhebt sich als Nächster, dann Sandals und Bowen und Little Larry und Shoats. Sie applaudieren ihm stehend, harte Männer, die eine harte Zeit absitzen, und das Geräusch breitet sich wie eine Welle durch Three Rivers aus und erreicht entfernte Zellen, wo Häftlinge mit Töpfen gegen die Gitterstäbe schlagen, mit den Füßen trampeln und seinen Namen skandieren. Er hallt in Audies Ohren wider, und vor seinen Augen verschwimmt der kurze Weg, für den er elf Jahre gebraucht hat.

Am hellblauen Himmel stehen Wolken, die aussehen wie Samenkugeln, die sich beim ersten Windstoß zerstreuen. Doch es geht nicht einmal ein laues Lüftchen, und bis auf den entfernten Verkehr und die Vögel in den Bäumen hört man keinen Laut. Audie steigt aus dem Wagen und spürt die Hitze, die der Asphalt verströmt. Vor ihm erstreckt sich ein Friedhof mit Tausenden Grabsteinen in ordentlichen Reihen, wie die Zähne eines Babys mit Lücken, die nicht mit Gold, sondern mit Blumen gefüllt sind.

Sandy Valdez steigt auf der Fahrerseite aus und wartet darauf, dass Max ihr folgt.

»Möchten Sie das allein machen?«, fragt sie.

»Nein«, sagt Audie und sieht Max an.

»Ich warte hier«, sagt sie und drückt Max' Hand.

Sie gehen im Schatten der Bäume, bis sie eine Ecke des Friedhofs erreichen, wo die Grünflächen weniger gepflegt sind und ein Drahtzaun eine vierspurige Straße säumt. Eine Lichtung ist von Erdhügeln gesprenkelt. Audie blickt auf eine Karte, die das Friedhofsamt von Dreyfus County ihm gegeben hat.

»Hier ist es«, sagt er. Es gibt keine Grabsteine. Keine Blumen. Die einzigen Markierungen sind ein Dutzend quadratische Metallplatten, die in die Erde gesteckt und halb von Unkraut überwuchert sind. In jede ist eine Nummer geprägt. Es dauert eine Weile, bis Audie die richtige gefunden hat: UJD-02052004. Er kniet sich hin und fängt an, das Unkraut von der Platte zu entfernen. Er hätte Blumen mitbringen sollen. Auf einem Grab in der Nähe steht ein verwelkter Strauß in einem Glas. Audie wirft die trockenen Stängel weg und poliert das Glas an seinem Hemd. Dann beginnt er, die verkümmerten Gänseblümchen zu pflücken, die dem Rasenmäher entkommen sind, weil sie dicht genug an dem Zaun wachsen.

Max hilft ihm, und bald haben sie einen kleinen Strauß in der provisorischen Vase arrangiert. Mit seiner unverletzten Hand gräbt Audie ein kleines Loch und stellt das Glas hinein, damit es nicht umkippt. Er wollte Belita so viel geben, doch das ist alles, was sie bekommen hat – ein anonymes Grab, eine eingravierte Nummer und Gänseblümchen in einem Marmeladenglas.

»Es tut mir leid, dass wir nicht früher kommen konnten«, flüstert er und stellt sich vor, dass sie unter ihm liegt, den Kopf auf einem Kissen. »Das sind deine Lieblingsblumen, erinnerst du dich?« Audie blickt zu Max hoch. »Ich habe Miguel mitgebracht.«

Max wirkt verlegen und unsicher. Sollte er sich hinknien? Sollte er ein Gebet sprechen?

»Er hat mich vor dem Ertrinken gerettet«, sagt Audie zu Belita. »Muss in der Familie liegen.« Er fängt an, ihr die Geschichte zu erzählen, wie Max ihn schwimmend an Land gezogen hat. Mittlerweile waren Streifenwagen eingetroffen, und über ihnen kreiste ein Hubschrauber. Audie war kaum bei Bewusstsein, doch er erinnert sich an die hellen Lichter und brüllende Menschen. Moss kommandierte die anderen herum und stand neben Audie, als würde er Wache halten.

Es dauerte achtzehn Stunden, bis Audie die Augen wieder aufschlug. Er lag im Krankenhaus, mit dem Arm in einer Schlinge, und neben seinem Bett saß Special Agent Furness.

»Wie kann ein Mann so viel Pech und so viel Glück haben?«, fragte sie.

»Ich schätze, ich habe am selben Tag einen Spiegel zerschlagen und ein Hufeisen gefunden«, sagte er, von den Schmerzmitteln auf Wolken schwebend.

Desiree war es auch, die Belita gefunden hatte. Der Friedhof von Dreyfus County hatte einen eigenen Bereich, wo die nicht identifizierten und nicht beanspruchten Toten begraben wurden.

»Warum gibt es keinen Grabstein?«, fragt Max und wischt sich den Schweiß von der Oberlippe.

»Niemand außer mir kannte ihren Namen ... und ich konnte ihn nicht sagen«, erwidert Audie und wischt sich die schmutzige Hand an der Jeans ab.

»Möchtest du ein Gebet sprechen?«

»Ich weiß eigentlich nicht, wie.«

»Dann mache ich es«, sagt Max, kniet sich neben ihn und bekreuzigt sich. Er bittet Gott, Belita zu segnen und über die zu wachen, die sie geliebt haben. Audie sagt Amen, und sein Herz klemmt irgendwo zwischen seinem Zwerchfell und seinem Hals. Er blickt auf das karge Stück Erde und weiß, dass es nie groß genug sein wird, um die Geschichte zu fassen, die darunter begraben liegt.

Unsere Gesichter sind uns gegeben, denkt Audie, doch unser Leben haben wir geerbt, unser Glück und unser Unglück. Einige bekommen viel, andere wenig. Einige kosten jeden Happen aus und saugen das Mark aus jedem Knochen. Wir genießen das Rauschen des Regens, den Duft von Gras, das Lächeln von Fremden, die Abenddämmerung an einem heißen Tag. Wir lernen Dinge und erkennen, dass wir niemals mehr wissen können, als wir nicht wissen. Wir fangen uns die Liebe ein wie eine Erkältung und klammern uns daran wie an ein Wrack im Sturm.

»Wir sollten ihr einen richtigen Grabstein machen lassen«, sagt Max und hilft Audie auf die Beine. »Was denkst du, was darauf stehen sollte?«

Audie denkt einen Augenblick darüber nach und erkennt, dass er die Inschrift schon immer gewusst hat. »Das Leben ist kurz. Die Liebe ist endlos. Lebe, als ob es kein Morgen gäbe.«

Danksagung

Wie immer gibt es Menschen, denen ich Dank schulde: Lektoren, Agenten und Verleger. Einige sind Wiederholungstäter, so wie Mark Lucas, Ursula Mackenzie, Georg Reuchlein, David Shelley, Josh Kendall, Lucy Malagoni, Nick Kennedy, Sam Edenborough und Richard Pine.

Andere sind neu in den Rängen, insbesondere Mark Pryor, ein in Liverpool geborener Distriktstaatsanwalt und Krimiautor, der in Texas arbeitet und dessen Rat in juristischen Fragen von unschätzbarem Wert war.

Jeder, der über Texas schreibt, ist sich der Giganten bewusst, die vor ihm dort gewesen sind, und ich danke William Faulkner, Cormac McCarthy, James Lee Burke, Ben Fountain und Philipp Meyer – sowie den Schauspielern, die ihre Prosa als Hörbuch eingelesen haben. Ihre Werke haben mir geholfen, mich in Texas zu vertiefen und hoffentlich den Rhythmus der Sprache einzufangen.

Schließlich möchte ich meinen drei Töchtern danken, die groß werden, sich aber Gott sei Dank nicht von mir entfernen. Dieses Buch ist Bella gewidmet, der Jüngsten, die sich oft ausgeschlossen fühlt, aber ich habe ihr versprochen, dass ich das Beste für sie aufsparen würde.

Ihre Mutter, meine Frau, besteht ebenfalls darauf, dass ich mich bei ihr bedanke, obwohl mir langsam die Worte ausgehen, um die Frau zu beschreiben, die seit dreißig Jahren an meiner Seite ist. Sie weiß, dass ich sie liebe, doch ich sage es ihr trotzdem. »Ich liebe dich.«

Michael Robotham

wurde 1960 in New South Wales, Australien, geboren. Er war lange Jahre als Journalist für große Tageszeitungen und Magazine in London und Sydney tätig, bevor er sich ganz seiner eigenen Laufbahn als Schriftsteller widmete. Mit seinen Romanen sorgte er international für Furore und wurde mit mehreren Preisen geehrt. Michael Robotham lebt mit seiner Frau und seinen drei Töchtern in Sydney. Weitere Informationen zum Autor unter www.michaelrobotham.com.

Von Michael Robotham außerdem bei Goldmann erschienen:

Amnesie. Psychothriller
Adrenalin. Psychothriller
Dein Wille geschehe. Psychothriller
Todeskampf. Psychothriller
Todeswunsch. Psychothriller
Bis du stirbst. Thriller
Der Insider. Psychothriller
Sag, es tut dir leid. Psychothriller
Erlöse mich. Psychothriller

(Alle Romane sind auch als E-Book erhältlich.)

Die Victoria-Bergman-Trilogie – die Sensation der schwedischen Spannungsliteratur!

480 Seiten
ISBN 978-3-442-48117-0
auch als E-Book und
Hörbuch erhältlich

512 Seiten
ISBN 978-3-442-48118-7
auch als E-Book und
Hörbuch erhältlich

448 Seiten
ISBN 978-3-442-48119-4
auch als E-Book und
Hörbuch erhältlich

Kommissarin Jeanette Kihlberg ermittelt in einer Mordserie an Jungen in Stockholm. Sie bittet die Psychologin Sofia Zetterlund um Hilfe, die auf Menschen mit multiplen Persönlichkeiten spezialisiert ist; eine ihrer Patientinnen ist die schwer traumatisierte Victoria Bergman. Während der Ermittlungen müssen sich Jeanette und Sofia fragen: Wie viel Leid kann ein Mensch verkraften, ehe er selbst zum Monster wird?

www.goldmann-verlag.de
www.facebook.com/goldmannverlag

Samuel Bjørk
Engelskalt

544 Seiten
auch als E-Book und
Hörbuch erhältlich

Ein Spaziergänger findet im norwegischen Wald ein totes Mädchen, das mit einem Springseil an einem Baum aufgehängt wurde und ein Schild um den Hals trägt: Ich reise allein. Kommissar Holger Munch beschließt, sich der Hilfe seiner Kollegin Mia Krüger zu versichern, deren Spürsinn unschlagbar ist. Er reist auf die Insel Hitra, um sie abzuholen. Was Munch nicht weiß: Mia hat sich dorthin zurückgezogen, um sich umzubringen. Doch als sie die Bilder des toten Mädchens sieht, entdeckt sie ein Detail, das bisher übersehen wurde – und das darauf schließen lässt, dass es nicht bei dem einen Opfer bleiben wird ...

www.goldmann-verlag.de
www.facebook.com/goldmannverlag